MADONA DOS PÁRAMOS

Ricardo
Guilherme
Dicke

MADONA DOS PÁRAMOS

1ª edição

EDITORA RECORD
RIO DE JANEIRO • SÃO PAULO
2024

CIP-BRASIL. CATALOGAÇÃO NA PUBLICAÇÃO
SINDICATO NACIONAL DOS EDITORES DE LIVROS, RJ

D544m Dicke, Ricardo Guilherme
Madona dos páramos / Ricardo Guilherme Dicke. - 1. ed. - Rio de Janeiro : Record, 2024.

ISBN 978-65-5587-891-2

1. Romance brasileiro. I. Título.

23-87032
CDD: 869.3
CDU: 82-31(81)

Meri Gleice Rodrigues de Souza - Bibliotecária - CRB-7/6439

Indicação editorial: Rodrigo Simon de Moraes

Texto revisado segundo o Acordo Ortográfico da Língua Portuguesa de 1990.

Direitos exclusivos desta edição reservados pela
EDITORA RECORD LTDA.
Rua Argentina, 171 – Rio de Janeiro, RJ – 20921-380 – Tel.: (21) 2585-2000.

Impresso no Brasil

ISBN 978-65-5587-891-2

Seja um leitor preferencial Record.
Cadastre-se no site www.record.com.br
e receba informações sobre nossos
lançamentos e nossas promoções.

Atendimento e venda direta ao leitor:
sac@record.com.br

Esta publicação foi tornada possível com o apoio da Assembleia Legislativa do Estado de Mato Grosso

ALMT
Assembleia Legislativa

Dicke: além e aquém do tempo

*Rodrigo Simon de Moraes**

Neste exato momento, um dos mais belos e poderosos textos já escritos em língua portuguesa volta à vida. Magistral, mas incompreendido, Ricardo Guilherme Dicke finalmente deixa para trás o triste ostracismo por onde vagou, em vida e em morte, por quatro longas décadas. Graças à Record e ao editor Rodrigo Lacerda, o maior autor desconhecido do Brasil renasce em seu mais poderoso romance. *Madona dos Páramos* volta do passado para impressionar nosso presente.

Assim como seus romances surgiram como corpos estranhos em meio à literatura brasileira publicada entre fins dos anos 1960 e início dos 1980, Dicke também veio ao mundo em um local incomum aos centros difusores da cultura letrada no Brasil à época. Foi na noite de 16 de outubro de 1936, uma sexta-feira de tempestade, que o futuro escritor veio à luz, em Raizama, acampamento garimpeiro às margens do rio Quilombo, mata adentro na Chapada dos Guimarães.

Sua mãe, Carlina Ferreira do Nascimento, jovem descendente de indígenas Bororo, nascida e criada na região do Coxipó do Ouro, nos arredores

---

* Pesquisador de pós-doutorado na Universidade de Princeton, Estados Unidos, mestre em Letras pela USP e doutor em Teoria e História Literária pela Unicamp, onde defendeu a tese *Em busca de quem se perdeu: contos inéditos de Ricardo Guilherme Dicke*.

de Cuiabá, mal contava 18 anos quando, poucos meses antes da chegada do primogênito, partiu da casa dos pais para se casar com o jovem imigrante, alto e de olhos muito azuis, que um dia apareceu por lá. Cansado do "rigor germânico", Henrich Dicke tinha deixado para trás a pequenina Vechta, no noroeste da Alemanha, pouco menos de uma década antes para, em seus sonhos esparsos, abrir uma serraria e cultivar lavoura deste lado do mundo. Entre a Argentina e o Paraguai, pulou de trabalho em trabalho, até que as tensões que resultariam na Guerra do Chaco o fizeram seguir para o leste. Chegou ao Brasil pela fronteira entre Isla Margarita e Porto Murtinho. Depois de passar por Corumbá, rumou quase mil quilômetros ao norte, para a região da Chapada dos Guimarães, local onde, segundo ouvira falar, o ouro era tão abundante que se encontrava até na rua.

Foi só quando Dicke estava para completar 6 anos que a família, depois de muito rodar por garimpos do interior mato-grossense, chegou a Cuiabá, à época uma pequena cidade de não mais que 40 mil habitantes. Um diamante encontrado nas águas do rio Quilombo permitiu a Henrich realizar o sonho de comprar, por 20 contos de réis, a pensão onde costumava se hospedar nas viagens à cidade. Com o espírito empreendedor do alemão, já rebatizado com um mais sonoro Henrique, o imóvel passou a abrigar não apenas a hospedaria, mas também uma grande venda onde era possível comprar itens que iam de ferramentas para o garimpo à groselha e carne-seca.

Se olhamos para o mundo uma só vez, na infância, e o resto é memória, como diz o poema da estadunidense Louise Glück, o universo infantil que ressoaria por toda a obra de Dicke se divide entre o que chamou de "sertão mato-grossense" e a casa no número 625 da rua Cândido Mariano, no centro de Cuiabá. Nesses dois locais surgiram os elementos que, mais tarde, seriam a linha de força central em sua poética: a natureza, o sagrado, a morte e o encontro de culturas das tradições locais com os costumes forasteiros daqueles que estavam de passagem pelo Mato Grosso. Na hospedaria da família, ponto de parada para viajantes chegados de todos os lados, o escritor cresceu ouvindo as histórias que brasileiros de diferentes estados, e estrangeiros de diversos países, contavam por ali. Na entrada da grande casa, ao se postar na porta da frente, olhando à direita em diagonal, seus olhos logo alcançavam a emblemática igreja Nossa Senhora da Boa Morte; logo atrás, surgia o Nossa Senhora da Piedade, mais antigo cemitério cuiabano.

Alfabetizado por um amigo e vizinho da família, Dicke deixou a casa dos pais pela primeira vez aos 13 anos para viver no internato do então Liceu de Artes e Ofícios de São Gonçalo. No atual Colégio Salesiano, esboçou seus primeiros contos e poemas. E se, no futuro, o escritor viria a se transformar em homem de grande cultura, capaz de ler e escrever em inglês, francês, espanhol e alemão, foi péssimo aluno por toda a infância e juventude. A ponto do pai, já sem saber o que fazer, tomar a decisão de, em abril de 1954, matricular o filho em um colégio a quase 2 mil quilômetros de Cuiabá. A passagem pelo rigoroso Instituto Granbery, em Juiz de Fora, no entanto, não durou mais que seis meses, mais uma vez devido ao pífio desempenho escolar. De volta à capital mato-grossense, foi matriculado no que é hoje o Liceu Cuiabano Dona Maria de Arruda Müller, e ali seguiu sendo um estudante abaixo da média. Com exceção de 1956, quando finalmente conseguiu passar do primeiro para o segundo ano do chamado Científico, em todos os demais anos uma cena se repetiria: o então jovem estudante era obrigado a escrever uma carta de próprio punho pedindo ao diretor da escola para que fosse matriculado como repetente.

Mas o que explicaria notas tão ruins para um jovem que, desde muito cedo, costumava passar horas e horas mergulhado na biblioteca que o pai organizou em casa tão logo se estabeleceu definitivamente na cidade? Dicke não conseguiu mais pensar em outra coisa que não fosse a literatura, a pintura, o cinema, as artes em geral. Isso fez com que o desempenho nos primeiros empregos não fosse muito diferente do que se via na escola. A primeira experiência, em uma agência bancária do Banco da Lavoura, não durou nem um ano. Seis meses depois veio a Comissão de Estradas de Rodagem do estado. Admitido em agosto, saiu em novembro. Por fim, acabou frustrada também uma tentativa de trabalho na Marinha Mercante em Corumbá.

Mas se os anos 1950 terminariam da pior maneira possível para um Dicke desempregado e solitário, a virada da década, como que em um passe de mágica, marcaria o início dos melhores momentos de sua vida e seria fundamental para sua carreira literária. Finalmente estabilizado em um emprego, na Receita Federal em Cuiabá, em princípios de 1961 conheceu aquela que seria sua companheira pelo resto da vida. Três anos mais velha, nascida em Young, pequena vila a pouco mais de 300 quilômetros de Montevidéu, a uruguaia Adélia Boskov Todorov se mudara para Cuiabá acompanhando os pais, búlgaros que imigraram para a América do Sul fugindo da Segunda Guerra Mundial. Em uma noite de sábado, depois de muito caminhar em torno do antigo chafariz da praça Alencastro, Dicke finalmente tomou coragem e abordou a moça cujos cabelos curtos emolduravam um rosto de fina simetria na combinação de olhos castanhos-claros e nariz delicado. Para além do sorriso afetuoso, o sotaque castelhano deu a ele a oportunidade de levar a conversa para o campo em que se sentia um pouco menos inseguro. Fazendo força para disfarçar a dicção sofrível, caprichou no espanhol e, tentando impressionar, perguntou, em menção à poeta uruguaia que se tornaria conhecida como Juana de América: "Conoces a Juana de Ibarbourou?" Casaram-se menos de um ano depois. A partir dali, Adélia seria sua maior incentivadora. A ponto de, mesmo ressabiada, concordar em levar adiante o grande desejo do marido: afastado do trabalho por questões psicológicas, ele queria deixar Cuiabá para, no Rio de Janeiro, levar uma vida integralmente dedicada à arte.

Com o dinheiro que ganhou com a venda de todos os móveis da casa, mais o que arrecadou com os quadros de Dicke vendidos em uma exposição realizada no antigo Grande Hotel de Cuiabá, em junho de 1965 o casal desembarcou no Rio de Janeiro. Aos 29 anos, o escritor finalmente estava diante de seu grande sonho. Deixou de lado a pintura e passou a se dedicar totalmente à escrita. O entusiasmo era grande porque um ano antes, ainda no Mato Grosso, tinha enviado os originais de *Caminhos de sol e lua* para o concurso Walmap, organizado por Antonio Olinto. Ainda hoje inédito, o romance, que guarda semelhanças com *Madona dos Páramos*, ficou sem prêmios, mas o que Dicke encontrou em *O Globo* dois meses depois o animou: "Trata-se de realização romanesca de nível acima da média, que merece publicação", escreveu Olinto em sua coluna Porta de Livraria. O escritor decidiu dobrar a aposta e, em abril de 1967, mandou para a segunda edição do Walmap não um, mas dois romances: *Décima segunda missa,* que já tinha pronto, e *Deus de Caim,* escrito às pressas no pequeno apartamento onde morava com Adélia na movimentada esquina da rua Real Grandeza com a rua Aníbal Reis, em Botafogo. Cinco meses depois, em 14 de setembro, ouviu pelo rádio o resultado oficial. O ânimo só fez aumentar quando Olinto anunciou que, diante de tantos originais de alta qualidade, a comissão organizadora do concurso tinha conseguido ampliar a verba de premiação. Seriam sete, não apenas três os contemplados. E o melhor de tudo: além de Olinto, o corpo de jurados era formado por ninguém mais, ninguém menos que Jorge Amado e Guimarães Rosa. Não sem decepção, Dicke ouviu que o primeiro prêmio havia sido concedido a *Jorge, um brasileiro,* de Oswaldo França Júnior, seguido de *Um nome para matar,* de Maria Alice Barroso, e *Judeu Nuquim,* de Octávio Mello Alvarenga. Mas não foi preciso esperar muito para ouvir a notícia pela qual tanto esperava. Seguido de *Chuva branca,* de Paulo Jacob, *A verdade,* de Paulo Rangel, e *Capela dos homens,* de Benito Barreto, o primeiro romance premiado "*ex aequo*" foi *Deus de Caim.* Dois anos depois de ter apostado todas as suas fichas na mudança para o Rio de Janeiro, o jovem escritor nascido em um garimpo em Mato Grosso era premiado entre 243 concorrentes em um dos mais importantes concursos literários do país. Com a providencial ajuda de Antonio Olinto, o romance foi publicado em setembro de 1968 pela Edinova e ganhou elogios na imprensa do Rio de Janeiro e de São Paulo. Em entrevista a *O Globo,* quarenta anos depois, Dicke declarou: "Fiquei felicíssimo. Sabia que havia aberto as portas da glória."

No Rio de Janeiro, Dicke escreveu seus mais poderosos textos literários. Lá também finalizou o ensino médio e completou bacharelado e licenciatura em Filosofia na UFRJ, tendo sido aprovado em 11º no vestibular, nada mau para quem, alguns anos antes, fora péssimo aluno. Porém, o sonho de uma vida de escritor de sucesso jamais se concretizou na capital fluminense. Apesar do Walmap e de, no ano seguinte, um outro romance, *Como o silêncio*, ter merecido menção honrosa no Prêmio Clube do Livro, da União Brasileira de Escritores, em seu período carioca Dicke nunca mais conseguiu publicar um romance por uma grande editora. A Edinova chegou a incluir seu "Manhã de chuva" em uma coletânea de contos, mas a promessa de publicar *Como o silêncio* não foi cumprida. Dicke chegou a pedir a ajuda de Jorge Amado, que repassou os originais de mais um romance que seguiria para sempre inédito, *Agora e na hora*, a Dmeval Chaves, da editora Itapuã, e a Moacir C. Lopes, da Cátedra. Mais uma, sem sucesso.

Aos poucos, a dura realidade da vida no Rio de Janeiro se impôs ao escritor. Dicke resistia à ideia de buscar um emprego fixo e se recusava a trabalhar em qualquer coisa que não envolvesse literatura. Contava ter trabalhado como repórter no jornal *O Globo*, mas o diário carioca não guarda nenhum registro de sua passagem pela redação, assim como o Sindicato dos Jornalistas jamais registrou qualquer homologação envolvendo seu nome. Adélia trabalhava como costureira em casa, mas mesmo com o benefício pago pela Receita Federal, onde Dicke se aposentou em 1967, as contas não fechavam. A frustração com a falta de interesse das editoras, somada às dificuldades financeiras, deixou sua personalidade ainda mais difícil. Em março de 1969, em entrevista ao Suplemento do Livro do *Jornal do Brasil*, acusou a Edinova de falta de pagamentos, além de dizer que a editora fez alterações em *Deus de Caim*. Levando uma vida boêmia, as noites mal dormidas somadas às seguidas recusas de editoras passaram a afetar ainda mais sua saúde mental. Em fins de 1974, a situação econômica em Cuiabá também se agravou e sua mãe já não conseguia enviar dinheiro suficiente para o Rio de Janeiro. Adélia decidiu que era hora de voltar para o Mato Grosso.

No início de 1975, Dicke estava de volta a Cuiabá. A tranquilidade da cidade fez tão bem ao escritor que ele até se animou a arrumar não só um, mas dois empregos. Além das aulas na recém-fundada Universidade Federal de Mato Grosso (UFMT), passou a dar expediente como redator do jornal *Correio da Imprensa*. Também voltou a pintar e até participou de uma exposição na UFMT, ao lado de Ignês Correa da Costa e Dalva Maria de Barros. Não demorou, no entanto, para que a vontade de frequentar os círculos literários para além do Mato Grosso estivesse de volta. Em 1977, resolveu tirar da gaveta um romance que havia escrito quando ainda vivia no Rio de Janeiro. Acreditava que a força das imagens dos trabalhadores no entorno de uma fornalha, em uma caieira que conhecera próxima à chácara do avô Benício, na região do Aguaçu, o tinha inspirado a produzir um bom romance. Mas, mesmo animado, não se deixou enganar. Sabia que, vivendo em Cuiabá, distante das grandes editoras sediadas no Rio e em São Paulo, teria maior chance se apostasse em um concurso literário, como acontecera com *Deus de Caim*. Enviados os originais, a grande notícia chegou por telegrama no início de outubro: *Caieira* tinha vencido o Prêmio Remington de Prosa. Na noite de 11 de novembro, na Academia Brasileira de Letras, recebeu não apenas a premiação, mas também um contrato para que o livro fosse publicado pela Francisco Alves. Em junho de 1978, o romance chegava às livrarias, editado pela mais antiga editora do Brasil.

O lançamento de *Caieira* reacendeu em Dicke o desejo e a esperança de seguir publicando. Para isso, mesmo com a preocupação de Adélia, restabeleceu conexões com o Rio de Janeiro. Deu início a um mestrado no mesmo Instituto de Filosofia e Ciências Sociais, onde havia se formado alguns anos antes, e em 1980 voltou a passar longas temporadas na cidade. Estava aberto o caminho para aquele que viria a ser seu melhor romance. Os períodos que passou hospedado em uma pensão na rua Artur Bernardes, no Catete, permitiram que se reconectasse com Antonio Olinto, que tanto o ajudara no lançamento de seu primeiro livro. E foi em uma visita que fez ao jornalista que ficou sabendo de mais um concurso, desta vez o Prêmio Brasília de Ficção, promovido pela Fundação Cultural do Distrito Federal. Para além do valor de 25 mil cruzeiros, os vencedores na categoria de romance inédito seriam publicados em uma parceria com o Instituto Nacional do Livro.

Escrevendo compulsivamente ao longo de tantos anos, Dicke tinha sempre uma série de originais inacabados aos quais voltava para múltiplos acréscimos e alterações. Com *Madona dos Páramos*, que tinha começado a escrever assim que chegou ao Rio quase vinte anos antes, não foi diferente. Decidido a entrar no concurso da capital federal, voltou a trabalhar no romance que definiu como "a história de bandidos metafísicos, pois fogem da cadeia e ficam conversando eternamente sobre Deus, sobre a morte, a alma, os mistérios da existência". Como já havia acontecido antes, ao finalizar o livro, teve a certeza de que tinha escrito sua maior obra. A intuição estava correta: em 11 de dezembro de 1981, *O Estado de S. Paulo* trouxe a notícia: pelo conjunto da obra, Mário Quintana havia sido o grande vencedor do Prêmio Brasília de Ficção. Na categoria livro inédito, o vencedor era um escritor mato-grossense de pseudônimo João Ferreira, não identificado pelo jornal até o fechamento da edição. "Sou eu", disse a Adélia, com um sorriso no rosto. Com o apoio do Instituto Nacional do Livro, *Madona dos Páramos* foi publicado pela Antares em meados de 1982. Mas a vida em Cuiabá tinha cobrado um preço. Entre os grandes jornais, apenas uma pequena nota de dez linhas foi publicada sobre o lançamento. Na segunda-feira, 20 de dezembro, o *Jornal do Brasil* se limitou a dizer que *Madona dos Páramos* era "um romance épico, um tanto na linha de Guimarães Rosa, sobre jagunços e conflitos sociais". Foi preciso esperar quase três anos para que o livro recebesse a atenção que merecia.

Em 1985, aos 49 anos, Dicke seguia escrevendo compulsivamente, mas já não tinha esperanças de que sua literatura voltasse a ser reconhecida para além de sua terra natal. O que ele não podia imaginar era que a quase 1.500 quilômetros dali, em Campinas, no interior de São Paulo, uma das maiores escritoras brasileiras lia entusiasmada o presente que ganhara do crítico literário e amigo Léo Gilson Ribeiro. *Madona dos Páramos* deixou Hilda Hilst tão impressionada, que ela passou a insistir com os amigos para que lessem o que acabara de descobrir. Lygia Fagundes Telles, Roswitha Kempf e Massao Ohno foram alguns que ouviram o apelo entusiasmado. Em agosto de 1991, o artista plástico Jurandy Valença, que vivia com Hilst na Casa do Sol, anotou em seu diário: "Leio Ricardo Guilherme Dicke, que Hilda tanto me pede." O arrebatamento provocado na escritora foi tamanho que ela decidiu tomar a iniciativa de se corresponder com o autor que tanto a impressionara, algo digno de nota, pois reservado a poucos eleitos. A partir de então, Hilst passou a apontar o escritor como um dos maiores do Brasil.

Ricardo Guilherme Dicke morreu às 10 horas da manhã do dia 9 de julho de 2008, no Hospital São Mateus, em Cuiabá, a três meses de completar 72 anos. No grande túmulo de mármore escuro, na alameda central do Cemitério da Piedade, a poucos metros da casa onde viveu quando chegou com a família vindo do "sertão", uma placa de bronze traz a inscrição: "Deus é um grande mágico que fabrica realidades." Não teve a felicidade de experimentar, em vida, o prazer do reconhecimento a um trabalho ao qual dedicou sua existência. Assim como o acampamento garimpeiro onde veio ao mundo submergiu na Represa do Manso, na Chapada dos Guimarães, sua obra foi lentamente desaparecendo do mapa da literatura brasileira, até que apenas um frágil eco de seu nome restasse como que suspenso por um fio de memória. Pagou o preço que se cobra de quem insiste em caminhar na contramão.

Madona dos Páramos esteve tão à frente de seu tempo que inaugurou uma ainda hoje inexistente "literatura do cerrado". Seus "bandidos metafísicos" vagam por uma selva que não é floresta, um sertão que não é nordestino, uma vegetação que, ao contrário de Fabiano e Sinha Vitória em suas *Vidas secas*, não reduz, mas amplia, a condição humana. Em Dicke, muito antes de toda a atenção aos perigos de um desastre climático, a natureza é o veículo privilegiado para um reencantamento do mundo, um sagrado que irá permitir estar aquém e além do tempo e, assim, superar a dicotomia entre a vida e a morte. Passou ao largo dos valores modernistas que ainda orientam nossa literatura. Preferiu a volúpia prolixa, complexa e oleosa à coloquialidade ou despojamento (neor)realista. Mais que a objetividade concreta exterior, interessava a ele o mundo que repercutia em seu espírito, o fundo comum que sustenta os fenômenos. Na abundância de uma prosa que em tudo contrariou a literatura de seu tempo, fez de sua obra uma catedral consagrada à transcendência pela palavra. Assim, quarenta anos depois de seu lançamento, Dicke volta à vida em seu mais belo romance.

Martelo. Um som de martelo martelando ferradura em alguma ferraria próxima.

Meio-dia de sol untando de quente. Martelo no meio-dia. Martelando, martelando. Meio-dia e martelo. Bigorna.

— Você nunca teve mãe, amaldiçoado?

— O mesmo que a senhora.

— Minha mãe não teve filho meganha e seu nome não anda em boca de cachorro.

— Minha senhora...

— Não sou sua senhora.

O sol era fogo no centro da cabeça, as palavras eram vespas de fogo nos ouvidos. O martelo, ferro brabo, vespa de ferro, martelando. O homem olhou para trás, sobre o cavalo. Até que, às vezes, raivinha qualquer que cresce, vira onda como vaga do mar, cega. Uma pontada de vontade de escoicear aquele molambo de gente vestido de saia, acabar de matá-lo, que sob desculpa de solicitar esmola, xingando-o, continuava impune. A miséria do desespero, à beira dos abismos, na ponta do vento, dor de gente muito visível, é sempre impune. Gente de farda sabe mais que os outros disso, e se não sabe, acaba aprendendo. Olhou, não viu ninguém a ouvi-los. Não tinha importância, sabia demais perdoar. Eram fins das mediações de Nossa Senhora do Livramento, onde, os caminhos chegados da cidade grande, tudo vai virando devagar, sertão. Nem se nota, quando as ruas civilizadas se tornam o sertão mais brabo, debaixo das nuvens. Ele, rumo dos tuaiás. Onde era o tuaiá? Os inícios das coisas, ninguém sabe, apenas se sabe quando já se está no meio, mediações. Aquela velha. Já acabara com ruindades de verdade, se lembrava. Agora essa velha com ranho de praga, amaldiçoando-o por nada. Se ele sabia o que era a maldição? Até onde a palavra ia, seu ondular-se perdido num horizonte de foro inverso de bendição, sua lembrança arrepiada no coração, ele começava por entender. Mas depois, não. Se importava demais não, mas também não queria viajar fugido e com praga de uma velha que podia ser a sua mãe. Foi serenando a raiva. Ela falara na sua mãe, palavra mãe na boca daquela megera. De onde vinha aquela boca que dizia tantas palavras más? Ele não era culpado por ninguém ser condenado. Cedeu devagar? De dó da criatura, devia ser louca, a memória extraviada. Mendiga e louca. Os mendigos dizem qualquer coisa, alguma coisa têm que dar em troca das moedas que recebem, nem que sejam palavras simples. E os loucos, por mais que digam palavras que não sejam simples, são perdoáveis, porque não estão em si. Ele, cabo José Gomes, acabar com velha pedinte só para vingar o que ela lhe estava dizendo, sem mesmo saber o que falava? O céu é grande, gente, e todos cabemos nele. Meteu mão no bolso, remexeu procurando. A velha, na cara todos os desenhos dos sofrimentos, nas mãos riscadas de veias cascarentas e azuis, ossudas, gatázio de pregas e unhas quebradas, nódoas, manchas, toda pronta para virar gata assombrada, jaguatirica braba. Conhecia essa sorte de pessoas.

Sua mãe era dessa mesma raça de gente, talvez fossem irmãs no contrário do avesso de tudo, lá onde se encontra a rosa-dos-destinos, saiba-se onde, descobriu devagar, pensando, sobre o cavalo cansado, olhando sua sombra, a sombra da velha, a sombra das casas, uma árvore perto, sem ramos, mexendo os galhos pelados ao vento que começava a soprar levantando poeira vermelha. Só que sua mãe não concebia raivas, reconhecia-se sem qualquer espécie de desvario, sua mãe era muito boa e sensata, outros modos, outro jeito de se vestir, outros comedidos, não este cheiro de mijo e defeco, não estes sujos, estes rasgos, estas chancas abertas, este todo de bruxa chibamba, maligna, febrenta e zangada, solidão de dormir ao ar solto e viver de loucura, saiba Deus mais, ele que sabe tudo. Sua mãe era doce, ele se lembrava muito bem, não se parecia em nada a esta mulher, no entanto, reconhecia, as duas podiam ser irmãs, folhas do mesmo galho. As mulheres são outra fatoria, são de outros sonhos, os homens não podem entender.

— Como se chama você? — perguntou procurando ainda nos bolsos.

— Tabita, meganha, lembre-se de Tabita, a que nunca jogou praga sem pegar e que te amaldiçoa neste instante. Você há de penar no mundo que nem cachorro de índio, escute o que eu te falo.

— Seja boa, dona.

— Nada, amaldiçoado, nada, nada.

José Gomes achou o último de dinheiro que tinha: uns maços de notas de mil que ele, na fuga, arrematara dos bolsos de um tenente morto. Jogou-os sobre a velha, que nem se moveu, o vento levando os papéis, mexendo os molambos rasgados e encardidos da velha, os olhos dela como dois fogos de curiangu no escuro. O sol queimava. Na terra vermelha as sombras cor de terra molhada. Parara de ventar. O martelo martelava perto dali, os tinidos vinham claros, retiniam, envergavam-se no ar em vibrações de ferro.

— Que lhe fiz?

— Quer saber mesmo? Mataram minha mãe e meu pai e fiquei assim. Achei que não valia mais a pena nada. Os mata-cachorros, vancê o mesmo que eles. Nunca me cansarei de amaldiçoá-los. Amaldiçoados. Mil anos de praga não chegam nem dão, nunca me trarão paz.

— Sabe que também sei me zangar, velha?

— Então me mata logo, filadaputa de meganha amaldiçoado, mata, que é o que apenas vocês sabem fazer, essa sua lição da vida, matar.

— Seja boa, nhá Tabita...

— Seja boa o cu da mãe...

— Pegue o dinheiro, é seu, é o último que tinha...

Nhá Tabita ficou remoendo na boca murcha xingamentos sob o sol ardente, olhando as notas que o vento levava. O martelo martelava.

— Filadaputa amaldiçoado, cachorro malparido, que o diabo te leve à puta que o pariu, sobre vancê todas as pragas que nascem do inferno desta minha boca de maldições que só fala a verdade, porque nunca deveu a ninguém e muito menos a vancê, vancê e os iguais a ti.

A velha olhou as notas no chão e deu uma cuspada na direção delas, a boca chocha, sem dentes, os esgorovinhos dos lábios, as bochechas chupadas, as pregas e rugas espichando-se-lhe da face.

O sol rinchava nos horizontes, como um cavalo de chamas e silêncios agudos. Ele tinha de ir para longe, fugir, precisava de bendição, o tuaiá aberto é um deserto vivo e desconhecido, queria bendição, não praga, que Deus o seguisse, favorecido pelas boas palavras de uma velha que podia ser irmã de sua mãe.

— A bênção, Tabita, não negue, por favor, vou longe, não sou como os outros da mesma lei, não te fiz mal nenhum.

— Fez sim. Quando alguém em nome da lei faz mal a alguém todos são culpados.

— Vou para muito longe, Tabita...

— Vai matar pai e mãe de gente pobre?

— Não, vou fugido, vou longe, a bênção, não negue, preciso, em nome de minha mãe que a senhora não conheceu.

— Se é preciso... Esteja com bênção, que Deus te abençoe, meganha... Só por tua mãe...

— Deus lhe pague, nhá Tabita. Deus lhe pague.

Soltou rédeas ao cavalo, cutucou-lhe a barriga e se foi sem olhar para trás, as sombras andando, as casas passando, a árvore pelada ficando, rumo dos longes, tão longes que nem sabia aonde, sol queimando, chão começando de agreste com os começos do sertão, futuro rancoroso, só incerteza. Ele se ia com praga e bênção de nhá Tabita. Foi se distanciando. Ao longe ficou o vulto de nhá Tabita, curvada, apanhando as notas que o vento dispersava. A distância como um elástico enorme foi se abrindo como um leque na mão do destino, um ser perdido na eternidade, esse destino que começava. O dia foi se encompridando. Léguas passavam no ar parado, quente. Lembrava-se só de nhá Tabita, mais ninguém, e a sua bênção. A praga se calara, se escondera nos miolos de sua memória. O sol calcinava. Em vermelho, a terra a se perder de vista, baixa, sempre baixa e igual, as casas havia muito tinham se acabado, e os quintais com suas sombras de arvoredos copados, suas charnecas, a reunião e o convívio dos homens em lugares que se convencionou chamar de cidades, cerrados e cerrados, cansançãs e lixeiras, cupinzeiros negros e amarelos de longe em longe, quando em quando uma mancha mais forte de sangue de bromélia e broto de ananás-do-mato a romper no ralo da trançaria do chão; verde-suja, esturricada? O silêncio, em percussor, distendido, invisível, labirinto inconsútil. Nos ouvidos de José Gomes, só o manso furta-passo do cavalo meio perrengue, comendo a distância e o chiar estralejante das cigarras do verão, com lentor, mas principalmente este silêncio que vinha como que do futuro e não do presente. Rosário de semanas havia que ser, ou meses, talvez, quem iria saber? Uso e desuso das coisas que se maquinavam no ar, quem sabe adivinhava. O desacostume da lonjura, da andança, do vário, estranhado o diziam. Distante, distante, havia de estar. As seriemas rediziam de tudo isso, elas sabiam. A sabedoria delas vem de diversidões tão grandes que a gente forçosamente tem de aprender algo. No trote do cavalo lerdo. Audacioso perder-se na terra, pelos mundos, na fiúza destes cascos desferrados, precisantes de ferreiro. A nervosia do martelo se acabara, agora só o som das patas do cavalo sobre sua sombra no chão, as cigarras, as seriemas, e som de tudo que é um som de silêncio, mais que ruído ou voz, que se distinga na solidão. Bem longe já vai seu tempo de liberdade, agora, já que fez o que cumpriu fazer é cumprir fé na crueza dos chapadões, que se desenham na testa dos horizontes, aprestado, faro arteiro como de bicho, que se invente se não se tem ou se se perdeu e lonjura e mais lonjura, quanto mais lonjura melhor. Brasa de roda, roda que roda, o sol queima as esteiras do sertão. Sertão esbraseado, fogão de brasas. Pacatá do cavalo sem pressa no caminho de bicho mateiro, pacatá sem fim nas sapieiras, na força da adustão, e volta e meia a memória sobrestando, na remembrança cansada de ainda não acreditar que está fugindo, que está andando, o sol e as sombras, o chão, o cavalo, as lembranças. Custa a crer que tudo tenha de ser assim. Pacatá monótono, como se não estivesse com pressa, quando na verdade tem e demais, e quando por instantes cerra os olhos de sono, cintilam máculas rubras na treva das pálpebras, abre-os de novo e de novo a planura do cerrado como coisa morta, como uma paisagem vadeante que não muda. A velha nhá Tabita por bem deu-lhe bênção, ele tinha razão no fundo, não poderia seguir apenas com sua maldição. Cuidava estar mediando o rio Jauru, mas qual, é sempre visagem de fogo, seu pensamento está no rio, todos têm de pensar nas águas, sempre, mesmo quando se esquecem. É só o que o traz pensando, por dentro. Cabo José Gomes, respeitado e respeitador, honesto, com a graça de Deus, homem de lei, ontem, hoje corrido, não sabe por quantas bandas o buscarão a preceito. Ou talvez que nem o busquem. Mas como não o buscam se é feitor de um crime e fugiu da cadeia? Outras realidades existem além desta. Veste a farda que retirou de um sargento, que ele não se ia com roupa de preso, está armado, traz de tudo, sabre, cutelo, clavina, revólver, cantil, rebenque, matula e coragem, instrumento de campanha, só não deu para escolher montada mais ligeira e desanuviada. Que fazer? Aqui o Diabo vestiu este poncho de dardos de fogo e o olha por todas as partes com seus olhos oniscientes, que estão em tudo. É conformar-se na forma do que a sorte deu até seja Nosso Senhor de todas as maneiras servido. Para que lembrar-se?

Serão três ou quatro horas da tarde, hora em que o sol se enjoa nestas funduras e demora uma eternidade nos seus últimos fogos, os mais ardentes. Sim, ele sabe que está longe, muito longe, pois lá se vão dias e dias em fieira como peixes em rodada, mas que é do rio? Um rio que alegre as vistas, que dê força para continuar, como só os rios dão quando se viaja muito. Ou já haverá transposto as divisas sem que nem ao menos se saiba e pisa soalheiras da Bolívia ou do Peru ou da Colômbia? Talvez Venezuela, as Guianas, haverá se desguiado de rota, perdido, sobtudo. Céu para os olhos, céu doce que não cansa, consolo de mel para a boca sedenta, para os olhos empoeirados, para o corpo cansado, para a fadiga dos ossos e a espera da alma, a visão desse rio que lhe impacienta o coração como uma fruta pejada de madurar. Cabo José Gomes passa a mão pela cara, sente as falripas espinhentas, deve estar com uma feição de caburé jagunço, mesmo vestido nestas galas de soldado. Para perder-se de Garci, eles que haviam combinado de se encontrar, único que poderia lhe dizer alguma coisa, talvez compreender coisas que nem ele mesmo entende, enfim, servir de companhia, que gente só é coisa por demais tentada. Um menino quase, o recruta Garci, corneteiro e muleiro bom. Onde ficou o amigo, não sabe, talvez pene ainda no cimento frio da cela, não pode saber, talvez vague sozinho também, perdido, por alguma parte deste tuaiá, quem saberá, marcaram o encontro dentro das léguas que partem de Nossa Senhora do Livramento, o sol cozinha-lhe o corpo e a cabeça trabalha vagarosa, na quentura quebram-se as saudades, as coisas boiam, informes descaem, um grude se lhes prega, as pálpebras ardem, anda um fogo sob os estorvos da farda de tecido grosso de cáqui, teme zanzar errante sem encontrar rio nem mais viva alma dos companheiros, que se marcou por estas imediações, mas como saber que imediações são estas se os caminhos se esfumam e apenas sobra uma vertente fina de chão, onde passam moradores que pisam este chão vindos de algures para nenhures, algum lugar perdido para outro lugar perdido? Difícil que se conheçam estas veredas que se desfazem. Eternidade em fora, presságio da maldição de nhá Tabita misturada com sua bênção mais sincera, castigo de Deus. Terra enorme, soleada e triste, mundo sem fim, que mundo grande, até onde irá? Armas tem, mas a matula está minguando e foi feita para acabar, que tudo nesta vida se acaba, quanto mais as matulas, e com ela a água escaldada do cantil, que é água e se irá pelos caminhos naturais de onde veio. O que nos arma não tem fim, mas o que nos ergue, tem sim. Nem moscas nestes gerais, pelo menos dessas como da cidade, somente umas mosconas grandes e verdes, com jeito de mutucas que acompanham a gente e não largam o rastro do cavalo. Lamúrios de jacutingas e patativas esparsas, vez em quando uma seriema de longas e finas pernas cor-de-rosa, com a plumagem branco-amarela, a assuntar, a cismar, emergindo no bamburro, os olhinhos vivos e fixos, os guampinhos afilados à feição de lira espreitando a paisagem, calangos enormes passeando sua preguiça no chão requeimado, uma cobra de repente à beira do caminho, desdobrando-se lanhosa, cheia de esses, escorrendo lenta, se escoando escamosa, com a língua bifurcada tremendo nas résteas do passador marrom-esverdecido pelo esgruvim.

Vaivém amolengado da alimária, José Gomes meio escadeirado, vê por entre os fios das pálpebras, entre fumos o prolongar-se de cerros garranchentos estirando-se, espichando-se sempre até o empapuçar-se meio azul esgarçado, meio verde do céu em fornalha. Nas perneiras as pernas, na cabeça o quepe sem resguardo, no corpo a farda pegajosa e suada, os cardados de Djanira, e o corpo sob a osseira do cavalo a trotar, remoendo os ferros do arreio na beiçama, pacatá, pacatá, a paciência de pelo pedrês, três baixeiros suados a não poder mais, barrigueira arrochada, tapa-olhos dos lados, cola açoitando os quartos, pescoço tenso, crineira cortada a um palmo, os arreios meio bambos, e o peso por cima, José Gomes, derreado, as pernas trançadas sobre a barriga que mostra as costelas magras, como este cavalo anda tanto, meu Deus do céu, se me contassem eu não acreditava, a estradinha arcaica que nem é estrada mais, a adustão sem fim, as cigarras tontas de calor, os cansanças que se queimam, ardem sozinhos, o céu sempre igual e sem nuvens, pacatá, pacatá. Não há dúvida que tem por perdido o roteiro que porventura nem traçou direito, ele e Garci e os companheiros, confiados ao acaso e à sorte de Deus, já não sabe aonde irá sair, força é encompridar a distância, força é ir, ir, ir. O rio Jauru entranhou-se na terra na recusa de dar-se à vista, ao tato de um banho. Rosário de tempo, contas rezadas como as horas que passam, dias andados como a sonhar um sonho do qual não se desperta porque não se dorme, é um sonho onde não se dorme, sonho vivo, aceso, fora do sono, todo esse andado em pesadelos de terra e poeira e sol e garranchos e quartos de cavalo. E que tanto sono, cabo José Gomes? Pausa, um momento para pensar em Garci de novo, o menino Garci que ficou para trás ou se perdeu. Súbito, o cabo nota que o cavalo amiudou o trote, carrega na passada mais ligeira e animada, as orelhas brincam de tesouras cortando, um sangue novo nesse caminhar. Isso alegra o coração, sem saber por que direito, José Gomes. Sabem os bons animais amigos do homem há tantos séculos, o permeio, misterioso dessas matas atupidas, mistérios que só eles imaginam e ruminam, sabem o desconhecido ignoto das águas, sob que coruchéus de lonjura passam e turbilhonam espumando e se encachoeirando. Um fio de eco, um aboio ancestral os ligam, rumor de águas e rumor de coração ruminante. Ao de se menos espere, aquém destes borocotós acachapados no vapor do sol fervente em centelhas e cardumes de fagulhas de fogo, abrir-se-á aos olhos o todo do ancho do rio procurado, bênção de Deus! Louvado seja Nosso Senhor! Benditas orelhas que escutam a voz subterrânea do rio! Deixa ao faro do bicho o trabalho de perlongar no caminho, rumo à água, e céu e terra são um todo de cintilares que não terminam mais. Pobre menino, bom como ele só, Garci. Estradeja acaso como ele a estas horas ou paga a sua vida, com uma paisagem de cruzes de ferro nos olhos, a mocidade atrás das grades, o bom amigo? Os relógios não andam atrás desse purgatório lento demais. Bem conhece aquele inferno vagaroso. Os meses que correram, infinitos cumbés, pela sua cela, lhe deram ideia do que haveriam de ser anos e anos, nessa parecença de morte. Não sabe bem o que houve na noite da fuga. Lembra-se apenas dos rolos de fumo que se levantavam, de estampidos ao acaso, de clarões acendendo-se no caminho, de rombos que se abriam e muros que derruíam e sombras que esvoaçavam e corriam. Alguém lhe abriu a cela e ele calmamente ganhou a rua e de longe viu que um pandemônio incomum estava acontecendo lá dentro da Cadeia Pública, na rua do Porto. Muito vago tudo aquilo. Claro que soubera dos preparativos, os cochichos, as reuniões pelos cantos, as discussões clandestinas, e pensava que algo estava para acontecer igual esses bichos que adivinham os terremotos, mas ninguém lhe dissera nada, talvez por receio de sua condição de homem da lei não merecer confidências por parte deles, homens do outro lado, outra face da moeda, apesar de tudo, outra cara da lua, ouvira rumores de coisas, do depósito de munições que assaltariam, da cavalariça que arrombariam para apossar-se das montarias, das vinganças que combinavam, dos morticínios que haveriam de proceder, tudo isso desenhou-se na sua cabeça depois de parcas palavras murmuradas que escaparam-se-lhes das bocas. A esta hora o sargento Mulinha estaria descabeçado como São João Batista, a cabeça purgando, no céu dos sargentos. Ruim aquele demônio, exagero da lei, e abuso, exorbitância, abusava de sua autoridade por demais. Gente assim, apesar de tudo, não merecia viver. Pequenino e anguloso, ganhara dos presos o apelido, pelos coices que dava. E que ódio velho andava entre ele e Urutu!

Urutu era o líder da fuga. Pretaço de raça caburé, cuiabano de sangue azougado, temperado e garboso entre vidas e mortes como aquele estava para se ver. A mode urutu-peba, tinha uma cruz causada de pelejar no centro da testeira e dela se orgulhava como de um brasão. Ninguém nem quer saber o que foi do sargento Mulinha nas mãos de ferro de Urutu. Autoridades baixotinhas e de fala fina abusam sempre, não se sabe se é por complexo de inferioridade ou por quê. Ia longe a preparação para essa fuga, as murmurações, antes mesmo de José Gomes aparecer na cadeia. A estas horas devem todos estar longe, rumando cada qual para a casa-palácio-igreja da Figueira-Mãe. Não hão de saber o que vem a ser isso, nem ele ao certo, nem ninguém lá da cadeia, talvez Babalão ou Chico Inglaterra, que, pois, o mais certo é que tudo sejam lendas. O que se sabe ao certo, em real, é que é direção de homizio, as cidades do asilo, santidade de proteção, um lugar perdido no maior sertão do norte, no tuaiá dos mato-grossos, que todos os perseguidos almejam encontrar. Se procuram com fervor, de coração limpo, acabam encontrando, se não têm fé, não acham nunca, porque o homizio se esconde, é a lei da lenda. Único se sabe é que é fronteira destes gerais, no grande Tuaiá, mundão de cabeceiras do Paraguai ou do Xingu, talvez Bolívia ou Peru ou Colômbia. E é para lá que José Gomes se dirige, irmanado com a consciência dos homens, os fugidos, que a buscam também. Sabe-se também que é um país novo, sem construção de leis, sem quebra de respeito, no começo do desenvolver, essa capital dos reinos das proteções: Figueira-Mãe. Em Cuiabá havia um bispo-vigário muito santo, que por artes da vida se fez forte feiticeiro e benzedor milagreiro, ninguém sabe ao certo, talvez tudo invenção, esse povo fala demais, tudo isso José Gomes ouviu de conversas passadas, teve umas turras com o arcebispo que o condenou e o fez perseguir pelo governo e o padre assim se tornou revoltoso e foi dividindo os fiéis, dando proteção aos perseguidos e justiçados, até formar um partido grande na cidade a mode Canudos, até que um dia sumiu das vistas e tornou-se respeitado no oculto, como um rei dos sertões. Diz que é cidade, quem vai saber, dizem até país, dizem entretanto somente Casa da Figueira-Mãe, deve ser, palácio e igreja, sé e catedral, já pois que o homem é padre-

-bispo romano, tem nos aceitados fregueses açoitados sua paróquia, e esta nos aquéns destas ribas, na propaladas falada e famosa serra dos Martírios. nas lonjuras de Deus e é para lá que me vou bem confiado, que toda lenda que corre demais é verdade no fundo, pois não sou mais homem livre, o cabo José Gomes é agora proscrito e homem condenado não tem paz no mundo até que não encontre um coito que Deus lhe mande entre as miríades de destinos que podem se suceder. Eles o chamam de O Sem-Sombra. Deus tem seus jeitos e modos, tenho por justo que me dará o anúncio e o prenúncio procurados. Chico Inglaterra tinha na cabeça os desenhos da terra e dizia da função destes rios embriocando nas chapadas dos Parecis e dos Guimarães, aí vai coisa, ou sabiam todos o rumo exato e se faziam de dessabidos ou estavam despercebidos. E Babalão Nazareno, homem rezador da Bíblia e andarilho, não podia errar no dizer as coisas mais certas, até explicou que o coito era entre altas matas uma póvoa guarnecida de serras e serras, nem tão longe, nem tão perto. O Caveira afiançou que a prova mais acertada era o de alguém ganhar o encontro do Aguapeí com o Jauru e se ouvir na calada da noite sinos tocando no meio da mata, quatro a quatro badaladas contadas, sem se ter igreja nem torre de sé por perto, é porque estava no rumo verdadeiro. Ora como vai um cristão nestas bibocas de Deus ouvir a voz da direção? Há-se que fiar no aventar seguro do homem que vai só? Saiba o destino lonjuras que me esperam. Fora contar os aprestos da lei, diligências e patrulhas que nos andam a focinhar os rastros. Já vai longo tempo que me roíam os escaldos do arreceio. Estes meses de prisão me ensinaram o que segres inteiros não ensinam. Como se eu descobrisse no fundo um José Gomes novo, não reles cabo de polícia, não meganhas esculhambados, tais os que me andam no encalço, mas um José Gomes da iguala de Urutu, homem legislado, e vero, homem assombrado mil vezes diferente dos assombrados, de Pedro Peba, Chico Inglaterra, o Canguçu, o Caveira, Anes Dias, Paco Guerra, o Boliviano, Gedeão do Rio, Lopes Mango de Fogo, o Babalão, o Garci, João Padre, homens que surtiram dos reinos de fogo, dos pagos da morte para os brinquedos do mundo, que mundo não é, arremedado do inferno como é a vida das carreiras soltas e dos portões abertos dos purgatórios sem perdão. Imagino-me como esses guaribas tão especiosos puderam aquartelar os costados naquelas cubocas azuradas de defeso lá da cadeia. Isso são histórias longas. E de cada um em particular. Apereia-me a pena pensar nas gafonhas que esta hora estão de almas penduradas nos telhados de São Pedro como morcegos dormindo. Dei-me conta de que sou curiboca de lei, irmão do cedro e da peroba, amigado do rio e do céu, filho das serras e dos sarobás, parente dos caminhos e dos pássaros livres e por isso minha lei de agora em diante é ter o perigo por companheiro e a morte por sombra e testemunha, comer distância com poeira, viver de lonjura e estradas e esporear no vazio, feito redomão sarapantado. Mas isso são bravuras bravatas, me confesso. Afora a ardência desse sol que é do mais natural, me queixo apenas do clareio da savana, essa espécie de eternidade que tenho de cumprir enquanto vivo for, assim fulgindo no aberto dos escampos, deste cavalo cambeta, que se soubesse de quem leva por riba, sua sina declarada e assinada por Deus, desembestaria como catingueiro acossado. Abertão do sarobá, abertão do sarobá, nas abertas do mundo, rumo da Figueira-Mãe, nos meridianos da ardileza, empero de tudo, cadência de céu perene, calafrios indesejados no corpo, empero do astroso que me acompanha, abertão do sarobá! Diacho, homem não tem medo e se tem cria na força do adregar, ardideza de quem porta mango, franqueira e respeito! Bom é isso que vejo agora — um pretejar que vem avançando, na medida amiudada da montaria, um risco de verdura que vem surgindo e aumentando na vista. Um buritizal como um oásis, uma pindaíba. Até comungo esperança com o animal, cheirando no ar escaldado o fresco das águas do rio descendo entre galhadas. Vou chegando. Tão de repente, assim como uma aparição dos lugares na frente da gente e não viesse a gente andando, e sim eles, é que viessem andando. São pinhões verdascando, um corredor ancho que vem estreitando o rio, aqui e ali o pescoço longo de um buriti coroado de palmas, longas folhas verdes que amaciam os olhos da gente, terra escura e de parecer fria, ou ao menos fresca, desse longo convívio escondido com a terra úmida, sombras estendidas, pinhões e araçás, marmeladeiros e goiabas selvagens, Deus seja louvado. Já me roçam saudando, no sussurro das touças que se movem balançando, as pontas das folhas, como mãos que me quisessem resguardar ou felicitar. Vou encafuando-me no sombreado, há quanto tempo que este valezinho me espera, penso, a delícia de salvar-se a esse brasido vivo lá fora ao sol, de sentir esta frescura de galhos que cumprimentam e perguntam como vamos, há tanto tempo, com a linguagem do ramejar e de ouvir arruídos de beira de água e os cascos do cavalo pisando os tapizados de folhas secas, quanto tempo faz que ninguém as pisa, talvez, delícia de acoitar-se num fechado resguardo de tudo, depois de dias e léguas que se vão, no aberto do mundo, nos estiradões dos carrascais estrepados e garranchentos do sol em estilhas. Ainda um pouco paro, me mantenho no estribo e na seleira me soergo um tanto e pesquiso longo a longo o horizonte arrodeado de fogo e desolação. Nada, só eu mesmo, eu e o cavalo pedrês, eu e Deus, que talvez nem saiba de mim, aqui tão longe nesta perdição de deserto. Ao menos alcancei água, deixei para trás bom sarambulho de bamburro de esconjuro do Demo. Não é sede o que tenho, senão ânsia de deitar num refrescado recanto com arruído de folhas, nessa proteção de uma pouca de mata, e deixar a cabeça retomar o que é de seu, o pensar com tino o que tenho para suceder, o relembrar alguma coisa que a bafagem do sol andou a frigir, alguma coisa a pachorrar-se, a fazer-se mole e intangível, alguma coisa num quase perder-se nem se sabe onde de tão distante. Talvez descansar sabendo de muitas coisas. O que era isso? Nem eu mesmo sei. Já desapeou e homem e animal bebem a água fria e doce. José Gomes tira a roupama e salta ao rio. É um rio pequenino mas fundo pelos azuis e verdes pretejados, onde os redemunhos giram entre paus que afloram e galhadas que se inclinam ao bafejar das águas. Mergulha fundo e volta. Nesse ir e vir esqueceu de tudo, se por tudo se pode chamar aquilo que era pena. Adão, a liberdade. Mais lá embaixo, o rio, nem muito largo nem estreito em demasia, desce sua tranquilidade esverdeada e clara onde o sol centelha de quando em quando, entre gibas e corcorvas de folhedos pendentes, e vem em esses escuros, numa turra como de amodorrinhado com esse sol que se lhe desponta aqui e ali em zebras e respingos de luz, caricioso e manso, como de muito longe, dos seios das bocainas e das serras milagreiras, da raiz das florestas de contenças enormes, onde dorme a solidão do silêncio em que não vem ninguém, dos sem-fins das cabeceiras remotas, onde dobram as campanas da Figueira-Mãe, onde o Sem-Sombra espera na sombra de beatitude do seu santuário os caburés acossados, desparramados pelas asperezas das mesetas sob as rinhas e remoras do sol brabo que pela peles. José Gomes já gozou e sofreu muito nos meridianos da vida, mas nunca sofreu tal que agora neste esporear de fuga, nem nunca jamais não gozou tal gostosura de água, refrescando o corpo em bostelas de queima e atrito de trote, que arde ainda quente ao contato frio, os dias de adustão e corcoveios, dias e dias nestes minutinhos de graça. Onde estava escrito isto, Senhor, no teu grande livro? No rego do cóccix, ali onde a carne se faz salmoura de esfregar-se na sela, a água parece fritar, mas é apenas impressão. Há um alívio que vem de todo o corpo agradecido. Demorou-se muito dentro das águas, quanto de ruim estaria ainda por acontecer neste mundo de cansançã e fogo, e vez em vez, dando fé, aguardava auscultando as margens inquietas, onde só o cavalo pastava fluindo também daquela pausa entre matos frescos. Fora isso era aquele silêncio de chegança de destempero de tropelia para a parada súbita num esconso de paz como aquele, que só conhece quem vem de árdega estirada, corrido, morto por um palmo de sossego. Silêncio é dizer, pois que há passarinhos em variedade varando as ramagens, trilam grilos, e bichos e pássaros estranhos, seus zoos, seus zumbidos e seus mugidos surdos que parecem vir da terra profunda, aos redobres charlam e trinam e os galhos ramalham, correm sopros, há o bulício gorgolejando cavo deste rio, como uma boca enorme que quer dizer alguma palavra esquecida ou guardada com zelo demais, procurando modo de se revelar, mas lá fora, penso, é o deserto mau de onde vim, penso e sei que é a verdade, a terra vermelha e seca e sem rastros por mais que se ande dentro dela, a não ser os da minha montaria que a sombra da noite engole e apaga e a luz do dia torna a marcar, o deserto sobgrave com seu silêncio ardente e como que consumindo chamas, abafado, agravando tudo, sem eu saber o que está acontecendo nos seus quadrantes, mas depois de tudo, para falar a verdade, para que hei de querer saber de todas as coisas, quando basta saber de mim mesmo? Já José

Gomes saía nu do rio, à suspeição do silêncio que distinguiu no mediar do arruído e o sobressalto de leve, silêncio que parece aumentar e diminuir, subir e descer como uma montanha que a gente à medida que vai andando, ele aparece ou desaparece nas suas vertentes visíveis e invisíveis. Apanha a pistola e furtando-se num bojo de tufos de matos dá tento à sobrerronda, na espera de qualquer coisa. Postura alentada de caboclo desempenado e descomedido a deste José Gomes. Meio baixo, mas tourado a arca dos lombos, as abas das apás posudas, as ombreiras-fornidas, a peitaça trombuda, como em pedra, tudo aquilo é descarga tranquila de músculos prontos no arrocho, de macho em substância sem arenga inútil, avivado nos perigos que Deus manda por bem e por mal, nervos de jaguar esperto, farejando o que der e vier, que ninguém é dono de si mesmo onde não se sabe se há ninguém feito de corpo vivo e de viva alma, sua coragem vence o medo. Mas foi rebate falso. Tudo permanece no mesmo embalançar, nada. O silêncio decorre como o tempo, sempre passando sem alteração. A água ainda lhe escorrendo do corpo nervudo, aljofrado. Tão sem mover-se que parece em pedra erguido na mata. Já percebeu o infundado do palpite. Gente perdida tem desses repentes. Volta-se e veste-se lento, os olhos perdidos na frusseria de cintilâncias que a água nas margens debulha. Se pudesse trocar esta farda por roupa de gente, não é bom andar assim vestimentado que ninguém às vezes gosta de gente fardada, logo desconfia e se põe a fazer palpites, esses quartéis, qual sua finalidade? Guerra, fuzil e canhão, bala e sabre, mandar, matar e castigar, fazer sofrer, cartilha única, e já agora nada o une ao mundo dos que ficaram para trás, o mundo dos que não têm do que fugir nem do que se importar e temer. Só agora neste sossego de oásis, pensa no risco pendente que corre, neste brusco cambiar de rotina, novidade brutal em que se tornou de repente aquele ramerrão de vida no quartel e depois na cadeia, somente agora, esta tranquilidade de poder meditar melhor, sozinho. Preso à cutuca do cavalo, pega o surrão, limpa um pedaço de chão e se senta, espichando as arcadas, recostando-se ao tronco de um jatobazeiro, em volta os pinhõezeiros de folhas verde-escuras roxeadas, mostrando seus frutos inumeráveis. Agora pode pensar mais desafogado. Come devagar, os olhos postos nas águas que se vão, que passam mansas quase sem bulir, num som fresco que sugere algo como meia escuridão, penumbra esverdeada, rio que corre com espumas nas suas margens. Farofa de carne-seca, rapaduras e broas dormidas. Na outra margem vê um tuiuiú pensativo, numa perna só, o pescoço comprido e preto, como uma girafa dos pássaros. Aquele bicho tem sua liberdade, no mais parece ainda agrura de preso, levar por onde vai sua pena ou sua lembrança das penas, o que vem a dar quase no mesmo, como eu naquela melancolia de cárcere que faz dó lembrar. Agora vivemos, eu do meu lado, o tuiuiú do seu, só entre nós eu sou o procurado, o foragido, ele nada tem nem terá do que preocupar-se, ao passo que eu, neste sarambulho de existência, a trouxe-mouxe nos carris do destino. Faltou o Garci aqui para a gente conversar sobre o que passou e que nem bem posso enquadrar ao certo. Uma desgraça, um mau fado tudo isso. Começou há já algum tempo, deixa ver, sim, ali na cela não havia nem calendário nem folhinha nem nada, uma tarimba, para mim que era da lei, a que estou acostumado desde rapaz, não é nada não, os outros dormiam no chão de cimento, fizesse frio ou calor, o frio e duro do ar encarcerado e as barras cruzadas da janelinha no alto, essas barras que tenho tatuadas na alma, três meses não são nada, mas há três meses que respiro aquele ar de cova, como enterrado vivo, que cova não é muito diferente de prisão, igual qualquer criminoso, no entremeio deles, seu comum, eu que era cabo. Começou com uma morte que tive a desgraça de dar por dada. Um compadre meu, primo-irmão dela, cabo como eu. Pois aquela tarde tive a infelicidade de voltar para casa longe ainda da hora. Imagine pois só, nunca me passou pelas ventas suspeição nenhuma. Foi tudo por uma dor de dentes que me estava pondo louco. Vou ao dentista, este me arranca o dente, por sinal que este daqui da frente e toco para casa. Era ainda cedo, podia ser meio-dia. Os meninos na escola, que tenho dois. Eu crendo a mulher na cozinha ordenando a comida, mas nada. A casa toda quieta, a mode morreu gente, até me deu um arrepio só em pensar, pareceu um pressentimento, me lembro, me correu um risco de medo na espinha. Entro no quarto e lá está a mulher enleada nos lençóis, fingindo-se a dormida. Logo dei pela coisa. E mais que num lanço de olhos dou com botas, fardas etc., até pensei que fosse mais de um, tudo num bolo numa cadeira ao pé da cama. Ainda não disse que minha mulher era bonita para danar, dessas frajolas que se demoram cinco horas para comprar um perfume e dez para usá-lo no corpo. Era naquele tempo, agora nem quero saber. Não tenho mais receio de dizer, nem careço de dar nó na língua. Para quê? Cabo Gerão é agora esterqueira de bicho. Pois, chego-me mais junto, puxo um pouco os panos e me sai a dama mulher minha em pelo, como só eu a pensava conhecer, escondendo o rosto num arremedo de choro nos travesseiros, dizendo que estava com febre, maleita, a porca mentira, se maleita dá frio, um frio de matar, e ela se refrescando nua entre lençóis frescos, a Candi mostrando as bandas de exuberâncias de carne, o aconchego de fartura das ancas e dos seios, que, Deus me tenha em guarda, se eu não tive razão, até São Jerônimo com toda sua santidade se arreliaria em cobiça mais pura, aquelas coisas caras que só eu tinha fé e privilégio de ver e privar, tive ainda até que uns quengos de bem pensar, mas naquela hora quem ia bem pensar? Ainda se me amoleceram os bacorejos em tenção de buscar outro atalho para as coisas que de repente poderiam acontecer muito depressa, como aconteceram na verdade, mas não foi possível. Os bofes arrebentavam. As poetagens da vida todas se me furtaram e as bílis se me vieram em estouro. Não conto mais, ali no quarto havia uns paus, uns cabos, umas ferramentas num canto, a casa era pequena, a alcova era quase uma abegoaria. Tarrafas, caibros, ripas, casa de caboclo de arrebalde, de homem da lei pobre, mas honrado. Debaixo da cama saíam umas pernas cabeludas que punham tudo irremediavelmente a perder. Das sobras do lençol caiu ao chão um longo camisão-de-vênus, ranhoso e amanteigado, solto, desmedido, como um caracol-cornucópia desparafusado, cheio de pós-prazeres, ou um anescópio dos aeroportos, desses que se incham com o vento e giram e giram lá no alto de um mastro, indicando a posição dos ventos, pingando, malignamente pingando. Se aquilo não estivesse naquela odiosa pingação, por Deus, que capaz que não acontecia nada. E eu queria tanto a minha Candi, dois filhos. Por Deus, digo que pensei pouco, verdade. Fui, uns cavalos em fúria aqui dentro do peito, uns cavalos de fogo, fui, peguei um machado que havia ali no canto, parece que o Tinhoso o pusera ali por puro gosto, ainda no outro dia tinha me esmerado em amolá-lo, estava que era um corte só, alvo, limpo como o branco destes olhos que viram tudo e não se esquecem mais, empurrei jogando a Candi de lado para livrá-la, afinal, pensei, a mulher é fraca, mais fraca que o homem, ergui-o nas mãos na polidura do cabo liso e desci-o na força cega da raiva para tudo quanto foi lado, em cima daquela cama onde nasceram meus dois filhos e que agora me pareciam o ninho dos diabos. Quando terminei estava como um açougueiro nadando em carnes e o quarto era um esguichar vermelho que não tinha mais termo. Não havia mais cama, nem gente viva fora eu e a Candi, matei primeiro para olhar depois quem era o desaforador, nem demasiado rumor houve no vira-mexe. Tudo jorros, pelancas, três dedos de estanque de sangueira onde boiavam partes, bofes, mundongos, madeirames estraçalhados, panos embrulhados. O ferro me pesava nas mãos. Com aquilo encompridara a corda do destino. Joguei-o longe. A cabeça degolada cerce do cabo Gerão era um arreganho de riso e choro e surpresa esperada, coagulado, jorravam como torneiras os canos do pescoço, sua bigodeira varria a nata do chão. Os quartos do homem aberto em dois, os ossos vivos no cerne do branco despontando em tutano no escarlate do esquartejo. O assoalho banhado, começos de covas onde fui casal com Maria Cândida. Depois isso José Gomes era um assassino. Virei ou fiquei um assassino? A Candi se perdeu no mundo, não sei por onde anda. Verdade que a amo ainda, creio às vezes, me parece, mas que vai fazer um homem como eu? Homem é homem. Fui entregar-me e três meses se passaram como um rosário de tempo. Depois do que passei não voltarei jamais por querência minha àquela cova em vida. Prefiro este perigo ao solto, na pendência de suspeição que vem desde sempre, me parece. Deus servido seja, esta remora de homizio no seu pousio de Figueira-Mãe, Sem--Sombra estará rezando por mim e por meu crime, à espera de foragidos e perseguidos para os acoitar da mão secular do mundo. Um quero-quero grita gaitando com todas as latas numa arvorezinha baixota. José Gomes tem os olhos úmidos, um broto de lágrima enturgecendo as pálpebras. Quero quero quero quero, grita estridulado o quero-quero. Também quero, mas nada tenho — pensa José Gomes —, mas o quê? Sei lá, nem sei o que não tenho e o que quero, sou como ele, acho que quero paz. O pássaro continuou gritando, seu canto retinia nos ocos dos matos.

— Que queres, diacho de ave? — diz e não sabe se falou consigo mesmo ou com o pássaro, que é o mesmo que falar com ninguém. E os olhos ardem queimantes, ardentes, baços de lágrimas. Esfrega-os aos braços remangados. Pensa agora nos meninos que ficaram sob a cuidança de um tio, seu irmão. Bom tutor há de ser Pedro Gomes, no seu sítio, à beira da cidade. Três meses que não os vê, João e José, os meninos, mais a mulher que se afundou no mundo, pernas para que te quero. A mulher não presta, mas ele ainda pensa muito nela, às vezes, talvez até demasiado. Verdade que dá saudade lembrar-se dos bons tempos quando tudo parecia que ia sempre numa eterna paz ininterrompida. Ao menos o tempo em que viveu pensando que tudo ia bem. Num repelão espanta o pensamento traiçoeiro que aflora. Que pousa nele como uma mutuca a zumbir. Não quer pensar nela, quer esquecê-la, que se torne escuridão essa parte gritante da memória. Mas vê seu corpo nas águas, suas partes, os seios túrgidos, o ventre macio, a cabeleira negra como piche, pesada, em ondas, que entontecia, o corpo estuante, a boca que beijou amante, seu, rosto de toda a beleza do mundo feito, a respirar a seu lado noite a noite, sobre o travesseiro no leito, ao longo de uma quinzena de anos. Volta a visão numa dança, nos giros do devaneio que ele não pode, nem talvez quer no fundo evitar. Soltos os olhos no sal das lágrimas, o rio e a paisagem são vidros molhados, chuva de angústia transmontante. Homem que chora por mulher será fraco? Trasanteontem, dormido no brejo caatingado, a céu aberto, teve um sonho quase espanto. Candi com asas de anjo voando em uns cenários de céu, nas distâncias das alturas. E o Jesus das estampas a tomá-la nos braços, em zingarreios de amor. E ele a fugir daquilo, destampando o cavalo em fuga numa planura sem fim, sob um céu que subitamente se tornava de cobre, perseguido pela cabeça do cabo Gerão, fugindo, fugindo, não sabia de quê. Sonho estranho, verdade, quando como ele saiba Deus a quanto tempo não sonha com ela. Os sonhos são tão verdadeiros, ama-se, sofre-se e desfruta-se deles. Que mais é certo e doce, como nessas quadras de metade da vida em que a gente passa a dormir? Dorme, não dorme na pachorrença do acariciar suave do frescor da brisa daquele oásis, quase solto nesse abandono, José Gomes olha a água próxima bafejando as margens e já não pensa em nada. Por fim cochila. Afora estes rumores de águas e folhas, nesta paz de matos ensombrados, é um silêncio dormente de sol parado carcomendo os chapadões, um silêncio que devagarinho passa para dentro da gente vindo de fora, um silêncio dentro da gente em demasia. Vento nas palmas dos buritis. Só a água sonha e sonha. Se José Gomes pudesse ensilharia avoando o cavalo pedrês e criaria asas nos desertos do sertão além e mais além. Tão pando e quedo, silêncio abochornado e soalheira ustulando amarelo e ouro da solidão nas lixeiras espinhentas a ringir aborrecidas de nunca acontecer nada, e nos cansanças empoeirados, com pó dourado das estradas onde não passa ninguém. Eco sempre prosseguido, nos horizontes, de cigarras e grilos. Ustão de silêncio no tuaiá parado, silêncio em prolongações nas grandes léguas em redor, lá fora, além, longes, do oásis. Capaz que José Gomes sabe desse sossego intranquilo espertando na quietude calcinada, capaz que sabe, mas tão cansado, tanta fadiga, dias e dias nesse trote igual de ossos, cochila e não dorme. Ah, a profundidade do sono, onde repousa o esquecimento das coisas! O rio acalenta-lhe a sonolência, seu rumor de beijo que não se acaba, sem término, beijo profundo feito de águas, beijo com beijo, boca com boca, berça-lhe a existência toda neste momento. Uma doçura inconsútil une quebradas do céu e quebradas da terra. Resguardai-o buritizal solitário, resguardai-o, que José Gomes tem o coração puro, empero dos morticínios que guarda sua visão. Único a mover-se sob as frondes é a montaria a pastar, arrancando em grandes sorvos mato com a boca forte. Logo cairá a tarde, logo haverá de ser boca da noite, com sua paz de estrelas, paz maior e seu sossego escuro, feito para esconder os sofrimentos do homem. Transcorre um tempo, o sol já está mais baixo, está entrando devagar, já ameniza os descampados, tons dourados trançam réstias nos mofumbos e um castanheio anda no ar. José Gomes esperta, dormiu uns poucos, ouvidos acesos, sobre o zunir das cigarras, em tons surdos e tons agudos, pentagramas em contraponto, retoma um desconfio, desta vez sente algo que beiradeia, ergue-se, a pistola destravada, atravessa a aleia de moitas e, à borda da baixada nua, põe-se a escrutar. Nada vê, mas ouve um roçagar de matos, é alguém audivelmente que se aproxima, não há dúvida, gente ou bicho, algo vem na sua direção. Dedo no gatilho, aguarda quieto entre folhas, as orelhas em pé, em dissimulo. Começa a ver, lá abaixo, um vulto vindo cosido aos bordos, homem mediano, alto e magro, não distingue o rosto enchapeuzado, mas parece vestido do cáqui dos soldados como ele, diabo, se os nossos se vestem como eles, como vamos saber quem são eles e quem somos nós?, um ligeiro suspeitar o abisma e ele afrouxa a tensão do dedo. Diria que é nada menos e nada mais que o Garci quem vem lá. Se é, na certa, vem fugindo também. Já reconhece à medida que se acerca, não há engano possível, é o mesmo recruta Garci, não há desconhecer, vem a pé, furtando-se ao claro, pisando forte no tapete ruidoso de folhas e galhos secos. Já está à distância de contar-lhe os botões da farda, e ele não ia conhecer o seu amigo desde sempre?, já chegou-se justo o menino com ar de aflição, perseguido como ele, como todos os que vagam pelo tuaiá.

Chama-o:

— Garci, Garci!

Ao que o rapaz se volve a olhar, parado, imbecilizado, sem descobri-lo, ao alcance de uns cinco passos, José Gomes move umas touças e, enfim, o outro, olhos fixos e estatelados, o vê parecendo descrer por um momento. Logo investe, braços abertos sem palavras, em que só se lhe ouve o arfar zoado pela boca aberta, José Gomes se adianta e o recebe. Logo nota o cabo, o rapaz, nos olhos boia um lume triste que a surpresa do encontro não esconde. Sua mão leve pende na sua, grossa, pesada, num indefinido.

— José Gomes... Quem diria? Pensava-o já na Figueira-Mãe...

— Menino Garci... E a ti, que diacho te levou?

— Verdade, parece bênção de Deus...

— Vamos lá para dentro, lá está fresco — mostra-lhe o buritizal —, Garci, a pé, neste mundão furado... Figueira-Mãe está longe, muito longe, menino...

— Onde estão os outros? Era aqui que nós marcamos para nos encontrar?

— Não sei de ninguém... Só sei é que era nesta direção.

Metem-se no mato do brejo de buritis, onde se adensa a sombra. Chegados ao limpo do pé de jatobá, sentam-se. O rapaz olha em torno, o cavalo está perto.

— Aguentará, iremos nele — diz o cabo, adivinhando. Remexe depois nos alforjes e oferece-lhe comida. Outra coisa não queria, que os olhos da cara se lhes mostram. Come com vontade, olhos sem tirar de cima da comida. José Gomes assiste a sua comilança, satisfeito como um pai, sem dizer nada. Para quê?

É olhar aquela cena, orgulhar-se de tê-lo ali, insólito, feliz de ter encontrado um companheiro, não se necessitam palavras gastas, é vê-lo sentado, vê-lo comer, é Garci, o próprio menino Garci, não é espelhismo nem ilusão. Estava com fome o menino, o aspecto diz dos aperreios pelos quais passou, a roupa suja, rasgada, botas enlameadas, o buço repontando, escurecendo-lhe o lábio superior e as costeletas, olheiras azuis, um ar de fadiga, poeira, dobras cansadas. Deixá-lo comer e que descanse, que estará falto de tudo o pobre rapaz, depois conversaremos sobre as sortes que a nós nos couberam. Comida a ração do prato de marmita, comida amanhecida e meio azeda, mas que, com fome, enche como se fosse a barriga de um rei, Garci bebe, mão em concha, longamente, olhando-se a cara no espelho que passa em águas que fluem e se encaracolam, em orelhas que ouvem, onda com onda, chifre com chifre. Senta-se tirando dum maço um cigarro amassado. Acende e a fumar, fitando distante:

— Faltou um cafezinho, hein, José Gomes...

— Também sinto falta, neste cu do mundo não haverá morador? O último que vi acho que era algum índio extraviado. Nem cidade mais existe por aqui. Mas café é luxo. Faz de conta que já tomamos, um bem quente e forte.

— Estamos longe, hein, menino, você nem imagina, quanto. Que dia você saiu? No mesmo dia da fuga? O que te aconteceu?

— Nem carecia pedir, velho Gomes. Pois, pouco nos encontramos quando daquilo que te mandou à cadeia. Três meses fazem, não é mesmo? Você deve conhecer o sargento Careca, aquele que matou o Teodoro Guiné, da Cruz Preta, aquele que só fazia guardar as raivas e gabar as mortes que carregava no lombo, bom, o Careca, você sabe como ele era, aproveitador que só ele, apois, já tinha umas rusgas antigas e o esconjurado sempre caçando tento de me castigar pela menor falta. Até que um dia encontrou o que queria. Eu tirei uma hora e estava já tardinho da noite no bordel da Maria Carabina, você conhece, não é, ali no fim do Baú, e arreliava com a Miguela, você sabe, aquela nanica, fina, de grelo caprichado, quaridó não sei de onde, numa broca de danar, apareceu o sargento e me chegou em cima, com mil perguntas, jeitão de abuso de mando, toda aquela pose, só faltava me tocar para frente no rebenque. Eu, José Gomes, você me conhece, com que cara ia aguentar aquilo na frente da moça? Não deu pé, nem pôde dar. Respondi em cima do tampo, o Careca me avançou bambo, os serros dos punhos para riba, saquei-me e arrochei-lhe à calva a garrafa de cerveja à mão, o bruto vacilou amaciando nos molejos e caiu mole desparramando-se como fardo de toucinho, um mundo de sangue na cara, dando tiros em roda. Uma patrulha que passava, azarento de mim, me agarrou, mas era porque eram mais de cinco, porque se fossem até dois eu não ia preso nunca, te garanto, José Gomes, e me trancafiou em cana da Cadeia Pública como se eu fosse um preso comum e se eu tivesse feito um grande delito. Diabo, isso não entendo, estar junto com aqueles tipos, na enxovia, quando meu lugar, no muito, em eu sendo soldado, seria cela de quartel, guardado por soldados da minha corporação. Não acha que está errado?

— Artes do delegado que nada têm a ver com coisas da polícia. Mas bem feito, aquele Careca morreu feio, que nem porco. Na hora da fuga, o João Padre meteu-lhe no bucho, saiu na cacunda, um sabre inteirinho.

— Uma semana e meia naquele chiqueiro, José Gomes, na solitária, à base de palmatórias e banhos gelados à meia-noite. Eu dormia já naquela noite, quando ouvi os arrancos, a grita, o tropel geral, os tiros, e pensei que estava se acabando o mundo, se desabando a terra de uma vez por todas. Pareciam índios em festival. Até cheiro de pólvora sentia lá dentro, no cimento, quando abrem a porta e quem vejo? O Zoio-Boi me abrindo a porta, uma carabina na mão, graças sejam dadas, e me dizendo que esteje livre, chegou a hora, que rapasse o pé, os rapazes estavam escafedendo-se, me escafedesse também, capando os guardas e os sargentos, queimando o bode e o pagode. O Zoio-Boi continuou abrindo as solitárias naquele corredor do demo, dando salves, saindo gente que nunca vi, esquecidos em masmorras olvidadas, gente que mais parecia safra do inferno, Deus me livre tais companhias, Satanás descerrando as portas e os portões, desci e lá embaixo no pátio era aquilo que você deve ter visto, tipos por toda parte, soldados de nariz cortado e olho vazado, sangueira nas calças, atestando que nunca mais poderiam produzir filhos, que era até de dar dó. Na cavalariça não sobravam mais montadas, porque eles invadiram o quartel mesmo da polícia do outro lado da rua, e eles todos, por mais que fossem da lei, não podiam com todos os presos de repente liberados e furiosos, ciosos de vingança e liberdade, gente puramente doida, ou até que nunca tinham visto semelhante espetáculo, prisioneiros vendo-se livres pela primeira vez talvez desde quando?, também deviam de ser mais de mil homens libertos, até que eu não queria mais meter-me em nada mais, já me dava por bastante feliz com minha soltura, mas havia aqueles que não se contentavam apenas com isso, queriam descontar os maus-tratos e as humilhações, cruzei a soleira da cadeia e olhando para trás os velhos muros e paredes rachadas e trincadas, velhíssimos e amarelados, antiquíssimos, acho que ainda do tempo em que havia escravidão, essa construção que desmoronava devagar e que ainda assim servia para aferrolhar a liberdade dos homens, fiz o sinal-da-cruz e meti pé no mundo. Ganhei uma carona de caminhão até a fazenda Bodoquena, adiante de Cáceres, que foi a última coisa com gente viva que vi, de lá vim mesmo a pé, na fiúza dos calcanhares, com nada no bolso, com fé apenas de chegar à Figueira-Mãe, e já faz mais de uma semana que estou andando sem descansar, comendo frutas e raízes do mato e bebendo água das folhas com sereno. Quanto mais ando mais as brenhas se fecham sobre meus olhos.

— E quem te contou isso da Figueira-Mãe?

— Ora, quem vai ser, você mesmo, está esquecido, antes de tudo isso.

— Sim, verdade, agora me lembro.

— Assim estamos na mesma igualdade. Mas você não mudou de roupa, para que essa farda? É perigoso.

— Ora, e você também não está fardado? Vesti a de um morto, de lá para cá nem tive tempo de nada, todo esse tempo não vejo banho. Já tenho cascões no corpo. Só vou me mudar de roupa quando tiver oportunidade de tomar a roupa de alguém.

— Bem, eu tive tempo de me preparar. Mas meu caso é diferente, vesti a farda na fuga para mode proteção, estas coisas sempre protegem. Em todo caso dá mais respeito e a gente não sabe o que vai topar e mais estando deveras fugido. Nunca se sabe quem está nos buscando. Diga-me uma coisa, Garci, e as buscas, estarão nos procurando, você não sabe nada, como é a coisa?

— Claro, José Gomes. Aquela noite, assim de surpresa, não puderam fazer nada, vocês arranjaram certo cortando tudo quanto era fio de luz e aprontando as coisas para se dar tudo certo e sem erro no momento oportuno. Dar mais certo que isso, ainda estou para ver e imaginar, sequer. Quando raiou o dia e eles espertaram a cadeia estava vazia e todos haviam posto pé no mundo. Me contaram em Cáceres que foi assim. Mas claro, a esta hora, devem estar preparando a maior diligência do século, coisa dos diabos, correndo tudo quanto é moita por toda Cuiabá, palmilhando tudo, milímetro a milímetro, todas as guarnições e pelotões e esquadrões disponíveis. Lá na cidade, difícil, não acharão ninguém mais. Será que eles sabem da Figueira-Mãe?

— Quem vai saber, rapaz? Há uma coisa, porém, de modo algum, a Figueira-Mãe se interessa por nós, ao passo que eles estão na mesma. Você recebeu meu recado pelo Cesarino, o carcereiro nosso amigo?

— Sim, se não fosse isso não saberia que dia e que hora seria a coisa. Nem onde.

— E o sargento Cebola, que foi dele?

— Você não viu? Cortaram as orelhas dele e deixaram ele jogado dentro do poço, se morreu, nem sei.

— Fui dos primeiros a sair. Eu e Urutu. Nos garimpos de Livramento ele se despediu, disse que nos encontraríamos mais adiante. Como, não sei. Disse que todos estavam no mesmo rastro: o do Sem-Sombra, nos altos da Figueira-Mãe.

— Cesarino me falou sobre a Figueira-Mãe. Será que ele veio também?

— Qual... Acho que era ele... Estava morto, uma bala na testa na porta da cadeia.

— Serviço bom que prestou ele. Deus tenha sua alma. Como vamos achar a Figueira-Mãe, José Gomes?

— Quem sabe? Estamos na fé de Deus e ouvidos atentos a tudo.

— Quem sabe...

Quedam-se pensando no que será a Figueira-Mãe, palavra com som de ruído de chuva caindo sobre casas e terras, ruído de vento nas folhagens, um todo mundo misterioso, de sabenças só mesmo as conversas cochichadas ouvidas entre os presos, que os foragidos falam como se fosse de uma lenda muito antiga que andasse de boca em boca entre os perseguidos, mas que ainda vige entre sombras, longe, muito longe, em que a Liberdade acena, das lonjuras em que nascem as histórias e as esperanças. O sol já oblíquo se sombreia de rubro e roxo na linha do horizonte. A mata obscurece. Garci tira as roupas e caminha nu na clareira do jatobazeiro. Mija longe, um jato fino, curvo e brilhante, enquanto fala:

— Sabe, tive uma conversa com a Joaninha, que queria te dizer. Aquela viúva lá do Cai-Cai, que parece que teve umas coisas com você. Se lembra dela?

— A Joaninha? Que tenho a ver com ela?

Quer mentir mas não vê jeito. Uma aventura antiga. O Garci bem que sabe, mas ele quisera que a coisa ficasse na moita, só ele mesmo a saber, que essas coisas quanto mais for só da gente, melhor. Mas enfim...

Garci pula de ponta-cabeça. O silêncio se quebra. Fagulhas de espumas e cristais líquidos saltam e dançam. Redemoinhos que abarcam as margens. Aquieta-se aos poucos a água, o rapaz vem à tona, de peito em fora, sacudindo a cabeleira lisa para trás, continua a conversa.

— Ora, José Gomes, quer me dizer que não tem nada com a Joaninha?

— Sim, a conheço, claro, entre nós não há segredo, que te disse ela?

— Que você é um patife, não quer saber mais de sua fuça, que você a abandonou, a esqueceu.

— Eu esquecê-la? Ora, essa é boa. Bem, você sabe, antes eu ia sempre lá, depois a gente tem seus períodos de canseiras, como dizer, quis deixar um pouco o tempo para passar, para tornar a coisa mais agradável. O amor também tem seu ranço, a gente tem de saber temperar e o melhor remédio é o tempo.

Garci nada um pouco, mergulha, gorgoleja água, esguichando-a longe pela boca para cima como uma baleia, depois flutua à flor do ventre escuro e parado, de costas, sem fazer bulha, onde deve haver uma uiara desconhecida e pouco amante dos barulhos da cidade, por isso veio morar neste reino quieto e silencioso, onde não vem ninguém, pendem lianas e cipós, há flores lilás que vão pouco a pouco se desfazendo na obscuridade lenta e progressiva, nada devagar até o meio do rio onde passa a correnteza, uma touça de araçazeiro enramado de frutos encurva e pende sua galhada, caindo vertical e arrepiando o lombo da corrente, apanha uma fruta e a come. Dependura-se e vai subindo lento como um estranho bugio branco, até atingir o cimo, um tronco mais grosso na horizontal que atravessa o rio compondo larga sombra. Em pé, sem segurar em nada, afirma-se em equilíbrio e, abrindo os braços em cruz, grita para o cabo encostado no jatobá na margem:

— Ei lá, José Gomes, lá vou eu!

Curva o cangote juntando as mãos espalmadas à frente como quem reza e se arremessa. Toda a árvore estremece ramejando e, por um segundo, a seta viva corta o ar e funde-se quase sem ruído na lisura das águas fundas do centro do poço parado em forma de golfo, negro-esmeralda. Só um cachopo e é de novo a superfície parada como antes, como se nada houvesse caído lá de cima, tudo liso como a cara de uma moeda. José Gomes pensa, esse índio é o diabo, ele que não se arriscaria a pular daquela altura. Há na ambiência da mata uma quietude inquieta, calmosa e insossegada, enquanto o rapaz não aparece. Depois, lá embaixo, eis que brota uma cabeça risonha, que vem nadando, braço após braço, até a margem onde está José Gomes.

— Bonito avoo — diz este —, mas você não deve arriscar-se assim, e se fosse raso o lugar ou se tivesse uma pedra ou um pau preso?

— Que raso, que pedra, que pau preso, não viu que afundei antes para sondar?

Já está de pé ao seu lado, vestindo-se.

— Fria de cortar a água, hein?

— Boa para espertar, e não há sol que esquente essa água, já vem assim fria lá dos respiradouros das serras, onde mina sempre, onde há sempre neblina.

Vestido já, pede:

— Me empresta o seu pente.

José Gomes lhe estende o pente, o rapaz penteia a negra e lisa coma de guaicuru, depois volta a assentar-se ao seu lado.

— Se pudéssemos pescar não seria nada mau, comer algo fresco, para a janta. Pensei nisso antes e trouxe um anzol aqui preso no quepe, mas não será para peixe pequeno.

— Deixa ver.

O rapaz tira o anzol enroscado no quepe:

— Serve, sim, pelo menos para matrinxã e piagussu.

— Claro, olhe ali matrinxãs.

Mostra um aglomerado de torsos prateados que se apinha num redemoinho transparente. José Gomes procura uma linhada que não se lembra onde está. Enfim acha no forro do quepe. O rapaz desenrola o longo fio que ata ao anzol.

— O fio parece fraco.

— Com jeito vai.

— Estava tentado a pegar uns peixes a tiro, já vi fazer isso. Mas o barulho... Além disso o bicho rola, a água leva, é melhor no anzol mesmo, no quieto da paciência, mesmo. Devagar e sempre.

Como chumbada pede por brincadeira o anel do cabo, um anelão vistoso e pesado, com símbolos de horóscopos, mas o cabo ri e lhe diz para pôr uma pedra.

— Esses peixes estão com vontade de ser comidos. Anel interessante esse, José Gomes; sempre tive para lhe perguntar.

— Lembrança de minha mulher. Ela comprou de um sírio em Vila Bela. Não sei para que serve. Para alguma coisa deve servir.

Olha-o: tem dez estrelas em redor de uma águia, uma balança e uma serpente. Que signos antigos serão estes? Em cima um rosto de uma mulher, talvez uma deusa, que um padre lhe disse chamar-se Tanit, cujo nome ele se recorda. Garci já jogou a linhada na água, um dedo de toucinho dissimulando o anzol. Silêncio. A água bubuia aqui e ali, lambendo de espumas os focinhos da terra das margens, bolhas subindo do poço, Garci seguro na linha, a mão atenta, José Gomes pensando na figura do anel: que deusa será essa?, silêncio de entardecer, sombras que se espessam, mansa penumbra. Uma seriema canta nos fundos de algo como uma várzea ao longe na curva do rio, onde devem se congregar todos os pássaros grandes, um silêncio sinuoso e tremido vem de lá, das curvas por onde o rio vai. Poente oculto, foliado nos interstícios de pinhões e buritis. O sangue grosso de touro sacrificado aos deuses do sol, que todos os dias renasce e todos os dias morre, coa-se nas folhagens paradas.

— Vamos dormir aqui, é melhor descansar um pouco, não? — indaga Garci virando dois grandes peixes escamados, enfiados em espetos de araçazeiro, sobre um brasido manso e bruxuleante.

— Sim, não temos precisão de viajar de noite, a viagem é longa, mas o destino pode esperar quando o corpo está cansado. Aqui até que a proteção é boa. Estou tão cansado que só quero dormir, nada mais. Primeira vez que vejo comida fresca em todos estes dias.

— Pois eu ainda cheguei a dormir em cama que me arranjaram em Livramento, ainda cheguei a comer pacu assado com limão e pinga Onça Forte, que nem não existe mais em estoque em nenhuma venda...

Os matrinxãs chiam na brasa, vazando gordura. Cheira ótimo. Pena que tenham de comê-los sem sal nem tempero, mas quem pensa nisso numa ocasião destas? Sua carne vale apenas como comida, nada mais, algo que enche a barriga e pronto, se isso é o principal, para que desejar luxos?, comê-la-ão pensando nas iguarias da mesa do Sem-Sombra, no homizio da Figueira-Mãe. José Gomes continua a pensar na deusa Tanit, do Egito, da Síria, como disse o padre, deitado de banda, descalço, olhando o céu que começa a cintilar de estrelas e pirilampos, nos furos do arvoredo que se alteja para cima, em todas as direções. Garci resvirando no fogo a comida, falando da cidade, as lembranças em tropel, na fala aflautada, cantante, dolente:

— Engraçado aquele Tibúrcio Correia, conhece?, o medo que tinha de montar guarda na cavalariça. Você sabe, lá no fundo do quartel, dando quarteiro com a Prainha, andando de lá para cá, aqueles animais dando coices no escuro, diziam que, às sextas-feiras, os aparecidos banzam por aí, os cavalos não gostam, estranham, parece, se nervoseiam, era aquele arrastar de pés que não se acabava mais, aquele escoicear, de vez em quando um espirro, um relinchar sem fim, os animais se lembrando de vidas passadas, coitado do Tibúrcio, sempre tinha uma de assombração para contar que havia acontecido com ele, no outro dia estava pálido, a caveira trêmula, magrinho e pequeno como era, ele diz que já faz mais de quinze anos que está arranchado, diacho que ainda não se acostumou com tudo isso, nem subiu de posto, é muito azar, não?, isto é que é engraçado, quinze anos na mesma, já é bem velhinho o sujeito, não é, José Gomes? Quantos anos será que ele tem? Me lembro uma vez que disse que quase tinha morrido de susto, lhe aparecera nada menos que Solano López, um general paraguaio do tempo da Guerra, que segundo ele invadira Mato Grosso e tomara Cuiabá, e morrera não sei de quê e fora enterrado lá em frente do quartel, no local onde se ergue um cruzeiro antigo. Aparecera e lhe dissera que viera para vingar-se dos brasileiros.

— Não é tão velho assim, pode ter seus quarenta anos.

— Mesma idade que você, ou estou mentindo? Você se lembra da pena de arara que ele trouxe daquela vez? Ha ha ha ha he he he he essa foi de morte, hein? Diz que era do Bicho-Passarinho, conforme contou, não sei onde arranjou essa assombração no seu arsenal de penados, cada noite inventava um bicho assombrado, estava na rotina de lá para cá, de cá para lá, formando rego de tanto ir e voltar, o fuzil no ombro, baioneta calada, dizia que arma branca desembainhada afugenta os maus espíritos, entretanto eles lhes apareciam, dizia que era porque sua fé era pouca, o coração pinoteando, que de meia-noite em diante até gente peituda começa a afrouxar naquela solidão, e ainda mais a danada da Capela da Mãe dos Homens, a badalar a cada horinha aumentando a ansiedade, diacho de sino, parece que badala por nós, marca até as meias horas, quando como ia na história, vem vindo no escuro o tal Bicho-Passarinho, com feição de pato e de tamanduá-bandeira, como vai ser passarinho se é pato e é tamanduá?, erguido nas patas traseiras, a mode cachorro ensinado, como se fosse se achegar num abraço, os dois olhos realumiando no escuro que nem o propalado Cão das Bibocas

Pretas, e chegando cada vez mais perto, calorentando, comunicando queimo de brasas vivas, os pés pisando forte tremendo o chão, um ruído de folhas espessas que o vento da noite leva crescendo como a crescente de um rio, o Tibúrcio arreado, já pronto para largar o fuzil e danar-se numa peidorreira dos diabos na chamança de gente para acudir, quando o bicho dando um berro e uma esporeada no ar que até retine as chilenas de prata de algum cavaleiro fantasma que espreita tudo, segundo ele, que ninguém sabe de onde vem e para onde vai, mas que está sempre rondando as quinas escuras do quartel, o bicho some num cuspe, os olhos azulando no avoo. No outro dia o Tibúrcio mostrando a pena de arara que diz que caiu do pelo do crânio do bicho malditado, que o Bicho-Passarinho era todo feito em penas e plumas como um índio fantasiado de arara grande... Eu cá para mim, sabe, José Gomes, o que achei que era?

— Já sei, era algum cavalo solto, não era mesmo?

— Apois, a justo, um cavalo, que ninguém sabe por que artes, ficara de fora essa noite e andou assombrando o pobre do Tibúrcio.

— Isso de pena de arara, qual... Esse Tibúrcio nunca vai sarar...

— Não se ria dele, certas coisas acontecem que ninguém sabe...

— É mesmo...

Encostados nos troncos das árvores, comem em silêncio, o fogo do braseiro alumiando-lhes as caras, postas de peixe nas mãos, espinhos coando-se por entre os dentes, punhos de farofa de ovo, as broas trazidas do Livramento, eles jantam.

— Só falta uma pinga... Cigarro está acabando, estou guardando estas baganas, não desperdiço nada — diz Garci acendendo um cigarro.

— Sinto uma cócega aqui nos fins dos queixos, deve ser a falta da canginbrina. Ainda bem que não fumo. Disso não tenho precisão.

— Diabo de cristão andar aperreado em fuga, não é, José Gomes, isso nem parece coisas da vida, parece mais coisa inventada dentro de algum livro de história. Que bruacas do demo andamos arrastando para estar assim que nem cachorro de bugre? E o pior, parece que está me tornando minha maleita mal sarada, estou começando a ficar com frio, conheço a indesejada.

Olham a luz do fogo que crepita, comendo. Sobre o rio estridulam noitibós, que voam e se requebram em voo numa espécie de dança da noite, os pássaros da escuridão e do mistério... Mas sobre a folia de mistérios das corujas noturnas, na capa da noite estendida, é um apaziguamento de paz que não se interrompe, um início de dormitar vegetal que influencia a terra, a água que não dorme, os entes. Confluem correntezas de estrelas a piscar, quase a zumbir, no aberto da savana, enorme, lá fora do brejo, onde as árvores são pequenas e tristes e empoeiradas, céu imenso e limpo, negro, veludoso. A Via Láctea esparrama diamantes da boca de uma guaiaca sem fundo. Nos lados do oriente, ergue-se sumarenta e pesada dos verões a lua cheia, amarela, inchada, como um bicho carregado de cio, agourenta e ancestral, como uma divindade que vem e surge através dos tempos e das idades antigas, de virações de ouro. Nos confins do mundo de sarobá deserto, nos termos do tuaiá despovoado, do mistério das solidões, espantos se abrem para o brotar da lua. Limparam um trecho em roda ao pé de jatobá improvisando um pouso. José Gomes atou o cavalo a um tronco, enrodilhou-se ao chão, e tendo em torno do corpo um baixeiro, pensa na deusa Tanit, talvez ela habite a lua, venha do fundo do tempo, quando os homens eram bons e as mulheres governavam tudo. Maria Cândida, para onde foste? Garci guarda coisas e petrechos, depois deita-se num canto, se cobre de baixeiros, demoram seus pensamentos dentro de si, como água num cântaro. Sobre a fímbria do matagal, do outro lado do rio, o diamante da estrela Boieira, trêmula, pisca suavemente. Garci queixa-se de frio, diz que sente um mal-estar espraiando-se no corpo, é a febre que nada pode acalmar. Passam-se horas. Cai um frio rociado pelos campos povoados de solidão e de olhos de pirilampos que voam e flutuam. De dia a adustão que requeima, de noite o frio da noite azul, que a lua faz mais gélida. José Gomes não pode aprofundar-se no sono por causa dos gemidos do companheiro. Este geme sem parar. Já correu a meia-noite na roda e no serrolho do céu e há um silêncio comprido que vem do fundo da mata, só arremexido pelo piar dos pássaros de agouro. Garci arfa e José Gomes se levanta e se acerca dele. Toca-o, tem a pele ardente, apalpa-lhe a testa, que lavra em incêndio, os queixais batem, os dentes rangem. Garci sempre anda com quinino e fedegoso num vidro, tomou um pouco feito em chá, mas nada adiantou, quando a maleita se resolve a vir, vem mesmo, a febre braba vem em galope, desenfreada.

— Frio, um frio que mata... — murmura o rapaz e o corpo se lhe treme convulso pulsando contra a terra nua. Enrola-o todo nos baixeiros e prepara mais chá de quinino e fedegoso. Acresce a fogueira com mais lenha perto dele, e se assenta. As horas vão se passando, deve ser meia-noite para mais, corujas cantam no fundo da mata, acendem uma labareda contínua de harmonias cavernosas no silêncio profundo, e de longe vêm como ecos vozes dos estranhos seres que povoam as noites daquela espessura. Ouve a voz de Garci, entrecortada, entre gemidos, está delirando, fica escutando sem poder fazer nada, presta atenção:

— ... sangue do rio, silêncio da Boiuna, de onde vem a noite? Ah, vejo grandes incêndios, como se tudo fosse o sangue da terra... Para quê? Quem quer me cercar, quem está me cercando? Os soldados vêm de muito longe, para não poder mais... E jamais poderemos voltar... Aqui é para sempre, quando se começa não se retorna mais... Quem chega aqui não volta nunca mais... Esta deve ser alguma maldição... Sim, a maldição da Boiuna e dos pajés que nunca ninguém viu, que moram no fundo da floresta... Um rio vermelho se derrama, mas esta não é a noite, a noite como uma mãe? De dia a luz é branca, e existe o sol, tudo é claro, o sol é como um pai, e a lua como uma mãe, as bençãs do pai e os consolos da mãe... Mas eu não terei nunca mais nem pai nem mãe... De onde vim? Como se tudo viesse do centro da terra, onde tudo é para sempre intensamente negro... Talvez intensamente vermelho, quem sabe? José Gomes, onde estás? Chama meu pai e minha mãe... Diga-lhes que estou com sede, uma sede que vem como um chão queimado de braseiros alastrando-se pelos campos, uma sede infernal, ah, quero água, água, água... Quem é essa mulher tão formosa que sai do rio? Ah, rio profundo e sem fundo, diga-me quem é essa tua filha ou tua mãe, que sobe os barrancos, quem é essa mulher? Dá-me água, água, água, água...

José Gomes levanta-se, pega o cantil de água e dá-lhe na boca, ele bebe, bebe muito, os goles mexem-lhe o pomo de Adão que sobe e desce nos solavancos da água entrando, sorvendo, se lhe derrama pelos queixos e molha-lhe a camisa, depois esconde a cabeça entre os baixeiros que conservam olor de cavalos suados e silencia, mas José Gomes ouve, continua murmurando palavras e ideias desconexas, ininteligíveis, sem sentidos, é o delírio...

As horas caem em pé, correm deitadas, passam com o vento. Pela madrugada, pouco a pouco a tensão arrefece e vai minguando, algo se afrouxa naquele diapasão no delgado corpo e sabe que o menino dorme enfim. Relaxa os olhos e também ele flutua num permeio de sono. Está quase a abandonar-se no poço sem fundo do sono de águas dormentes, com cardumes de sonhos de prata que revoluteiam como constelações errantes, como um pedrão pesado, quando ouve, não muito longe, deve ser mediano e perto, mais perto que longe, estampidos abafados e após o silêncio amplo, cheio de interrogações mudas. Esperta-se de novo, espreguiça-se, põe-se de pé, rói-se a pensar o que serão esses ruídos, serão trovões, mas o céu está tão límpido, não haverá tormenta, o que estará acontecendo? Difícil imaginar, impossível adivinhar o que sucede nestas alturas, apesar de que ouviu bem serem tiros de arma de fogo, lembrança sua não nega o que ouviu bem dentro do silêncio.

— Ouviu, Garci, tiros?

Nada, o outro dorme, ressonando, o corpo abrasado. Mais duas detonações e outra vez o silêncio incomensurado corroendo-lhe os ouvidos como o verme come a terra, como a ferrugem carcome o ferro. Desta vez escutou bem, são tiros de fogo-central. Será a gente de Urutu que veio agarrar-se por aqui também, ou, quem sabe, Ritão Carrau, ou algum outro desbandado, inesperado, quem diabos vai saber, serão os meganhas que acharam meios de achegar-se até cá, serão brigas alheias, daria tudo para saber.

Garci dorme, o corpo quente cozinhando em vivo. Silêncio agora é pesado, cascoso, com cascas como de árvore grossa, pendoado como quando o milho solta os pendões de ouro e se move cheio de sementes. Anda o carro da madrugada a sair de sua garagem para o muxirão da manhã. Desenhos de luz e sombra se embaralham no rio e nas folhas como cartas diversas de um tarô enigmático. Morcegos andam a comer pinhões e frutos de jatobá. Ouve-os chiar no escuro. Deus queira a gente saiba na luz da manhã o que sobrou de tudo nestes intermédios de soneira maldormida. A lua arregala um olho enorme na cara lisa pelo lençol de ébano estirado no céu, estriado de folhas. Nenhuma voz, nenhum grito, nem um sussurro, nem rumor de gente, só os tiros ouvidos na noite guardados na memória, como numa gaveta de cômoda. Haverão de ter vindo todos eles a reunir-se, a grande cavalaria, a conglomerar-se nestes fundões? Urutu, forra braba, conhecente de todos, impossível que não. Ou então, o contrário, jazerão os companheiros varados de balas, atirados no sarobá... Sarobá que acalenta os corpos dos vivos, acalenta os corpos dos mortos... Fecha os olhos e tenta dormir. Um losango de lua exclui da sombra o seu rosto barbado e redondo, escuro de sol, o bigodão mongol ou mexicano a escorrer-lhe sobre a boca. A lua como que esfria as bochechas... Tranquilos, agora, parecem meninos que dormem, nem danados, nem perseguidos de lei. E todo o mato descansa também e o rio Juruá no seu correr sem pressa e os habitantes do tuaiá, tudo some-se, desaparece pelo buraco do sono, como que sugado pela boca de um redemoinho.

De manhã, já o sol brilha nas folhas orvalhadas e derrama sua luz, quando José Gomes é o primeiro a erguer-se e pensa que despertou muito tarde. Lava-se no rio, enxágua a boca e vem ver o rapaz que acorda estremunhado, mas bastante descansado, apesar de tudo dormiu um pouco de madrugada, graças ao quinino que cortou a crise. Urge seguir adiante, informa o cabo, aconteceram, estão acontecendo coisas perto daqui, conta-lhe dos estampidos, Garci diz que nada ouviu, o único a fazer é levantar acampamento, continuar curso, fé em Deus e pé na tábua. José Gomes entra num furado da mata e faz sua necessidade. Garci, tendo levado o cavalo à água num claro de sol, dá-lhe banho. O sol lhe fará bem, pensa, a mim e ao cavalo. Estas crises são curtas, não são dessas maleitas crônicas que dão delírios de semanas e semanas de febreirão acostumado ver nos caboclos que não se tratam, vindos dos garimpos e dos seringais. Não se sara de todo, nunca, porém, uma vez a maleita sempre a maleita. Maleita velha não mata, diz a rir, chegando, mostrando a dentaria alva e perfeita, acariciando as ancas magras do cavalo pedrês.

Amontados, Garci à garupa, no treme-treme remanescente, seguem viagem. Resolveram ir por esta margem mesma do rio, poderiam continuar da outra, após atravessar a corrente a vau, para despistar, mas despistar o quê? É prosseguir neste mesmo trote que Deus manda, no picadeiro do bom cavalinho. Banham-se de sol, à beirada do campo, rente à muralha de pinhões verde-escuros, trote ligeiro e leve, a furta-passo, como se em todo caso não tivessem muita pressa, acompanhando o encompridar da mata em restinga, rumores de vento e folhas, rumo norte. Nessa marcha picada e paciente levarão meio-dia, sol a sol, a mesma paisagem sem mudança, até chegar depois do zênite a uma casinhola de sapê num cochicolo de mata, triste e sem aparência de vida, ao pé do rio, que já se acerca de suas cabeceiras. Ao fundo escurezas de bananal resseco. Só os urubus enormes, grasnando duro, como zangados da interferência nos seus assuntos, negros, papo amarelo. Desapeiam-se e vêm andando até a porta fechada. Uma caveira de boi-espácio para espantar os maus-olhados alveja ao sol, as armas negras em lira contra os espíritos, afugentando azares de má simpatia e de má vizinhança. José Gomes solta o cavalo num retângulo de jaraguá ainda verde que meneia os talos ao virar do vento e volta-se ao chamado de Garci que rodeou a casa e está lá pelos fundos. Atende ligeiro e o rapaz mostra-lhe, no quintalejo desempenado e pintalgado de vermelhinhos, um amontoado como de vísceras. Pés e mãos de gente, decepadas, em manchas rubro-prateadas que a terra chupou. Num erguido de adobos a secar, dentro do cavo duma telha, claras e gemas de ovos em coágulos sanguinolentos apinhados de varejeiras — testículos humanos, órgãos de gente. Mas como ultimaram isto, menino Garci? Já José Gomes se introduz na casa, o solo de barro batido pincelado de sangue, seguido de Garci e ambos param, no estupor da surpresa. Fogem esbaforidos, rufando asas, como guarda-chuvas enormes se abrindo nas varetas, urrando em sobressaltos grasnantes, pelas aberturas do teto, negros urubus assustados. Do lado do varal da cumieira, dependurados como morcegos, por tiras de couro, de cabeça para baixo, os olhos fixos e vidrados, as línguas de fora, quatro homens despidos, sem mãos e sem pés, furados a bala, estrias escuras pelo corpo, castrados em sangue seco. Fedem, o ar abafa.

— Feia vingança... Inimigos de quem?

— Verdade, aquele negro do lado de lá, conheço, se não me engana a cabeça — diz Garci —, não é o Plácido? Sim, conheço todos, este é o cabo Venâncio, boa-praça, coitado, era um bom sujeito, este é o Gizé Vaca, o Pedro, aquele o Libório, não merecia... Todos, gente boa, os melhores do quartel. Mas já que estão aqui... Deus sabe o que faz. Por que não pegaram os ruins, os piores? Aquilo está cheio de malfeitores... Eles que deviam pagar e não estes, pobres...

— Uma mortandade...

— Os tiros que ouvi de noite... Os urubus não perderam tempo, anda curta a caça por estes lados.

Pesquisam. Nada mais que isso, a evidência da morte destes, a tortura.

— Urutu mesmo, costumes dele. Sei que é ele.

Nem sombras das roupas, apetrechos, montarias. Só rastros, ferraduras no chão, suas marcas, patas, pés. Pelos cantos bruacas atupidas de milho e arroz. Na cozinha escura de fumaça velha, há quantos anos cozinham aqui, ferrugem e picumãs, acham bom fardo de carne-seca e charque, meio ruins, a secar em taquaras, sobre o fumeiro. Num canto da trempe, sobre uns panos, entre moinhas, andam rodelinhas vivas miando fino, tenuemente, como pintainhos. São gatinhos recém-nascidos, amarelos e brancos em torno da mãe, uma gata branca e redonda, de olhar feroz, verdíssimos, a guardar como uma onça na penumbra do borralho seus rebentos. Os animaizinhos miam e mamam. Tenta apanhar um deles e acariciá-lo nas mãos, mas o ar de esguardo de bravura materna, os olhos bravios, as unhas venenosas e o cintilo das pupilas inamistosas e fosforescentes, isso ele conhece.

— Temos de enterrar estes cristãos, Garci.

— E que temos com isso?

— Ora, as almas deles vão penar a eternidade inteira? Não é bom, não devemos fazer aos outros o que não queiramos que não nos façam.

Alguns têm furos negros na barriga, intestinos rasgados, olhos vazados pelos bicos aduncos das rapinas. A carniça, assim exposta, dá tonturas. A fome se lhes fugia.

— Procurarão, farão diligências, quererão constatar, corpo de delito, trâmites, incumbências, força da lei. Como dizem eles... Mas o que o braço do mundo fez isso lei nenhuma poderá repor.

— Foram companheiros nossos de farda — diz Garci.

— Para mim é como se nunca tivesse pertencido a eles, sou foragido, nada mais, igual aos outros que fogem comigo, e assim me considero, a vida atolada neste tremedal, e não me entregarei nunca, de modo nenhum, só à bala. A morte e a fuga, o que me tentarem, palavra.

Já arriaram os cadáveres, rígidos, violáceos, quando em quando vazando um líquido fétido. De mãos às ferramentas, cavam no quintal uma grande cova. Lá pelas tantas, a fome aperta e eles vêm à cozinha preparar um come-come. Não temem tanto, quem virá assim de supetão dizer que foram eles? O que já teve de acontecer, aconteceu. Ninguém. O sol racha a pele e a fome não faz distinção de gente viva nem tem nada que ver com os que morreram, o fumaçal coa-se gorgorotejando das fendas da casa, hoje comerão arroz e feijão caseiros, carne-seca, quibebe de mamão verde até arrebentar-se e farão matulagem para a viagem. Garci cozinha, José Gomes cava. Terminado o trabalho, metade da tarde, três horas. Jogou tudo aquilo na cova, com seus donos, os pedaços amputados, cobriu-os de terra e sobre o monte de terra fresca ergueu uma tosca cruz de galhos amarrados. Desceu ao rio e lavou-se. Garci antecipou-se e come, aguardando-o. Chega e põe-se a comer também. Falam sobre aquele insólito: quem serão os matadores? Pode nem ser Urutu. A casa ainda cheira mal, mas que se haverá de fazer, a gente tem de comer, para carregar este corpo que Deus deu, para fazer contas completas das coisas. José Gomes desencilhou o cavalo e encheu-lhe um cocho de milho das bruacas.

Comem, os cuités cheios, olhando o animal que esvazia o cocho satisfeito. Boa a comida do menino, mas também um pouco é por conta da grande fome. Atupiu dois sapiquás para a matula. Faltou dessem com alguma ave de corte, alguma galinha, algum porco. Nem sombra. Só montões de penas nos ângulos da cozinha, atestando a comilança de Urutu e seus homens.

— Podiam ao menos imaginar que viríamos depois — diz José Gomes —, será que não acharemos nenhuma sobra por aí?

Estão no copiar, sob o telheiro abaulado, meio despencado, sentados nos mochos da casa.

— Vê-se que aqui havia gente que morava nesta casa. Que diabo levou?

— Cabra da peste esse Urutu…

— É, ele não alisa. Cara brabo e ruim de verdade está ali. Não perdoa. Dois dele não podem existir. Tem ninho de arraia no peito.

— Famoso em cinco Estados…

— Partiremos hoje?

— Quanto antes. Como vai a maleita?

— Ainda estou fraco, sinto ainda uns puxões, mas se esperar sarar não saro nunca, prefiro sarar em cima do cavalo.

Ao dizer isso ouvem um tropel que vem aumentando de súbito, mexonada de gente a cavalo. Saem para fora, cuités deixados no chão, mãos nas coronhas das armas, peito estralejando, desempenhando-se para qualquer inesperado. Ao longe, rente à mata, no varador, trota um ajuntado de homens, José Gomes firma a vista, mão espalmada cobrindo a viseira do sol.

— Parecem meganhas — diz —, e agora?

Garci desarma e arma o fuzil de repetição de José Gomes, este de revólver na mão, ambos esperam pesquisando. O grupo se divisa melhor, deixando atrás uma nuvem de pó vermelho, que se abre em redemoinhos, o patear dos cavalos se aproximando como uma escolta do Senhor Divino, em tempos de folias e cavalhadas.

— Morro, mas não volto àquele estrume — ruge José Gomes —, apoi, mas se é o Urutu, eles vêm vestidos de meganhas, juro — escoldreia a arma. Já chegam, entram desapeando, arruído de esporas e arreios, fartum de suor, bafos clangorosos, gente em chegança, ar pesado represando-se.

— Estou entendendo — fala Garci guardando o fuzil.

Urutu é o primeiro que dá a volta e ao topar com José Gomes abraça-o como a um velho amigo, cheio de efusões, fazendo mil perguntas, conta como foram a mais ou menos uma légua dali para procurar uma vaca perdida na mata, que era do dono daqui, mas não acharam nem sombra, não somos vaqueiros, somos agora o quê? — indaga —, tudo menos presos. Foragidos, bandoleiros, homens livres…

Outros depois dele vão entrando, um bandaréu, meia dúzia de mal-encarados em difusas roupas cáqui que não lhes servem nos corpos e que se lhes sobram de todos os lados. Urutu é um preto enorme, dois metros e meio deve ter tal varapau. Negro sarado assim ainda não se soube, não. Tem uns pelegos de peito que mais parecem lombeiras em labaredas de cavalo. E os braços de músculos rebentando-se na farda que se lhe assenta curta e apertadíssima, mostrando uns pulsos como duas toras e uns ombros como barrancos de pedra. À volta da cintura, em dúzias, sabres, punhais e revólveres, um museu o homenzarro. Um berrante lenço de seda escarlate preso por um anel lhe ensangrenta a peitama. Tem mesmo um esbranqueado de cruz desenhado no centro da testa, que nem urutupeba, o terror do sertão, lembrança de alguma peleja onde aflorou a morte. E um vozeirão que mais parece parte de céu em dias de trovoada. Quer saber quem é o fulaninho colega que mal lhe chega ao peito.

— Este é nada mais que o menino Garci, benzido de Deus, dos nossos — diz José Gomes, apresentando. As pontas dos dedos se unem, assim é o saúdo no sertão, e a Garci lhe parece estar segurando um ferro temperado de novo. Na verdade que este ferrabrás impressionou-o. Também pudera, quem poderá esquecer aquele morticínio que ainda há pouco se viu?

— Ora, gente, mas que fizeram vocês! Não cuidava de enterrar esses esconjurados, nem carecia — diz apontando a cruz —, é deixar os espíritos deles penando na boca do purgatório. Eu queria as cabeças destes para pendurar enfeitado nos arreios do cavalo — diz rindo. Urutu quando ri, e esta é sua usança habitual, um riso largo na bocarra abissal e cor-de-rosa, mostra em serra dentes brancos como miolos de palmito, enormes como os dos cavalos, uma cordilheira de leite, repintada, pintalgada de roxo e vermelho vivo, a voz, subitamente, e os risos em ecos estrídulos de peru contente. Falam agora os dois num canto, conversam em separado, segredando coisas. Garci volta ao cuité de comida, observando. Os demais também de espantar, espalhados por aí, uns à borda do poço, outros catando goiabas e cajus de uns pés onde os frutos maduros avermelham-se e se amarelecem entre as folhas, sob um esvoaçar de sanhaços e bem-te-vis. Cavalos pastam em redor da casa. Finda a conversa particular e sigilosa entre José Gomes e Urutu, este se chega a Garci, dando vozes, chamando-os em voz alta, o magote reunido perto, vai apresentando os cabras:

— Este é o Caveira, você já deve ter ouvido falar, de Minas Gerais e professor, segundo ele mesmo, porque aqui ninguém sabe nada de ninguém a não ser o que a pessoa mesma diz, que fica sendo a sua verdade. A gente tem de acreditar no que dizem com sua própria boca. Que não seria se cada um não pudesse ser o seu próprio cartório?

Na isca dos dedos Garci cumprimenta o sujeito mais magro que já viu, este não passa fome, branco, capiongo em puros ossos, o comprido e árido corpo, mas deve ser ágil como um índio e ligeiro como um gato. Entre os ossos furando a pele da cara quadrangular, os olhos de ofídio brilhando num fogo frio, de óculos sem vidro nenhum, só os aros de ouro em armação no nariz afilado, deve ser alguma lembrança, penteado liso para trás, desconfiado e seco, poucas palavras necessárias, fungador nasante. Parece mesmo algum espécime perdido de mestre-escola errado de lugar.

— Este é Chico Inglaterra, o famoso Chico Inglaterra.

É um sujeito baixo, corado, meio gorducho, pragana avermelhada e rala, uns brotados de inchaços e escarlatinas rubras no couro disseminados, olhos azuis aguados, parece algum pastor protestante com escorbuto ou coisa que o valha, abandonado no sertão, meio cínico nos modos, meio delicado, o corpo se lhe boia dentro da farda imunda, calombos de cor feia na testa e no pescoço, lábios empapuçados, bochechas inchadas de pinguço, a cabeça raspada, coco amarelando, como se tivesse fugido de algum hospício, e ao abrir a boca só gengivas rosadas florescem na fácies mole e adocicado que lhe enruga a cara, um regougo em pífias a escapar-se:

— Prazer, prazer...

— Este é o Lopes Mango de Fogo, o chuchu das negas e das chinas, maior encantador de mulheres jovens ou velhas do Estado.

Estira a mão suada e escorregadia um mulato claro, mediano e retaco, de pé no chão, paletó aberto, sujo de sangue velho como um carniceiro, em bagas a ressumar sudoroso, feridão feio no ombro, sorriso fino, grenha atufada como cornos, no peito bentinhos, de cara boa, que só lhe toca os dedos nas pontas. Garci nada lhe vê de extraordinário para encantar mulheres, a não ser no nome.

— Este é o Babalão Nazareno, o que cose oração, já fez milagre, consta. Um cabra remansado, um Antônio Conselheiro, de olhar profundo, meio corcunda, corpulento, com uma cabeleira negra e crespa sem tesoura que lhe chega à cintura, barbas intonsas, rosto sulcado, um rosário de contas enormes e toscas no pescoço, não traz farda, um modo bom de encarar, como que seu olhar refresca de repentinamente como um rio.

— Este é o Canguçu, peste ruim, umas cem mortes no lombo, dizem, nem lembrança, nem remorso de tanto atropelo.

— Bondade dele — diz um preto retinto que se achega, gordo, tronchudo, carapinha com cãs, nariz em caracol, brincos nas orelhas, a arcada superior dos dentes toda de ouro ao sorrir, duas fundas cicatrizes branquicentas, a cada lado da cara balofa.

— Este é o Pedro Peba, amansador de gente, capador de onça e capitão.

Acena de longe sem achegar-se, um enfardado cafuz, meão de cara em triângulo, nariz em anzol, olhos traiçoeiros como um poço turvo, meio calvo, sem orelhas nenhumas, braço amarrado em panos, manquitola da canhota. Ele reconhece alguns deles, do tempo da cadeia, outros nunca viu, como que não pode se relembrar se eles todos estavam lá?

— E este é o Bebiano Flor, boiadeiro e cantor. Poeta, moço gentil como ele só.

Faz primeiro uma reverência, a que os outros riem de seus gestos e dengues, parece ser o palhaço natural da corriola, um cabra alto, tirante para branco, meio embugrado, de bigode fino em til, cara redonda como uma lua, olhos gateados, cabelos lisos, muito moço ainda, e como um revolucionário, uma cinta vermelha lhe aperta a cintura, tem mesmo algo de flor, algo de macho, entretanto uma gentileza de moça, aperta a mão de Garci, mão macia de quem nunca fez eito, somente tocou em mão de donzela e punho de guitarra.

— Só cabra rezado, para Deus perdoar o que fizeram, de oração contra ferro, uma nata de boa.

A tropa se dispersa. José Gomes e Garci, findas as comedorias, o primeiro confabula com Urutu novamente, Garci descobriu uma rede, armou-a no quarto e cochila, repousando restos e remansos do surto da maleita. Os homens esparramam-se pelo chão, à sombra da varanda, a conversar, a limpar as armas, fazendo brilhar os canos, as lembranças da fuga e dos últimos passares afluindo, pensamentos sobre o futuro se assentando neles como pássaros nos ninhos, a comer. José Gomes e Urutu vão em frente da casa e à sombra de um pequizeiro, palreiam, fumando, animados.

Urutu conta:

— Como que foi tudo dar certo até demais, José Gomes, isso que ninguém sabe, nem pode imaginar, cabo José Gomes. Eu, a for de usança, para mim é sopa de mel qualquer degola de gente ou de galinha, todo mundo sabe. Matamos meganhas às dúzias, tiramos as ganas e até me arrependo de ter matado tanto inutilmente, mas quem sabe se foi mesmo inutilmente?, aquele que matei é que podia numa reviravolta do destino me ter matado sei lá quando, não é mesmo?, a raiva da hora é que manda, e homens como nós não têm tempo para ficar com remorso nem têm religião de piedade que sobre e reste, que isso não é para gente como nós. Queira ou não se queira, agora a gente é jagunço, todos nós, quem foi não interessa, o importante é agora, nada mais, nem um outro tempo no passado, nossa lei é somente nós e Deus, nós sozinhos para sempre neste grande mundo. O capitão Abade, eu mesmo cortei a cabeça dele e deixei enfiada num poste em frente à cadeia, para nunca mais ele me falar em prisão. A gente para se vingar não conta inocente. Não sei quantos matei, nem quero saber, afinal para que saber?, o diabo sabe, nem quantos dunduns regalei, não, só sei que quando mato meganha sinto um troço bom aqui no centro do peito, como se tivesse tomado um remédio, parece que minha vocação de verdade é matar meganhas. Você não sabe como é bom tirar o diabo do corpo. Mudando de assunto, temos de nos aprontar para seguir adiante, continuar viagem, vocês vêm conosco, claro, nada de arriar pelego, é queimar baixeiro, rumo da Figueira-Mãe.

— E em fiúza de quem espera alcançar a rota?

— Ora, o Babalão é fonte segura, conhece todo esse pé e sopé de mundo, vamos na confiança dele, que tem viso e siso desse mundo todo geral dos mato-grossos. Foi amigo do Sem-Sombra, segundo ele, e é ainda homem afiançado de virtude e santidade, coisas de que muitos precisamos na nossa viagem. Mais o Chico Inglaterra, que já esteve por estas terras todas de baixo para cima e de cima para baixo, em todas as direções, de outras viagens e outros tempos passados.

— E o resto da tropa, os outros que não estão aqui, por onde andam?

— Por onde andam? Ora, estão aí nesse mundo de Deus, por onde só eles mesmos o sabem, a gente acaba se encontrando com eles por aqui, que não existe quem não se encontra com quem já viu uma vez ao menos nesta vida outra vez, isso me disse um morubixaba de Rio das Mutucas, perto da Chapada dos Guimarães, eles não se perdem não, Deus queira, o mundo é pequeno para gente como nós, apesar de parecer tão grande, não há o que se perca neste mundo, é uma lei muito importante, estão todos enfim num rumo só, meu bando e os de Ritão Carrau e de Paco Guerra.

— É gente para danar, capaz que as tropas todas do Estado venham atrás de nós, os quartéis em peso, em grande contingência da maior diligência do mundo.

— A frota é muita, a safra é grande. Sim, pois se escaparam todos da cadeia, que eu saiba não ficou um só para semente, ninguém ficou, ninguém morreu, ninguém voltou para trás, todos vieram para o tuaiá. Quase cento e tantos, segundo sei de fonte boa, ou duzentos, nem sei quantos bandos, tinha gente para danar entupindo as celas, e isso ainda é pouco, a cadeia era uma igreja, de grande. Você deve saber melhor que eu. Outros tomaram outros rumos, não se sabe deles.

— Estão espalhados no sarobá, no sul, no norte.

— Mas será que se livraram, saíram todos, mesmo?

— Cento e tantos ou duzentos como te digo estão aqui no tuaiá, como te disse, o resto, alguns não sei, na certa estão se organizando no nosso rastro.

— É melhor, pensando bem, rapar o pé, justo já, nada de dormidorias e cavilações ocas.

Urutu grita pelos homens que se preparam. Estes põem-se a mover, ajuntam os cavalos, enchem sapiquás e cantis, embalam armas e mantimentos, carregam coisas, José Gomes vai esperar Garci. Levam tudo o que podem. Já estão para sair, embandeirados, quando aparecem, vindos do rio, em sua direção, um velho encarquilhado e branquelo e uma velhota curvada, aos gritos:

— Ladrões, assassinos! Isso não se faz a gente como nós, gente pobre. Ainda se vão ajustar as contas com vocês — brada a velha no terreiro da casa, erguendo os braços. Os homens a cavalo olham sem nada dizer. Canguçu tira o revólver, mas Urutu lhe faz um gesto:

— Deixe os velhos em paz. Apodreçam aí com sua pobreza miserável.

Canguçu guarda a arma com um sorriso e um brilho mau nos olhos. O velho soluça, a velha chora:

— Roubaram meu radinho de pilha, presente do meu filho na cidade, única coisa que eu tinha... Raça de ladrões, roubaram toda nossa colheita, nossos animais, mataram nossas galinhas e porcos... Malditos sejam! Que a maldição caia sobre suas cabeças, coisas ruins! Que minha praga vingue nas raízes dos seus sangues!

José Gomes pensa: segunda vez que ganho maldição. Nhá Tabita e essa velha que não conheço. Francamente que as pragas jogadas me fazem mal.

— Que rádio? — pergunta Garci.

— Deixe a velha que fale o que quiser — resmunga Urutu na dianteira, guiando a marcha, pondo-se em movimento —, o que se fala se perde com o vento, mas, não sei, pode ser que o que ela diz tenha razão.

José Gomes continua pensando em Tabita. Mais esta velha. Todas são irmãs de sua mãe. Podem estar onde estejam e serem o que forem, todas as velhas são irmãs de minha mãe, e a razão delas não tem fim.

Na frente vai Urutu sem olhar para trás. Os homens seguem-no silenciosos. Garci num alazão alentado que foi dos meganhas, leva a rede e puxa uma récua de animais que carregam mantimentos e matulagens, ao lado de José Gomes, sério e pensativo. Os outros, espaçados de três a três, num grupo desmiuçado. A tarde começou a declinar, podem ser as cinco, a força do sol pereceu um pouco. Avançam lentos, em marcha picada, no estradeiro esburacado, costeando a pindaíba, a vegetação do rio, rumo norte. Para a direita é um mar de refolhos garranchosos, a paisagem se muda devagar sem que eles o notem, o sarobá sem fim, o cansançã interminável, o tuaiá de Deus, onde o sol meio amenizado se deita, avermelhando as serras e os horizontes. Longe, nas bandas do rio Juruá gemem socós, seguidas dos arrepondos das perdizes, soluçam inhumas, cantaroleiam seriemas...

A casinhola vai ficando para trás, com o casal de velhos. Numa nuvem avermelhada a frota vai sumindo, se diminuindo no chapadão cor-de-rosa. Bebiano Flor canta em voz aberta um rasqueado amolengado:

— Ô seriema de Mato Grosso,
teu canto triste me faz lembrar
daqueles tempos que eu viajava
Amambaí, Camapuã e Cuiabá...

Seu canto é apenas uma voz perdida no coro destes pampas, porque há mil vozes que cantam com ele e se estendem para a frente e para trás, vindo do profundo da mata, lá onde o silêncio é ancestral e se perde na origem de todos os sons da floresta, de todos os lados. Nuvens finas rolam no azul. A terra nestas grimpas do mundo é enorme, vem das pontas dos Xaraiés, pantanais sem fim, alagadiços brotoejando de cratera em cratera, borocotós, cu de Deus... Há um silêncio armado atrás de tudo isto, este rumor de veias no mapa-múndi dos tuaiás, este silêncio no escampado que se desdobra em ondas e ondas que se perdem no horizonte, este rumor de terras como se fosse Deus que vem vindo, que os cavaleiros sentem, além da marcha, além da paisagem, além do retumbar infinito do céu, campânulas onde vêm habitar os ecos, dentro deles, nas cafuas recônditas do coração, onde não chega o medo, ou se chega, chega de soslaio, obliquado, de mansinho como este sol que se vai esvaindo em cores, mas só este filete de silêncio como um fio de águas perdido entre pedras, um riacho feito de pérolas suaves se liquefazendo entre as areias, que os apruma das selas e os faz criar olhos nas armaduras das espaldas, pressentindo e farejando tudo... Cavalgam todo o fim de tarde, entram na noite em marcha, a lua prenhe de outras luas de ouro uivando nos corações guarnecidos de solidão, despertando sonhos noturnos nos viajeiros que bambeiam tontos e sonosos nas selas, nos ouvidos a ladainha monótona das seriemas no largo ocaso da noite, e vagas e indefinidas melancolias ancestrais caladas no chão que aceita o derramamento de todos os sangues. Horas entradas já, Urutu dá sinal de parar, farão aqui acampamento, cá o rio Juruá é pequeno, cercanias de cabeceira, assim pensam. Num furo da mata desmontam e derreiam-se em torno silenciosos, neles se esburacando o sono atrasado como os buracos dos queijos, cavados pelos vermes de Morfeu, como os buracos da lua, como se a lua fosse também um grande queijo redondo, e nela os vermes de Selene se comunicam com os vermes do sono dos homens e ambos se influenciam pelos vasos comunicantes da noite. Improvisam leitos de folhas secas que tapizam o chão. Arvoredos abalançam-se nos altos, perto marulha o rio tropeçando em pedrouços soltos, e mais e mais, quase findo o buritizal, o sarobá entremeado de sapê e vassouras, que a brisa da noite percorre em frêmitos. Descarregam os animais, deixados a pastar, limpam uns terreiros, deitam-se sobre baixeiros, travesseiros as selas e bruacas, uns a fumar, outros a comer qualquer coisa, uns fufus, umas carnes-secas bichentas, assim se dorme e se come nestes pagos, sob o rio de céu de estrelas que nunca se apagam nem nunca deixam de passar nas margens da noite e de orvalho, nos ouvidos o sussurro do rio. Proibidos de fazer fogo, comem frio pois, lavam-se uns, já roncam a dormir outros. Pouco a pouco se perrengueia todo movimento, escasseiam vozes e ruídos, e dormem, debaixo dos voos que riscam o escuro de verdes dos pirilampos e negros que traçam os morcegos que não se sabe de onde aparecem. Só Canguçu subido num pau, fuzil embalado na mão, percorre a vista torno a torno, na vigilância. O olho da lua os espia do céu e Canguçu a acompanha e vigia seu curso. A asa da noite vai serenando seu lento espraiar-se de horizonte a horizonte pouco a pouco. Seriema a seriema, os cantos se repetem. Amadrugadece. Urutu e José Gomes já se despertaram. Garci faz café, duns poucos de uma sobra velha que trouxe da casa dos velhos. Tomado este, passeiam a conversar em conferência, traçando planos, ao longo da faixa de areia que bordeja o rio. Fuma ainda neblinando a manhã e a lua é amarelenta e virgem, como se se mirasse através dum grande diamante de onde vazasse a manhã a manar em correntes de luz. Andando seguem a curva das águas, na praiazinha, e chegam a uns dólmens de pedra. Ali se assentam. Garci fuma e Urutu puxa baforadas grossas no pito. Falam meio escondidos no acastelado de pedras e Garci é o primeiro que vê: atrás deles, devagar, vagando sobre a maciota da correnteza do rio, uma pequena canoa, com dois meganhas fardados dentro. Mostra-os. Urutu recolhe o rifle do ombro e escorrega-se no dorso de pedra, seguido de José Gomes, que saca o revólver.

— Qualquer meganha que se ver, bala nele, é a nossa lei.

— Não serão gente nossa fantasiada?

— Não conheço nenhum deles. Estão muito bem cuidados, devem ser mesmo os bem-te-vis. Só quadra neles.

— É, nem eu conheço.

— Em todo caso, nossa lei de agora para diante é apenas esta: não deixar nenhum dos dessa parecença vivo.

Ambos fazem alvo, Garci olha.

— Aquele dunga é meu — diz Urutu, apontando para um deles. Os dois estão de peito aberto, encostados nas pedras da outra banda, um segura o remo, o outro pachorrento, vara de pescar na mão, cigarro na boca, parece dormir. Urutu destrava a arma e trava de novo:

— Agora já sabemos que há deles por aqui. E parece que estão mais de férias do que outra coisa, tão descansada essa cambada, aliás, esse é todo o trabalho deles, eles dizem que isso o que eles fazem é trabalho, não fazer nada a vida toda, mamando no governo: diligências e guardas e não sei o que mais: isso é trabalho por acaso? Não sei para o que servem, a não ser para perseguir — diz José Gomes —, eu era como eles, mas não pensava como eles.

— Foste um deles... — fala Urutu.

— Deem lembranças para São Pedro, vocês já viram bastante nessa vida boa. Um dundum para você, porqueira — diz e aperta o gatilho. Os dois tiros saem ao mesmo tempo. Os dois se dobram, uma flor de sangue floreando o peito, caem varados e a vara rola das mãos, parecem passarinhos, uma das balas varou e ainda ricocheteou nas pedras assobiando, decaem dos lados, a canoa é pequena, logo se vira com o antepeso oblíquo e vão-se à água, sem mais movimento, e vai tudo boiando, rodando lento.

— Vão-se para o inferno! Frioleiras! — cuspinha Urutu, fazendo saltar o caroço do cartucho gasto e seguindo com os olhos o embarque dos dois pela torrente, rio abaixo.

— Pode haver mais por aí — diz rodeando os olhos em torno José Gomes —, que diacho, hein, esses pepolins farrando em nossas ventas... Folgados que estavam, nem era com eles, hein? Pareciam garotas em recreio... Onde há um há dois e onde há dois há três. Cuidado, olhem com atenção, o menor descuido...

— Qual não creio que há mais, devem ser algum reconhecimento. Devem estar perto, em todo o caso... E se achamos, fogo neles, bocós duma figa...

Voltam para o pousio. Os homens estão prontos. Alarmados indagam dos estampidos que ouviram. Contam-lhes sem muito enfeite. Nessa hora passa ao largo, descendo o rio, sem afundar-se, o vulto da canoa e dos mortos.

— Deem lembranças a Satanás, meganhas...

Há mais um reponteio ali, outro aqui, preparando a remora da ida. Os que faltam amontam-se e lá se vão de novo, Urutu à frente, sol a sair, a neblina ainda nas lembranças da manhã. Garci segue atrás, pensando em que espécie de homem é José Gomes, capaz de matar rindo, sem mais. Vai conversando com Chico Inglaterra, este apoquentado, no seu piquira reúno.

— Não fizera tanta desgraça não estivera nos paus. Sabe, tenho a impressão de que estivera me apodrecendo, esta maldita farda de meganha me dera arrepios, esta sangueira que levara carregada me enojara, não é que foram melindres, ainda não cheguei a tal coisa, mas andar como carcereiro e carniceiro, diacho dos Timbornas, lavara no rio, os pecados com as nódoas rodaram para trás, para os bueiros naturais. Até quisera um garrafão de pinga para mode me esquecer certas coisas que me gasturam na garganta... como lixas...

Garci ouve o monólogo e repara no modo de dizer as coisas: fizera, lavara, quisera, modo estranho em todo o caso, seja lá o que for, maneira de dizer que ele acabou copiando de um outro alguém, a gente sempre copia dos outros, queira ou não se queira, tudo é uma grande mistura de estilos copiados... Mas, raio de homem, parece pastor protestante castigado de Deus apesar da cor da sua pele e de seu aspecto leonino, ou talvez por isso mesmo. O outro muda de assunto:

— Verdade que o Sem-Sombra, tão macho, fora cabra castrado?

— Sei lá, a primeira vez que ouço falar nessas coisas.

— Pois é, o povo dissera de tudo, não me lembro de quem me contara. Diz que ele tem um harém, um belíssimo bordel muito bem selecionado lá na Figueira-Mãe, só madames de primeira, de todos os tipos de construção de beleza das mais diversas carnes existentes no mundo, tudo moça fina, somente para o deleite dos perseguidos para quando estes chegarem lá, depois de conseguirem alcançá-lo. Mas tudo virgem por causa de sua enfermidade, melhor dizendo insuficiência, pela qual ele não pode gozar um mínimo que seja. Triste, não? Se o dono e o fundador é ele... E ele proibido de usufruir delas. Dizem que ele não deixa ninguém se utilizar delas, outros já dizem o contrário. Como pode? E elas florescem como flores de açúcar, um jardim sem polens. Não sei para que servira isso. Dizem que ele se metera com a sobrinha do arcebispo, uma muito bonita demais da conta, engravidou-a e este mandou castrá-lo sem piedade nem dó. Mas tudo isso podem ser lendas. E as lendas correm e voam.

— E onde é essa Figueira-Mãe?

— Estivéramos na direção dela, é entre as serras, nem se vira ainda nos horizontes, ficara muito longe, muito mesmo, seguro é que é na Serra dos Martírios. Conhecera a Serra dos Martírios, já andara por todas essas bocainas, essas pirambeiras, esse tuaiá todo, o imenso dele, essas serranias que vêm de todas as direções, sem fronteiras, sem limites...

Alguém atrás fala:

— Corremos perigo se eles ouviram esses tiros... Estão por perto...

— Que nada, gente, vamos embora, sem medo... — responde outro.

— E estamos perto, mais ou meninhos?

— Que perto, estivéramos muito longe, meu filho, como te dissera, nesse danado de mundo. Ainda não chegáramos nem no Duas-Mortes, que fora bem aí mesminho, no gargalo do caminho.

O rapaz nota que o homem coça-se desesperado entre as pernas e que de vez em quando o olha demoradamente, de viés.

— Sabe, rapazinho, não devêramos ter mistérios. Fôramos todos foragidos como Deus quer e manda, nestas alturas a gente se misturam todos. Não soubera com o que estivera, lá na cadeia dormíamos todos amontoados, sem distinção, feliz de você que nada vira disso na enxovia, estivera só umas semaninhas. Eu estivera lá havia cinco anos já, você imaginara o que é isso? Nem soubera mesmo se foram cinco anos, que dum tempo para cá agarrara a pensar e a deixar que passara o tempo, como o vento, como a água, sem saber de nada. Já soubera quando era domingo pelos sinos das missas e pelas visitas das famílias dos presos, senão nem não soubera nunca. Em nossa cela éramos três. O Bento Polaco, tinha umas escamas brabas pelo corpo, umas vermelhidões de toucinho perebento que nunca se iam no couro branquelo, alvo que nem moça, e novo ainda o anjo, assim como você, me faz lembrar você, sem mentira nenhuma, e ele me afiançou que as perebas eram mansas, só agora, ultimamente, danei a pensar será se eram mesmo?, tivera comigo que fora macutena, e então, como eu contava, o Bento Polaco era nossa dama, sujeito mofino aquele, ninguém imaginara que ele tivera já três mortes nas costas. E dava porque gostava, nada mais, segundo bem dizia. Uns oito anos tinha que estivera preso, antes de eu chegar.

Garci estuda-o de esguelha — aí está um sujeito que tem o que contar, e logo a mim escolheu para contar, os outros já devem estar enjoados de ouvi-lo em sua ladainha perebenta. Chico se ri meio num desajeito, cocando aqui e ali, prossegue:

— Achara que fora macutena, porque nos últimos tempos estiveram-se enfeiando em bostelas, uns inchaços brancos que se iam rasgando devagar e mostrando umas polpas cor de laranja e uns caroços cor de abóbora, verdade que houve lá muitas coisas, mas não tivera medo não, nem estivera arrependido. Tenho oração contra qualquer doença, para que negar, sou assim mesmo, a gente toma gosto em tudo, depois ali, naquela vida, o que a gente fizera não fora nunca pecados, e o que a gente só quisera era só pensar nessas coisas e nessas coisas e nessas coisas e nessas coisas e nessas coisas que não terminassem nunca, eu quisera contentar o pobre, e meu corpo, e ele quisera contentar a mim, e eu a ele, e essas coisas e essas coisas e essas coisas e essas coisas o todo tempo todinho até se acabar e a gente um dia for-se embora, um mundo dessas coisas que não terminasse nunca, ninguém se importava, era até que muito natural, afinal de contas, eu dando, ele dando. O Polaco às vezes amolava o Peba, ele ficava torto e fingia pensar lá suas coisas, mas eu garanto que ele lá pensava era nisso mesmo o tempo todo, e nós, hum, hum, hum, indo, indo, remando a canoa, para o diacho do tempo passar...

Garci arrefece, um cuspe de náusea lhe dança na boca, aquele homem, coitado, a apodrecer vivo, ali ao seu lado, terá de aguentá-lo toda a viagem, fartar-se-á de ouvi-lo vangloriar-se de suas torpes lorotas e enxúndias ao lado desse bendito Bento Polaco.

— Sei o que tivera, era só uns chatos, piolhos, carrapatos, caspa, coisas da cadeia, natural, esses bichos de lá são ferozes, mas nada tão de perigoso demais, afinal de contas, para que mentir se é a pura verdade, tivera só uns corrimentos pingando, já faz uns tempos, nada de grave, estivera sim, com medo de medo de medo de medo, me criara repugnância, falara a verdade? Ora, sô, sou bonzinho, sou benzido dos pés à cabeça, de todos os lados, pudera contar comigo, sabe, para falar a verdade, gostara de você, gostara mesmo de verdade, desde a primeira vez que te vira, e você como se chamara mesmo, meu filho?

— Garci, Ticiano Garci-Lopes.

— Bonito nome, Ticiano. Você é gente dos Lopes de Aquidauana?

— Sim.

— Xi, gente falada aquela. Você adisculpando, você nunca experimentara?

— Não, Chico Inglaterra, nem quero.

— Ora, não se zangara, menino, fora coisa inocente, não é do outro mundo, é deste mundo mesmo, os homens sempre fizeram isso em todas as épocas, e este mundo, você soubera muito bem, é isso que a gente está cansado de ver. Quanta gente boa faz e fizera. Sabe? Quando havia as trocas de celas a gente variava e se conhecera todo o mundo por ali. Não é nada de mais, você conhecera o Miguelino, ele já saíra da cadeia, livre, esgotara seu prazo de prisão...

Garci o estuda com uma ruga na testa. A boca dele, espuma nos cantos, falando, parece ele todo embraseado em vermelhos, as gengivas murchas parecem câmaras de ar desinfladas. Olha como a pedir socorro para José Gomes, mas este se adiantou, conversa com Babalão e Urutu, lá longe, na frente da tropa.

— Enfim, fôramos felizes um tempão, eu e o Miguelino, os miseráveis o soltaram, acabou-se o que era doce. Você conhecera o soldado Rutilo? Era preto, mas era um pote de mel, em verdade. Achara que fora ele que me pegara isto, mas não guardara rancor dele não, nem um pouquinho, me dera muitas felicidades...

Garci junta raivas. Este homem tem algo de peganhento, de untuoso, de hediondo. Afasta-se puxando as mulas e busca a proximidade de José Gomes, que agora ia deixando-se restar para trás. Chico Inglaterra fica na retaguarda do bando, lançando olhares cúpidos para o rapaz.

— O que você vê com esses olhos de ouro, ô Caveira? — inquire o Flor.

— Vejo os homens por dentro, como eles são na realidade e não como mostram as suas aparências. Se você quer mesmo saber, é promessa, seu idiota, e não me enche a paciência.

Bebiano silencia, reduzido a calar-se pela fachada de poucos amigos do Caveira, mas logo acerca-se de Babalão, que parece ir rezando num sonambulismo místico, jogando à boca de tempo em tempo punhos de farinha que tira de um surrão. Tem as barbas negras pespingadas de branco e os olhos fundos de quem passa as noites sem dormir e que olham sempre para a frente, como se esperassem sempre surgir e ver apenas legiões de anjos e santos enviados do Senhor.

— Você que sabe, que faz oração, como é, quando chegaremos?

O barbudo volta para ele os olhos olheirosos, mira-o um instante, sob a corcova avultada, uma tristeza profunda no rosto:

— Quando Deus Nosso Senhor Jeová assim assinar no livro, Bebiano, Deus Sabbaoth, Senhor dos Exércitos, mas você é infiel, filho de Belial, não crê nessas coisas santas, só quer cantorias e farras, pense mais em Deus, homem, deixe-se disso.

E bate com o cascudo dos dedos ossudos na sela da montaria do Flor.

— Deixar de cantar, ora essa, Babalão, não duvido que você tenha as famas de santo que tem, mas você não sabe que cada qual tem seu destino diferente e que cada um cuida dele à sua maneira? Você deixaria de rezar? Assim eu, como vou deixar de cantar? Nenhuma palma de mão é igual. Nós todos somos diferentes uns dos outros, mas numa coisa apenas somos iguais, foragidos, que adianta, enfim, isso de reza? O que vale agora senão bala e fuzil? Nunca soubeste que o rei David cantava e dançava e fazia versos? Sou como ele, pois, e não quero mudar-me em nada. Quantos você já matou, Babalão?

— O mesmo que você, e até muito mais, porque na hora de a gente ser homem tem que ser até debaixo da água. Isto aqui — diz pegando na cruz de madeira pendente do terço — é minha profissão de ofício e de fé, você não entende nada disso. Quando tenho de matar mato, e é porque Deus Sabbaoth me fala e quando tenho de fazer milagres faço, eu, Babalão Nazareno, de Camapuã, e Jesus Cristo da Galileia, só nós dois, ninguém mais na terra inteira, em todo o mundo, que é pequeno para nós dois, compreendemos a avença e a desavença do mundo.

Canguçu entra na conversa:

— Você tem que arrespeitar o Babalão, Bebiano. Homem que já fez milagre é porque tem poder de proteção de Deus sobre os demônios e as forças do mal, homem que Deus guia, não é mesmo, Babalão?

— Você, Canguçu, até que é homem de siso. Esses cabras pensam que a vida é só isso de cantar e encher mulher. Mas estão muito enganados.

— É meu ofício. Você deixaria de orar, Babalão? — indaga o Flor.

— Não, mas você tem de deixar de cantar. Não compare rezas com cantorias. Se você não entende é porque já está pesteado de canjerê. Nem só de canto vive o homem, gente. Sustância de homem está no cuidar.

— Sei disso perfeitamente e arrespeito o senhor, mas hora desta, a gente nesta condição de viajeiro sem querer nem poder, tem de afogar as mágoas com música, é o meu jeito, além do meu ofício, Babalão, o senhor se afogue com rezarias, eu com cantos.

Fim das cabeceiras do Jauru, vai ficando na distância o verdejo do coito do buritizal. Há muito subiu o sol, e arde, braseiro vivo. Longe em longe, um que se esgalha frondoso, chacheando ao vento refrescador, buriti nos altos. No mais é o deserto do sarobá, sem sombras de águas, nos oitões do chapadão. Garci, puxando a leva de mantimentos, deixa de ouvir a conversa de José Gomes e cai em leseira. Bubuiam nele coisas de adentro, pensa e sonha, misturando as duas coisas. Chico Inglaterra estará acompanhando-o de longe, não tem medo dele, mas não quer olhar do seu lado. Sobrossos, camarços. Macutena é um recobrir-se doce os inchaços do corpo, uma aura morna de melaço, um impregnamento persistente e profundo de açúcar queimado. Esta brisa que desce os campos verde-marrons da curvatura das serras haverá de fazer-lhe bem. Ele precisa mais que os outros. Vão passando agora por ressecos adustos, pontilhados de cupinzeiros negros e amarelos, à luz do sol do meio-dia sem anteparos, daqui a pouco aparecerão os pedreiros do Cerejo, com seus matacões avultados e desordenados, sem vento, sem caminhos, onde zanzam almas de viajantes assassinados e perdidos. O buritizal perdeu-se na caminhada com seu rumor de palmas bom para os ouvidos, as patas dos cavalos transportam agora os homens em plena solidão aberta, imensa. O tempo parece que vai e volta, terras bárbaras, enormes, místicas, puras, ingênuas, incendiadas, ásperas, o Zodíaco é um mapa girando os olhos de doze cores, os cavalos bebem o ar quente nas grandes narinas, e o ar é suave para eles. Pesadas moscas verdes seguem o trotar de Chico Inglaterra, um rastro de alaranjada doçura no seu rastro, seis tragos de cachaça deitariam fogo nestes anuvios negros. Conversava com Canguçu e este achava que o sarobá estava cheio de baratas enormes como carros, andando de marcha à ré no deserto. Não que o despreze como aos cães purulentos, não, Chico Inglaterra é brando e infeliz, talvez a Virgem ame mais o seu menino no céu das almas se eu sedenhar e não canhar esta bondade peganhenta, que pravo não é, só infeliz e manso, pesadas moscas verdes entrebuscando favas no seu coração. Pendoam os capulhos nos campos das flores brancas, os biocos do homem têm sangue e cinza, gráficos de cárie, horóscopos de fel e pus, Chico Inglaterra leva no coração uma mosca redonda de veias verdes que vai comendo, ruminando lentamente um indefinido esconso de açúcar, pungentes e cancerosas orlas de veludo dos pêssegos, embuços mornos no corpo fechado, no corpo querente mas de mornidão tão serena e tão dolorida, Chico Inglaterra, um redoer de varejeira chupinhando com gengivas brancas o quentão do silêncio, São Cipriano aprovando, cânceres e escaravelhos de ouro, nos columpiões do campão. Nascem vertigens nas distâncias, dentro das solidões. Dez homens, uma grande solidão nestas grandezas de quebradas livres. Só o campão é livre, nós somos ainda prisioneiros presos entre crepúsculos, presos entre lembranças, presos sem remédio, sem função nem condição, nestas alturas Garci não tem muito que pensar, só puxando os animais, o sol na cabeça, uma vizinhança de pensamentos se comunicando, mas é só calor, como que todos pensando a mesma coisa. Cada um com sua solidão, solidão de todos, que vem de todas as partes. Os cansanças que retornam sempre sob as patas dos cavalos, e um passarinho amarelo, súbito, pousado numa lixeira que os saúda com um feliz-feliz-feliz. Soltas rédeas aos cavalos, sem olhar para trás, rumo à bruma da distância que aureola os horizontes onde se esconde a sede da Figueira-Mãe, sol, queimando sem consolos, chão recomeçando sempre, agreste, futuro rancoroso, só incerteza, nada mais. Iam se afastando de tudo, tudo passando para sempre, virando pontinho e se perdendo. Os cavalos, as mulas, suas patas comendo a chapada, chavascais transcorrendo sob as vistas. O cansaço sentando neles, como muitas moscas, e eles se apoiando nele, como numa poltrona, sua falta de espaldar. O dia foi se encompridando. Léguas passavam no vento quente, hálito de grande vaca, a solidão que eles campeavam. Em vermelho e terra a perder-se de vista, baixa, sempre baixa e igual, rasteira, cerrados e cerrados, cansanças e lixeiras, bromélias em fogo, os cupinzeiros erguidos contra o céu druidicamente, quando em quando uma cor mais forte de sangue de ananás bravo a romper no ralo de vegetação, verde-suja, esturricada. O silêncio, em percussor, distendido, invisível, imóvel, latejando, labirinto inconsútil. Nos ouvidos dos homens só o manso furta-passo dos cascos meio perrengues mastigando o tempo e o chiar estralejante das cigarras de verão, que aqui é sempre verão, as estações se fantasiam de calor, fino, enervante, monótono. Rosário de semanas havia que ser. O desacostume da andança longa, entranhado da variedade ruim e bom de tudo, mas sempre o mau de mais, por cima, como casca de árvore escondendo o cerne. Distante, distante, deviam de estar, pois quem anda, anda sempre, um dia fica em que tudo de repente se torna distante. As seriemas redIziam disso, e só disso, não conheciam outra sabedoria. No trote lerdo das patas lerdas. Audacioso não devia deixar de ser, perder-se na terra, pelos bibocais dos mundos, na fiúza desses cascos desferrados. Onde está o rei dos sertões? Na sua grande sesmaria, cercado de todos os seus cavaleiros, a Casa da Figueira-Mãe, nos aquéns de tudo, e ele nos espera, mas talvez não sejamos mais homens livres até encontrá-la, ou a verdade é que sejamos livres e estamos sonhando de olhos abertos, todos mais acordados que nunca com nossa liberdade, mas isso ninguém sabe, nem os doutores da lei. Paróquia e bordel, porque sob aqueles tetos se conservam tantas mulheres quantas tinha o rei Salomão, de todos os tipos, conforme todos os ideais de beleza que possam existir. É o que dizem. Somos agora proscritos e homens condenados não têm paz no mundo até que não encontrem um coito que Deus lhes mande. Eles o chamam de O Sem-Sombra. Deus tem seus jeitos, devagar alaga suas fronteiras e lento inunda tudo, onde os signos procurados? Que fazemos tão sós? Nada, só nós mesmos, mais ninguém, nós e os cavalos e as mulas, nós e Deus na solidão. Por que a vida é tão diferente da vida? A gente aqui, correndo, fugidos, sem eira nem soleira, e esse céu azul, que já se inclina para a tarde e com ela a noite, correndo suas nuvens também, mas calmo, suave, profundo, sem mudar de lugar como um rio, mas mudando sempre. Ideia que se esvai em fiapos de nuvens que somem. Bebiano cochila sobre o cavalo. Só o cavalo levando-o, os solavancos que chegam como se chegassem do outro lado sombroso do sono. De repente é noite. Chegaram a um lugar onde corre um fio de água. Desperta-se. Parado, vê os companheiros que descem das montarias e aprontam coisas. Rogaçam-se os matos a uma brisa que vem despenteando os galhos levemente, a boca da noite boceja imensamente. Cansaço e sono. Espalham-se. Sente-se cheiro de comida. Come uma comida com gosto amanhecido e velho e bebe água do riachinho. Senta-se num limpo junto a um tronco e fuma um cigarro: pensa: ele queria ser um poeta, nada mais. Nada desses aperreios da vida, estes aprestos, mas acha, poeta ele já é, o que mais é preciso? Poesia é tudo isto, este sonho alto que ele subia com ele sobre o cavalo e continuava a caminhada, como se fosse eterna. Garci guarda as sobras, acoita as bruacas e mantimentos. Depois, como é a ele que toca a sentinela, sobe num pau alto e perquire os horizontes. A noite cai e tudo sucumbe mansamente de sombra, o silêncio aumenta de altura como se subisse muito alto e dentro dele os homens sonham. Vaga-lumes erram sobre o sono deles, abismos que caem a pique, muito longe. A lua verruma o céu, o longo zumbido do silêncio atravessa e perfura a terra como um túnel, onde cai o sereno, sossego escuro perolado de orvalho. Com o sol se levantam e outra vez se dispõem a continuar a caminhada. Na cabeça de Garci o sol queimava e nos galhos das lembranças flores brotavam. Lentas, as mulas levavam as cargas, como carregadas com mil anos, lento ele puxava, lentos iam os homens, quase em silêncio, como uma procissão ou um enterro, cheios de seu primitivo e lento mistério, nem pareciam fugitivos, antes religiosos, sitiantes, andarilhos atrás de algum estranho El-Dorado, duma esquisita religião escondida nos vagarosos fins da terra. Parecia que ninguém tinha pressa. Rumo do homizio do tuaiá. Enorme essa terra sem fim, com seus horizontes de sol candente, a terra sempre recoberta de cansanções, com seus frutinhos de ouro e suas chatas folhas espinhentas, queimantes como fogo. Urutu fez alto num pouco de sombra que um grupo de lixeiras solitárias destacavam. Haviam saído tarde, o sol adustava e já chegava o permeio da manhã. Limparam a facão o solo juncado de cansanções e se acotovelaram a descansar e a comer. A distância, no ar que parecia azul, onde os fogos bailavam como demônios, um risco de creiom tarjando o ocre esverdeado. Chico Inglaterra mostrou-o com o dedo:

— A pedreira do Cerejo, minha gente.

Os homens olhavam em silêncio, com preguiça, com cansaço, sem vontade de falar. Urutu correu os olhos pelo céu em volta, onde o azul crepitava, o sol, laranja incendiada, enorme, ardendo nos ouvidos com seu silêncio de fogo.

— Quantas horas, ô Caveira?

O Caveira remexendo no nariz comprido os cavaletes dos aros de ouro sem vidro, meio fosforescentes, puxa por uma corrente do bolso um ovo de ema dum relógio de prata, um autêntico cebolão Roskoff, legítimo dos idos de 1900, cuja tampa como uma frigideira abre e por onde mira detidamente:

— São 3 e 33, meu chefe.

— Três e trinta e três? Não é possível, esse relógio está doido — olhando de novo o céu ardente —, deve ser mais de uma.

— Não sei, no meu são 3:33.

Com a rede embolada sob a cabeça Garci descansa. Pequeno o espaço, fracas as árvores, não dá para armador.

— Sabe, perto daqui, a uma légua mais ou menos, fica uma fazenda, não sei se ainda existe, o mais certo é existir, a gente podia trazer alguma carne de boi, a fazenda Boa Vista, se não me engano, de um coronel Lereno — explica Chico.

— Diabo, esse homem vir formar fazenda tão recuado...

— Coisa de mangação, ele está metido em altos contrabandos, é coiteiro de ladrão rico, aqui nestas lonjuras ele pode fazer das suas sem ser molestado.

— E como é parente de alta gente tem tudo nas mãos. O resto é prosa.

— E seus capangas, agregados, gente boa como nós?

— Devem ser algo bons, mas ladrões da cidade são diferentes duma vez, ladrão metido a elegante, a rico, com altas funções, em altas-rodas, não pode se equiparar conosco, ensinados no sertão.

— Isso é o que ninguém sabe, só experimentando...

— Boiadas, diamantes, carros, mulheres, marijuana, tudo entra por aqui, até o portão da fazenda Boa Vista, vindo da Bolívia e do Peru, por aí afora... Tirante os garimpos, os seringais que o coronel tem... Aqui são os limites, para a frente já não há moradores, nem habitantes conhecidos, nem nada.

— Esse coronel Lereno, já ouvi contar muita fama dele, arvorada, o Sarnoso que o carregue, é bom que vá rezando, que nós estamos chegando por perto, que a hora dele está lambendo os seus calcanhares, sem muito se apressar, está chegando, vai parar de bancar o dono de tudo. Sabem o que ele costumava fazer com os trabalhadores? Acorrentar... Acorrentar... Tenho uma sede dessa gente... — Urutu diz — capaz que a gente podia tirar umas forras dele, por causa do irmão dele, aquele advogado de merda, penei três anos naquelas masmorras de escravidão de Cuiabá por causa dele. Mas vocês têm de aguentar firme, nada de roubar o desnecessário, só por muito motivo justo, já estamos mesmo no inferno, entretanto, o que mais falta?, todos sabem, mas nem tanto conforme vieram as coisas assim vamos, não temos nada com que contar, não temos advogados de defesa nem de acusação, ademais todos eles só querem morrer com dinheiro e encher a barriga, a mais, cautela, que somos todos barbados, falo ou não falo certo?

— Exato — respondem em coro como alunos ante o mestre-escola.

— Bem, esse patife do coronel Lereno, que nem chega a ser coronel nenhum, é apenas um fazendeiro rico que se deu às honras de se chamar de coronel, está nas nossas mãos.

— A estrada real passa por lá? — interpela Pedro Peba.

— Não, que esperança.

— O cabrão é desses ricos como o Diangas, desses que o Capeta gosta e amacia os passos, lá é tudo atapetado de botijas seus pisos, mil teres e haveres, mil ramos de onde a gente tirar favas e nem se tem mão para se levantar e pegar e ainda sobra, na sua casa tudo onde se olha vale ouro, ele é um desses da nobreza da capital, acostumados no melhor, grande família, arca polpuda, parentela fidalga, nadando em ouro, sobraçando tudo aquilo que a gente nunca pôde ter, tudo roubado aos pobrezinhos. Nobreza? Nome de família? Onde estamos que ainda a nobreza não se acabou? Sei somente que de nobre todo pobre tem um pouco, e todo nobre um pouco também tem de pobre, porque tudo começou igual um dia. Merece uma lição para sempre. Ele tem culpa de ser rico e nobre? Não sei, mas isso é uma afronta para os que não são nem têm nada. Dia há de chegar em que os pobres terão sua vez. Vamos esperar pelo céu.

— Gente rica não entra no céu. Mais fácil um camelo passar no fundo de uma agulha que um bandido desses entrar no reino do céu, palavras de Cristo — sentencia Babalão, pondo os olhos no alto e cruzando as mãos ossudas sobre o peito —, se Cristo não gostava desses, eu vou gostar?

— Iremos três, eu, José Gomes e o Canguçu. O resto fica na guarda esperando.

— Deixa-me ir também — pede Lopes Mango de Fogo.

— Desta vez, não, Lopes, você aguenta, que a coisa é diferente. Você me desculpe, mas você é muito bagunceiro e não pode ver mulher.

— Podia ir no meu lugar — diz José Gomes.

— Você recusa ir comigo, meu irmão? — indaga surpreendido, Urutu.

— Não, não é isso, acontece que estou com reumatismo.

— Desculpe, José Gomes, acho que estou imaginando o que seja, se não é que você pensa ainda nos seus bons tempos de cabo, não se avexe...

— Nada disso, Urutu, não viu que quase caí quando apeei do cavalo? Reumatismo puro, aqui nos pulsos e nos joelhos, nas juntas.

— Meu termômetro está errado — paresenteia Babalão —, não vejo sinal de chuvas nenhumas no céu.

— Bom, é uma pena, então o José Gomes fica, e vamos eu, o Lopes Mango de Fogo e o Canguçu. José Gomes fica para outra. Vamos esperar a noite cair.

— Limpamos o terreno do velhote e não deu para nada, e o raio do cambeta ainda teve a coragem de xingar a gente, como se lhe tivéssemos roubado uma burra cheia de ouro e prata — se ri o Bebiano Flor.

— É, uns três cambitos de galinha... — relembra o Chico.

— O tal coronel vai ver fogo se é que não viu ainda... Vai purgar todos os seus pecados duma vez só, vai ver que o céu e o inferno são aqui mesmo na terra... Nós aqui somos os castigos de Deus...

— Faltou água por aqui — diz Pedro Peba tirando as perneiras e as botinas, estirando as pernas, soltando um grande suspiro.

— Gente como nós tem de aguentar até banho de bala, tem de ir no inferno e voltar ileso. E tudo culpa de quem? Gente como esse coronel Lereno... — fala Bebiano picando fumo na palma da mão.

— Como fede esse chulé — resmunga o Chico.

— Mete o nariz na mãe, então, seu porco leproso — responde o Peba.

— Sujo falando de mal-lavado — se intromete uma voz —, presos de luxo, vocês por acaso pensam que são? Cão corrido não tem luxo não, caramujo.

Fazem um fogo e aprontam as comilanças, que são minguadas. Canguçu remexe as bruacas encostadas nos troncos das lixeiras, no preparo da boia.

— A carne está meio ruim, apodrecendo, é este calorão do inferno — resmunga.

— Que ano vai sair esse furrundu da peste? Estou com uma novena de cavalos de fome na barriga das tripas, cavalgando, cavalgando por cima de mim, minha barriga pelas costas — murmura molemente o Chico.

— Todos estão com fome, calma — diz Urutu.

Os animais, soltos e desarreados, pastam. Garci dá-lhes milho e água. Os homens se refestelam, estirados, chapéus nas caras, pela sombra furada de sol. Do magote de homens reunidos crepita um vapor, uma musiquinha se exala, é o Caveira escutando o rádio de Canguçu roubado dos velhos. Uma nesga de pastagem no meio do sarobá, ilha de capim-gordura nestes purgatórios de Deus... Deus dá bem-aventurança na vida para quem é feliz de pança e de carteira — pensa Garci vendo os cavalos comerem. No silêncio descansado só as cigarras retinem e os nervos dos homens se acomodam àquela música que os seguia intermitente no trote dos cavalos. Grilos, cigarras, insetos e a música de sanfona que toca quase com as pilhas gastas. Há uma secreta comunicação entre o cansançãzal dourado e espinhento e torrado de sol e o chiar delas, das cigarras, a repetir incessante, léguas e léguas em torno, nas crostas do chapadão, como se fosse a voz da terra, o mesmo verso do mesmo estribilho sem fim: cansançã, cansançã, cansançã, sançã, sançã, sançã, çaam, çaam, çaam, tz, tz, tz, tz... Coisas que amam o sol, coisas da terra, coisas que nasceram com a terra e com o sol. E o silêncio ergue-se e se desdobra sob essas camadas, sob a música do chapadão, um delírio que uiva se apruma das bibocas infinitas. Deitado, Urutu sente esse eco que vem como do fundo do mundo calcinado, mundo sempre inacabado, inacabado para sempre, um tímpano que devora o tempo, abre um olho, suspeita de que o mundo está de alguma maneira à sua espera, o mundo o espreita, mesmo ali na grande e completa solidão, no mundo somente o que é completo é a solidão, e pelos furinhos do chapéu, suas palhas trançadas, depois pelas bordas da aba perscruta longamente o azul meio roxento que ferve na distância, como à procura de alguma coisa, logo alça a cabeça desconfiado, cotovelo fincado na terra quente, e corre a vista em torno. A sanfona emudeceu, só o som da terra. Nada, só o chão com o fogo dos seus espinhos e o horizonte achatado que se nega sempre a ser compreendido, as chãs fumam e se consomem ao longe, numa espécie de fumo que é distância e ilusão ao mesmo tempo, mas ilusão de quê?, a roda da quietude do céu, as cigarras que deitam música de monotonia eterna num monólogo sem fim, algo deve haver aqui para que elas continuem a cantar sempre, sem parar, e quem poderá saber o que seja?, benditas sejam elas, que cantam e cantam sem saber, sem ninguém saber, talvez as bondades de Deus, e as funduras do céu silencioso monocórdicas ameaçando invisíveis a presença de Deus, ou presença de quem? Estica-se de novo, mudo fecha os olhos. Foi uma miragem, uma ilusão. Os homens imóveis. Tudo parece morto. Só as cobras de fumaça se elevam do braseiro no ar parado. Um cheiro de comida vaza e a fome dos homens agudece dentro do cansaço sudoroso. E a sanfona se deixa ouvir de novo, tênue. Depois de comido, os homens se deixam tombar, exânimes, mas atentos. Junto a Garci no chão, virado de lado, Chico Inglaterra, de uma latinha aberta na mão, onde enfia dois dedos e leva ao nariz, cheira rapé, costume antigo. Garci olha-o de banda e de repente encontra o seu olhar gorduroso, o branco pintalgado de pintas rubras, rubrirrostro, um visgo dulçoroso emanando-se dele. Um bafo persistente vem do seu corpo.

— Aceita um pouquinho, menino?

A voz tem algo de fanhoso, adquirido nestes dias, Chico Inglaterra cheira a melões maduros que apodrecem ao sol, Chico apodrece ao sol, tem a secreta e desconfiada certeza. A mão de escamas brancas se estende oferecendo-lhe a latinha, onde se desenha um brasão britânico, importação de fumo do Reino Unido, que veio parar no sertão. Garci hesita, mas depois, movido por uma aquiescência inexplicável, talvez somente para lhe satisfazer, tira uma pitada e encaixa-a nas narinas.

— Obrigado, Chico.

— De nada, menino. Fora bem cheirado, isso fora bom para os peitos. Fora remédio também para o espírito da gente, nos espirros saem os sonhos ruins. Diga-me uma coisa, menino, você se ofendera com o que lhe dissera antes?

— Não, Chico, você é um bom amigo.

Garci pensa: uma pequena palavra lhe fará bem, uma pequena bondade para ajudá-lo carregar seu fardo. Grandes pesos. Chico sofre por quê? Que necessidade tão grande obriga-o a ter seu sofrimento sempre presente? Se um bem mesmo pequeno como uma palavra pode ajudá-lo, então tentarei auxiliá-lo.

E aspira o rapé. Sente que lhe sobem garganta e peito acima cócegas como patas de insetos caminhando, na iminência do disparo do espirro, aguarda, a respiração em suspenso, num êxtase de fitar o céu sem querer, como no limiar de um grande mistério, a branca origem do espirro.

— Fumo goiano genuíno este rapé, bicho forte...

O espirro sai, como um ameaço de expelir as cartilagens, um estampido, e mais outro, e outro ainda, cada qual mais forte, longos instantes de espera e pausa, nos quais são expulsados o que diz Chico serem os maus espíritos, que todos, sem exceção, carregam.

— Erre corno! Está virando bode? — galhofa o Flor.

— Cuidado com a cabra preta, mãe do Satano — recomenda Urutu.

— Espirro no meio-dia,
é teima de constipação,
ou viso de simpatia,
ou começo de tentação — repenteia o poeta.

— Oi diá... — pensa o Peba, está amanhecendo, gente, boa essa do Flor, ele vai atrás duma coisa com sua ideia como uma pedra de funda no alvo. O diabo não se cansa de andar, vaga por toda a parte, mas também seria o diabo desconfiar de tudo, até do próprio Demo — e acha que está pensando besteira.

Garci deita-se de novo, supino, quepe na cara, do lado de José Gomes. Este ronca, um chio sai de sua boca aberta, quase junto à terra. O Caveira faz barba, de cócoras em frente a uma lixeira, num espelhinho redondo, desses de mulher usar na bolsa, com uma navalha em que o sol põe cintilações brancas e agudas. Canguçu torneia com o punhal uma lasca de pau para uma imagem de mulher, toscos vão surgindo os seios. O silêncio flutua de novo grassando entre os homens, amodorrinhando na grita enjoativa das cigarras. O mar de ondulações de cansanções jaz parado sob a dormência do sol. Uma calmaria pesada retumba desde as funduras do azul cru dos horizontes enormes. Parece que a terra digere também preguiçosamente e força uma sesta infinita que contagia. Uma colmeia de cigarras, o céu. Incubação de um bochorno que parece subir das origens de tudo, Garci sente-se adormentado e inquieto, talvez a maleita que volta arrastando as malas. Para mode atalhar a reboldosa urge queimar um quinino. O fogo ainda arde. Levanta-se, enche de água uma lata e põe-na a ferver, acresce mais uns paus de lenha, assopra, e quando as chamas fazem bulir, derrama dentro umas cascas que tira do surrão. Os chifres da má febre aparecendo à tona, touro da febre que aparece a se ouvir berrar na campina do bochorno. Pronto o chá de quinino, bebe-o quentíssimo. Ainda sobra bastante. Oferece mas ninguém aceita. Bebe mais um pouco, guarda o resto numa garrafa de quartilho e volta a dormir. Amolengados, os homens nem sequer falam. Mas nos altos o sol já perde a sua força, daqui logo mais já será começo do entardecer, a respiração de Deus far-se-á vermelha no sangue do crepúsculo. Chico dorme, bicho cumbé, dele se exala um ar pesado de doces pestilências que se infiltram vagas no sono dos outros, olor de melões maduros, espesso pelo calor parado do mormaço. Meio virado, do nariz em concha escorrem fios de babas e mucos esverdeados que lhe entram pela boca aberta, a língua rosada, as gengivas moles, desdentadas, cobreiro brabo, das pálpebras gangliolentas os olhos enxundiosos se esconderam de remela e sua barbela de praganas crespas parecem dorsos peludos de sassuranas vermelhas, e um prenúncio de pústulas brancas lhe incha o rosto. Respira forte e dificultoso e no respirar varre o chão debaixo de sua cara. Todo o corpo se encolhe e se infla nos sopros. A pele melada se calombeia a espaços, pecos e mossas, como lomas de furúnculos disfarçados. Dá tristeza. Sua mão escamosa escorregando no chão como uma cobra tira algo do saco, é o radinho de pilha que emprestou de Canguçu, que o Caveira escutava há pouco. Liga-o, mas nada sai, só uns chiados gangosos que se espalham no ar como os miados de um gatinho doente. Desliga-o resmungando incompreensivelmente vencido pelo calor e pela calmaria e guarda-o no saco de novo.

— Está sem pilha essa porqueira... Não presta...

Garci olha os companheiros. Todos aparentemente dormem, menos Urutu, que de olhos baixos, meio fechados, limpa um revólver enorme e pesado, cujo metal branco reluz a espaços nas suas mãos às danças dos raios do sol agonizante. Duas riscas profundas descem-lhe do grande rosto cavalar e no centro da testa alveja a cicatriz em cruz. O apelido lhe assenta como uma meia de lã num pé friorento, Urutu, urutu preto, mas qual, será esse o seu verdadeiro nome? Como uma construção esse negro de pedra preta, como uma cobra urutu, terror dos sertões mais afundados, o corpo descomedido, a cabeça emproada, o ferro-fogo dos olhos, só lhe falta o veneno, que, no fundo, porém, há de ter, forçosamente, como toda urutu que se preze. Ao remover a arma nas mãos, ao menor movimento, crescem-lhe os rebanhos de nós da musculatura possante como cobras ariscas fugindo sob a bela courama de ébano puríssimo que tem brilhos súbitos como o mogno virgem e as águas negras na sombra dos poços. Tão calmo e abismado dentro de si mesmo, como um sonho dentro de um sono esquecido, ninguém imagina, a gente pensa, chega a ter uma repentina ideia, parece que esse homem, de repente, assim sem mais nem menos, por um aviso de um longínquo inferno, esse gigante parado dentro dos seus redemoinhos, esse atlante que sonha, não vai que vai virar o cano dessa arma do lado dos homens e descarregar, assim sem mais e sem menos, o tambor dessa máquina de matar, estrovejando, arrancando vidas, fabricando mortes do nada. Mas não, o homem nem nunca tivera desses nenhuns anúncios dos talvezes dos trizes do acaso, dessas discrepâncias consigo mesmo, nos seus rebojos, nas suas mussitações, como uma estátua de Moisés negro e de queixos lisos erguidos por alguma divindade afro-cabocla e sob o pretume reluzente da pele, buliam inquietos os peixes dos músculos em cardumes, águas de nervos, correntes de carne. Garci volveu para Chico. Uma mosca gorda, de cabeça azul, sob seu nariz, suga o seu ranho a zumbir. Enxota-a e ela volteando preguiçosa vai assentar-se nos nodosos dedos enforquilhados dos pés de Babalão, depois voa, num giro lento e modorroso, pousa na sua boca, os lábios semicerrados.

Sombras morenas queimadas, os homens sussurram. A tarde é infinita na sua grande calma morna, o sarobá moroso medita. Algo se enlouquece dentro de Garci. Como se os ponteiros de um relógio se agitassem, palpitando por uma febre que vem do fundo borroso da eternidade. Eternidade que não se acaba. Eternidade parada, parada. Entretanto, tudo anda, tudo muda devagar. Eternidade que morre, tranquila dentro de sua imobilidade de pedra. Eternidade que ressuscita, passando, passando sempre, como o dorso de um elegante infinito carregando tudo para lugares sempre diferentes. O virar do tempo. Um silêncio perdido por alguém que vem chegando desde o infinito esquecido de tudo, em redor das estrelas, de dia à luz, à noite nas trevas, um silêncio imenso, sem finalidade. Corroendo, corroendo. Se ao menos surgisse ao longe um piquete de soldados para rasgar a seda doce e ardente do amortecimento destes ermos demais de quietos, trocar tiros, varar punhais. Nada, só muito longe as cristas da pedreira do Cerejo. Uma lâmina à luz do sol, uma bala assobiando no silêncio. Um passarinho por instantes desfaz o silêncio de cansanças e cigarras: feliz-feliz-feliz.

— Feliz é a mãe, bandido... — resmunga alguém despertando-se escramentado e sem vontade de nada.

— Infeliz, passarinho morador destes lugares, infeliz, você ao menos tem um lugar onde ficar... — corrige José Gomes.

Babalão ali adiante parece que sonha, move-se todo a bufar e os ossos se lhe estalam como cavernas que racham. Parece que ficou mais corcunda nestes dias, as sobrancelhas em tufos arrepiados cresceram mais, escondendo os olhos que penetram tudo quando olha, silva entre os dentes, como teclas de piano, preto e branco, branco e preto, e a bigodama e a barba parecem subir e descer nos sopros assobiados da respiração a entrar-lhe pelas aberturas do nariz e pela boca adentro, sufocá-lo, tapar-lhe os respiradouros, dorme segurando a ponta da cruz pendente do seu rosário, junto a um breve de pano preto, onde diz haver um pedaço de osso da perna de São Cipriano, como por medo de que se lhe roubem. Boa gente parece o profeta, esses sulcos fundos do rosto cavado dizem de sua experiência e sabedoria a quem sabe ler pelos sinais da cara, escrituras de Deus. Pela camisa aberta, a macega de pelos do peito quase submerge a cruz, coleções de breves e bentinhos e santinhos de cobre, de ouro e de prata e de latão, e a mão parece um frutifício de chamas negras. Estas olheiras em covas que ladeiam a cordilheira afilada do nariz por onde saem grandes tufos de pelama falam um pouco do mundo desse homem que reza e sofre sinceridades enormes, Jeremias, São Jerônimo dos gerais do tuaiá, cenobita andante, nas suas Tebaidas andarilhas. Suas alpercatas contêm hemisférios de léguas de fogo e cansanças que nunca se acabam e que sempre recomeçam, e nas unhonas dos seus artelhos ossudos como pedras que rolaram muito por enormes caminhos e rachados se acumula o pó branco dos cárceres da cidade e o pó vermelho e ressequido do deserto sem estradas. Aonde irá este homem, que parece eternamente perdido nas voltas e reviravoltas, braços e cotovelos do mundo, nessas encruzilhadas de brasa, onde Deus o leva a perfazer o seu destino, escolhido por si mesmo, por suas obras? Babalão secretamente deve saber, ao menos um pouco dessas ocultas razões, e dorme como um santo no deserto, e há um laivo de sorriso muito puro no seu sono, na sua boca onde brilha a saliva a gorda mosca verde, parada, de asas imóveis. Quais serão seus crimes, para estar nesta cavalaria? Houve também um Cristo-Jesus de palavras mansas que à borda dos lagos errava sua vadiagem e sua sabedoria, que os juízes daquelas eras, como hoje ainda, tempo infeliz, como todos, selaram com mil crimes sua agonia no madeiro, madeiro nos montes sem perdão, madeiro, madeiro, madeiro, Calvário de criminosos, Gólgota dos justiçados, solo juncado de caveiras, boca branca que se calou redimindo os desmedidos homens-juízes que proclamaram seu crime, e também Dimas, o ladrão facínora, no alto da cruz, o coração ferido e o manancial das mãos e dos pés e o raio que rasgou a cortina roxa do templo dos sacerdotes, templo que foi de David e de Salomão, e a ferrugem dos cravos e a coroa de espinhos enterrados, as frontes vertentes do sangue do perdão, e o bando imenso de abutres negros ruflando as asas, tapando o sol e a meia-noite trevosa de suas penas, chuva de negrumes e o mergulhar nos mares absolutos e o vento arrancando as folhas das profecias e o ganir das hienas e dos chacais e as unhas dos artelhos de Cristo sujas de sangue e do barro do Horto das Oliveiras e o chumbo do peso do infinito e o adeus das mulheres e o formigar das térmitas e o esgazear das asas da Moira e o clamor da boca da Necessidade no vácuo infinito e no éter, seus círculos e o eco do vazio aterrador, grito, grito, grito, três vezes grito, três vezes mil grito e o fogo e o cansançã continuando os sonhos dentro das noites assombradas e as chamas, memória de quando a terra eram lavas escorrendo e tudo era vazio primordial: Babalão ruminava no seu sonho e eram pedaços de sono desperto e sono dormido e vinham até ele os ruídos do mundo em redor e ele sonhava misturando os pensamentos, a mosca pousada na sua boca, e se acorda de todo, vê: é o de sempre, parece que sempre estiveram andando e deitando-se para dormir, e de novo levantando-se para andar e continuar andando, meio dormidos, entre vigília e sono, e dormir, despertar e dormir, bebe água no cantil, um pouco quente, espera um pouco o tempo passar olhando como sem ver, até que se lembra, tira dos alforjes e pega um livro e procura aqui e ali, passando as páginas. O sol obliquando, uma transparência tênue palpitando nos rostos, espertados, os homens, os três aprontam o avio para a sortida na fazenda do coronel Lereno. Os outros, pachorrentos, chapelões à cara, assistem. Babalão, a nuca lombuda no tronco da lixeira, uma perna estirada, outra em flexão, lê o livro com perdida atenção, uma orelhuda e amarelada Bíblia muito manuseada, encapada de couro preto de folhas finas, e absorto umedece de vez em quando o polegar na língua e demora um tempão ao virar a página, o dedo em riste, como quem vai dar um conselho, um tique despercebido de franzir a testa e desloucar as touças das sobrancelhas eriçadas. Denota a mussitação das pálpebras a recôndita concentração de quem sonhou com Deus. No centro do rosto, onde os olhos nascem, abre-se uma grande ruga cumbuca, parece que o homem lê por ali, é como se tudo entrasse e saísse por ali. Ao pé dele, Lopes Mango de Fogo parece espectador de sua leitura, apenas espectador, já que não pode participar dos grandes fatos que se passam entre os olhos que leem e as folhas amareladas que os dedos ossudos vão desfolhando devagar e compassado, coisa que nem de longe Babalão repara. Será que ouve melhor que os outros por não ter orelhas o Peba? Só ouvidos, o Peba olha, lisura dos dois lados da cara, na canoa da cabeçorra um vago semelhar com um morcego desorelhado. Ambos alheados, Lopes estuda as visagens de um e de outro e afinal gruda-se no decorrer da estranha atenção de Babalão fincada no livro que dali não se despega. Como que se lê? Mistério... Como será essa espécie de aventura da vida humana que ele não conhece? A desgraça humana de não saber ler como Babalão e outros tantos de que ele já ouviu falar e mesmo viu, decifrar essas mensagens. Imagina o barbaças correndo a vista sem cansar-se nesses bichinhos encaracolados e encarreirados, linha a linha, léguas e léguas dentro do livro. É viajar, pensar, como ele desejara ser viajeiro dessa espécie, viajar apenas com os pés ou com as patas dos cavalos ou as rodas dos carros é pouca viagem que não vê o outro lado das coisas, viagem boa deve ser essa onde se anda com os olhos e de certo com o pensamento, perder-se nesses mundos de abrir e fechar e folhear dentro das páginas, nesses mundos cujo sopeso se pode ter nas mãos de quem viaja, que se pode guardar e conservar em alforjes e sapiquás, viagens tranquilas, mundos leves, uma quantidade de papéis presos uns nos outros, conservados num saco ou numa capanga, ir com eles aonde se quiser, para onde for, e viajar na hora que bem se desejar, ir para onde for e de novo vir, e ir e vir ao bel-prazer de se deitar e abrir e pegar a ler, como quem pega no sono e sonhar, e pronto, mundos à espera de serem abertos, viajar, pensar, sossegado enquanto o mundo vira, e o sol gira e a lua e as estrelas e as nuvens passam e o tempo decorre e tudo vai ficando para trás, só destrinchar, decifrar, no descerro dos adivinhos, no desterro dos enigmas, viajar não só com os pés dos cavalos, mas com os olhos, como faz Babalão em viagens diferentes, varando distâncias a bordo do navio do tempo, e decerto se volta dessas viagens mais sábio, sapiências esquisitas, aprendidas com a simplicidade das folhas passando, já que não se pode participar das reminiscências, é vê-lo em viagem, é remirá-lo como se vê um rio passar, o navio do enigma. Ele, Lopes Mango de Fogo, que lê nos garranchos do chão os rastros e as marcas de uma semana como de uma hora, nos cansanças, que lê nas áscuas do sol e no tropel das nuvens, nos disfarces do dia e da noite, no voo das chabós pretas, nas palmas das mãos, nos riscos dos caminhos deixados por toda espécie de seres, que faz trancar destinos alheios, nas vergonhas que porventura nem tem que famas lhe deram, ele queria apenas essa experiência, saber ler apenas um dia, um dia inteiro apenas, para saber o gosto. Depois, tudo poderia se acabar, que ele se daria por satisfeito. Queria perguntar qualquer coisa a Babalão, mas não se anima, o profeta lê tão bonito que seria até pecado desinfluí-lo desse prazer, se intrometer, que é assistir no mais, nunca se perde em ver cenas tão belas, por exemplo, quando os outros leem o que a gente nem adivinha, quando a gente não sabe, talvez haja algum milagre.

— Esses cavalos estão de patas sangrando — diz alguém.

— É o cansançã, isso não é nada, logo cura.

— Logo se mudarão os terrenos, e eles vão ter que aguentar muito mais...

— O Formosinho estivera com uma bicheira nos quartos.

— É berne, seu burro, só agora que você arreparou? Põe fumo...

Faz gosto ver Babalão lendo, até o Peba com suas sem-orelhas parece interessado em assistir, Lopes não perde um piscar do melenudo leitor, e pensa consigo: ele bem que podia ler em voz alta para nós, está comendo letras o homem, e como vai que vai sem fim andando sem parar dentro do livro com patas de folhas, é por aí que o livro anda, por suas páginas, e lá vai ele, melhor que os cavalos, que viagens tão longas, países longínquos, que vidas estarão acontecendo e se passando, que será que o livro está lhe contando em segredo? Já reparou que o livro conta segredo? Silêncio, silêncio, que o livro está contando um longo segredo a Babalão... Conte-nos, Babalão, conte-nos depois o teu segredo que vem dos círculos escondidos... A boiadinha sem fim dançando o bumba-meu-boi das histórias. Por isso que o Babalão sabe tanto. E nem fala quando lê. Também não se pode, talvez, ler e falar ao mesmo tempo. Mas como seria interessante se pudesse... Boizinho e boizinho. Letra e letra, linha e linha, história e história. Babalão contando quantos risquinhos porventura tem cada folha que vira e vai virando, os verminhos, as minhoquinhas, as polvinhas, os caracoizinhos, as conchinhas fabricando um tempo diferente dentro da cabeça desse homem de grandes melenas e pálpebras descidas como em descanso, mas na verdade ele deve estar trabalhando, um trabalho de outra espécie que não conheço, jeito triste de ir sabendo as sabedorias, que vai lendo interminavelmente, viajando.

— Que horas serão? — o trovão da voz de Urutu indaga.

Muito sério, doutoral, o Caveira, com os olhos malignos piscando atrás dos aros luzentes sem vidro a meio pau no nariz cambito, desatraca da cintura como uma caçamba o enorme Roskoff 1900, abre a tampa da cisterna, grave e circunspecto, como se dele dependesse a harmonia dos mundos, decifrando a roda de algarismos romanos e sentencia sem titubear:

— Três e trinta e três, exatamente.

Mas sua voz tem algo de papagaio, taramela de cancela emperrada.

— Já sei disso, que seu relógio está com gogo, mas o que eu quero saber de verdade é saber as horas certas, nem mais, nem menos...

— Remédio para soluço é quartilho de engasga-gato, pura, sem mistura, se puder, Onça Forte, dos engenhos de Itaici, rio Cuiabá, rio abaixo.

— Mais seguro fora desses relógios modernos, de pulso, me parecera.

— Estou perguntando, por acaso, seus idiotas?

— Brincadeira de amigo, seu...

— Brincadeira tem hora.

— Acalme-se, homem, está nervoso por nada?

— Relógio de foragido,
é reumatismo avisando,
ou sol no céu bem medido,
ou jegue cheio peidando...

— Vão-se todos para as profundas da mãe...

— Você já viajou por Itaici, ô Flor?

— Pois veja, trabalhei lá três anos, no tempo das maiores enchentes. Naquele tempo ainda havia pinga pura. Pinga de verdade, não essa porcaria que anda por aí e que dizem ser pinga. Foi quando conheci a Cesária...

— Conheceu o Blandino?

— Ora veja só, Lopes, era camarada de eito, no solasol das cortaduras de cana, bom sujeito era aquele, dá até gosto lembrar. Não nasce mais gente assim como aqueles daqueles tempos. Nem gente nem pinga.

— Ainda está vivo?

— Apois, com uma sustância de peito de tombar boi.

Urutu, cenho riscado na testa, cheirando o ar conclui:

— Cinco horas bem calculado.

A boca da tardinha já está bocejando o sono da noite, ar noturno vingando, mais um hoje sucumbindo para sempre, caindo no cemitério dos hojes, no poço dos ontens, no abismo do tempo, primeiras sombras se dobram na planura, a música da noite já afina suas cordas e madeiras, uma brisa desembaça as tremuras de vapor que cortinas trêmulas e dançantes agitam nos costados do céu. Chico conversa com Urutu sobre a fazenda Boa Vista. Bebiano, que sempre está espionando a paisagem, cutuca Urutu, fitando o descampado abocanhando a noite, mostra-lhe ao longe algo que o outro não consegue ver de pronto.

— Não vê, seu, ali, naquela direção, uma cobra, companheirinha nossa...

Urutu afinal descobre. Uma jiboia amarela com pintas negras que se enrosca num cupinzeiro, subindo lentamente rumo aos galhos secos de uma lixeira que aflora como mãos desgalhadas, em ossos, rogando socorro, contra o alto. Dois amassa-barros, à porta da sua casa redonda, na forquilha onde termina o cupim, chilram aflitos, presos ao lugar. Quatro voltas dá a longa cintura escamosa em torno do enorme menir de barro esburacado, e devagar, a língua bífida vibrando a espaços, avança, terrível e lenta. Os homens param e seguem o drama com a respiração suspensa, como se fosse com eles. Por uma porqueirinha de bichinhos desses, cabras crescidos dentro da morte, como plantas no pântano, se acotovelam, pasmos, sem falar alto, como se presenciassem a Ascensão do Senhor nos desertos. Urutu descolcheteia o revolvão de ferro-prata e, firmando a mão na sela do cavalo, faz mira, logo volve-se para os outros:

— Hoje vamos fazer um torneio, jagunçada.

Mas olha bem para a cara de cada um, depois atraca de novo a arma, limpa os beiços olhando a cobra que se acerca de suas presas:

— Deixa eles que se arrumem, nada temos com isso. Quem fez tudo isso que desfaça, eu não sou dono de nada nem de ninguém, só do meu destino, que já é bastante. Ninguém nem mexa aí que chove ferro.

Os homens se assentam, se calam, mas sem deixar de assistir. Mas logo a uma voz de Bebiano, todos falam ao mesmo tempo que desejam o torneio, há uma grita geral. Todos desembaraçaram suas armas, há um ar de calor. Urutu pensa, como se fosse uma questão transcendental, depois diz:

— Bem, se querem, quem sou eu para mandar que não? Só digo que não temos nada com isso, essas coisas são apenas de Deus.

Nas lonjuras a noite principia, tudo se filtra num desenho transparente, sutil e tênue, profundo. As seriemas cantam no fundo das savanas e os carrascais se enchem do frescor do anoitecer. A chã enorme uivando no oco dos enigmas, oco, oco, oco, e os ecos, ecos, ecos, aboios, fantasmas de todas as coisas, vento que perpassa sotopisando folhas. A Boieira transparece no norte e o céu é de uma qualidade azul e firme, grave, estrelas nascem e uma deiscência de vaga-lumes temporões vadia entre as touceiras. Geral e espontâneo o pensamento dos homens, cada qual pensa, se acabam por não fazer nada, porque como diz Urutu só Deus pode pôr ordem nas coisas que ele próprio fez, sozinho, na sua infinita solidão, sem precisar de ninguém. Mas eles veem surpresos que uma segunda cobra sobe pelo cupim e se enrosca na outra, se emborcam e se misturam as dobras que cintilam na última luz do dia. Fazem silêncio que cai súbito. Alguém fala pausado:

— Há uma cobra enorme ali.

— Estamos vendo — diz Urutu calmamente.

Devagar agarram armas, sentem vontade de levantar-se, correr. Estão em volta das cobras que brigam, a outra é uma urutu toda negra se enleando na jiboia, um palmo de grossura, deve ter uns dois metros. Mordeu morreu. As duas caem ao chão, vão se virando e se desvirando, em espessa luta. Os homens se erguem devagar, sem tirar os olhos delas. Bebiano Flor trespassa seu revólver na guarda de um tronco e faz mira:

— Acho que Deus há de convir comigo: tudo é de todos, inclusive dele.

— Espera, a que vencer, essa fará o nosso torneio.

Bebiano espera. A peleja continua, as duas cobras lutam de morte. Demora. A luz ainda é bastante para se enxergar. Por fim, vê-se que a urutu vai ganhando, a jiboia vai perdendo. Mais uns minutos e a jiboia agoniza.

— Vamos começar. É a urutu — diz Bebiano levando a arma ao tronco em mira.

— Vou torar-lhe a língua, um tiro só, depois vamos fazer o torneio, jagunçada.

— Xi, seu... — murmuram. E um rumor de travar e destravar armas acresce sobrevoando sobre eles.

— Cuidado com o senheiro levar susto.

Um cavalo pasta perto, pateando o chão.

— Qual, o bicho é sem estranhação, está bem acostumado, foi do Zé Pedro, o Vaca, por obra nossa finado, que o Cão o guarde, amentado seja.

Há um silêncio fundo, só de respirações pausadas, antecedendo o tiro. Os cabras respiram devagar. Grossa, a espiral se distende, amarela e preta no impulso premente de um bote, a urutu investe contra o mundo, sua raiva vem de sua solidão na guerra. Os ermos retumbam com o estampido. Haverá a bala, com certeza, passado plexada pela forma de cunha que faz a boca da cobra, bem aberta, a encruzilhada de sua língua. Nos calados do aberto os ecos são anões do vazio, saltando. A cruz-cruzeira retraiu-se no soco estremecendo súbito como se desse uma cabeçada dura numa parede de vidro. Há uma desorientação no seu molejo, as voltas se contraem, a cauda vibra, já da cabeça chata e triangular não se divisa o engarfio bífido da língua a ferir e a farejar o ar, tenta voltar para onde não sabe, sobe enleando-se pelo cupim, enrosca-se toda nele, um descontrair-se de ânsia de fuga capins de volta abaixo ou desnorteamento, roteiro às proteções do chão, onde é mais natural a sua defesa. Uma fúria qualquer no desparafusar-se, os olhinhos diamantes, a bocarra num mastigo de ausência de algo. Refeito de meio assombrados, os homens chasqueiam, palrando reticências.

— Beleza de tiro. Tiro como esse nunca vou ver. Queimou-lhe os pelos do nariz. Essa mais ovo de passarinho por hoje não chupa.

— Vá ser bom assim na puta merda...

— Se erguera mais um poucochinho o focinho, respirara por três buracos...

— Agora sou eu — diz Urutu afirmando-se.

— Urutu-cruzeira deve ser bicho de Deus para você, Urutu, faz mal nenhum a ninguém, ao contrário, só a você guarda...

— Como não faz mal a ninguém, homem? Pois você com tuas rezas, eu com meu 45, Babalão, meu irmão rezador, você é santo, eu não. Urutu sabe o que faz com os bichos de Deus, descobriu agora, ele lá no seu poleiro, lá no seu céu, eu cá na terra, onde se pena — diz Urutu desafirmando-se com os pés no chão —, aqui é o cu de Deus. Eu cá não dou para teologias. Pensei que teria perdido meu sestro de boa pontaria, mas é engano. Devo ter melhorado. Depois de mim, atirem no olho, como vou fazer agora, no olho da bicha, por onde ela vê o mundo, sou juiz.

Afirma-se sobre as pernas e atira. A bala atravessa um dos olhos da cobra. Exclamações gerais, pasmo de inverossimilhança.

— Parece que melhorei, já estou a saber.

— É, vamos depois ver se ela está mesmo sem língua.

— Você duvida? — pergunta o Flor.

— Apoi, sempre é bom certificar-se. Por nada. Garantia. São Tomé foi santo. A cobra ainda volteja indecisa no toco de uma árvore. O Caveira estira o braço sem firmar-se em nada, linha da mira do cano direto ao olho, um aberto, outro fechado, na reta do braço a garrucha acompanhando a cabeça do bicho no ar, os camaradas em roda observando. Outro estrondo que forma concentrismos nas lonjuras em redemoinhos. Varada no espinhaço a cobra se desvencilha e rola sobre as raízes junto ao cupim. A distância o grupo assuntando pondera a beleza dos tiros. Errou longe, os avelórios das pupilas triscam no rebojo agoniado.

— Ah, bosta de garrucha, do tempo das congadas.

— Não tem causo não, você está é sim mesmo ruim no tiro.

— E esses tiraços não despertarão os meganhas, por acaso, por aí?

— Qual, se eles estiverem por perto, a gente acaba vendo e descobrindo... Não há ninguém por aqui. Acho que se dispersaram. Dispersão mandada por Jeová, nosso pai.

— Podem ficar descansados.

A urutu-cruzeira luta com a morte, uma broca de fogo na cabeça, e se estorce cabriolando, os tentáculos se sujicando, obstringindo-se, em espasmos, cintila o escamado em lantejoulas, em laranjado se consumindo o amarelo do ventre, um vácuo na Natureza se arrepende não se sabe onde, ninguém, nem quando, nem por quê, de não haver-lhe aquinhoado sesmarias, reinos de peçonha, crescidos espinhais, crespos, medonhos ódios de veneno acrescidos com asas possantes como as das águias, para voar, voar por cima dos inimigos e alcançá-los e destruí-los. É maior a força do homem. Cercam-se expectantes os homens a espreitar o crepitar de enovelos. O Peba guia a mão armada desenhando no desenleio da cobra a faísca dos olhos e num dado atira. Respondem os horizontes, bafo de caverna enorme e escura, oca, repercutindo nas dobras do ventre. Estudam, errou completamente. Por enquanto, só um olho, um furo na verruma da urutu-cruzeira em seu espreguiçar torvelinhante. O tiro seguinte estrondeja. Remansos como aboios, as vastidões do mar de galhos e troncos, ondas de cigarras adormecendo e se irrompendo, não sabem se das lembranças que afloram ou da realidade.

— No mesmo lugar do Caveira.

— Você garante, você viu?

— Todo mundo viu, seu, com esses olhos que a terra deu.

— Vocês estão é mangando.

— Cabra azougado esse Canguçu, onde está seu furo se acertou? Mostra.

Vascas morrentes, dobram-se e redobram-se as roscas, a cobra está estirando o corpo, encompridando a raiz, medindo o chão. José Gomes fuzila e um orifício nítido se mostra na espinha da bicha. Protesta o silêncio nas brenhas das lonjuras, nos fundos das quebradas, os ecos se soerguendo como nuvens.

— Acertou, mas errou longe, é no olho, cabra.

A bichorra, langue agora, enrola-se de novo nos fusos, juntando a vida que ainda se lhe resta e que se lhe esvai, aconchegando os rolos, a cordoama grossa treme e treme oscilando. José Gomes mira de novo e destranca. Os fumos azuis retrucam nas distâncias, juntando os ecos como os sons de um berrante pelo horizonte.

— Agora sim, em cima do olho, na pestana. Mas só vale um tiro.

— Por Deus Sabbaoth, protetor dos animais…

— Meio dedo e não fazia falta.

— Errou de perto, pouca coisa, mesmo que acertar.

— Mas mosca é mosca, pestana não é olho, errou.

— Foi melhor tiro que de Urutu.

— Quem pode garantir? Em todo caso não valeu, só o primeiro.

— Em todo caso foi dos melhores tiros, se não o melhor.

— O melhor fui eu — diz Urutu — até agora, acertei no olho. E foi um tiro só, não preciso de dois.

— Seja — diz José Gomes.

— Ele foi meganha, capaz que foi premiado.

Os furos no topete, a urutu-cruzeira arrasta-se nos postumeiros arrancos, pesadume nos borcos, morre, entre as agonias. Garci sopesa a arma de Urutu, ferro-peso, parece algo vil, pensa em Babalão, matar uma pobre cobra, não será engano, pode ser inofensiva, mas atira e o jogar do estampido lhe atordoa. Nem viu, na verdade, nem viu a mosca. Os ecos se acendem como vespas columinhando, tropel estrepidando de espiralantes cavalos se apagando nos sumidouros.

— Oh oh uchu! — uivam à vaia os cabras.

— Que é isso, rapazinho, nunca atirou? Você foi meganha também…

— Fute, credo, meganha…

Vez de Chico Inglaterra. Mira e remira cuidadosa e reboca. O estrondo ribanceia e morre nos combos do carrascal, caravanam ecos perdidos, espelhismo. Vira visto e bem que a bala mitigou a ardentia da cobra, a última, os rolos se delinquindo, apaziguando os arrancos nas esteiras derradeiras, talvez ela até já morreu, viram bem-visto, que foi dos bons tiros, pasmam, não creem, não se pode negar nem duvidar.

— Tu é amigo do Satano, sarnoso Inglaterra.

— Agora já ficam sabendo, é não brincar com os enrolos do Chico, gente.

— Que nada, seu, estou até que meio destreinado.

— Ainda brinca de modéstia o capiongo…

A urutu-cruzeira imobilizou-se, toda comprimento, o olho rasgado de por todas as vezes, mas não de todo, uns longos de dois metros de inteira, remexendo-se ainda nas vascas, mole-mole, deglutindo a morte que se avizinha, se é que ainda não se entregou e apenas seu veneno a faz mexer-se.

— Já morreu a peste.

— Morreu nada, seu…

— Entonces é veneno que lhe dá esse motor.

— Quem é desconhecido de sabenças que ouça: só o sertão é sabença, o resto são futrerias, e o sertão é por onde? Dentro e fora da gente, saibam bem…

— Está diminuindo a força…

— É, está decrescendo, daqui a pouco está na reta.

Vem o Bebiano mais uma vez, que vem, pontaria lenta, cabisbaixo, medita no cano e faz fogo. A bala passa ciscando a cabeça. Nasce e decresce nos amplos baixios o discurso dos ecos, abissados campos, céu azul, tênue penumbra.

— Ei lá lá, desta vez errou, Bebiano Flor, o melhor é tocar e cantar!

— Pitomba! E eu crente que era melhor que Urutu!

Gritos e risadas o saúdam, o Flor se inclina numa reverência grotesca, juglaresca, com seu jeito de zombar de tudo, trejeituoso em garafunhar, agradecendo a galhofa da plateia. Chamam a Babalão para que venha tirar sua lasca, batizar a cobra. Que diabo, por que é que o santo não pode atirar numa cobra morta?

— Não atiro em bicho nenhum de Jeová, mesmo morto. Bicho deliberadamente não incomodo a nenhum, nem a uma formiga. Já gente, não gosto.

— Viva, assim é que se fala, Babalão.

— Está comigo.

— Estou com ninguém, só comigo mesmo e com Jeová.

— Muito bem, viva Babalão!

— Viva você mesmo e tome tento com seu viver.

A urutu-cruzeira já não se mexe, inteiriçada, o zarcão vivo e o estranho como que de uma luminiscência de suor, as escamas num laranja cambiante, belo bicho, esquisito filho de Deus, dois metros, só que morto, definitivo. Os homens rodeiam-na achegados. Estudam a técnica dos tiros e dos furos. Urutu toma-a pela cabeça, levantando-a no ar, apertando as laterais da cara furada e vazada, obrigando-a com a flexão dos dedos a abrir a boca denteada.

— Dito e certo, está sem língua nenhuma.

— Diabo santo, isso é que é pontaria.

— Quero viver muito para contar isso, vá ter pontaria assim no Caixa--prego, é por ter partes com o Tinhoso.

— Já que mataram a pobrezinha, guardem para mim o olho são, que quero fazer um breve de muiraquitã.

— Venha e tire, a poi, aí está, ou pensa que vamos carneá-la para você?

Babalão se achega procurando a linguazinha. Um pouco busca que busca até que levanta do chão um fiapinho que tanto pode ser como não ser a língua da cobra, e com ele entre os dedos, volta:

— Língua pura de urutu-cruzeira, de mais de sete anos de idade, é difícil, mais precioso que pena de uirapuru. Deus que a guarde, enfim, me desculpe, cobra, mas você já está morta mesmo, e quem te matou não fui eu, eles não sabem nem sequer imaginam que você é um animal sagrado, Ofis, filha de Jeová, mezinha agradada vai ser esta, para rebater a demasiada tensão impura da gente.

Com uma quicé tira o olho são e o guarda. Urutu a levanta num pau e a joga num buraco, e depois faz o mesmo com a jiboia.

Três cavaleiros rumam silenciosos para a fazenda, dentro da noite ainda virgem de aconteceres.

— Estamos no oitão da lua — murmura alguém perscrutando o céu.

Um noitibó responde perto às perguntas de ninguém, tudo continua, fica e permanece sem responder, apenas o silêncio columpiado de indagações. Presságios, campão perdido de Deus. Aqui o diabo perdeu os ponchos, perdeu tudo. O Caprimujo prefere a solidão dos descampados, onde as más esperanças renascem em uivos noturnos e em sucessão intérmina os pressentimentos, os delírios que se acendem como fogos-fátuos e rincham como cavalos nas quebradas. Surdo chão sem palavras, onde o som das palavras esperam o homem.

— Ninguém tem fome, gente?

— Fome melhor guardar para os churrascos que os cabras vão trazer, melhor que essa carne podre será. Nem tenho gana de comer depois de ver e saber que esses dois joões-de-barro poderiam morrer sem ajuda, a jiboia e a urutu se aplacando, barriga farta.

— Não fosse a gente eles morreriam de qualquer jeito.

— Além disso, elas não fizeram mal a ninguém.

— E precisam fazer? A você elas não fizeram, mas a quantos elas fizeram?

— A Natureza é assim. E que você tem com isso?

— Nada, seu besta.

O Caveira conserta seu eterno relógio à luz de um fósforo. Babalão falando sozinho ou com alguém que só ele conhece e sabe:

— Sic transit gloria mundi... Abusus non tollit usum suum... Modus vivendi...

Se quiseres a paz prepara-te para a guerra... Dia da pedrinha branca, dia da pedrinha preta... Ciclos lunares duram quatro semanas, do sol um ano...

Ouvem-se uns guitarreiros, uns responteios, Bebiano Flor desentoca e desata modinhas dos seus tempos de arrieiro em Goiás e na fronteira com o Paraguai, Ponta Porã e Itaici. Sua voz em falsete aos poucos ganha tons da cor dos pagos onde vagou. Os camaradas no escuro ouvem em silêncio. O som cavo da viola arremeda cocho e violão de seis cordas semelha um cravo:

— Eu já andei por Monte-Igreja,
Tefé, Codajaz e Porto Nhaca,
Carolina, Rio Norte e Juruá,
quem andou mais que eu que o diga,
Chapetuia, Balsa Branca, Toró,
Rio das Éguas, Chico Deus, Guanhanhu,
Tiri Maior, Velasque e Buiubaiá...

— Pensando em lugares, ninguém tem medo dessas perseguições, nem um pouco?

— Medo ficou lá onde fizeram ruas, com igrejas e prisões...

— É, mas os meganhas, apesar de caga-baixinhos, são gente muita, acarneirada, com lei, bala e porfia...

— Criminoso Deus açoita de noite e Mato Grosso é grande de dia...

— Pode ser, mas contra dinheiro de lei proteção fica de baixo...

— Padre vende missa, cigano vende tacho...

— Além disso o Diabo ajuda no que Deus não pode ajudar...

— Cabra macho é macho no fogo, na água, em qualquer lugar...

— É, mas morte não escolhe tamanho de mango nem de bigode...

— Cabra fugido, pesteado, raivoso, com o Cão no corpo, ninguém pode não.

— Não fosse rapar o pé, eram séculos de merda e maldição.

— Deus nos ajuda, mas nos segue o Tinhoso, o Camelo, o Pemba, o Cão.

— No que Deus socorre, com fé, apoi, o Dianhas também.

— Não sei, mas tenho medo, não dos mata-cachorros, não sei de quê, medo, um puro medo, um medo perto da coragem, esses gêmeos, cercando como se fosse uma bicheira nos testos dos escrotos.

— Os medos nascem do aberto sem fundo, esse céu tão sem fim.

— O tuaiá é um mar, isso sei.

— Eu, Babalão, não temo nada, só Jeová, Senhor dos Exércitos.

— Pois eu estivera com uma fome de potro lembrando-se das éguas, quisera uma mulher de verdade, gostosa e doce, seu corpo duro, com seios reais, ancas de se correr as mãos, sede e falta de água, traseiros de açúcar, fritara desejos como carne com toucinho na brasa, escorrendo gordura.

— Tu está fora das coisas, Chico.

— Respeita ele, ele fala de coisas de verdade, pelo menos por agora, todo mundo tem disso, essas coisas são humanas. Enfim.

— Jeová ouve tudo, sabe tudo, sente tudo.

— No meu relógio devem ser 3:33.

— Enfia no cu esse ovo podre...

— Te peço cuidado, Pedro Peba, cuidado no falar.

— Cuidado de quê, Caveira merdoso, enfia mesmo trezentas vezes.

— Ora, vá à dama que te fez, malnascido, que mesmo no escuro sei onde você está.

— E daí? Praga de ovo gorado não pega.

Se você repetir isso te como na bala, te queimo a boca no fogo.

— Já pendoei tua mãe, mula ruim, bocó largo, apodrecido, de beiço dependurado, falei...

Chama jorra na noite, um balaço corta o escuro, ecos galopando nas tremuras do silêncio, deitado o cabra ri gozoso, assanhando a morte, marimbondos ferroando nos ouvidos, rumor de sossego voltando, no espojo da terra zomba, risos continuam, fumegando na mão do Caveira a arma quente, verdade que apertou gatilho para acertar e matar e destruir, arrancar da face da vida, mas prossegue o arreganho de goela zombeteira, vazante, risos se encompridando, rindo sempre, como se a morte nem existisse na mão dele.

— Vergonha, homens de barba na cara, vergonha, filhos de mãe mulher!

— Vá tomar dentro, Babalão!

— Ninguém se move, talvez o Caveira já guardou o trabuco, talvez despenteie o gatilho, queimado da raiva mais amarela e negra, os olhos de cobra nos aros sem vidro.

— Tome é você, com vergonha e tudo, infiel, filisteu, moabita, arameu, adorador de Baal, filho e afilhado amaldiçoado de Belial.

— Cuidado com brincadeiras, seu, é o Bebiano que está aqui, olhe para onde dá coice.

Os risos cessaram. Peba já se recompôs:

— Sabe, Caveira, balinhas de feijão não me fazem mal, tenho bentinho de São Marcos, de São Cipriano, de São Varjão. Que mal pergunte, foi você quem peidou?

— Vocês estão brincando com fogo.

Foi só um triz de susto, o pó levantado serena, Babalão avisou que vai dormir, não quer bobeira com filisteus idiotas, Pedro Peba se estirou nos rastros de um riso que não quer se acabar, olhos no céu de estrelas remansando, apaziguando o coração, Bebiano Flor tira uns ponteios e uns rasgados melancólicos do pinho, Chico Inglaterra, protegido na sombra, de cócoras para Garci, se masturba ferozmente, olhos esgazeados para as direções do escampo, José Gomes e Garci conversam.

— O Peba diz que foi fazer necessidade, mas acho que foi de receio que mais lhe desceu o esterco.

— Melhor que obrasse bala e você também, Flor, nem pense que é inocente.

— Estou falando contigo por acaso? Não desperdiço conversa com bicho besta.

— Ora, já vai começar? Te emprenhe, seu...

— Deus Sabbaoth, a Cachorra saiu das tocas e tabocas...

— Este reumatismo me está acabando, aquela desgraça da cadeia...

— Ora, José Gomes, eu estava pensando que tu estava mentindo para não ter de ir com Urutu na fazenda.

— Chá, menino Garci, você pensa o que de mim? Porque fui meganha?

— Não é isso o que eu quis dizer. Não duvido de você coisa nenhuma. Estes cabras aqui são todos uns doidos, hein?

— É, estamos em cova de queixada, em buraco de cobra, com louco louco e meio. Já que a gente está aqui tem que seguir agora.

— A noite está bonita, hein, José Gomes.

— É, está boa da gente ser e sentir-se homem livre, ter uma mulherzinha, se andar na bondade de Deus...

— A poi, você é diferente desta zarra de desbocados, azougados, endemoinhados, homem, não merecia destino assim entre os possessos.

— Que possessos, eles são inocentes, e nem o sabem.

Chico Inglaterra ia se terminar, Babalão assiste com nojo, a rezar, ia se acabar. Curvado sobre si mesmo como um caracol, bicho cumbé, enrolado na sombra, mel de macutena na doçura do seu corpo, ouro do desejo, ouro untuoso, ouro moroso, o sangue quente a queimar nas veias, pus supurando nos toucinhos abertos, enovelar-se de luxúria de cobra em cio e veneno, uma agulha em brasa, os sebos gordurosos, fantasmas ulcerosos, torsos ausentes das estátuas gregas, púbis vagando, efebos de ancas redondas, suaves andróginos de mucosas rosadas, entes de lábios úmidos, balbuciantes, de palavras indecisas que se apagam na penumbra sob as estrelas, de todas as partes do corpo lhe escorrem em cardumes deslizando, peganhentas dormências, chovem painas e lãs, vertiginosos condutos de esperma morno, palpitando, estremecendo, bacorejando, olor de maçãs, teias de aranhas que tecem pênseis finas e coníferas de baba grudenta, unindo cuspe às fontes da vida, a agulha em fogo penetra-lhe pela uretra, sentimento do pecado, o paganismo se acabou, e com ele a inocência dos países do sonho da Idade do Ouro, agora são os fantasmas das igrejas dogmáticas impondo seus zimbórios de chumbo... O homem dilacerado, corroído, em óleo de rícino, é levado no enxurro, imbecilizado, uivos mongoloides erodem metálicos as frontes, a terra lateja, como sempre latejou, como um fruto iniciando apodrecer-se em fantasmas de húmus, ignorado de outros ciclos, Chico se ergue trêmulo como um espectro, talvez voará céu afora, mas anda uns passos, se atrapalha e cai nas touceiras de cansanças. Nem grita sequer, urram na carne os ecos, os lobos do amoque, do calundu. Soerguem-se os homens alertas com o morcegar dos matos, acendem-se luzes, há movimento, Chico Inglaterra jaz como morto nos espinhos, quieto, abertas as partes, nu e embolado. Causa pena e asco. Dele se alça um fedor que dá tonturas, dão-se conta de que se tinham acostumado insensivelmente àquele cheiro, por isso nem o sentiam. Espantoso.

— Chico, que diabo andou fazendo?

— Parece que foi arrastado...

— O próprio demônio banza por aqui, vejam o cheiro que não é deste mundo...

Atentam mais de perto à luz do lampeãozinho roubado da choupana dos velhos. Feias essas feridas e bostelas expostas da barriga, das pernas, das vergonhas dele, manchas brancas e rosadas acompanham o olhar, rebentos aguando pus, sem dúvida Chico Inglaterra apodrece, Deus Sabbaoth o guarde, diz baixinho Babalão Nazareno tapando o nariz — que essas coisas só Deus Sabbaoth manda e só ele sabe expulsar, para mostrar aos homens que é o feitor e o mantenedor de tudo.

Fazendo esgares, contra a vontade, os homens puxam o desfalecido, sacam-no de dentro das ramagens espinhudas, ferindo-se nos espinheiros, levantam-lhe as calças e arrastam-no até a clareira do pouso. Sem saber o que fazer, olham-se em volta, escutando alguns de entre eles a rangerem os dentes como ferros, a luz pondo sombras esbatidas nas caras nauseadas.

Garci sente engulhos se levantarem estômago arriba e chegarem à meia garganta e depois darem a meia-volta, volver. Uma sabença de agridoce pica-lhe a língua. Há certos homens que quando gozam apodrecem-se mais. Voltam a sentar-se. Ficam em silêncio, escuro, dentro de uma nuvem pesada, núcleo de um berne gigante, o silêncio percutindo dentro de um cheiro que parece a proximidade da morte dentro da mãe terra...

— Não paga gosto pegar nessa viola mais por hoje não...

— Minhas mãos estão gordurentas...

— E este fedor, sem nome, carniça viva, engulhamento...

— Cristo da Galileia com um só olhar limpava os leprosos...

— Mas ele já morreu...

— Quando eu era cabo vi lá no quartel um caso desse, que não posso me esquecer até hoje. O sujeito quando soube que as perebinhas que lhe estavam nascendo eram lepra, deitou gasolina nas roupas e tacou fogo. Sujeito louco, mas pudera. A agonia do soldado Jeremias não foi longa.

— Esse Chico até que é boa pessoa. Não merecia, que será que ele fez? Há gente que merece mais.

— Mas que de fez ou não fez, seu, essas coisas são de Deus.

— Ninguém merece isso em vida, nem o pior dos assassinos, nem ninguém.

— Quem sabe? Há sempre alguém que merece. Por que existe, então?

Peba vem voltando do mato:

— Aqui parece que tem gente morta. Que diabo é isso? Ou foi o Caveira que peidou?

— Vá a quem te fez, nascido duma porca.

— Mas, sério mesmo, o que é isso, são as cobras mortas?

Contam-lhe de Chico, o Peba se cala e se integra calado entre os homens a pensar no escuro. Só se ouve o trissar no céu do voo das chabós, na geometria suave da noite. Além da chã que derrota na sombra intensa flutuam falenas e pirilampos. Nos longes cortando hora os bacuraus abrem-se em berros e ganidos que parecem cães doentes. Aquém, como almas perdidas, erram os arrespondos das seriemas. O céu recoberto de estrelas é imenso, fundos contra fundos. Uma saudade indefinida brota nesses covados e os corações dos homens se reúnem, todos pensando o mesmo pensamento, que ninguém sabe ao certo o que seja, contudo, por mais que tentem adivinhar e ler nos vestígios do tempo que passa entre eles suave como um anjo perdido, para nunca mais voltar. Países do Esquecimento. Nas baías ancoradas dos horizontes nadam navios, o pressentimento humano pasce, corações boiam. Como se denotassem súbito a presença da Natureza nas fístulas de Chico e a reverenciassem, com seu arreceio feito de silêncio e de desassossego. Um veludo o foragido Chico, cujas carnes logo começarão a cair, como as de Jó, voltando aonde vieram, um veludo ou um aço profundo, sem ressonâncias. Ecos perdidos, visagens flutuando no vazio, bocas ausentes andam varrendo o campão em sopros e arrepios onde as almas sentem frio.

— Fale, quem está vivo, por Deus!

— Entrepernas, abismo de quem te fez, de quem te pariu!

— Fede, merda, ele está apodrecendo vivo?

— Por que não o matamos?

— Piedade — geme a voz de Babalão no escuro —, irmãos, piedade e paciência por nosso irmão, um pouquinho que seja, que pode ser contrapeso mediante no julgamento de Deus Pai Jeová, o Senhor dos Exércitos...

— Lorotas, não vou pegar peste-de-branco por causa desse cachorro apodrecido, vou matá-lo e já, seja ele filho de Deus ou do que for, e quem por ele pede, eleito que for, depois vocês digam a verdade.

— Não, ninguém tem esse direito, Pedro Peba.

— Babalão quem pede, ele é santo. É um martírio, Deus vela por nós por intermédio dele.

— É, deixem-no viver, ele como nós recém saiu da cadeia, deixem-no respirar ar puro, ar da liberdade, ele tem direito.

— Que ar puro, que direito merda nenhuma, esse cheiro me persegue e me entra até nas tripas, está me pondo louco. Está nos pesteando a todos.

— Logo se abrandará, se lhe abriram as feridas ao rebojar nos espinharais, e o que sabem vocês? Estão certos de que é mesmo macutena, como dizem?

— Ora, Flor, não se precisa estudar para doutor para saber.

— Quem sabe, vocês precisam é estudar Cristo — fala a voz exangue de Babalão.

— Cristo! Estudar o que sobre esse Cristo que não se importa nem de gente perseguida, nem de lepra, nem de barriga vazia, nem de nada... Só alma... Mas o que a alma tem de ver com isto, esta, a realidade dura?

— De que vale Cristo aqui, nesta distância de fuga?

— Só somos nós... E a solidão... Nada mais...

— Cristo hoje mudou de casaca. É cabra capitalista...

— Meu irmão, Cristo era carpinteiro, amigo de pescadores, nunca teve nem em que descansar a cabeça...

— Mas seus sucessores, representantes ou o que lá sejam, têm travesseiros de ouro, riquíssimos.

José Gomes e Garci conversam alheados, assuntaram um pouco à hora do ameaço contra Chico, mas deixaram de lado, Pedro Peba se acalmou, sabiam que não ia dar em nada. Garci até que sente uma piedade infinita, estranha, pelo pobre companheiro, mas que fazer de bom, na presença daquela gente, eles no fundo o querem exterminar... Pouco pode contra o que eles chamam de destino, o pensamento alheio, tudo, enormidades.

— Menino Garci, não se importe muito não, sei que você está penalizado, não pode ser de outra forma, eu também estou, o certo é que a gente tem de se acomodar com as coisas sem remédio. Esse Chico Inglaterra, vou te dizer a verdade, para mim, ele não vale nada, bem que deixaria que o matassem. Para que carregar essa massa doente conosco? O que quer, enfim, um lixo desses? Só porque tem umas tinturas de gente e se diz nosso amigo? Quem pode estar certo de quem é nosso amigo aqui? Ninguém. É perigoso estar perto dele, essas coisas, quando menos se pensa, se pegam, e pegam feio... O último que se poderia desejar nesta vida é ver-se como ele, contagiado...

— Sim, sei que se contagiam, mas, enfim... Caridade...

Bebiano Flor, que por um instante havia saído para vomitar, volta abismado, dizendo baixinho:

— Olhem, gente, cuidado, imaginem o que descobri: três ou quatro cabras. Estão pertinho daqui, não sei quem são, se são o que eu penso, não lhes pude ver direito, só lhes vi as vozes no escuro, lá no atalho.

Os outros pendem-lhe do cochicho, um fio de incerteza.

— Diacho, é o Urutu com os fobós...

— Que Urutu, o Bebiano aqui não se engana não, que lhes conheço as vozes. Nunca as ouvi na vida, antes. Ou são viajeiros ou fugidos como nós.

— E agora?

— É esperar na moita, mão no gatilho.

— Podem ser eles, os meganhas...

— Vocês nesse luxo de enjoo do pobre Chico e gente estranha, talvez inimiga nossa de entranhas e fígados, arribando em nossas barbas a nos rondar, pisando nas nossas pegadas. Só mesmo quem não tem o que fazer...

— É mesmo, a poi...

Murucututus silenciosos e coagulados no escuro são agora arremedos de sombra, de espera e tocaia, coronhas nas mãos, balas no tambor, armas destravadas, prontos, cosidos à treva e ao chão, sem palavras. As horas não passam nesse círculo que se fez. Os remexidos pelos matos são tentações de largar, deitar fogo, detonar chamas, mas qualquer prudência é pouca. No céu a noite gira se sucedendo, talvez meia-noite. Chico dorme e seu bafo se atenua aos poucos, as camadas do seu cheiro vão se assentando de novo nele como moscas. Uivam lobinhos a distância e calafrios perpassam os lombos recostados. Rumores de cavalos ramejando, patejando, morcegos cortando o ar em rajadas retas. Noitibós cocurinham. Eco em eco. Oco. Ocão da noite. Na vasta quietude da planície paira um ameaço que se aproxima. Urutu está demorando, ele que devia resolver isto. Nem bem alguém acabou de bocejar, cortam o ar estrondos longínquos, reconhecem entre outros estampidos, talvez, tiros da fogo-central de Urutu, ou acham que reconhecem, meia dúzia de tiros troando a espaços, e depois outra vez o silêncio cai como sereno manso onde uma seriema chora.

— Estão atirando... E se estivessem precisando de nós?

— E os animais?

— Por aí... Esses embuçados já os terão notado.

— Claro, ninguém é besta, por isso estão aqui.

— Estão na moita como nós.

— É aguardar. Hora de aguardar é de ouro...

— E de acontecer é de prata...

— Oi poeta Bebiano, mesmo por cima destas horas...

— Por isso sou Flor.

— Esperemos.

— Tarda a lua, só à madrugada virá, sabem, mas o céu é claro duma claridão luminosa que aveluda e suaviza as folhas venenosas dos cansanças que se derramam direções afora. Os lobinhos-guarás continuam uivando lúgubres, como se estivessem perto, arrepiando as peles, trazendo agouros na solidão sem fim, sem começo, que cai como das estrelas sem tampa do céu. As direções se espadanam, se esparramam nos ventos da noite. Longe, longe, à linha que orla o horizonte, há um bordo tênue de penumbra e luz perdido na distância.

— Vê aquele claro, lá longe?

— Sim, o que será?

— Pensei que fossem as luzes de Cuiabá.

— Cuiabá? Que esperança... Parece, mas não é, estamos demais de longe, já andamos mais de umas cem léguas, mano... Mais longe que as lembranças de tudo, que ficaram para trás nas poeiras das estradas dos sonhos...

— Xi, cem léguas, que cem léguas, acho que nem chegam a trinta, camarada.

— Mas que será a luz?

— Agonia do coronel Lereno, aquele porco gordo...

— Deus queira...

— Não pode ser outra coisa, que vai ser?

— Podem ter posto fogo na mataria.

— Que mataria, seu, por aí só há cansança, deve ser a casa-mansão, a da fazenda...

— Cansançã verde, mas na força do verão também se queima como palha.

— Capaz, esperemos.

— Gente, rezemos um pouco para Deus Sabbaoth!

— Beatices, santidades de que valem agora?

— Ao diabo teu horrendo Sabbaoth!

— Infiel, tu és muçulmano, negro com praga de mãe...

— Calem-se que aí vem gente...

De efeito, arbustos se moviam na direção deles. Em pé, armas prontas, ou liberdade ou morte, agora que fosse, aguardavam, na espreita dos movimentos que chegavam.

— Ei, somos gente de paz! — uma voz anunciou.

— Quem vem lá que tenha voz que avise, estamos armados!

Outra voz, sumida, responde vindo:

— Estejam em paz, gente boa, enfim que estamos chegando, se ajuntando...

Vendo que eram pessoas de estabelecidas laias, correspondentes a eles mesmos, da mesma estirpe de vida, vão se acedendo, cuidando-os que sejam companheiros de cadeia, tão fugidos como eles, mas ainda na desconfiança mínima amoitada, o lampeãozinho ilumina parco as caratonhas.

— De onde vocês vêm?

— Adisculpando, mas não estão me reconhecendo, por Deus Divino. Estou a par de todos vocês: este é o Pedro Peba, esse o Babalão, aquele o Caveira, o outro mais é o Bebiano Flor, já esse não conheço não, nem essoutro.

— Olhando bem, até que estamos reconhecendo devagar, espera aí, você deve ser o Anes Dias, esse deve ser o Paco Guerra que vejo, gente, o Eduarte Campo-Santo, ah diabo, esse é o Melânio Cajabi, o que não fala.

Troca de grandes abraços e efusões gerais, gritos, até beijos se dão. Feito o cumprido de estilo em grande cumprimentar de civis formalidades, sentam-se cerimoniosamente a relatar as coisas que se deram e aconteceram.

— Falta só o Bororo, ficou para trás, ver se apanha alguma preá.

— Diacheira, estava certo que era a meganhada...

— Já íamos enfiar bala, passar fogo...

— Não está muito errado não, é bom andar preparado, que eles estão varejando tudo quanto é pantanal e tuaiá dos baixos e dos baixios...

— Segundo me parece, o Pantanal fica, estou mais que certo, para o Oeste.

— Quem é o rapaz?

— Garci, bom menino, antigo meganha, mas não tem culpa, o moço é benzido e segurado. Essoutro é José Gomes, foi cabo, mas agora é dos nossos. Não há de que se pensar mal.

— Quanta alma arrependida...

— Não poderão agarrar caminho atrás de nós por aqui?

— Seguro que irão perder a pista.

— Se estão no tuaiá dos baixos é porque estão perto, seguramente...

— Perto nada, o tuaiá vai até o Amazonas, Xingu, Acre, Tocantins, Goiás, Peru, Equador, Colômbia, Venezuela, essas partes gerais, para lá do sertão mais embibocado, onde a alma vira sertão e Tordesilhas vira o Sem-Fim...

— Faz já um bom par de semanas que zanzamos por aí, até que encontramos uns rastros e viemos atrás, não podíamos perder este ensejo de nos reunir, desconfiávamos que só podiam ser vocês, mas podia bem nem ser, não é mesmo? Mas, caso fosse, cortaríamos caminho, ou, conforme fosse, mandaríamos bala. Cadê Urutu, não veio com vocês nesta leva?

— Sim, foi numa sortida com Canguçu e Lopes Mango de Fogo.

— Ah, não podia deixar de faltar esse amaldiçoado do Lopes.

— A fazenda dum tal coronel Lereno, chamada Boa Vista, foram buscar umas carnes, uns que de comer de que estamos muito precisados.

— Ainda bem, porque também estamos numa vaziez de tudo, até de comer, já pensamos até em comer frutas de cansança.

— É veneno brabo. Então, esse rumor de pipocar de tiros eram eles...

Nisto entra um caga-baixinho, escuro, toro de homem, que não conhecendo os outros se posta num canto, quieto, a assuntar, em ares de vergonha.

— É o Bororo, veio também, sujeito para valer de bom de serventias todas.

Garci estuda à sombra da lâmpada as feições dos novos agregados. Anes Dias é bigodaça, cabeleira corrida e negra, decidido, meio do tipo de José Gomes, troncudo, em seriedades sem mescla. Cabra ponderoso, conheceu-o pouco. Traz uma clavina no ombro e olha franco, pensativo. Paco Guerra veio do Paraguai, tem uma cara onde a traição mora e não nega nem engana, magruço, arrepiado, cara ossuda, nariz giboso, quadrado, dificultoso de se olhar nos olhos, reboado sobre a bicanca dos lábios, dentes meio de fora, que lhe dão um esquisito ar de fome, barbicha rala, amarelo, bigode de índio com poucos fios, nervoso, parece meio incerto, com seu jeito ofídico de dançarino ou equilibrista ou contorcionista. Na cintura a cartucheira grossa, carregada de balas, um revólver do Exército e uma coleção de punhais entrelaçando-se-lhe no dorso seco, que ele move sem se atrapalhar. Tem um sestro de passar a língua para molhar os beiços continuamente. Riz Quatró é também magriço, com ar de cavalariço encarquilhado, mas osso puro espigado no aprumo da caixa, fraco, um pé de vento qualquer o levaria, um trifufu branco, opilado, achacoso, o nariz é uma proa de embarcação, é o que ele possui de mais importante no corpo, bico roubado a algum tucano-guará e as faces chupadas parecem encontrar-se no centro da boca. Costeletas enormes e uma calvície resseca. Parece ter mais de cinquenta. Arfa e geme como se tivesse maleita. Esse cabra, aposta-se, não vai aguentar o rojão. Tem a cara como se a pele fosse-lhe caindo sem ele se dar por isso, maldeza de sol ou outro estrepe qualquer. O Eduarte Campo-Santo é bem mais sobre o folgado, jeito de fidalgo de estirpe boa perdido de lugar, barba arruivada, meio gordo, baixo, um sangue estrangeiro qualquer confundido no seu sangue, dentro dele, um nariz trombudo e uma bocarra que ao rir consome as orelhas, dentadura de cavalo, mãos gordas e cabeludas, grandes bochechas rachadas de sol e intempérie, só o nome não lhe condiz, parece: Campo-Santo, quando devia ser Campo Gordo. Pernas gordas, extremidades gordas, pança de vantagem grande e abastada, empapaçada aos poucos. Não porta arma nenhuma aparentemente, só um rolo de cordas pendurado à cintura. Melânio Cajabi é tão silencioso que parece mudo, parece haver engolido a língua. Caboclo grande, branco rosado tirante para o sarará, cabelos que saem para fora do chapéu de feltro, em tufos grenhosos e vermelhos, cara cavada com furos parecidos a temporais variolosos, pescoço grosso com dois jenipapos papudos que parecem acanhá-lo e pô-lo pouco à vontade, dependurados por debaixo do colarinho fechado à moda eclesiástica, barbudo, os pelos avermelhados, e cabeludo com as barbas subindo-lhe pelos globos e pelas nervuras, um ar de doido pacífico e de avoado no seu silêncio pesado, altissonante, um silêncio particular, com ar de poeta e de filósofo ao mesmo tempo, homem que se vê, fica só pensando o tempo todo. Nariz chato, lábios grossos, cara de nada falar, olhos marrons que parecem ver pouco na sua miopia. Eduarte é o primeiro a reconhecer a cara de Chico, a dormir, atrás dos homens, à sombra, ressonando.

— Chico, por aqui, vejam o bandido.

— É, veio conosco.

— Está doente ou está morto?

— Dorme, não sei o que tem, mas não é bom, há tempos, desde que o conheço, andam-lhe pelo corpo umas raridades, umas coisas feias, tenciono que seja o pior, macutena.

— Macutena?

Os homens se emudecem, apreensivos e atônitos. Corre entre eles um tremor de pavor sem contença. Riz, Paco, Anes Dias, o Bororo, Eduarte e Melânio ficam a olhar, silenciosos, sem dizer uma palavra, apenas fitam o corpo inchado de Chico, mergulhado no sono.

— Está morto?

— Não, já lhe disse, mas tem a morte no corpo.

— Vocês não têm medo?

— Ter se tem um pouco de tudo, mas a gente se cuida, se acostuma.

— Mesmo que morto, o pobre.

— Como pode um homem ter a morte e a vida juntas dentro de si?

— Mais forte nele é a vida.

— Mais forte nele é a morte.

— Pode-se crer em Deus presenciando isto?

— É o próprio Deus Sabbaoth manifestando-se nele.

— Não será a ausência de Deus?

— Nele a ausência ou a presença de Deus tomou esta forma.

— Terrível esta forma de Deus.

— Jeová criou o homem à sua imagem.

— Deus às vezes tem lepra, um pouquinho que seja?

— Quem sabe. E se tivesse, acaso sofreria?

— Jeová Sabbaoth é perfeito, o mais perfeito dos seres.

— Como pode Deus ser um ser?

— A morte conta cada uma de suas respirações.

— Estas conversas não dariam um grão de arroz de proveito. Teologias que não resolvem nada de nada, nem sequer sabem o que é respirar.

— Como demora Urutu…

— Que haverá acontecido?

— Logo saberemos, Urutu é difícil de se enganar.

— São 3:33 no meu relógio.

— Há homens que têm um papagaio em lugar do coração.

— Outros têm o coração na bexiga.

— No estômago, na carteira, nos quartos.

— Onde estará o coração de Chico?

— Nas mãos do grande Jeová.

— Dentro do peito, onde a macutena não chega.

— Há lepras que corroem por dentro e não por fora.

— Que horas serão, demônios?

— 3:33…

— Logo sairá a lua.

— Esta hora toda a gente dorme na cidade.

— Os meganhas, os delegados, os bispos, os generais, os doutores, os bêbados, os leprosos, os mendigos, os solitários…

— Eles têm sono e consciência…

— Nós perdemos a consciência.

— Consciência não é uma só: banqueiro e mendigo?

— Quisera que o fosse, mas não deve ser.

— Banqueiro não teme a morte.

— E mendigo teme?

— Nós quem somos?

— Homens de consciência perdida.

— Por isso não tememos a morte?

— Há dois modos de temer: um para as circunstâncias e outro para o que se ignora, mas os dois corroem e acabam por matar.

— Há razão de medo?

— Sim, mas é da gente não se conhecer.

— Conhece-te a ti mesmo, disse um filósofo.

— Que quer dizer filósofo?

— Aquele que medita sobre a vida e sobre a morte.

— Quem disse isso que acabaste de dizer?

— Sócrates. Li num almanaque.

— E ele se conheceu a si mesmo, porventura?

— Não. Jeová dá todos os destinos, mas Jeová não é destino. Jeová é Jeová, destino é destino, acaso é acaso.

— Jeová tem cérebro?

— Não, Jeová é espírito.

— E que adianta ser espírito num mundo de matérias sólidas?

— Tudo é sólido, tudo é sólido.

— E o pensamento?

— A morte existe, o pensamento é para sobrepassar em tudo.

— Os mortos não existem.

— Os mortos existem.

— Mostre-me um sequer, prove.

— Cave a terra.

— Saímos de um ovo.

— Jeová não é poedeira, idiota.

— A poi, necessitaria dois Jeovás, um macho, outro fêmea.

— E muita ração de milho.

— E disposição nupcial.

— Morrer é fácil, o céu não existe.

— E essas estrelas?

— Quem nos dirá que não estamos sonhando?

— E o sonho o que é?

— Jeová em toda parte.

— O céu não existe, as estrelas, sim.

— Com a morte a cada passo?

— Sonho é o contrapeso da dor e da morte.

— Só até onde o sonho chega é muito pouco.

— Se soubéssemos tudo não aguentaríamos, nossa cabeça teria o peso de uma montanha infinita, de uma cordilheira sem princípio nem fim.

— Inútil uma montanha.

— Serve para se escalar, ficar mais perto do céu.

— E por dentro, o bojo, o núcleo?

— Como todo bojo: fezes, tripas, borralho.

Calam-se. Como rios encontrados, a noite e o tempo, o medo e a morte. Falar é desencantar o mistério, vadear a morte, violar o segredo, consumir a própria consumição.

— Tenho medo, nunca falei assim.

— Nem eu, alguém fala por minha boca.

— Pela minha também. Quem será?

— A solidão...

— A noite, o tempo, o sonho...

— Entre nós essa estranheza, o tuaiá dá delírios, como as tragadas de marijuana, como os eflúvios do Espírito Santo.

— Não é bom desafiar o desconhecido.

— Diria que o Grão-Cão encontrou aberto o portão das chamas, esta noite.

— Não há portões fechados para Belial.

— Creio mais: remorsos nossos ladram nesses ganidos de agonia que cercam nosso pousio, não ouvem?

— Que peça estamos representando, em que teatro, onde, por acaso?

— Palavras moucas, no teatro da solidão...

— Há, sim, gente que fala demais e gente que nada fala. Pensem nesse Melânio — aponta para o encorujado de boca trancada, que olha todo mundo com ar pensativo e prefere nada dizer —, sabem por que não fala? Porque fez promessa para o próprio Deus desde que foi preso. Isso segundo o carcereiro. E já faz seis anos que não abre a boca. Só para comer. O homem não fala nem se venham todos os dilúvios. Algo muito grande deve ter acontecido a ele.

— Cada um com seu segredo, que levará para a cova algum dia. A gente passa vivendo, formando esse segredo devagar e um dia morre e vai com ele, e talvez só o diga à mãe terra.

— Remorsos... A agonia... Não ouvem?

Emudecem e ouvem por toda a volta em alcateias o uivar lúgubre dos lobos que rondam, acercando-se.

— Que remorsos nossos, homem! Em meu sangue nunca correu remorso.

— Nem no meu, isso eu digo, sou homem do destino.

— Eu, por mim, já não acredito em destino, acredito em mim mesmo.

— O destino é próprio dos homens.

— Dos fracos, dos medrosos.

— Homem, homem, homem.

— Pura vontade de ser Deus, o homem, é ou não é? Me disse um versado que o homem quer ser Deus, acho que é verdade, porque às vezes sinto essa necessidade.

— Necessidade?

— Ou o que seja, não sei a palavra certa, mas em suma é isso.

— Homem da humanidade, homem da vida, homem da morte, do sangue, da guerra, do ódio, do amor, da coragem, de todo esplendor e de todo estranho!

— Babel, Babel, dispersai-vos, dança mundo!

— Apoi, dança mundo, Babalão! Dança mundo, Babalão!

Melânio apenas escuta e olha com os olhos pensativos. Os homens derreados, sob as estrelas, no chão brabo, veem longe, reacendendo-se uns, apagando-se outros, ferozes uns, intermitentes outros, os olhos luzentes dos lobos, dos cachorros-do-mato, círculo de uivos, a distância, atraídos pelo brasido no centro do alimpado, redondeando. Como remorsos, cardumes de iridescências verdes, adejando, tremulando na treva, Bebiano Flor tem razão, remorsos são e esses remorsos têm uivos, a vida que poderia ter sido, a uivar. A madrugada sobe das flores dos cansanças espinhentos, uma lua triste com lanhos de verde oscila no céu. O uivo dos lobos se perde, levado pelas virações que se erguem da noite, o sono os vai agasalhando, um a um. Só o fogo crepita em últimos laivos, bruxuleante. Não há cura para os perseguidos. Dormem sobre a terra como se fosse sobre leitos de cansanças, ameaças os menores movimentos, feridas prestes a crescer em sangue e dor futuras. Aquém dos horizontes, onde os homens construíram suas cidades:

bem-aventurados os que dormem felizes, dormi, donos da felicidade, filhos da ventura, bem-aventurados os que comem ótimo, bem-aventurados os que bebem melhor, bem-aventurados os que vivem esplêndido. O sono prendeu-os de tal forma que prescindiram de sentinelas, por puro esquecimento ou cansaço. Para que, aliás, se logo mais virá Urutu com o butim? Esguardam-nos tão só as armas servindo de travesseiros, como Cristo não têm onde repousar a cabeça. Já o dealbar surdia, as barras se quebravam e um crepúsculo violeta mui suave saudava as serras mesclado a tons rosa, os noitibós augurando eternidades de sol ferventando sobre os campões solitários, os lobos tomados já de outros distintos trilhos, quando cinco homens se foram de caminho, certeza de rumo arriba, direção norte. Haviam combinado Anes Dias e os companheiros desguiarem-se deles, assentidos e horrorizados do aspecto que Chico Inglaterra lhes causava, o medo e o pavor da triste doença. Só Melânio Cajabi ficou. Estranho que o deixassem, estranho que ele quisesse ficar e não se opusesse a coisa nenhuma com sua solidão de mil silêncios encravados na sua mudez, ninguém disse nada. Melhor ou, ladrão de ladrão, quanto tempo de perdão? Iam nas montarias roubadas com mantimentos roubados. Só eles sabiam da coisa: estavam entre reais inimigos, queriam nada com gente como Urutu, procuravam outros bandos perdidos no tuaiá imenso, queriam, antes sim, algo dele, sua morte e perdição, e morte e perdição dos seus comparsas, por coisas antigas de feias rivalidades do tempo do presídio, que Anes Dias guardava em ódio brilhante como diamante, chefe de uma facção adversária, não perdoara nem se esquecera. Agora queriam somente distância deles, com prejuízo. Bororo até que se oferecera para deitar-lhes borrachas e cantis adentro mortíferas cascas de tingui brabo e timbó que ele trazia consigo, armas indígenas. — Não — disseram —, apesar de tudo não vamos matá-los tão covardemente, a gente, enfim, é um pouco homem, apesar de que eles pensem que não. Já fomos companheiros um dia e isso respeitamos. E eles são o mesmo que nós, presos fugidos, não são? Com só roubar-lhes farnéis e animais, eles poderão compreender que não os esquecemos, já é meia viagem grande da nossa raiva com destinatário.

Quando foram se cacheando os pendões do sol manhã afora, eles já estavam longe, chegavam à pedreira do Cerejo. Entre madrugada e manhã foi que veio Urutu e o primeiro a dar pela falta. Os homens ainda dormiam. Despertou-os a voz tonitroante, danada de raiva, acaçambando os corpos prostrados. Carne fresca a pender dos cavalos, quartos rubros, sangue escorrendo deles, mantas, balaios, um lote de montarias ótimas com sela e tudo, descansados e fortes, como se houvessem previsto tudo, e por último, num jegue de olhar manso, uma surpresa, uma mulher de longos cabelos negros e lisos, olhos azuis, ancas redondas e roliças sob as calças compridas e justas que lhe desenhavam o corpo. Moça, muito bela, formosa como um recanto de sonho bom, impaciente, os olhos faiscando, as bonitas mãos amarradas para trás, a chorar, lágrimas descendo-lhe as faces. Uma aparição de milagre. Possível? Palavra não há, ou se as há, já foram ditas por todos os poetas. O que há é olhar, e os olhos, sorver na aflição da surpresa. Os homens, todos, sentiram aquele baque surdo no coração, de repente, vindo de não se sabia onde, como se houvesse descido de repente de uma estrela de elevador, destinatários pressentimentos, que ecoava como um monjolo de noite, enchendo tudo de estranheza num repente. Urutu, conquistador. Lopes tinha um corte feio em cima da orelha, no couro aberto se via o osso do crânio e ao andar movia-se-lhe a aba da carne. Vieram chegando os outros e notaram logo a falta:

— Dormi sem saber por quê.

— Eu também nem me atino como virei chumbo, ainda me pesam os olhos.

Chico Inglaterra dorme, imensa sua soneira. José Gomes e Garci, Canguçu e o Caveira, fatigados de sono. Remoídos, removendo-se em sobrossos de sono, como se nada vissem à sua frente, balançando-se como bêbados, Babalão, Pedro Peba, o Flor e Melânio.

— Que diabo é isso? Onde arranjaram pinga, seus debochados, seus débeis mentais, beber pinga numa hora destas?

Nem responder sabem, como peixes priscando dormentes, langues pela falta de água, atarantados com o pito e o vezo de Urutu. Vago esse moçambicão, Golias de mogno e pez, vago como uma miragem, vai ver se a gente tentar furá-lo com o dedo, o dedo passa incólume no ar, um fantasma deve ser esse sacudido congo, filho das escuridões.

À cinta as lâminas nuas têm rebrilhos escorregadios nos coágulos de sangue e uma fieira de cordel trançado à cintura uns três pares de orelhas humanas, tintas, rubras, parecem ouvindo ainda coisas de se escutar, como caracóis abolidos.

— E esse cabra com cara de peixe morto? Não tem boca? Ao diabo então.

Ninguém sabe dizer que pinga foi aquela. Deixando-os nos seus atarantos, caras de possantes queixadas tensas, Urutu vai tirando, ajudado de Pedro Peba e Lopes, que move o naco de carne sangrenta sobre a orelha, a resmungar, lançando fogo dos olhos:

— Palermas, continuem a dormir, que só para isso servem.

Depois, num só puxão, retirando do selim bordado de seu belo campolina a moça em choramingos e pondo-a sentada no chão:

— E você, aguarde aí e pare de chorar que isso nada adianta.

Já retorna às montadas, a terminar o arretiro das cargas, que os animais vieram pejados. Falando aos dorminhocos que vacilam como dormindo em pé:

— Não podemos mais ficar aqui, estamos arriscando muito. A coisa não vai ser boa, tratem de sarar e apressar-se. Quando digo que a coisa não está boa é porque não está mesmo. Temos de chegar quanto antes à serra do Mata-Homem.

— E esse dorme-dorme papudo aí? — referindo-se a Melânio Cajabi, que parece atrapalhado e fora de lugar, só pensa e pensa. — É mudo?

— Quase ou a mesma coisa. Dizem que fez promessa de não falar nunca.

— Já ouvi falar dele, mas não o conheço. Que seja, pois, bom no baque como é no seu silêncio, sazonado, temperado. Gosto de gente quieta.

— Como foi o negócio?

— Agora nem precisam saber. Vocês não foram capazes de cuidar de nada, também nem precisam saber de valentias de homem. Toca a andar, a arranjar as coisas, diabos, vocês querem ser degolados? O Pedro Peba sabe o que está acontecendo, não é, Pedro? Diga para eles, os idiotas pensam que estão em hotel. Perguntem ao Lopes. Pois saibam: o sertão é pior que o sertão, mas não deixa de ser melhor que tudo.

Pedro Peba para por um instante, estuda o jeito dos cabras ensonhados, dá uma risada:

— Ah-ah, nem viram nada. Fizeram pinga de quê? De cansançã?

— Os cabras que chegaram à noite...

— Que cabras? Esses que lhes roubaram os cavalos?

— Não temos ideia do que aconteceu.

— É bom que comecem a ter se querem seguir conosco, senão vamos só nós três, eu, Lopes e Pedro Peba, vocês são uns cágados, bem que merecem ficar aqui. Não tenho vontades nenhumas de carregar mandriões comigo.

— Jeová deu-nos a prisão, deu-nos a liberdade, deu-nos o sono, seja bendito Jeová Nosso Senhor Jesus Cristo Espírito Santo, filho de si mesmo, pai da criação!

— Até você, Babalão, tão ponderado, Jeová não é desculpa, com sua caterva. Acorde esses aí que não estou brincando.

— Og e Magog...

— Que aconteceu, afinal, Urutu?

— Ora, ora, ande, depois conto, apesar de que vocês nem mereçam ouvir, agora tratemos de fugir, talvez ainda peguemos os cães que nos roubaram.

Aos repelões, aos gritos, fazem espertar os mandriões que tinham caído no sono de novo, que vão erguendo-se estremunhados, sem dar-se tino.

Urutu achegando-se e desamarrando os braços brancos da moça:

— Daqui para a frente, sua gata, já não há precisão de cordas, mas que se saiba cuidar, que não gosto de fazer penar mulher bonita, que foi feita para embelezar o mundo.

Fazendo-a montar de novo no campolina ajaezado:

— Acostume-se com sua sela. Vai aí quietinha, minha filha, que é o melhor conselho. O caso é sério, não é de brincadeira. — E ao pessoal tonto, como se despertasse de uma bebedeira:

— Vamos, vamos, gente. Quem diria, cabo José Gomes e o menino Garci! Temos de chegar ainda hoje ao Mata-Homem!

— Estou maluco por um banho!

— Há uma cacimba lá, Chico, ande-se!

— Deus se existe, ele tem de castigar vocês ainda em vida, ruindades, cães malditos! Que o mal do mundo caia sobre suas cabeças!

— Escute só, ó Pedro, o que diz a linda menininha... Também pudera, deve estar exaltada com tudo isso... Que linda voz tem ela escondida na garganta.

— Estou ouvindo. Coitadinha... Você está em boas mãos, acalme-se...

— Mãos que mataram...

— Belezinha, acalme-se, te peço, você está, sim, em ótimas mãos. Você ainda está tão linda zangada, até que pode bem dar-me um pouco de prazer, esse corpo que tão pouco te custou... Um dia... Comigo...

— Maldito! Não se aproxime... Prefiro morrer... Por que não me mataram também, assassinos? Por Deus que o mato, o matarei, farei tudo...

A moça chora alto, soluços se soltam, gemidos, uivos se escapam, tapando o rosto com as mãos lindas e finas. A turba ri, risos frouxos, humores largados, só Babalão, Garci e José Gomes estão sérios. Bebiano acende um cigarro. Cajabi olha pensativo, com uma cara de quem não ri nem chora.

— Temos o Flor para cantar modinhas e rimances para você, o Babalão para rezar quando preciso for, o Cajabi para calar as palavras desnecessárias...

— Oh meu pai... Salústio... Cães do inferno, cães assassinos! Parecem loucos. Deus me livre e ajude, me auxilie, onde fui cair... Dia triste... Por que não me fizeram morrer também?... Por que me fizeste viver?

— Vai ver que não é tão triste assim o Demo.

— Bom, vamos duma vez...

Mais uns mexes e arremexes e se vão. O sol nado já é vivo lume sobre o carrascal. Longe, a pedreira do Cerejo, na chã da planura, e cansanças, sempre, e sobre ela, as cigarras cantam e adormecem tudo.

Garci puxando as mulas, atrás.

— Estas carnes vão apodrecer-se com este sol...

— Então você não sabe que carne salgada não apodrece? Não há perigo.

— E essa moça, Pedro, o que foi que houve?

— Pois bem lhe conto, gente, nós chegamos à fazenda e o pessoal da casa dormia solto. Não havia quase ninguém, nem guardas, nem vaqueiros, foi fácil, parece que todo o mundo havia saído para uma tal de festa não sei onde. O Lopes trouxe dois novilhos do curral de lado, o grosso do gado devia estar na invernada, porque não havia nada. Não fizemos arruído nenhum, estávamos certos de que não havia ninguém. Senão quando, já íamos de volta, nem pensávamos fazer nada de mais a ninguém a não ser levar umas carnes, pacíficos, que só queríamos uns boizinhos, lá vem bala de dentro da casa. Para quê, seu? O Urutu arrostou a saraiva e penetrou lá dentro e foi com o Lopes. Eu fiquei de fora, assuntando. Os bois amarrados numa árvore. Lá dentro o coronel Lereno, a filha, que é essa aí, o cunhado e mais dois empregados. Ninguém mais. Completamente desprevenidos os pegamos. O homem ainda tentou reagir, mas nem deu. Antes nem tivesse tentado que seria melhor para ele. O Lopes, coitado, logo no começo levou um tiro de raspão na cabeça. Foi só de raiva e desconto que fizemos o resto. Para aprender a respeitar. Amarramos os cabras na cama de casal, despejamos por cima um galão de gasolina e tacamos fogo, depois o que sobrou foi obra do vento. Tudo ardeu bonito. E antes tiramos as orelhinhas deles, para mode recordação, pois como vamos fazer uma coisa dessas sem levar as orelhas daqueles que foram mortos por nós?, que estão com Urutu, para dar sorte. Quanto à moça, Urutu disse: para que, menina, teu pai foi ser assim? Sabemos tudo sobre ele, não pense que não sabemos não. Vamos levá-la conosco, os camaradas vão gostar, mas primeiro eu, claro. Não tocamos nela, na verdade sabemos que é só para ele, eu penso, nem sei o que pretende fazer com ela, mas isso a gente pode adivinhar, isso, enfim, são segredos dele, na verdade, acho que vai estar conservando-a para si, temperando-a devagar, deixando que o amor dela amadureça como uma fruta na árvore, para a hora certa... Hora de madurar, de colher e de comer... O que acho, sabe, é que Urutu já está é gostando demais dela, com todos os gostos dele...

— O fogo que vimos, de longe, de noite...

— Deve ser. Uma hora houve que tememos, foi quando chegando escutamos tiros... Pensamos fossem os meganhas.

— A moça era casada com um tal Salústio... Está viuvinha de fresco... Quis entrar ainda, também no fogo, para se matar na companhia deles, mas nem deu, nem deixamos. Criatura tão bonita se desperdiçar assim sem mais nem menos? Urutu ia permitir uma barbaridade dessas? Isso era para aqueles mandriões, os ladrões ricos. O cheiro de gordura de porco gordo estava ruim de aguentar. Dá até dó pensar no homem, imagine, na hora de cortar-lhe as orelhinhas, o bicho deu uns safanões e alcançou um pé na cara de Urutu. Para quê? Melhor que o cabra nem tivesse nascido. Numa hora daquelas, de decisão? O homem odiou mesmo, com a ponta da faca, amolada que nem navalha, revirou o olho dele, assim como quem cavouca bicho-do-pé... O velho se torcia na cama amarrado que nem boi na ferra... E urrava, urrava...

A moça ouvindo a narrativa começou a chorar de manso, depois irrompeu aos berros. As orelhas enegrecidas de sangue e dependuradas do cavalo deviam, será, continuar doendo ou escutando coisas? Deixaram-na chorar, até que o sol e o desconforto fizeram-na serenar. E foi a marcha dura, de léguas, na rota dos cansanções, entre o planar das cigarras nos ouvidos chiando em todas as tonalidades, como bêbados, os homens balançando-se nas selas, na cadência da sorna, sol a pino, até chegarem ao Cerejo para descansar. Matacões enormes, pedrouços soltos, onde o sol punha cintilações de vidro e mica, o solo pedregoso, um silêncio que irrompia de tudo como paredes altas, vivalma nenhuma. Prepararam a comida e comiam sentados na sombra, espreitando a chã que devorava distâncias, espaço afora, sol girando como um pião de fogo no céu de azul profundo.

— Estas horas a fazenda deve ser só cinza e poeira...

— E coivara queimada...

— Logo saberão em Cuiabá de alguma maneira e nos virão nos rastros.

— Se já não estão atrás de nós... Há muito que desconfio.

— Todos desconfiamos. Devem estar...

— Até lá nós dois já fizemos de tudo, não é, linda menina?

— Cala a boca, Lopes, cuidado com o que diz...

— Nem sombras deles, os ladrões arribadores. Podiam ao menos deixar rastros. Mas nestas pedras, como rastros? O mundo é pequeno, dizem, e todos beberemos da mesma água.

— Quem for que venha e venha, que os esperaremos à bala. Homem com homem, bala com bala, na dura lei, vamos ver como se fala. Quem quer perder a liberdade?

Bebiano Flor cortando uma tora de carne no espeto chiando no ſogo, logo atirando à boca punhos de farinha:

— Ora, merda de solão! Será que não acaba nunca mais?

— Vocês já se encheram de pinga, quem sabe se ainda vão querer mais. Trouxe umas garrafinhas. A gente até que podia dar umas goladas, para afrontar o resto desse sol.

Urutu procura nos surrões e alforjes e extrai um quartilho de aguardente.

— Ao menos cangibrina escolhida tinham esses cachorros...

Comem carne assada, farinha, a garrafa anda de boca em boca, ao gargalo. A moça, rosto inchado, fadiga e dor, silenciosa, de vez em quando um soluço se escapando, não quer comer. Os homens estão calados, cada qual com suas coiseiras, como se pensassem no peso da responsabilidade de cada um, recostados às paredes de pedra, à sombra, no carreiro. O vento silva entre eles. Estão quentes aqueles ovos de pedra, aqueles bojos de pedra, aqueles dinossauros de pedra.

— Como é que você se chama, menina?

Silêncio forte que vem daqueles belos, pontiagudos, dolorosos peitos que arfam, daqueles formosos olhos azuis que brilham sem olhar, embaciados, perdidos ao longe em ódio e névoa, nublagem de desespero, daquela linda boca de lábios carnudos e contraídos, que às vezes tremem.

— Não nos quer dizer teu nome, linda moça?

— Cachorros malditos!

Silêncio ardente, seus olhos faíscam e se enchem de água, silêncio acompanha o comer dos homens, pensam os homens em coisas distantes, entre eles o vento zunindo nas pedras e o sol cozinhando-as.

— Para uma moça tão bela, só pode haver um nome tão lindo quanto ela, mas qual será esse bendito nome?

Chico Inglaterra arranca pedaços inteiros de carne duma costela enorme que brande como uma espada, ao passo que Babalão chupa a garrafa e, entregando-a a Garci, enxagua a boca, e o rapaz, que limpa o bocal na manga da roupa, olhando para Chico que faz micagens com a cara e murmura, numa voz roufenha, percevejos esmagados na garganta:

— Ai, por Deus, como me doera por dentro... Nunca jamais me doera assim...

Garci bebe uns sorvos e sente como se fosse com ele, aquela dor que vem de Chico, embaçada pelas nuvens da incomunicabilidade extrema de tudo, inclusive da existência, a pinga desce e cai no centro do estômago, parece refrescar um pouco a imagem que ele olha.

— É o sol, o calor... O sol...

— Ai doera, devera ser, estou em carnes vivas...

— De noite estaremos no Mata-Homem, deve ser meio-dia agora.

Urutu correndo a vista pelo azul que treme que parece ter laivos de vermelho:

— Temos de ir ligeiro. Ninguém sabe o que virá...

— Venha o que venha...

— 3:33...

— À merda esse eterno 3:33.

Mais uns gorgolejos da garrafa e esta termina. Pedro Peba, em cujas mãos terminou, lança-a longe. Seguem os outros com o olhar o voo e o choque contra a parede de uma pedra. Barulhos de cacos e estilhas no ar onde o sol por um instante comunica brilho, lume de cristais fendidos.

— Temos de ir, gente, estamos em campanha...

Levantam-se de novo para seguir rumo. O Caveira entra num escavão para mijar e ao voltar traz um velhíssimo e enorme guarda-chuva preto, esburacado e enrugado, aberto espalhafatosamente, com os raios quebrados e tortos.

— Há uma caveira aí atrás, o dono deste guarda-chuva...

— Caveira não é novidade, qual é o lugar do mundo que não tenha as suas?

— Mas é uma caveira com a língua intata.

— Ora, vamos ver esse prodígio. Deve ser um caso de santidade ou de milagre. Deve ter sido alguém que disse apenas a pura verdade.

Olham e constatam mesmo sobre o chão pedregoso a ossada desarticulada, restos de roupa, um machado velho, até um chapéu sujo e um relógio de pulso no osso do braço, a pulseira de filamentos de metal enferrujado e o crânio longe do resto do corpo, que ri na sua gargalhada estática e macabra que ninguém pode conter, sua risada de escárnio infinito que vai até os limites do mundo, que ultrapassa tudo e que vem da eternidade, signo talvez do tempo percorrido pelo homem, os dentes enormes, e entre eles, no interior da boca, uma coisa mole, carnosa, a pulsar.

— É um sapo, ora...

— Que sapo, é língua viva, seu.

— Perfumes de virtude, o sopro da verdade...

— Como vai ser língua nessa ossada, pensa bem, idiota, não vê que é um solimão, desses que aparecem quando vai cair chuva?

— Examinando bem, é uma jararaca...

— Uma coral branca...

— É mesmo, coral papuda...

— Não vai matá-la?

— Não, para quê, uai? Encontrou um ninho, melhor que nós vagando no céu e ao léu... Melhor lugar que o interior do homem, ou melhor do que foi o homem, onde habita a verdade, ou melhor, o fantasma da verdade, não pode existir. Não tenho vontade de matar cobra. Dá azar...

— Mas é cobra venenosa...

— Que me importa? Melhor. O mundo precisa de muito, muito veneno. Só com veneno se purga o veneno. Veneno com veneno, fogo com fogo.

— Eis um relógio mais para você, Caveira...

— Bem que o apanharia, mas essa jararaca aí...

Chega perto da ossada, leva a mão para ver se pode tirar o relógio do osso, mas abaixa a cabeça e recua. Pela órbita negra do crânio cintilam os olhinhos malignos de diamante e em riste o fio bifurcado da língua escura da coral... Retira o braço, o nariz mais longo, pálido, atrás dos aros sem vidro:

— Está doido, seu, essa cobra tem jeito de diabo... Mandada por ele... Posta aí pelo Sete-Encruzilhadas, pelo Timborna... Nunca vi cobra nenhuma morar dentro de caveira, juro que nunca nem sequer ouvi falar...

Babalão se ajoelha e adora a serpente:

— Adonai, Adonai, serpente Ofis! Te adoro porque és a sabedoria de tudo... E que se diga sempre: quem viu o Altíssimo assim se revelar ao mundo: dentro da boca de uma serpente, sabe que viu um conhecimento revelado.

Beija o chão, reza umas palavras e se levanta:

— Jeová fala por símbolos, seu infiel, não é a língua do homem o que perdura?

— Pode ser, mas é também o mais perigoso...

— Será homem, será mulher?

— Pelas roupas parece ser homem, podia também ter sido mulher, mas que importância tem isso agora?

— Assim, pois, vai ficar sem o relógio?

— Já tenho um, não preciso de dois.

— E tão bom que marca sempre 3:33.

— Além disso, para quê?

Alguma coisa trágica passou-se ali: talvez aquela mesma cobra tivesse mordido aquele personagem, homem ou mulher, e se assenhoreasse de sua casca de ossos interiores, fazendo de sua boca, lugar santo de onde saem as palavras, que nomeiam e sagram tudo, local para a sua morada. Mas nada a dizer da passagem dos nossos ladrões. Impossível mesmo dizer que direção tomaram neste mundo. De novo a cavalo, se vão sob o sol. A pedreira do Cerejo vai ficando para trás. Em silêncio cada qual com seus pensamentos. A caravana dos presos fugidos, vestidos de meganhas, a cavalaria dos perseguidos, insólito, a mulada lenta, as bruacas bojudas, um mundo de moscas seguindo-os, como os cardumes de peixes seguem o navio na sua rota pelo mar, seguindo Chico Inglaterra, a carne das cangalhas apodrece devagar e sempre, seguida de Urutu, o balofo rosado de Chico Inglaterra no seu trotar doloroso, o corpaço de Melânio Cajabi com sua papeira e seus tufos de cabelos vermelhos, enorme sarará pensativo com voto de trapista leigo, o Caveira com seus óculos, seu relógio e seu guarda-chuva preto, ridículo, em penacho, que não servem para nada, vem a moça com sua beleza estonteante, provocante, mesmo sem que ela o deseje, mas de rosto tristonho onde as lágrimas secaram. E a poeira que deixam, alcançando a terra vermelha, após o pedregulhal. Nas distâncias dançam espelhismos. Estão chegando a um terreno diferente. Abochornamento das lixeiras que já dão lugar a combarus altaneiros e solitários, matos altos, os cansanções vão se rareando, os cupins negros e amarelados desaparecendo, metalizam o sertão as cigarras, a zona da mataria sem leis nem fronteiras vem chegando com o norte que se abisma para adiante, sentem-no as alimárias caminhando com ânimo diferente, que os que os montam sentem quando a marcha demora muito, debaixo da solação, um rumor de lixeiras que vai passando, como que de aguaceiro se extinguindo, e que deixa um parecido de repouso difuso nos ouvidos, como se de repente, por instantes sonhados ou misturados com sonhos acordados, estivessem deitados numa cama muito suave e macia, e viesse por cima duma grande abóbada o rumor tranquilo de uma mansa chuva que demorasse muito por terminar.

— Ei, patrício, pena de que essa tal promessa? — indaga Chico Inglaterra procurando puxar conversa com Melânio Cajabi.

Este apenas se volta e o olha fixo, depois vira o rosto, indecifrável, os lábios atarraxados, o silêncio cavando-o como uma verruma, no furta-passo da mulinha, onde ele vai com seu enorme corpo com os pés quase roçando no chão.

— Você já ouviu falar de Chico Inglaterra?

Silêncio do papudo, tranquilo, algodões nos ouvidos, boca selada, palheiro fumegando entre os lábios barrancosos guardando seu enorme segredo.

— Por que eles te deixaram?

Nem sombra de responder. Como se nem fosse com ele, claro, diabos, esse cara de mamão-macho fala com os arvoredos, fala com as nuvens...

— Erre corno, você até parecera mudo, homem, não tivera boca para dizer as coisas? Você parece que nem necessidade tem de falar nada... Que espécie de gente é você?

Resposta é apenas outro olhar perscrutador, desta vez correndo-lhe de acima abaixo, dos pés à cabeça e que extingue nele qualquer vontade de reencetar conversação. Distancia-se dele, sem perdê-lo de vista, e já junto de Garci:

— Ei, menino, parecêramos condenados...

— Só agora que você reparou nisso?

— Que vai ser de nós? Dera um caminhão de ouro para saber...

— Você tem algum caminhão de ouro realmente, por acaso?

— Não, disse por dizer, apenas, ora, disse se tivesse, se tivesse...

— Diferença grande é ter e não ter, hein?

— Tem sustância essa franga de cabelos pretos e peitões arrebitados que Urutu trouxe. Tem olho bom o esconjurado, que será que ele vai fazer com ela?

— Sei lá, isso são coisas deles dois... Eles que se arrumem. Ela agora é cativa, como escrava dele.

— Amanhã ou depois, já vamos chegando ao mato grande, ao mato grosso dos mato-grossos, os mato-grossões, é lá que o Diabo vai comer fogo.

— Está mesmo certo este caminho para a Figueira-Mãe?

— Ora, como não vai estar certo, menino?

— Mas é longe, verdade?

— Ih, longe, muito longe ainda, para lá de todos os longes, é como se fosse para lá de todos os lugares. Os únicos que conhecem o verdadeiro caminho são os tulipês, dizem, esses índios louros, baixotinhos, de olhos azuis, que não enxergam durante o dia, que dormem durante o dia dependurados das árvores como morcegos, porque não podem suportar a luz nem o sol, mais eu e o Babalão. Ninguém mais pudera saber de nada.

— E esse misterioso Sem-Sombra?

— Ah, esse é o grande santo, também chamado o Pai-de-Todos, ele até já devera saber muito bem a estas horas que nós estávamos vindo na direção da Figueira-Mãe... Ele é assaltado pela visão dos anjos e dos arcanjos e das potestades mais amigas de Deus que lhe contam tudo o que acontece.

— Mas, por enquanto, estamos no solto...

— Sim, nem céu, nem inferno, Purgatório... Soltos na merda do sem-notícias, no sem-saber, no Deus perdido, morto, enterrado e não ressuscitado, aquém de tudo, como uma ilusão desencontrada...

— No Deus-dará...

— Deus perdido, Deus-dará, Deus perdido, Deus-dará, tanto faz, Deus é a mesma coisa que tudo e que nada... Merda eterna...

Babalão ouve e se acerca:

— Deus Sabbaoth, para sempre louvado... Nem nome há para designar-se Deus, saibam disso, infiéis... Nem nome, nem palavra, nem signo, nada, nada, eternamente em trevas, em trevas e luz, uma tempestade onde cintila em cujo fundo negro um pequeno raio de intuição escura e cega... Só eu posso falar o seu nome, eu Babalão Nazareno, eu, eu, eu...

Chico Inglaterra, que vem atrás, se incorpora a eles:

— Deus Sabbaoth... Ele me pegou isto, se eu pudesse pegar-lhe...

— O quê, Chico?

— Esta lepra...

— Como vais lhe pegar se ele é espírito?

— És amigo dele...

— Sou filho dele, somos parentes, uma coisa só, sua imagem... Um só espírito, eu e ele, tudo o que existe...

— Espírito coisa nenhuma, seu...

— Cuidado com as palavras que fala, Chico...

— Só uma coisa diferente sinto: essa moça, sua proximidade dentro de nós, em redor de nós, como uma coisa muito boa de repente, algo está se mudando continuamente em melhor, e eu não sei nem poderei saber jamais o que seja.

Calaram-se e a quietude ardente gorgoleja em redor, ecos, ecos, ocos, ocos, abismos que tombam, abismos que ecoam. Garci olha o profeta de viés, depois para Chico, sente que a repulsa lhe enche por dentro num calafrio. Está, verdade, repugnante, morrendo vivo, esse camarada bichando em existência. Estará nos últimos de tudo ou nos começos? Impossível saber nem adivinhar. Tudo o que o homem consegue é apenas pensar, nunca saber com certeza nem adivinhar. Nos cantos da boca de lábios esbranquiçados e rachados se juntam gosmas de espuma. Faz-lhe lembrar de certas beiradas de rio, do chão de reentrâncias e crias de cogumelos brancos, covas de sapos e larvas, brancor de caracóis e lesmas, e as espumas de mormo recôndito que se aglomeram em águas paradas. E pensar que este viscoso cumbê branco de azeite morno, ande a desejar com os desejos da carne coisas nunca vistas com ele, com seus desejos adocicados, seu melaço estagnado, sua carne a purgar... O sol parece um escarro muito alvo com laivos amarelos nestas horas de náusea. Volições do diabo andam a arrastar-se nos pisos do estômago, subindo e descendo com a respiração, uma vassoura de cansanças... Neste silêncio que ficou, late o coração como um cão infinito, coração tão isolado que parece um outro astro independente, girando sem leis no espaço perdido, e o seu bater de vai-e-volta, seu bater persistente, afogado, parece que em cada batida há um suspendimento de angústia das coisas e nesse suspendimento ressoam tímpanos, zoam ecos, retumbam ocos, elásticos do tempo se espicham interminavelmente e vão o mais longe que podem, zangarreiam nervosas, ou só parece, não mais que apenas parece de tudo, será isto seu zangarrear de todos os dias, depende de quem ouve, e tudo o que se ouve é tão relativo, vão longe, muito longe, perto da eternidade, quase. As cigarras estridulam, zangarreiam nervosas, cantam seu cantar, tenso ou calmo, quem escuta sabe. Absurda, esta ânsia ou esta falsa premonição. Ermos abochornados, modorna profunda, distâncias, modorra. No silêncio quente só o ruído dos cascos e os ecos do vazio mediando, os ecos inaudíveis, os ecos da inexistência, um avesso de morte este vagar fugido, perdido, descognoscente, cascos, os longos, longos, longos destes caminhos, cascos, onde não acontece nada, cascos, nunca, cascos, a não ser a espera onde é parecido a algo de extremamente eterno, cascos, o caminhar, cascos, cascos, cascos.

— Menino Garci, diga-me uma coisa, você gostara de mim?

— Sim, Chico, posso gostar de você.

Lento, muito lento, terebrante, o trabalho dos pensamentos trilhando os contornos do cérebro, quando o pensamento carrega pedra nos interiores, pedras que caem e voltam rolando às bases e aos cumes, pedras enormes, pedras ferventes, pedras em mormo e chumbo feitas. A doçura ganzuenta da manga madura demais, o feitio hidrópico, leonino de ampalamado — a curera. Nos cantos da boca, a espuma do sorriso, iluminada a prisão interior, a voz gangosa, Chico Inglaterra come um grande naco de toucinho puro, cru, branco, sem sal, com pelancas e pelos, naquele sol, naquela desolação... Não parece saber de coisas tão imensas que se passam de repente e a voz afligida e aflautada:

— Obrigado, meu filho... Estivera buscando a pureza... Minha pureza... Sou filho do mundo e ainda não sei se a encontrarei... Todos precisam de sua pureza, não acha? É demais de tudo, por todos os lados...

As palavras pendem no ar. Garci olha-o mais uma vez, o pobre homem tem os olhos molhados, nadando, e dentro deles Garci vê um brilho puro, talvez sua pureza que ele procura nos outros ou em si, não sabe, e limpa-os com a manga. Já não se pode continuar. Há um vácuo na alma deste sol, pululando de carbúnculos de ouro, ustão sem fim, eco a percutir até as barras do infinito. Homem, um homem, sim, mas um homem como se ele fosse obrigado a ir por onde quer que fosse carregando os próprios testículos, como coisa tão crua, óbolos da natureza, levando-os, sim, imagem de Deus, eternamente perfurados por uma agulha, pobres óvulos da vida, e levasse essa agulha incandescente ali sempre, homem-deus carregando seus sofrimentos, como um Sísifo infinito enquanto vivo. Tântalo, Prometeu de outros fígados. Homem, um homem.

Cemitério ambulante de pobres gândaras, tavocas, restingas e carrascais onde perambulam, morrinha, ganguê alucinante, a agonia destas gaitas das cigarras que não emudecem, cantando eternidades, como se a eternidade fosse os trilhos por onde passam as cantigas sempre iguais e monócronas das cigarras, a vápida atmosfera, todos os deuses mortos ululam nesta malásia que se prolonga que se prolonga que se prolonga.

— Eia, sim, que dança mundo, Babalão, dança mundo!

Garci toca puxando a mulada, afastando-se de Chico e alinha-se ao lado de Bebiano Flor, atrás da moça. Acompanha o olhar deste, abstraído e cigarrão apagado no canto da boca que parece namorar em silêncio a beleza dela, que por mais discreta que pareça sempre se alteia em súbitas chamas de encantamento, engolindo ar, seguir a estranheza de estar ali entre eles semelhante criatura. De onde caiu ela, de que céu, de onde, porventura veio, de repente como uma aparição de santidade, uma visão de beatitude? Só dor terá essa bela entre as belas, se é verdade que lhe mataram tão cruelmente o pai e o marido, mas isso sinceramente não importa para Bebiano, esta vida de perseguido francamente apaga quase tudo, imprime umas coisas, suprime outras, fugitivo e poeta. Rolam sobre macias engrenagens os quadris, seda e carne, carne e seda, montada à masculina, estreitando as coxas esbeltas contra a barrigueira. Segue como espessa cola de cavalo, inteiramente negra, a pesada cabeleira que lhe cai pelas costas em grandes ondas balançando-se aos sacolejões da montaria, como uma glória, encimada por um chapéu que lhe ofereceram. São calças compridas ou pijamas de mulher este tecido colante e rosado que prega a carne, os homens se perguntam, porque não conhecem intimidades de mulher esposa de burgueses afeitos às novidades das cidades e da modernidade, essa coisa que veste, por demais provocante, que denuncia tudo por debaixo, as curvas e os molejos da carne, as reentrâncias e as anfractuosidades secretas, que os homens da prisão não conhecem nem nunca viram, que nunca sequer imaginaram existir assim como a veem em plena realidade se realizando ante seus olhos como um milagre súbito, uma dádiva da sábia mãe Natureza, florescida à sombra do paraíso, sob a luz do sol, essa luz que queima, sob a claridade do dia que nada esconde, e tudo revela, leal e forte, e que os homens em volta, tão sem respirar de tanto surpreendimento, para não quebrar o encantamento, que se prolonga, que se prolonga, que se prolonga, fingindo nem reparar, mas que vai seguindo, o animal a vai levando e seus quadris parecem abrir-se e florescer como uma estranha flor, a mais estranha flor que já floresceu de repente sob um sol desses que arde como labaredas vivas, assim, de abrupto, ante o dia, realidade infinita que consome? Mulher tão linda que carregava na cintura e nas ancas os rebanhos obscenos dos olhos dos machos como um enxame de moscas gordas...

Garci quer dizer algo a Bebiano, mas este jaz tão ensimesmado na sua contemplação que se lhe foge a vontade e segue seu caminho calado, as mulas atrás com seus balaios e cangalhas cheias de mantimentos. Idiota essa gente: aperrear-se com uns olhos de boi castrado por uma mulher. E pensando bem que estranha essa coisa de sexo, essa ideia, um monstro vivo a verrumar eternamente o homem enquanto este vive e a taladrar sem tréguas os caldos dos miolos, as infinitas patas, centopeia infinita do homem caminhando sempre. Para onde, enfim? Idiota tudo — isso é a querência de gente —, idiota porque impossível. Impossível querer compreender tudo. Um ovo este céu, um ovo esta vida, um ovo a morte. Acho que na origem e no fim de tudo há um ovo eterno, parado, imóvel, não sei para quê. Um ovo. Nada mais. Um ovo. A mulher é o outro ovo de Adão e o outro ovo de Eva é o próprio Adão. Gemas se espalhariam e se derramariam, gemas e claras, e das cascas fendidas, o que sairia, surpreso, ante a descoberta do universo? Talvez Deus nascendo pela primeira vez, de repente ante o mistério da vida, ou um octópode nuvioso espojando, engolindo o glorioso sol de ouro como um minúsculo grão de milho.

Um grande urubu negro subitamente avoa remando, levantando-se do chão, as enormes asas negras que tatalam e fazendo passarinhar o cavalo de Urutu. Assenta-se suave num galho, e parece ter o peso duma pluma, tão manso pousa, à beira da estrada, o bico pendente, todo ele é a própria encarnação natural do equilíbrio. Passam por ele e Bebiano Flor:

— Urubu-rei, urubu-rei,
na volta do meio-dia,
é viso de prata de lei
ou quebranto ou simpatia.

Urubu passarinhando cavalo em altura de estrada é vezo de azar a caminho. Dizem que ou há um morto enterrado sem cruz ou há um tesouro por desenterrar. Nestas alturas o Demo anda às soltas, azar, o próprio dono dos azares, o mesmo Bicho das Ruindades, o Bicho Mau.

— Não dizem que urubu está acabando? Nem se vê mais, verdade, nas cidades como antigamente quando eles viviam em nuvens por toda a parte, livres como Deus os soltou. Estão exilando eles... Alguma coisa está acontecendo nas cidades, alguma coisa de demais de pavoroso que não dá nem para adivinhar... O que será de tudo isso?

— Só por aqui, o reino deles, altos sertões, solidão. O homem está se tornando insuportável até para eles. Ou os estarão matando. Um bicho tão útil para todos... Todos os que têm o uso de morrer...

— Bofé! Que fartura de repensamentos estão vocês, por Jeová!

— Quando é que vai terminar este aperreio de vida, Babalão?

— Quando Jeová assim disponha, cabo José Gomes.

— E a tal da Figueira-Mãe, há alguma verdade secreta em tudo isso?

— Certamente, meu filho, você viveu todo esse senso de vida unicamente para a chegança do dia unicamente de conhecer a Figueira-Mãe. Fique certo disso. E vai ver com esses seus próprios olhos que é vera ideia, que é vera coisa ancorada no real de tudo. No avondamento de lonjura nesses pagos de florestas sem fim nem lei o Sem-Sombra reina sempre com sua lei, que é a ausência de lei, o governo do sem governo, é como uma lenda. Ele nos espera, a nós, perseguidos pelas leis e pelos governos, nós somos os escolhidos dele, ele espera em nós. Sabe que vamos, sabe que estamos chegando. Sabe tudo pelos altos poderes que as potências do Ignorado lhe outorgam. Já sabe que vamos para lá, nestas alturas. E tudo lá em um país. De leite, ouro e mel. Mulheres e mulheres com gosto de paraíso, sem pecado.

— Não voltaremos nunca mais?

— Não, meu filho, daqui não se volta mais.

— Mas que fiz eu enfim?

— E eu, que fiz?

— Você matou gente, castrou, deflorou, roubou, não? Eu não.

— Sim, mas diga o que é matar? Por que matei? Não vejo crime nisso. Matei porque matei e está matado. A onça não mata o bezerro? É a lei do homem desde sempre. Na Bíblia se mata como quem se diverte.

— Não acho, não. Se eu fosse o morto, por exemplo?

— E quê? Estava morto e eu vivo.

— Difícil pensar num mundo sem castigo.

— Penso assim: quem quiser matar que mate, só Jeová vê a razão. David matou Urias, Moisés matou um egípcio, Sansão matou mil filisteus, Josué matou mil moabitas. Melhor um mundo de assassinos soltos que um mundo de assassinos presos. Não adianta nada. Mate-se quem puder. Sempre vai haver mortos e matadores e prisões são sempre horrorosas humilhações que mutilam para sempre a dignidade de qualquer homem, seja lá quem for ele e por quê. Estragam para sempre a natureza. Mesmo o maior criminoso não as merece, é um homem e o homem é a imagem de todos os homens, além de que a própria imagem de Jeová vivo. Deve ser livre mesmo que tenha exterminado outra imagem de todos os homens e de Jeová, outro homem. Sempre. Você, por exemplo, já matou, não, José Gomes?

— E bem matado.

— Você quer ser livre duma vez?

— Claro, mas acho que existem remorsos, essas coisas. Criaram leis e tantas que qualquer homem é um porco engaiolado num chiqueiro de remorsos, regulamentos, convenções, leis, culpas e misérias infinitas. E se um homem apenas sofre, ele sofre em lugar de todos os homens.

— Vê? É isso que impede de ser feliz: os preconceitos. Não deviam haver leis, nem polícia, nem prisão. Todos os homens deviam saber se defender por si mesmos, sem eles. O homem não necessita de nenhuma autoridade para viver, nem de governo nenhum. Neste lugar tão solitário, estamos livres ou não estamos?

— Sim, mas sob condição.

— A nossa própria...

— Sim, nossa própria, a de todos os homens solitários, a necessidade de ser livre e o livre-arbítrio.

— E que podemos fazer?

— Esquecê-los.

— Esquecer é solução? Esquecer é solução para os sonhos unicamente. Eles nos esquecem muito antes e muito mais.

— Sim, vejamos. O esquecimento deles que é? Esquecimento da lei, titica. E o nosso? Ecos dos oprimidos, mundo revoltado, guerra perpétua, céu furioso, insurreição. Eles são os bons, que valor tem o esquecimento deles? Urros de onça, perigos fortes, mortes e roubos, o risco sempre, céus e loucuras, o desafio, o mar, o Demo, o mundo dos inícios. Rugidos de onça parida, gritos dos diabos esquecendo-se de que não existe nem bem nem mal: nós.

— Nada dessas palavras nos consola.

— Você me desculpe, mas você é um pouco fraco, menino Garci.

— Mas como um simples esquecimento vai nos convencer?

— Se você pensar que convence, que é revolta e guerra é porque é e se pensar que não é, é porque não é.

— Depende do pensamento?

— O pensamento faz a prisão e a liberdade.

— Como se deve pensar?

— Homem para mim é aquele que pensa o que quer, os que pensam o que os outros querem que ele pense não são homens, são galinhas.

— Não pode ser livre o homem cheio de medo.

— Você tem medo?

— Vou contar-lhe algo: sempre me persegue em sonhos: a imagem de uma rede armada, mas sem ninguém dentro dela, só um par de pés muito brancos saindo dela, os dedões torcidos para dentro, mas só os pés, o resto do corpo desaparece, e uma cabeçorra de cão enorme ou lobo amarelo fulvo babujando-os com sua grande língua úmida. Há sempre um silêncio infinito e ancestral dentro desses sonhos... Mas um silêncio diferente, estranho, como que nascido dentre as nuvens frias e brancas, um silêncio que aos poucos vai se transformando em música, e uma música doce, longínqua, misteriosa e mineral que não sei de onde vem envolvendo tudo nesse sonho... Um mistério o silêncio e a música nesses sonhos...

— Que significa isso, Babalão?

— Os pés serão os meus, a língua do lobo o medo, o silêncio será o desconhecido das coisas, Jeová em seu espírito pairando antes das águas, a música será a feliz esperança... Deus Sabbaoth...

— Que esperança feliz? Existe?

— Por que não, meu filho? Bem, enfim, nem sei... Mas és infiel se és tão descrente dos poderes de Jeová...

— Também acho que presa desse medo nunca se pode ser feliz inteiramente.

— Por que não? E eu não sou feliz na companhia dos anjos, apesar de às vezes ter medo? Também tenho crimes, também tenho sonhos que me seguem como a minha sombra...

— Difícil, Babalão, crer que és criminoso.

— É, mas sou. Qualquer dia te conto. O que te digo é que com o pensamento a gente faz tudo o que quer. A prisão não se torna realidade. Tudo muda... O pensamento é que manda em tudo.

— Não sei não, mas eram bem reais as grades de minha prisão, de minha cela, aquelas paredes...

— Mas em sua cabeça o pensamento era livre para pensar o que quisesse...

— Sim, mas o que meus olhos viram e o espaço que minhas pernas andaram era aquilo, aquele estreito limite... O que vale, acho, é a realidade.

— O pensamento, porém, nunca alcançaram, nunca lá chegarão os sicários, os verdugos, os monstros, e é lá que se vive, em nenhuma outra parte. Como este santuário da natureza.

Vai minguando a ardência do sol e vão chegando, se adentrando sob folhedos de árvores, a floresta começa, sombras enormes se amontoando como as asas imensas de um benigno pássaro protetor, e dançam à frente rios de moedas de ouro à última luz do céu, como um templo os acolhe o degredo do silêncio que retumba de pássaros e abafa a atmosfera musgosa e fechada dos arvoredos. O cansançãzal com seus campões espinhosos, o grande Tuaiá vai pondo término, agora é o tuaiá propriamente dito, afogado em brasas e distâncias, a espessura do mato-grosso verdadeiro, em cujo interior os horizontes se ocultam e não se acompanham os rubros e os violetas dos bruxuleares dos crepúsculos desta terra selvagem e encantada e padroeira. Na cerração verde-escura, pela estreita picada avançam, nos ouvidos os sons das pisadas se apagando, ficando apenas um eco abafado de poeira que cai, no trilho natural, sombreado, por entre arcos de cipós e ramos recurvados e lianas trançando rendados, os dédalos, a catedral. Como que se afogam sob o murmúrio surdo de abóbadas e abóbadas multiplicantes, zimbórios espessos, arcobotantes e vitrais suspensos, troncos pujantes, cúpulas luminosas e pênseis, redomas que se vão sucedendo e propagando, e as ondas orquestrais dos corações vegetais que pulsam, de perfumes que se associam, de despertares de ressacas mugidoras, de despenhadouros e cataratas e proximidades de abismos e montanhas submersas, e o canto dos pássaros súbito crescendo e decrescendo à medida que vão se adentrando e tubos de órgãos que são impulsionados e coros que se erguem, todo o reino inchando para o céu.

Vão em silêncio, só o movimento da caravana serpenteando sob a arquitetura dos confins verdes. Aos longes, em quando em quando, num falto de teto folhoso, o céu se abre azul como água divina, recolhida entre pedras, fonte da montanha. Das caladas deste mundo de folhas chega um apelo, uma voz chamando, uma voz sem boca, só o instinto é guia, fio de Ariadne neste recôndito incógnito labirinto de labirintos, de dédalo em dédalo, estendal, os Teseus errando nas pisadas dos enigmas Minotauros do mistério dos horizontes, os argonautas penetrando no mistério numinoso da Cólquida ou do Eldorado. Tremedais e pântanos exalam o bafo virgem das solidões desconhecidas cheias de possibilidades de presenças e de ausências. Devora-os a boca verde da floresta. E todos sentem a obscura voz chamando-os na lonjura. Respirações deitam-se de ouro e as sombras têm pigmentos de dourado. Um saturamento exasperante e doce de flores primitivas os acossa. Um a um, em fila indiana, seguem pela mata, na senda, já escura e lôbrega, onde não se distingue o seu fim nem o seu começo, só eternamente o seu meio, só os homens surdindo sem rumor como fantasmas de si próprios, num termo desabitado.

— O sol está entrando, gente. Hoje não chegaremos mais ao Mata-Homem. Por aqui é escuro para cavalgar de noite, temos de achar um pouso bom.

Adiante, sob uma proteção de combaru acampam. Após limpar a área à jacaré, vão descarregando os animais, já se estendem nos leitos de folhas, já armam o fogo para a comida, já se estiram espreguiçando, o corpo duro doendo. Vozeiam, se mexem, palreiam.

— Paca vida, como desejava um banho, estou num ferve-ferve vivo. E estes mosquitos, estas polvinhas... Ah martírio... Nem o filho de Jeová...

— Amanhã chegaremos à serra, lá tem rio.

— Às vezes penso em meter uma bala no centro do ouvido, sem mais nada, sério de verdade de todas as verdades, estas úlceras vivas me comem.

— Não diga isso, homem, quer que te leia a minha Bíblia?

— Ora, Babalão, que ia fazer agora, uma hora destas com Bíblia? Hora desta quisera um banho, umas linguiças frescas com arroz, uma pinga entardecida, uma rede armada na sombra, sossego de casinha de gente em paz com tudo, quisera bênção para a vida, para sarar, sei lá.

— Tu parecera ateu em umas horas, homem, vivendo assim perto de mim que sou filho de Jeová. Nunca consultou médico na cidade?

— Que médico, seu, na enxovia, os médicos foram os meganhas de palmatória e sabre na mão, prontos para castigar tudo e nada.

— Quem sabe isso não seja o que você pensa.

— Como fora saber, não soubera de nada, o que sei é que estou apodrecendo e estou vivo, e vou viver muito e apodrecer muito e vou sofrer mais ainda, mais que a minha vida, isso eu sei, essas coisas.

— Você não deveria entregar-se assim...

— E que devera fazer, rebelar-me contra o quê?

Babalão olha-o e pensa: esse sujeito ulceroso devia rezar de vez em quando e não só pensar em porqueiras e bobagens, rezar e ter fé, ou então acabar-se de uma vez: acabar com tudo no meio das grandes e poderosas rezas, rezas que afogassem e sublevassem tudo, rezas sem fim, rezas que subissem aos tronos e às dominações, rezas que chegassem às grandes hierarquias e potestades de todos os poderes maiores, rezas para Jeová em pessoa vir salvá-lo em seu carro de fogo e trevas, como fez com Elias e Eliseu, rezas contra todos, contra tudo, contra o mundo.

— Você, Babalão, que é santo, por que não realizara um milagre desses que se contam por aí? Vê todos nós, até você mesmo, estivéramos precisando de um milagre, um grande milagre.

— Milagre, meu filho, é coisa séria, existe sim, seu poder, seus poderes estão vagando no ar, mas só para quem tem fé. Claro que posso. O filho de Jeová não fazia milagres todos os dias, e sim somente quando havia necessidade. Mas você ainda pode recobrar sua fé. Quanto a mim, estou em dependência do meu pai e só quando ele me mandar farei milagres.

— E o que vem a ser essa merda de fé?

— Merda? Olhe essa boca, seu herege. Pois: acreditar, simplesmente, acreditar, acreditar com os olhos do coração, sem ver, ver cegamente, acreditar muito, andar nas trevas, caminhar sobre as águas.

— Então, não está para mim. Não creio em nada. Duma coisa sei: que estou à procura duma coisa: a liberdade, maior que toda fé.

Babalão pensa: Chico Inglaterra disse essa palavra difícil, liberdade. E procura algo que se chama: pureza. Disse-lhe isso em conversas. Pensa antes de responder, corre os olhos pela grandeza escura da mata, encontra uma claraboia de céu azul, um azul ciclame, um azul tão puro, como o são só os céus do tuaiá nos tempos de maior calor, um azul onde há um redemoinho vertiginoso de distâncias que se perdem dentro de si mesmas, depois procura os rostos dos camaradas: uns supinos, outros sentados, Urutu ultimando o arreglo das cangalhas num canto do terreiro, José Gomes preparando o rancho, Canguçu sem camisa, abanando-se, a moça sentada, encostada a uma árvore, cotovelos nos joelhos, as mãos no rosto, os olhos fixos no chão, que beleza, frescor que vem dela como algo procurado e encontrado dentro de um sonho, Garci logo ali adiante de Chico fumando, o papudo silencioso acariciando sua mula, sempre pensativo, por que esse homem parece pensar sempre?, e um silêncio que vem dele, como se ele comunicasse incomunicabilidade, o Caveira deitado ao lado do seu guarda-chuva, o Bebiano afinando seu violão, o Lopes vizinho da moça, olhando-a a furta-olho, namorando seus movimentos, o Pedro ajudando Urutu, todos eles vivos, liberdades, pensamentos, olha de novo o céu no furadinho do teto das grandes árvores, depois se volta a Chico, que se coça e se rasca:

— Sabe, Chico, a pureza é algo de grande neste mundo impuro. E a liberdade também neste mundo prisioneiro. E só quem é bom deseja isso e se lembra destas duas palavras: pureza e liberdade.

— Talvez eu não as merecera, mas no fundo as quisera.

— Jeová a tudo salva, Jeová é o nosso pai.

— Melhor dissera que sou pecador e infiel, que não tivera culpa nem perdão e que tudo é inútil, tudo, uma paixão inútil. Única coisa sábia fora chamar os abismos e afogar-se neles para todo o sempre.

— Não, Chico, nenhum homem se entrega ao pecado se não for tentado por Belial, a liberdade maior é o pensamento, ninguém pode aprisioná-lo entre quatro paredes, o homem nasce livre para sempre, o homem é seu pensamento, e quando este é puro, incontaminado, o mundo e ele formam uma pureza só. Dentro do coração do homem reside a verdade, que são a liberdade e a pureza.

— Não acho, Babalão. Achara que tudo é o mesmo: o homem e as coisas, tudo é a mesma matéria. E o pensamento também é matéria, nada mais, que se acaba com a simples morte.

O crepúsculo congrega as distâncias do tempo, os minutos todos do dia se condensam em poesia e mistério. As palavras morrem dentro dos homens. O silêncio desce das profundidades, natural, e faz calar o coração em segredo de cada um. Já se ouvem os sussurros que vêm das matas, os primeiros animais noturnos reaparecem, dentro dos peitos os corações pulsam com mais força pensando na longa caverna que é a noite e no fogão de lenhas e pedras as chamas crepitam e o silêncio ferve. Como as bocas das grutas onde um mar invisível bate sem cessar suas ondas, assim as massas da floresta que se agitam ao menor movimento da brisa e despertam um ecoar que parece zoo de chuva, mas dentro de cada um se ouve um silêncio maior que se concentra de muito distante e que não se mistura com os rumores da mata que acorda para o mistério da noite.

— Uns comem um grão,
outros um saco de feijão...

Garci armou sua rede entre duas árvores e escuta a conversa de Chico e Babalão: altas palradorias, pensa, nisso é interrompido pela cantiga do Flor que o levou a dias passados. E estava recordando, e misturava sonho com tudo aquilo, e tudo foi se silenciando e se esmaciando em redor, quando súbito Garci despertou-se com uma coisa mole como um contato de caracol que lhe andava apalpando as coxas, abafou um grito, num salto pulou fora da rede, olhou cuidadosamente a ver se era alguma cobra ou o que fosse de semelhança com bicho frio qualquer, mas nada viu, só a mão viscosa de Chico Inglaterra que resvalava e se retirava lentamente no ar, igual que mesmo uma serpente branca à luz do braseiro.

— Pureza... Chico Inglaterra quer pureza — pensou.

E quase ao mesmo tempo um tiro estrondejou ali mesmo entre eles, no esmo, os ecos perduraram boiando, batucando os cavos profundos da mata. Ainda viu Urutu levantando-se, a arma luzir-lhe na mão, e acercando-se dos lados de Lopes Mango de Fogo, que, com uma flor de sangue na testa, se virava até ficar sem movimento, junto da moça. Depois tentando erguer-se com um longo punhal na mão, a nuvem de sangue nos olhos, caiu de joelhos e lançou um berro lancinante que todos os animais da floresta devem ter ouvido e que perdurou dentro dos homens, arrepiando-se-lhes as peles de dentro:

— Urutu, você me matou!...

O berro lhe saíra depois de muito tempo, ele caído, olhando fixo para Urutu. Como que se lembrara e então gritara. E torceu-se para trás quieto, a morte entranhada, incrustada, viajando dentro dele. Urutu olhava rindo, revólver na mão:

— Agora você aprendeu, seu cachorro? Eu lhe tinha avisado, não? Nunca falo duas vezes.

Seus dentes estavam brancos no lusco-fusco, dum branco de lâmina atroz.

— Relampiada quando acerta,
o vento nem se atrapalha,
queima mais que fogo em palha,
a saudade quando aperta
corta mais do que navalha...

canta uma voz algo casquinada rompendo o silêncio mau, de tragédia que envolvia o ambiente tenso, parado, ardente, como uma cena gravada em algum sonho de ruins visões. Ao lado do morto de boca aberta para o céu, os olhos enormes, a moça era toda incerteza, trêmula de medo, as mãos cruzadas no peito, como se estivesse rezando ou se preparasse para a morte.

A noite ainda era recém-nascida, sedas negras, penumbras das pombas, com um eco de tiro columpiando. Sem muita surpresa, como se há muito esperassem aquilo, os que se despertaram no princípio do sono, a olhar o inaugurado cadáver do Lopes e o Flor, pacato, pacífico, tranquilo, como se aquilo fosse cena de todos os dias, dedeando as cordas, ainda no ar sua canção terminada de cantar, como uma nênia para o morto com sua morte. Urutu guardando a arma, para Peba:

— Ele já sabia, não, Pedro?

— Perfeitamente.

— Não gostei desde o início, quando ele pegou a moça como se fosse o dono dela lá na fazenda. Eu o estava avisando com os olhos, com tudo o que podia e o que não podia. Eu aviso sempre, antes de acontecerem as coisas, ele sabia, mas queria fazer-se de besta, e aqui continuou. Agora não continuará mais nada. Ei, nhá moça, se lembra do que ele quis fazer com você, esse amaldiçoado, lá na fazenda?

A moça, de olhos baixos no chão, sem responder. Perto de seus pés, o corpo e sua mão que morreu segurando firme o punhal correntino que apenas tirara da bainha. Nada.

— Bem, chegaremos, apoi, na serra do Mata-Homem, com ou sem mais algum amaldiçoado que queira também? Pergunta fica de aviso, ahãs, a poi.

— Perfeito.

— Morrem de nada os pobres e valorosos homens.

— De tudo.

— E quê, Babalão?

— Nada, só que há alguém que os anotam.

— Quem? O seu santíssimo Jeová?

— Mistério morrer, mistério matar — Jeová sabe.

— Não me interessa também não, Urutu, estou só dizendo. E a gente deve dizer.

— Dizer o quê, Babalão?

— Dizer por exemplo que a liberdade dos homens não é essa, do assassinato dos filhos de Jeová.

— Ninguém viveu tanto que não sabe que morreu.

— Ajudem-me, vamos enterrá-lo.

— Enterre-o você mesmo, você que o matou.

— Matei muitos e nunca enterrei, mas este é o Lopes, se ninguém me ajuda, que se vão à merda.

— À merda vai tu — alguém respondeu do escuro. Urutu fez que nem ouviu, silêncio ruim o acompanhava numa nuvem invisível em volta dos seus ombros, da torre da sua cabeça.

O morto com sua morte. Mas: sua morte era dele, Lopes, ou de Urutu? Quem tinha mais e quem tinha menos? E de onde vinham essas responsabilidades gerais que abarcavam a vida e a morte?

Pegou a lanternazinha, acendeu-a, entrou na mata sozinho, andou um pouco até que encontrou — um buraco de garimpagem antiga, que vira antes, cercado de grandes montões de pedras redondas e brancas, hora em que fora ali fazer necessidade, parece que mina velha de garimpo ainda do tempo dos escravos e dos ingleses. Foi, voltou arrastando o corpo ainda quente de Lopes, pelo mato, um rumor quebrando ramos e amassando folhas, acompanhando, pelos arbustos do chão, até lá. Desceu com ele nos braços até o fundo do buraco, medida de dois braços regulados, estendeu-o no chão, cruzou-lhe os braços em cruz, se ajoelhou ao lado, rezou em silêncio, depois subiu e pôs-se a jogar as pedras lá dentro, embaixo. Encheu aquele buraco com as pedras no trabalho de horas muitas. Assim levou, os homens aguardando e ouvindo lá do pousio, o cair das pedras, uma a uma, surdas ecoando, sobre a tumba que se ia cobrindo, a batida cava, breve, espaço de espera entre um pá e outro pá, dentro da noite, eles acostados, algum sangue ainda manchando a proximidade da moça, Urutu, lá na mata, jogando as pedras, no silêncio, as pedras devagar, a lua já surgindo amarelando o céu e o infinito estrelado, podiam imaginá-lo, o vulto enorme, sentado sobre o montão de calhaus redondos, pegando uma por uma, curva e branca, esférica, o peso delas, cada pedra com seu peso, o baque pesado, afastando cada vez mais o corpo de um homem do mundo dos homens, aumentando o abismo sem fundo com pedras, abismo infinito, eles sabiam, aquele abismo nunca se encheria, estava-se enterrando um homem, eles sabiam, um homem acabado de morrer, talvez inocente de tudo, quem ia saber àquelas horas, naquelas grandes alturas que clamavam, meia hora apenas faz que ele tentou pegar nas pernas da moça, nas coxas, no corpo dela, nas suas belezas, tão perto, uma flor na testa, há tão pouco que ele acabou de render a alma, talvez ainda vivia, mas quem iria saber, nunca mais, o enterro do camarada, na noite, no fundo da noite que se ia com eles para a espessura das coisas mais obscuras, onde tudo talvez perca seu significado coerente, grandes profundidades, os grilos, o sussurrar das folhas nos galhos, o trissar dos morcegos no ar, os urutaus agourando nos fundões e nas quebradas, o silêncio que vinha crescendo nas matas e as estrelas todas no céu, respirações dos furinhos desse teto uniforme como um ovo e a lua recobrando ouro misterioso nos ímãs da quietude, picumãs do céu, onde as aranhas tecem e tecem sem fim as suas teias entre as constelações, o rumor das pedras caindo uma a uma, os homens ouvindo.

— Não me agrada de ver gente morrendo assim.

— Também não gosto não, Babalão, o que houve de verdade entre Urutu e Lopes?

— Essa moça, Flor, mulher entrando no meio dos homens...

— Vocês bem conhecem o que houve de antes, de anterior.

— Não, não, Peba, mas não se faz. Nenhum motivo é motivo.

— Isso é o que você pensa, Babalão. Tudo é motivo.

— Já vi filho chupar osso do pai e mãe virar mula braba só para dar coice no filho.

— Eu leio a Bíblia, ô Flor.

— Há de tudo entre os homens.

— E eu sei cantar. Leio também meus Carlomagnos.

— E quem tem mais força? Tudo rege na mesma direção, só que eu acredito pouco em coisa que nem existe.

— Deus não canha valentia para quem merece.

— Essa morte não é valentia nenhuma.

— Se me interessasse saber já sabia. Deus dá sabença para quem necessita. E dentes para quem não tem facão.

— Dentes para quem não tem nozes.

— Não gosto de ouvir pedras caindo na noite.

— Merda para vocês.

— Estão enterrando gente, um igual que nós, mais respeito, o Lopes ainda está vivo, quem sabe, capaz.

— Só Urutu aqui é homem? De onde vem sua lei?

— Ao menos chefe ele é. E o homem não pensa quem é, homem já é.

— Saindo do nascedouro, a mãe já sabe da valeza do homem.

— Homem é barro santo, de Jeová copiado.

— Tu parecera judeu, Babalão.

— Todos os homens são judeus, tudo quanto é homem tem seu poder de valentia de Deus e amizade do Cão, todos nós viemos da Bíblia.

— Até que cheguemos à serra do Mata-Homem muita coisa se passará.

— Dentro de nós ou fora de nós...

— Até que cheguemos à Figueira-Mãe...

— Tudo no mundo é homem, até mulher às vezes é homem e homem mulher.

— Isso não se faz, Lopes era um homem.

— Como nós.

— Também sou.

— Somos.

— Menos o Lopes.

— Quichufral, Quichufral...

— Quichufral, quem é, por cortesia?

— O Demo das maiores solidões, dono das tentações.

— Lopes era meu amigo.

— Meu também, de todos nós, ô Caveira.

— De Urutu também.

— Mistério. Às vezes penso que nem chega a valer a pena. Mistério...

— Mistério é para as mulheres. Para nós, homens, há a obrigação de não haver.

— Mas a verdade é que entre um fio de barba e outro há mais piolhos do que sonha a nossa merdosa filosofia.

Ouvia-se o baquear das pedras bloqueando, nítido, Urutu jogando, a tumba de Lopes Mango de Fogo, o que era o chuchu das mulheres, se enchendo e se cobrindo, a noite estrelada com as estrelas todas sem faltar nenhuma, mais os cuzinhos-de-fogo que vagueavam iluminando pingos verde-azuis pelos matos, mais a lua com seu jeito medonho de augúrios indizíveis, gêmea de não se sabe que outra lua que a gente carrega no peito, a arca das culpas e de todos os bens, assombrada em pego de medo, pesada de arreceio, prenúncio de presságios. Decúbitos, os homens foram ficando de repente quietos, muito quietos, o silêncio entrava pelas orelhas como um arame, corria entre eles como o próprio ar, nem os baques surdos das pedras que Urutu jogava ouviam. Os trilares dos grilos foram se minguando sugados por um vago súbito, os curiangus que davam as horas da noite foram se calando na treva imóvel que crescia como um cheiro, as árvores pararam os movimentos dos seus galhos, uma força estranha ia habitando, se deitando, era o Demo em peso visitando, só as estrelas no céu brilhavam como eternas cifras a se decifrar, inumeráveis, infinitas, só a lua permanecia num manso pulsar. O escuro ia apertando paredes, juntando as matas, concentrando tudo para mais perto, muito perto, cada vez mais perto, hora de algum talvez eterno que ninguém conhecia e nunca conheceria as palavras para dizê-lo. Até Urutu acaso cuidou de algum algo que vinha e haverá parado, esperando, no umbral de alguma coisa muito grande, que transbordava de sua significação, em espreita. Fez-se um silêncio distendido ao máximo e uma treva de enterrado vivo e uma solidão em cada um, temperada em incognoscência perfeita demais para jamais, de novo, devagar, reunida. Ninguém mexeu. Estavam remexendo nas orelhas de Deus. Houve um parêntese no tempo, aquela hora em que eles sentiram algo mais que eles mesmos. Viram quando o que não era vulto, nem gente, nem coisa, nem nada pairou cismando entre eles, como que engatinhando-se de cócoras de quatro pés como uma aranha grande e sem volume compatível, sem existência viva e temporal, provável, arrepiados, tempão de amontoar preces e lembrar rezas, medos, lembranças dos mortos que eles porventura mataram na vida, bens que eles roubaram, culpas que passavam como grandes pedras caindo, suspenso respirar obeso de dois olhos vermelhos em sombras, duas brasas chiando bem no meio do ar da noite, remorsos ao vivo, brotoejas de pressentimentos desconhecidos se formando e vindo em escultura densa, um espinharal de sonho redondo, uma nuvem de esponja, um rebojo de escuridão se aproximando, uma sombra de piche. Nos peitos sentiram um fogo que se misturava a um gelo inauditos, um lamber de língua de onça negríssima, enorme tamanho de Mato Grosso, que subia das sombras da noite mais profunda, lixando com pretumes ásperos cada corpo, um coração de demônio ecoando em cada abismo, beirada de precipício com vento muito forte, segurados em ponta última de corda, as cordas balançando-se com eles no vácuo, seus pesos no ar da noite, nem tinham mais coração, os corações eram résteas de brisas tênues, só uma lembrança muito fria sobre rasgados mundos sem oceano abertos na grande terra, e uma ausência a chamá-los, uma ribanceira sem continuação, um sobrestar-se sem se estar. Que buraco era aquele, tão profundo, eles dependurados, unhas nas pontas das cordas? Se largassem, cairiam, todo o peso para o fundo. E não vinha o fim. Um negrume no negror, Mifrune, Quichufral, o Diabo mesmo, o Demo, o próprio, desembestado das solidões e das multidões, quem, vida presente, corpo presente, o natural, o corpo do Diabo, no presente daquele instante, que não era futuro nem era passado, ali estava com todos seus poderes obscuros, gravado no pretume das coisas, escuridão de se abrir os olhos e as trevas entrarem nos olhos como água quando se mergulha dentro de um rio, na correnteza, figura verdadeira em alma de tudo, parado ou dançando no meio deles, parado ou dançando, monopólio das solidões. Era o Diabo, o Quimba, o Sete-Chaves, o Vem-do-Abismo, o Voz, o Nomeado, todos sabiam do que se tratava no meio daquele segredo intrínseco e comunicante, ninguém negava. Foram mares, foram minutos, foram horóscopos e zodíacos, globos e mapas, dragões cagando amarelo, santos com olhos vazados, córneas alaranjadas de grandes pássaros passando lentos, vertigens de longas escadas sem apoio, de onde se retirou o chão e a gravidade, que desciam suavemente, planetas azuis peidando no vazio, arrebentações de lágrimas tristíssimas, dores de punhais jogados no céu como numa espécie de carne, foram ondas que iam e não vinham nunca mais, foram as mães que vieram com os filhos no colo, foram trovões sem clemência inchando-se mudos, mudos, eternamente mudos... Foram sapos de verde metálico coaxando, o som deles se comprimindo no silêncio negro e pesado como estranhos órgãos sem teclas, nem premir de dedos...

— Aaah...

Foi o grito da moça, cortando a corda, desamparada, silêncio cortado caindo num chão sem pés, céu sem asas, gargantas descendo úmidas. Esculturas recobrando como de há milênios enfeitiçados pela Górgona dos abismos, foram os que se mexiam já, se despertando da magia, movendo-se devagar, como se tivessem dormido, sepultados no sono, ainda com receio, sertão escorrendo levemente de dentro da gente, se diluindo em ondas, concentrismos, as matas devolvendo os rumores, curiangus tornando às vozes de antes deixadas atrás num canto do silêncio, grasnar arrepiado, grilos encontrando o que parou, concentrações refluindo-se a si mesmas, desertos ásperos se transladando para desertos suaves, e no fundo, às escuras, no segredo das matas, na noite profunda, Urutu, as pedras que caíam devagar, jogadas, como que contadas uma a uma, enchendo a cova com as pedras, sempre as pedras, mas outro baque, cada vez mais diferente, como se as pedras tivessem voz e o seu som fosse a sua voz em cada vez outras mudadas tonalidades, em surdos mais pressentidos e mais delicados, como um passarinho que sente de repente que o ouvem e para de cantar o seu mistério que canta só para ele e depois começa de novo impelido por uma necessidade que vem do infinito, pedras que se fossem como que se amontoando, para transbordar do túmulo e formar uma pirâmide como as do Egito, no fundo da gênese dos tempos, e dentro dela dormisse serenamente um faraó da morte, dono agora de si mesmo e do seu conhecimento perfeito, do seu segredo e do silêncio perpétuo que o conservava para sempre parado, dentro de sua imobilidade rumo à decomposição, rumo às estrelas, outras brisas como que vinham de outras profundidades, profundidades sempre nascendo de outras profundidades, e as sombras que abarcavam tudo com a negra paixão da noite, que só se iluminariam com a luz da lei do dia. Despercebido também da giravolta, o Capiroto, se é que foi ele mesmo quem deu o inesperado ar de sua desgraça, ninguém o sabe, e quem sabe, amigo deles, negror e fundura. Já se ouviam os homens respirar de alívio, morcegos até, seu deslizar de azeite escuro, em voo de esparramo como pombos espantados, espirrando deles, dos tufos, para as profundas.

— Vote, cruz triscredo!

— O que foi isso, mesmo?

— Brincadeira mesmo que seja do Cabrão tem suas horas!

— O brinde do Cão se arrastando no chão...

— Não brinque, Flor, vimos Belial.

— Mas não vimos nada, apenas sentimos.

— O Erre-Corno aparece assim?

— Nome dele nem se diz, hora destas, que puxa azares.

— Nome ou corpo vivo?

— Cheira a enxofre.

— Se ele tem nome é porque existe.

— Foi o Diabo mesmo que se arretirou. Conheço as artes do Manco. E se a gente não falar o apelativo dele como é que vai se saber? Nome dele como de tudo é para se dizer, se é que existe.

— Há coisas que existem sem nome e coisas-nomes que nem existem.

— Vote! Heha! Mejonhafrajé...

— Medonhidades de tudo...

— Na escuridão não há espelhos.

— Nem proteção garantida.

— E como o começo do mundo...

— Meu couro está descolando do corpo, doera, doera, doera, me dói tudo... Devera ser o Maligno, sua aproximação aprofunda tudo...

— No princípio pairava Deus sobre o abismo ou sobre as águas?

— 3:33.

— No escuro relógio é fantasma da memória...

— Já matei. Já morri depois disso, vou para o céu também.

— Nunca mais farei mal a ninguém, nem matarei, nem roubarei.

— O que foi?

— O que foi? O gato que virou boi...

— Quem esteve aqui em visita foi o grande dono secreto de tudo, o Sobre-Tudo, o Sobre-Sujo, o Dono-de-Tudo.

— Não se brinca com Ele... Cuidado com as palavras...

— Senti sopros coçando nas armas.

— O Touro Preto das trevas se foi, seus cornos, as apás.

— O Enigmoso.

— Abrenúncio, t'arrenego, vade-retro, aspage Satana!

— Vote!

— Cheira a chulé, a bodum, a catinga, a fogo e bicheira de gente.

— Cheira a virgo.

— Já vi gente com faca na goela atravessada e o silêncio dele era menor do que esse.

— Até quando se está vivendo é hora de se aprender como se pode estar de repente morrendo, e sendo carregado por Deus ou por Ele...

— Cheiro do Coisa-Assim se vê de longe, o Adivinhão, como coisa de que nem se aprecie e goste.

— Por que não me matara, me aniquilara, Pé-de-Pato? Doera-me todo, dos pés à cabeça, como um lago de sangue impuro... Foi ele chegando e a dor me fincara mais funda, mais doída, de dentro de mim como memória de criança subindo, subindo até as eras adultas e já formadas...

— Susto é meia morte...

— Medo é a mãe da gente...

— O pai...

No escuro sentiam cheiro ruim se engorogobando, se engorgitando, e se incorporando, e era de Chico Inglaterra, de modo supurar coisas saturadas, urino de pele, viração quente de medo apostemado. No mato, lá de dentro, Urutu continuava jogando pedras, uma a uma, eternidades, erigindo o monumento ao morto agora desconhecido e anônimo e incógnito, porque carrega em si todas as mortes, Urutu queria eternidade por arriba do amigo e companheiro Lopes, por isso todo esse longo acostar de tempo de tonel das Danaides em que as pedras caíam como prolongação das repetições do presente, todos os presentes sempre presentes desde Amenotep e Amon e Serápis e Ramsés, piedade de enterrar corpo de gente como nós, de camarada, de amigo inimigo, por nós matado, nós seu tirador da vida, fardo de mistério e de miséria, os ciclos das evoluções da alma do morto e do matador na morte e na vida se encontrando talvez, quem sabe, seu corpo embaixo das pedras, já sem préstimo nem serventia a não ser para a terra e os bichos da terra. A moça sentiu uma mordidinha na aba da perna. Levantou o busto e repuxou a calça justa até em cima do joelho para coçar a picada de mosquito. A lua iluminava com sua luz calma e dourada aquele pedaço de pecado e a perna formosa fosforescia à luz com um alvor de leite e marfim, perfeita na curva, desde o joelho redondo até os dedos do pé miúdo. Num recorte de raio de lua uma linda perna feminina que se mostra em toda a sua beleza inesperada — o Flor via e ouvia, respiração suspensa na ponta de um pensamento, imóvel, absorto, como na ponta de uma agulha, olhos mortais que veriam a morte viva e a morte morta, vida abandonada, recobrados, O Demo? Fulgurante em tudo, seus negrores abissais, se esquecera. A moça coçou, coçou, a luz recortando certinho, depois abaixou, puxando as abas das calças, e, pernas escondidas, recostou-se de novo.

Bebiano, mudo, pôs os olhos nas estrelas, sonhando, sonhando, sem saber até onde o seu sonho sonhava, um rosto de mulher tomando volume dentro dele, as estrelas pipilando mansas no céu sobre as cabeças dos homens, oscilando. A lua se enchia, prenhada de luz e sombra.

Por sua vez, vez por vez, foram se reclinando, dormindo, nas narinas o cheiro de Chico Inglaterra que se remexia como cavalo enfermo, alguém ligou o radinho de pilha, mas não conseguiu ouvir nada a não ser ruídos de estática, e foram se inclinando, se resvalando para a ladeira do sono, encostas abaixo, vales ou montanhas, precipícios ou cordilheiras, continuando a escutar Urutu e seus ritos antiquíssimos, sem memória, macutena, pedras, atmosfera, sons cavos, além das ramagens o céu de estrelas que nunca se extinguiam em nenhum sonho desperto, a lonjura delas chegando até eles, era o que apenas chegava delas, sua lonjura, nada mais, e assim sempre, suas distâncias, seus brilhos, seus mistérios, e a lua sem pálpebras, insone, sem piscar uma única vez seu único grande olho amarelado como um grande bojo de febres terçãs, para a qual as corujas bubuiavam, aumentando a solidão das quebradas, ecoando nos ocos das profundidades. Só Chico dolorento em sua dor:

— Doera, doera, dói, dói…

Babalão repente se ergue tateando, tenteando as trevas intonsas, apertando com as mãos a barriga em esgares terríveis, e vomita num negror espesso de turgor, de intestinos fragorosos, caracóis e bichos cumbés, água surda, glu-glu espaçado, repuxando bofes, subindo no corpo alquebrado. Vômito negro, oleoso, grumento, gosmoso. Fedor que se alastra. Silêncio forte que ouvem os élitros da noite. De cabeça encostada num tronco de árvore, só então, nas suas raízes, vê uma visão: Cristo a brilhar em ouros, esfrega os olhos, mas é ele mesmo a sorrir-lhe, como sorria aos discípulos na Galileia, olha de novo, Cristo tem sua própria cara, de Babalão Nazareno, como pode?, de onde virá esta visão, de que olvidados campos elíseos?, não sabia que era até certo ponto assim tão belo, abre os olhos e fixa-os, já nada mais, só uma bruaca de milho em pé, e atrás dela, uma cara imensa de cavalo a mastigar equestres ruminações da noite, que sai devagar, caminhando com uma majestade iniciática, hierático cavalo do sonho, cavalo místico, que lhe fez ver a ilusão de um milagre de uma aparição noturna. Estremunhado e duvidando, ainda, contempla, a bruaca imóvel e lhe fala em palavras surdas:

— Oh, Senhor, eu ia dizer-lhe, há tanto tempo que desejava, por que vieste para trazer-nos o pecado se antes de ti não havia o pecado e sim toda a inocência possível e toda a pureza da vida? Responde-me, oh Senhor…

As lágrimas lhe descem pelo rosto, soluça, e vendo apenas a bruaca e escutando os rumores do cavalo, hesita, enxuga as faces na manga da camisa, olha para a lua que resplandece e para as estrelas que cintilam frias e mudas, como que estremece ante uma súbita revelação e volta a deitar-se. O silêncio imenso, com fragmentações de ouro se estende, sente o sono dos homens como uma enfermidade hipnótica que se alastra, respira lentamente, como que seu coração varia, mas ouve:

— Dói, dói, dói, doera…

Com a boca na terra, a terra ouvia: dói, dói, dói… Garci também ouvia, no umbral do sono, ali onde tudo se embaça antes de penetrar no tabernáculo dos sonhos, mas não queria nada pensar. As palavras de Babalão se misturaram em sua cabeça, cada um com sua loucura. Destino de sofrer é destino de sofrer, pobre-diabo. Se Deus dói ninguém sabe como, só quem dói sabe, Deus doendo em Chico Inglaterra, o profeta pensava, assim tinha que ser, doa, Chico Inglaterra, doa e cale-se, fale com Cristo como eu ou com um cavalo que mastiga sua memória da noite, ou com uma bruaca cheia de milho, o infinito haverá de estar tiritando em algum lugar, dentro de algum relógio perdido, soterrado sob areias da solidão, submarino, escafandro, medula, navio afundado, algas e medusas, camadas geológicas, em todo lugar o infinito está e mais onde está o homem que pode às vezes pensá-lo. Só Chico Inglaterra e Garci despertos ainda, Babalão afundou-se como um morto, jogado às ondas pelos tripulantes de uma embarcação em mar alto, dentro das águas do sono. Depois, pouco, com pouquinho, dormiam também. E ninguém ouviu nem viu mais nada. As areias do Tempo os recobriam, como recobrem as conchas e os fósseis dos moluscos e dos crustáceos, há milênios, as rochas que foram marinhas um dia, como a pátina que reveste as múmias dos faraós entre as dunas dos desertos dentro das tumbas de pedra das pirâmides, ainda não descobertos pelos olhos vorazes dos homens. Mas o silêncio retumbava, a treva se concentrava, o infinito se esticava. No sono os homens são como mortos, às vezes se movem, mexem-se, roncam, parecem sobreviventes de uma batalha perdida. Os foragidos mexiam-se no sono involuntariamente, a lua, meia sombra em cada cara, cada movimento. Como influencia as marés, assim a lua move os sonhos. A mulher se deitara de banda e de olhos fechados sentia a proximidade perigosa deles, malfeitores, malignos, demônios atrozes, mas já nem tanto na sua imaginação talvez, no fundo homens, como todos não deixavam de ser, não passavam de simples homens, sabia das tristezas que poderiam corroê-los como corroem os caranguejos os corpos mortos abandonados nas praias pelas marés que se refluem, bem que vira certos trejeitos que só os homens têm, adivinhara certas dores, certos amochos das caras deles no dizer e no xingar, não negava que tinha medo vário mesclado a uma nova adivinhada iniciação que poderia chamar-se confiança, que receio apesar de tudo não deserta nunca, é o soldado mais firme de toda a campanha, o medo, por mais que a coragem vingue como planta solitária em terreno batido pelo vento, nem sob proteções enormes, mas raro, estranho, sentir-se e achar-se protegida entre estes facínoras matadores do seu pai e do seu marido, cujas orelhas negras de sangue, cortadas, nada mais ouviam e apenas pendiam dos cavalos, tímpanos moucos como as pedras mais surdas, ladrões, assassinos, criminosos, gente afrontosa, era verdade, fugitivos, malta acostumada à cadeia e às reviravoltas mais brabas, por todas as sortes e todas as privações rolando como seixos singrando os rios sempre ao favor da corrente e tomando a forma redonda da insensibilidade mais profunda, pedras tomando a forma que o molde volúvel das águas dá, e choravam de nada, um estrepe de tucum no pé, um tropicão que levava uma unha, uma ferroada de mutuca, o sol demasiado sobre as cabeças que também tinham cérebros, as canseiras, as quebraduras, as léguas aninhando-se no horizonte como cardumes vorazes de ilusões, as queixas como infantes sem mãe nem pai, o comer, o parar, as necessidades mais vulgares, as conversas ao pé do fogo ou nos lombos dos cavalos a trotar sem término visível no fim das diásporas circulares, uma cobra molenga que atravessava na frente em zigue-zagues, os remorsos como sombras lupinas a ladrar nas infinitudes das solidões a céu aberto e sangueiras que viajavam dentro deles, a falta neles, tão necessitados dos seus parentes e esposas e irmãos e amigos e famílias e pais, aqui eram as terras onde os filhos choram e as mães não escutam, mas foram eles quem lhe mataram o pai e o marido, as orelhas do pai e de Salústio em roda da sela do cavalo de Urutu, o rei congo, criminoso que acabara de matar esse Lopes, o sangue dele estava ali clamando, as pedras, ela ouvia, que caíam ainda — o morto: com tudo o que ele não disse e não fez: as palavras e os atos no infinito. O possível e o impossível que nascem de todas as coisas visíveis e invisíveis — o urubu monstro, Urutu de cruz na testa, urutu-cruzeira, trançado de punhais na cintura e cartucheiras no peito, negrão da Núbia ou da Líbia, caboclão redomão temperado no sangue dos outros, e vingativo e mau, a lua estaria dando na sua cara, as pedras caindo, ela pensava, só eu acordada ouvindo essas pedras como um remorso ou como um perdão, um arrependimento ou um pressentimento, mas que nada, tudo são ilusões para quem lhe tiraram duma só vez tudo o que tinha na vida, inclusive a liberdade, como um pássaro de asas cortadas e cegado, aprisionado numa gaiola ouvindo os outros pássaros a voar e a cantar, e lhe doíam as carnes da lombeira do cavalo na viagem, era muito cavalgar de repente, e este desgosto sem fim de carregar a última visagem do pai a morrer e esta dor imensa que brotava de tudo e que ela não sabia parar como uma fonte vinda do infinito e que silenciava nela num silêncio de impotência e de potências misturadas. E Salústio, o pobre Salústio, que mal lhes fizera? Guardava com ódio seu último estremecer e seu rosto se torcendo e o sangue jorrando. Claro que havia nela labaredas, vontades de ser onça e de ser bala e de ser faca, a vingança era um desejo natural e pontudo, de força e desespero mal contidos, e ela se eriçava, ouriços adentro, ouriços na espinha, ouriços no coração, e espinhos e forjas onde se forjavam raivas e amargores e fel negro, e seu corpo todo era seu coração, e sentia súbito um estremecimento como uma carícia de ondas de um mar que lambe um corpo na praia em plena noite, um corpo abandonado pelas vagas, não sabia de que naufrágio vinha, e rochas e rochedos e penedos e penhas se desenhavam abruptas contra um céu límpido de estrelas trêmulas, e um acariciamento lânguido e salgado lhe untava a pele, como um desejo de ser acariciada, como uma volúpia que nascia do medo e do terror, como se estivesse dentro de um sonho marinho onde se escutava o bramir do abismo se ondulando em camadas e camadas de águas que se concentravam e lhe comunicavam uma espécie de eterna sabedoria que vinha do ignoto, do infinito que o seu coração alcançava, estando o verdadeiro mar tão longe, e as distâncias que se comprimiam na noite, e não sentia fome, mas parecia nutrir-se deste jejum e desta ascese compulsória e deste luto que a corroía por dentro como um longo caminho a perder-se de vista diante dos olhos no trote do cavalo e que parecia ainda estar cavalgando sobre aquelas patas, os cascos monótonos sobre o chão, e o sol por cima da cabeça castigando e ferroando, arrancar ânsias de si mesma para comê-las e querer dizê-las, mas havia barreiras, muralhas de homens negros como a bílis mais amarga, e nesses muros brilhos de lâminas mortais, pontas de faca, paliçadas de punhais, roncares de clavinas embaladas, e o pai e o marido no grito final, cerce roxo nos alicerces das orelhas, sangue espirrando dos ouvidos que escutaram tudo desta vida, a morte chegando na hora de ficar surdo, e o fogo dançando, a gasolina recobrando, a pele se soltando, na cama amarrados, os dois, ouvindo a Obscura chegar nos rebojos de fumo, e a pompa do fogaréu aumentando em chamas e consumindo o trabalho de anos, os bois berrando na orfandade dos currais, os risos dos homens, os risos deles, navalha em estrídulos cortando a carne que custou tanto a compreender a vida, risos deles, pior que tudo que é dor, carne da mulher que amou seu pai e seu esposo, a mãe anos havia já que dormia sonhando morta e serena dentro do grande ventre da terra, Deus poupou-a, tão bondoso de ver os sacrilégios de fogo e sangue perpetrados em nome de um acaso que surdia do nada, e agora ali, um homem deles, Lopes Mango de Fogo morrera e um homem deles, Urutu, arrojava pedras lisas e redondas e brancas e pesadas sobre ele, que a agarrara nos braços à sombra do fogo que subia nas madeiras, à agonia dos cavalos e bois, e vir de repente o congo sudão a salvá-la da violação iminente, como se ela fosse uma coisa simples de se violar e se deixar violada para sempre, ela chorando e maldizendo, enquanto seus queridos morriam, a cova de pedras trazia um ressumo de saliva de fel à boca, o rumor de pedras que rolavam, pirâmide que ia até o Egito, dentro de Amenófis e Tutmés, nos seus ossos inviolados, tanto tempo que nem as memórias dos livros mais antigos se lembravam, tantas pedras, Deus fez homens e fez pedras, fez matados e matadores, o rumor dos homens vivendo, ao seu lado, quase junto, em volta dela, numa nojenta intimidade, como gente pacífica, ouvia, sob aquela lua, orelha cortada, ouvido de pedra ouvindo sons brancos, a lua dissolvendo sangue, sangue sempre sangue, lua em menstruações lunares, ela se sentia frágil e pequena nos seus trinta anos e sozinha e abandonada e órfã e viúva, e na verdade o era e achava de repente, antes de tudo, que só podia haver sido assim, como se a vida e o mundo fossem uma encruzilhada em ípsilon com as alternativas fechadas e tinha vontades de vomitar, os seios sentia--os murchos de saber como se fosse para sempre não mais Salústio tocá-los nas noites de febre que se enovelavam e rolavam nos horizontes de outrora que queimavam a carne, a lembrança dele, só isso, nada mais, lembrança e memória, ele que gostava tanto e que no tempo viraram antigos e surdos baixos-relevos, pesados na reminiscência como o ecoar surdo dessas pedras caindo, ocos, profundos, intermitentes, dentro da noite flutuando, o corpo bonito, as ancas de respirada porcelana que Salústio amara nestas mesmas noites de luas como estas, noites que entretanto apesar de passadas continuavam sendo as mesmas, porque o tempo é sempre igual, o tempo era como um rio, suas águas são sempre as mesmas, apesar de todas as suas gotas serem sempre diferentes umas das outras, enigma ressoante que passa sempre ao alcance da memória, as unhas rosadas dos seus dedos longos e finos, o corpo todo a respirar profundo se repleta duma saudade amorosa como uma cisterna no deserto, a que só as andorinhas, saudades, desciam para beber nas águas musgosas, andorinhas lembranças que os bicos traziam dos sonhos para a sombra do desejo que burburinhava nela, o desejo dos homens, o suor dos homens, suas narinas às vezes, dentro da noite, olhos fechados, se dilatavam, para dentro, levando sensuais húmus de amor, e desde a nuca, à raiz das penugens louras no escuro até o fim da coluna, de onde se abrem amplos, dispersos os arcos das coxas, e vinham as lágrimas que secavam os olhos de chorar e nas pausas, eólio vento forte vinha trinando e florescendo sem harpas, ponteando a lira sem cordas do ventre, prenhada de solidão, mas com harmonia de câimbra de violentos desejos latejando em torsões, pulsando, misturas de dor de visões que nunca se apagariam sem possibilidade de se esquecer e dor sentida de fecundar sem peias e sem regras, desatado, imenso, desbordado, despenhando, desbandeirado, desgarrado, solapado, a proximidade daqueles homens produzia algo, como que um som de violão pelos dedos do vento no deserto, uma flauta soprada pela boca vazia da noite, polens da tentação, maus eram, havia que recordar-se sempre, malgrado tudo, era um perigo, assassinos gratuitos do seu pai e de Salústio. Na sombra lembrava-se dos olhares deles, cavalgada de dias inteiros, sol e cigarras, cavalos e cansanças, ecos e vozes, miragens e aparências, e a realidade, os corpos, os homens são desejos em pé, eretos e grossos, vivos como falos lactescentes, repercutindo de seiva, mas estes tinham uma qualidade, eram maus, e mais que simples homens soltos na soltura do tempo, em liberdade, no destino livre dos mato-grossões e dos campões, homens solitários que marcham sós, como se fosse eternamente, sem casa, sem mulher, sem nada, só solidão e isso é tudo, parece, por mais que estejam reunidos num grupo de solidões, num campo de solidões, somente o sol e a lua e as estrelas dão testemunhos da honra deles, honras de mortes e violações sem nome e facas a rasgar e balas a zumbir, mas eles, no fundo deles, que eles tinham esses fundos como todo mundo, fundos onde latiam as direções dos mundos, suas borras e borralhos, eram bons, não sabia por que exatamente, na verdade nem sabia de nada, só pensamento de intuição, olhos fechados sob a lua que retumbava como se estivesse cheia de água, como se ela fosse uma grande bilha transbordante, imensidão dos matos em volta, túrbidos e fechados, turbilhão de qualidades ofuscantes dum espaço de solidão única, cimentados de silêncio e solidão enorme que iam e vinham no tempo como eco de grandes pedras que tombavam, sons de pedras que caíam sempre, Urutu branco de lua ia formando um monumento funerário ao Lopes, algum fim do mundo, algum signo de algum intuito limite aquelas pedras a cair desde o início da memória da morte que retumbava, tudo está passando, a morte pertence unicamente ao âmbito do infinito e o infinito nasce de mim e eu nasço do infinito: a liberdade sem começo e sem fim, vontade de morrer infinitamente, eu sou o infinito porque já me encontro feita e assim sonho com o infinito dentro desta existência: a morte de quem nasceu é a vida de quem morreu, mas tudo permanece infinito dentro da persistência da memória de sempre e de tudo, e a respiração deles como nos meus ombros, entre meus cabelos, os suores deles como dentro dos meus pulmões, os pelos nos peitos, seus olhos de dia abertos, no trotar monótono, as suas mãos que tiraram vidas, seus troncos, ferro-carne, os negros ventres deles, de onde vinham suas primogenituras, onde nascia a existência, tripas suas lá dentro, as chancas deles, os queixos peludos deles onde a vontade de viver ardia como uma brasa no fogo solar de onde vêm todos os fogos... No fundo, seriam bons? Acreditava querendo pensar que talvez, um pouco que fosse. Os assassinos também são homens, têm um pouco de todo o mundo. Melhor, por exemplo, esse Antônio Conselheiro desses Canudos, Babalão Nazareno, de barba e cabelo de Cristo ou dos patriarcas do Antigo Testamento, o rosário que rolava entre seus dedos nodosos, o jeito de quem nunca desejou mal para ninguém, só fez rezar e falar de Jeová, talvez nunca matou ninguém e se acaso matou foi para mode poder rezar mais e mais invocar ao Senhor dos Exércitos e a forma de ser religioso e delicado e comedido e criterioso, com muito de não se sabe o que nos olhos estranhos que brilham de uma secreta sabedoria, que olhavam como a pedir, olhos de fome de afundar-se não se sabe nem se imagina em que espécie de concupiscência enorme, ou esse Chico Inglaterra que só fazia olhar e rir, nos dentes brancos e imensos de cavalo, de corpanzil inchado e chagoso, recoberto de doçuras macutenosas, que exalava leprosário e luxúria entrelaçados, o gosmo dos cornos inchados, em busca da pureza, por detrás do pecado de tudo, a ideia do pecado que nunca deveria ter nascido entre os homens, filhos naturais da inocência, ou o menino Garci, quieto no geral mistério dele, de transinfância, não tem cara de ter feito mal para as criaturas de Deus, só consigo mesmo acaso puxando suas mulas obedientes, o cabo José Gomes, esse ar de senhor compadre sério em fazenda ou pai honesto de muitos meninos que ele podia estar acariciando os cabelos, proprietário decadente, e ainda esse Bebiano Flor que toca viola, parece para se esquecer da vida e ver altos mistérios corriqueiros e lê grossos livros que talvez sejam ensebados Carlomanhos e canta mesmo em horas de bala comer e silvar e aproximar-se o Demo, feitio simpático, parece-se com seu nome, flor, talvez flor venenosa, dos que não-me-importa, nem é de crime seu parecer, justo ainda mais esse Caveira que parece tropeiro e não professor, pedindo sempre comida e bebida, disso só falando e fazendo o seu mundo, com seu cebolão eterno de ver as horas que jazem para todo o sempre paradas nas 3:33 e seu guarda-chuva inútil, também tem lonjura de parecer criminoso sério, só o nome, mas o nome que tem a ver se não quer dizer absolutamente nada, são como pátina pegada às coisas, pátina soprada pelo homem, o nome ou as palavras ou o apelido das pessoas às vezes, no mais, estão, parece, errados, como casaca grande ou pequena demais, ainda o Pedro Peba, esse sim já parece brabo, de brabo-ruim, apoquentador, facínora real, não só parece senão é ele quem ajudou com o Lopes e Urutu a matar-me os meus queridos, cheira a enxofre de traição e ruindade nos bofes por dentro e por fora, más entranhas, e ainda o Canguçu, sempre calado, traição mora nos lobinhos dos olhos dele, seus brincos nas orelhas como cigano ou como mulher, não o apreciam, tanto nem eu, e ainda esse Melânio Cajabi, um corujão com sua promessa viva de não falar nunca, é manso, papudo, deve ser bom como água parada, mas na hora do rasga-faca deve ser pior que os outros, vira água rebelde, quem é assim bom demais deve ter um outro lado que é ruim demais, quando vem oportunidade fica demais de maldoso, algo de louco e vago agudo nesse silêncio de boi capado, tão profundo, tranquilo no mais, capaz que vai mugir de repente, corujo de beira de rio, meditando no passar das horas, parece um pai ancestral de todos eles, um ar de quem foi doutor em outras encarnações, muito manso, como a serpente que é o mais manso dos animais, até que se lhe pisem na cauda, ainda esse Lopes que me tentou, que buscou minhas pernas, queria porque queria, que me comia com os olhos, todos comem, mas como ele, difícil, fraqueza minha, agora sob pedras, outra vida, outra transcorrência, talvez culpa minha, o rumor das pedras no silêncio, e lembro-me, sinto-lhe as mãos morenas tocar-me as coxas, como o contato de quem ficou muito tempo demais perto do fogo, e mais por fim, esse Urutu, que é tudo isto reunido, borra de todos os homens, que me dá realmente medo, não sei que tem ele dentro de si, talvez carregue a sombra do Demo, mas quem vai saber dos outros, a gente mal sabe de si, assim mogno e cedro-preto, pesado ferro duro, assim negro como um leão em relevos de carvão, caimão de pedra e alcatrão, Salústio e meu pai dentro dele, ele os leva em si, quem mata leva dentro de si a densidade de quem matou, do morto, a sombra por demais pesada, o quem daquele que se foi, assassino, quem leva-me cativa, minhas lágrimas caindo, suas pedras tombando, silêncio dentro de mim, silêncio dentro da noite, essa lua assalariando perdões e sonhos, perdões que nunca darei, sonhos que continuarei sonhando, dias e noites que faltam por vir, meu ventre, este medo, cinzas de Salústio e de meu pai, demasia de misturas no pensamento de uma mulher como eu, não me amedrontam, por que me iriam amedrontar, enfim?, apenas carne, e nada passa da carne, nada neste mundo, nada para sempre, carne sempre carne, muxiba pré-morta, nada me assusta nem me espanta, todas as mulheres sabem o que são todos os homens, até o fel e a borra, conhecem-no demasiado, todos têm sua origem numa carne de mulher e vão-se na vida em direção a ela, quando nascem já sabem de uma escura intuição que vem anterior a todo conhecimento, quem quer que seja é igual a qualquer um, mas estes pensamentos me endoidecem, me levam para vastas regiões onde cresce e lateja a sombra das plantas do desejo, esta lua me inocula de coisas desconhecidas e selvagens, estão me contagiando, eles, os criminosos, eu nem devia pensar certas coisas, talvez o bom Deus nem exista, só a Virgem sua mãe, mas uma virgem muda, que nada ouve, Nossa Senhora dos Criminosos, ou talvez que sejamos todas nós, mulheres, cada uma a Virgem, porque enfim nascemos sem pecado, e o desejo é natural como a brisa, que faz uma mulher como eu no meio deles, como uma mulher sozinha no campo, só ela e a Solidão, profundamente desejada, mãe e filha do desejo dos homens, órfã e viúva tão recém, solitária à meia-noite, cercada do arquipélago dos seus pensamentos como ondas batendo nas pedras e nas praias de um imenso mar, sem ninguém, no meio da Noite imensa, com seus silêncios como ecos reverberantes, de onde me vem este segredo cheio de ressonâncias, segredo que guardei desde que nasci: carregarei para sempre este desejo, mas eles não o saberão, a noite perpassa, só entre os criminosos vestidos de soldados, cheirando seu bodum, ouvindo pedras de um enterro, um funeral que cai em pedras e pedras, como um cerimonial druida ou a ereção de um testemunho similar aos da Bíblia, no Velho Testamento, quando os patriarcas erigiam altares de pedras em comemoração de algum acontecimento, suas mãos me tocaram, só Salústio me tocava, ele sabia tocar, creio, e por isso o escolhi entre os homens, depois de Salústio, ninguém, mas ele morreu, desejo entretanto, súbito e continuado, como uma excrescência nascida de um capricho que não se entende, ondulante e lastimante que me aperta e oprime em volta, como se as árvores fossem me prendendo, esta extensão de virgindade que ainda tenho e que me perfura, e eu quis ser virgem de repente, urgente, caudal perfurante dentro de mim recôndito doendo, todas as mulheres querem ser virgens, e levam dentro de si, no centro de sua carne, essa virgindade intocada com que nasceram, marcas da pureza da carne, o pecado não existe, somos todas donzelas divinas, korés eternas, e mesmo as putas mais escalavradas são virgens, porque o pecado não existe, que faz uma mulher dona de sua casa, mulher de seu morto marido, filha do seu morto pai, trazendo estas roupas íntimas apertadas, de seda cor-de-rosa, como se encaminhasse para a câmara nupcial ao invés de para uma grande e desconhecida e arcaica viagem de carreiras e fugas, que eu estava vestida na hora de me recostar com Salústio, tão justa nas ancas, as costas e o costeiro todo se me aparece e as coxas tão desenhadas e pegadas, tenho a impressão de que estou nua, rigorosa e nupcialmente nua, ofertório para depois do banquete de uma noiva, não sei, devo estar nua já que assim pareço, só na frente do meu marido me vestia assim, que será que ele diria com seus olhos de tanto me apreciar entre todas as mulheres a escolhida pelo meu marido, também essa noite na fazenda só havia cinco pessoas e todas morreram, que falta de previsão, eu sempre dizia: é preciso trazer mais homens para cuidar da fazenda, ninguém sabe o que pode acontecer, nada se pode prever, deixar tanta riqueza abandonada numa noite dessa, e eles só roubam comida, mas por que matar, quando a morte é um puro jogo gratuito frente a tudo?, tudo foi de surpresa, esta gente podia dar-me um vestido mais decente, morro de vergonha, mas ao mesmo tempo sinto uma espécie de vingança, mas como ousarei pedir, o melhor é deixar eles se enlouquecerem, será uma espécie de vingança, no deserto, sim, aí a minha caríssima vingança crescerá como um pé de cáctus que floresce, vingança, vingança, a vingança é uma espécie de valor, tudo na vida se ajusta à vingança, e enquanto não se a cumpre todos sofrem, uma espécie de ética e de justiça cósmica, todavia o pejo é grande, metida o tempo todo neste pijama de mulher, para dormir somente com meu esposo, roupa de noite, para as noites calorosas, quando os verões requeimam e vergastam e com eles a carne, sei que eles gostam e apreciam, sei bem como me desenha toda este pijama de seda, Salústio me trouxe da última viagem sua a Cuiabá, disse que foi encomenda para um amigo de Paris especialmente, esses sem-vergonhas, os homens se ajuntam ávidos, todos atrás de mim no viajar, todos embolotados com os olhos fora da cara, sei o que eles pensam assistindo como numa poltrona de teatro, rangem ideias, sei que sou excepcionalmente bela, Urutu com olhos brancos, repuxando as cartucheiras e guaiacas, fungando de raiva, num vezo habitual de eterna agressão, olhando para trás e para os céus, desafiando olhos e dentes ao sol bruto, e esta blusa que me aperta os seios e que os faz maiores, não posso ocultar os bicos que doem e se erectam não sei se desse sol, de que, na sela desse cavalo que come léguas, tudo me dói e me queima, e estas cadeiras, meu torso aberto na montaria, sei que Salústio me acharia indecente assim sentada à masculina, ainda mais entre os homens, numa posição natural de quem recebe um macho, ou concebe, e flui por ele, flui como uma caudal de prazer que vem de todas as estrelas e de todas as noites e de todo o infinito, eles nos querem porque somos mulheres, e a mulher, quer queira ou não, é a mãe deles, a filha, a esposa, e eu koré divina, sou a mãe deles e eles meus filhos, e Urutu, meu escolhido, sou sua prometida, futura esposada, noiva que vem de longe, sou a noiva do meu noivo, meu pacto de vingança brilha dentro de mim como um enigma, Urutu me guarda com seus olhos de urutu-cruzeira, rei das cobras, e montada no cavalo com eles me irei, sentada como amando um homem ou um cavalo, não sei, mas que posso fazer, poderia haver outro jeito?, e eu navegando há léguas e léguas longe de todas as cidades onde habita o homem, lobos dos lobos, como uma ovelha entre os lobos, já de vergonha nem me envergonho senão de mim mesma de não poder nem saber, não de meu corpo bonito que não nego nem posso negar, nem de deixar de dizer que é a pura verdade, sei que é verdade, mas do meu desejo, um fogo latejante e incompreensível corroendo-me intermitente no meu corpo, cio na natureza no bojo de um navio que vai singrando o mar das procelas, acho que não é bem navio, poderia dizer, uma loba, uma onça singrando a floresta, eu devia respeitar a memória deles, não entendo, nunca tive tanto ardor, devo ser alguma pecadora, mas que nada, não existe pecado nem pecadora, devem ser estes homens de boca suja e de modos indecentes, nem com Salústio esta ansiedade que vem da fundação da noite e eu o esperava meio tonta, este arbusto de chamas e sarças ardentes me queimando no meu coração, me perguntaram o nome, esses cães matadores dos meus queridos, que lhes direi? — pois não o saberão nunca, saberão os nomes de todos, menos o meu, agora que se terminaram todos os meus e ninguém mais tenho, eles ficarão para sempre sem saber como me chamo, até a hora da morte se lembrarão de mim e não saberão meu nome, morrerão de sede, cada qual no seu maior deserto, sem saber jamais, sem ter esse conhecimento, a essência do homem é dar nome às coisas e transformá-las de inomeadas em nomeadas, de coisas ignoradas em coisas conhecidas, de desconhecidos em coisas, mas eu não tenho nome, eu sou a Mulher me vingando da gratuidade do mundo, a mulher que exige vingança ou uma explicação de Deus; mas enquanto Deus não existir, serei sempre aquela que busca vingança, nunca saberão como me chamarei, eu que vim sem nome das origens, e essa recordação lhes arderá na existência como um fogo sem chama, um fogo que arde sem queimar, só para mim mesma me chamarei por meu nome verdadeiro, nome que, para acalmar a sede infinita das apelações, me puseram meu pai e minha mãe quando nasci. Juro vingá-los, penso e repenso e não me dou conta, quanto mais penso, mais as contas não perfazem terço nem rosário. Jurei vingança e só sei silêncio. Mas aquele nome que Salústio chamava quando necessitava de um amor de mulher, eles não o saberão jamais. Eles roncam, sonham com as vidas possíveis, as bifurcações. Urutu joga pedras, as pedras da noite, vindas do útero da terra. No tempo vão indo meus pensamentos, chegarão na hora certa e aprazada. Sei me vingar com este silêncio, a linguagem dos sonhos e das torturas, este cio de mula açoitada, desejo que vem do conhecimento da carne. Por tudo e nada. Para sempre. Ferros deles, o que for, os espero com o poço seco de minha vingança no deserto deles, por onde eles caminham como sonâmbulos. Tudo haverá de doer, eu inclusive, eu especialmente, como um corpo chagado, onde vem a dor, como um camelo do horizonte do Oriente, e todos esses mortos, mas os espero, minha vingança. Tudo e nada. Em qualquer pirambeira, na hora boa em que Deus piscar os olhos e esquecer-se da gente ou a luz do dia piscar-se apagando-se em sensível escuridão, pularei, voo em cavalo e tudo aberto e solto e eterno para sempre, para morrer duma vez, cara nas pedras. Quem morre com honra morre apenas uma vez. Os desonrados perdem a ciência dos números das vezes em que morrem. Porque só a honra renasce. Porque uma mulher também sabe morrer. Elas, que sabem dar à luz, sabem doar a vida, sabem, melhor que os homens, morrer. Depois, façam o que quiserem, homens, vermes e urubus. Ou volverei a minha fazenda e aumentarei tudo até os horizontes e serei a mulher mais rica do mundo. Ainda não sei que farei de minha futura liberdade, que é minha essência própria. Viver, sei e saberei, também. E infinitamente melhor que eles. Não saberão o que é a mulher, essa pessoa de seios e vulva que passa entre eles, como um anjo, velada de mistérios, feita como eles pensam, para o sacrifício da profanação, eles que dizem que viemos de uma simples costela, que é inferior aos homens, e que é a semente da tentação e a origem do pecado. Amaldiçoados, estou aprendendo a xingar com eles. Meus lábios foram feitos para o que existe de mais doce, para os beijos, frutos do amor, sei. Sei também que com pecado ou sem pecado, com virgindade ou sem ela, a mulher nasceu para o amor. Nunca saberão quem sou nem se existiu jamais alguém que para eles não tem nem tinha nome, nem terá nunca. Extinguir-se-ão de desejos, em câimbras que sobem das raízes como a seiva da vida, extinguir-se-ão de desejos como água derramada no deserto. Eu vi os mortos. Gemam-se as vozes de tudo em grandes mugidos o de adentro e arraste-se-me a alma dentro de mim como a água no lodo, ânsias de água, espantada de lua, com perfil de madona de Botticelli. Suas bocas, feitas, nascidas para murmurar o nome mais amado, nunca o poderão dizer, nunca, nunca. Vingar-me-ei, juro a essa lua, mãe das víboras, o ouro é amarelo, a prata é branca, os olhos de Salústio eram negros, boca de ouro e prata e negro dizendo: vingança, que só a vingança aplaca, por mais que os professores da felicidade digam: dai a outra face, vingança, que serei muda e silenciosa como uma pedra. Pedra que é simples e calada, mas que contém todo o mistério do mundo. Pedras que Urutu derrama na noite... Pedras da noite, noite das pedras, como águas das fontes, fontes das águas. Os mortos choram no fundo da escuridão, sem esperanças de jamais voltar a ser o que eram neste mundo, de nunca mais retornar a este mundo tão bom — a vida é doce como o mel, no Nada, nada-que-leva-e-traz, mas choram, correios submersos dos mundos de memórias que não sabemos, meus filhos que não nasceram choram também, Lopes chorará sua morte obscura, roído pelo enigma da eternidade, esmagado sob pedras, pedras depois de bala, sua flor na testa, lágrimas negras como a noite. Só os vivos talvez não saibam chorar, talvez só os mortos. Mas os vivos mais aprenderão a chorar, eles, os piores entre os vivos, quando eu desaparecer como a última estrela da madrugada, aquela que sabe todos os segredos e adivinhações e mistérios, levando comigo a fonte de mim mesma, levando comigo o meu nome, sem ouvir aquela única palavra minha que eles necessitam talvez para sempre para preencher o enigma de ansiedade do seu ser, aquilo que mais eles querem saber sem saber nem ouvir o meu nome, única pedra preciosa que não lhes mostrarei nunca, diamante que sobe das grupiaras nas noites de lua e pergunta ao mundo entre as águas qual o fogo que a fez, e reluz no centro do enigma esta beleza que produz concentrismos, esta beleza que é a dádiva da vida de uma mulher, esta beleza que é a qualidade mais desejada entre todas e que cintila como uma pedra preciosa na sombra, pedra santa que não lhes mostrarei nunca, mas que brilhará intensamente nos universos dos seus sonhos como a face irrevelada daquela moeda que caiu no abismo e que não foi iluminada pela lua, eles, seus furores exasperados, seus cios egocêntricos, suas paixões, que se multiplicarão exacerbados, como as areias das praias onde andam e se arrastam escorpiões de fogo, em verrumas de brasas, em gritos de loucura e dor, vingança! A loucura quando se entrelaça com a morte produz um sonho de prata que brilha como uma esfera de esmeralda entre as serpentes da cabeleira da Medusa, rainha das Górgonas. A moeda de prata sem uma das faces, cuja ausência caiu para sempre no profundo mar... Na penumbra como sombras, a moça via os homens dormir e nos seus corpos em formas raras a lua forrava pó dourado e cerração de ouro sobre eles, o rumor do folharal arrastava rios vegetais vagueando naquele silêncio de vastidões. Pedras caindo das mãos de Urutu, o baque distante que parecia um coração da espessura, relógio de pedras lentas, som de monjolo se sustentando surdo dentro da mata. Reparou: ninguém guardava, ninguém de sentinela, só ela, seus olhos, quem sabe. O vulto das bruacas amontoadas num canto, as armas, e mais ao longe as pisadas dos animais, algum sussurrar, um chrruuu de beiços, estremeção, na distância as alcateias de lobos vagavam, e o voo baixo dos morcegos, o canto espantado dos noitibós mudando de lugar, assuntando o pouso, e os corujões nos ocos pretos das alturas desses combarus e gameleiras corujando pios de arrepiar couros, as corujas, mães do tempo, filhas das horas, e de árvore em árvore as aranhas silenciosas que vão fazendo sem mistério suas teias e esticando-as com o silêncio de que são feitas as suas vidas, formando bordados e pacientes labirintos. Fora isso era o silêncio, cristal parado de um espelho escuro, o silêncio, só, como um menino perdido, de asas, omniubíquo, lançando flechas de silenciozinhos mais agudinhos, de quando em quando, por essas direções, nas quebradas, nas caladas, por esses redemoinhos que o vento formava onde não havia ninguém, eternamente ninguém. Menino de ilusão, com o dedo em gesto de silêncio, como anjo de pedra de cemitério, sua estátua sobre uma campa, entre flores, e nomes e cruzes, o silêncio. As armas, ela via, ali estavam, ali postas, e os homens, verdade, dormiam. E a lua recobria numa neve dourada o corpo das árvores suspensas sobre si mesmas, sussurrando como águas de um rio descendo, fluindo para sempre. Primeiro pensou, tinha que pensar bem. Que adiantava saber as horas, o Caveira dormia igual que o abismo recôndito do seu relógio eternamente parado, a noite com seu pêndulo da lua, talvez dizia serem as duas da madrugada, lua, cobra toda enrolada, redonda num oco amarelo. Leve fazia um friozinho, mais fraco, porém, que as noites anteriores. Leve pensava, virada de lado nos panos e couros que Urutu mandara lhe dar. Tão só, nem Urutu, espécie de protetor esquisito que não pedira nem solicitara, que, pois, mesmo assim já tirara um do mundo, por causa dela, para protegê-la melhor ou conservá-la, ninguém. E ela só, porque todos dormiam, naquela roda de homens roncando, capaz que fingiam e a espreitavam, tudo era de quem sabe, firmou-se com coragem, depois de medido e retomado o conforto da ousadia, levantou-se pé ante pé e ia tocar num fuzil de pé, encostado, entre outras armas no volume de coisas, ela pensava ser o fácil da hora, tomar mãos numa arma e num cavalo destes que pastavam tranquilamente tão perto dar pé no mundo afora, pé para que te quero pé — quando, súbito, alguém mexeu-se todo, bocejando e arejando os braços e ergueu-se também, mas de costas para ela. Paralisada, apesar vendo-se não ser notada, dominou-se e retirou a mão ligeira, calou o grito que ia soltar-se dela, acoimou-se recurva, patas de gato de lã, esgueirando-se, voltou ao seu lugar, sentou-se rápida e estendeu-se de novo. Canguçu saiu da roda de gente a dormir e ali mesmo, a luz banhando-o inteiro, mijou forte bastante tempo prazeroso, igual que cavalo no pasto e o ruído do espumejar furava fino o silêncio, depois o homem se abotoou, escarrou sonoramente e voltou fungando ao seu lugar, olhou intrigado para o lado dela por algum tempo, imóvel, a lua dando-lhe na cara, depois virou-se e tudo voltou como antes. Mas ela já não tinha ânimo para levantar-se de novo e agarrar a arma. Que serviria, pensava, acaso irei matar nove homens? Abandonou a ideia. Se fugisse logo a alcançariam. Era cativa. Resignava-se, acharia outra ocasião. Urutu ainda jogando as pedras, espécie de eternidade aquele rumor socavado que vinha do fundo dos matos, pedras caindo no tempo, ecoar das funduras como da eternidade. Roça-roça dos animais pelo mato, batidas surdas de patas no capim do chão, guinchos, corcoveios e resfôlegos. O céu era enorme, as estrelas piscavam trêmulas e o silêncio na superfície dos arruídos em pequena multidão em volta caía vertical. Alguém ou alguéns falavam, gutural, em sonhos. Ouviu:

— Mata, porco da mãe, mata! Mata, que eu te mato também.

Notou, era a voz que vinha de um ninguém desconhecido, logo pois, só se fosse do Cajabi papudo, que falava sonhando em pesadelo. Perpassada a promessa, furada a casca do ovo, falava, a voz grossa e pastosa, demorada de tempo como som de cisterna entre pedras, água de poço em catapultas de solidão, ferruginosa no forno do peito, como vinda de cavernas sotopostas:

— Mata, corno! Mata que eu te mato!

Quase achou graça, a pensar no papudo mudo enorme assentado na sua mulinha pequenina, que mais parecia uma ovelha, ele como um orangotango sarará, homem belo, devia ser tão sábio em seu silêncio persistente e valente como um cangaceiro. Eram alguns falando. Havia outro mais que arrespondia em sonhos, os dois misturando os seus pesadelos, como água de dois rios lutando para não embaralhar as águas.

— Minha doce flor… de mel… Gateia, menino…

Era Chico Inglaterra, a voz peganhenta, fanhosa, puxa-puxa, pé de moleque, cocada, açuquinha de melado escorrendo na pele, remelando. Um diálogo noturno, e os muros que se erguiam entre eles, imensos, alevantados nas montanhas, nos píncaros, nos mais altos cumes, suspensos, carregando nuvens, arranhando os cupins das estrelas, tocando os capinzais do céu:

— Te mato, porco-morfeia, arrenegado, te rasgo no facão, te esquartejo! Te afisgo!

— Oh, doçura, beleza do céu… céu… céu… céu… Nossa… Carinho…

— Te racho, te arregaço, te embeiço, te arreganho, te parto ao meio, ranho do Cão, sai da frente, bocó de tripa, olha o mato-grosso, cão das cacimbas! Te arrebento ao meio, te esfaqueio!

— Tá me matando, doce de leite, ai, doçura, ai, ai, doce…

— Te como as tripas, canalha, praga de mãe, arrenegado, morte grossa, te queimo, te entruço, te abro pela metade!

— Ai, amorzinho, doce de doce de açúcar, melado quero…

— Te rompo, te pompompo, te corrompo no meio, coisa ruim…

— Lambera, me esmaiara, queridinho…

— Porco cão dos bodes, quem te fez...

— Ai, doce...

— Que te fabricou...

— Ai...

— Ai...

A lua sonâmbula dormindo em amplos gritos, os grandes olhos abertos refluídos num redondo e enorme olho só, parada, vesga, sonhando que dava saltos, consumindo distâncias, dançarina lasciva de ouro e prata e o sertão dos altos sonhos todo se acalentava e se acumulava devagar em percussão secreta. Urutu e as pedras, que esse enterro nunca se acabava, esconso, longo, cavernoso, gasturoso, eterno. Leve, a moça nem ouviu mais, levada no sono dos golfões soltos como bujarronas abertas, noitão afundado, navio nas trevas, mundiação nos pensamentos dos camanas, sonhos como velas ao vento do mar da noite, flor da Boiuna, lua no céu, prata de ouro dourando a terra.

De manhã, tomados caminhos, barras rompidas do dia, nos cavalos em fila, caminho da serra do Mata-Homem, seguiam, Urutu silencioso à frente com a moça, um lenço vermelho em volta da cabeça para resguardá-la do sol, lenço sabia que fora do Lopes, e a acompanhar de perto Garci e o cabo José Gomes cerrando fila, conversando:

— Rixenta noite esta, hein, José Gomes...

— Qual nada, seu, é sempre assim em qualquer lugar, todas as coisas estão sempre acontecendo em todos os lugares, nós porque vamos de fugidos, mais o medo, e nisso da morte de Lopes, já estava até que meio prevista, que ele tinha com Urutu alguma feia e séria desavença velha... E dizem que o Babalão é quem acendeu o pavio... Encheu os ouvidos dele...

— Da cadeia...

— Exato, essas de encrencas antigas, mais que passadas, é coisa comum com a gente, quando se pensa que um esqueceu, está é sempre se lembrando. Mesmo entre soldados. Chá! E tem muita coisa mais escondida...

Através das folhas que vinham defendendo a mata, atravessando o varador, galhos batendo na cara e no corpo dos homens, ramos querendo retê-los, a luz dançava branco-amarela, alva de ouro e prata, línguas de fogos verdes, perfumes pairando em orvalho, cheiro bom de húmus negro da terra subindo, e as narinas respirando fundo, e os olhos olhando com força a selvageria dos troncos na arrebentação dos tufos, lianas e cipós, anarquia na mais perfeita ordem, a floresta subindo e se abrindo para os lados, e os ouvidos ouvindo o solto do planalto destampado em sons e distâncias que se perdiam zunindo nos horizontes.

— Viu quando à noite veio o Demo?

— Você acredita em Demo, menino Garci?

— Acredito, como não, igual que Deus.

— Eu às vezes creio, às vezes descreio, depende, esta noite, fui de acordo com todos, houve alguma coisa desusual, era uma presença verdadeira enorme que estava ali, uma presença, até se esbarrava nela, até o Babalão tremia...

— Pois era para ele tremer mesmo. Para mim era o Demo, ninguém me tira da ideia. O Numinoso.

— Não podia ser alma penada, falta de vela, de missa, no Purgatório?

— Que alma, José Gomes, era o Tinhoso em pessoa, ele mesmo, qualquer pessoa que nunca o viu o reconhece na hora, sem precisar de padre nem de santidade, nem de modos de igreja...

— Verdade, menino Garci, que foi muito forte a presença da coisa...

— Presença e contença e sentença. Eu vi os olhos dele, que chega realumiava duas vezes em vez de uma, só não vi o corpo, que este a escuridão limpava...

— Bom, podia ser curiangu, que tem os olhos em fogo.

— Mas a presença, José Gomes, o vero da presença, minha pele esfriou o mesmo que terreiro sob o sereno de madrugada, o mesmo que um vento de gelo trazendo febre, dos fundos dos infernos.

— Justo, a presença, essa, sim, que houve, houve.

— Que haveria ele de querer?

— Quem sabe? Reunião de gente como nós... Queria ouvir. Aprender tentações conosco. Ele é diabo, nós somos homens. Saber mais segredos para a usança dele. Saber mais que nós...

— Só espera o Chifrão...

— Só guia o Rabão...

— Só protege o Caprição...

— O Chifrudo, o Rabudo, o Caprisujo... Quem será ele, em suas faculdades de maior identidade?

— Melhor perguntar ao Babalão, ele sabe disso tudo melhor.

— É bom. Dúvida dessa é ruim de ficar guardando. Cabeça de gente é pequena.

— É isso, menino Garci, o pobre do Lopes, de testa furada agonizando no meio de nós como um cachorro atropelado, ali em roda, não gostei nada não.

— Ninguém gostou. Ninguém gosta de ver homem morrer matado, parece uma afronta a todos os homens, José Gomes. Isso não se faz, fosse o Lopes um traidor, mas ele não era. O Lopes, um bom sujeito. Morrer assim. Nunca me esquecerei do grito que deu, ajoelhado, o comprido punhal correntino na mão, cego, o sangue escorrendo entre os olhos, os olhos dele, José Gomes, olhando já a morte, mas estando ainda com um pé cá ainda deste lado da vida, José Gomes, nunca me esquecerei, à luz do fogo, e o berro feio, Urutu, você me matou! Eu vi morrer um homem. Acho que Urutu vai levar esse grito inferno afora, para sempre.

— O Lopes era bom.

A tropa seguia lenta. Nem eram fugitivos, nem pareciam, só a falta de alguém, vago sentiam, no entremeio deles, peso morto nos corações, Lopes Mango de Fogo para trás ficara soterrado sob pedras, e aquele rumor de pedras caindo ia acompanhando-os como uma coisa viva, pedras que iam caindo como que passando sob o rumor das pedras nas patas dos cavalos que passavam e lhes iam fazer para sempre lembrar-se do Lopes, morto companheiro bom, assassinado por uma besteira, pedras redondas, de lapa de cascalho, brancas e lisas, com ecos surdos, pesadas, rolando debaixo deles, ecos, ocos, secos, que já se iam fazendo distantes à medida que passavam, cascos, cascos, cascos, pedras trazendo a recordação da noite em que ficou enterrado o Lopes. A falta de alguém, vago sentiam, como um sentimento boiando numa espécie de água parada que ficou para trás, longe, entre as matas.

Babalão e Bebiano Flor iam juntos:

— Como te digo, Bebiano, o Monte Tabor, a Transfiguração de Cristo na mais alta de todas as montanhas, as glórias de Deus, você é infiel, mas não tem importância agora, vocês todos o são, e o dobro além, já me estou até me acostumando com estes hereges, mas vocês todos acabarão convertidos à fé de Jeová, a liberdade é difícil, e ademais nem é de hoje que suporto sua falta. Homem livre não sabe o que é a liberdade, só homem prisioneiro sabe. Ó Flor, infiel danado, aquilo me pareceu a Transfiguração de Cristo, entre os apóstolos, no alto do monte Tabor, o Lopes morrendo, a hora do Lopes entregar, render a alma a Deus.

— O Lopes estava distraído, mas ele era macho, Nazareno.

— Sei que era macho e que era o mais infiel de nós, seu crime maior era a fama que tinha de pecador e mulherengo em demasia, seus pecados contra a castidade eram imensos, mas nisso todo mundo é meio propenso, vai que seja castigo justo de Deus Jeová Sabbaoth Senhor dos Exércitos Adonai Jesus Cristo com todos os santos, anjos, tronos, potestades e dominações, amém.

— Ora, quem é que não tem pecado contra o que for, homem de Deus?

— Justo, punido ele foi. Eu não tenho, nunca tive, não digo que sou o homem mais puro do mundo, às vezes passo vexame comigo mesmo, mas sei orar com fé e conheço o poder da oração. Nunca gostei de aprofundar-me muito nessa teologia, dos corpos das pessoas, homens, mulheres, pecados, neles entra Belial e suas várias tentações, e eu tenho uma aliança com Deus e não conto as horas que sou homem e deixo de ser íntimo colaborador e representante das Potestades divinas e infinitas...

— Me aborreceu, Babalão, o Lopes era homem e foi morto como um cachorro.

Urutu ia perto, mastigando fumo, ia ouvindo mas se fazia de surdo, sem virar cabeça, a moça do outro lado, ele, couro preto lustroso lumiando na luz do dia, cinturão arrochado, farto de armas de bala e corte, posudo, orgulhoso, silencioso, panca dura na sela, espinha emproada, do alto de sua vaidosa e arrogante discrição, se fazendo de nem ligar que sua mão havia tirado a vida de um homem, modesto dentro do seu crime, mas bem que escutando tudo.

— No Tabor, Bebiano, no Tabor o rosto de Cristo iluminado.

— O Lopes morreu escutando moda que eu cantava. Parecia que era para ele.

— Dizem que quando se morre matado quem mata se encontra na hora da morte com quem ele matou. Isso contam, não sei se é verdade.

Babalão tirando do surrão punhados de farinha que jogava à boca, tirando postas de mandioca assada, retirando a casca tisnada, mordendo o branco, alternando com pedaços de peixe frito embolorentos de velhos, as mandíbulas com as barbas negras crescidas até o peito, moendo, triturando, falando coisas, comia:

— Grande Tabor, grande Tabor, Tabor da Glória, Jeová Santo dos Exércitos, Jeová-Cristo imenso de esplendor transfigurado, todo santo, santíssimo, santo, santo, santo, filho do Sinai, filho do Nebo, com a pomba santa pairando sobre ele, o Paráclito abrindo as asas brancas sobre a cabeça do filho do Homem, água benta do rio Jordão, concha de João, Ioconaan, a mão dele derramando água milagrosa sobre a sua cabeça, Cristo era puro, ele que amava os homens, a pomba sagrada falando: "Este é o meu filho muito amado, sobre quem pus toda a minha complacência." E assim como ele, eu, seu legítimo representante, vos imponho a minha mão e vos abençoo dizendo: Vós sois meus filhos muito amados, sobre quem pus toda a minha complacência. É o mistério maior, vocês não notam?, ó Flor, a Santíssima Trindade, o Cristo, Jeová e a Pomba. Eu, Jeová-Cristo e a pomba...

— Quer comparar o Lopes com o Cristo, Babalão?

— Comparar propriamente não, mas eu vi o rosto transfigurado dele, na hora dele morrer, eu sei o que é a morte, não porque sou santo, e os santos devem conhecer a morte, mas porque sou íntimo dele nos mais santos segredos, sou íntimo dos santos mistérios eternos, meu filho, e vi a alma dele, iluminada por dentro como uma lâmpada de vidro, onde a chama vibra, sob a forma de uma pomba branca fugindo do corpo dele para as alturas, as nuvens, entre as folhas inumeráveis das árvores do céu.

— É tão triste quando alguém morre...

— Quando alguém morre, um pouco de todo o mundo morre também, porque nós todos somos uma coisinha só de nada. E quando alguém nasce todos nós nascemos um pouco. Morrer alguém é ir aos poucos a gente, morrendo também, se preparando devagar, sem saber, também, para a hora sem nome nem direção...

— Dizem que o Lopes morreu porque se rebelou...

— Rebelar de quê quando a alma do homem é pura rebeldia?

— Urutu tirano... Quando acabaremos com esta ditadura?

— E a hora do Demo, fale baixo, que apareceu de noite?

— Isso é outra coisa, Bebiano. Foi Astarot, Belzebu, o Belial próprio em pessoa, sua figuração que deixou suas legiões e veio se intrometer, quis saber nosso segredo. Todos nós temos um grande segredo. E foi isso o que ele veio saber. Muitas vezes ele faz isso. Gosta. Quer saber do que os homens se ocupam e ocultam tanto. E veio felicitar Urutu. Conheço as manhas dele, sou íntimo de todo esse povo invisível...

Chico Inglaterra, que vinha perto, chegou-se de repente e começou a gemer, fazendo esgares faciais:

— Queimam-se minhas chagas, afundam-se minhas dores...

— Você não reza, meu irmão? — perguntou Babalão.

— Não preciso, meu estado nem carecera, tenho também minha espécie diferente de santidade, concebo outras coisas que ninguém concebe, ademais acho que com esta provação que me faz também algo de santo, nem se necessitara muita reza. Sofro, para que rezar? Isso quer dizer que Jeová está também satisfeito comigo. Só pode estar. Em mim se cumpre o que ele deseja. O que vai ser, verdade? Doera tanto que já é reza. E pode ser porca influência má do Demo. Assim chagoso, este mal me fez santo.

— Não blasfemes, infiel, sobrinho de Belial. Aqui o único santo sou eu.

— Me ilustra um pouco num sonho que tive, Babalão. A poi: sonhei que estivera numa espécie de paraíso, mas eram muitos campos brancos sem ninguém, só com um silêncio imenso, inaproveitado, e eu sozinho, e já ia ficando doente de estar tão só, doente da solidão, quando gritara o mais que pudera e foram saindo sapos, de toda espécie de sapos que existiram, o sapo-boi, o sapo-homem, o sapo-mulher, o sapo-cavalo, o sapo-tambor, o sapo-canoa, o sapo-verde, o sapo-pomba, o sapo-santo, o sapo-céu, o sapo-madrugada, o sapo-verdade, o sapo-pulga, o sapo-menina, o sapo-cego, o sapo-escada, o sapo-bode, o sapo-macaco, o sapo-tempo, o sapo-quem, o sapo-nunca, o sapo-sempre, o sapo-o-quê, o sapo-quando, o sapo-vento, o sapo-sim, o sapo-não, o sapo-voz, o sapo-fogo, o sapo-água, o sapo-terra, o sapo-ar, o sapo-adivinhação, o sapo-merda, o sapo-louco, o sapo-como, o sapo-onde, o sapo-nascimento, o sapo-morte, o sapo-eternidade, o sapo-silêncio, o sapo-infinito, o sapo-olho, o sapo-nariz, o sapo-mundo, o sapo-rio, o sapo-dia, o sapo-noite, o sapo-religião, o sapo-nada, o sapo-tudo, e eles vinham saindo e saltando de um grande rio que não tinha nada dentro e se viravam de banda, nadando de costas, para mode a gente ver as suas barrigas, de todas as cores, e eu ia notando e fui chegando e sendo tentado por um sapo-tudo muito grande e estriado que me envolvia e sugava, feito um diabo com ventosas de polvo, que me abraçava e me envolvia num redemoinho de frio e de extrema-unção. Mas não era morte nenhuma, senão apenas que uma mão aparecera sobre nós derramando um despropósito de leite condensado, ou pelo menos me parecera, mas uma voz disse: este é o nepentes o que é isso, Babalão, que nos foi atolando profundamente num tremedal no qual lutávamos, feitos monumentos alvos e moles, tortos e escorregadios, muito lentos, nos derretendo, e o podre de um cheiro infernal se desprendendo, e havia de repente uma música no fundo, um sapo-homem muito sábio, assim parecera, tocava uma harpa enorme e dourada, e o som aos poucos foi me enjoando atordoadoramente, com toda a sua sabedoria infinita e tudo, e o sapo-sabedoria desapareceu com sua música e eu pensava que fora melhor morrer de enjoo ou então me enlouquecer ou talvez até já me enlouquecera completamente, nem sei, o que é o mesmo. A hora acabara, o sonho se fora, você que é instruído em segredos e sagrados livros, me ajude a compreender. O que fora tudo isso?

— Daniel no país da Babilônia também adivinhou os sonhos do senhor rei Nabucodonosor, José na nação do Egito soube adivinhar o mistério dos sonhos do rei Faraó, Babalão Nazareno, ungido por Jeová, Senhor dos Exércitos, coroado com a coroa da perfeição de toda a sabedoria do mundo e do céu, na serra das Sete Voltas do Surrão de São Marcos, no sertão do Volta-Vai-e-Volta-Vem, também saberá, Chico, adivinhar tuas paredes de dentro pintadas com a tinta do de fora, os sonhos, quadros que pintaste nos sonhos. Já ouviste falar nos oráculos do país da Grécia?

—Não, Babalão.

— Sou informado de quase tudo pela proteção de São Gabriel, o arcanjo, que voa às voltas do trono de Jeová. O oráculo mais famoso foi o de Delfos. Tu és infiel, Chico, mas não se avexe não, que já te conto tudo: tu foste, chegaste ao reino dos Sapos, que existe nesses paraísos. Saiba que existe mesmo e lá tem tudo isso, o que tem e o que não tem, sem tirar nem pôr. A fada-mãe deles é o sapo-luxúria, a quem tudo obedece. Pois, foste cair na influência dela. O leite condensado é o grude das porcarias da terra, a carne, o pecado, o grande mal que se abateu sobre o homem depois que se perdeu a arca de Noé no monte Ararat com a árvore do Bem e do Mal, que foi mostrada e ensinada aos primeiros homens pela serpente-mãe Naas. Sodoma e Gomorra, a invenção do pecado, meu filho... Só os ungidos podem pecar porque estão imunes à carne, os homens comuns como você não podem pecar com o pecado da carne porque se coagula a alma e a alma fica úmida. Só os tingidos conhecem a intrinsecalidade da carne e por isso combatem o veneno com o veneno, o fogo com o fogo. Agora vai, meu filho, e seja perdoado dos teus pecados...

— Não estivera entendendo muito não, Babalão.

— Então, nem precisa, que tudo vem a dar no mesmo.

Urutu resta para trás um pouco, à espera de Chico e Babalão, quer falar com eles sobre o itinerário entre as serras, após o tuaiá, que se avizinham com as patas moventes dos cavalos. Cascos, cascos, cascos. Ecos, ocos.

— Dou por mim que está tudo errado aqui. Não entendem? Vamos, expliquem. Como é isso, Chico? Aonde nos está levando? Até parecemos formigas tontas. Vê se tudo está certo, correto. Em que direção vamos? E vós, Babalão, o que diz? É preciso saber, rabo dos diabos! Como vamos indo assim ao Deus-saiba? Deus-soubera, Deus-saberá...

— Bem, por mim a ciência da coisa está certa. Chegáramos primeiro à serra do Mata-Homem, daí então se torcera para o rumo certo.

— Hum, por mim me parecem sempre errados os lugares. Parece mesmo que já cruzei por aqui outras vezes nesta mesma viagem. Ou em outras vidas. É Belial que nos confunde, só pode ser ele. Haja voltar, acredito, à fazenda Bela Vista, para agarrar o caminho de novo para ter a certeza.

— Vocês estão doidos, gente? Ora, que vão para o inferno! Babalão que só sabe rezar e Chico que só sabe exalar morfeia, não sabem nada os dois, muito menos os caminhos que nos levarão à Figueira-Mãe, vão encher o rabo! Um diz que é preciso voltar agora e o outro anda a estudar onde estamos... Vejam só... Que ótimos guias temos...

Voltou feio para a vanguarda, lado da moça, cara de brabeza, mexendo boca amargada, xingando entre dentes, resmungos, retrobrabos, exclamatórios e jaculatórias de palavronas cabeludas que nem a moça nunca tinha ouvido antes, dentes fechados, puxadas a sarro de pito velho de barro que acendeu e baforou umas nuvens aziagas, bicho tufo-da-vida toda. Longe já, Chico:

— Ora, seu, vá chupar prego, vá pentear macaco! Por mim o caminho fora este, não houvera como errar, não está de acordo? Que mais ele quer?

— De mim, só chegando no Mata-Homem para me certificar. Já está perto, que mais falta? Disse voltar, por dizer...

Os cavalos galopam rumo ao firmamento, cascos, cascos, cascos. E não era, por acaso, o firmamento, esse azul que se derrama e divide o espaço entre o chão e as fímbrias do horizonte, lá onde se desenham as serras de encontro ao céu? Eles sobem no olho do horizonte, as serras, lá onde o Demo perdeu a fivela redonda, de prata, do cinturão. Fato, as serras se aproximavam, se viam perto, já de manhã em meio, escondidas na neblina quente, cascos, cascos, cascos. O sol subira um quarto de céu e às vezes mijava fogo. Ainda espaços enormes de sombras nos arvoredos. Via-se o sol, às vezes, às vezes não. Nos abertos aparecia o vermelho da serra, que de longe é azulada, e de mais perto, à medida que se vai aproximando dela, sempre mais, ocre-púrpura com estrias celestes-marrons, quando a névoa do sol se remexia entre nuvens viajando. Meio-dia chegariam, se calculava. Lenta, lentamente, sem precisão de nada, os meganhas que se preparassem nas suas perseguições, uma confiança besta se espacejava em grandes léus, este caminhar, patas de cavalos e mulas tropeando o chão vermelhoso. A tropa amiudava: brilhos, ferros, manchas, negros, verdes, rosões. Chispas repentinas se despediam das rochas nos abertos ao sol em ouro em borbotões. As cangalhas sobre as mulas, Garci puxando, por último, o lenço de seda, ponto vermelho na cabeça da moça, o guarda-chuva aberto, preto, morcegão desparramado, esquebrado, protegendo o Caveira, as esporas brilhantes nas botas de José Gomes, os cabos dos punhais e franqueiras, as coronhas e os coices das armas, a caravana devagar, no seu pacatá espaçado se amiudando, começavam a subir elevações e elevações que devagar iam se amontoando.

— A senhora não está incomodada, dona? — Urutu perguntou. Resposta nem veio. Não se incomodou a mulher. Urutu, mais chegante perto, mode ela ouvi-lo e os outros não:

— Como é o nome da senhora, sua graça, diga-me, por favor...

Silêncio continuava nos lábios pregados, o orgulho empinando-lhe os seios em provocação e raiva mudas, os bicos deles através do pano fino como se não usasse nada por baixo, erécteis, que a brisa e o trote rodeavam desenhando meio transparentes no ar em fogo, o perfil de quem nem liga, sol batendo nos braços, e levantando-os e mostrando as axilas onde os pelos cresciam no escuro, os pelinhos dourados no branco de leite, e Urutu, no seu ébano-bronze, troncoso, arvoroso, chapeleira caída na cara observando, ninguém não vendo muito nessa hora nem se importando do que se passava, amortecidos pelo calor-mormaço que torrava tudo. Silêncio orgulhoso e bravo, esse dessa hora, entre eles, como uma fronteira, afora os sussurros de vozes dos outros seguintes.

— Não se vê que a gente precisa saber seu nome, senhora moça?

Chamou-a de senhora moça, mas tinha era vontade de chamá-la de dona, queria certa confiança, tinha aliança no dedo, o sol ali chispava. Estátua era que se mexeu na sela, sobre o cavalo, ajeitando mais o rosto, sempre silenciosa, com belos lábios e formosos olhos, mas por tudo calma e calada, sem ouvir, parecia, como surda e muda fosse, na sua beleza frondosa, como sombras toda a sua formosura se espalhando no chão dos olhos, ante a feiura flagrante daqueles peregrinos que vinham de Emaús e iam para Emaús, sem saber onde ficava Emaús. Urutu sofismou-se encorujando-se e voltou ao de antes, quietou, mas mandava olhares embriagados de luz ao seu perfil de moeda antiga, de dama de honor do cortejo de Artur da Távola Redonda.

— Oi diabo de saudade numa hora destas, ouvindo o choro dessas seriemas no acampado do pé de serra! Saudades de Vanina! Você já teve mulher, menino?

— A poi, e quem nunca teve, Canguçu?

— Verdadinha. O que sinto é dor de saudade de uma filha que tenho. Vanina se chama igual que a mãe.

— Tive mulheres, sim, mas poucas, nunca soube bem nem quantas.

— Essas seriemas, dizem os índios, que são belas mulheres desenganadas de amor, que o sofrimento transformou em aves, e todas as tardes saem às beiras dos rios e no sopé das serras a procurar seus antigos amores. Ouve a voz de tantas mulheres bonitas cantando esta hora? É porque entardece, e amanhã ao amanhecer aí estarão elas de novo a cantar seus amores, cansadas de chorar todo o entardecer. A gente nunca sabe nada de mulher a vida inteira, nem que tenha todos os anos de vida que se queira, anos e riquezas, nada adianta, a mulher é um poço de mistérios. Eu já tive mil, na verdade, mais que o próprio Lopes, ter mulher é fácil, não é tão difícil assim, o difícil é entendê-las, para mim pelo menos, o difícil é saber levá-las. Mas só Vanina é que era mesmo minha mulher-esposa. As outras eram apenas mulheres--damas. Não é bom a gente andar-se aí sempre mudando de mulher-esposa, agora, mulher-dama, sim, isso não tem perigo, elas são para isso, estão no mundo só para tal e tal coisa do conhecimento de todos. Experiência minha foi grande das mulheres. Bom é encontrar um dia aquela que a gente sabe que vai gostar a vida inteira sem se enganar. Nada de bom ser como o Lopes, desexperiência. Lopes morreu por causa disso: não entendia as mulheres. Eu, por mim, entendo mais, isso digo e afirmo. Afianço.

— Lopes morreu de outra coisa, ele era rebelde revolucionário.

— Ora, revolucionário, o que é isso?

— Apoi, aquele que quer mudar as coisas...

Calaram-se. Canguçu ao lado de Garci viu abrir-se para longe, para trás, os tempos passados. Seus brincos de cigano, sem ser cigano, dançavam trêmulos pendurados nas orelhas. Olhava Garci puxando pacientemente as mulas:

— Qual! Falta viver! Esse menino ainda nem viu nada...

Olha que olha o Garci que cisma, no seu cavalinho, bonezinho puxado à testa, olhos fecha-fecha. Ia contar-lhe, mas para quê? Nem deu vontade. Ficou sem. Encompridou a vista para a moça ao lado de Urutu, queria refrescar os olhos, as ancas florescendo abertas na sela, aquela visão sempre o estonteava um pouco, ficava dependurado de repente de um paraíso, a sombra de um céu pendia sobre a sua vida toda, as ancas que escondiam as dobras do assento, mas ele via-a, ao sol, as coxas apertadas na calça justa, a cintura fina, os quadris redondos e largos de potranca queimosa e fecunda, amazona jucunda, descendo nos dois lados do cavalo, centaurina de invenção miraculosa. Reparou: só ele a mirava, ninguém mais olhava o que ele estava olhando, a mulher ao sol, sua beleza vital. Virtude virtual. Como um despertar, o corpo se reuniu, Canguçu sobre o cavalo via, olhos na moça sem nome, suas carnes duras e jovens molejando e vibrando, pernas abertas como em ato e potência, caindo da sela, presos os pés nos estribos. Um fogo percorreu por minutos quentes, páramos do seu corpo. Nada podia fazer. O sol ardia. O chão se cambiara em barro seco, pesado, árvores passando, eles seguiam um varador velho, passador talvez dos índios em outras épocas, à frente era o Mata-Homem se levantando. Estavam chegando. Âmbitos abertos, a rosa do horizonte. Caveira e Bebiano Flor:

— Esses boiotas não sabem mais do que eu o caminho para a Figueira-Mãe, a casa nas nuvens.

— Casa nas nuvens? Tu está bestando? Casa em chão firme, pedra e pau, terra nossa, dos homens, que dure bastante.

— Sei que esses quãs-quãs não sabem de nada.

— Chá, oi diá! Sei que o Babalão sabe tudo, o Chico, bem, ele também, mas o Babalão é mundo, ele sabe.

— O bom do Babalão, esse cristão em demasiado. Ele só sabe rezar.

— Sabe muito mais...

— Por aqui por perto houve uns arraiais, hoje se perderam, índios tocaram fogo, roubaram, acabaram, ladrões viajantes...

— Como nós, ué...

— Nem todos cá são ladrões, isso não.

— Houve Ranha Velha, Maria Tesa, Jacatanguá, Bei-Beira. Tudo perdido.

— Como vieram tão longe, fazer póvoa neste termo?

— Razões são razões. Esse diabo do tuaiá, fundo sem fundo, Figueira-Mãe, mundo perdido...

— Qual, não creio em nada, só creio que estou aqui, perdido entre perdidos, e agora, ao diabo tudo!

— Ó Caveira, existe a Figueira-Mãe, tu que só crê no teu relógio idiota, nos teus óculos sem vidro pelos quais passa o mundo, no teu guarda-chuva quebrado que não protege de nada...

Colheitas do céu diurno, cortinas vivas de pássaros voando, alcançando as nuvens. De longe vinham ouvindo o rumor que só podia ser água, rio, no fundo daquele arvoredo sem terminar, sem fim. Estavam entrando em floresta maior, mais densa, copada, espessa, dura como castelos nas montanhas, verdade. E os cavalos iam afoitos. Os homens adivinhavam.

— Há um rio por aqui...

— O nome, Chico?

— Sei não, fora quiçá Corgo do Parto, o Zu-Azul talvez, ou rio Ouro.

— O nome, Babalão?

— Nem Corgo do Parto, nem rio Ouro, nem nada, é o rio Matogrossinho.

Efetivo, apareciam as primeiras águas, muito limpas, um frescor com o sol cantando em cima delas, buliçosas, pássaros trinando a revoar, pedrinhas brancas, miçangas, transparecendo, puro rio. Rio pequeno, mas festança fresquinha para os olhos cheios de poeira das estradas e desse sol de tições ardentes, música santa para os ouvidos, cheios de só ouvir cigarras azucrinantes tantas léguas de léguas desfiadas, como se desfia bainha de feijão, cada grão trezentas léguas, da outra banda levantavam-se enormes florestas de jatobazeiros virgens que nunca tinham visto gente, só.

— Vamos parar aqui.

Desceram das montarias, foram alimpando um adentro largo, gruta sob um aglomerado protetor de raízes pretas, onde se erguia alto e de muitas copas um jatobá de séculos, de um negror avermelhado, de obsidiana pichenta. Como uma sala limpa o cavo dela. Guardaram os mantimentos, aprumaram volumes de coisas lá dentro. Fogo aceso foi de novo. Homens lavavam pernas e braços, animais bebiam, foram-se redondeando torno do alimpado. Chiavam as panelas. Uns sentaram-se, estiravam o corpo escalavrado e estontecido no chão bom, feito para o descanso, das horas ou da eternidade, dependendo das circunstâncias, chão que cabe tudo, cheirando o ar todo inteiro, do rio, forte para respirar. A mata crescia em redor deles, pleno meio-dia, o sol ardia em fogo, por um momento o silêncio comunicou-lhes uma simples sabedoria: a coisa melhor da vida é descansar de um trabalho e em vez de barulho, silêncio, em vez de sol na cabeça, sombra, em vez de torvelinho, solidão, a vida e a morte são apenas isto reunido em si mesmas, sem cisão, completa, de sempre. O sol era fogo, fogo puro. Ninguém pensou, mas acaso pensasse, é porque era, tinha de ser, glória de estar vivo e assistir ao viver de tudo, glória de sentir dor e sofrimento e saber que tudo passa.

A luz — que vinha do sol e de nenhuma outra coisa — tapava tudo no céu, menos as nuvens, o ar, o sem fundura tão profundo de tudo. Azul tão azul, sempre azul. Mistério da lealdade do dia claro, do nada por nada, de ser porque se é, de ser por ser, de tudo estar, em lugar e em tempo, mas mistério perdurável. Sentiam como sempre sentiam e ninguém ligava, o que era a verdade era a verdade, ninguém podia achar outra verdade em lugar dessa que era a verdadeira verdade, realidade viva.

— Todo mundo vai ter que apertar o bucho, senão ainda vamos passar fome — a voz de Urutu ressoava estranha, pesada, no silêncio mormaço dos cabras —, olhem que vai escassear o come-come.

— Já? As bocas estão diminuindo — alguém disse e Urutu olhou para o lado dele, impessoal, e era Bebiano Flor.

— Os cavalos estão cansados, machucados, será que vão aguentar? Nesse pé chegaremos é ao diabo — outro ajuntou, e Urutu viu, boca dele chocha, Canguçu, sem vontades de continuar.

Garci virava a colher de pau no caldeirão, feijão velho com carne bichada, o aroma começava, focinhos no ar. As alimárias roçagavam o mato, buscando pasto, comendo folhas quaisquer das muitas que enchiam em volta.

— Essa água aí — disse Babalão, estirando o dedão do pé, deitado estava, na direção do rio —, o Matogrossinho vem das locas e grotas do Urituauaçu, nas serras Azuis, lá perto é travessia para a Figueira-Mãe.

Babalão torcia as barbas, fazendo trancinhas, enrolando os fios amarelados que de longe pareciam pretas, cofiando distraído, recostado num barranco.

— Areia limpa. Não terá ouro?

— Ouro tem é lá na Figueira-Mãe, salas recobertas, soalhos soantes, mas ninguém vai precisar de ouro. Para quê? Precisamos de comida e de paz.

A areia era branca, virgem, o sol se refrescava nela, mas doía na vista dos homens, eles, à boca da cova, nos ressombros dos jatobás imensos, esgalhados, braços gigantes espanando as nuvens, rebentos de zarcão e sol nos rumores vagantes, de vegetais.

— Esse diabo de Figueira-Mãe, enfim, é fazenda, é casa, igreja, cidade?

— É tudo, Bebiano, de tudo tem, quase tudo é.

— Onde você leu isso, Chico?

— Não li, sei de ir, já fui lá.

— Conte-nos isso direito, de voz viva.

Ouviram um ruído de matas arrastadas, um corpo revirando-se, José Gomes levantou-se armado, correu encosta acima de onde partira o remexe-mexe — viu foi Babalão Nazareno forrado nos cornos, aos quartos, rolando, num grande bode preto espirrão, guampas enormes, feitos coisas-ruins em plena luz, em luta, então guardou a arma e se aquietou de espanto. O profeta se levantava e caía, agarrado aos pelos, o toutiço do bicho que queria disparar, buscando sodomia com ele, parentesco momentâneo do Demo, chifrudo, espertando-se aos botes e espirros, sacolejões e cotoveladas e espirros, sonegando estranheza. Barbas na frente, o corno berrava, bebebé, cômico seria, não fosse Babalão vinculando, pega-pegando, mudando de quartos, em joelhos, em cócoras, às gatinhas ora, virando-se nos matos que espacejavam, ora, se arrastando, erguendo o pescoço ao céu, o cabro aos berros e estridências da violência com a grande cara faunesca de cavanhaque e a voz gangosa, sumida, gengivas sangrando, em desarticulos:

— Espera, filho de Belial, espera...

Um instante, José Gomes viu, parece que o profeta conseguiu de uma vez em todas se embodocar, e o bodão-bodum esperneou feio regirando, mas o outro sujicou-o às esporas e às virilhas e aos joelhos, presilha de pernas, derrunados, derruídos, desmoronando, torcendo-se no chão, até que o mundo e a força do universo desceu sobre ele, destampou-se nele, o peso da derruição entortou-o, garras dele ferradas nas patas cabrudas, o outro pinchos e pinotes, esperneios, pulos, sofrenões, ofegão berroso, chifrando o vazio, esfurnando em funga-funga desenfreado, o pescoço barbudo retinindo, Babalão afrouxou a gravata, tombou de lado, aberto ao meio no chão que se afundava. O bode ofendido virou-se então, aprontou um aríete e chispou contra, para cima dele caído, aberto, de mau jeito. O rumor das marradas! Os berros que atroavam o vale de Josaphat! As chifradas matariam talvez o filho de Jeová estonteado, não fosse José Gomes derrubá-lo com um tiro no peito, que estrondejou longe, abanando as nuvens, espadanando o silêncio e formando concentrismos na surpresa das serras que bordejavam as proximidades, sem mais suspiros, nas patas caiu o capribode por cima de Babalão, enchendo-o com seu sangue roxo-preto, quente e grosso como petróleo. Babalão ficou lá um tento, patas abertas ao céu, ressujo de sangue, todo abobadado, bêbado ao sol, resmungando jaculatórias santas e ladainhas, José Gomes levou o corpo mexente do bicho, peso removente nos braços, e o gentio que se guarnecera de cuidado daqueles rumores estranhando, escondido nas moitas, reapareceu assanhado, divagando coisas sobre a probidade do santo. A serra do Mata-Homem: era nas suas bases. Na hora do vácuo entre estrelas e astros, o tiro atroara misterioso retumbando e turbilhões negros de nuvens de morcegos saíram e taparam Babalão quase como as flechas persas teriam tapado Leônidas nos desfiladeiros das Termópilas, e ele saiu correndo ladeira abaixo, bracejando sarapantado à sombra das asas — eram andorinhas? — rumo ao grupo espantado — quem esse dono de rebanho, esse pastor que atirara? Era o Diabo, o próprio Belial, o senhor das trevas? E o diabo era o próprio bode que ele violentara, senão de onde teria vindo, de que diacho de lugar tal bode preto solitário vagando no sopé da serra, teria chegado? E Babalão viu nele o Cão em flor reflorindo, aranhas e musaranhas, aranhas e buaranhas a florir, o Diabo-Solimão-das-Serras, quem podia ser, morador daquelas serras em searas? E ele o vencera em prélios justos, nas provas de Gomorra, sob a proteção de Jeová. Tropeçou entre os homens e caiu. Atordoado, meio nu, descabriolado, como Alonso Quijano fazendo penitências e cabriolas para purgar pecados cavalariços e penas rocinantescas, mas Babalão nada tinha com expiações equestres, isso era um capricho do instante, quando muito tinha, sim, algo a ver com um bode sinistrado, olhando que em pouco e pouco o descarnavam descarnando-o lentamente de sua carne que fora a sua vida verdadeira para guisá-lo, pouco se importando, para si mesmo, se importando se era o corpo do Dianhas ou não, carne fresca e gorda do diabo próprio, o corpo aberto em talhadas quase escuras em galhos a secar, churrasco em postas para todos? Belial que viesse, que ele o comia como se come guisado abençoado por Jeová... Depois diria que também comeu da carne do Demo, para dizer que isso não era grande coisa nesta vida, era apenas o de sempre, por mais que acreditassem ou não. José Gomes se deliciava com o miolo cozido, guardou os chifrões no surrão, dava sorte e melhorava os prenúncios, para fazer berrantes, além de afastar maus-olhados e contava o histórico do acontecimento, o povo entre risos, até Urutu. A moça havia sumido, estava no mato fazendo toalete. Babalão foi, voltou depois, sem muita graça em nada achando, encharcado de água, se banhara com as roupas e tudo, dizia para tirar o bodum do bicho que ficara preso às vestes, como não pudera suportar aquela tentação, bem vira que era de Belial, mas como era dado a estas tentações e depois vinha delas como se tivesse sobrevivido de uma batalha, com uma cara de borracho, tonto, e comeu também do animal, sem muita vontade, quieto, em silêncio, aguentando as mofas, sem ligar às insistências daqueles amolantes que nada entendiam de nada, sequer das tentações de um santo, menos muito dos altos desígnios de quem era privativo de São Gabriel, São Rafael e São Miguel e das hostes arcangélicas e outras esferas que deslizavam eternamente pelo Empíreo em profusão de gozo sob as vistas bem-aventuradas de Jeová... Enfim, ele se desmaiara? E, pois, de onde aquele bode? Pois fora apenas um sonho, onde sonhara que sarara todo o mundo, inclusive Chico, de tudo, de seus males materiais e espirituais, a uns dando liberdade e a outros a cura das doenças, como Cristo, e súbito vendo Chico perto de si, e tocando suas bostelas carregadas, aprendeu que não, deu uma olhada para o centro do céu e murmurou remexendo a carne na boca:

— Um sonho, só um sonho... onde Jeová não quis te sarar, Chico... O Demo está em mim, em nós. Enfim — olhando os homens em torno —, a carne é fraca, às vezes...

Os amolantes. Eles comendo do bode preto, Belial. Apoi, de onde viera esse caprunho-assombração de carne dura que se esfiapava nos dentes?

— Quem amola é faca — foi só o que disse, e fitando-os nos olhos: — Raca!

Garci que fora à beira do rio dissera que talvez o bode fora de algum bando de ciganos perdidos, errantes pelo espelhismo do tuaiá, que tudo pode acontecer, até que ciganos apareçam e andem pelos confins de uma terra que é o sertão e não é, e todos concordaram, e Chico começou a contar como se lhe fora na conhecença do lugar santo, a Figueira-Mãe, o pessoal comendo do bode assado, os dentes enormes, fortes e amarelos, rasgando e dilacerando nas mãos as carnes ásperas, sangrentas, mal assadas, fibrosas, escorrendo sangue nas unhas e nas denteiras:

— Pois foi há muito tempo, quando eu não estava ainda nesta vida de andança e guerreio, meu pai era retirante da Bahia, ele veio por estes lados à procura de um lugar decente onde viver e deixar os ossos. Na viagem, minha mãe morreu duma reboldosa de maleita que contraíra aqui chegada. Meu pai fora homem muito bom. Fora ele quem me pusera no gosto estas coisas de viajar e não parar em lugar nenhum. Ele andara uns tempos sem rumo, triste demais com a falta de minha mãe, e vagara por aqui, em riba do Xingu, feito ipecoanheiro, feito borracheiro, garimpeiro, de tudo, sempre sem achar no que se agarrar. Um dia sumiu no olho do mundo e eu fiquei também no mundo, só, eu fora pequenino ainda, podia ter quinze anos, na casa de um padrinho meu, Izeca Igó, homem também bom a não mais poder, sempre me pusera na cabeça que o pai estivera na Figueira-Mãe: casa-fazenda, retiro, abadia, sede de bispado, vila-igreja, onde o mestre-governador era um padre-bispo destituído e excomungado pelo papa-vigário-de-Nosso-Senhor de Roma, padre-bispo esse que fazia milagres e sabia voar e ficar invisível e restituir amor e minorar a dor dos pobres. Sempre que eu perguntava ao padrinho do pai, ele me dissera que este estivera na Figueira-Mãe, gozando favores celestes, que eu devera ir para lá algum dia, custasse o que custasse, como os romeiros devotos vão a Jerusalém, a Meca, ou a Aparecida ou Pirapora. Me parecera que a Figueira-Mãe era fazenda já muito antes de ser muito velha, com muitos anos encarreirados e que esse padre-bispo devera ser muito ancião, segundo parecera. Um dia me fui naquele rumo, disposto a encontrar meu pai. Andei muito, verdade, e para mim é que onde cheguei, no oco-centro do redemunho, era a Figueira-Mãe e nenhum outro lugar, não podia ser outra cidade-reduto. Era no bioco, no centro dos matos, nos miolos das vastidões maiores sem fronteiras conhecidas, uma fortaleza, uma igreja, um fosso, um rio cercando, quase um palácio ou um castelo com ameias e barbacãs, campos em volta, onde gente diversa trabalhava em boa paz e o padre-bispo, o Dom chamado, o padre-doutor nosso reinava em grandes reinos laboriosos, rodeado de bambuais e mangueiras espessas, e muralhas de espinhos e mais espinhos inultrapassáveis, nos confins da Serra dos Martírios, lá onde chegou também o célebre coronel Fawcett, que continua lá vivo, apesar de pensarem que morreu comido pelos índios, nos refundos do tuaiá, para nem de longe chegar nunca jamais as notícias do mundo lá dos homens e se dizia que ali fora cidade imperial dos incas antigamente, mas quem iria saber com certeza, o certo é que lá havia estranhas pirâmides que se elevavam às nuvens e labirintos junto a lagos e montanhas cercando tudo nos horizontes, nunca mais pudera me recordar do que foi ou não foi naquelas eras, às vezes até pensara se não fora sonho aquilo ou algo que meu padrinho apenas contava, esquecido de que tinha sonhado, favorecido pelas belezas do seu narrar, entrelaçado de longe com alguma notável e mutável realidade ou coisa nem sonho nem verdade, coisa de só se ver em altos sonhos de altas paragens, coisa que nem talvez acontecera. Nunca vi o Dom, o Sem-Sombra, e creio que nunca ninguém viu com seus olhos que Deus deu.

Bebiano interrompeu, fiapos sangrentos nos dentes:

— Por que esse nome de Sem-Sombra?

— Nunca se soubera nada muito bem ao certo, as notícias correm e demandam mundo, dizem tudo de dizer ao somenos, ele com certeza nem terá sombra, o fato é que era excomungado e assim foi até hoje, salvo se lhe retiraram tal encargo ou descargo, não sei, se é que existe ainda tal homem. Ouvi dizer que perdeu sua sombra numa aposta ou num pacto com o Demo, mas quem poderá saber ao certo todas essas coisas estranhas e tergiversadas?

— Quem não sabe não pode dizer das coisas exatas, é natural, o Sem--Sombra existe como todos nós aqui estamos existindo neste exato momento — disse Babalão que havia escutado tudo com interesse, engrulhando com a voz liquefeita, fina, taquaral, chupando um lado toucinhento do bode, os cantos da boca espumosos, brancos de gordura.

— Excomungado fora por causa, diz que pelas artes e desartes de reunião com o próprio Senhor Demo, o Cão Preto, Belial, como você diz, o perdedor dos homens, e devera ser verdade, é o corrente. Lembrara-me de um homem que ali vivia, um mestre Cabreira, era como o chamavam, ele era o guarda da casa ou algo assim, ou porteiro, nem sei, o passador de revista, o sacristão-mor, o ajudante principal das liturgias secretas, não pudera saber ao certo, esse mestre Cabreira era bom sujeito, mas duro na contagem. Diz que era assassino de muitas mortes, procurado, fugido para aquela cidade de asilo, mas quem não o fora? Padrinho Izeca Igó ainda estivera vivo, ele soubera que não conto mentira, que só falara o que julgara ser verdade.

Urutu deitado, sem camisa, braços em asa sob a nuca, peito peludo, palitando os dentes, sobacos negros, olhando o rumorejo entreouvido das árvores no alto, o suave bom, ouvindo, apreciando o rumor da Natureza:

— É, Chico Inglaterra como Babalão, homem santo, é honesto, não mente à toa.

Silêncio caiu sobre os ombros dos homens, dormência-preguiça se multiplicando devagar e abandonava os braços, largava os corpos no ar. Existência era somente aquilo, morno, morno. Um peso de existências errantes latejava no céu ardente. A solidão vinha reunida, saía das árvores folhudas, dos sem-fins, flutuava no ar, cercava-os com aquele rumor de folhas e águas entre pedras descendo. Entre bocejos espacejando se calaram, lentos muxoxos, espreguiçares se adensando, misturando pensamentos sobre onde seria o mistério da Figueira-Mãe, onde floresceria o Sem-Sombra com coisas que vinham vagas de outros lugares, tudo distante, vagas de ideias morrendo nas praias de um mar que se adormentava lentamente e iam ficando devagar, esquecidos de tudo. O calor era grande. Mormaços caíam de chapa, achatados como espelhos, lisos, sobre o mundo e juntavam numa sufocação as serras que se achegavam nos horizontes calados: no enorme espelho sem fim do céu a Solidão se olhava refletida e perguntava com sua voz de silêncio:

— Espelho meu, espelho meu, dizei-me se há alguém mais solitária do que eu.

E o céu eternamente silencioso nada respondia, apenas o céu se refletia na solidão e a solidão no céu, e isso era a eternidade das coisas.

A moça se levantou e foi caminhando só, rente à praia, sem olhar para trás. Urutu seguiu-a com os olhos cor de cascas dos ovos, depois volveu aos homens:

— A senhora moça foi ao banho. Quero respeito senão outros Lopes vão se repetir, palavra de homem, palavra de honra, dito por dito tenho e estamos certos.

Eles acompanhavam-na no seu caminhar, uns com os olhos, outros com a face toda, virando os corpos deitados, as caras para ela, como os rostos dos girassóis se viram e acompanham o curso do sol no céu, vendo-a nos quadris estremecendo os molejos no doce bambolear da massa das ancas cheias, que enlouqueciam, a cintura fina, as pernas ágeis e longas, fortes e robustas, a carne das cadeiras voluptuosamente balançando-se, subi-descendo, outros só ouvindo seus sapatos nas pedras da praia soando claro, adivinhando a ondulação, uma espécie de eco ricocheteando no mais profundo do ser, ali onde se encontram as possibilidades do pensamento e da ação, obscuras e latentes. Urutu sabia, Urutu quieto, Urutu deixou-se estar, senhor do que disse e do que não disse, os beiços grandes, meio brancos estirados nos cantos, os olhos alvos como pratos de porcelana, olhando os galhos balanceando sem ninguém soprar, nenhum movimento mexendo-se sutilmente e mais no fundo, para lá da sombra azulada, a correria das nuvens escorregando a carregação dos dias, a baldeação das horas. O céu devia de ser curvo, por isso aquele algodoal despetalando-se voava como um espanador espalhando plumas. Havia o vento naquelas alturas, e o vento havia de ser duas coisas naquelas regiões de vertigem: ou muito brabo ou muito suave. Cavalos eram, cavalos apostando corridas de ar, cavalos de ar, feitos voos brancos sem nada nem ninguém, no azul, onde morrem as almas, cavalos das abstrações. Lá estava Lopes. E todos os mortos. Ou no inferno, feitos assombrações, cães-fantasmas. Ou neste chão mesmo, as pedras mudas. Muitos matara, tirara deste mundo, para o qual não haveriam de ser feitos, aquele pinguço nem fora primeiro nem seria último, mas aquele amaldiçoado não se lhe despregava da consciência. O que tinha o Lopes?

Veio-lhe desagradável a ideia da prisão, a enxovia escura, infecta, fedorenta, cheia de mosquitos, onde ele, o Lopes e o Paraguai habitavam na mesma cela. Como uma nuvem espinhosa. Começara tudo ali, sabia, guardava velhos, secretos ódios. Uma nuvem de chumbo. Os dias e as noites sempre iguais, horrivelmente iguais como dois hemisférios do mesmo ovo, como um rosário monstruoso, saído da imaginação de algum monstro, as paredes de cimento sem cor, as janelinhas lá do alto com suas grades impossíveis de galgar, a modorra infernal na lama daquela masmorra! O Paraguai viera dos Chacos, de los Esteros Boreales, los Pántanos, San Pedro, Villa Rica de los Arrieros, como ele sublinhava, os diabos lá perdem seus ponchos e seus chapéus com suas fitas azuis e vermelhas... Mundos e fundos... As botas do Demo... Por mais que se ande nunca se consome o mundo. A fala dele:

— Usted, negro de porquería, sepa siempre que gente de especie es lo que soy, mi nombre es Villa Rica Quevedo, Urutu, eso soy yo. Sabe Usted que es el Paraguay? No es Brasil, no es Mato Grosso, acuérdate siempre, es lugar de hombre, de macho, si, he matado diez, y puedo matar otros diez cuando se me da la gana, entiende? — E o olhava com os dentes e os olhos ferozes como os de um cão, a saliva dos seus perdigotos lhe molhava a cara. — Cuento en los dedos, cinco paraguayos y cinco brasileños. Conté bien, verdad? Veinte cuernos podridos y no estoy acá pa respirar aire puerco de chancho brasileño negro... Sepa que esta parte de Brasil, todo Mato Grosso es propiedad de Paraguay... Lo ganamos por guerra justa... Cualquier día serás vengado, mi jefe Solano López... Despacio, despacito voy matando todos los brasileños hasta que se acaben un día e entonces así serás vengado, así lo espero, ay, por la Virgen de Caacupê, así lo juro...

E a risada dele parecia uma sanfona despetalada, no delírio do calor cuiabano... Repente, se sentava no chão e pegava a esburacar os pés com as garras das mãos:

— Puta yegua que me dió la vida que no pedí a nadie, desgracia humana, te ahorcara con mis dedos, te comiera la lengua, vieja yegua...

E mostrava as unhas, os pés, as pernas, sangrando das escaras descascadas, onde varavam bichos-de-pé. O Lopes mudo, num canto, passava meses assim, sem falar, sem nada dizer, quieto, em silêncio aborrecido. Quem ia imaginar, talvez, pensando agora, nele depois de morto, parece que ele ali estava a pensar, era na sua morte... Olhava-os nos olhos como se não fossem gente. Devia ter matado era esse cão do Paraguai, que o provocava, mas que ele apenas se desguiava os pensamentos, resolvido a não fazer nada. Que mistério existe nisso: se mata a uns que talvez nem mereçam e se deixa de matar àqueles que mereçam mais que os outros? Sopitava desde sempre a vontade de matá-lo, exterminá-lo, terminar com a vida dele, mas deixava sempre para outro dia, que afinal não veio... Agora vá-se saber por onde anda. Urutu, olhos escorridos nas nuvens, mãos atrás da cabeça, boca meio aberta, os dentes de ouro brilhando entre os vãos. Esse Lopes agora morto como outros tantos, e ele até que era seu amigo, como se pode? E o tal sargento Breca, a vontade que lhe tinha de pôr as mãos... A boca obscena, num esgar de quem estivesse sempre esguichando, tinha a impressão de que aquilo nem boca era. O indivíduo devia de estar vivo em algum lugar, vivo e aguardando sucedidos na sombra, esperando talvez por ele, talvez até nas volantes que estavam no rastro deles. Não o vira na hora da fuga, ninguém o viu. Talvez estivesse morto, quem sabe. Urutu via nas pessoas já a morte delas, a hora, o momento. Via já no rosto do cujo, mesmo quem fosse, conversando ou rindo, com ele, a caveira dele, em pé, gargalhando fosse... A gente é verbo, é ser. Cada um é seu próprio tabelião. Mas na hora do só, é adjetivo, substantivo, advérbio, conjunção, nunca verbo mesmo, verbo macho, de verbar e averbar. A secreta sabedoria é outra. Nos dentes chupava fios de carne. Pensou no bode, num naco de carne, o último, meio cru que esfiapasse às dentadas, às mordidas, mordendo e rindo, dentaduras de caveiras gargalhando e de sangue vivo escorrendo...

José Gomes imaginava no ouro estranho que parecia envolver a moça em certas horas, como se fosse uma santa, o dourado lembrava um nicho onde rezara em outros tempos, talvez quando criança, em penumbras de igreja, e tinha ciúmes de São José, e se lembrou dum caso antigo acontecido na barra da feira de Rincha-Cavalo, numa dobradura com Goiás-Velho, antes dele sentar praça:

— Estamos por perto do Arranca-Saia, não, Garci?

— Sei não, como vou saber? Quem sabe só o Babalão e o Chico, José Gomes.

Babalão falou fanhoso:

— A poi, estamos perto, mais três léguas, se tanto, mais tardar, mas é de Sete Palmos, que antes se chamava Saia Branca e não Arranca-Saia, que este é dos lados de Goiás, e que ficou-se chamando assim depois que houve um crime ali e morreu alguém que lhe puseram o nome de Sete Palmos.

José Gomes foi lembrando, saga, remembramento, déu, léu e céu.

Lá da restinga de matas, atrás deles, na curva, vinham rumores de água. A moça se banhava, tinha tirado as roupas, jogando-as num montículo à beira do rio, e ficou assim, o sol dando ouro e fogo no seu corpo, inteiramente branco na beira da água, ouro e prata e sombra e luz, sem se importar com a proximidade deles. Urutu se levantou, passou demoradamente seus olhos macios sobre o grupo e foi para o mato sem dizer palavra. Estátua que caminhava nas pedras, como Vênus Anfitrite muito antiga vinda dos mitos e das teogonias primordiais, águas passando sob seus pés, os luares todos juntos e tudo o que é branco misturado a uma ofuscação de rosa de sombras soleadas, mármore a se animar, Paros, Samotrácia, Naxos, Táurida, mexente de vida. E ela foi entrando na água. Os homens olharam em volta, não viram ninguém nem nada impedindo nem proibindo em natural proibição, levantaram-se sem pedir permissão a ninguém como que comandados por uma ideia em conjunto e caminharam cuidadosamente para o forro de matas que abotoava a visão do rio e se entrincheiraram lá reunidos, a assistir, como Carlos Magno e seus cavaleiros assistindo a um torneio de beleza, ante prélios de formosura em cortes de amor, como de camarote de teatro para príncipes de alguma alta Renascença, sem falar uma única palavra sequer, mirando com paixão e exatidão completas apenas, os olhos indo a luz deles para a luz da natureza que se desabrochava em pendão de milagre sereno e simples, que recrudescia lento deles se inchando em círculos como a luz do sol perdido no céu, um fogo ardendo nos peitos, seguindo os movimentos dela. A moça entrou mais, a água aos poucos foi subindo-lhe nas pernas, à medida que andava, as pernas grossas-belas, pernas greco-romanas, siríacas, micênicas, helênicas, tartéssicas, as coxas em ondas e as ancas maravilhosas, a garupa que se movia com precisão e cadência estudadas, se bem que muito natural, como fazendo esses meneios para gravá-los como os pintores gravam na mente e no sonho da memória as precisões da forma e do conteúdo dos modelos que veem para reproduzi-los depois, e ali estivessem, impressentidos, um cortejo de reais pintores atrás das matas, espreitando-a, estudando-a, gravando a efígie do seu corpo encantador na lembrança para todo o sempre, para reproduzi-la em todas as reminiscências de todas as transmigrações, para acompanhá-los na vida e na morte, desde que a vida fosse vida, o torso empinado, os seios redondos onde as auréolas se erectavam como cerejas cor-de-rosa, minúsculas ameixas vitais, e foi afundando, emergindo, o velo castanho-dourado, o vento perceptível nos pelos dela, seu ventre onde toda maciez morava, carne feita para a vida e não para a extinção. Só os ombros permaneceram, os cabelos flutuavam gloriosos sobre a torrente, seu perfil de deusa fenícia ou dórica descida à terra nos tempos mitológicos. Voltou o rosto e de lá estudava, não via ninguém, mas desconfiava, e era essa a justa razão que tinha consciente em si, e de repente viu um movimento imperceptível no mato à frente, franziu os olhos e compreendeu, afiançando para si mesma que aquiescia totalmente com tudo, distinguiu Canguçu, sua cara balofa, o sol nos brincos de ouro nas orelhas, descobriu Pedro Peba, Garci, José Gomes, Chico Inglaterra, Babalão, Bebiano Flor, Cajabi, viu-os todos, suas caras entre o teto das folhas, e mais para baixo, Urutu, assentado, como grão-senhor entre senhores, escondido atrás duns arbustos que o camuflavam, de olhos ferrosos, as mãos sobre as coronhas dos revólveres pendentes da cintura. O cáqui das roupas se fundia com o verde amortecido da vegetação e o verde-esmeralda que a brisa alimpava. Estremeceu e mergulhou no frio mais brusco da água para esconder-se, esquecer, molhar gelado o pensamento súbito e malsão que voltava da noite: Salústio dentro de sua carne na hora do amor, da última vez. Salústio estava ainda fresco, sua morte fora apenas agora e apodrecia dentro da terra que tudo abrigava. Arrepiava-se de audácia e fervor, calafrios pingaram no fio da medula, entre ainda porfia e já arrependimento. Mas arrependimento de quê? Apenas de não ser mais bela: mas se fosse mais bela do que já era, o que seria? Uma divindade, um poder, a própria Vênus Anfitrite. Bastava-lhe a ela ser ela mesma, a vingadora pela beleza, nada mais. No centro do mergulho, no lugar mais frio da água, onde o rio a lambia de todos os lados com suas línguas frescas, pensou nisto apenas, um átimo: viu-se com um homem, mas não sabia quem, não era ninguém, era um homem que não existia, talvez o vulto de todos os homens num só, abstração eterna, e este, como ela, encarnação de todas as mulheres, não tinha nome. As águas: todas as águas: uma água cantante de um rio que ouvira na infância: essa água lhe dizia com seu idioma musical de silêncios e cordas líquidas: ouve-me, que queres, doce ramal dourado, curva o galho e toma o pomo e come, até as borras, o pecado não existe, só a cegueira dos homens o fez existir, o que existe são os sonhos dos homens que nada sabem sobre a carne e sobre o tempo, os únicos que têm a sabedoria da carne e portanto da alma são aqueles que comem da carne com igual fervor que bebem do espírito, aqueles que não dividem o todo em corpo de um lado e o espírito de outro. O sol queimava, mordia, a lisura transformante, que se movia, do rio, preguiçosa, ardia nos seus cabelos e na sua pele, grandes, soltos, num turbilhão castanho-negro e cheio de ondas, cascateando-lhe da nuca em jorro, quando se ergueu, andando para o raso, e olhou em torno o rio que corria sobre as pedras, sua transparência eterna, o que as águas diziam?, que nunca se entra no mesmo rio duas vezes, que tudo passa, que tudo muda e cambia e no entanto tudo é imóvel e sempre o mesmo, o tosão, o velocino castanho-escuro debaixo do ventre, no meio das coxas, nelas o risco das águas cacheando, os peitos duros de frio, as mãos soltando pérolas, ouros e pratas em auréolas nas gotas a cair douradas pelo sol. Os anjos da guarda existem, pensou José Gomes, o anjo daquela mulher, anjo feminino, secreta sócia dela nos caminhos da vida e do mundo, nas proteções do segredo, batia as asas de ouro, frêmitos, frêmitos como campainhas e sininhos de cristal tocando, tocando nas fímbrias do infinito, lá onde a vida e a morte se assemelham e se reúnem, não saberia dizer, e José Gomes sentiu como que um fervor de espasmo se alastrando pelo corpo, um desejo tão agudo que lhe amortecia todo o corpo, lhe vinha dos empíreos, um sonho de gente viva e acordada entretanto, tão vivo que fazia quase doer e pensou: uma é nhá Tabita, outra esta moça sem nome. Entre elas todos os mundos. E Melânio Cajabi: a brisa nos pelos dela: milagre demora, demora. O Cristianismo baniu esta imagem e impôs o pecado. Onde está a Grécia Antiga, pré-socrática, órfica, a inocência, o paganismo, Elêusis, Delfos, onde está?, e lágrimas lhe desceram pelos olhos, banharam-lhe o rosto.

O sol a iluminava toda, lampadário de igreja, santuário verde, nos nichos de sombra as respirações dos deuses em zelo, o sol, brancura que a pintava inteira entre rosa-claros e amarelos de Nápoles, olhos que a viam, graduações de tempo, guardando tudo nas retinas para todas as eternidades de todas as encarnações, as árvores pesadas nas suas raízes sussurravam e murmuravam, e o sopro do vento mexia em sua cabeleira desaguada quando ela aproximou-se devagar e lenta das roupas, como que pensativa e bela, entre as flores de lírio-do-campo e flores singelas de batatinha do mato, azuis e brancas, que a tocavam toda, os passos na areia empedrada da praia deserta, enterrando os pés, os artelhos na areia fofa, a moça sem nome se vestiu lentamente como que sem querer, com precisão fortuita, com toda a graça da gratuidade, como por acaso, com demorada preguiça, como quem nada via, mas tudo sabendo, sentindo um gozo estranho e único imaginando-se olhada, penetrada por tantos olhos, por tantos pensamentos. E o ar era transparente.

— Parece uma santa no altar... — disse José Gomes lentamente.

— Uma deusa, dessas dos livros antigos, mais velhos... — falou Bebiano.

Ela se vestia, sua cabeleira suspensa, balançando, goteiras. Os homens se olharam, pregas nos olhos, rugas nas caras, como se fossem imensamente velhos, como se carregassem todo o peso da terra nesse momento, como se houvessem lido todos os livros do mundo, sapientíssimos de repente, pensando muito profundamente por que razões aquela visão não era corrente e natural, de todos os dias, e sim, uma vez apenas na vida, inocência e pureza. Algum arreceio do admoesto de Urutu? E quem, por acaso, era Urutu? Tinha-se medo desse Urutu? E tão grande o céu, tão grande a terra, tão grande o fogo, tão grande a água... Que mais se precisava neste mundo? Olharam-se, firmaram mais uma vez a vista sobre a moça que punha a blusa, e procuraram seus lugares na roda embaixo do jatobazeiro que conglomerava suas sombras sob o sol, suas garras sobre o mundo em labaredas. José Gomes ficou parado olhando para o mato que tapava aquela parte da praia: se Urutu a amava ele também a amava, começara a amar, de repente, como se não fosse nada, como se fosse por uma pura casualidade, e basta. Aquele cobrão de cruz-capelo tinha razões para amar moça tão bela? E dali, os outros, quem? Quem fosse. Criminosos, ladrões, pretender a beleza e o gozo do mundo, a natureza? Ah, princesa de altas cortes, princesa do mundo. Ele, José Gomes, nem nunca lhe mataria o marido e o pai, essa a razão que tinha para amá-la, mas pensando bem, talvez sim, mataria o seu marido. E merda para Urutu, viesse ele, ferros dele, ferros meus, ferros cruzados serão. E quem cair que caia. Canguçu era o último que vinha, de atrasado, em cansado, de cansações demais de ver tudo aquilo como cena de toda a vida concentrada, que dava grandes fadigas ver coisa tão postergada, em demorar-se de ver, e já vinha de anterretorno, pisando, quando num passo, como em falso, súbito, à beira das areias nas águas, o pé parou brusco, o peso vacilando, um grito-uivo de dor borbulhando-lhe da boca como água sentiu. Mordida de fogo, funda penetrando, febre ingressa, o ferrão da serra em brasa, arraia idosa enterrada na areia lodosa, o calcanhar erguido, talvez sangrasse, incêndio em raios subindo pela perna e aturdindo os olhos, câimbras invadindo o corpo, o tronco estremecendo no eco, bamboleando na repercussão, o ar repente como roxo com radiâncias negras e rubras, a atmosfera quente e aguda, e a dor profunda e breve, logo atroz, quase tudo. Forte Canguçu na dor, fosse feroz bala em peito ou punhal entre as vértebras, só os olhos se lhe abriam como cavalo que quer rincho, os dentes cruzados mordendo como que um freio invisível, cru, e os olhos se avermelharam nos cantos, duros, fixos. E foi. Ia como se nada houvesse se passado, fazendo força para pisar igual, o calcanhar com o ferro vivo em fogo, esporão de galo lacerando fundo. Duas ruas de rugas se formaram descendo da boca amargosa. Além da maldade da vida, este ferir-se inconsequente, peso sobre peso. Pela praia bordejando, orlada de lodo e águas mortas, reparando a distância em que ela trocou de roupa. Calmo, ondas e ondas de dor viva, verdes porque verdes eram os galhos com folhas que tinha de se abaixar ou desviar para passar, porque aquelas árvores curvavam seus ramos em longos troncos, as goiabeiras brabas, os marmeleiros, os novateiros, os pinhões, e azuis porque eram azuis os céus grandes com suas ondas calmas e seus círculos onde morre toda esperança, e branco-amareladas, porque branco-amareladas eram as praias onde morava toda a solidão, o rio batido de sol, seus olhos que nem viam, só pensavam uma coisa: aquela dor tão profunda subindo a cada pisada, rasgando-lhe as vísceras, comprimindo-lhe a cabeça num torno de garras. O ferrão nu, brasa em serra, que ao se tirar rasgava mais. Capaz que tombasse ao chão, um arco se vergava, tenso, como no instante da flecha disparar. Forte nos braços e nos queixos retesados, uma dura nuvem roxa, enxames de insetos estranhos que o seguissem, em redor de sua cabeça, aquela dor, seus zumbidos amontoando-se. E na lembrança ainda nova, no giravento o sol como um besouro com motor na barriga girando, girando, e no fundo da dor, como no fundo do ser, como uma aparição teimosa, a moça nua nascendo como Vênus das águas, recordação persistente de algum livro antigo de mitologia que ele vira em criança e que permanecia, obstinada em apagar-se, como se nem realidade, nem mentira fora. Ainda viu que chegava, ouvia as vozes se acercando, súbito Urutu à sua frente, parado no meio, gigante nas plantas, mãos à cintura, as coronhas dos revólveres saltando, a voz enorme, rouca, óleos negros, pesados vegetais que se alastravam, voz como que descendo das nuvens:

— Diabo é isso, meu santo?

Não respondeu, capaz que nem o via, nem o ouviu, viu que ia desmaiar, as argolas de suas orelhas bimbalhavam como sinos imensos e foi chegando e tombando na roda de homens que exclamavam, rodeando, saltos de panteras remirando, olhos corroentes e comentes como bocas e multiplicantes aos mil ainda do desacostumado de ver Afrodite brotar das vagas que devolviam espumas do rio. Afrodite sobre as pedras brancas. Após que chegado, como em agonia de cólica, mãos no ventre, dobrou-se e seu corpo estendeu-se rígido, desmaiado, as caras em redor, arregaladas, pensaferrantes. A moça veio sem olhar para ninguém e José Gomes ofereceu-lhe um grande pelego cor de fogo fulvo e fuligem e ela ali permaneceu, na sombra, recostada ao tronco de um combaru grande, olhando através das pestanas semicerradas, apreciando ver o que acontecia. Os homens foram se assentando, como se guardassem tesouro de visão de milagre dentro dos olhos, no interior do tabernáculo das pálpebras, sérios no esforço de gravar na memória ainda tão presente todo esse esplendor branco e rosa que transbordava de tudo quanto fitavam, se derramava das coisas como se as coisas fossem de carne de mulher, em volta assuntavam como com melancolia, remexendo os lábios como rezando a monologar para alguma divindade amorosa que devia existir não se sabia onde e o silêncio circulava carregado duma mistura de fervor de pureza e de luxúria dentro deles, ardia neles como um fogo inconcluso, como uma invocação adivinhada, no cofre das lembranças a grande recordação: agora apenas passado, apenas reminiscência, nada mais. Eles guardando um segredo enorme: uma nuvem como uma ideia: ela apenas, ela nua como nos sonhos e nos mitos e nos livros mais recônditos.

— Cobra o mordeu? — Chico perguntou acercando-se examinando as livraduras de roupa do corpo de Canguçu deitado.

— Nem parece não, cobra desmaia?, senão faz crescer azuis devagar no ofendido do corpo — fez Bebiano levantando-lhe barras das calças averiguando as pernas.

— O pé dele, no calcanhar...

— Arraia... Só pode ser...

— Homem de Deus, isso doera, doera, de esmorecer... Necessita descanso. — E Chico remexeu as espáduas.

— Castigo de Jeová... — muxoxeou Babalão dando uma cuspada. — Por Isaac, Abraão e Jacob, Jeová santo, três vezes santo! Que homem perdido de arraia sofre até os pecados do pai ao seu avô! Por isso o sentido oculto do livro santo que diz: teu filho será teu juiz...

— Vinte e quatro horas da pior dor do mundo sem parar, dizia meu avô...

O calcanhar de Canguçu, dilacerado, mostrava o esporão ferrado, sua ponta grossa de ferro pardo aparecendo da ferida. O sangue manava num fio leve, persistente da carne fendida.

— Forte, esse homem, forte para aguentar...

— Os homens devem ser fortes, senão o que seria deles?

— Espera, espera aí...

O Caveira achegou-se. Tirando da boca bocado de fumo goiano que mascava e aplicando a bola preta besuntou-a no pé do ferido. Ajudado de José Gomes, deram volta ao calcanhar numa tira de pano e o amarraram. Este só sossoprava, quieto, como boi dormindo, bufando, o peito ia e vinha nas respirações. Babalão sentou-se e se pôs a rezar. Chico voltou-se a José Gomes, ia falar-lhe num modo de respeito, como se a ele se devera nestas circunstâncias. Urutu assuntava, olhos baixos.

— Sei dum remédio, o único. Cataplasmas não valem de nada para esta fisga. É simpatia forte duma mulher por perto que faz sarar. O válido é encostar na ferida as partes de uma donzela, mas na falta dela, somente sua vizinhança. E ademais, ela não é mais donzela — disse Chico mostrando a moça —, e cortar na faca, logo, agora. Enquanto estivera ainda fresco e seguro é, mais que farmácia e medicina e reza, para tirar os pecados todos que se ajuntaram nesse ferrão.

Urutu estava compreendendo a bem-aventurança dos olhares e desconfiava, continha o azougue, mas tossiu falando:

— Chico sabe, Chico sabe. Só que não encostem as mãos nela — disse rouco, olhos brancos, mexendo as palmas.

— Único remédio para sarar da morte que vem vindo, ameaçando.

Arrastaram Canguçu pelos sovacos, puseram-no bem ao sol. Feito, Chico mexeu nuns alforjes, tirou uma garrafa de pinga e veio. Pôs uma tora de tronco sob o pé levantado, ajoelhou-se, desembainhou rápido empunhando a franqueira, rebrilhando ao sol:

— Você vai sarar, vai ficar bom, meu filho.

O homem abria os olhos e gemia opresso sob nuvens quentes.

— Calma, que vou tirar o ferrão. Aguente mais um pouco do que já aguentou, que isso são coisas de homem. Disso também se pode morrer se não se tira isto. A gente tivera de fazer força, meu filho. Força, que não demorara a operação, nem vai doer nada.

Suspendeu a garrafa, enxaguando a ferida de lábios que se abriam vermelhos à luz e deu uma olhada para a moça sob a árvore, bebendo grandes goles, para dar coragem. Canguçu sujicou um curto estremeço de corpo, um espasmo sopesado, Chico derramou entre as barbas avermelhadas e ralas mais uma talagada para dar fé, depois entornou-lhe uns goles na boca, ele abriu o fole das gengivas, foi bebendo como água, sem respirar, até que soprou forte:

— Grrrfff...

O medicante firmou a faca, olhou para Babalão e este falou erguendo a mão:

— Virgem Maria que de calcanhar pisou na cabeça da serpente do mal que abocanha o mundo, Virgem Maria sem pecado, cura esta machucadura, adoece este ferrão de arraia, que maldita seja dentro das águas, onde está, amém. E que na falta do encosto da parte da donzela, a donzela aí está e não é donzela, aceita sua proximidade.

Dançavam sobre eles filetes de luz e filetes de sombra. Brisava uma aragem leve arrulhando o silêncio como pombos enamorados em penumbra e só o rio se ouvia mais surdo, cascatejando entre as pedras, correndo manso, afogueado, fazendo-os lembrar-se da visão perene da moça entre as águas, natural.

Babalão acercou-se e rezou:

— Jeová Deus de Moisés, dos arameus, dos essênios e dos romanos, protege este enfermo e cerca-o com as santas hostes e as milícias celestiais da vossa guarda, espalha a tua bênção...

Chico segurou o pé e num corte só, lento e fundo, abriu um talho no lugar. O sangue correu turvando a tora de madeira. Com os dedos descerrou aqueles beiços que empapuçavam a fenda e com a outra mão caçou o ferro em serra remetido dentro, no fundo. Canguçu se apertou todo num começo de quem vai chorar e berrar em agonia, como boi ferrado, os músculos se dobrando e tinindo e correndo sob a pele, latejos pelo corpo, botes dentro da carne. Gemia urros, engolia gritos, e engasgos, boca com boqueira, dentes presos, quando Chico com os dedos sangrando, num puxão, levantou o esporão de carnegão duro de marfim em serra, os ossos cortantes de espinha de peixe, do tamanho de um dedo. O corpo todo tremia, suava a pele na maleita daquela hora, os venenos carregando forte febre dentro dele. Remolhou-lhe o pé em aguardente de novo, levantou-o em banho de pinga e bebeu com infindável sede brindando e os homens dizendo:

— Ninguém para beber... Se derramando à toa... Pena nem se ter uma bacia...

Amarrou-lhe em voltas a tira de pano no pé que sangrava pouco agora.

— Já está bom, meu filho, disso você não morrera mais. Passou. Olhe aqui. Canguçu, olhando baço viu a arma da arraia extraída do seu pé pingando sangue, a serrinha, a extremidade de punhal.

— Nem nas guerras, meu padrinho e compadre, nem nas guerras, nem bala ensopada de quente, nem faca ferida de frio — balbuciou em gemidos, pauseando, engolindo as bordas da boca, mesmo sem querer rir nem chorar de verdade, apenas sentindo, só sabia que aquela dor doía. Pedindo a garrafa, esqueceu-a na boca, bebendo, filetes de pinga caindo-lhe pelos cantos, gorgolejando entre gemidos, sufocado, para abafar o que sobrava de dor.

— Vamos enterrar este ferrão, para que não nascera um pé de arraia e não arruíne ninguém.

Dito e feito, Chico com a ponta da faca fez um buraco, deixou lá dentro o ferrão de ponta para baixo, jogou terra por cima, pisou fofando.

— Agora essa arraia não virá buscar. Nem soubera onde está.

— Compadre, me dê mais de beber um pouco, este fogo me está ventando por dentro.

Chico deu-lhe de novo a garrafa, o outro bebeu com sede, gutegute, raiozinho de sol batendo no vidro, vivos brilhos brincando nele.

— Dói que dói. Sei, compadre Babalão, que você é santo. Você rezou.

— "Sobre a áspide e o basilisco andarás", o livro santo diz.

— Que é áspide, que é basilisco, padrinho?

— Serpentes, meu filho.

— Esse livro deve ser santo mesmo, padrinho.

— Dorme agora que o Garci vai fazer um chá para temperar o sangue.

Chico chamou avisando, Urutu veio olhar:

— Garci, faz um chá com fedegoso e canela bem forte que Canguçu recupera.

A moça, rainha de olhos serenos no seu trono de pelego em fogo, sob as pestanas que nem buliam, como se meditasse, olhando fixo o rio que desce. Os homens em roda, surdamente charolando.

— Está chegando a fome, gente!

Garci prepara a comida e o chá. Daí a pouco bebem em canecas o quentão, tinindo de quente, com muita canela, e mais as especiarias colhidas no mato, todo o mundo. Canguçu, meio bêbado, bebe cada vez mais. Urutu não tira os olhos de ninguém, os argutos olhos de Argos, vigiando tudo, como se quisesse descobrir alguma urdinte conspiração de amor, escarafunchar as consciências, ciumento até os ossos, sentado num toco, como se fosse mercador de escravos e os levasse a uma feira distante para vendê-los ao som das marteladas, em leilão onde se vende tudo. O Caveira abriu seu relojão e faz que o conserta, nem sabe o que se contém dentro dele, sua grande tampa revirada. Babalão brinca com a cruz dependurada do seu peito. Bebiano Flor arranha meio sem vontade o violão, alheado, enrolando voz fina na boca meio em fecho, como se nem quisesse entoar música nenhuma, apenas por soar algo, mas dizendo:

— Mouro, se vais à Espanha,
trarás uma cativa,
não seja nem triste nem feia,
nem gente de vilania...

Chico Inglaterra ficou de repente silencioso e mudo, tem-se a impressão de que está sempre se lembrando de coisas que se passaram em algum paraíso meio indefinido, algo remoto, acontecido em sonhos. A Babalão parece-lhe que nestes dias cresceram-lhe mais carnes no corpo e brilham num suor morno e moreno. José Gomes limpa as unhas com um fiapo de madeira, junto de Garci, e se falam de vez em quando, amodorrados. Pedro Peba fuma um cigarrão de palha envolto em fumo azul, numa grande preguiça, pensabundo. Garci remexe nas panelas, o fogo estalando bonito, alçando borbotões de fumaça. Melânio Cajabi como que dorme, papo engorogotado para o ar e sobe e desce com a respiração através da camisa, boca escancarada, meio roncando já quase, uma mutuca inquisilando-o, ele de vez em quando levantando a mão para enxotá-la e ela sempre voltando, sem chapéu, seus rufos vermelhos como cornos crespos, sua grande estatura derreada no chão, forte touro entredormindo. A moça espia o rio suspirando, olhos azuis com sombras negras, pestanas quietas estremecendo, sobrancelhas chinesas, de leve seu olhar como o voo de uma borboleta de asas tênues pairando nas coisas que passam, o mundo e o tempo que vai passando sempre, para nunca mais voltar, joelhos sob os cotovelos, e os olhos levam olhos, as águas levam águas, ouros levam ouros, lembranças levam lembranças, horas levam horas devagar, sol sobre as areias e sobre as matas, chão vermelho que sobe para as serras. Canguçu, perna estirada, dorme, peito arfando leve, pinga, dor e sonsono. O Peba com Chico:

— Você ainda está zangado comigo, por acaso, Chico?

— Não, Pedro, tudo é da vida, o que fora, nada mais.

Garci e José Gomes:

— Sabe, Garci, estou com um pressentimento, não sei, mas sinto, pisando nos nossos rastros que ficaram para trás para sempre, pelas estradas perdidas, nesse tuaiá que é só do diabo e de Deus, as botas dos soldados. Esquisito, mas fazem já duas noites que só penso nisso, que escuto e sinto nem sei o que de coisas que vêm atrás de nós, pesado, farto de peso.

— A poi, eu também, mas nem tanto, sei essas coisas, sinto ecos no mato-grossão.

— Como vai de sua maleita?

— Vai findando, quase boa, sarei já, posso bem dizer, foi só um duro ameaço, se ela vier no rebote, eu lhe encho as fuças de quinino.

Bebiano Flor arranha as cordas, canta tristonho, um embargo no coração:

— Grandes guerras se publicam
entre Espanha e Portugal,
pena pena da vida tem
quem não queira se embarcar...

Enquanto canta pensa no pai, que não sabe onde está, neste grande mundo. Tinha mesmo muita saudade dele, o velho querido a ouvir discos de pasos-dobles e música espanhola nas tardes cinza que entravam pelas frestas do velho casarão de sua família. Que vontade de ver o seu pai e de falar-lhe!

Chico e Babalão:

— A Figueira-Mãe, o Dom Senhor, Babalão.

— A Figueira-Mãe, o bispo-doutor, Chico.

Bebiano pensa no pai. Velho de cabelos e barbas brancas cobrindo o peito largo, quando saiu de casa, quando o prenderam. Talvez já tenha até morrido.

— Esta liberdade, Babalão, que vai nos servir?

— Muita coisa, infiel, para os altos, o mundo com todas as suas coisas, o mundo com tudo o que tem, os homens livres.

— Liberdade, liberdade, liberdade!

— Liberdade!

A liberdade que vem do infinito e vai para o infinito. Bebiano pensa nessa palavra difícil: liberdade. Tem um som de tambores: li-ber-da-de... Para conquistá-la são precisas muitas lágrimas. Sons de fogo, de armas, brilhos e estandartes, de sangues e dores. Há séculos e séculos brotou essa palavra como uma flor de sonho e sangue na pedra do mundo, na alma dos homens, flor na água, flor na estrumeira, flor na eternidade. O sofrimento do homem. A vida e a morte. Liberdade: e se talvez no fundo do teu espelho não houvesse nada? Talvez sejas apenas miragem, depois de conquistada a duras penas...

Araras e papagaios revoavam gritando sobre o acampamento.

— Vão-se para o diabo-corno, bando de comadres! — Pedro Peba vociferou, Babalão riu.

— Que culpa têm elas? Estão alegres, nada mais, ora, seu...

— Chá, que alegres! Ora, heha, vote! E a gente aporrinhada, cheio...

— Parece que elas vêm de longa, tocadas...

— Levantaram voo mais de algum susto...

— Não é nada, nem houvera de ser...

José Gomes e Garci:

— É como eu te digo, menino, as araras vêm trazendo notícias.

— Do que se passa escondido é aviso, José Gomes?

— Sei lá, as coisas se passam e a gente pega no ar ou não pega, é tudo.

— Você anda aluado.

— Ouço batuque no oco do chão. Não é visagem, não.

— Não há de ser nada, por que haverá de ser?

— Sejam louvados os que falam assim, menino.

— Quem pode dizer que seja ou não seja? Sinto...

— Visagens...

— Visagens nada, força oculta, força.

Bebiano Flor pinica as quintas, canta fanhoso de propósito, retorcendo a voz, de gosto:

— Formosinha, formosinha,
a das mãozinhas de prata,
mais te ama e quer teu marido
que o rei dos reinos da mata...

Silêncio abre asas agora. Único, o fogo chia e o rio passa e as aves e o vento e as árvores e a terra deitada de longe em longe grandemente. Dir-se-ia que todos escutam uma harmonia que vem de muito longe. A moça levantou os braços, seus sovacos estão peludos, os pelos têm brilhos louros. Fervor. Redemoinham as palavras derradeiras do verso do Flor, com o silêncio em círculos, um poço rebojando águas lentas e curvas:

— ... que o rei dos reinos da mata...

... que o rei dos reinos da mata...

— E quem será esse rei dos reinos da mata? — pergunta Chico.

— O Sem-Sombra, Chico, o Poderoso da Serra dos Martírios, o Padre Ferro, o de muitos nomes, só pode ser...

— ... que o rei dos reinos da mata... — consome o eco.

Como se um silêncio feito de ondas maiores, um rio que abocasse o poço pequeno onde murmuram vagas, vindo das maiores lonjuras, seus ecos, o céu e a terra em grande vazio, as distâncias. Um medo nesse silêncio ao sol, medo sem onde nem como, zumbido que rodeia os altos como pássaro perdido, o cego silêncio. Nele, o medo, geral desses peitos quadrados de machos cruzados com a morte, os homens brabos, fartos, fugidos, derrapados na liberdade do tuaiá, dos mato-grossos, mas no fundo certos de uma coisa exata: sua fragilidade. Medo é uma mutuca invisível, que nem existe quase, mas morde e dói. Fica a mordida para sempre. Mutuca de círculos verdes, a tortura e o tormento, gosta do silêncio, dê a cada um a sua solidão.

Quando o rio para súbito seu escachoar, como um passarinho que se cala porque o ouviram cantar, desaparecido num repente de assombro, num desbarranco de patas sem solo, num abismo recém-afundado dentro dos peitos, grandes, musculosos, peludos, as carnes de ferro varadas, com mordidas e queimos de balas e facas, fogos e lâminas, silêncio para essa mutuca verde e invisível, voando rente, trazendo a asfixia, enrolando fios e fios sem redor até formar nós e nós, um casulo em torno, quando o sol brusco mais aperta, algodoal branco do céu sem fim, aberto no horizonte deserto, olhos seguindo o sem-destino dos urubus errantes, quando os arvoredos comprimem suas sombras como prisões e o chão vai chupando e bebendo os rastros que já não são mais de ninguém no mundo, porque o tempo passado a tudo consome, as areias removentes, movediças, o chão com sede babando vai sofregando e comendo os ossos, quando as auroras mandam recados aos crepúsculos, quando as araras e os papagaios se vão, perdendo-se no ocaso vermelho, como para sempre, levando os avisos e os prenúncios, correios avoantes, partidos nos caminhos das nuvens, quando o vento emudece um enlouquecido bocejo de suprema modorra e morte, como em pântanos a lama, dos caminhos vai se apodrecendo sozinha, quando o mundo parece enlanguescer-se num ensandecimento parado, num deitar-se de desinchado, num desinflo, como um cavalo sem olhos que as barrigas infinitas tremessem no meio da desenfreada cavalgada do sem tamanho do céu rumo a todas as direções possíveis, perseguido, fogo dos seus cascos chispando em luz plena na carreira dos abismos se levantando no pó das estradas, se erguendo, se empinando, e ao nitrir, água de trovões subterrânea retumbando entre as nuvens, berros de fogo que machucassem o ouvido das pedras, onde as almas vão, tresmalhadas no desamparo do descampado, quando do silêncio sobem visões de desertos girando lentas, areias quentes e terras de espaços que se perderam, e que poderiam ter sido igrejas e prisões, como um menino cego de olhos de puras lágrimas no regaço da Virgem núbil dos nichos que acompanham a imaginação doente e vagabunda dos homens a errar, e as cigarras se crucificando na dor dos cansanças e fecham o trilo e as aves que só existem para seus voos e seus cantos, e tudo jaz de repente perpétuo, branco nos fundos brancos, e tudo o que é invisível se deita imóvel, parado, atônito, anódino, de não existir, esperando o que não nem nunca mais vem do fundo dos tempos, do abismo dentro da gente e fora da gente, abismo que vem de tudo...

— Mundo, mundo, Babalão, o que é o mundo?

— Por maio era, por maio,
tempo de grandes calores,
quando então os namorados
vão servir aos seus amores,
foi que eu, triste e mesquinho,
que aqui jazo nesta prisão,
que nem sei quando é de dia,
nem mesmo quando é de noite,
senão por uma avezinha
que vem cantar-me ao dealbar,
matou-ma um tenente à caça,
dê-lhe o bom Deus quiçá perdão...

— Prisioneiro é prisioneiro, Bebiano Flor, grão poeta, senão o que seria?

O silêncio cantou como um pássaro vivo, aguda, demoradamente, muito perto. E todos ouvem, quietos, respirando devagar, como se não ouvissem nada. Demora, demora, silêncio, menino de dedo à boca impondo silêncio, menino-céu, demora que é tão longa como a vida tocando a morte, demora cantando canção tão demorada de presságios... Aquietaram-se sob as árvores, nem um trisco perpassa. Parece que os perseguidores irão aparecer de súbito, como visagem, carga em cima deles, pesada, para curtir anos mais, longos como contas de um rosário sem fim na lama das lajes do cárcere ou para a degola geral, afinal, não mais. Anos de prisão, parte da vida vivida sem senhorio e sem dono, pedaço da existência dada ao nada, deixado à margem, sem serventia, como coisa da gente inútil, sem préstimo, abandonada, anos e anos, matéria da vida imprestável, pura perda. Melhor a última morte, regalo do céu neste aperreio. Mas ninguém aparece.

— Você sabe o que é menagem, cabo José Gomes? — pergunta Urutu fungando no ar inchoso, Urutu perguntando, pensamentoso.

— Sei bem não, mas me parece, segundo sei, que é esse modo de estar em casa ou domicílio preso com fiança de promessa de não fugir nem dar às de vila-diogo para lugar nenhum conforme usança de costumes de antigo, nas Idades Médias. Mas não é bem certo, melhor indague a Bebiano que lê seus Carlomanhos e cavalarias.

— Bebiano Flor, poderia me dizer o que é menagem? Tem isso nos seus livros, por acaso?

— Há três usanças, Urutu: primeiro, é homenagem, segundo torre principal de uma fortaleza, terceiro, juntamento em caso de amor de mais de três pessoas. Além do que lhe disse José Gomes.

— Aham, uhum…

Silêncio volta, Urutu também pensa em liberdade. Palavra liberdade, coisa liberdade, cunhada somente pelo gênero humano, que mora em todos os corações naturais, que se estronda nos ouvidos, que explode em cima de tudo como uma granada solar. Se espanta. Volve:

— Não estamos meio assim, por acaso, desse jeito, José Gomes, menagem, isto que estamos vivendo?

José Gomes pensa, acha, tem um fino moesto na voz, diferente do trem de cão com que sempre fala, acha que até sentiu um tremor sutil.

— Diferente, Urutu, isto não é menagem. Fuga, fuga é.

Silêncio agora torna demorado, menino silêncio que aparece e desaparece nos campos como visão de visonho, aparecendo sua carinha com dedo à frente em cada espacinho do tuaiá enorme desbarrancado e desmedido, sob a intérmina luz do dia, só borboletas vindas do rio, amarelas, brancas, que passam em bando, floridas grinaldas, espaçando-se em bailes, voando entre eles, formando desenhos, véus, arabescos, primaveras, teorias, como figurações da Liberdade…

— Aviso, aviso…

— Aviso de quem, pode-se saber?

— Aviso das Potências.

— Que Potências? Revolução, isso sim.

— E ainda que mal pergunte, o que é revolução?

— É quando muda tudo. Quando não muda nada é reforma vagabunda, pífia… Silêncio que se quebra como moringa rachando-se sozinha, tênue, de pura solidão, trincada na fissura do barro mais frágil, ali onde a argila é irmã da carne do homem que também é barro, estalido diminuto como pisca-pisca de ínfimo caga-fogo nas caladas da noite, nas quebradas das penhas no fundo dos campos, como galhinho que se quebra ao peso de um louva-a-deus, como folha que despenca dos talos caindo no oco da solidão mais funda, silêncio de entrepausas de entre um trilo e outro trilo, pausa para sopesar o mundo-bulcão pesando sobre cada asinha de cigarra perdida, silêncio e nada que parece, mais de um morto que terminou de morrer e exalar seu último suspiro no alforje de Deus, que parece que contém música dentro dele, música fina como um violino menor, que uma casca de arroz, mas não tem nada, silêncio, os homens ouvem seus corações socando como monjolos, pilando povoações de recordações e perpassam nas memórias e nos sonhos aparições de bichos que cismam, vagares, respirares e cismares no pilão dos peitos. O silêncio é essa flauta invisível que toca, toca, toca quando tudo dorme, esse violino que nem existe, não termina nunca o silêncio entre estas profundas matas sob tantas camadas de céus, o silêncio é esse nada, esse quase nada, essa falta de arruídos que se ouçam, e existe.

— Aaaaah...

Desmancha-se o segredo mágico, o grito, olham, foi dela, da moça, que agora, os joelhos trazidos para si, tapa com as mãos o rosto, e a boca aberta, os grandes olhos, o susto de quem viu cobra se aprontando no bote de frente ou comendo outra cobra, o rio tão sossegado com essa beleza das águas sempre calmas a correr, grito que cortou o silêncio como punhal cortando pluma, cabelo, um fio, no amparo do ar nu, silêncio que virou dois silêncios por modo do corte de faca do som de vidro, um antes, outro depois. Pincho, que se achega Urutu, as carnes extremamente negras, moçambique, o aspeito remexendo o ar, desconfiado, cheirando tudo, mãos tentando tocar, proteger, aparar de tudo.

— Dona, que foi, senhora dona?

Ela, encolhendo-se mais, os olhos agudos, nada, silêncio.

— Visagem foi... — Babalão assevera — ela deve estar fraca, nem come quase.

Urutu volta, se assenta, perscruta as matas, fica observando a moça.

— Não me está gostando nada. Este silêncio que nos acompanha como uma capa de bronze, arrastando-se, caindo das costas, por onde a gente vai... — Pedro Peba deixa em reticências.

Melânio Cajabi tem mais silêncio que os outros, mira apertado para os matos, silêncio dele está nos olhos que sabem enxergar, como índio, remiro de quem como que se vai desviar súbito de um tiro, ou seja, qualquer sestro. Cada um tem sua espécie de silêncio, que é como sentem a grandeza do infinito, mas o dele é diferente, porque se nota, mas ele não liga.

— Que é que há, diachos?

— Pressentimento...

— Não é nada, não.

— Deus seja louvado, Deus queira e ouça.

— Deus que se louve — olham, quem fala é Chico, rude, quebracangoso, duros ombros sem oscilar, carregando sua carga pesada, olhando brabo para os homens —, vocês acreditam demais em besteiras, onde se viu homens desse tamanho acreditar no que os outros apenas dizem? Apenas dizem... Asneiras.

— Herege, filho de Belfegor e de Dagon, protegido de Mafoma, afilhado de Baal, teus deuses são Mamon e o Bezerro de Ouro, não é Chico? Materialista... — se arreganha Babalão.

— Vá para os quintos, para o Caixa-prego, Babalão, você com sua religião e sua santaria e sua beataria e sua porcaria...

— Vá você para o inferno com sua lepra...

— Vocês nunca irão saber em que acredito porque nunca direi.

— Calem-se, vão brigar agora, escuta... — Urutu aparta.

Mãos nas armas todos têm de repente, como se uma fagulha elétrica descesse sobre eles, como se caísse um aviso como um gráfico do céu, prontos, prestos, sem saber nem por que direito. Longe, só o roçagar nas matas e nos ventos e nos rios do imponderável, o perpassar sem mãos do invisível, mensagem do eterno, os animais que comem do depositado, milho e sal, às mãos bastantes, aos embornais, no chão.

— Visagem, visagem...

Aos poucos retomam o de sempre, mas olhos desconfiados e lestos, armas próximas. As cordas, os dedos, Bebiano não tem sangue de medo no coração, que poeta nunca tem medo mais do que deve ter de natural, por mais que o pareça, e canta, mais baixo, porém, a senhora moça doente está,

Canguçu está ofendido e talvez delirando, os homens guardam cuidado repentino das coisas e de si mesmos:

— Mais para arriba, cães-cachorros!

Que podre ruim os mate!

Quinta-feira matais o porco

e na sexta comeis a carne.

Visagem é? Brisa? Abre-prenúncio? Será água? Será terra? Será fogo? Será ar? Será chão, será céu? Os céus passam, deitados cameleiros com camelos nas areias que sobem das dunas do deserto, seus ventos, suas caravanas, aragens que passam e ninguém se sabe passando, que ninguém é pássaro, é só gente, só os pássaros já foram pássaros para voar, avisos vêm quando o profundo avesso da gente que está de bico virado para as eminências súbitas do Acaso, gazéis e gazais, esse avesso do profundo que dorme em nós em cisternas e poços esconsos e que de repente de cara vira coroa, moeda bifronte e bifurcada, rumor de águas imensas e pedras de profecia enegrecida na eternidade, nas solidões da gente, nos gerais salgados e secos da gente, aí vem Deus abissal chamando seu assobio que às vezes se confunde com as cigarras e as mães-da-lua, Deus aboiando no seu berrante infinito, e a gente para e olha para o céu e reverencia tudo num instante muito breve de silêncio e inconsciência, as águas quando passam já passaram, quando estão para passar já passaram também e essas nuvens e essas horas chamadas tempo. Eternidades, esse tempo. Os céus passam, o chão passa, as águas passam, os fogos do sol passam, tudo passa. Mas tudo renasce.

— Meus arreios são as armas

e meu descanso o pelejar,

minha cama as duras penhas,

meu dormir sempre velar.

O que não passa é o silêncio, mais forte que o tempo, vísceras dele, carnes e ossos, sua voz, sua medula, sua flauta, baías e golfos parados, e esse rio continua passando, o tempo que é só presente, só passar indiferente, inconsútil, e só se sabe, ou talvez nem se saiba, quando o perde e se apossa da morte, quem sabe? Os pensamentos passam...

— Liberdade... eu também... — Chico Inglaterra falou, câimbra na voz, como quebrado subitamente no seu cerne mais duro, com desejo de impossível cura eterna e perpétua, garganta com gorduras brancas, remelas amarelas, toucinho em gangrenas supurando e cheirando doce, suavemente doce, gangoso, Jó dourado que não sabe da própria morte e do próprio nascimento aguardando-o entre todos os animais perdidos no rio do tempo, esperando a recompensa que nunca vem, mas recompensa de quê?, coita da grande lepra...

— Liberdade... — murmurou Babalão e Chico viu nele os estanques parados das religiões, águas salobras, pântanos mortos, dogmas de ouro, revelações dúbias, nunca confirmadas, a recompensa em ouros mais dourados e se arrepiou pensando súbito que talvez fosse exagero, mas nada disse.

— Liberdade...

As brisas tremeram, o rio teve um estremeço, o sol gozou, luz.

— Madrugadas são escuras,
os caminhos por usar,
o céu com suas mudanças
há por bem de me danar,
andando de serra em serra,
pelas fronteiras do mar,
para provar minha ventura
tem lugar onde a descansar.
Mas por vós, minha senhora,
tudo terá de ter lugar.

— Quem é essa senhora, mal pergunte?

— Rosária Primavera Rio Frio, Urutu, por quê?

— Por nada, não, ahã, por acaso, bonito o verso, bonita a canção.

— Há mais bonitas ainda, Urutu.

— Será?

— Será será, Urutu, cobra preta e irmão, será o que é e é o que será, limpa essa cruz da testa, põe uma ferradura ou um signo-salomão.

— Bonito, bonito, poeta Bebiano, uma ferradura, um signo-salomão, uma flor.

— Meus arreios são as armas,
o meu descanso o pelejar,
minha casa as duras penhas,
meu descanso sempre velar...
— Meu dormir sempre velar, ô Flor...
— A poi que sim, Urutu.
— Canta então, ô Flor.
— A poi que canto, sim, Urutu.
— Canta, então, ô Flor.
— A poi, Urutu.
— Vamos lá, ô Flor.
— Você conheceu Abenámar, Urutu?
— Conheci não, Flor, quem era?
— Um mouro muito antigo, você, ô Urutu, sabe o que é mouro?
— Não será o Demo, ô Flor?
— Não, Urutu, mouro é raça de gente, raça antiga.
— Renegada de Jeová, infiéis de Mafoma.
— Muito bem, Babalão, canta então, ô Flor, canta que eu te entendo.
— Como não, Urutu, gente de menagem, ouvi:
Abenámar, Abenámar,
mouro desta mouraria,
o dia que tu nasceste
tão grandes sinais havia!
Estava o mar em calma,
a lua estava crescida,
mouro que em tal signo nasce
não deve dizer mentira.
— O mar está tão longe, ô Flor.
— Mas a lua está tão perto, ô Urutu.
— Você já viu o mar, ô Flor?
— Não, mas já vi a lua, Urutu.

Silêncio, silêncio. Grilos e sombras entre as brisas. Os homens ouvem e enxotam os mosquitos, o sertão se faz polvinha e lhes arrepia as orelhas. O silêncio apalpa os homens neste couto, tocando-lhes os ombros, perguntando a cada um o seu esconso nome:

— Eu sou Melânio Cajabi, igual o silêncio, igual os mares da gente.

— Eu sou Babalão Nazareno, igual Jeremias predicador, entre Jeová e a pomba.

— Eu sou Chico Inglaterra, Jó de ouro, Lázaro entre Marta e Maria.

— Eu sou o Caveira, igual meu relógio, sou talvez o tempo...

— Eu sou Pedro Peba, igual os pebas, tatu, bicho tupi, achatado no chão.

— Eu sou Canguçu, igual à onça-pintada, de cabeça grande.

— Eu sou Urutu, igual à urutu-cruzeira, preta como a noite.

— Eu sou José Gomes, igual o deserdado, cavalheiro sem rota.

— Eu sou Garci, o adolescente perdido nas encruzilhadas mortas.

— Eu sou Bebiano Flor, igual à canção e à flor, vindo ao mundo por acaso.

— Eu sou Lopes Mango de Fogo, igual a Pan, mas Pan morto, desfeito em sons na primavera, rufai os tambores mais fúnebres, que Pan é morto...

— Eu sou a moça sem nome, igual à ilusão do perfume que todos sentem profundamente, mas que se desfaz no ar e que jamais ninguém saberá sorver com a verdadeira ciência.

Igual à árvore, igual à pedra, realidade pura, assim são todos. Silêncio que sussurra na mata, sustentando os pilares do céu, já sabe dos nomes, já sabe ou já sabia.

— Nem sei o que lhe disse
que ela sem parar chorava,
costume de mulheres,
chorar assim por nada.
No chão ao rastro rastros,
no chão rastro sem cessar,
abra-se a poi a terra,
a poi torne-se a fechar...

Silêncio, nele como um peixe nas águas, talvez esse Cão das tardes, esse Cão das manhãs, preto e vestido de si mesmo, inteiramente só, vagando pensamentos. No silêncio, dentro de si mesmo ele anda, no silêncio ele entra nas almas, ouvidos, olhos, âmago.

— Mas você nem não me está provocando, não, não é, ô Flor?

— Provocando não, ô Urutu.

— Somos amigos, Flor, então.

— Somos sim, Urutu, como não.

— O Demo são outras coisas que nem vimos, hein Flor?

— Exatamente, hum, hum.

— Canta mais, ô Flor, está gostoso de ouvir, estou me lembrando de coisas já perdidas que se foram em outras vidas, acho, penso, nem sei.

— ... mouro que em tal signo nasce
não deve dizer mentira.
Eu vos direi, pois, senhor,
embora me custe a vida,
porque sou filho de um mouro
e de uma cristã cativa,
sendo eu bem menino e moço,
minha mãe assim dizia:
que mentira não dissesse
que era grande vilania...

— Canção para noite de luar esta, cheirando lírio nascido entre samambaias, na beira do rio, onde começa a nascer o agrião, nas aluviões dos limos, nas baixadas escuras.

— Canção para meia-noite sem lua.

— Canção para beira do mar, sentado na praia vendo a noite vir.

— Você nem nunca viu o mar, ô Pedro Peba.

— Que sabe você de mim, leprento?

— Acalmem-se.

— Canção para quem vê escuridão em todo lugar onde vai, mesmo com sol.

— Canção para gente perdida, gente de menagem, vida sem remédio, partida nos eixos.

— Canta, ô Flor, continua, se ainda não se acabou.

As cordas se arredondam no oco buraco redondo do violão onde os sons se conglomeram como abelhas em colmeia enxameando, sombra de lua negra, há um redobre de como que memórias medievais, um requebro de dança na ponta dos dedos nervosos, a voz:

— ... que mentira não dissesse,
que era grande vilania,
portanto, pergunta, ô rei,
que a verdade vos diria,
— Eu te agradeço, Abenámar,
essa tua cortesia.
Que castelos são aqueles?
Altos são e reluziam!

— A Abadia-Mãe... A Figueira-Mãe, Teleme-Mestra, o Dom Sem--Sombra dos Infelizes, Padre Ferro, a Coita das Bem-Aventuranças, as Sete Cidades de Asilo, o santo lugar de muitos nomes...

— Cale-se, homem...

— ... O Alhambra era, meu senhor,
o Alhambra das almenaras,
e a outra era a mesquita,
os outros, os Alixares,
lavrados à maravilha...

— Que maravilha...

— Silêncio, seu, deixe o Flor...

— ... O mouro que os lavrava
cem dobrões ganhava por dia,
e o dia que não os lavra
outros tantos se perdia.

O silêncio alcançava os altos cumes, os altos ramos, azuis altos, parecia que esse silêncio vinha dos altos, onde habita o Acaso, de onde desce Deus nos pensamentos como uma luz, devagar, como folha que cai, pausas que pingam:

— ... O outro é Generalife,
horto que par não havia,
o outro Torres-Vermelhas,
castelo de grã valia.

Assim falou o rei Dom João,
bem ouvireis o que dizia:
— Se tu quisesses, Granada,
contigo me casaria,
dar-te-ia em arras e dotes
Cádis, Córdoba e Sevilha.
— Casada sou, rei Dom João,
casada sou, que não viúva,
e o mouro que a mim me tem
grande amor que me queria.

Os homens coçam as barbas, pensando no som das palavras, na canção do Flor:

— ... o mouro que a mim me tem
grande amor que me queria.

— Aqui só moscas, matos, mosquitos, trapos, sujeira, nada de Alixares, nem Alhambras, nem Generalifes, nem reis Dons Joãos...

— Faz de conta.

— Sei, mas é que este é romance velho, das mais velhas mourarias, romance arcaico e anônimo. Bons tempos antigos.

— E você conhece essas coisas, ô Flor?

— E por que não? Não tenho obrigação, mas conheço. Sou cantor, poeta, sei ler. Já li o livro de Artus e o de Carlomanho, afora o de Belinda e Cassandra. Todos os Amadis de Gaula e todos os Belacintas.

— Queria saber as horas.

O sol está na metade posterior do céu, lado de dealbar, três horas aproximadas. O Caveira, cavalheiroso prestante como ele só, solenel, sem ver ridículo nenhum tira o ovo de Colombo, Roskoff alvo como prata, ovo de avestruz, abre o panelão e olha, pupilas amareladas dos olhos amendoados atrás dos aros vazios, um fechado, outro aberto, um mau, outro bom, o raio de jusante e tangente, o sol, no céu, seus cabelos de fogo:

— 3:33.

— Bem exato, a poi, mais exatidão só o mundo nos seus grandes e puros eixos.

Babalão riu, ganindo:

— Verdade que ele disse a verdade, vez primeira que acerta exatado.

— Dissera a verdade — pondera Chico.

— Claro, se são mesmo, pode olhar, no sol agora são 3:33 horas — diz Urutu abrindo largos os braços, em direção ao sol, inundado de luz, rindo, os madeiros negros de gigante, mostrando o sol.

— O sol, o sol... A luz... Que maravilha! O sol curara, Urutu? Curara, Babalão? — indaga Chico, pondo força na voz, mudando de gangoso.

— Cura, sim, Chico, não só o sol com sua luz, mas tudo o que é de liberdade... Liberdade... Viva a liberdade!

— Tudo o que é de Jeová — diz Babalão que beija compungido sua cruz, fé nos lábios ao encostá-los nela.

— E a liberdade, Babalão santo, a liberdade, Urutu santo?

— A liberdade... Oh... Ah... Palavra grande...

— Liberdade...

— Liberda...

— Liber...

— Li...

....

Palavra que foge de todos os significados: valor e bem maiores do homem. E houve um indômito rumor de ferros e bronzes no ar que se perdia desde sempre, e rumor de estampidos, que se repletava de pletoras de sangue e fel e um rumor de aços se estendendo e um rumor de peitos onde corações batiam que se ia perdendo nas solidões das matas, nos infinitos da gente.

— Existe, sim, Chico, realidade existente, mais que essa sua lepra, mais que esse medo que nos devora e nos carcome a medula, ossos para a tumba, carne para a luta...

Quem falou foi José Gomes, que se ergueu, um punhal na mão, na ponta seguro. Chega no meio da roda. Garci ainda pergunta:

— Que vai fazer, José Gomes?

José Gomes, muito sério, vira-se para olhá-lo, depois, num jogo repentino, de que quase ninguém se dá conta, já atirou o punhal, que vai virando círculos de cabos e pontas em roda no ar, pião de raios, foi num vento de nada, numa brisa, como aragem de metal, sem um rumor, sem assobio e sem nada. Urutu pulou mão no revólver, espantasarapantado, mas olhou melhor e viu, o punhal tremendo, oscilando, a lâmina fincada, que bela destreza verdadeira de circo, varando pela cabeça uma cobra que subia e agora nem sabe mais, bem sobre a cabeça da moça na mesma posição de sempre, de joelhos no queixo, braços enlaçados nas pernas, olhando o rio, seu rostinho entre os moventes biombos de cipós e lianas dependurados se movendo e se balançando, brisando-se ao vento que subia das águas. Fitavam o punhal enterrando a víbora no tronco da árvore, os homens virados nos seus lugares, o cabo leve sopesando enterrado no impulso entre as cascas grossas sobre o cerne, estremecendo guardando ainda a tensão do arremesso, teso, a cabeçorra presa ao tronco cascaroso, seus olhinhos divididos pela lâmina, malignos na morte, o longo corpo negro oscilando, coleando, açoitando, pingando sangue sobre os cabelos da moça, que primeiro nem se deu conta de nada.

— Uma urutu de capelo...

— E de cruz e chifre... Cruz-cruzeira...

— Preta... Chefe de tocaia, morte mandada por Jeová, veneno e mentira...

— A imagem do pecado...

Urutu deixou escapar um grunhido de gargalho, riu feroz, sua cicatriz em cruz, branca no muro da testeira, cintilou subitamente e se moveu tremendo, os ouros da boca brilharam na sombra. Ironia profunda. Riu sem fazer ruído, riso quase sorriso. O silêncio aquele era dele. A moça esgueirou-se em tremoços, compreendendo que havia alguma coisa atrás ou em cima de si, saiu de baixo, de perto, rápida, nervosa, erguendo os cabelos nas mãos que caíam, pulando as pernas, se soltando, olhando em assombro simples. A cobra foi se removendo aos poucos, espiras fazendo, rebojando-se, amansando-se nos novelos do seu veneno todo que se comprimia e se concentrava na morte, curvas batendo em látego, mansas rabanadas açoitando as cascas negras do jatobá. José Gomes foi, meteu mão no punhal, arrancou-o num puxão, a cobra caiu num peso surdo de dobras no chão, sobre as raízes, alimpou o sangue nas calças, guardou-o na bainha, calmo, atrás das costas, depois olhou a bicha aos seus pés lenta fazendo círculos moles, vagarosos esses e oitos, as escamas brilhando, o poder do veneno caminhando, animando seu corpo, ânima morta sua alma, após ergueu a bota ferrada, pisou-lhe a cabeça, foi retorcendo o pé, calcando, esmagando, lento também ele, acompanhando sua agonia.

— Cruz-cruzeiras morrem assim...

— Assim o pecado deve acabar-se...

Falou e voltou ao seu lugar. Garci o olhava, os outros seguiam o ar, sentiam o vento, farejando. Sobre o lugar onde estivera a moça a cobra ainda se esbojava em grossas serpentinas. Sua cabeça era como uma banana pisada, sangues, mucos, pastas, massas. Urutu ria sem rir, dentes de ouro ourando sua grande boca roxa sobre imensas mandíbulas fortíssimas, bocando silêncio nas voltas que o acaso dá em torneio com o destino, quieto, só o riso, zombando, só ele sabia do que zombava tão silenciosamente, seus venenos, ele também era urutu, cruz-cruzeira, de topete e capelo, das temidas, donas do sertão e da vida, na penumbra ele cintilava sua ironia destilando desdém como um grande santo de ouro no nicho de uma igreja em sombras.

Chico Inglaterra, que comia um naco de carne preta meio apodrecida, estava com fome, havia parado, a mão no ar, assistindo. Ergueu-se devagar, curvou-se sem ver onde estava, a mão na barriga, não podia se conter, alguma nuvem escura lhe vedava os olhos, dobrou-se por cima do cordoame da cobra se enrolando e estrepitou-se num súbito desaguar de vômito fedorento e aziago, uns restos aguados e sem cor, e aquilo sobre o mexente daquele monte de dobras da urutu esmagada. Àquele glu-glu, alguns viraram a cara nauseados. Na expressão de Urutu pairou um crespo breve que perpassou com visos de raiva serena. Empós os arranques, Chico veio sentar-se com ar enfastiado, a cor de abóbora alastrando-se-lhe na cara, babas esvoaçando-lhe da boca, sua impressão demorou para terminar, ninguém falava. Só o rabo da cobra dava, em batidas curvas, pancadas no chão. Só a cauda da urutu e os corações dos homens. A moça, mão no peito, olhava a cruzeiro fascinada. O sol dava e dormia sobre as dobras agonizantes que se enovelavam no caldo preto, ouro, eco oco de ouro, sol que dava também nos dentes de Urutu, sol que brincava nas moedas de sombra e ouro no chão e nos cabelos da moça.

Alguém fez que nem disse, mas houve uma voz sussurrada, quem soube quem foi nunca disse:

— A Liberdade... Feneceu, a poi, foi a tirania...

E alguém acrescentou:

— O pecado... ideia que nem devia existir... Nunca de jamais de nuncas....

Cabo José Gomes o espiava de viés, calmoso, pitando, pernas estiradas, como se nem fosse com ele, Bebiano deu um decorrido longo e lento de dedos nas cordas, acordando o espírito da guitarra, como para despertar a gente. Fina, clara, sua voz agora, olhando para o perfil de José Gomes. A moça inclinou a cabeça onde os cabelos negros, meio castanhos e dourados pelo sol caíam, e onde ela acabara de limpar os restos do sangue da cobra, sobre o ombro nu para escutar:

— ... O mouro que a mim me tem
grande amor que me queria...
O mouro que a mim me tem
grande amor que me queria...

— Gran poeta de altas linhagens... — vozeou espesso Urutu, como um vinho negro.

— ... Estava o mar em calma,
a lua estava crescida,
mouro que em tal signo nasce
não deve dizer mentira...

— O mar está tão longe, já te disse, ô Flor...

— Mas a lua está tão perto, já te disse, Urutu.

— Estás me dizendo, talvez, de mentiroso, ô Flor?

— Nem tanto, Urutu, acaso és tu mouro?

— Nem sei dessas coisas, nem quero saber.

— Zangou de tão pouco, chefe?

— Importa, pois?

— Infiéis, Jeová termina com os infiéis. Cantando como em Sodoma...

— Asneiras, Babalão, cantando como em Síbaris. Diga apenas coisas de verdade.

— Coisas que não, só sei estas, verdades do Livro Santo. Sodoma e Gomorra.

— David cantava e dançava.

— Mas David era santo.

— Verdade está aqui. — Urutu faz um gesto indecente.

Babalão segurando a coronha do revólver, Urutu segura o seu. Quedam-se dependurados de um silêncio, segundo, momento, instantes. Pasmos, olhando-se, o silêncio carrega os verdes, o rio e o céu. Se um nambu gritar, se algum bicho piar feio atrás de algum deles, haverá com certeza alguém morto para sempre no chão, estendido. Só homens, seus respirares, eles imóveis, aguardando, sempre o rio do tempo passando por detrás de tudo, pouco a gente se dá conta. Babalão desce a mão, Urutu desce a mão. Silêncio prossegue sob rumores longínquos, vento amansando árvores, nuvens passando como grandes cachorros.

— Infiéis são vocês, seus inúteis, você, especial, rezador de merda, leprento da religião... — Urutu indica com o dedo Babalão, indicador preto no ar.

Este o olha, advertido, um olhar que morde, ódio da cabeça aos pés, como Josué devia olhar os filisteus, ao longe se aprontando para a batalha junto aos muros de Jericó.

— Vou dar uma volta, uma olhada, vou me sossegar, os bofes estão ruins. Senão ainda vou acabar arrancando alguém da vida ainda hoje. Nada me cheira bem hoje, agora, vou por aí.

Urutu sai para as bandas da praia, perde-se no baquear suspenso do rio. Só as nuvens fazem ruído agora. Urubus voam lentos no ar.

— Você excedeu, cabo José Gomes, e você Babalão, nem digo... Você, ô Flor, vocês todos... — diz o Pedro Peba, lançando um olhar circular — perigoso...

— Excedi não, assim se tratam urutus cruz-cruzeiras.

A cobra era um silêncio morto, um monte de dobras paradas, quieta agora, um esse imóvel. A moça se acalmara, e, assentada, alisava entre os dedos seus fios de cabelo manchados de sangue que não quis sair, e olhava, continuando o continuar das águas, o que diziam essas águas para ela?, se perguntava José Gomes, olhos estrábicos levemente de uma raiva muito íntima, de uma paixão muito escondida, e pensava. Brilhos foscos caíam sobre o chão, onde os raios de sol bailavam como recortes e retalhes de uma vidraça quebrada. O silêncio era o ar que eles respiravam. Só alguém gemeu, voz de manteiga rança, adulçorada:

— A liberdade... ah... oh...

Babalão retira sua Bíblia, nervoso como está, não se sabe se lê ou se apenas busca e rebusca alguma coisa de que se esqueceu, a impressão de ainda há pouco haver enfrentado em peso e em cheio Urutu, vacilando entre versículos e capítulos para procurar inspiração para aquele momento turvo da vida, no labirinto oracular do livro santo. Quer queimar mau aspeito qualquer dessa impressão tão ruim que ainda perdura e que lhe arde os lombos.

— Dos Salmos do Rei David: "Salva-me, Senhor, porque não se encontra um homem de bem, porque as verdades já não são apreciadas entre os homens. Cada um somente diz mentiras ao seu próximo; fala com os lábios dolosos, com coração dúplice. Destrua o Senhor todos os lábios dolosos, e a língua que fala com arrogância. Eles disseram: Faremos grandes coisas com a nossa língua, somos donos dos nossos lábios, quem é o nosso senhor? Em atenção à miséria dos desvalidos, e ao gemido dos pobres, agora me levantarei, diz o Senhor. Eu os porei em salvo; nisto procederei confiadamente. As palavras do Senhor, palavras sinceras, são prata purificada no fogo, acendrada no crisol, refinada sete vezes. Tu, Senhor, nos guardarás e nos preservarás para sempre desta geração. Os ímpios andam ao redor de nós; segundo o teu altíssimo desígnio, multiplicaste os filhos dos homens."

— Diga, Babalão, você achara palavra liberdade nesse diabo de livro santo?

— Ora, ora, por que não?

— Porque se não achara, tal livro não prestara, pudera ser qual for.

— Não diga sacrilégios.

— Dança mundo, Babalão, dança mundo!

— Belial! Belfegor! Dagon! Baal!

— Dança mundo!

— "Convertei-vos, ó filhos rebeldes, diz o Senhor, porque eu vos desposarei, e vos tomarei, a um de uma cidade e a dois de uma geração, e vos levarei a Sião." Ouvi a voz daquele que clama no deserto, homens de pouca fé.

— Você fora macho, homem, mostrara macheza.

— E o que sou, Belial, sou você, por acaso? Sou filho eleito de Jeová...

— Calara-se, homem santo não se irara à toa.

— Homem santo Jeremias é tão irado que corta cabeças de infiéis, muito santificado e glorioso para maior glória de Jeová nas alturas!

— Dança mundo, Babalão!

— Belial!

— Esta macutena... Esse tal Belial que você gosta de falar não me curara?

— Ah, infiel, ousas pensar tal coisa assim enormemente herege? Belial é o Demônio, o Demo, o Bute. Ele aprofunda as dores, aprofunda os males. Só dá bens a quem lhe dá a alma. Belial é sempre mau, meus pobres filhos sofredores, pobres ovelhas do Senhor, seu pastor que os guia...

— E quem curara?

— Quem ama é Jeová, unicamente, Senhor dos Exércitos.

— Por que nos abandonara a todos assim e a mim, coberto de escaras, também por que não me curara como a um filho?

— Porque existem infiéis de coração como vocês, suas fés são poucas. Sem fé milagres não existem.

— E que se precisara para se ter fé?

— Ser bom de natural, amar a Jeová, amar as coisas, ter o coração inocente como os das crianças e não ter serpentes cruas dentro dele, não desejar coisas lindas por fora que são na verdade espinharais por dentro.

— Não serei eu bom, Babalão?

— Às vezes é preciso sofrer como sofremos, para salvar os outros, os que não sofrem, para se alcançar, se arribar aos altos.

— Aos altos?

— Sim, aos altos, aos altos, Chico, quanto mais alto melhor, às transfigurações, às luzes, aos Tabores, ao martírio, à santidade, aos cumes, aos píncaros, aos picos, às alturas... Onde haja luz...

Comem agora, assentados, comida retrasada. Feijão com toucinho, torresmos. Garci serve, mastigam assistindo à eterna passagem do rio, seu passar sem se ver, água que passa mas não passa, os azuis esbatendo-se nas distâncias, as matas imensas de todas as tonalidades de verde e amarelo e marrom que os cercam como muros vegetais. Passa e não passa, só o rumor do rio, sua voz de águas, sua voz o que diz?

— Comida está diminuindo, gente, e piorando, precisamos apertar barriga.

— Logo nem vai ter mais.

— Digo que está muito ruim esta comida.

— Que lhe faça bem, porque é a única que existe. É comer ou deixar.

— Por onde anda Urutu?

— Por aí, está mordido de cobra, urutu braba.

— Cabeça furada a punhal, pisada a bota... Esmagada...

— E também que ando com um espacejo no ar, não sei cheiro de quê, parece que sinto cheiro de extrema-unção no ar. Algo assim como um velório, velas, cadáver, essas coisas. Cheiro de farda, nem sei que mais.

— E esta farda, também não é a nossa, gente?

— A poi, mas a verdade é o que tem dentro...

— Não sei não, é bom limpar as armas, dar de comer aos cavalos, endurecer as pernas, se preparar, sofrejar as miras, espanar os horizontes...

— Por aí afora, não vem nada bom...

— A poi, evem não...

— Prenúncios nunca fizeram mal a ninguém, não há de ser nada...

— Notaram jeito de querer vir chuva?

— Nhor, chuva fora da estação, ou das arrepiadas por dentro, o ar está meio que se negando, está mudando devagar, aquelas nuvens lá no fim do céu estão de má cor, o que será que vem vindo?

— O que vier, que evenha...

— Estivéramos dentro da estação, sim. Quem disse que não está mentindo. Quem não soubera regular fases do tempo não abrira a boca para dizer bobagem de quem não conhecera nada destas coisas.

— Estou com... Às vezes, a gente quisera ver um morto... Desculpem... Estranho, mas é vero. Tinha gana de ver o Lopes Mango de Fogo, filho também de Jeová, pena que está morto... Queria te ressuscitar, meu filho... Onde estás, agora?

— Babalão está delirando, eh oh, ah, oh... — riu-se Chico.

— O Babalão, oi!

— O Lopes está debaixo de pedras... mais morto que essa cobra... Tão longe já, ficou para trás, perdido em si mesmo... Vocês não ouvem? Eu continuo ouvindo as pedras...

Bebiano Flor acabou de comer. Violão sobre a barriga, como que dorme, fechados olhos, pitando um cigarrinho calmo, feito de sobras de outros cigarros que foi guardando, pensando, pastando os pensamentos no pasto da memória. Retorna aos adentros do passado: onde está Maria Flor? A ternura dos seus lábios, seu corpo é um oásis de flores, canção de frescores, ela me amava, meiga Mariflor, amava-me e Laim Calvo a amava também. Mariflor de quinze anos, seios como tangerinas, perfume de baunilha o seu corpo púbere, se não a mordeu o escorpião da morte, onde andará? Se não a tem Laim Calvo, por onde andará ela dentro da noite? Se tampouco a tenho, por que a espero? Mariflor, entretanto, vai num cavalo, por uma estrada muito longa, rumo ao horizonte, na noite do tempo... E quem são estes tantos homens em seu redor? Um fedor de carnificina que os segue...

— Sonhas, ô Flor?

Bebiano abre os olhos, vê o rio que desce mansamente, entre as flores onde ela se banhou nua, nem ouve a voz candente de Mariflor, a claridade se expande, vozes e rumores, árvores altas, uma figura hierática fita o rio. Quem disse que esse rio não passa? Está sempre a passar... Se sua existência se resume nisso: passar e passar... Entardece. Parece que muito dormiu. O vento sussurra entre os ramos. Urutu ainda não voltou. Estará penando como lobisomem penitente. Onde andará Mariflor? Disseram que se fora para longes terras, uma herança misteriosa que não se sabe quem lhe deixara. Nem dá mais vontade nenhuma de tocar violão. Tristeza imensa esta que vem do céu, da luz que vai fugindo, que cresce sob os arvoredos. Um azul-rosa-claro, quase sem profundidade, e no fim do horizonte as pequenas nuvenzinhas branco-cinza, paradas, aglomeradas, como pensando no que fazer neste mundo. Será que as nuvens pensam? O rio, suas águas, cordas dum alvor líquido correndo sobre as transparências das areias cor de ouro, sobre os cascalhos, a praia branca, e as árvores levantando-se do chão verdes, os troncos escuros, suas galhadas abertas rumorejando, pó de flores na viração do vento, polens errantes, os círculos espumosos tocando os sininhos e as campânulas dessas flores brancas e azuis, pequeninas, de bocas caídas sobre as beiradas, adocicando o ar, tão frágeis que a gente pergunta até para que servem elas, apesar de bem saber. Lá embaixo, no centro, o negror onde os cardumes escuros passam dormentes. Dá vontade de chorar para sempre ver no tempo tanta primavera esquecida. Os homens ronronam como gatos. Primavera do tempo, para que existes, se os homens te esquecem? Só alguém geme e chora surdo, Chico Inglaterra lastimando-se, comendo os gritos gasturosos, inconsolável, escapos à boca fechada, prosseguindo choros ramerrentos no peito, no corpo doendo, nos interiores ardentes:

— Aaah... ai, minha mãe, ai...

Esta é a terra onde filho chora e mãe não ouve. Chora, Chico Inglaterra, chora desolado e que tua mãe te console se pode, mas não é um só que chora e geme, de bruços, virados, cara na terra que nos há de comer, lágrimas salgando o chão que nos espera, cabeça sob os braços. É menino Garci quem chora tanto? Cabo José Gomes o consola:

— Menino, menino, para que chorar? Logo estaremos na Figueira-Mãe...

Mas não são só Chico e menino Garci quem choram. Há um terceiro, o Canguçu, que urra abafado, da dor do ferrão, talvez, boi em ferra, touro em jugo. Cada um chora diferente no mundo. Babalão começa também a chorar, choramingando como criança e por um momento para o seu choro e lhe fala, balsamosa a voz:

— Meu filho, força há que se ter neste vale de lágrimas, dor é doer, Jeová sabe, Jeová guarda tudo... Dor é ter do que chorar... Há gente que nem isso tem de consolo...

E há um quarto que chora: é a moça sem nome, que enxuga os olhos, as lágrimas rolam pela face que ela alimpa no lenço e soluça baixinho, em grande desconsolo. Bebiano sente-se tentado a abrandar-lhe de algum modo a mágoa:

— Não chore, moça, que isto logo vai terminar. Não há o que não termina neste mundo. Os males não duram sempre.

Mas o diz tão tremoroso e sente o peito também tão sofredor de uma dor que não há ninguém neste mundo que saiba do quê, ele vê o rosto de Mariflor atrás, dentro da face dela, que sem que o queira, os olhos se lhe enchem de água, não pode deter-se, e Bebiano chora, perdido, chore, pois, perdidamente, que às vezes os homens são para chorar perdidos de todo, são feitos das lágrimas mais frágeis e tênues ao invés de bronze e ferro, lágrimas amargas especialmente os homens mais fortes. Através dos molhados olhos vê a moça sem nome que chora, olha um a um os companheiros e tem um leve suspiro, guarda sua leve vergonha: todos choram? Houve pacto geral? A cerimônia da Necessidade, lágrimas para o infinito... Seus olhos embaciados só veem outros olhos embaciados em redor, só olhos flutuando, as pupilas abrasando-se no sal do pranto. Silenciosos, silenciosos agora, só Babalão soluça forte, só Canguçu geme perdido. Quem fez estes homens chorarem, estes homens crescidos no fogo, crestados na morte? Criancinhas inocentes são, só Deus sabe. Bebiano olha: Chico Inglaterra chora e banha as mãos em unção de lágrimas ardentes, Pedro Peba tapa o rosto, mas fios como cordas se lhe escapam e se derramam no rosto moreno, o Caveira tirou os óculos sem vidro e brotam-lhe duas fontes mansas dos olhos, morde o ar nos dentes, como o cavalo os freios, cabo José Gomes já se desconsola de consolar menino Garci e enxagua o quepe em lágrimas, Melânio Cajabi ergue e soergue os papos, olhos vermelhos, queimados, seu silêncio, suas lágrimas caladas se alastram, maior silêncio, maiores lágrimas, Urutu, é, decerto, quem chora escondido, nos fundos e nos ínvios da mata, para ninguém ver suas lágrimas, daqui fugiu para chorar a sós, sob pedras Lopes Mango de Fogo, seus olhos chorarão também sem cessar, na perene e extensa morte que é também sem cessar e na quietude de sua sepultura onde as pedras erguem seu silêncio contra o céu. Bebiano nada vê, toldados seus olhos num véu branco, véu e chão.

— Consumição que nos consome...

— Castigo de Jeová, castigo por nossos pecados, que são demais de grandes, este choro pegado um no outro, gente infiel, que não se arrepende...

Castigo... Nunca pusemos cinzas nas cabeças, só risos e cantos... como se fôssemos reis e não os últimos de todos os penitentes... — murmura, voz embargada, Babalão.

— Sim, castigo, bons castigos estes, pecados nossos — diz Bebiano.

— Choremos, a poi, até que se derrua e se comova o mundo... Até que Deus nos ouça...

— O mundo precisa de lágrimas...

— Nossa vida é triste toda demais de sempre, desde tudo...

— Dança mundo, boiem mundos na panela do Infinito!

Choram os homens. O sol canta a sua canção de fogo. Há um silêncio fundo e arrastado que vem dos ignorados da floresta, dos espaços perdidos para sempre. Um rumor de matas apartadas, de vulto que abre galhos, chegando, aparecendo, súbito. Correm as mãos às armas, erguendo-se, pulando, contra o ar, no aguardo de baionetas e fuzis, contra cargas e descargas, tiros e lâminas, olhos inchados, dores represas: é Urutu, simplesmente, afobado, limos de lágrimas tombando-lhe das pálpebras, como cascatas vivas, que vem pisando ramadas, puxando um cavalo, jeito de aprestado, boca para dizer notícias:

— Gente, gente, que houveram? Vocês a chorar como criancinhas e...

— Apois, você não nem chora também?

— Importa a alguém? Chore quem pode e tenha olhos. Apoi. Até o grande Demo-Diabo... E... os meganhas... Se esqueceram deles? Estão aí... Vi-os com meus olhos que a terra chama... A meia légua daqui... Armados de metralha, os muitos, os cães-cachorros, em bandos, os eles, enlouquecidos... Vamos que vamos, enquanto temos corpos e cavalos, e força com abundância, vamos quem tem pé e ama a liberdade...

Correm-se em afobo, empapuçados, chofre, desenchofre, globulentos de tanto chorar. Há um ladrar de cães em peitos surdos, despertando-se nos músculos dormidos. Precipitam-se buscando cavalos perdidos, espalhados, jogando selas e baixeiros, recolhendo bruacas e troços como vier e der, os olhos no fogo dos vermelhos, apressando, apurados, como à fuga de uma epidemia grassando e alcançando.

— Vamos que vamos, s'engrossou, s'entornou... Que estamos fazendo aqui?

— Hoje, agora, já.

— Deixamos os burros, os mantimentos?

— Escondemo-los...

— Onde?

— Sei lá, arranjem lugar, ou os matem, não, ei, deixem-nos. — Já movem e removem os arreios, as rédeas cingem e enlaçam os pescoços dos ginetes, arruídos de ferros e couros, tinidos e bufos, e um esbaforir-se surdamente de vozes cortadas e entrecortadas e de coices d'armas sem querer, ocos em espessas bruacas.

— A moça, Urutu... Que faremos dela? Acho que foi bobagem trazê-la.

— Importa isso a ninguém, por acaso dos acasos? Eu resolvo. Ora, levamo-la, diabos. Tem de ir. Minha.

Urutu arranha o peito como um monstruoso orangotango ciumento unhando os pelos das arcadas, os furiosos olhares ferozes, os dentes sujicando as mandíbulas. Os homens trocam um olhar, no silêncio as árvores farfalham cochichando-se segredos vegetais, porque houve um silêncio e os homens repararam, os indecisos dos modos deles de repente, mas foi de todo breve, de nada, logo retomaram movimento, rumor voltou, as Górgonas voaram-se, grotas profundas que receberam ar. A moça fechou os olhos, talvez chorasse ainda, seus peitos formosos iam e vinham, suas pestanas batiam, seus olhos brilhavam semicerrados, ninguém soube, como iam saber?, dor dela doía agora mais em todos subitamente, nela. Urutu, seus olhos brabos ardiam, dentro os sangues e os fogos e as lágrimas, pesadas mãos que enchiam uma capanga, cheirando desafio no rumo dos homens. E o ansioso, abafado rumor das pressas da fuga em continuação, deles, redor, se evolando, como um fogo, em fumaças.

— Está bem, está bem, seu, a poi...

Enxutos olhos, agora vão-se, numa cadência de balanço oscilante e suspeitoso, arrastando galhos nos rastros amarrados nos cavalos ou a pé, escondendo volumes, a moça no seu cavalo, seu perfil de rainha antiga, suméria ou acádica, na era das imigrações, todos amontoados vão bordejando o rio, dentro de suas águas passantes, descendo-o, rumo oeste, para pegar sua volta costeira e tocar para cima, para os nortes que não voltam mais.

— Logo anoitecerá.

— Já está anoitecendo.

— Estaremos longe...

Chapotá, chapotá, som de água e pedra e ferradura, chapuá das patas dos cavalos batendo na água, cascos, cascos, cascos, oco, eco, nas pedras que soam lá dentro num som de líquido e cavernoso com borbulhas e tinir de metal súbito, envolto em bolhas, galhos batendo nos rostos e nos ombros, cabeças abaixando-se, fila em fila se vão, que vão indo, o acampamento se perde para trás, a sombra da mata das grandes árvores como igreja e santuário os recebe em escondido, sepultando seus rumores e suas vozes, ocultando-se nos adentros das sombras deitadas, rumor de água acompanhando, mãos nas rédeas, mãos nas armas, pensamentos se socorrendo com lembranças de bravuras antigas, sopesando balas e punhais, debaixo do enorme toldo escuro, se vão, sombras dos cavalos se refletindo por um instante na água que corre remexida, turvada e depois a mesma água de antes, nada, como se não passasse ninguém, o silêncio de sempre destes lugares, verdes se tornando escuridão.

— Esse ameaço de chuva...

— Qual, hoje nem amanhã não chove, não...

— Ah, vai só ver. Chove é calhau hoje, que já é verão. Quer apostar?

— Como vai esse pé, Canguçu? E a febre?

— No perigo tudo vai bem, até melhor, meu chefe.

— Temos de avoar ligeiro, gente, se queremos liberdade e vida...

Redobram no passo, trotam na água. As seriemas cantam longe, fantasmas de recordações de algo que não se lembram, as cigarras alcançam zinzinares distantes nos ouvidos, a mata geme com seus bichos chorando despedidas ao entardecer e troncos que se retorcem, se enrijecem e emitem surdas vozes.

— Lá se vão as seriemas, vão ser moças, vão chorar seus amores...

— Deixe-se de leros. Eu ia à beira do rio, de repente paro ouvindo vozes, penso: serão os outros companheiros que fugiram de nós. Olho: que nada, seu, nos buracos da mata o que vejo são puros meganhas de fardas novas, cavalos novos, aboletados, abancando, em espécie, furiéis, jogando baralho e rindo, se conversando no maior prazer, se banhando, fuzis brilhando, as armas, metralhadoras postadas perto do acampamento, bem à vista, até uma bazuca, gente. Como, a poi, só se vieram de avião. Um havia, de sentinela, que portava, de lá para cá, metralhadora de verdade, dessas de guerra. Pensei: seremos nós? Me vim triscando, perna para que te quero, diabo e tudo. Capaz que descobrem nosso rastro de acampamento. E isto a meia légua. Como é possível, como que não souberam de nós? Quero saber como vieram ter aí. Talvez algum caminho novo, estrada nova, estão abrindo em toda parte, sempre inaugurando coisas, nem se sabe. É possível. Foi. A poi. Isso acontece quando não se tem mais vigia como nós que vivemos às boas do bom Deus, e todos frouxos, estas bestas de gente. Nem rastreador. Se nos pegarem, ficaremos o resto da vida na cadeia. E bem feito. Para aprenderem. Mas não se aprende nunca. Só apanhando. Rastreador tínhamos um: o Lopes, mas ele morreu. Meganha por mais burro que seja é sempre meganha, não se esqueçam. É uma raça de gente à parte.

— Sem dúvida que estão no nosso pé, nosso rastro, já estarão no nosso encalço. Mas eu não ouvi barulho de avião, alguém ouviu?

— Acho que ninguém ouviu, nem de helicóptero, nem nada. Sem dúvida, é azeitar pernas e mosquetes.

— Ninguém se amofine por tão pouco, vamos.

— Se amofine não...

Vão seguindo no rio. Chachachá de patas derrotando na água. Às vezes cortam caminho por causa de alguma profundidade súbita ou de algum pau estorvando, os peraus, os poços parados com troncos aflorantes. A tarde vai descambando lenta, sempre e sempre. Pássaros em gritos cortam o céu sobre suas cabeças, levantando voo da sombra da água que corre.

— Uma garça-azul, gente!

-— Isto é lá hora de ver garça-azul, Pedro?

— Não é, mas garça azul é muito difícil, uma raridade, que nem existe quase.

— Se existe existe, nada de quase.

Cavalos marchando no assoalho escorregante das águas, espelhos que se partem, reflexos que vão descendo, catapruz de patas espirrando, retinindo nas pontas das pedras, os joelhos, as barrigas, na areia, na lama, nas pedras, galhos em alto e baixo, ou contornando, vaus e profundidades onde os homens se molham inteiros, o revoal de pássaros, parece um sonho súbito, ameaçando, do qual fossem saindo ou entrando, como saber?

— Será que aguentara esta viagem, gente, eu? Meu corpo, gente, sente como que caíssem coisas dentro, pesadas, de bronze, por adentro, bem no fundo...

— O quê?

— O Demo dentro da gente.

— Será que o Demo pode entrar dentro da gente? Não creio.

— É a gente que entra dentro do Demo...

— Será que o Demo é que nos estivera correndo, perseguindo?

— O Demo está sempre atrás da gente, sempre persegue e persegue...

— Quem nos persegue, Babalão?

— Ele, o Tufe, Belial, anda por toda a parte como Deus, ele que também é filho de Deus, como nós, está entre nós, está dentro e fora da gente, no inteiro da gente, na couraça da gente, na máscara da gente, inteiros, e está nos perseguindo, sempre, sem trégua, sem descanso nem fadiga.

— Vamos fugir dele, vam'...

— Certas horas torvas, horas más, completas... torcera vontade em ponto de me matar, de me exterminar, no limpo, para me livrar, jurara, gente, me vingar de tudo isso em mim mesmo sem dó nem piedade, pontinha de vontade como ponta de arame entrando no ouvido, nos miolos da gente, lá onde as ideias se aglomeram como nuvens de marimbondos, azucrinando nas profundas, no constante de sempre, no bolor da consciência... Ou será apenas a voz dele? Esta dor de adentros...

— A voz de quem?

— De Deus... Ou do Demo...

Iam, os sobrossos da noite já se esconsando, fechando a escancaração daqueles gonzos imensos, sob os pilares da terra, porteiras dos horizontes dependurados das serras, dos galhos e ramos escorrendo inícios de escuridão como garoa, o descer das cortinas do teatro das neblinas, o que viam era que a noite assuntava já seu cochilo de estrelas, seu segredar sempre ciciado, sempre prosseguido de alturas se encontrando com o rés do chão. Foi Urutu quem viu, os olhos-linces, e fez parar, os braços mostrando: dois meganhas adiante, no lusco-fusco sombroso e escorregadio da beira do rio, os pés na água abaixados, se lavavam os braços, conversando distraídos, por entre as résteas de folhagem:

— Há deles por aqui.

— Dois chumbos na cabeça dão...

— Não, rapaz, tu está louco? Pode haver mais. Eles estão perto...

— Capaz que nem não, tanto assim, que sejam dianteiros, guias, rastreadores.

— Vejamos.

Urutu levantara a mão, um silêncio para eles, quando partiram dois tiros, um depois do outro, do meio do bando. Foi tudo demais ligeiro, assim como apareceram, balas que revoaram. Um deles ergueu a mão à testa, fez que ia avoar, como passarinho, e caiu comprido, de costas, na beira da água. O outro nem teve tempo de sobressaltar-se, que dobrou-se num gancho, as mãos na barriga, tombando de cara na água. Nem precisaram se mexer mais. Silêncio que cresceu e estampidou reboo de ecos em rebojo, ermos que tremeram e estremeceram e que retumbam, nas caladas do aberto os ecos são anões do vazio, saltando, estrondos que formam concentrismos nas lonjuras. A apreensão, os meneios de quererem voltear as rédeas, de chafurdar os cascos para o meio da água, de voltar para onde vieram, o desacerto geral, de fugir para onde-onde, o ruma-mexe de querer prisco e pincho, o todo do grupo em se mover ou em dúvida de petrificar-se, Medusa, as Górgonas transparecendo no sobressalto do horizonte. Olharam e viram foi, muito calmo, o papudo Melânio Cajabi soprando os canos e guardando no coldre o revolvão fumegante, sempre em silêncio, puxando um cigarrão de palha, como se nem de nada nem de tudo fosse com ele.

— Você está doido, homem?

— Barbaridade, a pontaria que tem... Deus nos livre... Quem pudera imaginar... A poi.

— Jeová que lhes conserve em paz. Os vivos de Jeová, os mortos de Jeová. Jeová, aquele que dá dentes para quem não tem nozes.

— Isso não se faz.

— Parece criança.

— Mas já está feito. Sem remédio. Agora...

— Agora é avoar, como caburé, como suindara...

— Covardia.

— Covardia seria a deles, se nos pegassem por detrás desprevenidos.

— Com covarde covarde e meio.

As barrigas, sotavento, as ilhargas dos cavalos refletidas velozmente nas águas que passam. Cascos, cascos, cascos. Tinir das patas nas pedras, tinir envolto em som de água como grandes bolhas conservando som. Oco, oco, eco, eco. A fuga, longes pressas, surdas velocidades.

Melânio muito quieto, nem era consigo, seus mistérios.

— Será que regula bem?

— No gatilho demonstra que sim... Melhor que nós. Agora nas outras coisas, no seu geral, nem se pode saber, nem sei.

Melânio era estátua tranquila no seu jeguinho, as pernas enormes, como forquilha, os pés quase se arrastando no chão, os olhos alumiando, a barba negrejando no pretejar do papo. E os negrumes da noite desciam anoitecendo breve. Um minuto muito breve a transição do dia para a noite, um minuto só. Ainda nos fundões espessos das distâncias perdidas esvoaçavam os ecos como fantasmas trêmulos dos dois tiros, como aves que voaram. Agora, crepúsculo, penumbra das onças negras, hora da penumbra das pombas, plumagens de cinza, entardecer de plumas e sedas, anoitecer. Os dois meganhas, insepultos, duas manchas na água, pontos foscos de cáqui, rebojando no raso da meia água e meia areia. O silêncio ameaçava como uma protuberância maligna, inquietante, nem asas tatalavam para desfazer a impressão súbita. E o rio aos pés, as patas dos cavalos, descendo, levando consigo os homens, sempre, o rumor baquejando nas funduras que se fechavam após eles e não voltavam mais nunca, como os dias dentro da goela, do abismo do tempo, grotões arcados. O tempo era um peixe tamanho dos horizontes? Infinito, o ar que respiravam. O tempo era tudo, todas as coisas passadas e futuras e que perduravam para sempre presentes e inexauríveis.

— Enegreceu, se agravou. E agora?

Aos cochichos, ajuntados, falavam.

— Agora é agora, que vai ser, não é depois nem antes, somente senão agora, não mais. Se alma viva há, há de se mostrar.

— Esperemos desaparecer.

— Morreram tão em breves, aqueles, como se nem morressem...

— É como querias que fosse? Morre-se assim, já é de sabença e conhecimento de todo mundo, e é fácil, é até presente de Jeová às criaturas. Inimigos do Pai morrem assim. Não há outro jeito.

Ficou a dúvida no ar, minhocando eles.

A penumbra pintava de carvão tênue as caras morenas, ossos duros. Babalão beijava sua cruz de madeira, sopesando nas mãos quadradas como tábuas o peso dos mosquetes esperando a carga dos meganhas invisíveis, Chico, o rosto contrafeito, mais inchado, doía-se na sela, Canguçu e José Gomes, virados nos cavalos, olhavam para trás e assuntavam o menor rumor do mato que se ia deixando para trás. A moça enrolada num manto, silenciosa, não dava tensão de se comover com nada, que com ela pouco se comoveram, parecia, Pedro Peba, o Caveira, Garci, Bebiano, aprontados, cheirando o ar. Urutu, atrás da moça, aproado feito uma caravela, naquela hora apreciar fosse os múltiplos encantos dela, nem ligando muito ao perigo de se esquecer em pura contemplação. Melânio se embaçava misturando sombras na retaguarda. A penumbra ia tomando forças, pondo chumbo nos redondos do mato. Brisa não soprava, de nenhum lugar vinha resposta de ninguém, tinham-se pegado em grude contra as paredes das sombras, o parado, goma que resvalava e escorria, parece que tudo ia ficando irremediavelmente para trás.

— Jeito de não se ter medo de nada, depois de se ter feito coisas destas já cruzadas, emaranhadas...

— Medo não, gente, a poi, que tudo está bem-feito.

— Medo é este berrador. — Pedro Peba puxou o revólver.

— Torçamos para o mato mais cheio, mais fechado. Na beira do rio podem ter mais à espera, outros distraídos. Esperemos escurecer de vez, aí atravessamos e voemos.

Entravam no mato denso. Esbarrando os galhos, a biboca apertada e o rumor de cavalhada no escuro flechado de ramos. Cavalaria que vai, cavalaria de sombras se aprofundando nas sombras.

— Jeito de não se fazer barulho demasiado. Perigo.

Num aberto de mato pararam, desapearam e se sentaram, mode conselho reunido, armas entre os braços, olhos e ouvidos ouvindo e olhando o céu e as filigranas dos ocos, cujas estrelas renasciam entre nuvens pejadas.

— Lua hoje vem tarde. Céu está roncando.

— Vem lua não.

Antes das conglomerações das chuvas, intestinos pluviais, eletricidade esparsa, sutil no ar, magnetismo que se espalha. Silêncio começou a se povoar. Mas um roça-roça de nervos andejava neles. Não falavam, o silêncio chiava nos morcegões vermelhos que saíam dos ventres folhosos dos combarus gigantes, nos golfos da noite os lobos-guarás ganiam a mode assombração de ânima de bicho penado, nervosado com a demora da lua, embrulhados nos bojos das sombras, corujas miavam corujando nos mundaréus dos remansos rebojosos e folhudos, grilos sorrilhavam nos mofumbos solitários, em cada brejo e em cada capão havia uma tribo de mães-da-lua que piavam mistérios, o silêncio até tinha cheiro: da terra subia um bafo e eles cheiravam, abrindo as narinas nervosas, alongando os pescoços, sentindo um arrepio que vinha da extremidade do cóccix.

— Eles ouviram os tiros.

— Ninguém lhe pede agouros.

— Não estou agourando.

Cerravam-se nuvens nos grossos algodões protejantes e úmidos.

— E esta ânsia de céu com chuva preparando, de chuva e não chove fatigando a espera da gente. Melhor fosse caísse água do céu duma vez para mudar ao menos a fisionomia das coisas.

— Jeová nem deixe.

— Talvez seja melhor para nós.

— O Melânio regulou bem que muito, que sim, afianço, até penso. Que iam fazer aqueles, perdidos no meio da catinga deste mato, assim sozinhos, vivos, eles, como desertores? Nos vissem iam delatar.

E aguardavam. Apesar de tudo, não podiam ficar quietos. Os arvoredos imensos, parados, construindo alturas, bojos suspensos, levantando escuridões e mais escuridões, densidade, os novelos, as cadeias, os nós, as contas, espessuras esparsas, redemoinhos, borborinhando, borborigmas.

— Talvez, qual, esses meganhas nem venham.

— Quem soubera.

— Escutaram? Não escutaram?

— Quem soubera.

Os cavalos sobre suas patas, imóveis, os olhos de azeitonas grandes, fosforescentes, como que cheios de cupins ou vaga-lumes, saltados, espreitando com seus negros espelhos redondos os sopros da escuridão que vinham, seus corpos cosidos na sombra, nem sequer rascavam os cascos, mastigavam os ferros, farejando as coisas familiares da noite, sentindo, como os donos, perigo.

— Estivesse eu numa terra boa, fazendeiro sendo de minha fazenda, cuidando de levar vida decente, melhor bem que seria...

— Pois eu, Bebiano Flor, não troco isto por nada. Gosto do perigo. Seu perfume entra nos meus pulmões com gosto.

— Pudera, eu iria para um lazareto, tenho fé que me curara.

— Gente, quanto mais silêncio, melhor. Isto não são horas de pensar planos-bobagens. Deviam pensar nisso quando estavam na cadeia, lá se é tudo para vagabundagem, tanto os que guardam como os que são guardados.

Se aquietaram. Inchaços de treva, carnegões de silêncio. E das distâncias, de nem não se ouvir, profundas, noites sobre noites que clamavam, como abismos chamando abismos. As horas foram se encompridando e o céu se fechando. As estrelas se perdiam e se encontravam, pequeninas, pensando na ilusão passageira de algo bom, extremamente bom que não sabiam o que fosse, mas só olhar para elas, isso vinha, entre os chumbos densos das nuvens empretejadas que vinham anunciando as chuvas em premonição.

— Já passa da meia-noite.

— Lua não veio nem virá. Se enganou quem disse que ela vinha.

— É cedo ainda.

— 3:33…

— Não, agora são as doze, hora do Demo e de avestruz sem cabeça. Você, ô Caveira, feche seu guarda-chuva que nem chuva virá tão cedo, não está vendo? Você não sabe reparar? Isso é até mau agouro.

A moça começou a chorar baixinho. José Gomes tentava consolá-la:

— Não chore, moça, a sra. aguarde. Deus vai nos ajudar, louvado seja.

— Isso é o que dá, trazer mulher em empresa destas onde até homem de cerne se pranteia como criança magoada.

— Cala a boca, Peba.

Urutu silencioso, fechado, sentado, sob seu poncho, perguntava os escuros, indagava os densos, olhos grudados no piche da escuridão cortada de fracas virações que começavam.

— Aqui vamos, gente — que enfim disse.

— Não vai que estejam açoitados por aí, em tocaia.

— Azar deles. A poi que também não vamos ficar aqui agora como tatus-mulitas entocados em cemitério apenas por medo. Eles, se quisessem, já tinham é pulado por riba da gente.

— Pau-de-fogo, o berrante de fogo, gente, e olho bom. A morte ou a vida.

— Eu, o Chico e o Melânio, conselho dou, rezem na pontaria se tiverem de atirar, em caso deles vierem, não desperdicem bala. Bala é dinheiro e dinheiro abre as asas e voa como passarinho.

— Isso pensa quem sabe nem sabe que só vocês três sejam fortes de mira — falou pausado José Gomes.

— Bom, esta não é hora de discutir quem é melhor na mira, vamos em nome de Jeová, Senhor dos Exércitos, que abriu o mar Vermelho para os eleitos.

Amontoaram de novo e levantaram rumo. A pouco torcendo curva deram com o rio, marcharam no muito escuro já, os cavalos já tinham se acostumado àquelas asperezas de treva de grude pichento. Chico, que ia na frente com Babalão guiando, reconheceu:

— Aqui fora vau, pudéramos atravessar sem susto.

— Olho bom e mão no berra-fogo. Que nem um dundum negue. Amém.

Atravessaram vagarosamente em fila. Só as estrelas iluminavam. Do outro lado era um campo aberto, de capim raso, escuros e escuros. Foram cortando.

— Pelos cálculos, a Serra dos Martírios está próxima.

— A Figueira-Mãe, Chico?

— A Figueira-Mãe está chegando, gente!

— Chegando nada, não dê falsos conselhos, falsos consolos — Babalão falou.

— Então diga, você que soubera melhor.

— Pois digo. Temos de atravessar ainda toda esta tora de mato na frente, são trinta ou cinquenta léguas, ou mais. Daí para mais.

— Não seria melhor voltar é para trás? — perguntou Garci.

— Se quiser vá, mas sozinho.

— Amanhã, meio-dia, onde estarei, onde estaremos?

— Não pergunte nem diga bobagens, ô Flor, estaremos é no tuaiá...

— O tuaiá é mágico? Não saímos mais dele, uai...

— Estaremos talvez no sol, no centro de um câncer, na alma de uma cova, uma aranha no olho, uma bala na barriga, os mundos fechados. Dormindo no Nada.

— Tolices. Amanhã meio-dia estaremos no fim do tuaiá.

— Fim do tuaiá...

— Fim...

— Onde se tem fim, se tem tudo, está tudo assegurado, tudo certo. Tenho medo apenas do que não tem fim... O que tem fim a gente se acostuma...

— Meus arreceios são as armas,
o meu descanso o pelejar,
minha cama as duras penhas,
meu dormir sempre velar...

— Meu dormir sempre velar, ô Flor...

— A poi, Urutu.

— O fim, ô Flor, o fim sob o sol.

— Sim, o sol, o fim.

— O sol, meio-dia, o sol.

— Sol.

Urutu, olhos de gavião-real naquele reino mais perto que a escuridão de tudo, que a treva de todos os mistérios possíveis, julgou ver uma sombra que deslizou apeada, atravessando o mato, puxou o revólver e ia fazer fogo, mas a visagem havia sumido instantaneamente nos sorvedouros da sombra. Freou as rédeas esperando.

— Que foi, que foi?

— Nada, bobagem.

Guardou a arma. Tivera vergonha de dizer que vinha sonhoso, cansado, passível de ilusões repentinas, de dizer que era a sombra da alma do Lopes, sua marca ou aparecência. Parados, os olhos cismavam. Foram marchando. O Lopes... Nunca, gente, nunca... Num raio, a imagem ainda do cárcere: a cara do Lopes cosida à parede penumbrosa, olhando-o, seus olhos vermelhosos. Um frio percorreu-lhe a espinha, esporeou o cavalo para juntar-se aos companheiros. Penetraram no mato negro. Só Urutu ouvia, nas risadas esdrúxulas, histéricas, das suindaras que arrepiavam, que pareciam desenhar xilografias de calafrios pelo ar, envoltas em silêncio, como a água envolve os peixes, lembranças de antigas conversas entre ele e o Lopes. O cavalo tremia, comunicava-lhe medo, vinha das patas dos cavalos, do chão preto, do chão sob o qual Lopes dormia sob pedras, que era continuação deste chão, ele sabia, sob pedras. Chão daquele podia comunicar medo? Nestas alturas não há mais cupinzeiros nem bambuais, aqui um campo raso coberto de capim-de-vaca que se propaga na solidão do horizonte, que cobre cavalos e cavaleiros, que cobre a cavalaria insone ecoando o chão da noite. Ao longe na continuação do olhar alteia-se uma mole de sombra, que pode ser uma montanha nascente, que vem vindo, mas na escuridão só Chico Inglaterra e Babalão Nazareno sabem que se trata da grande floresta que começa, da Serra dos Martírios, no sopé da bacia amazônica. Difícil crer que cobriram tão vasta terra, de tão longe vêm.

— Devem ser os fujões...

— Quem os viu?

— Eu os vi.

— Mas nem sabe quem são.

— São eles.

— Eles também não estão nada de boa tenção. Alturas destas são inimigos nossos, só o que se pode ser.

— Como seja. A poi. Não estão de feição boa.

— Dois lados para se cuidar, deles e dos meganhas.

— Mas nem se sabe quantos sejam.

— São um e um milhar, são o perigo.

Nas cabeças de ambos, do Flor e de Urutu, seus olhos viam noite e as coisas da noite, tudo o que contém a noite, do que é feita a noite, mas no fundo viam era o sol, pareciam-lhes estar andando sobre um sol negro, calcinado, lavas vulcânicas que se houvessem esfriado e enegrecido, pulsações da sombra mais viva, e ouviam os cavalos chafurdar e enterrar as patas, cascos, cascos, cascos, oco, oco, na terra caracolosa e mole — estariam pisando nas gangrenas de um corpo morto, carne insepulta, promontórios putrefatos onde aquelas patas mergulhavam sem fim e sem começo, como buscando algo sólido, patas desligadas dos cavalos, eles desligados deles mesmos, mas estranhamente presos, encadeados a uma espécie de infinito que se prolongava acima de suas cabeças, até as estrelas e além delas, por sobre as nuvens que não se viam, sobre o espaço negro, soltos naquele mar de escuridão cujas ondas batiam erguendo e levantando as abas dos ponchos e das roupas, entre as árvores de não se sabe onde nem quando nem como, ouvindo os cardumes de silêncios que subiam pelos troncos, vindos da terra e que falava na voz dos galhos e das folhas que se friccionavam e se roçavam, entre as brisas que agora se sopravam das bocas dos horizontes como imensos foles, tudo um enorme desconhecimento súbito e difuso sobre os cavalos como se fosse o coração varado por uma flecha em chamas, como se fosse chegar de repente um desfalecimento ante uma grande liberdade que vinha, de onde?, os outros pararam, viam no escuro, coração na boca, eles, ofegantes e cansados sobre os cavalos trêmulos, patas fatigadas como se estivessem puxando todos as extensões de todos os pântanos. Flor indagou:

— Que foi agora?

— Queria saber, nesta noite, neste momento, se algum de vocês, seus cachorros-cães, se algum de vocês, sabe de onde vim, para estar aqui neste momento? Vivo, vivo. Digam, vamos, o que é isto, esta terra, esta noite, este ar, estas matas, esta escuridão, isto tudo? O que é isto, isto tudo? Nasci de repente ou estou para morrer, falem a verdade, digam, malditos, unicamente a verdade! Quero saber, viventes!

Entreolharam-se no escuro, boquiabertos, fitavam o espaço buliçoso das coisas que vagam e se movem no ignorado do mato, pálpebras como vazias, nada dentro dos olhos, somente nos ouvidos a indagação radical, como visão, nada mais, ficaram mudos, sem nada dizer, palavra nenhuma na boca, aparição nenhuma nas pupilas. A voz rouca, forte, cortante, crespa, fogosa, como um surdo casco batendo e raspando o chão, e o silêncio dos cavalos parados se incendiando como uma chama solta, nas respirações suspensas. Quem esperava aquela súbita floração de pergunta se queimando como um fogo? Ninguém. Louco era Urutu, entre sua cavalaria? Longe, nos paraísos passavam levas de olvidos, anjos e santos, demônios e penas, mortes e deuses em carregações de lendas e só eles sabiam, materiais do sonho. Nestes infernos, nada, só indagações, perguntas, enigmas sem respostas, sempre. Mistério e mistério, silêncio e silêncio. Só a brisa da noite acariciava os vultos, seus corpos, seus rostos, os ponchos se movendo. Louco, ele, o chefe? Pensavam: Urutu louco duma vez, memória levada pelos golfões, mente, siso, tudo. O que restaria? Ah, hum, eh, oh, silêncio e mistério, há loucos e loucos. Passem, anjos...

— O que será?

— Nada se sabe, nada se pode saber, tudo é morte — disse alguém humildemente, como se se desculpasse.

Babalão se adiantou, ouvia-se-lhe o cavalo, as patas caminhando, o escuro vinha com ele. Roldão dos poderes escuros, parou perto sofrejando, sabia-o empunhando sua cruz de madeira pendente do pescoço, tocado da graça dos profetas afogados no mais purulento mar:

— Urutu, meu irmão, não penses muito. Esta é a terra apenas dos homens, não dos deuses, nasceste e sofreste por pouca coisa. Um dia, a morte outra vez, meu irmão. E com ela, Jeová, nosso pai. Há um livro santo que tudo explica, procures lê-lo alguma vez. Existe a vida e a morte. Não fadigues a tua cabeça com explicações inúteis que ela é de carne e osso e só queremos a verdade. E nós somos livres, Urutu, como nascemos, nascemos e morremos livres, meu irmão. Esta é a noite onde nós caminhamos, rumo a milhares de noites que o futuro de cada um esconde nos céus escuros. Livres! — E erguia brandindo a cruz para o céu.

— Nada sabes, Babalão, não quero a tua resposta. Vamos gente! Façam de conta que não ouviram nenhuma essa pergunta idiota minha jamais de minha boca para sempre nunca.

E a caravana seguiu, as patas pisando, cascos, cascos, cascos, os cavalos marchando no escuro, oco, na terra globulosa, chão de breu e carvão, céu de unto e piche. Um ar de deserto começava no coração dos homens, como dentro de uma liberdade muito perigosa para cada um em particular, um ar de deserto dentro da floresta, além dos tuaiás, Deus, o Demo e alguma coisa mais que os guiavam, sem palavras, imóvel, invisível, só a canseira os amparando sobre as selas, o sono, a desesperança, a tocaia, a espreita, a desconfiança, a tensão e a traição espiando-os através dos furos das matas com seus olhos baços, indecisos, as frestas das noites fugitivas, ferros fuliginosos na vertigem. Um ar de deserto começava.

As estrelas haviam-se sumido uma a uma, sob as ramagens. Um manto como de chumbo, preto como a terra mais preta, escuro como a noite mais escura, céu e chão, poncho caído das alturas, e apenas o caminho, a vereda morta, por onde iam, que nem se via. As brisas se haviam tornado ventos, braços rudes e ferinos as ráfagas que dominavam o atalho contorcente e de lama pedregosa, bocas uivantes e silvantes o silêncio que os acompanhava sem que ninguém prestasse atenção senão por onde andava, silêncio que guaiava como um fantasma imenso, sopesando-os nas selas, empurrando-os para trás. Pássaros de agouro, bubuiavam as corujas em cada pau à beira das vertentes de chão que atravessavam, como se estivessem ali desde sempre a esperá-los para saudá-los com seus cantos desconfortados. Começou a respingar rápido, a início apenas um repinicar de chão que estremecia em redor deles, orvalho furioso como vingança da água, chuvisqueira que começou a cair, depois aumentando intermitentemente, alguém amaldiçoou aquela hora de negrura, em que se ia perdido pela vida, e goteiras daquele céu sem fundo principiaram a tombar aumentando devagar.

O destino enorme, sem portas e sem janelas, como uma casa para onde se perder ao bel-desejo de cada um, à sua vontade, casa-labirinto, cercado apenas de murucututus agourentos que piavam se abriu em par, ululante:

— Engole, chão-diabo! Engole a gente duma vez, ó praga ruim canhada, lanhos e ranhos, engole este corpo que minha mãe beijou! Chega, ô fim! Abre-te, perdição, abre-te, escuridão!

— Fecha a blasfêmia, Chico, ô ruim de boca lazarento — fez Babalão no fundo da fila, incorporado, voz rança e pesada como pedras-cangas —, faça uma coisa e diga outra.

Mas Sésamo não se abria, como os portões do inferno não se abrem para quem pede quando precisa. Ademais, aliás, ninguém precisa do inferno, ao que se saiba, só os que não o sabem e o desconhecem.

Alguém chorava soluços fracos, era a moça, ninguém a quis consolar dessa vez, estavam todos ocupados consigo mesmos, nem mais o sobraçante cabo José Gomes, nem o olhante Urutu. Silêncio tomou-os enquanto a chuva aumentava no frio escuro gotejante e rangente de matos que espinhavam e açoitavam em lanhos de bolas de chumbo em pontas de chibatas de couro. Braçadas de ventos uivando e ganindo agoniado faziam estremecer as árvores, em monções, as grandes e ferrugentas e vacilantes mossas em torno, os embuços vagos, os cardumes de vozes aboiantes que se soltavam das solidões abertas em grandes buracos trepidantes no ar, no fundo dos horizontes, lábios vazios e estancados:

— Ajuntemo-nos para que o vento não nos leve...

... não nos leve... o vento engolia a voz no eco, levando, trazendo a triste paz do silêncio se desfazendo em bruscos humores entrecortados. Como braços de grandes moinhos bracejando no vazio, triturando coisas, mós de monjolos, mastigando massas, deixando escapulir torvelinhos.

Frias, as gotas de chuva, gélidas, queimantes, logo crescendo, pateando, batendo pés e martelos na bigorna do chão, no assoalho da terra, baqueando, inventando metralhadoras, pedras contra pedras, ecos rojando-se contra ecos e ressoando em grutas e igrejas vazias, surdos turbilhões ocos que subiam por entre eles levantando rebojos de massas de ar, léguas de ecos subindo e descendo como fogueiras de fumo, crocitando, abraçando, cacarejando, se encrespando, caravelando, isolando-os e prendendo-os nos seus novelos torvelinhantes, cascos, cascos, cascos se esvaindo no turbilhão, apagando tudo espessamente. Palavras se perdiam. O rumor de rasga-couro das águas torna-caindo desiguais nas folhas e no chão era um rio enorme trepidando nos paralelepípedos do fundo ladrilhando o soalho das águas, cercando em muralhas a beira transbordante de tudo, soluçando sufocado, bramindo e mugindo de boca fechada como aboios caracoleando em quebradas onde nunca passaram formas de viva gente, e bois que respondiam vagindo em campos desmoronados, e um rio tombando a prumo do céu, uma cascata de cascatas, em cabeceiras dos rios das terras do rei Salomão se despencando, se desprendendo dos píncaros eretos do céu. Céu e céu. Céu e terra se encontravam. Sob os chapéus e as roupas, molhadas, sob os ponchos, palpabreando como se aquela noite ardesse em fogo negro, inconsumível, avançavam lentos, escorregantes sobre os cascos das montarias. Fogo era aquela água, mundaréu, que caía e se soltava, chamas e brasas mordentes, fagulhas e áscuas em mordidas elétricas, aquelas gotas que repinicavam e tocavam nas peles ardendo como marimbondos e mordendo com os dentes mais frios do que o gelo, as mãos e os rostos que saíam dos ponchos encharcados. Água que varria, tudo tiquetaqueava como um gigantesco relógio louco cheio de pálpebras trêmulas, imensas cavernas saibrosas sob as quais iam, corredores de térmitas, cupinzeiro infinito a grande terra sem fim, metralha e canhonear aquele rumor inacabado, continuando sempre, feito de continuações prodigiosas, ribombejar de latejos, Mãe-Terra que paria? Nem viam, mas sentiam os troncos dos arvoredos se lascarem e tremerem ameaçando tombar por cima deles e não se podiam afastar, indo sempre como iam, e se retorcerem na treva borrosa, iluminada em rabanadas por luzes reboantes que pespingavam e estilhaçavam e se propagavam, como vomitadas pelos horizontes que engatinhavam de cócoras, azuis, verdes e roxas de raios e relâmpagos que se soltavam e se abatiam cruzando o espaço agitado e negro acima deles, estremecido como a boca de um poço fechado pela tampa da escuridão. Como buracos imensos, as sombras mais distantes perdidas no descontorno, quando o raio do fogo as incendiava, como flatos de chamas, como olhos intermitentes de enormes vaga-lumes acesos que os seguiam, como orelhas sem fundo que tudo ouviam, as massas das árvores, esponjosas e bruxuleantes como fogo: crescendo de mistura com as trevas, como corpos em espasmos, como braços gesticulando, como troncos que se dobravam e se ajoelhavam... Uivos e gemidos de todos os ancestrais e de todos os pecados por eles cometidos em todas suas passadas vidas, um barrido sem pausa que vinha desde o Juízo Final, que já deveria ter acontecido, talvez, ninguém sabia quando, quem, talvez somente Babalão Nazareno, que privava com os anjos, ais enormes que se sucediam, se enlaçando, nos próprios ecos que vinham de retornados, como encarnações de deuses, irados e vingativos.

Um baque reboou ecoando em torno deles, no ápice de um trovão e de um relâmpago que se acendeu escancarado em labaredas abrindo luz à frente deles, era o mundo, a floresta que vinha abaixo, com todas as suas raízes, todo o seu peso de velhice? Surdez encachoeirante de mil trompas soando e mil tambores percutindo, o alaréu ensurdecedor como uma abóbada de galhos arrastados tombara, trazendo consigo famílias de árvores centenárias. Um arvoredão imenso, como se fosse o primogênito de um terremoto, florestomoto, torre vegetal, fogo crepitando no seu tronco sob a chuva, incendiado de raio, fendido até as raízes desde o alto do tope. Uma labareda adiante viam, como um totem sem história, lançando raios:

— Oh, perdoe-nos, pai Raio, perdoe-nos, pai Trovão! — gritou Chico caindo do cavalo, arrastando-se em direção ao fogo, a cara iluminada. Os outros pararam a olhar. José Gomes desceu do cavalo, trouxe-o de volta:

— Está delirando, meu irmão... Que houve contigo de íntimo?

— Os deuses, José Gomes, os deuses querem vingança, sempre vingança... Olhe... Querem paz, tudo... Estão armados, vêm descendo do céu... Os deuses fazendo todos os sinais de paz...

Colocou-o no cavalo, fechou-lhe o poncho abotoando-lhe os botões em volta do corpo, os ossos tremendo, a cara de olhos esbugalhados sem separar-se do fogo que se consumia:

— Nossos pais mais antigos, os deuses mais velhos... Nossos pais...

— Que pais, que deuses, está louco? Só Jeová existe, homem, e nenhum como ele, reze, para que o Demo não te transtorne nem te faça variar, nem te leve... — gritou Babalão.

— Nem deuses, nem Jeová, nem nada, vamos, vam'... — falou grosso Urutu.

Rodearam tropicando, tergiversando o fogo, dentro do mato ferido, as caras tresloucadas. Só depois viram que Peba e Chico estavam machucados. Um galho de árvore pegara Peba na cabeça, vertia sangue, ele que estava demais de perto dela na hora da queda. Havia sobrado para Chico. Foi Garci quem viu na luz incendiando um raio. O sangue manava das cabeças e eles quietos, nem se queixavam.

— O Peba está ferido. O Chico também.

— Agora não se pode mais parar.

Amarraram sem desmontar-se, uma tira na cabeça do Peba e outra na cabeça de Chico.

— Deve ser castigo tudo isso — foi só o que disse Peba.

— Castigo... — zombou Chico. — Castigo de quem? Único que pode existir é dos homens, nós ou os outros, os homens gerais, os meganhas... Se é que merecemos castigo. Quem mais existe? Ninguém... Nada... Só os homens humanos andando no mundo...

E levantou a mão, nela o látego de um galho cortara cerce desde o antebraço até o começo dos dedos num talho vivo, onde o sangue purpurava à luz do fogo, como uma fonte de brasas, como um crepúsculo vivente. Rasgaram pedaços de roupas e enrolaram-lhe em redor, fazendo um torniquete em volta do pescoço, deixando o braço preso.

Canguçu se queixava e gemia:

— Arraia dos infernos, não podia ferrar um meganha, por acaso, por que logo eu? De onde vim eu para merecer isto?

— Castigo, sempre castigo — murmurou Babalão.

... castigo... — o bru do vento levou.

Seguiram caminho no descaminho sob a tempestade que abraçava galhos e ocos. Tempestade que tempestade, desembestada, poncho rasgado, aberto sobre todos os ombros do tuaiá.

— Isto irá durar toda a noite...

— ... noite...

— Não agoure, Chico, boca de sapo gorado, quer que a costure?

— ... agoure...

— Ainda está para nascer o macho que costure a minha boca...

— ... boca...

— Estamos só dizendo...

— ... dizendo...

— Não acredito em agouros, em nada...

— ... nada...

— Jeová, o pai, Jeová nos guiará nas trevas, Jeová...

— ... Jeová...

— Que horas serão?

— ... serão...

— Três e trinta e três...

— ... três...

— Bah... ió... Crer em eco...

— ... eco...

— Estou vendo peixes, peixes... Peixes vermelhos, imensos... Um jaú azul quer me engolir, socorro, Urutu, socorro, José Gomes...

— ... socorro...

Urutu retrasou cavalo com bridas que o vento levava para olhar, mas nada via. O vento levava tudo. O vento. Era a voz de Pedro Peba.

— Que foi, homem? — indagou Urutu.

— Ali, ali... — apontava no escuro. Ninguém via. Nada. O vento. Apalpando por debaixo dos ponchos. A chuva. Esfarinhando o chão em pipocos. Orientavam-se no negror pelas passadas, rumores dos cavalos, cascos, suas sombras, seus sentidos equinos, ecos uns dos outros. Pedro Peba estava delirando com a machucadura da cabeça. Os outros feridos ainda podiam consigo mesmos. José Gomes segurou-se, apalpou-lhe a testa sob a água raivosa que caía em trons trepidando tudo em volta:

— Calma, homem, sou eu, José Gomes. Ele está com febre alta, Urutu...

— E que vamos fazer?

— Eu o acompanho, deixe comigo, eu cuido.

— José Gomes, pegue o jaú azul, saiu do poço das Sete Pedras, pegue o bicho... Filho do Minhocão, o esconjurado, eles evem me comer... Ele abre sua boca vermelha, vejo a goela em labareda... Um escafandro...

O cabo o segurava pela cintura, sustendo-o, os ponchos molhados sob a chuva dura como tapas que enxaguava de todos os lados, sacolejando tudo, andando num chão completamente preto, que dava a impressão de vazio, o longuíssimo cavalgar, os negrumes, os córregos formados pelas águas, sem ver chão nem céu, às vezes os cavalos davam caras nos matos das margens sotopostas surgindo de repente como assombragens de fogo e galhos, aureolados de centelhas de santelmo, que nem existiam quase, que o caminho, nem era mais caminho e sim deserção de caminho, nem havia, eles toravam para dentro do mato propriamente dito mato, estradas para olhos e patas, cascos, cascos, barrigas e pés, se haviam perdido de todos perdidamente, sinais de que nem os cavalos, como irmãos das árvores e dos homens e das pedras mais não enxergavam nada, nem se lembravam nunca mais. Só os cascos, cascos, cascos e o chão barroso pelas águas com lamas imensas, sem tréguas, surgidas ninguém sabia mais de onde, de repente, sobre todos os caminhos. E os galhos batendo nos corpos, fustigando como continuadores dos castigos. Quem mandava no céu? Os ecos que fugiam roubando mugidos, mujos, o vento, rabanadas súbitas e contorcentes em redemoinhos, bojos, o perigosamente escondido para, sempre como visão de nem se prever... Como enigma aberto como um olho em aparição, descerrado, sempre olhando, observando, sem nem piscar nem tremer, seguindo-os, como o olho da Trindade...

— O peixe, José Gomes, o peixe...

— Tens medo de um peixe? Não temas pelo peixe, homem de pouca fé, o peixe te salvará...

— Isto são horas, Babalão, de pregações? Não mintas nem enganes...

— Como me salvará um peixe que me persegue?

— Ele te persegue para te salvar. Nós, peixinhos, seguidores do nosso peixe, Jeová, somos nascidos na água... Não temas, incrédulo e infiel...

— Não posso fechar os olhos que vejo visões, horrorosas aparições, contenças enormes neste escuro.

— Abra-os, então, oras.

— Não vejo nada igualmente.

— Mas ninguém de nós não vê, não nos assuste, a poi.

— Nos perdemos, gente, Jeová é o Senhor.

— Aqui é o Sertão, gente?

— Isso é lá hora de se perguntar se cá é o Sertão, Caveira?

— O Sertão é tudo, principalmente no coração da gente. O sertão é tudo longe do mar, muito longe, quanto mais longe do mar, melhor.

— Cadê o Chico?

— Cá — responde uma voz.

— Qual o nosso rumo? Babalão diz que nos perdemos. Novidade de merda. Como é disso, como vão ser as coisas, homem? Como vai, dói muito? Está dormindo?

— Que dormindo, chefe. Dormira feliz fora. Nem isso. O que dissera Babalão, esse Nazareno, está dito, certo por certo efetivamente. Que nesta noite dobrada de noites, noite dobrada com noite, noite sobre noite, e com chuva trancada com chuva, chuva sob chuva, e todos os demônios do céu e do inferno, ninguém pudera ser guia, nem que o quisera. Cada um é seu guia. Ele dissera o certo, o absolutamente dito, nem não se pudera acrescentar mais nada, porque também achara que nós estivéramos perdidos. E está dito.

— Perdidos? — Urutu para. Os outros vão parando. O escuro das escuridões vai rolando por cima deles, se esboroando. A noite estremece de vagidos, parindo abismos. Crias do infinito se dão à luz.

— Cachorro de Satanás, filho de uma égua-mãe... Agora, e?

— Ih, chefe, nesta emergência não invoqueis a Belial e Balzabó, pelos seus fumacentos e ferruginosos nomes feios, melhor rezemos a Jeová, que nos inspire, Senhor dos Exércitos. Ele é o único guia nas trevas que nos engolem e nos cercam.

— Nem Exércitos nem lembranças de exércitos. Que rezas, ei. Cão, Babalão, não é hora, melhor que encontre o caminho. Olha bem o que nos fizeste... És guia.

— Urutu, vê como falas...

— Cães-cachorros, filhos de todos os cães...

A moça chora ainda, embrulhada num poncho, uma sombra só, vem ao lado de Garci, que lhe diz palavras mansas para a acalmar e não desesperar. Faz neste ínterim um silêncio, abissal de águas e ventos, nos trons de suas vozes minerais e eles ouvem, nítido, na pausa que se fez súbito, sob o rumor recortado dos elementos, um som de tiro.

— Bala? Será quê? — o Caveira arrisca uma pergunta.

— Esse vulto que ainda vi atravessando a mata, esses ou... — ronqueja Urutu. E o vento assobia e ergue as pontas dos ponchos, tudo envolto em sombras imensas que vão e vêm, levando as fímbrias das palavras, oco, ecos.

— Os meganhas... nem nesta merda de vendaval... — pragueja o Flor mordendo os beiços — meganhas filhos de uma vaca...

— Os meganhas atiram... Será nos aqueles outros nossos que se encontraram? — interrompe Canguçu parando um pouco seus lamentos, cheirando o ar que rutila. Sons de cascos que vêm vindo. Vento que tem cascos, cascos.

— Atiram será é os outros nossos neles, nos meganhas? — flauteia Chico.

— Ah, quem vai saber? E o que vamos fazer estando parados aqui? Oh, vam'embora é, gente, duma vez! — brada Urutu arrepelando braço, nos visgos aracnídeos das trevas iluminadas, com os matos piscando no fundo.

— Por que não construímos um rancho de galhos e troncos? Paremos aqui. Só por hoje. Com esta chuva amaldiçoada, aonde a gente vai, para quê? — aconselha o Chico pondo a mão em viseira e olhando o céu coriscante.

— Não xingue a chuva, sabe lá se é para bem do mundo que chove? — murmura o Flor olhando também para o céu.

— Que rancho que nada... Com esses meganhas nos calcanhares, parar para fazer rancho? Não vê que eles estão com mil vontades de destruir, estão é bem aí, mesmo, idiota? Se eles que são frouxos por natureza, nem pararam, acharam que havia rato para o gato no caminho, nós vamos parar e nos aboletar por causa duma chuvinha besta? Só sendo louco... Vam'...

— Quem disse que eles são frouxos por natureza? Acho que não. Penso que a diferença entre nós e eles é esta: eles lutam pela Lei. E nós não temos lei para nos enredar. Nós somos livres. Eles não.

— Seja... Não é só a chuva, capitão... A escuridão, os raios...

— Que escuridão, que raios, seu! Vam' e vam'embora! Só paramos agora para matar ou morrer, na dura lei do Acaso! Todo mundo se resolva. Lembrem-se, vocês são homens, ou o foram algum dia, despertem-se! São homens, isso sim! E os meganhas são apenas meganhas, entenderam? E agora para diante só adoramos um deus: o Acaso, o duro deus Acaso, provedor de tudo, nada mais...

— Blasfêmia, blasfêmia! Heresia!

— Cale-se, Babalão, que ainda te costuro a boca na bala... Se você adora outros deuses vagabundos como eles, os meganhas, passe-se para eles... Tenho dito!

Fez-se um silêncio carregado de sombras turvas, crivado de ásperas pausas e a roda se desfaz. À frente Urutu desembesta o cavalo, os outros com um instinto de bichos acostumados a andar na treva entre terra e céu desconhecidos, um conhecimento perigando de serem perseguidos, seguem-no na carreira doida e desabalada. Sob as revoluções da tempestade, como um bando de queixadas gigantes, debaixo dos ponchos bojudos das árvores, a cuja reta só os crepusculares fogos dos relâmpagos iluminam brevemente em cintilâncias roxas e púrpuras, eles se vão, cegos e surdos, e vão contra o infinito, porque só o infinito é o que está na frente e barra tudo. Maltrata-os o vento gelado, a chuva torrencial em mil calhas despenhando-se do céu, as árvores que caem feridas, fulminadas pelos raios, em baques imensos que se transformam em ecos clangorosos que nunca acabam de terminar, a lama em poças e lagunas, o escorregar das selas dos cavalos, o chafurdar no pântano viscoso e aderente em que se transformou o chão que se contrai e lateja e se volta em formigações magnéticas, o ar ardente e eletrizado, o desapoio geral da flutuação como giroscópios loucos, a vacilação de sob o peso enorme de alguma espécie de sono dormente que os abraça de todos os lados, que vai se descarregando impiedoso, a cegueira rubra, a febre negra, o firmamento verde, a fome corroente dos vestígios dos dias e das noites, o abandono, a injustiça, perdidos e sós, a morte como um anjo feroz, protegendo-os. Destravazado o mundo das águas com peixes de fogo, o céu, a dança dos chicotes coruscantes, o silêncio escuro como no interior dos cupinzeiros, onde os labirintos das térmitas se trançam em mil bordados e arabescos, e os azuis e violáceos em coriscos chibatando e lanhando sem piedade o corpo da natureza. Os homens, ardem-se-lhes as entranhas e os olhos, engolem tripas e línguas, têm saudades dos próprios ossos:

— Juízo Final último de todos, este, será?

— Devoro-te, lumba, infernos!

— Cala a boca podre, ó Caveira, as carnes!

— Bostas! Babalão, reza com teu cavalo rezador!

— Nem xingues meu cavalo, que sou filho de Jeová, seres de Dagon!

— A noite sem fundo, goela do Cão-Trapo!

— Calma, senão ela te engole!

— Esta noite: uma pérola negra de raízes trêmulas...

— Esta é lá hora de poesia?

— Oi um gole de Onça Forte nas ventas, para varar estes farrapos!

— Danara, lepra maldita, danara e comera! Comera e devorara, eu inteiro, avisputa, macutena divina! Cunhé, longe de mim vocês se não quiserem lepra... Estava como estuvera, me ensonhando por todo esse tempo perdido?

— Dentre vós só eu verei o Paraíso em toda a sua glória, infiéis!

— Ouvem? O Babalão também delira...

— E delira mais que os outros, e tem razão: sua doença é a maior.

— Ele que vá para o seu paraíso. Eu por mim sou feliz com a liberdade aqui na terra mesmo. E viver tudo o que eu tenho para viver.

— Mal de não trouxermos nem uma garrafinha, será que sobrou uma cabeça de fósforo? Que se molhou tudo nas roupas e nas mulas. Uma garrafa... apenas.

— Com esta maldição?

— Está aqui na mala — diz Garci tropegando lá atrás.

— Hã, ainda bem, passe cá essa aguinha das únicas sobradas de todas do Dilúvio que assola todos os mundos.

— Digo que é perigoso beber...

— Próprio inferno me comera nestas horas, as infernas. Que mais pudera esperar, digam-me.

A garrafa se lhe escapa das mãos, quebra-se nas pedras, a escuridão bebe com sede, ávida como os carneiros de Perséfone ao sangue negro. Pasmo, se imobiliza, depois se unha as caras, com ódio:

— Satanás me aparecesse agora eu o cortaria na bala...

Babalão Nazareno se despertando de repente do seu silêncio moscoso e molhado, estivera sonhando ou falando alto? Dianhas a poi, ressonhando com seus consigos o pesadelo, os olhos abertos no escuro: toda a religião, seu espectro de almas penadas e penitentes se perdendo nos desfiladeiros escuros, lamurientos, pedintes, rogantes, a chorar, a mendigar graças, lágrimas e preces e eterna remissão de tudo, os eternos pecados fazedores do mal, perdedores de toda inocência?

— Não tem perigo, sem pinga se passa, os meganhas evem que evem, pressurosos, estão aí chega chegando!

Chico Inglaterra olhando o negror molhado que se afundava em antros nas trevas protuberantes com braços de galhos tortuosos se aprofundando cada vez mais para dentro: leproso e nu, a cara deformada de enormes calombosidades supurantes, os olhos comidos, só uma luzinha no fundo, nariz que eram dois buracos por onde se viam os ossos, buracos que pareciam olhos de tão espantosos, por onde escorria um rio de remela esverdeada a cair-lhe da boca sem dentes, e uma língua como um dorso de baleia nadava enorme e preguiçosa, levantando os tocos dos dedos chagados e desfeitos: assim via a si mesmo daqui para mais um pouco de tempo que passasse, e assim seriam todos, no futuro, todos, todos os homens, porque aqueles eram os homens, aquela a mulher, os filhos de Lot, os filhos de Noé: e era sob uma tempestade de flocos de mingaus amarelos, como se os deuses antigos e desmedidos evacuassem no centro do céu como criancinhas, suas nádegas do tamanho dos horizontes, a diarreia pulsando, e ele subia a bordo da barca que havia construído com as sobras de todas as florestas do mundo, com todos os animais que urravam no seu sonho, e a barca, a arca do derradeiro Noé prosseguia sobre as ondas, entre redemoinhos saburrosos de espumas amareladas, imensas como o céu, unindo tudo, todos os limites. E tudo ia se apequenando até, que no horizonte virava uma pústula apodrecida: essa a liberdade, a fuga... E raios e relâmpagos os seguiam... Doía e doía. Chico acordou sobre o cavalo e gritou sem saber se gritava ou se sonhava:

— De onde vem este sonho da arca de Noé?

— Quem o sabe? Era sonho e não era. Quem escutou?

Babalão atrás, misturando os sonhos com os de Chico e de todo o mundo, mastigando carne-seca com farinha estremunhando-se:

— Jeová que me proteja... Só a mim, porque vocês não são dignos, só eu vou para o céu, vocês vão para o inferno... Só a mim, e a ninguém mais... Eternamente. Noé em sua barca... Jeová protegesse entre todos nós, mais a mim do que aos outros... Sum dignus, sum dignus... O próprio Dilúvio mandado pelo Senhor dos Exércitos...

Entram num aberto grande rodeado de capões e brejos onde crescem buritis, visão agreste como uma xilografia de raios que se avermelham como ferro candente queimado ao rubro. Vão-se pelas beiras do buritizal, renteando e costeando, por receio e precaução. Param repentinamente, há um córrego que estronda de águas à frente fazendo fronteira com o lado de lá.

— Vam' gente, vam', vão ficar pensando na vida? Não paga a pena não. A vida é esta mesma e não adianta nada pensar nela. Ela está passando.

Urutu mete os peitos, atravessa o riachol, o cavalo sujicando, equilibrando as patas nos fundos, em pé, arremetendo cabeça coberta de limos, couros e quartos bravamente, como touro em pé, até aflorar do outro lado, arrostando paus e pedras boiantes. Vão passando, seguindo, acompanhando. No meio da travessia, um grito agudo, é o que se ouve. Foi a moça? Não, que esta vem acompanhada, segura nos braços, pelo arreio de Bebiano Flor. Não há dúvida que o riacho é pequeno, mas perigoso assim cheio, rio adolescente se enraivando. Foi a mula com os mantimentos que se foi a rolar nas águas revoltas, dentro das massas de breu e barro escuro, enquanto Garci, saltando de sua montaria, busca ir no seu encalço, nadando braços e pernas. Desembalde, porque não alcança naquele negror entulhado de troncos e galhadas rodopiantes a boiar perigosamente de cambulhada, a mula vai rodando de pernas para cima, se afogando, aos trambolhões na roda-viva dos redemunhos, e em três ou quatro, luscos-fuscos de raios iluminados se vê já longe só um pontinho que luta desesperadamente e se perde. Menino Garci desapareceu atrás do animal. Os outros atravessaram nos raudais de água furiosa, natureza furibunda, os cuidados todos, horas de muitas horas que foram horas breves e longas que nem passam, só que se sossegam, chegados que são do outro lado e aguardam curiosos e sem saber o que fazer, abanando mãos, chocalhando roupas e coisas. Passam-se minutos cheios de horas, por de novo, os raios fotografando um seguido do outro a boca escancarada da corredeira encachoeirada a correr engasgada se aglutinando de sons em fúria desaguante gorgolejando em uivos e bramares, bochechas ruidosas, nem sinal da pobre mula e do pobre rapaz, sumiram no mundo dessas águas sorvedouras, solidão dele súbita repinicando dentro dos homens, sua ausência repentina. Os homens, a chuva caindo na cara e no corpo, desagradam-se da remora. Sabem que não se pode estar parando assim, incólume, de tudo, à espera do que não vem, mas talvez venha. Evem que evem, o que será?

— E o menino?

— Vam', vam', que o jeito é esse. Os soldados estão aí, sabemos, no rastro certo. Vem que evem bramando, rasgando o mundo.

— Já estamos pouco longe... Difícil.

— Que difícil... Deixa de ser bobo.

— Vam'embora.

E Urutu reprossegue sem volver-se para trás. Num oco de silêncio como pau de cupim que se faz súbito, eles ouvem outro tiro que gira círculo lento, em volta dos trons, céus com rios azuis e chão barroso, céu vertente de águas sem fundura.

José Gomes interpela:

— Como vão deixar perdido menino Garci? Não pode ser. Ele é dos nossos. Não se pode deixá-lo assim, abandoná-lo de jeito nenhum.

— Vam', cabo José Gomes, o menino não vai se perder, ele não é agulha, não se afoga fácil assim. Virá no nosso encalço quando serenarem as coisas, nós o esperaremos adiante, numa proteção melhor, que aqui está fora de jeito. É melhor irmos, aqui é perigoso, cabo José Gomes, os soldados estão aí ladrando em todas as encruzilhadas.

— Por favor, Urutu, não me chame de cabo.

— Adisculpe.

— Os meganhas vão pegá-lo.

— Que nada, não seja ingênuo, homem, venha com esses trastes do Chico e Canguçu, vam' homem!

Ao retornar às rédeas, alguém ouve que grita, a procurá-los, nas ondas da escuridão, barrancos e matos, que vem correndo, se desembaraçando, alta voz:

— José Gomes, Urutu, esperem, sou eu...

— É Garci que vem — fala José Gomes —, e você queria deixá-lo... Vem, Garci, estávamos à tua espera, corre, menino...

Chega esbaforido entre sufocos, espadanando braços sob as águas que caem:

— A mula com os mantimentos se perdeu... Assim me dou por feliz, salves!

Improvisam uma das mulas sobrantes, que vêm puxadas, na retaguarda, passando seus volumes para outra, o menino Garci amonta e partem, tornando a continuar renteando a beirada da mata, com um centro num terreiro imenso, alagado, um verdadeiro pântano.

— Cuidado atolar, gente.

— Não somos carros para atolar...

— Mesmo assim...

Garci tenta contar a José Gomes quanta água bebeu, que está tiritando de sua maleita incubada, mas o barulho abafa tudo. Sob a luz dos relâmpagos se vão, os trovões tossindo roucamente nas cavernas do céu, nas recâmaras do horizonte. A chuva parece que engrossa cada vez mais suas águas ferro-fuliginosas e a escuridão empurra buracos, socavões e abismos.

— Chá, parecêramos enterrados caminhando sob todas as profundas.

— A cavalo.

— Seja, quando chegaremos?

— Quando Jeová permitir, fariseus.

— Onde é que já estamos e que hora será?

— Estamos no meio do mato dos Martírios. Hora, para que saber, será noite hora geral, será madrugada.

— Madrugada ainda não pode ser, garanto.

— Mas como é que sabe?

— Pelo meu coração, quando ele está alegre ou infeliz.

— Hã, engraçado.

— Não vejo nada de engraçado. Que tem de graça, Chico? É verdade.

— Deixem-se de criancices.

— São 3:33.

— Ui, ui, que sério! Daqui há pouco o Caveira vira um esqueleto de verdade, caveira verdadeira com todos os ossos e seu relógio matraqueante, macaqueante, com todos os seus dentes, rindo, no centro do mundo, até o final de todos os tempos, só por desfastio geral...

— Homessa!

— Riam-se, seus miseráveis...

— Pelo menos estamos avançando, para onde, isso é o que nem não sei e nem adivinho de jeito nenhum.

— Será que escaparemos?

— De quê? De quem?

— O quê? Quando? Como? Onde? Por quê?

— Por causa de tudo o que existe e basta. Quem especula é Padre Babalão, vam', quem for gente que me siga...

— Quem pergunta é a Solidão...

Horas e horas infinitas que eles marcham. Urutu teve uma ideia: desatou um rolo de corda a que cada um segura, todo o grupo, cada qual com sua mão, para que ninguém se perca dentro do oceano escuro que suga, o abismo negro que os cerca e que os chupa para fora do círculo. Nada diminuiu, mas os homens e os animais estão cansadíssimos de tanto lutar, a chuva se enfurece, mastiga ecos, os cascos mergulham na água e na pedra e na lama, rios que descem levando barro, o céu se transfunde, trons gargalham, relâmpagos se arreganham, o céu tem focinhos que ruminam em turbilhões incansáveis, a escuridão sem beiras e sem lados se arregaça e abre sua goela sem fronteiras. Agora, o quase liso do chão escorregoso, o apoio da corda, e esse céu estranho a acender-se e a apagar-se, eles continuam. Por perto ou longe, quem é que vai saber, Melânio pensava em Lopes, quando era seu amigo, aquele tempo. No escuro pensava. Nem ouviria os rumores do tuaiá desencadeado. Lopes na cadeia lhe contava histórias, meio mentiras, meio verdades. Devia de ser verdade, na prisão tudo vira verdade. Mais do que já é. Aquele tal Pedro-Pedro, o cego, amigo deles, sobre quem Lopes gostava de contar coisas. Pedro-Pedro vinha subindo a encosta, e era de por perto do morro do Boi-Mata, terras do Irara ou do Registro, não se sabe, e vinha tropicando, vacilando, nas mãos o bordão terminado em forquilha que usava dizia o povo que para atestar olhos-d'água, que ele era bom adivinhador hidromante, tinha boas mãos e lhe pagavam bem, já afamado em quiromancias de água escondida que teima em se revelar nas fundas minas, nos poços futuros. Não era nascente nem tardescente, o homem era cego. O amaldiçoado do Quecunde, esse negrinho que até as quatro, podiam ser as quatro da tarde, fora seu guiador, por bem uns dois anos seguidos, que o levava por todas as partes puxando-o pelo bordão, coisa difícil de se conseguir, um menino que o seguisse em todo lugar assim dócil e obediente, se contentando com pouco, partilhando do bom e do ruim, pelas feiras e arrebaldes das vilas e arraiais por onde viageava, devia ser as quatro, os rumores do tempo explicavam, cada hora tem um som diferente, o sol ele o sentia caindo para um lado das serras, ainda quente, mas já diminuído, Pedro-Pedro geralmente adivinhava as horas pelo calor e rumor peculiares, pelo envolto do ar. O negrinho Quecunde o abandonara. E ele sabia por quê. Esse circo que saía nesse mesmo dia de Brotas, diabo de tal circo Europa ou Europeu, ou o que fosse, isso que o negrinho queria ser, queria porque queria, de circo, malabarista, manipulador de bolas no ar, comedor de fogo ou de espadas, atirador de facas, contorcionista, desde que vira aquela cambada de ciganos vivia só pensando nisso. E o cego sabia e adivinhava tudo. Pedro-Pedro era ágil e lesto, andava erguido como um coqueiro ao vento e era forte, boi de ossos e panças duras, ninguém ia se fazer de besta com ele, o cego de cabelos desgrenhados sob o chapéu furado. Mão sua dobrava ferradura nova nos gomos dos dedos nodosos como tangerina espremida, ossos-ferros, sem fazer muita força, que agora iam agarrando o bordão e batendo-o à frente, meio destreinado de andar sozinho naquele mundo, aparando as beiradas da estrada, numa andadura igual e medida, aqui e ali desgarrado por um tropicão súbito, chão de raízes e tocos, restos de um taquaral, com os brotos para fora. Sentia o que vinha na frente, fosse curva ou reta, contornos de matas, massas, mossas, só se perdiam dele as sombras mais gerais dos horizontes. Conhecia aquelas estradinhas todas, mil vezes atravessara aquelas terras.

Ia, chapeuzão abaulando os ombros, fieira de berrantes novos dependurados no pescoço, capanga no ombro e penca de chifres cruz ainda fétidos, guardando ainda um pouco da alma dos bois, facão pendente da guaiaca, camisa de riscado, colarinho fechado sob o queixo em barbas ralas, as alpercatas de pneu abrindo caminhos na solidão do Mata-Boi, ou Boi-Mata, como os de fora chamavam. Ele fazia e vendia esses berrantes de qualidade, os mais bem-feitos deste norte, os chifres de toda espécie, os cinzelava com esmero e perícia a fio de facão, lhes incrustava latão e alumínio, ou prata ou ouro dependendo da encomenda, quando esta fosse mais graúda, lhes temperava o som, o som tinha de ser aquele que os bois haveriam de se acostumar pelo resto da vida, aquele som que chamaria pelas almas deles, nas grandes tardes de solidão dos campos e dos currais, quando se desenrolasse sobre eles nos pastos verdes, a melancolia e a nostalgia dos dias que passam sem deixar vestígio, lhes desenhava sortes de coisas, desenhos especiais, lhes pintava em cores bonitas — tudo com aqueles olhos cegos de trinta anos que Deus lhe aprovara por bem de dar-lhe na lei da vida. Era fazedor de berrantes para vender nas feiras, só, nada mais. Não sempre berrantes preciosos, desses com bocal de prata e correntinha de ouro para vaqueiros ricos, mas o mais das vezes, dos simples, para os de não muitos precisados, os remediados, os que se contentavam com o essencial, bocais de chifres, tiracolo de couro cru, como crua era a vida deles. Urutu o conheceu na feirinha de Olho Dágua na Guia, onde tropeiros e viajantes de a pé ou amontoados se reuniam. Outro cego tocava sanfona e cantava uma moda da beira do rio Cuiabá:

— "Ai canoa, minha canoa,
em cima das ondas do mar...
Eu vinha vindo de viagem,
encontrei com meu amor..."

Pedro-Pedro, perto, com Quecunde, ouvia e apreciava. Melânio chegou, desceu da mula velha em que vinha, conversaram da compra de um berrante desses, ficou com um, cheio de corações transpassados desenhados. Lopes, que ia junto, irritou o cego dos berrantes com perguntas sobre mulheres, que era só o que ele sabia conversar nesta vida, especialidade sua. Pedro-Pedro parecia que não gostava delas. Melânio, depois, o berrante, não sabe se talvez o perdeu. Não era vaqueiro. Queria apenas como lembrança. E estava fugido da prisão naquele tempo. Agora era a segunda vez que fugia, e ia certo e seguro, com aqueles todos, rumo da Figueira-Mãe. Melânio lembrava. Pedro-Pedro vinha cansado na encosta do Mata-Boi. Anoitecia, ele sabente de tudo, pelos rumores e flutuações do dia, suas imponderabilidades. Por isso sentou-se, descalçou as alpercatas, bebeu um gole de água com pinga de um vidrinho quadrado que tirou da capanga, comeu umas mordidas de rapadura de goiaba com farinha e estirou-se à beira da estrada. Tudo ali era de Deus, estradas reais e campos gerais. Sabia que estava sob um grande combaru, era o seu rumor suspenso que ele conhecia de sobejo, por azuis e verdes escuros. Estendeu-se para dormir, após ajuntar a capanga, o bordão, o facão e a fieira de berrantes num mouxe ao lado. Era capim, era a lomba da encosta. Cercado de matas baixas, nos lados talvez espinheiros, cansanças, sabia também. Ninguém. Ventava uma fresca, ele deitado, sentindo tudo tão bem, nem precisava quase dos olhos, mas era uma falta grande, na cegueira e na canseira, a noite se aprontando, estrelas que viriam se ajuntando de longes pontos, e talvez a lua. De tranquilidade era o que mais gostava, nos seus trinta anos, de aprendido, acostumado, coragem sem precauções inúteis. Estirado de lado, a cabeça num bulbo de terra, que não era de formigueiro, estivera a pensar que era que nem Cristo talvez, que nunca tivera nem sequer uma pedra onde recostar a cabeça, mas agora não pensava em nada, vagabundeava e pensamento no bom de Deus, o vazio do mundo. Talvez a fuga de Quecunde, vagos dinheiros que lhe deviam, seus berrantes, fazedores de aboios, instrumento do cair da tarde, poesia para os bois, grandes aboios que se misturavam com os crepúsculos e faziam os homens pensar diferente, quem será que inventou o berrante?, seus sons se derramando ao cair a tarde, penumbra dos pássaros, trazendo uma nostalgia profunda do fundo das coisas invisíveis para sempre. A noite foi pendoando, pendoando. Ele tirou um berrante ainda sem acabar e soprou com os olhos voltados para o alto e o som foi se aprofundando, se alargando, se enfindando nas imensidões, circunscrevendo o campo: os bois da solidão. Eram apenas três ou quatro notas, mas lhe pareciam ser tudo de bom que existia, o que o homem poderia haver criado no seu convívio de séculos com os bois. Aquele lamento grave pastoreava idades antigas e perdidas, memórias passadas, adormecidas na alma dos bichos, de quantos bois pastaram nestes campos. Gostava da tristeza nobre daquele aboio. Guardou o berrante e pôs-se a assuntar o silêncio que vinha depois do aboio, que enchia a memória das notas tocadas. Agora, um outro aboio, o dos horizontes. Quem era que aboiava as almas? Com os grilos aumentando, os curiangus dando horas, o silêncio graduando-se entre céu e chão, ele atentava, sem querer, pacífico, que o tempo urgia crescendo em círculos enormes, concêntricos, nos aforas, nele, espirais. Sereno, não tinha sono pronto, cochilava com poucos desenrolares. Queria acordar cedo, antes do sol. Sem relógios, a noite decorria lenta. Ninguém precisa de relógio, isso são luxos demasiados, Deus não fez o mundo para que se necessitasse de relógios. O mundo anda sozinho, o mundo com ou sem relógios nunca deixava de ser o mesmo mundo de sempre. Muito longe os ouvidos colados na terra ouviram que alguém caminhava, passos leves subindo o morro. Logo estavam perto, delicados, pés sustendo carnes esguias, mas algo incertos. Distinguia, os ouvidos agudos. Eram pernas, passos de gente miúda, um mode alegrou-se crendo Quecunde estar de volta arrependido, procurando-o. Mas a pessoa vinha meio se desentortando, esbarrando pelas margens, ora pisos duros, ora mansos, borboleta tonta, ora apressados, ora leves, lentos, em descontínuo. Era o negrinho? Descreu. Mas cego também se engana na dúvida. Tal quando o vulto passou e bem junto dele, Pedro--Pedro chamou forte:

— Ô menino, é você?

Silêncio. Parou o ruído de passos. Quem fosse, o averiguava estudando. Escutou que chegava mais perto. Foi sentando, sem cerimonioso, mais que sentar-se, meio que se destombou, em tranco de fruta que se desprende e despenca e se desbarranca dos galhos em catapruz.

— Me adisculpe...

Era voz de moça. O cego parou em suspiro, engoliu uma palavra de dúvida, mas para de qualquer maneira se fazer cortês, disposto e já refeito, de bondade:

— Disponha-se, dona.

E recolheu os joelhos, os cotovelos numa espécie de pudor. Nunca privara, em noite assim aberta, de mulher, de companhia, cego fosse. A moça respirava forte, se via que vinha cansada.

— O Sr. não vai se apoquentar da minha companhia?

— Não, por quê? Se quer dormir, dorme. Está de fadiga, se vê.

— Bebi demais da conta...

O cego pensou. Mulher bêbada, vagando notâmbula, ali ao lado dele, que chatice. Tinha repugnância. A aproximação, o achegar-se dela, os gatos modos. Se arrependeu de ter permitido. Mas fez esforço, curtiu um amargo curto por dentro, se comprimiu em si, empurrando timidezas antigas, companhias nunca usufruídas, cogitou tácito. Ao menos fosse cortês, ele que variava por feiras, conhecendo toda teoria de gente. Mas não encontrou o que lhe perguntar. Aquela chegança de repente lhe tirara as ideias mais comuns.

— Não sei como não caí por aí, não me morri.

— Morrer ora. Morrer de quê, senhora dona?

— Apoi, fui com as outras. Vínhamos no carro de um Cassiano Genodoro, para fazer dinheiro na Guia. Somos de Brotas. Lá rende mais, ontem foi sábado. Éramos quatro: a Naziana, a Maria Padre, a Joana Déia e eu. Elas foram e putearam à vontade, à grande, acho que encheram canastra. Eu, de mim, me deu um amargo de nojo de repente, não quis e não pude, fui, passei o dia inteiro bebendo, me enchendo de arrependimento, me alembrando de minha inteira vida nessa moda. Não sei. Me abandonaram e fui embora, me vim a pé. Estava para me deixar pelo caminho, ficar e morrer, como fruta ruim.

— Morrer, menina, a vida é tão boa. Difícil morrer.

— Boa, o Sr. acha?

— Claro, sua graça qual é, mal me excusando?

— Me chamam de A Dourada, mas meu nome mesmo de batismo é Miriana, Miriana Limeira.

Pedro-Pedro, enquanto ela falava, ia pensando. Outras coisas. Difícil ele não prestar atenção, cego vê é pelos ouvidos, imagina tudo, sabe muito, agora punha mais escuta na sua voz. Voz doce, de mocinha de boquinha bonita, quase inocente, com gosto de leite ainda, voz saindo como um veludo melodioso a acariciar os ouvidos. Como caramelo. Timbre de mágoa, violão e viola, a vida, gosto de mel sobre sua língua, cordas de harpa. Ela falava e ele ouvia, silêncio dos altos capins, a noite descendo.

Melânio recordava sobre a sela do cavalo, cascos, cascos, o chuvão crescia e caía retumbando. O Lopes é que sabia contar dessas histórias, como eram bonitas quando ele as contava, tudo com detalhes, como se fosse uma espécie de verdade que ia saindo de sua boca. Podia ser até escritor, desses que dizem ser romancistas, desses da cidade que fazem livros e ficam famosos. Ele tinha o imponderável das coisas, isso Melânio garantia. Mas morreu bestamente, até que reconhecia, só por desobedecer a uma ordem, mas afinal eles ali não eram militares?, sim, havia uma regra, uma lei, e quem mandou mexer com coisas onde não tinha que pôr a sua colher, assunto que Urutu advertira ser somente de sua competência devida e sua alçada própria. Sua ética: só se fala uma vez. Quem ouça que ouça. Essa história, havê-la-ia inventado? Tumba de pedras conservava-o agora. Ficou lá naquele sertão o seu mistério de inventar coisas e encadear palavras e ideias. Linda voz tinha aquela puta de profissão, aliás, poder-se-ia dizer que o que ela tinha de mais lindo era a sua voz, que brotava dela como água fresca das vertentes da montanha, vinha pura como música. Traía uma grande candura, uma pureza difícil de resumir. Aquele corpo que também era bonito, era apenas a forma onde se escondia sua melodia canora. Bêbada, ali ao seu lado, Miriana, a Dourada, um travo de gosto de canela num doce de leite, que se dizia ser puta por profissão. Nunca vira mulher que fosse, menos puta que fosse que possuísse voz assim. Ele ia se lembrar sempre dessa voz, até em outras vidas. Bêbado, qual seja, será que tem serventia? Cego não iria conhecer caráter, beleza de voz e mesmo corpo das mulheres? Ora, pensamento bobo, era o que tinha de melhor, talento de avaliar pelos meneios e timbres e tonalidades e requebros da voz das pessoas. Como que ela sofria de alguma coisa, o que seria? No escuro ele riu para si mesmo, comprazido, quando as pessoas bebem, algumas ficam tristes, outras alegres, outras zangadas, outras pensativas, depende de onde as ideias partem. Trinta anos de cegueira, mas macho e ladino, hum. Explicações? Não há. A vida. Boa hora para experiência, se perder, provar. Instante a instante, sempre experiência entrando dentro da gente, é viver para ver. Sorriu para dentro apertando um sorriso breve, pícaro, provaria os doces do destino, menino de olhos cegos, já era hora de sua parte nas coisas que se ofereciam, dadas de boa vontade. Talvez. Porque há sempre um talvez depois do outro em tudo que se faz, quem não sabe?

— A poi, pois é, seu, estou vendo que o Sr. é homem bom, que compreende as coisas, mas o Sr. não bebeu, não, como eu, de estar caído aí ou deitado?

— Não, moça, não bebo.

— Como que o Sr. se chama?

— Pedro, mas me chamam de Pedro-Pedro. E não me chame de senhor.

Voz dela, próxima, tinha açúcar novo. Mel da boca de moça. Pedro-Pedro nunca provara mas ouvira muito falar, em demasias, estava ciente por demais. Qualquer ternura boba veio, bolinou nele. Perguntou só por perguntar:

— Há muitas estrelas no céu?

Miriana fez uma pausa. Com certeza olhava para cima, franzia os olhos, sua alma procurava as estrelas, os doces olhos bêbados. Ele sentiu que ela se movia ao seu lado. Adivinhou o corpo dela e uma nostalgia esquisita corroeu-lhe as entranhas como se já tivesse provado de tudo aquilo em alguma vida estranha, anterior, reminiscências que lhe corriam pelas memórias da carne, vagamente preservadas.

— Demais. O céu está em todas as estrelas, com todos os olhos.

Ficou silêncio. Mel pendia dele como carinho, como orvalho dos ramos. Consideravam. Enfim, ela como que suspeitando:

— O Sr. é cego, adisculpando?

— De nascença, minha filha, mas não faz muita falta.

— Não faz falta? Difícil acreditar.

— A vida já é tão boa assim mesmo, moça. Depois, foi Deus quem me deu essa escuridão. Que se vai fazer?

Aquela ternura que o invadia, continuava, rios de mel. Silêncio também se fazia nos cri-cris dos grilos. Em redor, como se estivessem muito longe, eram sapos e curiangus que ressoavam. Descia uma fresca, quase um frio. A moça se mexia, ouvia seu corpo roçando nas folhas secas, no chão. Ansiada? Sem que perguntasse ela disse:

— Estou ruim, bebi muito.

— Vomita. Mete o dedo na garganta e põe fora que dá alívio.

Ela levantou-se. Ele ouviu-a caminhar, ouviu-a parar, no escuro o gluglulejar de quem vomitava penosamente, tosses, espirros, o silêncio macio onde bubuiava dentro dele uma ternura imensa. Ela voltou.

— Estou melhor, mas ainda estou tonta.

Ele estranhava. Uma calma espera o apaziguava.

— Logo passa. Como tudo.

Ficaram parados, quietos, muito tempo sem dizer palavra, intensos instantes transcorrendo. Uma doçura vinha dela e se aninhava nele, dentro do peito, como um ninho de bem-querer.

— As estrelas estão bonitas?

— Hum. Demais da conta de bonitas. Se o Sr. pudesse ver...

— Eu vejo.

— Como? Não brinque, seu Pedro.

— Elas estão dentro de mim.

Silêncio de ternura entre eles de novo, se balançando, bubuiando como abelhas fabricando mel nas profundas colmeias. Súbitas demasias.

— Antes quem olhava as estrelas para mim era meu guia, o menino Quecunde, eu sempre queria saber como elas estavam no céu, mas ele partiu. Acho que foi atrás de um circo que passou por Brotas.

— O Sr. tem filhos?

— Não.

— É casado?

— Não.

— Noivo, namorado, amigado, alguma coisa?

— Não.

— Nada?

— Nada. Nunca fui com mulher, menina, para dizer a verdade.

Ela se calou pensando e o olhava no escuro, seu vulto estendido na grama, parado, imóvel. Só se ouvia seu respirar. Talvez ele estivesse brincando. Depois, num fio de voz, como tomada por uma grande piedade, que vinha do mais fundo dela, como se houvesse chegado ao cume duma verdade:

— O Sr. nunca sentiu necessidade de deixar de ser virgem? Tanta virgindade faz até mal, não acha que pode? Penso assim, não sei, mas acho que a gente, homem e mulher, nasceu para amar seus corpos, senão para que Deus nos-lo teria dado? Há gente de todos os modos. Falando sério, quer?

A ternura nele galopava. Uma espécie de febre. Voz dela era vento na água entre talinhos de capim verde. Antevia tudo. As coisas principiam pela voz: como a voz, essa tênue réstea da alma vai chegando, e de repente se apossa do corpo, vira amor, de carne e espírito. Não quis responder. Silêncio moldava sombras sob as estrelas. Ele achegou-se mais. Sentiu seu corpo, suas mãos, únicas mãos que compreendiam os corpos, mãos de mulher talhada no amor, mesmo amor vendido, mas amor, mãos jovens na idade, mas mãos velhas de experiências, mãos antigas, mãos moças, suas mãos que o invadiam como as águas de um rio, nem frescas demais, nem muito mornas. Quis ir-se de repente embora ou dizer algo, subitamente acovardado, uma coisa quente como uma cigarra estralejando no verão das pedras, dentro do peito, mas nada fez, deixou que as coisas fossem passando, descendo, como as águas de um rio, que assim vinham, assim se iam. Com espanto sentiu-se ardendo, um calor subia das plantas do deserto, lhe queimavam coisas imensas como territórios, inesperadas por dentro, se expandiam. As mãos que faziam berrantes, para reter o sopro da alma dos bois, extensos nas planícies dos currais, os olhos que não podiam recordar-se do que nunca tinham visto, do mundo nunca visto. Só no beijo a boca dela com aquele cheiro e aquele gosto o repugnava um pouco, mas acabou não se importando, os lábios estavam frescos e molhados como uma fruta aberta, sentindo a macieza fez de conta que estava para morder uma carambola, entre goles de uma pinga rara, seu rico sumo adocicando-lhe as gengivas. Sob ela a terra, o gramado era brando, os capins e as folhas secas que se quebravam como uma cama fofa, leito natural de todos os amantes que não escolhem lugar para o amor, e pelos lados o vento da noite vinha suave, quase um arrepio, rumorejando nos cercos das matas de redor. O bêbado era ele ou ela? Um pouco de pinga com fundo de mel silvestre... Inicial bebedeira avolumando-se dentro dele, as matas balançando as grandes ramagens pesadas de seiva e as nuvens passando no céu, a terra imóvel debaixo deles, pondo muitos céus com véus de estrelas demais da conta dentro dos seus olhos cegos, que tinham de adivinhar como eram, só assim talvez chegasse a alguma certeza. E eis, súbito, que estavam ali sem roupas, deitados, o mundo nascendo na escuridão. Estrelas... Para que queria estrelas, se uma estrela havia caído do nada ao seu lado, ele que no fundo descobria que desde sempre estivera esperando por esta ocasião? As estrelas irrompiam desde a origem do nada. Mãos dela, Miriana, A Dourada, sábias mãos, sábio corpo, e tão jovem, algumas moças como são tão jovens e tão sábias de repente, parecem que já nascem sabendo de tudo, que já vêm emergindo da vida, da mais alta infância com esta sabedoria, iguais a certos animais que já nascem andando e correndo pelos prados, no encalço de sua liberdade. Mulher da vida... Quem lhe lera uma vez que na Antiguidade havia templos onde as mulheres vinham se oferecer aos homens, para alcançar favores dos deuses? Que mulher da vida, sim, isso sim, era apenas uma sacerdotisa, uma sacerdotisa do amor, trocava amor por uma graça, só, nada mais... O dinheiro era apenas um disfarce, o pagamento era a máscara da troca. Ele não sabia de nada, só que ela estava bêbada — será que estava mesmo ou era fingimento? Parecia não. Para que fingimento de que vantagem? De nada. Se os bêbados parecem anjos viventes emersos em alguma grande sabedoria qualquer de algum transe sem contornos e sem fronteiras, os bêbados renascem de sua embriaguez, como de uma fase de alguma vida em algum país estranho de que apenas se lembram como se fosse de uma experiência quase divina, ela era um anjo suave, impregnado de bebida, um doce anjo feminino, caído do paraíso, o céu balançando, pelas estradas para confortar os cegos caminhantes, errantes, andarilhos, o céu que passava com suas nuvens mergulhado no negror da noite, com suas brisas que traziam as vozes da natureza e com as estrelas que oscilavam no tempo... Demorava,

demorava, ele estava querendo que demorasse, quanto mais, melhor, que demorasse para sempre. A demora se cumpria porque ele queria, pousava nos céus, em toda a terra, as estrelas turbilhonavam na grama. Miriana, Miriana que tinha seus olhos sãos, bons, dela, que viam tudo... Mas não indagava a Deus dessa diferença, para quê, se Deus era silêncio, Deus era um enigma mergulhado nos campos eternos do infinito, para sempre... Deus era o esquecimento de tudo, para jamais... Uma intuição de tudo boiava dentro dele, como bruma sobre um poço em braço de rio. Bastava aquela intuição, nada mais, para que fatigar Deus com perguntas? E súbito, como não sabia de nada, mas achara a embocadura daquelas pernas que se abriam e ao tocar ia cada vez mais achando e descobrindo naturalmente, como se fossem de repente bem-feitas demais, como encontrara o fim daquele ventre, como quase sem curiosidade nenhuma, apenas por uma espécie de dádiva do acaso ia encontrando o fio da meada que ia se desnovelando diante dele como um achado natural, a princípio meio distraído, ela toda nua, esplendor do corpo das mulheres despidas, correra as mãos de leve sopro sobre aqueles pelos púbicos, como se não quisesse mostrar intenções? Cego, cego, sim, mas sabia de tudo, tudo o que fosse, de muito longe, demais da conta de longe, tudo longe. Descobria subitamente que tudo, apenas porque não tivera ainda ocasião. Tanto que aquele tato pareceu só um sopro, uma cócega. A tranquilidade dos seus trinta anos virgens e fechados como uma garrafa com sua rolha levando uma mensagem para as ilhas, que ilhas, que mar, que rio, que garrafa, que mensagem?, as bem-aventuranças todas da vida, sua idade foi despertada e escondida naquele silêncio súbito de estrelas que ele não via, pelas virações e virações de mil berrantes uníssonos, todos os que ele fizera na sua vida, que vinham clangorando em turbilhões de glória, aquele repentino corpo de mulher florescido que gozava com todas as fibras apenas se encostara nela. Ela demorou. Como ele queria, demora recuando os astros e apanhando flores nas constelações, flores com polens que se aspergiam pelo infinito. Desejava apenas que demorasse sempre, era o único que pedia a Deus, rolando sua existência pelo infinito, ele que dera aquela carne e aquele gozo da matéria e da alma, quem não deixa que as oportunidades se percam no nada quando a gente as merece. Mas a sua hora também veio, quente, leve, rápida, um cavalo mordido por um tigre nas ancas, no fundo do ser — espinhos, cansancãs roçaram-lhe as costas, a espinha —, como em grito em mi bemol de um berrante no meio do campo chamando a alma dos bois, quando se está sozinho, sozinho, só a gente e o campo se entendendo, sozinho como o sonho no ápice de um sono, a sombra se alongando no chão. Ele já sabia, sabia. Essa ciência fora estudada, quando? Era assim mesmo. Como se houvesse feito isso mesmo há tantas vezes em conta em alguma vida ulterior, profunda, que se repetia de repente, tudo duma vez, de emborcada, se entornando. Só provou pela primeira vez. E bem provado. Como de tudo se tem uma primeira vez. E a primeira vez é tudo. Foi bom e não foi. Foi tudo talvez o que podia ser feito por um homem na força da idade, a estação das sazões, monções que rolam e sacodem e varrem a dormência dos mares, as lágrimas salgadas do cume dos sonhos das marés tocando na prata da lua, quer se queira ou não, depende do gosto de tudo, e o gosto varia tanto quanto os dias e as noites que se sucedem. Só Pedro-Pedro o soube, pensou, cego e virgem. Ela gostara, sabia pelo jeito dela, ela era uma sábia moça de sabedorias tão velhas.

— A lua, moça Miriana, no céu, tem?

— Tem não, seu Pedro, está escondida. Ainda não saiu.

Voz dela, trêmula, tênue pelos ventos rijos da emoção da carne, trespassada pela sapiência do amor.

— Quantos anos você tem, moça Miriana?

— Dezessete, Pedro-Pedro.

— Gostou?

— Gosto sempre demais, adisculpe, mas sou sincera e acho que a sinceridade é a melhor qualidade das pessoas, por isso que adotei esta profissão, porque gosto e acho que não vou te esquecer nunca mais.

O combaru sobre suas cabeças farfalhava, até as sombras deviam de estar florescidas. Longe outros ventos, outros ares, outros sonhos, mas ali estavam eles, com suas carnes e suas sombras. Sorveu um gole de pinga com água do vidrinho quadrado que buscou na capanga, viu que não foram goles, bebera tudo, um palmo, ele que só bebia aos golinhos medidos, acostumados, distante em distante. Não pensava em nada, deixava que os pensamentos viessem, como água que cai do céu ou passa dentro dos rios, imaginava como seriam essas estrelas que sempre houve no céu, com ele cego ou não, que cego parece que deixa que os pensamentos venham sem acudir a eles. Com a mão apalpou, correu os dedos, a mão que fazia berrantes que iam alcançar os horizontes, à procura das harmonias que saíam dos homens em direção à alma dos bois, sobre o corpo nu da moça bêbada, dezessete anos, primavera, a Dourada, tão natural, fendido, sob as estrelas puras do céu. Berrantes soaram, rios, afluentes e confluentes deles, suas teorias e regimes aquáticos e sonoros, ondas que eram orelhas que escutavam circulando, gravitando no ar, se impregnando do grande chamado, águas como chifres redemoinhando, os berrantes, aboios que circundavam a morte do sol. Procurou na capanga, recolheu nas mãos um berrante da fieira, tirou-o e colocou-o nos lábios. Olhou sem ver, apenas pensando em alguma vaga comemoração da casualidade do fim de sua virgindade, sem saber se era um pecado ou se não era, tudo seria a mesma coisa, e soprou. Começou a ver as estrelas desaparecidas.

Melânio pensava nas mulheres do mundo, ele conhecera essa Miriana, a Dourada, e a havia amado várias vezes, era bonita, mas nem um pouquinho como essa moça sem nome que marchava ao lado deles ali na chuva, pensava em outros mortos dispersos pelo chão do mundo, fruto de sua mão pesada, e mordeu de esquecido e distraído tão forte o beiço inferior que até doeu e o trouxe à realidade. A chuva caindo, o Demo solto, o grupo sob os ponchos encharcados cavalgando sob açoites e lanhos de ramadas e trovoadas que se despencavam das alturas. Cascos, cascos, cascos. Iam tão esquecidos de si mesmos e de todos, uns dos outros, espaçados, um longe do outro seguros na corda que os unia para não se perder, como em fila compassada, vá se saber se dormiam ou pensavam, cada um com sua ideia e sua solidão, envoltos na noite, raios sulcando o espaço e de vez em quando batendo nas árvores, o sono penetrando dentro deles como o cupim entra sob a casca das árvores até fazê-las um todo inteiro cupinzeiro oco ereto contra o céu. Sono oco, de oquidão escura, barroso como chão mole. Vinham-se, devagar, os cavalos arrastando os pés, lentos, cansados, trote de lentura, aborrecidos de tanta imensidade de dias e de águas e de negruras, quando o que vinha na frente,

Chico Inglaterra, parou sofreando as rédeas e apertando os pés nos estribos, como à beira de um abismo, chão faltante, o abocanhar do vazio, segurando a testa, afastando o chapéu, olhos estrelados como ovos, acompanhando alguma coisa que vinha e que passava, ia gritar mas ficou mudo: o que era aquilo? Uma nuvem baixa, extremamente rente a eles, uma coisa vagante e impregnante como gente e bicho, multidão deles, seus fantasmas, aparição, visonhice dos desertos, condição dos eremitas exilados à solidão? Mostrou ao que vinha atrás, Babalão:

— Vês aquilo, que te parecera?

Babalão se espertando, apertando os olhos, vindo do fundo de algum poço recoberto de limos onde se espessava o sono, olhou para cima e viu, estudou demoradamente, passou as mãos pelos pelos da barba estremunhado, quase gritou, fazendo três vezes o sinal-da-cruz:

— É a Esfinge... Aparecimento da Grécia e do Egito... Aqui é o deserto?

E então todos pararam e viram: na frente deles: a mitológica Esfinge, corpo de animal, como um gato ou leão enorme, uma onça cor de carne e a cara de mulher, os seios em pé, o umbigo até o púbis, e as patas, a cauda, as garras se rascando, os pelos crescidos como de leão, as asas imensas, e ela estava assentada numa espécie de nuvem cor-de-rosa, num trono movente, sobre um lugar sem ventos nem brisas, acima deles, na linha dos seus olhos, como um parado súbito de há muito tempo atrás, quando tudo era sonho, no país das legendas esquecidas, uma paz súbita, vinda dos turbilhões do passado de todos os homens. Ninguém falou, apenas se despertavam dos seus sonos, acordando no centro de uma reminiscência vital, em alguma outra vaga existência possível, onde vinham amontados nos cavalos, cascos, cascos, cascos, emigrando para a lonjura dos sonhos mais remotos, quase que de repente. Um silêncio se fez no mato e um silêncio que continuou dentro deles, onde se batiam e redemoinhavam muitas asas tatalantes no ar, como um rio esburacado, cheio de pedras, e seco sob as florestas, onde passassem apenas as memórias das águas que desapareceram ninguém sabia quando. Apenas olhavam sem compreender. O animal fabuloso mexia a cauda suavemente, sua face era bela e antiga, seus seios tremiam como narinas de cavalos, o ventre respirava no halo que se formara em seu redor, com a neblina das respirações. Súbito, foi como uma nuvem chegando, milhares e milhares de todos os curiangus, as suindaras, os murucututus, as fogo-apagou, as mães-da-lua, as acauãs, os urutaus, os mochos, os noitibós, o reino das corujas de olhos amarelos e peitos cinza cercando a Esfinge e cantando todos os seus cantos mais noturnos, mais profundamente noturnos, como uma efeméride ancestral, máxima da Noite, cada qual sua pronúncia e seu sotaque, em congresso de aves da noite, e revoavam, plumas cinza, raias irisadas, penugens negras e amareladas, levemente azul, horas das penumbras das corujas, circulando as asas em torno de onde estava assentada a Esfinge-Mãe, em reunião das medusas corujas górgonas.

— Rainha da Noite? — perguntou Babalão.

O silêncio machucou mais forte e ninguém mais quis falar, com receio de ferir um pesado tabu do sonho, que vinha até eles, descido das nuvens das possibilidades, um medo morria dentro deles, o susto parado na garganta como a voz retumba dentro de um poço, onde os morcegos dormem dependurados de cabeça para baixo, entre as pedras-cangas, pensando no paraíso dos morcegos, silêncio oco que vinha de muito longe trazido pela aparição da visão da Esfinge como aparição da visão da Virgem Maria no deserto para a solidão dos anacoretas mais solitários. E eles pararam, se imobilizaram súbito, sem saber que paravam por uma ordem muito íntima. Eram as Górgonas, a Medusa, tornando tudo em pedra. Séculos, milênios transcorreram. Eles não sabiam. Eram de pedra e pedra, mas ouviam, cada qual que algo ciciava:

— O Sertão é só do Sertão e de ninguém mais.

Não chovia naquele lugar e tudo era tênue, parecia que se ia romper e desfazer a casca de alguma revelação primordial como um ovo sagrado, a qualquer instante. Imobilizados nos homens, braços abertos, se chegou, tinha o mosquete na mão e gritou:

— Alto lá!... Peguemo-la...

Novamente andaram. O encontro se desfez.

E ergueu os braços avançando o cavalo e todos o seguiram, e lá se foram, Esfinge cercada de corujas numa nuvem revoluteante, cujos ventos e arejares vinham até eles, e seu coro que estrondava como interior de igreja, quando retumba as velhas arcadas com mãos que tocam órgão, premem as teclas e pisam os pedais, mas vários órgãos soando e repercutindo e ecoando e subindo em ondas como marés, e havia até uma espécie de música primitiva na voz de todas aquelas aves da noite, todas sem faltar nenhuma, desde os filhos mais tenros até as mais idosas, que tinham vindo se aninhar em redor da Esfinge para carregá-la nas nuvens formadas pelas suas asas em séquito e cortejo de esplendor. Melânio Cajabi estudava a aparição: e viu: e adivinhou seu significado: touro, leão, águia, homem: água, terra, ar, fogo: as quatro visões de Ezequiel: é o que significa a Esfinge de Gizé: uma cabeça humana sai de um corpo de touro com garras de leão e asas fechadas sobre os flancos: a esfinge que figura a Ísis terrestre, a Natureza na unidade viva dos três reinos, natural, humano e divino, e desde tempos imemoriais vinha o conhecimento de que a natureza humana emerge da natureza animal. A Esfinge de Gizé foi construída em 4.000 a.C., e é o símbolo vivo dos três reinos, filhos de Agni, o Fogo. Melânio enclaustrurou seu silêncio sob dobras de mudez e acompanhou os cavaleiros que açodaram os cavalos e a nuvem se moveu, foi andando na frente deles, como a nuvem de Moisés no deserto, ia navegando como um navio no mar e eles atrás, mas sem dar tiro nem fazer muita bulha, somente no seu encalço, as armas na mão, sem saber ao certo de todo a certa razão. Assim foram, esbarrando nos troncos das árvores, varando moitas e massas e mofumbos, atravessando rios e espinharais, subindo barrancos, como tapires revirando o mundo, sem se dar conta — seria algum feitiço ou encantamento? Nem ninguém naquele momento nem notou, o que poderia ser? —, o certo é que iam, sem saber aonde, acompanhando, perseguindo a Esfinge dentro do sombroso das matas, onde a chuva caía, seus ponchos que as bordas do mato procuravam segurar, suando sob as bátegas, os cavalos com seus cavaleiros, cavalaria de sombras no encalço daquela nunca antes vista aparição no mundo, que nunca ninguém em sã memória nem sequer ouvira falar jamais. Seria verdade? Estavam vendo, os olhos vivos. Pois, se aí estavam, naqueles confins de onde nem se sabia onde ficava era a fronteira do que sonhavam e a fronteira do que viviam, num redemoinho de vozes daquelas aves, até que o rebojo se reuniu num grande nicho movente e sumiu assim de repente como viera e desapareceu voltando para onde vieram e tudo silenciou dentro do maior silêncio e eles pararam e se benzeram e falaram entre si em comentários desencontrados, depois como se nada fosse, mas conservando na memória aquela visão de altos sonhos dentro de si, as mãos frias, guardaram as armas e continuaram, e tudo foi ficando como antes, quando eram cada um a Solidão de si mesmo, e todos uma reunião de solidões, as cascas do mistério lentamente caíram ao chão da realidade e cada um se segurou mais forte à corda que os guiava sobre as selas dos cavalos, sentindo que era só a chuva o que sobrava de tudo, a chuva que os perseguia depois deles perseguirem por bem algumas léguas afora aquela aparição. Que diria Babalão? Que era Belial, o Demo? Mas se o que ele indagou foi se era a Rainha da Noite, só isso, nada mais. Se esqueceu do Demo, foi o que foi, apoi. E Melânio seguia pensando e foi de pensamento em pensamento até reencontrar Miriana, A Dourada, e depois quis apenas que fosse de dia para não se cansar de ver o rosto, o corpo, a pessoa toda da moça sem nome, quis que o dia viesse logo, ansiou, nem que fosse envolto em luz molhada daquela intérmina chuva, para vê-la com seus olhos próprios que a terra esperava, verdade que a terra aguarda sempre os nossos olhos, verdade, e especialmente os nossos olhos que veem todas as coisas, e também ansia por eles a Mãe-Terra, onde os pés pisavam sem ver nem sentir quase, tão acostumados estavam com ela, e onde os cavalos iam desbravando, cascos, cascos, quase desesperou-se de querer contemplá-la, mas a escuridão tapava tudo como barro pegajoso, ainda mais forte tornada depois que a aparição se fora, feliz quem vivia para vê-la viva, moça sem nome, rainha da noite, rainha do dia. Num relâmpago que pôs verde-rubros sobre eles, olhou, viu o bando negro, disperso, os homens numa massa movente, um como que incêndio se mexendo pela floresta, mas era apenas reflexo dos raios, o escuro das roupas e o esvoaçar dos ponchos, a sombra dos rostos, nada deixava vê-la, ela ia escondida no segredo da noite, estava entre eles, mas ia, caminhava como dentro duma cifra, de um enigma. Queria por demais mirá-la. Só mirá-la com seus olhos que Deus deu e que a terra pedia. Para que Deus nos deu olhos, a nós, homens, se não foi para ver as belezas? Amargou-se. A negrura redobrou na negrura, e pelos lados, todos, era a escuridão, prurindo forte. Noite sobre noite com chuva sobre chuva. E a distância, o que era a distância, que qualidade de Deus? Extensões: o que longe vai e vem. Só a mula, mastigando cansaço, eternamente fatigada, andava, como em cima do seu cansaço, fazendo de sua fadiga a razão do seu andar cego, ruminando distâncias perdidas. Cascos, cascos, cascos. Os olhos dos cavalos se filtravam nas trevas carcomidas pelos relâmpagos, umedecidas pelas águas. Galhos lhe fustigavam, ele nem sentia. Corpo de Deus! Nem pensava em mais nada, os soldados, os mantimentos com a mula, nem por que raios de perdições se perdiam cada vez mais que afundavam nos redemoinhos da distância. Porque havia uma qualidade em tudo, principal: a distância. E que era ela? Sonho não era, que o sonho engole tudo e mastiga devagar, tênue mostra o mole da realidade como é por dentro. Realidade, sim, era o que era, as existências se fazendo por cima das essências invisíveis.

O furor da noite em águas e ventos crescia. Ele conhecera uma Dourada, moça da vida, que roubara de um cego de feira, fazedor de berrantes, por nome Pedro-Pedro, por demais bonita, e com ela se enrabichara nem se lembrava mais por quanto tempo, um tempo enorme, ao que parecia, visto assim de recordação, porque as lembranças têm o condão do sonho, depois que passaram da realidade para o passado, do presente para depois, até que um dia ela se fora, vida afora, rolada nas águas da existência, mas nunca se esquecera daquela ternura estranha que ela dividia com as lembranças do cego, mas não lhe importava mais nada, ele tivera tantas douradas na vida, ele, Melânio, agora só lhe doía essa que aí vai, entre eles, sem nome, tão bela, o corpo tão florescido como uma planta esquisita, essa beleza que cavalga, no meio da noite, que resumia todas as mulheres da existência de um homem, a mais bela mulher que já vira e tão estranho tudo, como uma outra vida... A Dourada lhe dissera um segredo, que dissera que o cego lhe havia confiado, o qual ouvira de um cantador que viera de muito longe, segredo contado de boca em boca, desde os confins da terra, e que ele guardara, e que só se contava a alguém quando se realmente se gostava de alguém: que o amor é parte do Fogo e que tudo é fogo e que voltamos a viver em outras vidas...

— Tuuuuuuuu... Tuiulutluiuuuu... Tuuu...

No silêncio profundo Melânio Cajabi mexera na capanga à sela do seu cavalo e tirara um berrante incrustado de prata e ouro, com uma marca de gado desenhado, um triângulo dentro de um círculo, e soprou-o, imprimindo a boca no seu bocal de prata:

— Tuuuuuuuuuuuuu...

O eco do aboio rebojou pelos bojos da floresta, planando sobre os horizontes, para ver se alcançava a Esfinge com seu séquito de corujas ciciantes, Melânio Cajabi exercia a lembrança e a memória: se recordava da figuração e tocava seu berrantes, os sons iam longe, acordando a alma enigmática dos vegetais e dos animais e dos homens, o berrante soprava no silêncio. E Urutu olhou para trás, mas não soube nem adivinhou quem tocava, eram tudo trevas soerguidas pelo vento, os ponchos na escuridão, os cascos dos cavalos se perdendo nas águas que emergiam da noite, pensou que talvez não ouvira direito ou que talvez tudo fosse sonho, o sonho de um vaqueiro que se recordava do seu gado e tocava, tocava, a alma na harmonia da noite, perdendo-se como se perdem as horas, o tempo, a própria vida e a própria morte, levadas pelas águas do presente em que tudo passa. Melânio guardou o berrante, os homens ficaram com um sentimento de que ia entre eles alguém muito silencioso que conhecia de homens e de gados, e foram pensando no que pensavam, continuando o cavalgar demoroso, as águas caindo, sons das águas que os cercavam. Melânio acendeu um cigarro e se lembrou da aparição: Rainha da Noite a Esfinge? Rainha da Noite era ela, a moça, com sua beleza, seu corpo andando sobre o cavalo, cascos, cascos, entre as águas, navegando na noite como um navio singrando a escuridão...

José Gomes vinha atrás dele e amparava Pedro Peba, cavalos e cavaleiros apoiados, cavalaria marchando devagar. Garci vinha junto silencioso levando seu surto de maleita, tremendo sob o poncho molhado, e ele pensava em como um homem pode ser até certo ponto sem nenhum coração. Parecia-lhe que em repentes aquele bando estaria sem chefe. Talvez o chefe verdadeiro nem fosse ele, e sim esse que tocara o berrante, anônimo chefe que sabia mais que todos o que se devia fazer naquela situação. Não que odiasse tanto Urutu, até que o achava macho e valente entre os homens. Até que queria, Deus fosse louvado, afastar aquela ideia — essa mulher soberana, sem nome de se discernir, nome nomeado, ou sei lá seu nome qual seja, tudo deve ter um nome neste mundo, a razão não sei nem saberei, nunca, ela que me perdoe, mas nome é coisa sagrada, nome dela deve ser assim como ela, essa qualidade de boniteza que é parte natural da natureza, que se mistura, natural, com o nome da pessoa, que ele não chegava a entender, nome é a extensão da pessoa, pois nome é palavra e a palavra vem sempre acompanhando todas as coisas, desde sempre, quer se queira ou não se queira desde o início de todos os tempos, essa moça sem nome, ele a tocara e amparara, as lembranças em seus dedos, em suas mãos ardiam como um fogo secreto ainda sob aquela chuva terrível, cuja memória se abrasava naquela visão do rio, rosas sob a neve, ardia no fundo das retinas, os anjos e os arcanjos dão presentes inesperados para os homens, é só saber esperar que eles chegam das alturas, dos acasos, e são essas coisas que a gente se lembra como se fossem milagres que nunca podem se repetir, coisas que a gente guarda como se fossem segredos inacessíveis... Quando a tocara ao ajudá-la a subir ao cavalo, sua pele se arrepiara como quando a gente vê uma sucuri de perto, saindo da água... Lembra-se do dia ainda hoje, ao passar por um córrego, viu na outra margem um tuiuiu pensativo, numa perna só, que pensava, que pensava, enormidades de bicho pensar, o pescoço comprido e preto, como uma girafa galinácea, e a pensar. Aquele bicho tinha a sua inteira liberdade, no mais parece agrura de preso, como eu naquela melancolia de cárcere que faz dó lembrar-se. Agora vivemos, eu do meu lado, o tuiuiu do seu, ambos pensando, suas grandezas filosóficas, mas entre nós, eu sou o perseguido, o procurado, o foragido, o proscrito, ele nada tem nem terá do que se preocupar, ao passo que eu, homem bicho, como ele, ave bicho, perdido, desgraçado neste sarambulho de existência, a trouxe-mouxe nos carris do destino como um trem de ferro que não pode mais parar nem tem mais estação derradeira. O que passou, aquilo é um mistério vivo que nem posso esclarecer nem enquadrar ao certo sob a luz da razão, um mistério gozoso ou glorioso, benditos mártires que me velam no céu. Mau fado minha prisão, uma desgraça completa para um homem. Na cela não havia nem calendário para marcar o tempo, aquele tempo que passava e que era só meu, porque passava dentro de mim, de ninguém mais, mas que eu tinha de dividir com os outros, porque matara um homem, e que os donos da vida dos presos se assenhoreavam, nem folhinha nem nada, uma tarimba somente, para mim que era meganha não fazia diferença, estava acostumado desde rapaz no curto e no duro, não era nada, os outros dormiam no chão de cimento, as paredes, o frio e o desconfortável, o áspero e o úmido, essas barras que tenho tatuadas na alma, três meses eu sei que não são nada, há quem tenha duzentos anos de cadeia, mas para uns três meses são trezentos anos e para outros trezentos anos são três meses, e há três meses que respirava aquele ar de cova viva, igual qualquer criminoso, no entremeio deles, confusão mais promíscua do mundo, eu que era cabo. Começou com aquela morte que tive de dar por dada, um compadre meu, cabo também. Essa vida que tirei me carrega um acontecimento único: as penas para quem mata não devem ser punidas na prisão dos homens e sim na prisão do homem, sua consciência. Para onde se foi a Candi, quem sabe? Mas que vai fazer um homem no grande mundo? Homem é homem, nada mais que homem. Fui me entregar, porque essa é a lei dos homens, e os três meses se passaram como um terço rezado muito longo que não se acabava, até que fugimos todos escapados nos gonzos abertos do imenso mundo. Depois do que passei não voltarei jamais por querência minha àquela cova em vida. A prisão do homem é o homem e não quatro paredes. Prefiro este perigo no solto do destino, na pendência da suspeição de sempre enquanto vivo do que aquela humilhação. Deus servido, esta remora de homizio no seu pousio de Figueira-Mãe, o Sem-Sombra, o Padre Ferro estará esperando por mim e pelos demais, rezando por nós, lá em cima nos aguardando, nas ombreiras das belas serras protegidas pela Liberdade. Porque liberdade não é o que dizem que é, nem o que Babalão diz: liberdade é necessidade e livre-arbítrio: a liberdade nasce e habita no interior do homem. José Gomes tem os olhos úmidos, um broto de lágrimas enturgecendo as pálpebras. Uma suindara grita gaitando com todas as latas numa arvorezinha baixota alumiada por um raio, perto deles, sob a tormenta. Será uma das corujas que formavam a grande auréola da Esfinge, metade mulher, metade leão com asas de águia e partes de touro que viram ainda há pouco? Se contasse isso depois para os companheiros do quartel, ninguém ia acreditar, ninguém... Mas acho que isso foi uma espécie de delírio coletivo, mas quem é que vai saber agora se foi mesmo ou não foi? Se foi alucinação foi enfermidade. A lembrança da visão como uma enfermidade. Essa lembrança é o segundo momento da visão: sua cura. Porque o número dois, que é sempre a lembrança? A coisa: um. A lembrança: dois. Esta é a cifra que é preciso decifrar.

— Tu só tu, tu só tu... — grita estridulada a suindara.

— Por que eu? — diz e não sabe se falou consigo mesmo ou com o pássaro. E os olhos ardem queimantes sob o poncho e chapéu, de tanta água que escorre como uma torneira do inferno. Esfrega-os ardentes, e cobras celestes ziguezagueiam luciferinas e rubras, como sombras de veias debaixo da escuridão das pálpebras. Os braços remangados se mexem como de um mamulengo endiabrado. Pensa agora nos meninos que ficaram sob a cuidança de um tio, seu irmão. Bom tutor há de ser Pedro Gomes, no seu sítio, à beira da cidade. Três meses que os não vê, João e José, os meninos, mais a mulher que se afundou no sorvedouro do mundo. A mulher não presta, mas ele ainda pensa muito nela às vezes, e se distrai na sua recordação. Verdade que dá saudade lembrar-se dos bons tempos. Num repelão sacode o pensamento traiçoeiro que aflora, como uma mutuca que persegue, espanta-o remexendo o chapéu, suas abas grandes, ideia como se fosse inseto de verdade. Estaria delirando? Não quer pensar nela, quer esquecê-la, que se torne escuridão esta parte gritante da memória, manchada de sangue e de traição. Mas vê seu corpo nas águas que caem, suas partes, os seios túrgidos, as auréolas rosadas com os bicos tumescentes, o ventre macio, o velo crespo e meio azulado de tão negro, a cabeleira escura como embriaguez de piche e alcatrão, pesada, em ondas, o corpo estuante que chama, a boca que tantas vezes beijou amante, que vem como uma maré quente de concupiscência rouca rolando na sua voz que fala e sussurra ao seu ouvido com paixão, o respirar ao seu lado noite a noite, ao longo de uma dezena de anos. Espanta o pensamento, mas a visão volta numa dança, nos giros do devaneio que teima em tomá-lo como um soporífero. Soltos os olhos no sal das lágrimas, a chuva e a paisagem negra são vidros molhados de alguma carruagem da morte que percorre um sonho de pressentimentos, aragem de angústia transmontando, vinda de muito longe, lá onde tudo se desfaz como cristais moles, flocos de lembranças como barro que se derrete e pinga e cai das mãos abertas ao se tocar no chão de chuva. Trasanteontem, dormindo no centro do tuaiá, a céu aberto, teve um sonho quase espanto, se lembra. Candi com asas de anjo voejando nuns cenários de céu, nas longes altitudes. E o Jesus das estampas piedosas a tomá-la nos braços e a beijá-la em zanzarreios de namoro, depois subitamente a tomava e a penetrava e gozavam em grandes eflúvios de amor. E ele a fugir daquilo, fugindo a cavalo numa planura sem fim, sob um céu de cobre em escombros, perseguido pela cabeça do cabo Gerão, fugindo. Que mais é certo, nestas alturas das ideias, como nessas quadras de metade da vida em que a gente passa a dormir e a sonhar com os reflexos das realidades, imagens da vida refletidas nos lagos dos sonhos? Dorme não dorme na pachorrença daquele cavalo sobre suas quatro patas, cascos, cascos, cascos, José Gomes olha o negror da noite que cai do céu como fulgor de Deus, sua presença imensa percorrendo o infinito, que se adensa cada vez mais sob a chuva e já não pensa em nada, tudo se perde: por que primeiro é fazer e segundo lembrar? Chuva de Deus? Fosse. Tudo o que vinha de Deus era de se aguentar. Por fim, nos confins da deambulação da memória, quase cochila sob o poncho que o envolve do pescoço, desde seus colarinhos de soldado até o fim das barras. Afora estes rumores de raios do temporal que até parece matrimônio de Lúcifer com as estrelas, noivas ocultas, ou sob a lua, mulher de flor redonda, suas nádegas onde nada se oculta, cor-de-rosa, onde nada se esconde nunca, por alguma sorte de maldição jogada por boca torta do destino, ele se lembra da praga de nhá Tabita, que o acompanha juntamente com sua bênção, se não fosse isso, essa dualidade, seu destino seria pior, afora tudo isso é um silêncio que nos acompanha como se fôssemos um enterro da Miséria, fabulação do velório de dona Desgraça, ofício de sétimo dia do Azar, da Má Sorte, do que mais fosse, figuração de uma peça, um mistério representado por estes atores que vão fazendo os papéis de cada um no drama da Paixão da Vida e da Morte, um silêncio que nos segue como se fosse o pouso ainda nas retinas da visão da aparição da Esfinge com suas corujas e um berrante soando na memória como se fosse uma Nossa Senhora da Solidão, sua ressonância inexplicável, um silêncio de céu em morfeia carcomendo os tegumentos do chapadão, quem sabe se isto é mesmo um chapadão, Babalão falou nisso, nem sei, quem vai saber, eles já disseram que nos perdemos irremediavelmente, tortura dos diabos em pena, um silêncio dentro da gente em demasia, como se cada um fosse uma garrafa vazia largada sem nenhuma mensagem dentro, em alguma praia abandonada onde só batem as ondas da ressaca. Chico Inglaterra nos estará passando sua enfermidade? Vento nas palmas dos buritis. Silêncio abochornado sob a chuva e escuridão ustulando espanto de somente ver essas lixeiras espinhentas paradas no seu mesmo lugar de onde nunca saíram ou se abanando, seu ringir aborrecido, o vento, espadanando água, ecos nos horizontes do grande silêncio sob as águas, tudo parado sob o movimento do ar e das águas, ustão de silêncio no tuaiá sem confim, silêncio de prolongos de léguas e léguas paradas de em redor, como um grande círculo, e nós dentro dele, seu centro, longes, silêncio sob os trovões e o vento e a chuva das águas, mas é um silêncio dentro de nós mesmos, somos nós que estamos parados, apesar de estarmos andando sobre os cavalos, suas patas, o chão, cascos, cascos. Parado, tudo? Mas parece que tudo se move sem parar, redemoinhos vivos. Parado. Silêncio. Mas esse silêncio brota dentro de nós. Tudo: mas é dentro da gente, ali onde começa o sertão, ali onde de repente começam a nascer espinharais para cima. A noite acalenta-lhe a sonolência sobre os ossos do cavalo, tão cansado, tanta fadiga que parece o peso do céu, se parasse e se deitasse, dormiria quatro dias e quatro noites consecutivas, o rumor de beijo e de chupão da chuva porejando nos ouvidos, vindo de todos os arredores. Um desejo de inconsutilidade une quebradas do céu e quebradas da terra. O cavalo, suas patas comendo a chapada, chavascais transcorrendo, cavaleiro dormente sobre o cavalo, os cascos que chapinham na lama. A noite vai se encompridando dentro de si mesma, como um verme cheio de nós se enovelando dentro da terra, dentro de um labirinto eterno. Léguas passavam no sabor geral da chuva, sabor como de uma boca mastigando tudo, boca do vento molhado, e tudo poroso, gotejante.

Antes de achar Garci, perdido na mata, quando vinha sozinho, pensava consigo mesmo: Pobre menino, bom como ele só, Garci, alguém perdido nas saudades da adolescência ao lado de homens proprietários de sua adultez. Estradeja ao seu lado. Depois ele pensa nos companheiros da prisão: o Breoco, o Tereso. Onde estão, principalmente o Tereso? Estará solto ou anda como ele a estas horas, quem pode saber por onde, pelos caminhos multiplicantes de Deus, que são mais que os números, ou paga a pena, com uma paisagem de cruzes de ferro embargando os olhos, a mocidade atrás das grades, o amigo? Mesmo pode, Deus nem queira, estar morto de uma vez por todas, rios de esquecimento anoitecendo, passando e fluindo por cima do seu corpo, sua cabeça que pensava sempre, de sua alma parada em algum porto emerso nos grandes reinos absolutos, como um barco solitário ancorado, esperando os trâmites da aduana divina. Os relógios não andam atrás desse purgatório tão lento. Bem conhece aquele inferno vagaroso, a prisão. Os meses que escorreram, moles cumbés sem término, pela sua cela, o chão de suas pedras, as paredes de sua liberdade, lhe deram ideia do que seriam anos e anos, a fieira de labirintos, nessa parecença da morte. Não sabe bem o que houve na noite da fuga. Lembra-se apenas dos rolos de fumo que se elevavam, de estampidos ao acaso, os clarões acendendo-se no caminho, os rombos que se abriam e muros que derruíam, de portas e janelas que se levantavam e sombras que esvoaçavam e corriam. Calmamente viu que a cela estava aberta, ganhou a rua e de longe viu que um pandemônio incomum estava acontecendo lá dentro da Cadeia Pública, na rua do Porto. Indeciso aquilo, como que visto em algum redemunho de sonho. Claro que soubera dos preparativos, os conluios, os cochichos, as reuniões pelos cantos, as palavras baixas, apressadas, a conspiração, e soubera que algo estava por suceder, do depósito de munições que assaltariam, os arsenais, da cavalariça que arrombariam para apossar-se dos cavalos e montarias, das vinganças terríveis que combinavam, dos morticínios que haveriam de proceder. A esta hora o sargento Protásio estaria descabeçado como São João Batista, a cabeça purgando no céu dos sargentos. Sua insolência era proverbial. Bicho ruim daquele iria direto para o porão mais subabaixo dos infernos, onde, nos espaçosos salões de torturas os diabos se requintavam. Gente assim será que merecia viver? Pequeno e gorducho, apoquentava todo mundo abusando-se de sua autoridade e ganhara dos presos um apelido insultante: sargento Bunda. E que ódio velho, derruído em cascas pretas, natural entre ele e Urutu! Precisava perguntar disso a Urutu. Urutu era o líder natural da fuga. Nem é bom saber-se o que foi do sargento Protásio nas mãos de Urutu. Ia longe a preparação para essa fuga, antes mesmo de José Gomes aparecer na cadeia, de cuja massa se beneficiou. A estas horas onde estarão os duzentos e tantos presos, ou quantos sejam, que o número deles quem só sabia era o diretor? Devem estar todos longe, mais longe que a escondideza, nestas mesmas direções, sonhando com o asilo seguro, o homizio da proteção do Sem-Sombra, rumando sem estacionar cada qual para a casa-palácio-igreja de Figueira-Mãe. Por mais que falem e expliquem Babalão e Chico, não haver-se-á de saber o que vem a ser isso, nem ninguém ao certo lá na cadeia saberia. Sabe-se que a Figueira-Mãe é direção de homizio, onde não chegam os abusos nem as arbitrariedades, santidade de proteção, todos eles têm seus direitos, um lugar perdido no maior sertão do Norte mais profundo, no tuaiá dos mato-grossos, que todos os perseguidos sonham alcançar um dia e pensam encontrar uma vez sem erro preconcebido nem maturado. Se procuram com fervor acham, se não buscam, não encontram nada a não ser as cinzas da madeira que não mais existe depois de ter sido madeira. Único se sabe que é fronteira destes campos, no grande Tuaiá, mundão dos mundões das cabeceiras do Paraguai ou do Xingu ou do Roncador ou do Parecis ou dos Martírios, sobre as serras e contrafortes e cordilheiras que talvez se estendam para o Peru ou Colômbia, onde, em cujas matas e florestas o célebre coronel Fawcett com sua comitiva se perdeu e nunca mais foi achado, em busca do El-Dorado, em terras onde habitaram os incas e as civilizações mais antigas do continente. E o Maufrais. Sabe-se que é um país novo, sem construção de leis, mas também sem quebra de respeito, no começo do desenvolver-se, essa capital dos fugitivos: Figueira--Mãe. Não sei, que vou saber dessas geografias e histórias? Só sei que vou para lá também, igual que todo mundo. Minha lei de agora para diante é a de toda gente que emigra para lá: é ter o perigo como companheiro e a morte por sombra. Enquanto não chegar lá. Porque depois que se chega tem por companheiro o sonho e a sombra por paz. Pensou de repente no corpo meandroso da viúva Joaninha, com quem tivera umas aventuras, ainda antes de matar o Gerão, dele bem viver com sua Candi. Ele podia aventurar-se com a Joaninha, mas a Joaninha não podia aventurar-se com o Gerão: isso não é realmente uma injustiça dos homens? Homem que vale por homem será que deve mandar tanto? E a mulher não tem os mesmos direitos, não manda também? Claro que sim, mas quem é a sociedade? Pensou na sua mulher, que se fora nos meandros da vida, aquele homem, cujo ele tirara a porca vida e de quem não tinha nem podia ter os menores remorsos, Deus sobresseja e me proteja, louvado seja, que isto também é justiça, com todas as suas leis, e que me perdoe Joaninha, que o homem é quem manda, afinal de contas, pelo menos agora, e a mulher talvez já tenha tido sua parte de poder outrora, nesses passados, quando tudo era igual ou quando começou o mundo. Mas quem vai saber? Memórias do mundo, perdei-vos... Agora tudo era uma mulher, a moça sem nome, apenas, apenasmente de tudo, aquela moça com quem ele dividiria os poderes do mundo... Bênçãos de sua mãe e de seu pai, maldições dos velhos da casa dos urubus, e de nhá Tabita, se misturava tudo, era isso, por isso tudo perdido neste sobral do inferno. Ele se sabia, exterior era sério e severo, como convém a um homem sozinho que carrega sua ex-condição de cabo, ex-senhor, que tem suas sabedorias, e dentro, o estranho natural, o ardente da carne em florescências de flores que não se podem emurchecer. Essa sem nomes, sua beleza que gravava na carne dos homens um poder que vinha como do tempo, em que os homens e as mulheres se cruzaram desde sempre nos caminhos da vida. Bem que tinha de ter o seu nome, lá isso era certo, pois, quem não tem nome neste mundo não pode ser chamado, é muito estranho alguém não querer que as bocas dos outros lhe chamem pelo seu nome dentro do mistério do mundo, mas quem ia ser assim? Só ela... O mistério que vinha dela como um hálito das bocas de Deus dando nome a tudo... Se até as plantinhas mais desacabadas deste mundo, deste sertão, têm um nome, cujo o povo lhe deu, ou a Botânica batizou, nomes lindos de se abecedar, ela, flor das mulheres, obra do sonho de Deus, não ia ter o seu? Incubações dela, suas graças de Virgem Maria, suas belezas mais ocultas, aquilo que vem de sua essência e de sua existência. Quem ela haveria de ser? Para ele e para cada um daqueles? Ora, saber quem era, desbordava, transbordava aquela ciência de saber e conhecer de ver com os olhos que tanto podiam arrancar pedaços e devorar como esperar a promessa de dormir, fechados, em treva, sob a terra. Mulheres... Vinham com eles, os homens, desde que foi feito o grande mundo... Às baixas vozes, em segredo, era o bom da vida. Mas podiam ser também aquele amargo que faz tudo ficar azedo ou sensaborão ou triste ou doloroso. Deus saiba por quê. Mulheres, para José Gomes, eram aquilo, um quase sem importância com grande mistério de repente crescendo em linha reta para as fontes da vida. Apesar de tudo, poucas, mas, enfim, muito precisantes em subitações de imprevisto na preparação dos mil cursos da vida. Na verdade lhe nascia era certo ódio incolor, até se danava em imaginar, contra quem quer que fosse o marido morto, o esposo natural e sem culpas nenhumas dessa moça sem nome que aí estava, mas cuja ideia vinha de muito longe, lá onde se originam as distâncias e os pressentimentos das distâncias, tão sem nome como uma flor desconhecida de todos, cujo deslumbramento nascido do mistério alongava-se de havê-la visto banhando-se no rio vestida apenas de sua branca nudez e de luz do sol que vem para todos, despida de tudo, até de nome, que cavalgava embuçada na sombra da noite que os coriscos abriam a facões que zebravam e machados que rachavam a escuridão dos zimbórios estelares como pelegos peludos e ponchos de arcanjos revoluteando ou pelejas de janízaros na treva. Como se houveram eles, ela com esse homem marido, ela feita esposa? Fora feliz naturalmente, adivinhações, todas geralmente são muito felizes, mas há imperfeições e trincaduras no destino e no feitio das coisas, há exceções, não se negue, sua cara dizia que era de gostar de maridagens, até que chegasse aquele bando de diabos emponchados e lhe matasse o pai e o homem esposo, os tirassem do mundo, indesejáveis. E a raptassem. Para quê? Começava a entender, mas logo se perdia, tinha ódio de pensar. Sobre o cavalo agora, como parece que sempre esteve, arquétipo de mulher sentada sobre um cavalo galopando pelas noites escuras, riscada de raios espalhando paixão, a corcova do seu lombo se movendo sob suas arcadas, ir e vir que devia de ser desde alguma outra vida qualquer destacada nos ciclos das mudanças e das viagens através dos caminhos da eternidade, os cansaços, amparando Canguçu se queixando e gemendo, pensava no que pensava: uma Solange, a distante, mulher da vida que ele amara como se amasse uma Maria Antonieta, formosa rainha dos franceses, rainha frutificada pelo poder de uma vulva soberana, os mil pensamentos, e esta moça sem nome que vinha desde toda a eternidade, como uma fonte que vinha enchendo de águas claras e límpidas sua presença, a sabença de sua figura, espinho que começava a aguilhoar, se iniciava na sua vocação de sofrimento como um perfume de repente no meio duma noite, um perfume de rosas que pairava nas suas narinas noturnas que pressupunha a ideia dos espinhos, um perfume de mulher, ele não cheirava, não sentia, mas havia, era como um perfume na noite florescendo, as mulheres são flores?, só Deus sabe e os poetas fundando a sagração das palavras, o estar dela, estar no centro do mundo, seu viver no centro de tudo profundamente. Será que estava começando a amá-la? Nem devia, nem queria, homem sério em seu natural metido, comprometido em complicações dessa espécie, em mangações de sentimentos como colegial, mas sabia com sua intuição que mal algo principiava e vinha, e vinha vindo como a presença adivinhada de um pássaro de fogo na noite, na longa pureza das sombras, sentia saber, adivinhava sentir, doía, uma sabedoria carnal como uma dor de dentes. Esta moça sem nome, Deus queira que ela tenha algum nome como todos no mundo, para alguém chamar, não sei quem, talvez os que a amarão substituindo a falta do seu marido, e na falta destes, invocar: Santa Maria Santíssima, Virgem Maria vinda das profundezas, suas carnes concretas, amparadas sobre o bronze das patas e dos cascos do cavalo que a levava, sob o poncho que a escondia, dado por

Urutu, entre a cavalaria do seu séquito, seu imperial cortejo carregado pelos ventos do Roncador. Era Solange. Era Candi, era Joaninha, era quem?, eram todas as belezas do mundo que ele pensou ver ou viu, nas ilusões que lhe iluminaram o caminho e que a vida vai formando como forma o sonho dos que andam despertos, incididos pela iluminação de uma luz, a formosa luz da realidade? Deviam ser. Assim pensava ele às vezes, e isso não parecia ter a mínima importância. Ou se recordava. Era todas as mulheres, a experiência da unção da vida, as que vieram e as que não vieram, nem puderam vir porque o destino jogando seu jogo de xadrez chinês enfeixou tudo num molho só que é a pura existência e foi embaralhando devagar, devagar, com paciência infinita de quem quer misturar mais e sempre mais. Para que não se sabe. O encontro e o desencontro, a vida.

A chuva caía e molhava lavando tudo. O rumoroso horizonte crescia de todos os lados, vinha por todas as partes cercando tudo, seu cerco sempre completo, mas impressentido, o rumor subia em todas as direções do tuaiá infinito. Do cavalo vinham os estremeções dos seus cascos, meio estralos ocos, de encontro ao chão, duros, sobre os buracos e as pedras, a oquidade da água varrendo as rochas, nascendo limos e lamas, os sulcos abertos pelas patas, ferraduras nas patas calcando, deixando marcas que iam para sempre ficando para trás, na eternidade do passado. A chuva parecia penetrar até nos pensamentos nublosos da gente. De onde vinham aquelas multidões bruxuleantes, evanescentes, fadigosas, inumeráveis de pensamentos? Não pareciam vir dele, antes pareciam nascer duma nuvem pluviosa e povoada andando sobre eles, os homens. Sentia-se de repente como muito cansado, e no coração a lembrança das mulheres que o tinham amado doía como uma pedra surda e a presença da moça sem nome o tomava todo, profundamente, como a respiração entrando nos pulmões. Pedra cansada, a vida. Deixou que o cavalo lento o levasse, com os outros.

Bebiano Flor se recorda também, mais atrás, ou sonha, e mistura aos poucos partes de uma história que nunca se completa, como se fosse um remédio para não se desperder na desgraça daquele arremedo de morte chuvosa e eterna que tombava e tombava e funde céu e terra, sobre os cavalos de pedra que marcham sem saber para onde, os solavancos dos seus lombos de pedra, e eles sobre eles, cavaleiros de pedra, será que nos países da morte chove tanto e sempre assim?, como ondulações ambulantes de camelos e dromedários, devagar atravessando algum deserto cheio de meandros nos confins da Núbia ou de Samarcanda, só que aqui é o tuaiá, chão de pedra lamacenta que se estende, e dentro dele eles não sabem para onde, talvez para os rastros de Deus, que Deus deve ter deixado algum rastro por aqui, afinal quem é que faz uma coisa e não deixa nela os seus rastros?, só para manter conversa consigo mesmo, para disfarçar sua solidão incomunicada, perdido já quase inteiro na desesperança dos seus próprios profundos confins onde os precipícios e as montanhas do homem se balançam nos abismos. Os homens se juntam e se desjuntam e se tornam a ajuntar, ele tem que ir aos gritos, dentro de si, gesticulando as ideias, para que ele mesmo ouça seu próprio pensamento. Tem voz forte e isso o ajuda, a consciência tem bons ouvidos, e quem pensa fala para si mesmo e conta as origens do mundo. Vai historiando na ideia enquanto chuva e frio e escuridão se completam e se amontoam e os rodeiam, soterrações de bruma, a sua solidão só se alça, entre os outros, parando em intervalos dos desembrulhos de destripos de trovões e raios que retumbam e esperneiam nas profundezas, rabos deles vão se sacudindo e dando rabanadas como calangos fugindo em coriscos verdes e azuis se abatendo nas raízes do céu, neblinas das serras: ele lembra: vinha andando na beira do rio, cambada de peixes na fieira, com seu cão Eutenor, um cachorro branco e grande como um bezerro, felpudo e fiel, e vinha com os livros bem-amados de Carlos Magno e Durandarte e Artur e seus cavaleiros e Amadis de Gaula e Bradamante, debaixo do braço, poemas de romances antigos de sagas dos tempos das runas e dos guerreiros das Cruzadas, e vinha de acabar de lê-los às sombras das grandes árvores sombrosas à beira do rio, e era em setembros passados, quando o rio conserva outra cor dourada, mais prata em suas águas que prendem os reflexos dos últimos sóis, doações de decorridas primaveras, poeta e rapaz, ele se encontrava com Lucina, sua vizinha, a pescar numa pedra, mas sempre a pensar em Mariflor, um mundo de borboletas amarelas borboleteando em torno deles, abraçados, olhando a água onde se refletia o céu de tão azul, rio de se escutar ao ler livros da alta Idade Média e rio de pescar peixes, e os beijos afogavam a lembrança subterrânea de Mariflor. Agora, olhava como se estivesse com os olhos fechados, no cavalo, e a escuridão se estendia batendo-lhe no peito como um vento de argila, o violão tocando-lhe nas pernas a cada passo e ressoando estranhamente aos dedos da noite que tinha vontade de fazer música e despertar o sonho pelas cordas e aquele coração oco de madeira onde se conservavam e se aglomeravam e dormiam as melodias sem conta como uma moringa guardando as águas de raízes inumeráveis, a grande noite perdida e transfigurada em chuva, e a floresta a percutir ecos surdos, e como a alma incontável da noite, a moça sem nome conhecido invadindo tudo, como a água transborda dos tanques e dos rios, perfume de mulher consumindo a solidão do peito de cada um.

— A gué, chifurri uguzu egué...

— Que é isso, ô Peba?

— Língua de louco no escuro.

— Você está ficando doido, seu?

— Quem não entenda não me importa, só quem já sofreu pode dizer o que é o sofrimento, quem não sofreu não pode dizer nada. Falo para os que entendem sem nunca terem estudado. É gue, tufulu, moibó, ugufu, boioioi, uzu!

— Chá, qual, vai longe de mim.

— Cadê o Polaco?

— No inferno. E Garci?

— Deve estar aqui. Mas e o Senhor de todas as Figueiras-Mães?

— O Padre-Doutor, o Padre Ferro, o Dom, o Bispo-Santo, o dono do tuaiá? Quem sabe?

— Quem soubera...

— Chegaremos? Quem nos dá alguma esperança? Ô, seja lá quem for você, o Dom ou mesmo, lembre-se de nós, mas antes te responda a ti mesmo primeiro, antes de tudo: você existe?

— Deus existe, merda?

— Isso lá é hora de perguntar se o bom Deus existe?

— Não te ouço, cão dos cachorros!
— Deus?
— Cão.

O medo carcome as mais fundas entranhas, vem das solapas da terra, como dádiva ofertada pelas potências mais fúlgidas, rói até as espinhas como quem come peixe, espinhas como as dos peixes que a gente tem, vai até as mais côncavas concavidades de todas as medulas, corrói os cuspes na boca, o grande medo que desce dos céus negros, abaixados como toldos, que sobe da terra negra, que flutua no ar negro, que se impregna das matas negras e enormes, negras respirações, negras almas, negros medos, negras esperanças. Deus se existir é negro como as noites sem sol e sem lua, natural, originário, um abismo de negrores em êxtases e escuridões, profundo como o Caos, profundamente negro, todos os negros. Medo da terra e do céu, matéria e espírito, medo dos perigos que sobem como folhas podres nos rebojos dos poços quando os rios se remexem em torvos redemoinhos e que os vêm cercando como se nada fosse, eles que juram não ter medo, prestaram juramento a si mesmos de não criar medo, medo do desconhecido e do conhecido. Medo que sobe como aranhas-caranguejeiras as patas dos cavalos, martelos, cascos, bigornas, cascos, cascas de cortiça pegajosa, lama e barro e limo em que tateiam primordiais memória e futuro em crostas carrascosas, medo que sobe, que vem do chão, mãe das aranhas, rumor que se perde nos rumores da tempestade, tempestade que é abismo sublevado, torres de vento, poços de vento, doçura escondida no cerne enevoento do medo, ali onde se iniciam as gangrenas eternas das perguntas sem respostas, ali onde o silêncio mastigado dos cavalos pesados de si mesmos, de seu grande peso gravitante e de sombra ulula de cansaço e martelam as bigornas do chão com os malhos das patas, cascos, cascos, cascos, e os raios, cavalos do infinito, térmitas de crinas azuis mergulhando, penetrando o vazio tão ignorado e povoado, lama que cresce e decresce nos prodígios de doze pessoas avançando na escuridão do tuaiá sem fim, os doze cavaleiros de Artur da Távola Redonda, a lembrança de Lady Godiva? Os doze Templários de Jerusalém? Os doze Apóstolos? Fodam-se os Templários e os Apóstolos. O medo derrama sóis negros sem relógios audíveis, vomita triturações sem pausa que simulam tudo o que pode ser simulado, medo que cava nossos abismos e alteia nossas montanhas. Talvez esta noite seja nosso único túmulo, nossa única eternidade. Nada mudou, nem o coração dos homens, nem a vaidade dos homens. E a constância dos homens é uma coisa oca e miserável. Há vingança de Deus? Há repaga de traição? Deus que se erga nas patas por cima das planícies e venha, vestido de cavaleiro cruzado que vá para a Terra Santa e venha no meio de sua cavalaria, vestido de cota e malha, com sua espada, sua lança e sua maça, quando atravessar o tuaiá, sua capa e seu elmo com os penachos tremulando ao vento... Nossas mães estão tão caladas, rainhas da dor perseverante, dentro do sono de Deus. Oh ferro da noite, que nos entras fundo, oh aço de Deus, como dóis, como tua solidez é dura e profunda e nos toca a alma! Não é a morte que nos mata, é o sangue da vida! Dor da vida! Mundo aqui se recobriu de sombras e luzes e se soltou e imita as figurações do Demo, suas fabulagens desatadas. Fulgurações. Sol negro, sol dos abismos, deus imenso, retumbando nos horizontes mais profundos...

Os doze se encafuavam, tiravam sombras de si mesmos. Rompendo sombras, como antas bravias em varas, no sangue da floresta enegrecida, onde caía o machado de Deus, onde antes os pés dos homens e dos cavalos ainda nunca tinham pisado, se derramavam e se desatavam, e aquele sangue negro que manava dos rios da escuridão lhes infundia medo, vida e loucura cinzenta, cor da chuva que lhes golpeava os flancos. Faraós sem pirâmides, cercados de si mesmos, deserdados da liberdade. Lonjura, para que te quero? Lonjura sempre lonjura para trás e para adiante. A lonjura é qualidade de alguma coisa? Os doze Psaméticos vão mordendo a noite pintalgada e mordida de raios, comendo treva, solidão e desespero. Amplidões, amplidões. Os cavalos vão remando com garras, bicos, fígados, olhos, cascos e cascos. A Esfinge os guia, cercada de seu cortejo imperial de todos os mochos de todas as longitudes. Para onde vão, se tão largos são os infernos e os céus, para onde os guia a Mãe-Esfinge, rodeada pelos arcanos da noite, as mães--corujas? Cada qual, intimamente, não se engana a respeito de nada e sabe muito bem apesar de todas as aparências nesta noite de Juízo Final, metal surdo e ferruginoso, roxo como certos vegetais misteriosos feitos dos cernes da terra, ouvidos minerais da terra, Terra-Mãe que guarda as pedras e vigia nossos túmulos, e vem conosco, caminhando com nossos pés e com as patas dos nossos cavalos, cascos, cascos, rumo à Figueira-Mãe, Serra dos Martírios, teu nome bem condiz com nossa condição. Enxames de solidão, cardumes nas águas da vida. A hora da morte adiada por grandes e longos martírios previstos desde sempre e pendentes da nossa cabeça desde sempre. Fugitivos, caminhando os doze assurbanipais em cavalos, dez homens vivos, respirando a paixão esparsa na noite fulgurante e tempestuosa e uma adorada moça sem nome nenhum conhecido, afora o fantasma vagante de um homem morto que vem com eles, arrastando remorsos sobre os rastros que vão ficando cada vez mais para trás. Coragens e armas rompantes, o mundo uma só floresta de flutuantes bronzes homicidas e o único céu possível de ameaças latentes e latejantes. Doze filhos de Hórus, doze filhos de Tamuz, doze Filhos de Apolo. Céu de ardores nem vige. Estrelas morreram. O tempo anda mesmo para trás, parece, de noite, entre árvores negras e noites pretas, como um elefante que vem do Oriente, quando o tempo cai oblíquo rodeando tudo subitamente. Só os homens, seus pavores de couros férreos e ombros brônzeos, maldições de cristãos e mouros, seus contramedos de pétreos gânglios, bulbos de pedra, em cegueiras labirínticas, chuvas de águas frias, os cavalos caminham, em pedra, cipós e lianas e galhadas que pendem a balançar, nichos e arcadas, lamas surdas e burburinhantes, labirintos, arcanos catedralícios, profundidades emersas em água e terra e morros e vales. O cerco caminha com eles. Cerco de Deus, castelo e craque de muralhas de grandes pedras, seteiras e ameias, amuradas e barbacãs, no meio do maior deserto, pedras e pedras e pedras, e ali estivessem eles, seus cavalos cavalgando sempre em redor dos muros, sem sair nunca mais, prisioneiros, doze pares da França rodeando a proximidade das cidades do asilo escondidas na tormenta noturna. O Espírito e Deus, seus sopros de cinza sobre os cabelos, os ventos nos ponchos, seus maléficos fígados, cercos dos meganhas mal-amados, bravios ódios que corrompem que nem as maiores bênçãos e perdões abrandariam. Cerco dentro de si mesmos, eles contra eles próprios em imbricações. Doze reis do baralho em vidrada guerra abstrata. Doze figurações do tarô surgindo dentro da realidade, com o mover-se do destino, o virar do acaso, lento, muito lento nos campos do Senhor. Cidades de onde vieram, os enviaram os justiceiros, com ordens extremas de os exterminar do mundo de Deus, onde só podem viver os vivos, e os justos, de lhes cortarem as cabeças vivas ou mortas. Pode ser justiça de Deus ir contra a injustiça que o próprio Deus criou? Oficiais regimentos com régias cartas patentes, e amparadas sanções e cartas magnas, onde os achareis, aos doze cavaleiros, os joões-sem-terra em fuga no pendencioso jogo de xadrez do sertão? Sangue, sangue circula nas trevas das pálpebras inferiores, onde se fecham os olhos e só se acham sombras? Onde é o maior sertão? Além, sempre além de onde vige o coração. Só a espera tem olhos, olhos de se ver e se aperceber, e aqui o enigma se planta na frente como uma figuração de rosto de mulher, talvez a face da moça sem nome se refletindo e pairando sobre os abismos das águas antes de Deus, corpo de leão com asas, as jubas florescendo crespas como touros e reis assírios para as alturas, sem nada perguntar nem exigir, só indagando com seu silêncio indagador, maior que todas as palavras, pergunta que ninguém pode responder. Arrepios de medo, porque se está em face do Eterno, o único que esconde as respostas e se cala, absoluto em si mesmo, o vento que esfria as almas e os estrondos que esquentam as peles. O que imita o Infinito? Só a mente do homem: a luz e a treva que vem da origem. Mas os homens cresceram sempre maiores na Mãe-Morte, que vem conosco desde as tumbas das outras vidas e os úteros das outras existências, sempre presente, como uma presença originária. Esse orgulho... vem de onde? Das eminências de Deus? Foram deuses, algum dia, em alguma passada transmigração? Ou foram simplesmente cavaleiros a quem falta sagrar Sancho I, o grande, sagrador das vocações perdidas, rei-poeta da Lusitânia primeva? E crescerão ainda mais, e tanto que a vida ficou próxima demais de repente da Morte, crescerão até tocar com os dedos a polpa de pêssego maduro e veludo sutil do céu. Paredes cegas, será a morte que vem ecoando como uma trompa ou um berrante perdido, será a morte que se estende sobre suas cabeças?, a chuva a cair, infinito, palavra que não quer dizer nada, cavalos lerdos, homens cansados, respirações, cascos, ponchos, raios, trevas. Sobre cavalos cegos homens cegos, e é de se compreender o cerco como de cegueira? E a noite cega, os ventos sem olhos, como faca velha, cega. Os soldados também serão cegos, apertando, sob o barulho das águas, o cego cerco. Aqui onde perseguidores e perseguidos são cegos, da cegueira como a uniformidade das sombras anônimas da noite, o destino é também cego, profundamente cego, irremediavelmente cego, cego é o tempo, cegos são os deuses, menos cega a vida, mais cega a morte. Lugares próximos, lugares distantes. Aquiures, alhures, algures, ures. Onde? A Figueira-Mãe os espera com os pórticos e as varandas abertas, iluminadas. Árvores e árvores de sombras florescidas. Sertão sublevado em água, terra, fogo e ar. Palavras? À merda merdosa, merda voluminosa, a poi, ventura venturosa, dor dolorosa. A Figueira-Mãe os espera com os muezins cantando, os minaretes cheios de mulheres olhando o vento, prazerosas sonhando os homens que vêm. Vam' vam', gente, que já tarda muito, o destino espera. De que serve o céu? Avoar, dirão, abrir asas e espadanar azuis... A poi, pernas, patas, cascos. Marchai. Cavalos, cavalai, só o homem calcula as sombras e conta as nuvens, só o homem estuda a vida e observa com o olho trêmulo a morte, só o homem tem medo de facas, medo de balas, só o homem pensa como empregar as pernas, só o homem sonha com palavras que saem de sua boca e dormitam no seu coração.

Os homens cavalgando sob a chuva, na noite, como térmitas dentro dos cupins. Pensamentos pousados nos ombros de cada um, como urubus, esperando que as carnes caiam, que as ossamentas apodreçam, e se deixem pelos caminhos se transformando com o tempo em pó. O Caveira com seus óculos sem vidro, seu guarda-chuva rasgado que não ampara nada, aberto, ostentoso, atrás de todos, cerra-filas, empertigado na sela, como se nada o incomodasse, magrém, duro, quixote pensamentoso, pensativo como uma lixeira magra onde se sentam urubus, molhado por fora, seco por dentro. Na verdade nem se impressionava, tanto fazia chovessem facas ou não. Seu relógio, bulcão do mundo, 3:33, no bolso, cabeça de avestruz, esse morcegão preto de asas pontudas, pássaro pressago sobre sua cabeça onde as ideias revoluteavam insones, morto. E expulsava pensamentos. Póvoa de

De-Deus, professor primário naquele lugar esquecido à beira do rio Gia, descendo lento sobre a Chapada dos Guatibós, onde não chegava quase ninguém. Até ali tinha seus trinta anos, filho de pai e mãe, estabelecido em escola, nunca tivera de matar. Dois professores havia naquela escolinha, ele e Julita, jovenzinha que viera normalista da capital, bonita de doer, dentro dos sempre vestidos de florzinhas, onde ele guardava seus amores. Não viu nem soube quando foi que o coração começou a pegar grudar-se de sentimentos por ela. A escola era um prédio semiacabado sob mangueiras, um pouco afastado da povoação. Noites de luar ele deixava a vila e vinha olhar de longe, o dourado caindo sobre as ramagens, o vulto branco da casa, pensando em Julita na solidão. Não podia com timidez, não lhe dizia direta a palavra, quando ela queria sair, na ocasião dela lhe falar, ele corava indeciso, engrolava, sussurrava murmurado, se comprimia, afobava os bofes. Tudo por amor. Sofria o homem. E lhe doía o coração de coisas para as quais há pouco entendimento. E assim ia. Além não ia Julita. Carecia de ânimo. A cidade sempre parada, sob uma redoma de paz, com seus poucos habitantes, sempre dormitando num sonho de silêncio e sono. E o tempo passava. Passivo, doendo, João Enzóis Buzamão, naquele tempo, ainda não era o Caveira, só fazia pensar na Julita, sua cinturinha que descia para os quadris redondos, curvas a mover-se sob os vestidos, as pernas e as coxas bem-feitas e brancas, dum alvor de marfim, e dava aulas aos meninos, o tempo passando. O que ele ia fazer do tempo? O que todos os viventes faziam? Na falta do melhor, que quase nunca vem, o que sempre era de existir. Mas veio o dia. Notou, foi assim de repente, como uma labareda assoprada, que a moça parecia amá-lo também. Nem a Descoberta das Índias foi mais surpreendente. Cadê a coragem? Esse dia, foi só num olhar, numa palavra, e tudo se aclarou e toda a audácia cresceu panda, inflada dentro dele. Desse dia para diante soube o que sempre queria saber. Aprendeu sozinho. A meninada brincava no recreio. Ele de golpe resolveu abordá-la. Ou agora ou nunca, as ocasiões voam como pombas, suas asas bem baixinho, à mão, às vezes, só às vezes, não sempre que se quer. Ela escrevia à mesa. Ele pensou em vir por detrás e beijá-la de surpresa na nuca, assim, de maluquice, ao doido, pensasse o que pensasse a bela colega. Chegou-se perto sem respirar. Exigia pensamento. Não pensou. A boca mandou na prudência:

— Professora Julita...

— Professor João...

Olhava-o, seus doces olhos brilhando, aguardando algo, conservando algum mistério suspeito e sentimental, conhecido apenas dos que amam, parecia até que seus seios sob o tecido arfavam mais alto e apressado ou talvez buliam como pombas. Prodígio de adivinhação. Com tudo isso, porém, como adivinhar, dar seguimento? Quis ir longe. Não havia ninguém na sala, só as respirações dos dois, confundidas, um na frente do outro, moscas voando no ar, ouvindo-se o seu zumbido, o vozear das crianças vindo lá de fora, alheias a tudo, o tempo prestes, sempre passando, descendo de elevador, rápido, um frio na barriga.

— Professora Julita, eu te amo...

Foi como um vômito, agora já estava dito, ele apertava as mãos como rezando ante o Santíssimo, sua luzinha solitária na escuridão, ele até lembrou, não sabia por quê. Ela curvou-se sobre o papel, emudecida. Agora sim, ele ouviu pulsar aquele coraçãozinho encerrado, muito longe ou muito perto dele.

— Professora Julita, me desculpe, mas eu te amo...

Mais palavras, diversas, não saíam. Era difícil, se atropelavam como estouro de bois. As palavras eram bois? Bem que podiam ser, mormente quando se encruzilhavam na frente de um sentimento como aquele, coração sustando tudo. Ela ruborizou-se sem erguer a cabeça, os cabelos caídos. Ambos em silêncio, constrangidos. Será que fizera alguma bobagem irredutível? Só aquilo. Ela calada, ele tremendo. Devia dizer mais, ir longe. Ela, súbito, ergueu os olhos límpidos. Fitaram-se, como que se encontrando pela primeira vez em toda a vida, vindos de algum outro lugar perdido em sonhos, houve uma iluminação neles. Galos cantavam longe, cigarras freteniam nas árvores ensombradas, um boi berrou como um chamado da imensidão, o calor vivo subia da terra, mas em tudo havia um renascido crepitar de frescor. E eles se abraçaram e sem mais se amaram ali mesmo, no chão da sala, incluindo o eterno recomeçado, em ânsias e devorações, cumprindo os grandes ritos de todos os começos, sem precisar de dizer muitas palavras, como se pensa que assim deve ser a verdade de todos. O resto era ilusão. E não era? Não fora como devia de ser entre gente que se descobre querendo?

Nove meses depois nascia uma criança, uma menina. A questão veio. O pai e o irmão da moça, um dia, em armas, o cercaram perto de uma porteira. O professor na luta tomou a faca de um deles e com ela matou os dois. Depois disso fugiu. Prenderam-no longe, numa venda de Águas Pretas, perto da capital, bêbado de muito beber e contando o peso da memória. Foi para a Cadeia Pública. Ia passar dez anos quando houve a fuga e ele foi um dos que se escaparam e ali estava. Dizem que enlouquecera. Ele achava que não, enlouquecer como, se via tudo muito bem delineado, claro e lúcido, só um pouco talvez, não se negue, repetitivo, mas quem não o é, neste mundo onde ser louco é uma regra e não ser uma exceção? Enlouquecer na prisão, tão pouco, não era coisa para homem como ele. Só pensava em Julita e na filha de quem nunca mais tivera notícias. Aquele tempo ele até que era um rapagão bonito, magro, espigado. Agora... Bem, agora o tempo passara, afundou-se, e isso de o tempo passar jamais chegou a ser novidade para ninguém. Só sabia que a pequena se chamava também Julita. E lembrava-se de Julita, suas ancas fortes, suas coxas poderosas, suas pernas grossas. Mas a moça sem nome era mais bonita e como que subia em seu coração e acendia um fogo estranho dentro do peito. Como um mistério: aquelas labaredas silenciosas crescendo, fornalha esconsa, chamas do inferno ou do purgatório ou do paraíso? O paraíso também tem suas chamas. A chuva caía e afogava tudo. E a chuva se espalha dentro dele, e se misturam águas com fogos, o Caveira pende a cabeça e vai levando seu corpo magro sobre o cavalo magro cercado pelos ventos e o tropel dos vultos, ele, vulto entre vultos, apenas um vulto, apenas vultos, os ponchos que a noite levanta, o som dos cascos chapinhando no lamaçal, mergulhando cada vez mais no tuaiá perdido de Deus.

Bebiano Flor deu vontade de passar os dedos pelas cordas do violão cruzado nas ancas do cavalo, só para adormecer aquela dor que lhe vinha da consciência do mundo. Pensamento seu se formando: setembros passados, quando as águas dos rios prendem os reflexos dos últimos sóis, setembro do cio dos bichos, setembro do grande cio, da paixão ardente da natureza, quando se acabam as hibernações, e se inicia a primavera, em que os trópicos parecem encantados, em que a Terra arde em gozo de combustão, e sua seiva nutre tudo em grande florescência de amores, matriz das vidas e nutriz das mortes. Bebiano Flor ou Bebiano Calvo, como queiram, que a gente sempre tem dois ou mais nomes, era rapaz e era poeta. Era o enterro de um anjinho, filho do vizinho Zé Baraúna, no bairro do Matadouro, na beira do rio, com Eutanor abanando a grande cauda lanuda, pensando em Carlos Magno e seus cavaleiros, e em Amadis de Gaula, nas Cruzadas e nos homens e nas crianças que se formavam em grandes caravanas para ir tomar o Santo Sepulcro cruzando a Europa bárbara. O enterro era até que alegre, com aquele caixãozinho azul-celeste, aberto, nem parecia enterro, alguma comemoração, uma cerimônia simples, todas as borboletas amarelas do mundo borboleteando em torno dele, inchando e se desinchando em nuvens, indo aos solavancos, aos risos, como um carnaval das crianças, o pequeno corpo de poucos anos lá dentro, o bando esvoaçante das crianças em volta, como para um passeio, isto era a última viagem de alguém? Era a pequena Nanina, sobrinha de Bebiano Flor que tinha morrido afogada. Tinha dois anos de idade e havia caído no poço da casa de Nhão Flor, o Laim, também chamado Zé Baraúna e também Laim Calvo, o irmão mais velho de Bebiano Flor. O pasmo, o susto dentro da moça Lucina, formosa afilhada da casa, quando com a pequena Nanina nos braços, a brincar com as samambaias verdes, quase pretas do muro de pedras cangas, se inclinou demasiado perto do círculo de águas escuras que os refletiam na roda da boca do céu lá embaixo, a criança se abalançou para pegar um ramo, e como se a água fosse uma boca aquela superfície calma num instante engoliu a pobrezinha ao cair como uma ventosa, sanguessuga líquida sorvendo imensidões. Nem voltou mais um minutinho sequer. Lucina ficou quieta, silenciosa, paralisada, inteiriçada, em grande medo, as mãos apoiadas, olhando quase sem respirar aquela água calma e negra, capaz de acabar assim sem palavra nem voz nenhuma com uma vida, sem nada dizer, água calada demais, de grandes segredos, os pensamentos repentinamente chupados para outro poço interior, anterior aos mistérios, sem fundo, aglutinando solidões. Decorreu tempo e ela ali, rezando para os dois anjos da guarda, o seu e o da menina, sem ânimo, perdida, imóvel, ajoelhada, abobalhada. Arbustos em redor a tapavam naquele fundo de quintal, bambus, laranjeiras e cajueiros onde o vento rumorejava e o céu azul, azul, profundo, como uma face imensa olhando sem olhos. Lucina era linda, quadris largos que desciam para as belas coxas, uma cintura de vespa, as pernas bem modeladas, um rosto de criança inocente, nascera para ser alguém que esplendia de beleza e incendiava os corações. Bebiano gostava dela, mas não dizia. Para que se ela já o sabia? Eles se amavam nas noites cálidas quando as estrelas e a lua iluminavam as sombras silenciosas de um pó lento e dourado, mas Bebiano gostava mais de Mariflor. Eles que eram quase irmãos, criados na mesma afilhadagem. E ninguém sabia que eram amantes, nem Laim. Depois deu-se conta, a criança não aparecia, olhou para os lados, e fugiu. Atravessou o quintal, cruzou um riacho, meteu-se ninguém sabia onde. Miguela Flor, a mãe, achou-a de madrugada, quando o corpinho da criança voltou a boiar, seu rostinho aureolado de lua fosforescente que alumiava o céu estrelado. Nhão botou até dar pé no fundo do poço um taquarão grosso que servia em emergências, desceu por ele como por uma escada, trouxe o corpo já azul, mas ileso de tudo, menos da morte, frio, limpo, pequenino. O velório foi no resto dessa mesma madrugada, e pelo meio-dia o enterro. Bebiano vinha da pescaria, Eutanor saltando alegre ao seu lado, peixes numa canastra de palha em fieiras, vara de pescar no ombro, o passo ligeiro, o volume de rimances arcaicos e carlomanhos sob o braço. As flores em volta do corpinho de Nanina, seus olhos fechados, suas mãozinhas juntas num terço de contas brancas, a fazenda alvíssima, a tranquilidade imensa exalando-se do seu minúsculo corpo, e em redor deles todas as borboletas amarelas do mundo formando grinaldas e grinaldas como uma grande orquestração que subia até o céu.

Bebiano Flor não sabia de nada. Depois, saíram os dois, Nhão e ele, depois já sabido de tudo, varejaram toda a beirada do rio e ao entardecer tiveram uma notícia dela, estava na casa de uma sua tia, terras de uma fazenda Santa Maria. Esperaram pacientemente um dia inteiro e afinal a viram sair rumo ao rio, para banhar-se. Lucina se banhava. Eles abriram um claro na mata a facão, perto dali, escolheram uma arvorezinha nova, o tronco da grossura de um braço de homem, desfolharam-na cuidadosamente, cortaram-na à altura de um meio metro do chão, sem tirar-lhe nem destacar-lhe das raízes, e afinaram-lhe a ponta de tal maneira que ficou como uma alavanca fincada no solo, roliça e em riste contra o céu. Quando a moça saiu da água, depois de lavado seu belo corpo, eles a cercaram nua como estava e fresca, ainda gotejante, toda branca, e a agarraram. Levaram-na despida como quando nascera, nua como quando está só e só ela sabe de si e do seu corpo ou cumpria seus amores com Bebiano ou outros amantes, esperneando e encheram-lhe a boca de folhas e a taparam com um lenço. Amarraram-lhe as mãos na frente e foram-na obrigando a sentar-se sobre o tronco que aflorava do chão. O corpo foi se rasgando, o tronco entrando-se-lhe nas entranhas. Quando seu peso tocou no chão e as pernas se abriram espasmodicamente, compreenderam que ela não duraria muito. Olharam-na sem rir nem chorar, em pé na sua frente, até que seus movimentos foram se escasseando e ela ficou inteiramente imóvel. Sem dizer palavra, cada um acendeu um cigarro e calmamente foram-se embora. Bebiano ia pensando nos amantes dela. E mais a sobrinha morta. Como que tanta culpa se ajunta numa pessoa só.

Agora, olhava como se estivesse com os olhos fechados, sobre o cavalo, e a escuridão se estendia, o violão batendo-lhe nas pernas, lembrando-lhe que a música existia e com ela um universo de harmonias familiares das harmonias siderais, e ele com vontade de tocar alguma coisa, romper aquele caos de antes de se formar e se tornar um instrumento musical e tocar, tocar como um louco para equilibrar o mundo, exorcizar a dor que subia latejante, a dor do mundo, segurava as rédeas do cavalo, cascos, cascos, a noite perdida e negra, e comparava as duas, Lucina e a moça sem nome e Mariflor, qual a mais bonita? Certamente que a moça sem nome, evidentemente... Ah, a moça sem nome, a moça sem nome... Balbuciar de um desejo repleto e transbordante, como água que subia num lago... Fonte de águas claras no maior deserto, turbilhonando no silêncio da grande noite das escuridões... De onde vinha este rumor de águas avançando, todas as águas do mundo, as esperadas e as inesperadas, as eternas águas que enchiam os céus?

Ao seu lado vinha Garci. E Garci meio dormido pensava: o sargento Careca... José Gomes deve conhecer o sargento Careca, aquele que matou o Teodoro Guiné, da Cruz Preta, aquele que só fazia gabar suas mortes e tal, bem, o Careca, aproveitador e abusador e de maus sentimentos como todos os sargentos, a pois, já tinha umas rusgas antigas com ele e o esconjurado sempre procurando tanto me castigar, e o porquê nem sei. Até que um dia encontrou. Eu tirei uma hora e estava já tardinha da noite no bordel da Maria Carabina, ali no fim do Baú e arreliava com a Damiana, aquela nanica fina de grelo caprichado, quando não sei de onde, numa broca de pinga de danar, apareceu o sargento como por encanto, e era a última coisa que eu queria ver na minha toda vida e me chegou em cima com mil perguntas insultantes, e isso nem quero me lembrar, para que se já passou? Por causa de sua morte que aqui estou. Para isso que serve se lembrar, reviver as coisas que passaram para a gente se situar onde está. Mas, oh, Maria das Dores, minha menina que eu vi só uma vez e me cansou os pensamentos, me esgotou os sentimentos, me enfureceu a beleza da vida e de tudo, era tão linda, afinal a gente só vira a cabeça para as mulheres que são lindas, mas enfim para que serve a beleza total das mulheres? Haverá alguma secreta finalidade? Não será uma apenas coisa um pouco inútil? Pois eu estava de noite de sentinela no quartel quando a vi passar, e ela chegou-se tão perto, e eu, me correu um arrepio, estava duro, inteiriçado com aquele frio, e ela parou e se aproximou para ver se era eu de verdade, se eu era gente, e parece que me reconheceu e quase me deu um beijo, aliás penso agora que foi que ela me deu realmente um beijo, meus sentidos, suas memórias não mentem, devo estar tiritando, não sei se é a maleita, mas ela me beijou sim, de verdade, seus lábios estavam frios, mas havia um grande calor na sua boca, senti-lhe a vontade do amor. Verdade que senti como uma coisa viva, mexente, que mexe e remexe com tudo dentro da gente, feito de coisas sensíveis. Mas que eu ia fazer, não estava ali em força de dever? Pois nem me mexi, e ela se foi, mas conservei por dentro seu cheiro, seu beijo, a adivinhação oracular de tudo aquilo, sua figura, sua presença. No outro dia a vi. E desde então, se não lhe falei, e se não sei o som da sua voz, também não a esqueci. Pois se a alma lembra-se de tudo o que existiu desde sempre na alma dos outros, na alma das coisas. Mas quem diz: qual das duas é mais bela, Maria das Dores, mas não sei se esse é de verdade o seu nome, apenas adivinho, porque ela não me falou, e a moça sem nome, digam-me, como em segredo, para eu ficar sabendo e não me perder dentro de mim mesmo, em tantos labirintos que não sei de onde vem.

A chuva cai em redor dos homens, sobre os seus ponchos que os tapam todos, os ponchos que têm vagas tonalidades amarelas dentro da noite negra, como estátuas que os cavalos vão levando, que são daqui mas que vêm de longe, equinos, equestres, lacustres, palustres de tanta sombra da noite que não acaba e não traz o dia e que vem do Oriente que vem vindo lentamente na luz escondida, cerne da noite, fogo aceso em segredo, despertos, porque não há que se dormir, há que se ficar, se restar sempre desperto, como se fosse para nunca mais, nunca mais dormir, sobre estes cavalos que vão, e vão sempre, vão indo, suas patas nas pedras e na lama, nos limos, surdamente, ecoando em cada osso dos homens, cascos, cascos.

Babalão Nazareno vinha rezando, os dedos correndo no grosso rosário de contas de madeira torneada, tombando como constelações candentes. Atrás dele vinha o Caveira, que pensava em Julita: coração que se apaixonou, paixão que como uma nuvem grassava peso nas alturas, como um elixir o tomava cada vez mais, e reverberava em radiações, que galopava como um cavalo sem freios, água dos rios de Juventa, que desse juventude perpétua, que o repletava sempre dum sentimento raro e rico de aventura, se abeberava daquela lembrança pendente como uma nuvem, gole a gole. E ele pensava que isso ia durar sempre... Mas veio o dano da vida... Bem, e agora o tempo passa, afundou-se. E procurava lembrar-se de Julita e depois da moça sem nome, seu rosto, e de repente, sem querer o enchia um esquecimento profundo como um poço, e no fundo como um mar só imaginado, uma visão de esplendor que inventor nenhum de sonhos nenhuns saberia dar-lhe: seu corpo branco entre as flores, onde na beira do rio as águas passavam sempre, passavam para sempre. Talvez ela se parecesse com Julita. E quem era Julita? Mãe ou filha? Não havia Julita nenhuma. Só uma face belíssima enchendo o mundo, as formas de tudo, repletando o sonho de qualidades de iniciação e amor.

A chuva caía e afogava tudo, embuçava as origens mais distantes do mundo. Babalão Nazareno vinha olhando para o vazio, virando seu rosário que tinha um ecoar de marés de madeiras, oco de sombras girando entre os dedos, orações que subiam oferecidas ao Senhor. Na capanga do seu cavalo, à sela, estava seu livro santo, a Bíblia, onde se narrava o começo do mundo, em que ele pensava. Tinha vontade de ler, para encontrar um versículo ao acaso que quadrasse para tudo isto que se passava e acontecia, era a sua paz no mundo, Deus quisesse que abrisse sobre o Gênese, onde Jeová abre a boca e fala com borbulhante voz de trevas as palavras dos inícios de todas as coisas que existem. Mas e o Dilúvio que caía pela segunda vez neste mundo, sobre ele e sobre os homens, Noé sem barco... Noé sobre um cavalo, a bordo duma sombra equina, xamã equestre sonhando os começos de tudo, vindo de muito longe e para muito longe indo... Em que ponto do livro santo doze bandidos fugitivos, uma bela mulher e entre eles um taumaturgo milagroso atravessavam uma selva escura sem final, num êxodo terrível, numa diáspora dos diabos, rodeados de perigos, sob uma tempestade hecatômbica de água e fogo, castigo exemplar de Jeová Pantocrator, sem que de comer, cavalos semimortos andando apenas por instinto de conservação, com os corcéis ligeiros e bem alimentados dos faraós nos seus encalços, rumo a uma terra prometida nos confins das serras mais afastadas, em leite e mel, muito longe, nos fumos da distância, ou talvez perto, mas ainda irrevelada, além deste mar Vermelho, onde as águas em ondas não se abriam se fendendo para os proscritos eleitos passarem, como um Tântalo sem misericórdia, os cavalos cegos, mas de olhos mais fortes que os faróis que inundam de sua luz as dunas e as pedras dos atóis e dos recifes onde o perigo espreita, cegueira fosforescente que se projeta sobre as trevas em rajadas de chuva, águas e águas, fogo e fogo, terra e terra, os ares e os ares, o éter, os cavalos fantasmas mas em couros e ossos, seus esqueletos que não devem se cansar nunca, mais nesta jornada infinita se fatigar, que nunca o cansaço chegue a apossar-se de suas patas, patas e patas que marcham, que nunca, e nunca a fadiga se assenhoreie de seus cascos que abrem a noite onde a chuva cai, que inunda o tempo, os cavalos cegos como fantasmas equinos, os fantasmas equestres, os cavalos cegos como iguanodontes e plesiossauros, seus olhos filtrando a luz que nasce das trevas, da suprema escuridão, as ossamentas de pedra passando à luz que forma as sombras nos patamares das serras e dos morros à espreita dos horizontes sempre circulares, os homens equinos que sempre retornam, não devem se cansar, não devem se fatigar, mas a fadiga os leva ao fundo de si mesmos, lá onde nascem as raízes da morte, o cansaço os carrega, cabeças pesadas, corpos ausentes, ponchos esvoaçantes, os ventos que vêm dos concentrismos centrífugos e centrípetos do centro desta Mãe-Terra, seu ventre onde nasce tudo, água e fogo e terra e ar e éter, o cansaço os carrega para o centro da terra, onde dorme a morte e se desperta a eternidade, onde o tempo hiberna, o fantasma da lembrança da Esfinge cercada de corujas guiando-os com sua intuição paradigmática, olhos fosforescentes na noite, azuis e verdes, cascos, cascos.

Amaldiçoaria o Faraó com as doze pragas do Egito? Sua sarja grossa pregada à pele, sob o poncho, molhada de suor, trazendo o frio dos ossos ao frio da noite, água escorrendo nas longas barbas, nos longos cabelos, água escorrendo no seu lombo, sentindo-se um animal bíblico, um animal esquisito, perseguido, assim largado por todos, posto a fugir e a vagar sem saber para onde, que lugar da terra os esposaria, apenas pressentindo como com um olfato de animal singrando dos instintos do sonho as terras de enigma do El-Dorado, entre os Perus e as Colômbias e as Venezuelas e as Guianas, ou para mais além, qualquer terra onde se acolham os peregrinos, romeiros de Deus o Desconhecido, onde os esperava o Sem-Sombra, o santo Dom Padre Ferro, vagamente cansado, Babalão sentia frio, um frio que subia pelas patas do cavalo como uma aranha vagarosa e de desalento se soerguendo dos cascos e rezava silenciosamente, desejando com lágrimas nos olhos de todo o coração chegar ao coração de Deus.

— Belial dos infernos... — rosnou entre dentes.

Na Cadeia aos domingos, quando os outros jogavam damas ou dominó, recebiam visitas, matavam o tempo, que isso há muito, demais da conta, para matar e enterrar, que tempo morto se enterra no coração, cemitério dos dias e das noites que vão passando, ele passava as horas a rezar seu rosário, este mesmo que o acompanha agora, a ler as Escrituras e a penetrar os símbolos do seu texto e a meditar sobre a vida eterna. Recordou o soldado Mano, que se fizera seu amigo respeitador e lhe vinha pedir a bênção e escutar histórias da Bíblia. Moço bom o soldado Mano, ele achava que todos são bons até que não façam o mal, mas ninguém escolhe fazer o mal, só os que ignoram o bem, com seus vinte anos de quem conhecia pouco o mundo e seus arcanos, sua cara inocente como se nada soubesse de tudo o que vira devagar no grande mundo devagar, conforme o dia e a noite, o verão e o inverno, o outono e a primavera, em direção para a Lua ou para o Sol. Raro aquele dia. Foi de noite. Sonhou que o soldado agonizava num deserto calcinante de sol e sede, o rapaz de boca aberta, olhos cegos contra o poder solar, tombado de costas, na desconhecida angústia solitária — oh solidão da morte! — do descenso próximo às escuridões, onde tudo se torna indistinto e perde os contornos e desmaia a vida para sempre. E eis que chegava uma grande e longa serpente lisa e branca com a fauce que recordava uma cabra ou um bode ou um carneiro, os cornos recurvos, o seco da pele que parecia macia como couro curtido de carneiro, a cauda com esses suaves, lenta, muito lenta, vinha e se punha a lamber a cara do rapaz com uma língua imensa como a de um cão, quase verde, um rumor de lixa, áspero, um sopro de arcanos taróticos, tempos e sonhos mergulhados no enigma da vida passada, na vida que passa, na vida que passará. O rapaz tomava vida — eram os sopros de Deus sobre Adão? —, se erguia fortalecido e prosseguia a marcha e a serpente desaparecia na solidão do país de onde viera.

Agora dizei: poderia ser Astarot ou Belial aquela serpente caprina que insurgia vida aos agoniantes? Não, não poderia, apesar de que pelo aspecto o Demo se parece a todas as coisas. Que profeta era ele que não atinara o secreto significado perdido nos labirintos do sonho? No outro dia, o soldado viera e lhe contara um sonho parecido nos mínimos detalhes e lhe pedia explicações. Que era o sonho? Um poder. E a coincidência? O acaso. Tempos depois, o sujeito bebeu demais a instâncias de amigos e ficou louco e irreconhecível. Aquela bebida não lhe fez bem. Babalão procurou apaziguá-lo com boas e prudentes palavras, mas Mano não o compreendeu e partiu em cima dele com uma peixeira enorme. No corpo-a-corpo, sem querer, a faca entrou na barriga dele e este morreu. Podia ele compreender os prenúncios e as ideias de Deus? Deus vige entre sombras e luzes nas águas anteriores, quando tudo pairava sobre o vazio sem forma. Ah mundo de enigmas feito, para que existis, erigido em esfera sagrada e armilar entre as estrelas e as constelações, lá onde vivem os homens e as mulheres, divididos em sexos, mas se compreendendo e se divergindo em mínimas e máximas coisas a respeito de tudo? O mundo, as estrelas, a imensidão, e depois o que vem? Onde está, em que lugar estão as Vias Lácteas e tudo? Onde estão, em que lugar? Até onde vai o Infinito, até onde, até onde, até onde? E depois? Ah acordo tácito, acordo tácito de não falar disso, entre os homens que se esquecem de que estão sobre a terra, e a terra sobre o mundo e o mundo entre as esferas e as esferas girando no universo e o universo dentro de onde? Onde, onde, onde? Guardiães secretos do mundo, onde? Potências silenciosas eternamente, onde? Deus, Deus, onde? Voz, Verbo, Palavra: onde? Tempo, Matéria, Espírito, onde? Enigma do mundo dentro de nós, que descobrimos a inteligência e a consciência, gira mundão de mato e chuva, rola mundo, gira mundo, dança mundo, dança mundo, dança Babalão a dança da chuva, a dança da noite, dança sem parar até cair em êxtase, até que se te revelem as parcelas mitigáveis do enigma sacramental, iniciático. Babalão dançava em pensamento e a chuva embaçava tudo com os mil contrapontos das águas. Mano perdia-se num deserto, a serpente, Ouroboros, as brancuras se embrulhando na indecisão de todas as coisas sem nenhuns contornos, um labirinto evanescendo se, se perdendo, e nos seus dedos rolavam as ásperas contas do rosário de sua mesma fabricação manual, quando o tempo passava lento na cadeia para todos os presos e para todos os libertos, da mesma maneira. Deus preenchia todas as ilimitações do Infinito. Só podia haver um deus, pois.

Cavalo lento, lento, como a escorreguidão da lama a deitar-se sozinha, sobre a terra, como a lentidão do mundo e dos acontecimentos, e tão longe a Serra dos Martírios, a Figueira-Mãe, onde figurava a realeza da liberdade, onde pontificava o Sem-Sombra, rei dos foragidos e dos proscritos, de todos os que precisam da Liberdade, tão longe ou tão perto talvez, a Figueira-Mãe com seu doador de redenções, as grandes remissões, os grandes perdões. Pensou em Mano e no outro, o primeiro que havia matado, o Fuzardo, que morrera de bala numa refrega de feira por causa de uma mulher. Naquele tempo ele, como todo mundo, sentia o chamado das mulheres, as sereias chamando desde o abismo. E ainda agora, só que manifestava sobriedade, sendo e estando em condição de profeta de Jeová que lhe recomendara continência, ademais não se considerava mais mero rapaz levianado de amores, em misteres de carne e paixão. A única mulher que Babalão amara na vida, a Luzia, amara mesmo não, ou talvez até mesmo fosse amor sério, nem se sabia interpretar tão sábios signos cifrados em mistérios. Mas eram fortes sentimentos. O certo é que um homem, um que tivera enamoramentos passados com ela, os encontrara juntos e se pusera a dizer desaforos e Babalão calmamente assim como rezava, a alma densa, arrancou a garrucha e deu-lhe seus tiros à queima-roupa. O homem estava bêbado, sua alma estava úmida, e ele desaforava gente que bebia demais. O homem ficou estendido e ele fugiu levando a recordação do belo rosto e do formoso corpo de Luzia dentro da cabeça e do coração. Foi pego e já tinha quatro anos de cadeia. Luzia, Luzia, por tua causa, Luzia... Luzia, seus olhos de Santa Luzia que faziam levitar como girassóis com pestanas... E seios altos como as colinas da Lua. Era uma mulher bonita a Luzia. Fresca, parecendo sempre haver acabado de tomar banho, a pele linda, os dentes brancos, sua elegante silhueta, as ancas de balaio, seios fornidos que suspiravam, um cheiro agreste de baunilha sempre a evolar-se de sua proximidade, rosto de quem já se encontrou em alguma outra vida e achou lindo mas não prestou mais atenção, só nesta vida é que o momento completou a ocasião. E gostava dele. Dizia: amar um homem que vem de estar sempre em intimidade com Deus... Porque naquele tempo Babalão já começava a descobrir sua vocação. Ele amava-a a seu modo, a única graça de sua vida. Às vezes dormiam juntos, apesar do seu voto de castidade e continência a Jeová, porque ninguém é ungido antes de descobrir a carne e ninguém estava seguro enquanto tivesse essa mesma carne que tanto levava ao paraíso como ao inferno, sede do espírito e da matéria, e sofresse seu império. Pastava as lembranças de Luzia como um cavalo em campo verde.

Por um instante Babalão Nazareno parou o cavalo e beijou longamente, nela colando os lábios rachados e grossos a cruz que lhe pendia do pescoço. E continuou na marcha. O tempo passava e passava, parecia vir de algum centro misterioso de onde tudo emanava, a alma do devir. Onde era a central do Tempo? A chuva adensava a mata e o tempo, Noé com seus filhos e sua mulher chegariam um dia às terras profetizadas, que dormiam seu sono no útero da esperança, e ela seria sua, a moça sem nome, mais bela que Luzia e todas as boas e belas mulheres que gravitam no mundo, Jeová abençoasse e perdoasse a volubilidade dos homens, que Deus os fez iguais às mulheres, volúveis, a tudo voltando a face como os girassóis que olham e assistem às fases do Sol e da Lua, sob a face de Deus. Noites e dias, tudo era permitido porque Deus existia, no esquecimento do infinito, na memória do infinito. Não haveria cidades como Sodoma e Gomorra, nem ela olharia para trás, nem se tornaria em estátua de sal como a mulher de Lot, seria sempre aquela aparição sem pecado e sem pejo que olha de frente com seus grandes olhos que veem a realidade do mundo em grande luz, sempre, aquela mulher que vira arrepiado e rezando com toda força às altas potências na praia e se lhe incrustara e gravara no fundo dos olhos como a visão primeva da inocência do Paraíso terrestre, anterior a Deus e a todas as maldades e a todas as bondades, desculpe-me, perdoe-me, meu Deus, de dizer isto, mas tudo é primordial quando se vê uma mulher nua na praia tomando banho, sem que a possamos tocar, sem que nos conheçamos, sem que nossa carne se encontre em rumor de terra, de ar, de fogo e de água primordiais... Possível fosse, mataria a todos, talvez Jeová até que bem o quisesse secretamente, quem conhece os desejos de Jeová?, mas uma intuição humana, de onde nasce tudo, talvez fosse seu desejo divino... Desse ele algum aviso, algum enigma a decifrar dentro dos alvéolos de algum sonho entre novelos e labirintos... E ele repovoaria o mundo com os filhos e as filhas, os rebanhos e as tribos de rebentos que nasceriam dele e da moça sem nome... Ou trouxesse a todos de volta à cidade... Quem sabe, os donos da terra o livrassem, o curassem desta espécie de loucura a que estava jungido como um boi à canga, o dom de profetizar, com poderosas medicinas, ele que estava doente de amor, de amor, de amor que não se entende e que não se cicatrizaria nunca mais nas estradas da vida e o coroassem o profeta favorito de Jeová, mas o profeta curado com as medicinas que os homens não têm, as medicinas que ele próprio se daria a si próprio encontradas dentro do amor da moça sem nome, a inocente, a virgem, a anônima moça sem nome, como uma menina indefesa entre eles, uma menina órfã, uma menina viúva, muito jovem, que conhecesse tanto os mistérios da suprema juventude e do supremo amor... Quem sabia os desígnios de Jeová Pantocrator?

E a chuva, cada gota era uma palavra da voz dela que revelava uma parte do mistério se formando em silêncio, embaçava tudo, eram multidões de palavras, rebanhos, cardumes e legiões de palavras que voavam em enxames como se todas as mulheres proferissem vaticínios, oráculos e profecias e adivinhações, as doces mulheres pitonisas píticas, toldava tudo, neblinas que a lembravam a ela somente, nuvem formando um desenho de uma figuração: sua imagem no pensamento. Perdia-se num deserto cheio de serpentes caprinas, o grande Píton da Sabedoria saburrando-se de suas palavras surdas, os horizontes evanescendo-se, as trevas adensando-se no soalho das águas que rugiam como bois transbordando dos currais, e nos seus dedos rolavam as contas nodosas do rosário com que tirava os pecados do mundo, Agnus Dei, Agnus Dei, os horizontes das serras que tonitruavam em ásperos tumultos, Sinai e Tabor de sua transfiguração onde moravam as justiças supremas que dominavam no mundo dos homens e as redenções da glória, os labirintos em plenitude se perpetuando.

Garci marchava puxando as mulas pacientemente e ia enrolando pensamentos, fuso que fuso no fuso dos novelos: o sargento Careca quando apareceu no bordel de Maria Carabina, no fim do Baú, ele estava com a Miguela conversando: como falara coisas feias, coisas de assustar. Mas ele não era homem? Me esculhambava, me desancava na frente de todos como não se desanca um homem, apesar de rapaz. Eu, todos me conhecem, com que cara ia aguentar aquilo na frente da negra que me olhava esperando ver o que me acontecia? Homem tem cara ou não tem, ou isso é apenas coisa e não cara, parte da figuração completa do homem? Não deu pé, não pôde dar desde o começo. Respondi em cima do tampo da carne-seca, o Careca avançou bambo, vinha numa maludagem furiosa de pingas e conhaques certeiros impedindo sua visão, numa nuvem de cerveja, os serros dos punhos para riba, saquei-me e arrochei-lhe à calva a garrafa de cerveja à mão, o bruto vacilou amaciando nos molejos e caiu mole, como uma pandorga redonda perdendo o suspenso, desatrelando-se no chão, um mundo de sangue na cara, peidando tiros em roda. Levantou-se e azedou-se feio: com o focinho ensangrentado, meio cego, avançou em mim com o revólver desfechando balas cruas. Que que eu ia fazer? Tirei um canivete pequenino tamanho do dedo minguinho que por artes do meu anjo da guarda levava sempre comigo como minha única arma e meti-lhe no bucho enroscando-lhe em costuras no centro do umbigo, aí onde se fecham as quadrificações do homem. Depois não vi mais nada. Uma patrulha que passava, azarento de mim, me agarrou e me levou trancafiando-me na cana da Cadeia Pública. Diabo, quando meu lugar, no muito, pois que eu sou apesar de soldado raso sempre soldado, seria cela de quartel, com todas as garantias devidas ao meu estado, não tenho privilégios? Quem sou eu, afinal? Acho que estava errado isso. Uma semana e mais naquele chiqueiro e ninguém à minha procura, também não tenho família, o último que tive foi um tio materno que já morreu, meu derradeiro parente agora considero apenas o cabo José Gomes, por ser meu maior amigo, e eu na solitária, como bicho brabo, perigoso, à base de palmatórias regulares, surras e banhos gelados de madrugada, eu, um soldado, só porque matou um polícia, um sargento. Soldado militar não é polícia. Eu dormia já aquela noite, meio machucado duma grande pancadaria, meio dormente, quando me dei conta de que gritavam, ouvi os arrancos, o tropel, o papoco dos tiros e das detonações e os gritos de salves e de liberdade, junto com uma fumaceira dos diabos que ia enovelando e entrando pelas frestas das celas, e pensei que estivesse se acabando o mundo. Até cheiro de pólvora sentia lá dentro, no cimento, e aquele cheiro me deu uma vontade danada de me encontrar com meus torturadores para me vingar deles, mas como, eu estava fechado e amargando-me de tudo, apenas ouvindo os alvores da liberdade, e cheiro de pólvora, nessa hora que descobri, é danado para levantar o moral de um homem até certo ponto tímido, sobe na cabeça numa revoada de heroísmo como dois goles de vermute com pinga, dá uma tonteira gostosa e aventureira e a gente começa a enxergar em auras de glória os descortinados dos Farrapos e dos Guararapes ou os cerros de Tuiuti. Nisso abrem a porta e quem vejo? O Zoio-Boi me abrindo a porta e me acenando, uma carabina fumegante na mão e me dizendo que não tenha medo não, esteja livre com todos os direitos, chegou a hora da prestação de contas, quem tiver dúvidas que fique onde está para pagar, que rapasse o pé e fizesse a minha vingança, os rapazes estavam se escafedendo, defenestrando os responsáveis e capando os guardas, matando e dando de açoite, descontando tudo no olho do mundo e de Deus, porque isso eles lá bem que mereciam, queimando o bode e o pagode. O Zoio-Boi continuava abrindo as solitárias e as celas naquele corredor do demo, saindo gente com todas as grenhas que nunca vi antes, que mais parecia safra do inferno, mostruário dos padecimentos, Deus me libre, Satanás descerrando as portas e os portões, desci e lá embaixo no pátio era aquilo que todo mundo deve ter visto, tiros ecoando por toda parte, meganhas de nariz cortado e olhos vazados se arrastando, que era até de dar dó. Na cavalariça não havia mais montarias, porque eles invadiram o quartel mesmo da polícia ali em frente do outro lado da rua, gente adoidada, pegando fogo no mundo, também deviam ser mais de mil, segundo acho, cada um acha uma coisa, cada um tem sua verdade e ninguém é dono absoluto dela, e eu, até que não queria meter-me em nada mais, queria era um banho e umas roupas limpas, cruzei a soleira da cadeia e meti pé no mundo. Ganhei uma carona de caminhão até a fazenda Bodoquena, adiante de Cáceres, de lá vim mesmo foi a pé, com fé de chegar à Figueira-Mãe no rastro dos meus companheiros, até encontrar-me com o José Gomes na beirada do rio Juruá, em pleno tuaiá, o que já contei.

Garci não tem demasiado o que pensar, em que vai pensar? Só na sua vivida vida, que é tudo o que tem. Para falar a verdade, remoendo as coisas, puxando os animais. A chuva caindo sobre o poncho, dá para se escutar seu escorropicho zoado que já vai enjoando, de gota em gota, pinicando, uma vizinhança de pensamentos se comunicando. Nunca se apaixonou de verdade, só uns retalhos de noites perdidas nas casas do Baú, do Mundéu e do Areião, fora o Ribeirão, à toa, desfechado em liberdade. Retalhos que vão e vêm balançando com a lerdeza do trote. Nunca teve nada sério com as mulheres em geral, só o trato de sempre, o de necessidade. Há um sono brotando, brotoejando levemente entre as sombras que tapam o mundo. Sinfrônia está bêbada, cambaleando junto ao balcão. Madrugada, toda a zona já fechou suas portas, as donas melhores já se recolheram com suas armas da beleza e do fascínio mais os seus enrabichados, só nos fins do Baú, onde os postes de luz acabam, onde a luz elétrica termina, com seus becos que são riachos de treva, tresandam sem eira putas relés e paus-rodados, inhanas atordoados de bebida ruim, aproveitando os ensejos da escuridão antemanhã, e uma das raras luzes é o bar do João Sergipe. Há uma lei qualquer que proíbe bagunça depois da meia-noite nestes fundos das calças da cidade, mas a mulher de João continua pondo e tirando do prato trêmulo e negro da vitrola anasalada, como com gripe, discos de boleros arrastados e melosos do tempo da onça, do século passado. Sinfrônia em pé ao balcão fala gritado do seu amor, um copo de pinga com anis que vai e vem nas suas mãos. Num canto obscuro da birosca, sozinho, sem companhia, Garci cabeceia em frente a uma cerveja choca. João vai e vem, a garrafa na mão, ouvindo a arenga. Acostumado, sabe o que faz, ouve.

— Hoje estou com a corneira no corpo. Pode botar, seu João, bota mais, que nunca se acabe mais de botar, que te pago, este dinheiro vem de minha boceta direto, dinheiro de puta é o dinheiro mais cheiroso do mundo, você sabe que eu não te engano não, vou te pagar, claro, hoje me acabo, esse Anísio Silva canta como um santo, condenado, não é? Hoje estou com um pressentimento me fincando que nem ponta de faca, estou queimada, seu João, queimada mesmo, seu João, você se lembra anteontem, eu mais o filadaputa jantamos aqui, tudo estava tão bom, comemos até galinha com cebolado, a malagueta estava de morte, o bandido diz que ia me levar de carro ao Coxipó, para tomar banho, nós íamos fazer uma farra do Cão, só nós dois, ele ainda estava cheio da gaita, o senhor já foi seringueiro, seu João? O amaldiçoado do Floriano diz que ia mudar de seringal, foi uma miséria para ele se salvar, não quer mais nada com aqueles italianos do seringal do Rio Manso, eles pagam o cara com balas de 45, não sei como que Floriano recebeu os cobres, deve ter sido duro, em todo caso pode ter sido bendição de Nossa Senhora das Candeias, e ele veio me procurar desta vez, só eu sou o seu consolo e ele não compreende isso, tão simples, seu João, coitado dele enfim, não sei não, uma vez nós fomos ao Coxipó da Ponte, mais para baixinho da ponte, numas pedras, tinha até umas canoas de uns padres por ali na praia, lá é terreno do Seminário, e nós bebemos que nem índio pela saúde de todos os padres e freiras do mundo e ele estava nuzinho de pau duro, e tinha umas freiras com umas moças que vieram fazer um passeio na chácara dos padres, e eles estavam apanhando mangas nos arvoredos e nos viram, eu e o Floriano na areia da praia nos amando, porque eu uma hora não aguentei mais, vendo aquilo e pensando na minha vida toda, sei lá, talvez eu ia durar pouco, e tinha de aproveitar da vida e sabendo que as meninas estavam olhando lá de cima para ele, aquele troço balançando como uma garrucha, eu falei: esse é meu, suas cretinas, se quiserem que vão procurar os seus por aí, há tantos, está sobrando, é só plantar que dá, suas freiras idiotas, fingideiras, e imagine o senhor, até as irmãs de caridade que lá no altar eram umas santas estavam vendo e se regalando e gostando de olhar e fazendo que não viam a coisa que era um causo sério, você não acha que eu tenho razão, seu João? Acho que aquele dia nós nos amamos umas trinta vezes, também não sei, acho que era porque tinha tanta gente virgem, não sei, pode também não ser, olhando para nós, nós ficamos arretados, até dentro d'água ele me comeu, oi filadaputa doce, seu João, eu já estava com minha xoxota que era um rego duma doçura só, mas ele é um bandido, seu João, ele sabe o que faz mas acha que não sabe, mas coitado dele mesmo, enfim, não sei de verdade não, esta noite me acabo, no Baú não existe uma puta mais infeliz do que eu, acho que não vou poder me esquecer do Floriano, não, o único homem de verdade que encontrei nesta minha toda paixão da vida, sou nova ainda, seu João, quantos anos o Sr. acha que eu tenho?, eu porque estou destruída nesta vida de putaria, sei que o Floriano gosta de mim senão ele não arranjaria outra mulher só para me dar ciúme, conheço os homens, mas essa mulher tem enrabichado, capaz que ainda sai tiro, uma boliviana abelhuda essa emburricada, como será que ela se chama, parece índia carajá ou japonesa, sei lá o nome da cachorra amaldiçoada, diabo desses não deve ter nome, não sei como meu homem foi inventar de procurar esse bucho, malaca só, uns peitos muxibentos de melancia e sanfona, não são como os meus que são durinhos e em pé, a cara de peixe morto, não é como a minha que é a bem dizer de moça ainda, tenho toda a mocidade do mundo, seu João, e o Sinfrônio bem que sabe disso, de dezenove anos incompletos, por ele deixei o Olímpio, coitado, ao menos me ajudava nas criações de casos, era polícia, ninguém se metia com ele, mas ele me batia, e eu não me dou bem com homem que gosta de bater, prefiro os bonzinhos de gênio no fundo, como o Floriano, mas não sei o que vou fazer, seu João…

Escuro lá fora nas ruelas estreitas feitas piche e alcatrão e escama de peixe, uma cruz grega de ruas que sobem e descem nos garranchos escorregadios das colinas especadas e encasinholadas, escuro, escuro, viva alma não vive nesta noite, parece, Garci pensa, tarjas de água e lama escorrendo no declive de onde sobem cheiros de lixo e detritos e podridões, nos dois lados da rua, no escuro buracos, lombeiras, combos, barrancos fugidios, descalçamentos, amontoamentos de sombras, capim nascendo, plantas rasteiras circundando a base dos postes de luz moribunda onde voltigeiam mariposas, vultos de gatos deslizam e se perdem, vultos de gente solitária que se esgueira e se confunde com a solidão espessa, borrosa, se deitando e se derramando em escuridões que tremem. Rua Triste devia se chamar. Aqui os dramas mais abjetos, porém não menos por isso, grandes dramas humanos. Simplicidade e ignorância. Calçadas altas de um metro de altura, terminando em cortes abruptos na escuridão marrom, para cima não há mais nada, a rua finda na Caixa-D'água nova, para baixo é a Lurdinha, onde há luzes e de onde sobe um ruído sussurrado de riqueza e ostentação, muito famosa, depois a Crispina, mas ali tudo é muito alto luxo, só putas caras, de primeira, aquelas que têm uma estrela e que dão condão de estrelas a quem as prova, não se dá bem nesses lugares só para lordes, à direita é a igreja do Rosário, onde nesta hora dormem as freiras, sonhando com a santidade, e dentro da nuvem de santidade, como um halo poderoso, enormes picas aureoladas de radiações e testículos gigantescos cheios de esperma, mas tudo muito suave, místico e profundo, defeso da inocência, ao lado das mulheres que dormem e sonham de dia, as que fazem dos sonhos suas realidades, vivem se abrindo para essas picas gloriosas, ambas encharcadas da mesma contígua e contagiosa luxúria, a encosta das casas de respeito, onde moças, virgens, donzelas e damas e donas de casa, todas sonham com essas mesmas grandes picas resplandecentes, e todas rezam e se enrolam nos travesseiros e nos colchões e mordiscam os lençóis e gemem e sussurram e clamam por vingança da natureza, ordens naturais da vida, postulados da mesma realidade de todas as mulheres que têm aberturas, à esquerda é o Baú, os fins do Baú com seu tanque podre, nada há, não há aonde ir, malacia de morte este reino de incertezas esta hora em que tudo estremece no seu ponto mais tênue, como vidro que se trinca irremissivelmente ao sopro do acaso, o melhor é restar e permanecer aqui mesmo, ancorar-se, para onde ir?, dormir em casa não lhe agrada, e os mistérios da vida?, zanzar nas ruas é perigoso, ele está à paisana, alguma patrulha pode achá-lo, e é cadeia certa se o descobrem civil a estas horas em que soldado deve estar dormindo ou montando guarda em pé, duro, como de chumbo, aqui é o melhor conselho, se a ronda arrastando mala entra aqui azar, franze-se a cara, para se fazer desconhecido, é improvável que me reconheçam sem a farda, fiquemos por aqui, enfim é gosto velho deixar-se amolengado e solto, uma cerveja quente na frente, assuntando o movimento, que apesar de tudo sempre há, as ruas nunca param, mormente as da zona, assistindo ao voo das moscas, pode até ser que umas sobras dessas saia do meu lado, mesmo essa tagarela Sinfrônia que aí discursa as mágoas queira sarar o coração levando-me para a sua cama, enfim, ela não é tão má assim, por enquanto, uma hora destas tudo serve, não tenho por que não esperar, afinal a gente nunca sabe de que lado o pau cai no muxirão. Pode até ser que bem alguma daquelas louronas de vestido exótico e sapatos de salto alto lá da alta-roda, de cinco estrelas, resolva descer para cá, às vezes acontece delas vir com seus pares ou mesmo sozinhas, parece que à cata de aventuras raras, se aventurem por aqui, os antros, elas chamam, comer um acebolado com pimenta ou um revirado rústico, vêm comer, que todos têm estômagos, e é a hora então da gente cair-lhe em cima. Com uma boa lábia elas podem se enganar com a cara da gente, há casos, mas é improvável. Não é mais hora de se caçar mulher, as boas já se recolheram, agora é contentar-se com os bandulhos. O que sem dúvida está faltando é algum amigo para a gente ir gastando a mixa do salário recebido até as barras do dia clarearem, digo do Sartolino, do Quebragó, do José Gomes. A gente ganha tão pouco mas é solteiro e então o melhor de tudo é gastá-lo todo, até não sobrar nada, como água podre se escoando pelo bueiro até ir dar com todas as águas do mundo, boas ou más, sujas ou limpas, não faz diferença nenhuma.

Na luz morta, amarelas manchas, Sinfrônia delonga arvoada, é uma veemência surda e funda que vem dessa carne martirizada, a máscara trágica, envolta na grenha cafuza de sarará, uns restos de curva no boleio mastigado do corpo, os cambos dos sapatos estragados, um vestido apertado de bolas, branco e vermelho, no todo uma silhueta passável, nos peitos erguidos ainda há fermento, às vezes a sombra dá de trás e num redondeio de bunda a popa transparece, um rego apertando o posterior, só a cara meio que não ajuda, o bombril dos cabelos, o inchaço dos beiços violentos no seu besunto vermelho lactescente, o nariz aplastado de narinas ativas, os malares desenhando um rosto de vaga cabra no seu perfil, na face uma antiga ternura perdida entre os homens, gasta, distribuída como uma dádiva que vem de uma caridade extrema, dar-se aos homens, em troca de dinheiro, mas dinheiro que é?, papel, nada mais, papel que abre as asas e voa como passarinho e se perde, desaparece, uma chispa de sofrimento no assanho dos olhos negros como a noite, um furor de dentro que sobe ventríloquo das entranhas mais profundas, como a dizer a todo mundo que todo o mundo é culpado pela sua desgraça, quando uma mulher sofre todos os homens e todas as mulheres indeterminadamente são culpados, e é a verdade, estranho, hoje, esta noite, sem seu vermelhear característico de durante o dia, um antepeso de préstimo e usual desparramando-se ainda de suas ancas equinas. Ao fundo, mesclando-se à burundanga queixumosa da negra, boiam, informes, pedaços do cantaroleio dos velhos discos, do lado de dentro, pegada à vitrola, a mulher de João Sergipe bebe também, garrafa e copo no rebordo da caixa registradora, João Sergipe, cotovelos no balcão, aborrecido, mãos no queixo barbudo, ouve quieto piscando os olhos como um corujão ensombrecido, Garci no seu canto, a solidão é de todo o mundo que se entende por gente, a solidão, só a negra fala chorando. Moscas pespegam, se arrastam pegajosas, sentando com as patas grudentas. De um fio longo pende a luz, com a proteção de um prato furado, sujo de bosta de mosca, morna, dum amarelo de urina, sujo, suado, fedido a vômito velho, a cerveja, a mofo, mosto de sangue, esperma secular, camadas e camadas. O telhado, negro com seus varais e caibros mal aparecendo como costelas de cavalos magros, longas ripas que se perdem no negror dos picumãs e das teias que nunca ninguém limpou. Não se move, mas de vez em quando perdura uma impressão de que vamos no bojo de um navio aventuroso que aderna, nas paredes a risca da linha da água se move, os delineios balouçam, se pendura nos trapézios do imponderável uma sucessão de ecos infinitos da imensa noite que dorme, vazios, frágeis, inaudíveis, o rumor, o leve cabecear das vidas que dormem, da cidade que sonha, há uma viagem de apreensão incerta pelas longitudes da vida, num instante se vai e volta, um mar oscila nos eixos salgados, a casa vai soerguer-se, mas não, seu João escuta calado todas aquelas razões infinitas, enchendo o cálice no balcão sucessivamente, sua mulher está trocando de disco, neste silêncio Sinfrônia por um momento se calou e tudo é uma pausa quase oblonga, uma fósmea oronda, um silêncio de moscas zumbindo e nódoas se aprofundando, todos parecem sentir este sustenido oculto do violino crepuscular da noite, a noite foi feita para dormir, mas ninguém pode negar que foi feita também para se passar desperto, mas ninguém, verdade, sente ou pressente o oculto chamamento do avesso de tudo, logo volta o disco a girar, logo Sinfrônia retoma o fio, dorida regateira nos áditos destes templos em volta, Afrodites citereias de todas as cores e de todas as classes oficiam seus ritos sagrados, coribantes e coéforas rezam missas róseas e fálicas, Priapo e seus íncubos e súcubos, e as tumbas e um incenso denso de esperma e suor corrói e incuba e aduba e adormece a atmosfera da madrugada.

— Não sei não, seu João, mas acho que hoje vou morrer, não sei por quê, ninguém me tira isto da cabeça, sou capaz de apostar uma trepada contra uma janta de galinha com cebolado que vou morrer. Até que queria mesmo morrer, para que viver mais, seu João, eu tenho dezenove anos incompletos, já provei mais de mil homens, até mais do que devia, sei lá qual é o regulamento completo da mulher neste ponto, acho que a mulher vale tanto quanto o homem, todo homem é profundamente eterno e toda mulher é profundamente eterna, minha mãe nem meu pai nunca me deixaram testamento de riqueza nenhuma, eu afinal sou culpada de quê?, que sei das grandes leis? Mais de mil homens, assim como certos homens mais de mil mulheres, essa acho que deve ser a regra perfeita dum equilíbrio oculto, nem sei do que estou falando, parece que hoje estou muito sábia, deve ser esta bebida, onde que achei tanto tempo e tanto espaço dentro de mim e de minha vida?, sei lá, já sei o que é a vida, eu dou porque gosto e ninguém me tira este gosto, não sou aí como essas putas grã-finas da sociedade que dão escondido como se estivessem fazendo um grande pecado, as embonecadas, eu dou sabendo que isso não é pecado, é prazer e quem esconde seu prazer é um doente, eu dou ao aberto das grandes aberturas de tudo, na luz e na sombra da cidade, mas acho que só trepar não serve não, a gente tem que amar também, acho que essas putas da cidade dão e nunca amam, agora eu dou mas amo, eu vou te contar, só amei mesmo dois na minha vida, o que me tirou de casa quando eu tinha quinze anos e esse bandido do Floriano, amo todos os homens, sou assim, gosto deles, procuro neles a minha eterna parte perdida, e amo-os todos quando estou dando para eles, fora isso os principais foram apenas dois, seu João, não faz nem uma semana que eu conheci o filadaputa, uma semana, mas foi nessa semana que brotou e cresceu o meu grande amor como uma perobeira gigante, mas para mim me parece que já faz um século, ele devia estar me esperando antes de nos nascermos, não acha?, seu João, porque é muito misterioso a gente reconhecer uma pessoa que nunca viu, eu quando vi o desgramado pela primeira vez eu disse para mim mesma: é esse, é esse quem eu amo e já amava através de todos os homens que apalparam meu corpo e me comeram com todas as delícias, na verdade eles nem me amavam na hora do amor como eu os amava, mas essa diferença de doação de tanto amor fica por conta da grandeza da eternidade, e era verdade, seu João, eu já sei tudo, que mais tenho para aprender? Nada mais, o amor é tudo, já estou mais velha que as velhas, eu queria morrer hora desta, Floriano, meu amor, nos braços daquela malaca, eu queria deixar de ser gente, queria ser cachorro, passarinho em galho de árvore, sapo dentro da água, flor na mão de Floriano, queria ir com ele para o seringal de novo, não sei não, seu João, eu sou pura porque amei tanto, sou inteiramente pura e da minha pureza Deus é testemunha, quantas vezes não fui à igreja, rezei à Virgem Maria, acho que ela deve de ter muito dó das putas, enfim somos mulheres como ela, ela teve peitos e teve boceta, aguentou o bingo de São José ou de Deus, ninguém sabe, ninguém de nós esteve lá para saber ou ver, e mesmo que estivesse quem ia saber?, quem vai dizer a verdade se ninguém sabe?, ó minha Nossa Senhora das Putas, ajuda-me e perdoe-me estas blasfêmias, dá siso àquele canalha que eu adoro, eu não aguento mais de tanto amor me carcomendo, tenho um espinharal pegando fogo aqui, ai, seu João, vou morrer esta noite, ninguém me salva não, vou virar carniça, podriqueira, vou morrer.

João Sergipe vai lhe enchendo com paciência os cálices que nos intervalos a mulher toma sem sentir, de um gole só. Paciência a dele que sabe como ele só muito bem, que ela disse mil vezes o mesmo, que tem dezenove anos incompletos, que se apaixonou do seu Floriano, que vai morrer hoje. Sua mulher pachorrenta, debruçada na vitrola, ouve as músicas rodando nos discos ensebados e rachados. Remancho, remancho. Garci, olhos pregados na noite que entra pela porta. Sinfrônia acerca-se dele e pede-lhe um cigarro. Fumando volta ao seu cálice. Não se animou o rapaz a falar-lhe, detesta tratar com gente bêbada, mas um ressaibo de pretensão está ficando de vez, madurando, dentro. Lá fora é um sossego grande demais de derramado, ouve o silêncio que vem das portas fechadas, cheio de mussitares, no ar quase fresco da madrugada, como se fosse o trissar sedoso de um grande morcego de asas frias. Um que outro transeunte faz ruídos nos passos que se ouve até lá dentro, seu vulto passa, desaparece, de quando em quando uma voz, ou vozes que brotam e se vão indo, até sumir-se na paz. Garci quer ir-se já, mora por aqui por perto mesmo, em outro bairro vizinho, no Quilombo, é só pegar o caminho, mas não sabe por que continua ali, à beira daquele casco verde-marrom de cerveja que esquenta na mesa, talvez esse anseio de companhia que brota e surge no fundo das noites solitárias.

— Beleza esse cantor, seu João, mas não posso ouvir mais que me arrebenta o coração, essa gente pensa que a gente não tem coração, eles é que não têm, nós sabemos melhor que eles o que é a vida, é uma merda, uma bosta completamente cagada, esta é a verdade, nela só o que vale é o amor, como uma banana, o que está dentro é o que vale, tira-se a casca que é a vida e que se faz?, se joga fora, apenas, não presta para mais nada, me desculpem, mas a vida é que é uma humilhação, uma vergonha, e se a honra existe é não ter honra porque quem faz a vergonha são os outros, não a gente, a gente apenas se contagia, o amor é o que vale, nada mais, uma desgraça a vida, se Floriano viesse me buscar eu ficava de bem com ele, lhe perdoava sua aventura, como será que se chama aquela cadela, se eu a encontrar lhe meto uma facada no bucho, vai ver o que é mulher de honra e de brio, ela diz que é valentona, mas não tenho medo de cachorra desse tipo, ela diz que anda armada, não sei se é gume ou cano, mas se a vejo lhe furo os olhos e os como, por Deus e a Virgem, gente como eu que ganha o pão da vida na gangorra do diabo não pode ter luxinhos de medo, ai, minha Nossa Senhora, que se eu morrer hoje faz ao menos que venha Floriano, faz ele lembrar, que não me importo de morrer, eu estou amando, seu João, parece coisa feia ou crime mulher da vida amar de verdade, mas eu estou doente de amor, incendiada, carregada, levada, transportada, raptada, vou num carro de fogo rumo a um país que nem existe de tão belo, todo o amor devia ser na boceta, mas é no coração, meus peitos são dois luzeiros de fogo onde eu me consumo e minha boceta um rio que corre com água de sonho e prazer onde ardo e me afogueio e viro corrente entre cardumes de peixes, arroios, córregos, poços, o mar, tão longe, onde está o mar, seu João?, oh se eu morrer hoje, que ao menos ele venha, que minha agonia será doce como cascatas de mel descendo das montanhas, mas eu vou morrer hoje, amanhã estarei morta, seu João, socorre-me, ajudem-me a carregar este coração que bate e explode de tanto amor, mas amanhã estarei morta, seu João, e todo o mundo vivo, o Floriano vivo, ai, a fobó da cachorra viva, ai, eu entre os finados dos mais finados de todos os finados, ai, seu João, põe uma batida, põe um bitter, põe um licor de piqui, põe uma pinga pura, põe um conhaque, que eu desde o meio-dia estou comendo água, estou bebendo, porque sei que estou me embriagando pela última vez, seu João, estes são os meus velórios, meus antecedentes da morte, e vou até morrer...

Seu João serve em silêncio, vez após vez, Sinfrônia bebe, emborcando o cálice, a bebida amarela desce pela sua goela, logo curva-se segurando o ventre e deita jorros de agonia, entre eructos bacorejantes. A sua boca a fluxão aos empurros do peito que se sacode, todas as entranhas se elevam suspensas, como torneira, sobem nadando em líquido gosmento os bandulhos, enquanto cacareja debruçada sobre si mesma. As paredes da venda como que se intumescem pandas com o cheiro, fede. Um berne gigante em putrefação nos bofes, comeu sapos ou pôs fora algo que devia estar nas fossas do chão. Mesmo seu João que nada tem de suscetível vira-se de costas e põe-se a arrumar qualquer coisa nas prateleiras, num canto a mulher dos discos ergue os olhos mortiços e apagados, sonolentos, Garci se inclina, o nariz entre os braços sobre a mesa. Alguém derramou um vidro de goma-arábica nos ladrilhos rachados, alguém esquartejou um feto sarnoso, alguém abriu um túmulo de sete dias, uma cloaca se exalou: este é o cheiro humano da miséria e da dor. Mundo cloaca, mundo cloaca, dor e dor, sombra e luz. Sinfrônia jaz, o braço sobre o balcão, a cabeça inclinada sobre ele, a boca pingando, entre gemidos e suspiros, fios de espuma unindo-a ao chão, a luz fosca espoja-se nos mucos, nos alvéolos, a poça opaca reluz. As moscas zumbem em finos voos. Mas um estranho esplendor nasce no fundo da carne dessa mulher. Garci sempre quis comer essa puta antes, mas nunca lhe falou nada nunca, para quê? Tantos desejos nascem e morrem sem deixar vestígios, sem realizar-se minimamente em nada. Para quê? Se não se encontra aqui aquilo que procuramos, mais adiante, amanhã ou outro dia, em outro lugar, o encontraremos. Nem tudo é feito para se encontrar quando se procura. Resolve ir-se embora, já vai chamar o dono para pagar-lhe e nem repara que a mulher achegou-se ao seu lado, debruçou-se de repente e juntando-o pelos lados da cabeça com as mãos, a boca úmida de baba, os beiços vermelhos e luzentes como lume, desprevenido o tomou num beijo poderoso, um chupão vertiginoso, cheio de sucções na boca, uma ventosa com gosto de todas as pingas e a língua a chapinhar e a insuflar, língua inchada, quente, como uma coisa viva, boca doida, pobre Sinfrônia que está vendo Deus, sua rara presença, e Garci se perde num cume de uma torre que balança e gira num abismo inaudito, uma agulha fria varando-o da cabeça aos pés, uma vertigem de imprevisto e suspensão, uma sensação de frio polar no fundo do centro, Garci se abandonaria indefinidamente, não fosse qualquer coisa que ele não sabe. Fecha os olhos, mas tem no saibo da boca todos os gostos de Sinfrônia, mulher integral que conhece o amor, nas mucosas da boca e suas carnes, resíduos de gozo sideral, sabença de estromas, de sedimentos estelares. Quando abre os olhos, a encorpadura da venda se enruga em grovinhas, um pesado fartum se abate, como que se embebedara também pesadamente na mesma bebedeira.

— Que é que você poderá fazer por mim, seu moço lindo, em que você me pode servir, por acaso?

João Sergipe ri baixo, meio debochado, sua mulher olha curiosamente por cima do balcão, mãos nas ancas, outra vez junto ao cálice, Sinfrônia a fitá-lo, quer resposta.

— Em que você me pode valer, bom moço?

Demora em dá-la, limpa-se constrangido com a manga da camisa, bebe o resto do copo, insensível, levanta-se, deixa o dinheiro contado. Qualquer vontade profunda de ser compreendido. Algo, como que um desejo de mulher naquelas horas, úmidas funduras, exalou-se nele.

— Não é nada não, minha santa, lhe valho no que puder, até a vista e fique com Deus.

Sai e parece que ao sair atravessa um túnel esconso, cheio de teias de aranha, como que desenganchando-se sutilmente logra a rua, o ar dá-lhe no rosto, nada como o aberto do mundo e da noite, um fantasma noturno o vento a murmurar, como um sussurro de bode preto, bêbado de tanta solidão, sussurrando as suas orelhas:

— Ai moça nega roxa-forte, roxazinha, sumo de figo, frutos da figueira, macias sedas de morcego, ai, onde as águas do mundo começam, tu guardas o mistério do prazer do cerne do homem, mulher, cortinas da madrugada velando a manhã, noite que se vai...

De manhã soubera no quartel a notícia, contavam da rapariga que morrera matada aquela noite na zona. Para o mulherio era apenas uma de menos, para João Sergipe e sua mulher um chinelo velho que a enxurrada roda, para os outros uma simples puta de vida perdida, para os soldados apenas uma ocorrência policial, mas para ele foi triste. Como um canário que a gente fura os olhos, pelo menos assim pensou ele. O Cesário, da patrulha de dia, contava como fora: a mulher, uma tal de Sinfrônia, bêbada até a alma, invadiu não se sabe que quarto de que casa e armou-se um bambá dos diabos. Alta madrugada, as duas mulheres se rebojaram numa folia de morte, até que a outra sacou de um punhalzinho lá de dentro das roupas e furou-a toda. Contaram quinze furos. Está sendo velada lá mesmo, onde morava, no bordel da Leonarda. Quando chegou de noite, a única hora livre que tinha, Garci foi lá. Na varanda dos fundos, entre velas, lhe haviam vestido de branco como uma noiva, e Sinfrônia dormia recoberta de flores. Costume saudável este, todos bebiam numa algazarra dos diabos, amavam mais que nunca e a música de Anísio Silva retumbava longe, na baixada empretecida de mangueirais copados onde dormia a sombra e a noite se aninhava, os ecos iam morrer na cidade, os habitantes de respeito dormindo, até amanhecer. Pelo varandim se despencava a baixada verdejante onde mil passarinhos se preparavam para a paz da noite trinando e trinando, casando sua festa de despedida do dia à festa da Leonarda que começava. Força é dizer que foi quase um velório triunfal, uma festança, como se todas as putas e seus apaixonados compreendessem a fundo essas coisas desusuais. Naquela noite ardeu mais forte o cheiro acre do esperma, o odor da vida, que tanto está nos peixes que vêm da origem da existência como nos homens que se lembram dos deuses e como eles caminham na estrada do dia e no caminho da noite, aroma de vidas e vidas que nunca hão de viver para florescer e dar galhos como árvores maciças, mais espesso recendeu o incenso nutriz das hierofantes do amor, as fêmeas em roda em oblata à companheira caída na liça, como antigas imperatrizes declinando em decadências penumbrosas, como nas variações dos mistérios antigos de Perséfone e Plutão, Minos e Radamante, korés, mênades e coéforas sagradas, mais a lembrança recordatória do Minotauro aparecendo e desaparecendo das janelas quando nas longas e sombrias ruas algum cavalo nitria, perdido de liberdade, e a lembrança iniciática de algum touro aflorava nos campos longínquos da memória, onde o amor se mescla com a morte, em sonhos redondos e circunscritos, ilimitados, demarcados apenas com o infinito.

Bebiano apenas sente as patas do cavalo repercutindo como socos do coração, como pedras que caem, cascos que batem sobre rocha, chão passando envolto em negrume. Ouve palavras que chegam de Babalão falando sozinho:

— O que vier, que evenha...

— Às vezes a gente desejara ver um extinto corpo de gente... Desculpem, mas é vero... Para se lembrar que a gente também tem de morrer, para não se esquecer que tem de passar por isso, tudo quanto é que é espécie de gente neste mundo... Tinha vontade de ver o Lopes Mango de Fogo, filho também de Jeová Sabbaoth, na glória da sua morte... Pena que está morto, sob pedras e pedras... Pedras e pedras que caíram sobre o mundo em extensas noites... Queria te ressuscitar, meu filho...

— Babalão está delirando...

— Todos estamos, talvez...

— O Babalão, oi!

— O Lopes está para sempre debaixo de pedras... Mais morto que todos os mortos. Vocês não ouvem? Eu continuo ouvindo as pedras... Pedras e mais pedras, elas não terminam nunca, vêm do fim do mundo...

Bebiano puxa um cigarro e acende sob as abas do chapéu onde caem as gotas da chuva, cigarro Elmo, que Canguçu lhe deu, cigarro antigo que nem existe mais. Retorna aos adentros do passado: como um sonho, olor de araçás, além, ou aquém, quem sabe? De repente, no meio da noite, das nascentes da escuridão um cheiro vivo, agreste, penetrante, de frutas silvestres maduras no escuro, escuro onde pairam como que coisas deixadas por mãos como por sobre mesas, no ar, as frutas nas narinas, ingás, cajás, mangas, araticuns, araçás. Vem das bordas do ribeirão, lugar parecido com este, morrendo em cada passo, suas margens negras como o Aqueronte, seus ouros escondidos, que todo rio contém ouro, o cascalho com seu ruído sob as águas, como um manto caído sobre as areias, sem ninguém, o arroio fantasma sem cintilações, uma doçura de medo, na premonição da morte tão demasiadamente oculta e secreta no âmago de tudo o que existe e que não existe, na mesa do infinito, vagando sem direção entre as moitas, a inquietação no silêncio, como que agitado dentro das trevas que caem como toalhas sobre essa mesa, como uma ausência cheia de patas de aranhas sutilíssimas caminhando no macio, apenas um bulício aconchegado e tranquilo do vento arrastando as folhas pelo chão ou o rio correndo, percorrendo seu mistério. Os atalhos estão desertos, solitários, os passos dentro da noite se evaporaram, os rastros são sugados por uma sanguessuga onisciente que pousa como uma borboleta infinita, sopros e sopros. Ventos errantes, murmúrios profundos, negror das capoeiras desabitadas. Léguas, léguas, léguas, silêncio, sombras deitadas.

O silêncio me dói nos dentes, nenhum ruído, os ecos aguçando-me os caninos, silêncio nos dentes como uma lâmina nua e virgem, cortante, a carreira dos dentes, os ocos, as grandes oquidades, o silêncio, concavidades. Levanto-me da rede, ponho o punhal à cinta, ando às apalpadelas pela casa, no escuro. Duas coisas teria vontades de ver: o relógio e o espelho — as horas no espelho, minha cara no relógio. Está tão negro e espesso que o desejo se me esvai, sinto-me bem entre as trevas que me abarcam. Ainda antes pouco cantava e tocava ao violão cantigas antigas de Espanha e Portugal, quando esperei, esperei, depois me ergui equiparado de tencionar suspeita de alguém me rondando, não sabia onde, todos os lugares. Noite de estrelas. Caminho sem me guiar, levado por uma decisão estranha, por um raro, forte pressentimento, por uma corrente de vento fresco que coleia pela casa, rumo à porta aberta. Lá fora a noite está mais pesada e escura ainda. O céu e a terra perderam todas suas qualidades de brilho, só há um oceano de breu. Se quisesse, poderia, capaz, subir ou descer, agarrado aos fios negros, como um verme num queijo, um escafandrista perdido sem encontrar solo nem tona, uma estrela levitante sem gravitação. Ruído de folhas, sussurro do ribeirão, aceso olor de frutas ardendo no ar, doce perigo no amargor de minha espreita, silêncio interior como uma lagoa parada, silêncio alisando-me os dentes como a espera de um tigre, selvagem, ser do destino, céu e terra e as estrelas frias, gotejantes como veludo molhado e o negror fluindo como gosma de um ventre de centopeia esmagada, diluída, transfundida, a suspeita queimando, secreto fio aceso de uma vela que alumiasse um abismo.

Laim Calvo não sei onde andará, mas neste momento já haverá livrado seu punhal espanhol com cabo de pedrarias da bainha de prata e o acaricia perversamente como se acaricia um gato, amolando-o nas polpas das mãos, os olhos semicerrados na escuridão, as mãos sedosas e recurvas, as narinas infladas, o perfume dos frutos às bordas do ribeirão sobe na noite, em algum lugar se recorda de Mariflor, os seios pequenos como tangerinas, os cabelos negros, espessos, grossos, pesados como óleo selvagem, vegetal e balsâmico, os olhos ariscos de radiações castanhas de cerva dos bosques nos limites de algum mar cheio de sons onde ecoam as profundidades, os lábios irônicos, a garganta inocente, os dedos suaves, a sombra da ágil dança dentro das formas, como se levasse pombas dentro do corpo de infanta, a brisa rodeia os mistérios e os atalhos vazios se perdem na sombra, onde se afogam rumores de folhas, tapetes que bailam o bailado eterno da solidão, as folhas recobrindo rastros que vão e que vêm e que se perseguem, rastros que nascem de si mesmos, que redemoinham no silêncio, e os segredos abafados da noite mergulhada na distância, de bússolas consumidas, passos cujos ecos o recôncavo silêncio recolheu, gruta recôndita, céu e terra, como espumas a se desfazer os relógios sem ponteiros, brancos como o nascer do dia e o nascimento do mundo e os espelhos de faces nuas, punhais ou dentes que afiam indefinidamente um tempo sem remorsos que voa como asas. Mariflor está neste momento morta ou ainda viva? Rasgou-lhe o ventre casto o escorpião canceroso, de que tantas vezes me falava, pesa-lhe a carne da vergonha imposta ou prossegue virgem e pura, clamando entre paredes por meu nome? Laim Calvo, o chamam, é meu irmão por parte de pai, Laim Flor seu nome, cantor e poeta como eu, e sempre me dizia, alisando o longo e cintilante punhal espanhol, que mataria o primeiro que tocasse ou olhasse sem precauções tomadas com intenções para Mariflor. Eu lhe sorria e asseverava, muito calmo, que seria capaz de fazer o mesmo, sem pensar demasiado. Eu tinha também um punhal, o meu era gaditano e o seu era de Toledo, mas isso não tem importância, pois não havia muita diferença entre eles. Nosso falecido pai teve três mulheres: uma italiana, uma espanhola e uma portuguesa. Todas morreram por lhe serem infiéis, mas a causa real ninguém na verdade o sabe, apenas corroboramos num ponto: meu pai, Velido Flor, chamado também Velido Calvo, sempre teve sua pacífica razão. Eu, Bebiano Flor, Bebiano Calvo, tive por mãe a primeira das mulheres do meu pai, a italiana Páscoa Flor, Páscoa Calvo, de Messina, sou o primogênito, Laim Calvo nasceu da segunda, Jimena Calvo, a espanhola, de Orán, Maria Flor, a última, ou Mariflor, teve por mãe a terceira, Zulema, a portuguesa, do Porto.

Maria Flor, Maria Calvo, Mariflor estará me chamando, muito longe ou muito perto, as distâncias se somem da vista e dos sentidos, sempre, protegida pelo ignorado ou pela lembrança:

— Bebiano, Bebiano...

Ou Mariflor estará morta, peixes do olvido roendo seu frio corpo dentro de um poço negro onde ecoam águas surdas ou nuvens de corvos pululando, ferindo a sua brancura imaculada, puríssima? Por que sinto nos dentes uma lâmina fria, nos olhos as brasas azuis como um estilete dentro da noite sagrada, no silêncio uma paixão de corações transpassados, se abrasando como um monte de brasas, uma colmeia enxameante ronronando de abelhas e o sangue transportando blocos de gelo?

As folhas mortas que recobrem os atalhos em monções que a brisa arrasta suspirando, às bordas do arroio, silenciam como um augúrio à passagem silenciosa de um animal rastejante, sem olhos, só pulsar anônimo, porque a noite faz o anonimato, só pupilas de fogo, Laim Calvo caminha, mas parece que se arrasta, réptil que conhece o passar do tempo, a alma em crespos, os pés em lãs como as cobras, as sobrancelhas caídas, o punhal sem brio no escuro, só metal, um perigo percorrendo como um arrepio grassando na pele as solidões mais solitárias, os passos sem fazer ruído, o peso dos pés suaves, os rastros logo miméticos na cumplicidade das folhas que caem, os araçás recendendo forte como um aviso. Ninguém dentro das trevas. Mas há alguém. Não mais ando às apalpadelas, um sentido vertiginoso de calafrio como que sideral se apoderou de mim. Não lhe ouço os passos, são algodões e painas e plumas caindo no escuro. Tenho corujas pousadas nos meus ombros. Tudo se escondeu. Inclusive ele. Algo se entravou em si mesmo de repente. O silêncio é denso como o núcleo de uma pedra. A noite é tão secreta que meu coração se aquieta como um gato fingindo-se de morto. Mas ouço tudo. Estas são as cascas da realidade, o cerne está oculto, as cifras poderosas. Ouço meu irmão avançando no ar, só o ar pode existir dentro desta espessura. Uma gota de água que desliza perdida na ambiência das águas. Por um instante tenho a impressão de que o punhal de Laim já se enterrou até os copos na minha espinha. Mas não me dói, logo não há nada. Apalpo-me e nada descubro. É apenas o silêncio estagnado, exagerado, multiplicado, a noite desdobrada, a substância primeva, as neblinas das trevas. Um punhal imaginário acaricia as minhas costas. O perigo é tão doce e tão comovente que sinto ânsias de correr. Mas meu corpo é por demais pesado para pretender, por exemplo, por mera casualidade, voar. Sei que os homens não voam. Permaneço-me absurdamente, patas, barrigas, sotopeso. Alma, és uma aparência.

Estou sendo enganado, o absoluto, o infinito não existem, só o perigo. O perigo me cheirando com suas narinas inchadas e negras, úmidas, aquáticas, como um cavalo de sombras dentro da noite saído do mar. Que mar? Há um mar que retumba, não ouves? É o mar que encaracola a noite. Venho pensando desde a última cidade, pensando enquanto maquino meus poemas: quem é Deus? O Infinito? O absoluto? Deixo aos inocentes pensar essas possibilidades. Não posso ser tão inocente.

Onde está Mariflor? A ternura dos seus lábios, seu corpo é um oásis de flores tênues, canção de frescores, ela me amava, meiga Maria Flor. Amava-me e Laim Calvo a amava também, cada um a seu modo, foi amante dele anteriormente, mas isso não quer dizer absolutamente nada, Mariflor, nossa irmã. Não posso continuar delirando só porque um cavalo chamado perigo me olfateia nos limites da noite, tenho de ser sutil. Arranco meu punhal da cinta, o ódio eriçando-me o corpo como um ouriço feito de espinhos de treva, a maldição dos primeiros homens rangendo-me nos dentes, um travo de peçonha adormece-me, como uma serpente mordida por si mesma, aragem de sombra. Laim Calvo está à minha frente, sinto-o dentro da escuridão, ambos com os olhos cheios desta noite de visgos, punhais nas mãos, fogo brando, fogo dos infernos, fogo que não se apaga, porque se se apagasse seria como se terminasse o sopro da vida, e o homem se agarra à vida porque sabe que ela é o maior bem e depois nunca mais haverá outra, estas respirações confundidas e entrelaçadas, trevas, a espera, tigres da mesma casta e ninhada, punhais nas mãos, ferrados, trevas. Na treva se vive, na luz se vive. Mariflor de quinze anos, seios como tangerinas frescas, se não a mordeu o escorpião, onde andará nesta noite? Dizem que se foi à Itália receber uma grande herança. Se não a tem Laim Calvo, por que andará ela dentro desta noite? Se tampouco a tenho eu, por que o aguardo no escuro?

O círculo se fecha sobre nós como uma luz apagando-se e nós nos aproximamos, cheirando o escuro que recende a araçás. Súbito há um grito de macho raivoso que sai de uma garganta sonora:

— Bebiano Flor!

Dois urros, de demônios com chamas nas bocas, porque de minha garganta se cruza outro berro poderoso, como de touro afogado:

— Laim Calvo!

Barrido que alcança curvo seu próprio eco, como uma boca de serpente mordendo sua própria cauda, escorpião se ferrando, círculo sem ponta, circunferência no silêncio, chamas que crescem, montanhas que se chocam, dentro de nós, raios azuis das têmporas. Num salto desvio-me, pantera acuada, a mão em voo, as garras fortes no cabo de madrepérola e um espessor de aço penetrando todo em frio um duro peito denso.

Abandono a guarda e tombo, devagar, um sulco de fogo caminhando o caminho do meu coração, o corpo em derrota, as mãos desgrenhadas rasgando as cortinas da escuridão que pendem do céu, bálsamo derramado, fontes manam-me sem dor e sem ódio, ardência e latência profundas, estou deitado na terra sem gemidos, devo ter a cara no esterco do chão, face selvagem, por esta rota aberta se me irão rolando a vida e a morte, neste coração a morte, o punhal de Laim Calvo aí enterrado até a raiz do sonho, resta-me pouco, restam-me só os olhos fechados de escuros e chamas. Escuto-lhe o gemido ao meu lado, Laim vomita sangue e pragas contra mim, eu, seu irmão, contra o estrume do chão, acertei-o a coração pleno, a morte nele como em mim caminha tartarugando, singra, emigra, daqui a pouco sob a noite negra, a brisa negra, o olor negro dos araçás, o fluir negro da fonte entre tapetes negros de folhas podres. A noite é enorme e estranha como uma pedra cheia de pássaros. Mas sinto uma alegria profunda que me vem como um riso do fundo de mim, será minha alma que ri, essa coisa que os teólogos chamam de alma, que ri?

Caído em penosa, extrema tranquilidade, uma louca paz enfim alcançada, um esquisito e imemorial sossego, minha alma a rir alegremente, ouço o que diz, a voz rouca, sem responder, até que aos poucos vai esmorecendo fracamente e só subsistem vagos estertores, suspiros e rumores de folhas ao vento misturados. Sinto que a vida se me esvai e aguardo em silêncio, o riso brotando-me da alma como uma fonte. Escuto os passos de alguém que anda por perto, talvez Mariflor, talvez a mesma morte que caminha, aquela que os pintores medievais pintavam com uma foice ao ombro e cara de caveira, como gente viva, esvoaçando as roupas. Mas as passadas da morte ruídos não trazem e tento soerguer-me sobre a força dos braços, o punhal enterrado no peito, um líquido quente manando. Estou, porém, muito fraco, não consigo, e caio pesadamente. Minha alma ri da vida e da morte. Um grande torpor se avizinha. Alguém fala, vagamente reconheço uma voz de mulher, mas é como se estivesse muito distante, familiar, muito doce. Parece que chove, estou numa redoma embaçada, mas é apenas sua voz suave de águas e beijos, sua voz de pomba na penumbra da noite. Tenho ânsias de levantar-me, mas um peso de chumbo calca-me à terra, uma aproximação de eternidades gravita no chão onde devo jazer, mas por que se devo estar ereto contra o mundo, eternamente desperto contra os séculos, por quê, por quê?, e este chão me atrai a ele, ímã a terra, ferro sou, ímãs e ferros e a terra geral, o segredo do fim, mas eu rio e minha alegria é tão feroz e tão pura que sinto o mistério de tudo se revelar como se eu as visse pela primeira vez, e me dá uma vontade imensa de dançar ao som de uma música que só eu sinto no âmago de minha vida, do que sou, do meu coração, não gosto desta palavra: alma. Laim provavelmente já estará morto, porque o silêncio invadiu-o, ligeiro, seus poros, seu coração — maçã caída. Não distingo mais nada. Uma densidade se ergue da terra. A voz se perdeu, como uma luz de estrela sugada pela imensidade, levada pelo vento, na tempestade negra. Nunca saberei quem era, mas só pode ser Laim Calvo. Uma solidão me imobiliza, estou me tornando uma derradeira estátua de mim mesmo, porque as estátuas nossas só nós mesmos é que as podemos fazer e ninguém mais, ninguém, ninguém, estou morrendo para sempre. Carne que irá se extinguindo no tempo e na terra, morte dentro dos vermes. Meus dentes se cerraram. Só me resta dormir, pois nada mais sinto, mas algo profundo em mim continua a rir. Só me resta dormir. Tudo é leve, tudo é lã. Penetrantes, ácidos, os araçás, seus odores percorrendo as solidões rasgadas no vazio, a respiração de um dinossauro enterrado, um sapo de olhos de fogo para esperar-me no umbral de todos os divisórios céus, a brisa juncando de folhas os atalhos desertos, recobrindo os rastros, os passos extinguindo-se dentro da distância, o silêncio cheio de patas de aranhas, o cascalho onde ninguém passa, o ar derroteiro de visgos de escorpiões de caudas verdes, máscaras entre estrelas apagadas, o rumor do córrego entre as pedras, com sua água fantasma e seus ouros escondidos, ruído de musgos alcançando os ouvidos dos mortos que longamente a vida toda agonizaram, suas tumbas seladas com penumbras e escuridões esconsas, a noite que parece de vidro, a noite sem fim, seus zimbórios, como uma pedra muito densa, como uma pedra surda, como a penumbra das pombas que recolhem o olvido dos homens...

— Sonhas, ô Flor?

Bebiano abre os olhos, vê o rio ainda, lembra-se do cadáver do irmão e ouve a voz da irmã a consolá-lo.

— Sim, sonhava.

— Você falou em Maria, em Laim, calvos são?

— Sim, calvos são.

O vento uiva. Onde andará Mariflor? Disseram que fora à Espanha, quando estava na cadeia, uns diziam Espanha, outros Itália, outros até Portugal, uma herança misteriosa que não se sabe quem lhe deixou. E Laim... Laim Calvo está como o Lopes, sob a Terra-Mãe. Seu silêncio chega até aqui. Pensara, sonhara com a morte, a escuridão. Pensamentos são sonhos despertos. Milagre que ele, Bebiano, se curou, recôndita, profunda cicatriz do peito recobrindo o coração, saudade de aço no triz da vida, a marca em forma dos lábios de Mariflor, prova de tudo. O punhal de Cádis é este, e o toledano, que conquistei, este outro, pesam iguais em minhas mãos. Vozes e rumores, árvores altas batidas pelo espadanar do vento, a chuva que cai sempre encharcando tudo, ao seu lado uma figura hierática. Deve ser de madrugada. A moça sem nome é mais bela que Mariflor. E não mais Mariflor. Agora somente ela, a moça sem nome, a plenitude. Nem dá mais vontade de querer tocar violão. Tristeza imensa esta que vem do céu, dos raios que fogem ziguezagueando, dos farrapos que se mexem sob o céu, é como se o céu fosse um monte de trapos e farrapos, o céu que cresce sob os arvoredos que dançam a dança das árvores insones. Insônia, insônia, usufruto dos fortes. Ele se lembra de uma tarde em que falaram, só ficaram olhando o campo a perder-se de vista: um azul-rosa-claro, quase sem profundidade, e no fim do horizonte as pequenas nuvenzinhas branco-cinza, paradas, aglomeradas, contra o céu o rosto de Mariflor, que agora se confunde com o da moça sem nome no rio do tempo. As árvores levantando-se do chão, os troncos escuros, suas galhadas abertas rumorejando, o rio, suas águas como cordas de um alvor líquido correndo sobre as transparências das areias cor de ouro, sobre os cascalhos, suas toalhas abertas, pó de flores na viração do vento, os círculos espumosos tocando os sininhos e as campânulas dessas flores brancas e azuis, pequeninas, de bocas caídas sobre as beiradas, adocicando o ar. Lá embaixo, no centro, o negror onde os cardumes escuros passam dormentes e vagos. A lembrança da moça sem nome entrando no rio nua entre as flores dá uma aura de rosa e branco à memória onde habitava Mariflor. De onde vieste, moça sem nome, tão linda e querida, para trazer inquietação aos corações dos homens? A chuva cai sobre a noite.

Continuação de marcha, marcha sobre marcha, os cavalos, cascos. O tempo passava e passava e com ele as paisagens nubladas. A chuva adensava a mata e o tempo. Babalão Nazareno rezava suas contas grossas, as contas, sem parar, passando entre os dedos sob o poncho, onde ouvia cair mais próximo de si o gotejar da água. Noé com suas filhas, Lot com sua mulher chegariam um dia às terras profetizadas, e ela seria sua, a doce moça sem nome, mais bela que todas, mais formosa que a própria Luzia, bela e cara entre as mulheres do mundo. Olhava a sua frente os vultos ao seu lado, para ver se localizava a moça sem nome, se adivinhava naquela sucessão de vultos sob os ponchos, a sua figura escondida. A chuva tombava em bagas como contas. Terço da noite, rosário da tempestade, gotas rezadas pela eternidade das mãos de Jeová, Senhor dos Exércitos. E tudo se confundia com o tempo, essa imensidade sem fim grassando, crescendo sob as horas e os instantes que iam se deixando esparzir, se espalhar, se perder.

Atrás vinha Canguçu. Canguçu vinha com ódio nos dentes, a morte doendo nele. Se lembrava e nas frestas dos seus olhos as gotas passavam como paisagens. Feiras de Bicamão, Regodengue, Bilo-Bilo, serra do Bugre, as balsas do rio Cajá, os portos do rio dos Couros? Quantas vezes tinha de dizer para si mesmo que não tinha remorsos nenhuns, nada? Matara, sim, e para ser franco, mataria mais, se quisesse. Sim, foi no rancho. Ele viera de viagem de Jangada para Olímpia, quando o caminhão tivera de pernoitar na banda de lá com outros caminhões, já que a Barra ficava à vista, no outro lado do rio, e o balseiro lá não trabalhava de noite. Só as luzinhas da cidade vacilando no escuro. As águas balouçando-se além do barranco, as águas do rio Paraguai. Noite fechada. Dentro do rancho sem paredes, os viajantes dormiam, uns em redes que rangiam e se moviam, outros que se estiravam no chão barrento. Alguma criança chorava vez em quando. Alguém longe, em algum desses caminhões enfileirados em volta, repinicava um violão e os respingos de requebros de sons de primas e quintas ia gotejar sob as estrelas. No redor era o mato denso. O rancho estava quase cheio. Gemidos, suspiros, arfares, roncos, tosses, chios, rangeres. Do rio subia um murmúrio profundo como se embalasse os que dormiam e vaga-lumes vagavam suas luzinhas como rastros errantes por entre os mofumbos negros. Restos de fogo onde se assaram mandiocas e carnes dormiam piscando nos cantos. De um esteio pendia um lampeãozinho de luz morta bruxuleando. Canguçu na sua rede sem dormir atiçando lembranças más. Sorte do destino? Em outro caminhão, que gemera muito antes de chegar, nem de onde, nem para onde, não sabia, descera não há muito, já noite em caladas, alguém que viera armar uma rede ao seu lado e nem o olhara. E tão perto e junto, que a qualquer balanço lhe tocava. O outro não o vira. Mas ele vira e guardara. Maquinava, ordenava ideias. Era uma peste que nessa noite ia ter que morrer. Coronel Nulfo Quadrão fora seu vizinho no lado dos Bizinga, no bairro do Terceiro, cuja cara ele ia saber guardar para sempre, nem que fosse no céu ou no inferno. No céu ele sabia que não seria. Agora estava ali tocando-o de vez em quando, desguarnecido, o desgraçado, para que fora nascer?, já roncando como um porco capado dentro da rede. Poderia se considerar morto. Por que ele demorava? Pensava, apreciava a demora do tempo, ele estava ali, não se apressaria em nada, não lhe iria fugir. O mundo é pequeno. Nulfo era o assassino do seu pai. E como ele amava aquele pai, cuja vida se escoara por obra das mãos daquele homem. Fora há muito tempo, quando Canguçu era quase um menino. Por questões de jogo, houve uma discussão na qual o pai acabara tombando debaixo de um punhal e Nulfo fugira e desaparecera. Canguçu crescera resolvido a vingar-se um dia. Vingança forte rodeando-lhe o coração sem paixão nem pressa. A lembrança do pai clamava dentro dele. E esse dia chegara. Ouvia notícias das andanças de Nulfo. E com seu retrato no bolso. Onde ia pesquisava demoradamente as caras das pessoas de soslaio e cuidado. Perguntava sempre dele. Parecia que havia nascido somente para isto: ir vagarosamente estudando, reconstruindo aquele rosto que pertencia ao assassino do seu pai. E ia anotando com paciência. Esta noite, cansado, quase esquecido, vinha-se o renegado pegar-se a ele e aparecer com toda sua cara procurada naquele um certo seu modo inocente, de quem nunca fez nem deveu nada a ninguém, a um palmo do seu corpo, sua rede tocando-se na dele, como se fosse mandado para um encontro naquele lugar, expressamente para isso. Repente, de repente. Condenado! A noite ia adormentando-se. Foi meditando mais fundo. Era ele mesmo, sua cara ia se recompondo devagar dentro dele, aquelas feições combinavam com a que já conhecia de muito averiguar, o retrato só faltava dizer: sou eu mesmo, sim, sou eu, não tinha o que errar. Um pouco mais velho, mas os mesmos bigodões brancos nas pontas e retorcido, a mesma cara que ainda guardava, em fatias, dentro da memória. As horas da vida dele estavam contadas. O que é a vida de alguém que não sabe que vai morrer, nem desconfia e nem imagina, mas que está implacavelmente marcado, sua existência não passará de tal momento? O que acontece com ele? Viva mais um pouco, assassino do meu pai, único homem que me deu uma imagem de todos os homens, um modelo de todas as humanidades, viva, que estas horas que vives sou eu que as dou... Ainda estás vivendo... Mas nem Deus poderá te salvar, ouve bem o que te diz o meu silêncio. Deixaria para a madrugada. Quem ia saber? Nem os lagartos que de manhã, empapuçados, preguiçosos, tomariam sol nas estradas e nos alimpados, saberiam que fora ele, para vingar a morte de um pai, nem ninguém. Havia de ser aquilo, vingança mais dura, prazer incorruptível dos deuses e dos fortes, na forra e na força da lei dos homens, sem a nem b, como devia ser, como merecia, como estava inscrito no livro dos anjos dos destinos, cobra com cobra. Não que acreditasse em anjos nem em destinos, mas assim como a cobra não acredita em nada, somente em seu instinto, assim também, tudo convergia para que sua vida convergisse num amontoado de esperas para essa hora. Talvez Deus. E vingança, quando Deus manda é o melhor de todas as coisas. Na sombra tão fosca, via-lhe a cara odiosa, que aprendera a odiar, boca aberta, rosnando em ronco, os bigodes quadrados, o queixo peludo, de banda, os cabelos brancos de quem envelhecera sem meditar em nada desta vida. Decerto dormia de dedo no gatilho, mão na arma. Lá isso tinha alguma importância agora, neste momento, se ele ia morrer? Impreterivelmente. De uma vez por todas... Para sempre. Até riu de satisfação, meio sarcástico, mostrando os dentes no escuro. Lembrou-se da mãe que lhe dera aquele retrato quando ainda era rapaz e todos os dias lhe dizia:

— Meu filho, nunca te esqueças que a única coisa que quero é que vingues o teu pai, que era o melhor homem do mundo. Gente como Nulfo gosta de exterminar com gente boa, toda pessoa de bondade. Eles adivinham, acham a bondade uma doença. Seu sangue clama, não o ouves dentro de ti? Seu silêncio na sua cova, seu nome no cemitério, tudo fala para aqueles que ele gerou um dia, quando sua semente reverberava dentro de si, como uma luz que não se apaga...

Minha mãe, eu te agradarei, espere um pouco mais, logo estarás vingada. Essa noite, seu pai, na tumba perfumaria descansos. E ele ficaria mais leve de todo esse peso que carregava, alma lavada, porque o homem que espera se vingar espera justiça. Os que dizem que a vingança é um elo de outro elo que leva a uma cadeia que faz tremer as bases da vida, não sabem o que é a justiça. Esperou. Velava. Olhava a cara dele, seu respirar se notava. Um velório antes de se morrer. Pré-velório. As sombras dos esteios caíam sobre os corpos nas redes, possuídos pelo sono. Quando a estrela-d'alva mostrou--se mais brilhante no seu mostrador da fímbria dos morros, relógio do céu, no extremo Norte, que é a hora em que o silêncio chega ao seu grau maior e é justamente a hora em que o sono mergulha mais fundo dentro das pessoas, a hora em que os mortos são mais mortos e os vivos dormem semelhantes a eles, em que o sono imita a morte e reflete a vida, quando a madrugada treme e começa em sutileza todos os dias, ao fim de todas as noites, Canguçu puxou a longa peixeira que carregava dentro da bainha na cintura, que reteve um brilho súbito à débil luz nascente. Esta hora é a hora em que se dorme sem sentir e mais profundo, totalmente entregue às fontes do nascimento que é como a criança vem ao mundo, como quem dorme com o peso da idade, carregando o fardo de tudo, a hora em que a alma vai mais longe... Empunhando-a, a mão segura e sem tremer, firme e duro, sem quase mover o resto da rede que tocava aquele corpo vizinho, pré-morto, ex-vivo, nas vésperas, onde a vida já não vive, onde a morte reina, olhou. Todos dormiam. Embarcados nos navios do sono que partem para distâncias sem quadrante nem bússolas nem sextantes, em que a rosa-dos-ventos não existe, a percepção deixou de existir, e só brilha uma chama como de vela bruxuleante e tênue, iluminando espaços que se visita somente na letargia dos exílios de bruma e névoa e neblina, viajantes dos navios do sono, que navegavam para longe, para mares nunca vistos e nunca dantes navegados. Nulfo roncava profundamente. O centro da morte. Atolado em pleno sono, como um caminhão até os eixos no barro mais negro. Se ausentaria de sua presença para sempre, não porque estava escrito em algum lugar, que ele não acreditava que nada estivesse premeditado, mas, sim, acontecia em casualidades maiores que às vezes a gente pode ir deliberando. Matá-lo-ia assim, à covardia, um homem dormindo, indefeso no meio do sono, a mão no gatilho? Ia merecer morte tão boa, tão súbita, como os mundos tombam de repente sem apoio nem gravitação dos espaços celestes, dentro do seu descanso? Certo que não, mas alternativa não podia haver para quem foi tão procurado na vida e finalmente encontrado definitivamente. Era fazer ou não fazer. Bastava o repouso à alma vagante do pai. Urgia. O pai morto, seu amor. A mãe, sua espera. A paixão corajosa e contemplativa. Tudo pedia para que o matasse de uma vez. O embarcasse para seu porto de destino. Por que o homem não se despertava para lutarem os dois como homens? Ele não o despertaria, ele se quisesse que se despertasse sozinho, não era camareiro do assassino do seu pai. Ademais, ele não merecia ser acordado, homem assim tinha que ser morto à traição. A justiça às vezes tem que ser traiçoeira, e a traição não é o mesmo que covardia. Encheu de força a mão que fremiu, com aço virgem e pedra e ódio envolvente, e num golpe simples e resolvido, desceu resoluto a lâmina que atravessou o peito e penetrou no coração do inimigo. Houve do homem só mui leve um estremeção, um estrerrumorejar, de atingido instantâneo, como se se despertasse de uma espécie de sono imediatamente para outro, ainda moveu fraco os braços, os olhos se abriram desmesuradamente, estava como que misturando ainda restos de sono com começos de agonia, afogou-se-lhe o suspiro, aflorou um arremedo de despertar, e ele viu que o outro morrera sem dar-se conta, como uma morte tão natural quanto possível. Estava consumado. Depois ele tirou a peixeira que realizara tão prático o trabalho antigo como o começo do mundo, areou-a com terra do chão, embainhou-a tranquilamente, teve tempo para mais um sono. De manhã foi o rebuliço de acharem o homem morto, mas de nada adiantou, nada houve, ninguém soube quem foi, porque Canguçu tinha desaparecido. Nunca se soube de nada, por mais que a balsa baldeasse os caminhões para a cidade do outro lado e entregassem o corpo ao delegado de lá, fizesse o que quisesse com ele. Não se soube e Canguçu tinha se vingado. Estava satisfeito. Dois anos depois um filho de Nulfo o tocaiou e ele acertou no homem uma bala certeira, e dessa vez foi preso e condenado. Era disso que estava na cadeia, do que sabiam dele, o filho do coronel Nulfo. Ria agora de um ódio sossegado e satisfeito, ria e era dessa sua primeira morte, que nunca ninguém descobrira a não ser o filho de Nulfo. Só depois, em mortes posteriores, talvez os filhos de Nulfo soubessem e continuavam pleiteando vingança, mas ele está no tuaiá, onde tudo é grande e onde a vida renasce. Moía ideias raivosas e alegres no moinho do coração. E aquela arraia o levava ao cume de um paroxismo que quase o estrangulava. Ferrão de arraia dói assim? Os venenos que ficam queimam o sangue surdamente, demoradamente, e empretecem os ódios velhos. Quem não sabe o que é o ódio não sabe o que é o homem e o que é a vida. E quem não conhece o prazer da vingança não sabe o que é o prazer dos deuses. Tinha, entretanto, vontades de saltar ao chão e ficar até morrer. Não fazer mais nada, deixar-se ficar, apodrecer, caírem os couros, à míngua. Quem enviava os bichos maus atrás dos homens? Era, sabia o empretecimento do eflúvio venenoso da arraia dentro do seu corpo. Tinha vontades de estrondejar armas por todos os céus até furar as estrelas, mas estas nem havia nesta noite. Outra noite elas reapareceriam, para os homens felizes. Só havia alguém que o apaziguava e era Vanina, seu rosto tão suave que lhe enchia os sonhos das horas boas, da vida distraída. Mas onde andaria ela? Lá pelos ocos do Gagiguassu. Opinava-se: mas ela tem uma cara nova, essa nem é a Vanina, cujos lábios você beijou em noites profundas na cama dos amantes e cujo corpo você tocou em febre e conseguiu chegar à plenitude da vida, lá onde os êxtases se confundem com as febres de Deus e do absoluto, nem mesmo a Isabela, do bordel do Saranhanhã, formosa de pernas esguias e torso ondulado que levava em si os gozos de tantos homens e os retribuía entre todos de novo quando fazia o amor, porque o homem encontra o homem na mulher quando ama e a mulher encontra a mulher quando ama, e há um encontro que vem da suprema procura e da suprema descoberta, nem ninguém de quem se lembrasse, tantas mulheres tem o mundo, belas ou feias, mas sempre mulheres que são a doçura da vida, mulheres de que se recordasse fácil nem que ele conhecesse assim de ver o corpo vestido de vestidos, a figura, as graças femininas. Seriam os delírios da arraia? Dizem que arraia quando ferra por muito tempo ainda depois a pessoa ferida sente zonzeiras pelo corpo, mesmo depois de ter sarado o ferimento, algo como a recordação da arraia andando, viajando pelo corpo curado, e delira. O que são essas coisas? A poi, mas se ele a viu, alta e branca, andando na praia sobre as alvas areias, como uma rainha nua, como uma aparição da Natureza... A moça sem nome caminhava nos seus pensamentos dentro de um esplendor de imperatriz primitiva, anterior à formação dos reinos e das nações, e ele sentia um alívio sem parecido no mundo sabendo que ela estava ali. Só um incômodo com todos aqueles homens sabendo também e pensando também talvez a mesma coisa. E a chuva embaçava tudo, era como um poncho gigantesco caindo do céu, feito de águas e águas, ruído de couros se mexendo, se enrolando e se desenrolando, se arrastando, se rasgando, se distendendo por todos os lados, de sul a norte, de leste a oeste, encontrando os horizontes. Os dilúvios do fim do mundo, para fazer tudo renascer de novo. Olhou para trás. Num raio vermelho e turvo denotou a cara de Pedro Peba, que vinha de cara amarrada e franzida, aguentando tudo, suportando a vida e o mundo, sob um chapéu de grandes abas que enegrecia toda espécie de sombra, debaixo do seu poncho por onde escorriam águas e sombras:

— Ei, companheiro, está com cara de morto.

— Melhor fora.

Acabou a conversa. Peba vinha encafuado dentro de si mesmo, enroscado na sua raiz como a tartaruga da lua. A vida filadamãe daquela cadeia onde se perde a vida e a vontade, aqueles cachorros que ganham a vida aferrolhando a liberdade dos homens. Pútrida, onde ele iria viver até o fim dos tempos, a consumação dos seus dias, cinquenta anos de prisão. Fim dos tempos não veio. Veio foi aquela desesperada liberdade. Ele, Mandrake e Peio Galo. Gente podre como ele, bem sabia que todos eram apodrecidos. Peio Galo era de cabelo e barba vermelhos, cego de um olho, alto, magrém, ossudo, quieto, guardava raivas. Matara um delegado não se sabia de onde enfiando-lhe num dos olhos uma barra pontuda de ferro que lhe atravessou a cabeça. Vingança, olho por olho. Parece que tudo o que se faz nesta terra é por vingança. O delegado fora quem o cegara de um tiro mal dado, no meio duma cargamuça. Ele invadiu a cadeia e a delegacia, arrostando o mundo, ferro na mão, na outra o revólver. O bicho estava sozinho, sem guardas. Assim, seria menos homem. Pulou na mesa e antes que o homem reatara reação lhe furou a cara num bote certeiro, deixando-o com o ferro enterrado na cara, morto, sangue preto descendo. Fugiu, mas o pegaram junto com o Canguçu e eles estavam ali. O Mandrake era tipo pederasta, antigo detetive, que curtia pena de cárcere, parece, por exploração de lenocínio. Ninguém gostava dele.

Ele estava ali na cela por isso também: matara um delegado. Era considerado perigoso. O delegado o prendera por roubo. Ele fugiu, e um dia vendo-o, acercou-se dele por detrás e meteu-lhe um punhal nas costas. Aquela era a cela dos matadores de delegados.

A chuva apagava as brumosas lembranças de Pedro Peba sobre o cavalo, embaçava os interstícios no âmago delas.

Outros homens e outros nomes. E ele que nunca tivera mulher, só ocasiões que ele aproveitava, quando em quando. Considerava que mulher não é para se gostar e enrabichar, menos de se unir, porque mulher é trem perigoso, nunca tem lealdade. Casar-se, constituir família? Para quê, se nunca se sabe a verdade de nada? Quem é que pode afirmar que seus filhos são seus filhos? Ninguém, nunca se viu pai saber de seu filho se é mesmo filho de verdade, nascido de sua semente. Nem mulher ser honesta. Podia ser, mas qualquer mulher, bonita ou feia, quem quer que seja, pode cair sempre em lábia de homem prático em conquistas. Não há exceção, mulher é como lebre, todas podem cair na armadilha. Por isso, ele, para evitar tudo isso, nunca iria se casar. Só o necessário em ajuntamentos em casos de cio insustentável, quando não se podia mais com a sua necessidade. Fora isso, queria apenas distância delas. Vez em quando procurava certas delas em bordéis e casas suspeitas, onde elas se davam aos homens, que o conheciam. Vinha e fazia, e logo se ia embora, cioso em que as nuvens do esquecimento ocupassem o lugar da sua lembrança. Tinha pavor de esquentar lugar. Não se lembrava de nenhuma cara em especial. Agora, a mulher: seu rosto que o olhava, parece que estava dentro dele, seus olhos que o miravam, seus belos olhos. Parecia um feitiço, um encantamento. De onde vinha isso, esses reflexos? Pensava bem: mulheres, afinal? Não, só serviam para isso mesmo, nada mais, ir e meter-lhes a raiz até o fundo do útero e sair delas e sumir. O que subsistia delas era a lembrança e esta podia tomar todas as formas possíveis, não fazia tanto mal como a hora da ação. Entre fazer e lembrar preferia lembrar. Porém, a poi, por quê? Não se cansava de olhar em volta buscando, com impaciência e inquietação estranhas, uma luta obstinada, na obscuridade, um vulto esguio emponchado, sem palavras, alguém, uma mulher, a moça sem nome... Sua nudez na praia, sobre as pedras, entre as flores que o vento remexia... A voluptuosidade da lembrança, melhor que o ato... Era uma visão intacta, uma visagem enorme, como uma viva assombração que o espiava através do seu silêncio prodigioso, dois olhos fascinadores que vinham não se sabe de que sonhos das profundezas mais remotas que o seguiam e não o deixavam em paz, fundações incertas do mundo, e o inquietavam, ele tinha a certeza, a moça sem nome o amava, não sabia por quê, nem ele sabia o que vinha a ser o amor, ou era ele que a amava, doidamente amava, uma surdez de todos os lados acompanhando-o como um peso carregando aquela imagem do seu rosto, do seu corpo no rio, nem também precisava saber por quê... Nem era mais ansiedade por simples lembrança, prazer de recordar, era algo mais fundo, que vinha da própria realidade, aguilhoando-o, algo querendo dentro de si mesmo, fazer-se, o pensamento desejando realizar-se. E sabia que de repente a amava tanto que seria capaz de matar-se por ela, seria capaz de qualquer coisa. Sua cabeça estourava com seu rosto... Aquela face belíssima estava dentro dele e subia nele como uma embriaguez infinita, como um repuxo de águas originárias roçando nos céus e subia e subia... E a chuva aumentava por todas as direções. Pedro Peba sobre o cavalo sacudiu a cabeça subitamente estontecida, como um cavalo, águas batendo sobre o seu poncho, e em redor a completa escuridão molhada. Noite que nunca terminava. Não cessava de chover.

Chico Inglaterra vinha atrás, completo macambúzio. O frio da água a cair gelava-o da cabeça aos pés. Macutena guardada, dor dele doendo no silêncio pesado que o acompanhava. Tudo doía. Até o cavalo doía. E sobre ele a água em torrentes sempre caindo, inexorável. Todo o mundo se inchava em rosa e negro, arvoredos mexentes, grandes massas, espessas sombras que passavam, os raios colubreantes e a dor de sua doença comendo-o desde as nascentes. Algo além dele doía mais que a dor, além da dor que doía, tudo vago, como se fosse em torno, circunferências do mundo, as aparências. Quem sonharia quanto? Nem ele mesmo, nem ninguém. Inchumes e a gana de vomitar, de blasfemar, de virar cachorro, de ser um simples porco de chiqueiro, de matar-se. Mas em silêncio. Sempre o silêncio. O demônio do silêncio na chuva. Tudo doía. Aquela marcha sem fim, os solavancos do cavalo, suas nádegas na sela, o terreno barrento caracoleando e neblinando. E a recordação. Era como se muitas náuseas concentradas. Algo antes ou depois, além ou aquém. Mas nem o silêncio nem as palavras seriam capazes de dizer. Nem medo da morte conservava. Poderia ter? Pensa na noite que é onde as luzes se extinguem, pensa na morte, seu corpo se inchando devagar, cinzas e rosas, cor de fígado, caído em cruz, sobre arbustos de cansanças, ao sol de fogo e pênfigo, num deserto roxo abandonado sob nuvens de varejeiras verdes, esperando o trabalho dos vermes. Eles, seu fim, eram a limpeza das coisas. O mundo, sua finalidade: a limpeza de tudo. E ele procurava a limpeza, a pureza. Pensava em Babalão, tinha vontades de convidá-lo para praticar aquilo que na prisão era tão corrente, que o próprio hábito cria por falta de mulheres e pelas leis do isolamento. Mas sabia o que o profeta iria dizer. Será que ele era mesmo um homem santo? Qual, santidade não existe, pura conversa... Santidade advém dos pensamentos. E que homem tem apenas pensamentos limpos? Ninguém. Não há exceção. Mas o que são pensamentos limpos? Tudo é relativo. Santidade... Da boca para fora, apenas, somente palavras... Aquele era um homem que pecava como todos os homens, e a quem Jeová ou quem fosse o Criador, via apenas como um número entre tantos números de que se compunha o mundo e seus habitantes.

Remexia pensamentos, como um cão tirando de cima de si sarnas e moscas, se abanando, que o perseguiam. O medo da lepra... Era o que todos eles tinham no limiar de tudo, no umbral da ideia... Aquele pensamento, ele o sabia, se amontoava dentro deles como uma montanha se esboroando, se desmoronando em grandes amplidões, camadas e camadas, platibandas, empoeirando, gasturando, tremendo-lhes as carnes. Era como se já estivessem com ela, todos eles que o desprezavam. Todos estariam com ela, sem exceção de nenhum, esta corrupção da carne viva morava nas suas profundidades, ali onde a vida se prega à morte, ali onde a carne se prega à alma... O Demo que o queira. Deus que nos livre... Um cansaço que o encompridava até as mais longas extremidades de tudo como se estivesse caminhando horizontal, deitado, em pé levitando. Ossos que doíam nas raízes como árvores, carnes que pesavam como pedras. Fadiga de anos que sobre eles passavam como águas espessas e enormes sobre submersos peixes, camadas e camadas de imensas montanhas perfilando-se no passado. E tudo isso era como se viesse dos ossos mais profundos. Não adiantava suspirar. Incrustações de sombra.

Chão, sempre chão, a passar, a correr, como água, como sombra, como céu, como nuvens, como o dia e a noite. E nada. Sobre cavalos de pedra os homens de pedra. Aventuras, o que são? Nada, apenas este cansaço poderoso que gruda na pele como as pústulas grudam no pelame dos que têm esta infelicidade. Projetos de vida? Nada mais é possível, unicamente a fadiga como grande realidade. Até acreditava que urgia se tirar do mundo dos vivos, e isso imediato. Extirpar estas cascas de sombra que vão se apossando da existência. Ou então esperar que essa coisa se passasse para todos. Vontade de chorar? Nem tinha, chorava há tempos, blocos de idades deslizando sobre as águas salgadas da vida, noites e noites, mordendo os beiços nas pedras do cárcere. Pedras, pedras e pedras. E para que servem estas lágrimas da chuva? Chorem, a poi, chorem até que se arrebente o mundo. E os ecos do mundo que o seguiam. Impossível nesta solidão não pensar, mulheres, desde que se provou alguma vez seus favores. Às vezes é necessário. Tive muitas, como talvez homens, mas amar mesmo, nunca amei, só gostei de duas, uma Jerônima portuguesa, perdida nos pampas de Camapuã, que apreciava homens afeminados e delicados, até hoje não entendo seu gosto nem por que gostei dela, neste mundo há de tudo, demais de bela que me deixou perplexo e até hoje entrançado das ideias, todo pintado por dentro de uma coisa dúbia que não sei se vem a chamar-se amor ou o quê, o dulçor de sua boca, calor do seu corpo, sentimento que dá querência. Isso quando eu era o que se pode chamar de homem são, limpo. Ela me amava, apesar de tudo. Não a esqueci. A segunda, que também nunca pude esquecer, Clara, que me quis como nenhum outro homem foi amado, ela dizia que era loucura, mas eu não sou, garanto, homem de se mostrar demais, nenhuma das duas sabe, mas as conservo aqui, se isto se chama amor, amo as duas. Mas elas se misturam demais com a moça sem nome, são três, mas no fundo é uma só, é apenas ela, a moça sem nome, essa que aí vai, escoltada dos olhos armados de Urutu, já vi muitas mulheres andando na majestade da nudez, a única condição natural que lhes cabe mais cabal, imperatrizes desnudas, vi e amei, sem que elas me arrancassem mais que um simples suspiro, mas essa me envenenou de repente a respiração, me atacou a alma, me subiu pelo sangue, entrou nas minhas veias, tomou de assalto a fortaleza da minha razão, essa se guardou aqui no mais profundo do coração, e nada mais a arranca. Sinto? Veja, onde estão meus olhos, meu coração? Nela. Suas raízes entraram fundo, a alma de um leproso, é isso: sentimento puro, amor. Sei eu lá por quê? Nem de nuncas, único que sei é que sinto um clamor de duras coisas que me passeia por tudo isso que sou, até quando estou dormindo... Dirão que é horrível, estar leproso e arder de amor. Pode ser. Ela anda por meus sonhos como uma pomba pelos telhados de uma casa. E sou ou fui, não sei, duro homem de guerras, apesar de delicado, já matei dois, fui arrecadador de mortes e de azares, bandoleiro, capanga, tudo, e ninguém me doma, não sou doméstico. Nem a vejo neste escuro, mas a sinto como uma presença viva e ardente na escuridão tateante, sua beleza, sinto-a que me quer, e não a perderei, sou rei, ela, rainha, só eu a vi entre todos os homens, depois de mim, só a morte.

A chuva lavava riachos coleando pelo chão e sobre eles os cavalos batendo patas, cascos, cascos, cascos, água que transbordava na noite, água molhando a pele dos corpos e chegando às transparências da alma.

Foi quando o mudo Melânio Cajabi deu um estrondoso grito que a todos estremeceu e fez parar os cavalos e cavaleiros da grande cavalaria:

— A Virgem, vejo a Virgem Maria que vem do fim do mundo, entre os anjos aureolados com as santas trombetas, num céu redondo e branco!

E apontava para um lugar no céu. Terror nas caras dos homens que procuravam ajuntar-se no escuro. E nada viam. Tímpano surdo, eco da voz surda, oca, cansada de estar guardada na garganta, ferrugem de dias e noites.

— Quem grita, quem?

— Onde, onde?

— Que Virgem?

— O mundo enlouqueceu...

— Só pode ser...

— Milagre, milagre...

— A divina moça das nascentes, e das vertentes da existência, das primeiras águas, das últimas noites...

— A que vem primeiro e que vai por último...

— Jeová nos guiara nestas trevas...

— Não era mudo, era promessa...

— Coisa de Belial e Astarot ou Lúcifer, o príncipe decaído das trevas, saibam vocês, infiéis.

— Que foi, que foi?

Cajabi olhava atônito e com grandes e arregalados olhos brancos para o alto entre os cimos das árvores, que os relâmpagos iluminavam foscamente. Mas nem nada se via. A fixidez do homem, o imprevisto, em todos, fez correr por um momento um calafrio em arrepios, e pensaram na Esfinge, sua aparição entre os rebanhos e cardumes das corujas, rainhas da Noite, era como se o Demo que tenta as almas em pessoa tivesse se dignado voltar para eles, se vestido com o manto azul bordado de estrelas da Virgem. Depois o homem se voltou para o vulto da moça, reconheceu-a, parece, e sossegaram seus olhos que as luzes do céu alumiavam. Como estátuas, um minuto em que os ventos pararam e um tórrido silêncio arrepiado perpassou nas matas do tuaiá.

— Vam', é doideira, que Virgem...

Cajabi acompanhou os outros. Sua voz rouca e grossa como um mugido de boi habitara por uns instantes a consciência dos homens. Mas voltou à mudez de onde viera, as águas profundas. Quebrara a promessa? Fora verdade isso da Virgem? Só ele sabia no seu poço de silêncio; era para não dizer que achava a moça sem nome demais de formosa e sem substituição entre as mulheres: lembrava uma menina que namorara antes de matar seu João, o fazendeiro dono de toda a fazenda Flor de Luar. E a menina era tão bela quanto a Virgem e quanto a moça sem nome, que ele vira saindo do rio como uma deusa antiga, pagã, dentro do seu silêncio que naquele momento se fez maior e mais arregalado, da qual ele não ia poder se esquecer nunca... Rosina, a menina, e a moça sem nome se misturavam em sua cabeça. E seguia mudo, cabeça baixa, o grande papo sobrequieto, as melenas vermelhas saindo fora do chapéu, pensativo, de pedra. Pedra fosse, melodia de pedra sua voz, gogó de pedra numa garganta de pedra com papos de pedra, que falara por única vez única naquela peregrinação ou romaria perdida sob as árvores da vida, suas sombras lodosas, por obra de uma mulher que fazia soltar os queixos e desencalhar a voz sepultada. E a chuva dissolveu aquele grito e o soterrou e os rumores da tempestade voltaram a enterrar o milagre. Babalão se encolhera, pensava, ele também ouvira o grito de lancinação e permanecera calado. Quem vai penetrar os mistérios e os segredos das coisas e dos homens, imagens de Jeová, quem? Só seu criador, Jeová Sabbaoth, quando o quer. Ou talvez ele nem precise querer. Mas como o homem vai ser conduto de entidades e veículo de sombras? Mormente Deus exista com todas as suas forças. Quem pode saber? A vida é misteriosa. Olhou em redor: um raio triscou lascando no céu levantando poeira de sombra e luz, todos iam meio corcundas, sob um peso imenso. E ele descobrira súbito, desconfiou: e sem saber por que, por coisa nenhuma de especial, a recordação do instante em que pensara nela, gozando em pensamento, vendo-a nua na praia, a ideia, a lembrança. Era verdade ou sonho, o que fora? O gozo, aquele instante efêmero. A duração eterna que dura e perdura nesses miseráveis instantes de um pobre minuto de gozo perdido entre as nebulosas e as estrelas e a terra, sob as eternidades possíveis e imaginárias que fazem estacionar o infinito dentro do homem, retroceder o tempo no fundo do tampo da cabeça. E todos estão pensando o mesmo, pensando apenas nela, vendo-a nua a caminhar na praia, saindo do rio, entre as flores, continuando a olhá-la despida andando sobre as dunas de areia onde o vento pulveriza polens de luz…

— Glória, glória…

Embuçada, a tremer de frio, a moça sem nome vinha só, afastada, repelindo qualquer palavra ou aproximação, refugando companhias, sozinha com sua solidão, só olhando o escuro zebrado e gotejante, rosto de enigmas, olhos na treva eterna da noite, sobre o cavalo. Cascos e cascos sobre as pedras, rocha e lama, riachos em que se transformara o chão. Cansava-se de pensar. Não queria pensar, mas pensava. Em nada, porque a chuva doía nela como um chicote gelado e extenso, em nada, porque em nada se transformava tudo o que a seguia, enxames de coisas, tropéis, vultos, nada, ideias dependuradas em ramos, em cachos, pencas, flutuando, pendoando, nada, de repente, nada. Pelas suas pernas abertas em Y sobre o lombo do cavalo, sentia sangue às vezes descer e todo seu corpo era um ouvido surdo a ouvir a música dos elementos, e os sons sem nexo do mundo que a seguiam em vendaval. Mas ela se conhecia, sabia sua constância secreta, era apenas o tempo menstrual, os ciclos redondos da paga devida à Natureza e tinha ânsias de desfalecer-se e rolar do cavalo, fizessem com ela o que quisessem, para o que serve um belo corpo de mulher que se perdeu na esteira dos homens, estava tão cansada que somente desejava descansar, nada mais, mais que isso era uma tortura. Às vezes a ideia revelava claros indícios de sonho e de sombra, resvalava para o marido morto, cujo rosto a visitava nas horas mais negras e mais claras e o desgosto a enublava. O andar do cavalo a incomodava e a enfastiava. Parecia que sua alma estava em tiras ao vento como um grande hímen roto, rasgado. Tudo havia sido destruído. Um ponto de brilho apenas no fundo do vácuo dos seus pensamentos: somente a fuga, essa vingança apaixonada. Seu desejo era que as horas passassem, que tudo passasse apenas para isto: vingar-se para sempre. E se torturava a pensar, procurando sentir-se vagamente enferma com a presença carrancuda e sombria daqueles homens, todos, que a cercavam, com suas almas e seus corpos, couraças e esqueletos. Não era vontade de morrer e sim de vingar-se definitivamente, desaparecer como uma flor levada pelo vento. As águas invadiam tudo. Céu e terra se devoravam. Os homens cavalgavam todos dentro do seu máximo silêncio, de seu mais fechado segredo. Melânio se incorporara e ninguém se lembrara mais dele. Só uma corda os unia na escuridão. E a escuridão andava com eles, onde fossem naquela noite de águas perpétuas. Os soldados, onde estariam? E os companheiros extraviados da prisão? E o mundo que ficara para trás? Lá a cidade dormiria e o céu benevolente para com eles ninaria os pacatos cidadãos afundados nas suas camas profundas como tumbas, onde atravessavam as noites em direção à morte. Os relógios da cidade, todos eles dando suas horas sempre certas demais, todas as máquinas prontas para trabalhar no dia seguinte. Aqui na Serra dos Martírios ou às suas proximidades, ocultos no negror das serranias, na proteção dos escuros desvãos da mata, anjos e demônios retornavam aos seus refúgios ou só agora é que se despertavam e vinham instilar tentações? Trevas se fundiam e se transfundiam, se escondiam no ar. A noite transpirava medo e o medo se metamorfoseava no coração daqueles homens em coragem capaz de afrontar tudo o que cruzasse no caminho e o próprio Demo que assoprava as árvores e riscava sangue no céu. Não havia estrelas, não havia estradas, era só o tuaiá perene, chuva e a solidão de cada um, caída sobre seus ombros como um poncho. Mas a vida ladrava contra o silêncio, a vida ladrava e queimava como fogo, em fúria e liberdade, raiva, ódio e liberdade, como um cão infinito. A Figueira-Mãe, o Padre-Doutor? A Serra dos Martírios estava chegando sob a chuva, pelo menos assim o acreditavam e o sentiam nos corações. Sabiam que estavam chegando a algum lugar, onde além não se poderia ir, os limites de um lugar numinoso, que tanto poderia ser sonho como realidade. E ninguém sabia a razão. A morte era um caracol cagando diarreia azul. A lua, lembravam-na com desejos de vê-la, que se acabasse esta tempestade e viesse uma noite calma, onde pudessem pensar devagar, sem febre, a lua, branca, cinzenta, como um ninho redondo de caramujos flutuando no céu. E mais que instintos ou relógios, a noite e a chuva principiavam a declinar. Porque divisavam longe, muito longe, uma tenuíssima claridade lunar além das árvores pluviais. Era a madrugada que chegava finalmente, depois de tantas provas, a luz que limpava os sonhos maus. E o chão sob eles caminhava ligeiro nas patas dos cavalos. Entrebeiras de serra e tuaiá? E a serra? Onde jaz o deus dessas montanhas em pontas renteando e rascando a barriga do céu, a bandeira da liberdade? Não há salvação sem liberdade. Vontade de luxúria e de destruição? Talvez. Que diabo de rumos, nestas mil direções perdidas e desencontradas na rosa-dos-ventos, nos caminhos da aurora, no pé da Serra dos Martírios que eles ignoram, que ninguém sabe? O abismo é às vezes para cima. A chuva acabou há tempo e eles vão-se molhados, pingando nesta espécie de planura, chão de espinhos, unhas-de-gato e cansanças, matas verdes e escuras, brilhantes, cortinas de azul e laranjado que erguem a madrugada lactescente lentamente como leite de mulher. Urutu à frente, o resto atrás:

— Babalão, diga logo se estamos perdidos, diga, ó Chico, é melhor para vocês, que nunca se chega, a verdade, a terra nenhuma nestas terras.

Babalão levanta a cabeça cheia de melenas negras, Górgona masculina, no pescoço a nodosa cruz negra de madeira, de bendizer encruzilhadas, nas mãos o terço balançando-se, as carnes cansadas sobre o cavalo fantasma que marcha devagar, muito fatigado, que o trouxe do outro mundo, olha para as serras que se desenham em azul bloqueando os olhos e os descaminhos que os cercam e que se perdem, demoradamente e com voz lenta:

— Receio que... nos perdemos duma vez, já que nem não há...

— Já que nem não há o quê?

— Já que nem não há... retorno, gente...

Chico para, os homens param sobre os cavalos meio mortos, fantasmáticos, cansados, moribundos, fatigados à morte, que os carregaram do mundo que ficou para trás, semiarrebentados, parecem essências de puras almas, cavalos e cavaleiros, cavalaria fantasmagórica, animais espectrais, os olhos globulosos e enormes onde dança o vazio, de quem atravessou a noite e as noites e as chuvas do Dilúvio, em seus olhos se reflete este cansaço, em seus olhos profunda esta fadiga, este desejo de não prosseguir mais, de restar-se, deixar-se, abandonar-se, morrer-se, aniquilar-se, esta recusa, este desejo de não continuar, esta impotência... Emudecem olhando os azuis perdidos nas pontas das serras esgarçadas, desalentados, desesperançados, dependurados de fiozinhos invisíveis... Frio e cortante o ar da madrugada paira sobre eles, brisa da serra, as roupas úmidas, os ponchos empapados e pesados de água, encharcados como se fossem espécies de reservatórios de água, sobre os campos alagados, as patas das montarias ensanguentadas e enterradas na lama, grandes poças, grandes enxurradas, em barro negro as selas e os arreios, um negro-avermelhado que os pinta como estranha representação de um bumba meu boi fantasmagórico, ao romper as barras da aurora... Chico Inglaterra coça a cara violácea, olha para Babalão, pensa: o dia vem raiando, todos me verão de novo, com minha cara e meu corpo, bendita noite que passou em que não me viram, mas agora me verão, enterrarão os punhais dos seus olhos dentro de mim, violarão minha alma com o gume venenoso dos seus olhos sem pudor, com ódio, com raiva, com vontades de me exterminar, de me desaparecer da terra, do meio deles, eu que caminho entre homens, e sou um deles, mas estou deforme, estou doente, que pecado terrível alguém ser doente desta maneira, e lembra-se do que pensara anteriormente, de que sua lepra está contagiando todo o mundo, devagar, horrorosamente devagar, devagar e sempre, cuja pelanca está se desfazendo num branco esquisito, sobrepondo-se ao rosado anterior, onde boiam flores violetas, os olhos fundos, roupas em frangalhos, estou distribuindo macutena entre eles, e eles bem que o merecem, como eu, a voz rouca, como de um escafandrista no fundo das águas de um poço azul:

— Credo... Ahhh... Quem dera ter coragem de dizer que estivéramos perdidos para sempre... Doera tudo, doera...

— Rezem em Jeová, que mesmo perdidos para sempre somos irmãos...

— E os filhos da puta desses meganhas? — arreganha Urutu numa espécie de uivo de cão para a lua, dilacerado, relanceando um olhar feroz, misto de loucura e ódio pelos lados, a mão no cabo de madrepérola da arma.

— Se nos encontrarmos com eles, só haverá uma saída: batalha descruenta, em vivo... Uma batalha: quer dizer isto: o sangue já não pode mais nada de tanto espinho e ódio e desejo sincero de morrer ou de limpar o mundo dos inimigos...

— E os companheiros? Sei de mais de duzentos que conosco fugiram, mas até agora, nem sombras... Que raios os engoliram?

— Ah, esses são mais de mil e devem estar perdidos igual que nós, por aí, nesse solto de sob as asas de Deus, no tuaiá, e talvez nem por aqui, longe, muito longe, quem é que vai saber? Estão perdidos no Deus-dará, aos léus dos léus, nos infernos do Demo, no cu do Destino, lá onde se Deus existe é a mesma coisa como se nem existisse nunca...

— Talvez eles já estejam na Figueira-Mãe...

— Maldições da vida porca da gente...

— A gente, tudo, porque é pobre... Só isso... Se fôssemos ricos... Todos nos lamberiam e prestariam homenagens... Como eles amam os ricos...

— Será que morreram? Ou foram aprisionados?

— Não seja agourento.

— Vamos parar um pouco por aqui. Só para descanso. Pouco tempo. Não se pode fiar em nada em lugar nenhum.

Uns sentam-se, estiram o corpo entontecido, se alastram pelo chão, que cabe tudo, sempre coube, às beiras dum largo limpo, seco, perto de umas pedras, cheirando o ar todo inteiro, forte para respirar. A mata crescia em redor deles, indo para todos os lados, em verdes grandes e incendiários, pleno meio-dia em amplidões de luz, o sol ardia de novo, por um momento o silêncio brilhava como um teto de zinco e comunicou-lhes uma simples sabedoria, de que de repente tudo era nada, tudo era vazio, a vida e a morte são apenas isto reunido em si mesmo, um grão de nada, uma intuição que se esgota, sem cisão, completa, compacta, de sempre. Glória de estar vivo, de atravessarem a noite cheia de água e chuva e tempestade como uma iniciação. A luz que vinha do sol e de nenhuma outra coisa tapava tudo, menos as nuvens, o ar, o sem fundo tão profundo de tudo. Azul, tão azul, sempre azul. Mistério de dia claro, todas as claridades, de tudo ser sem mácula, em espaço e tempo, esse mistério perdurável. Sentiam como sempre sentiam, nem por isso deixa de ser mistério. Súbito alguém do lado norte chama: é Canguçu quem chama:

— A arraia me está chamando, a arraia está com saudades de mim...

— A arraia já morreu, idiota...

— Por isso mesmo...

Calam-se, enrolam-se em si mesmos uns, se enovelam outros como cobras.

— Onde está o Caveira?

— Diz que foi caçar e nos encontraria um pouco adiante.

— Havê-lo-ão pegado, disse que viria no nosso rastro, se desembestou no mundo, ou foi preso, isso acho. Creio que é outro que fugiu de nós. Ir caçar com essa ameaça de tempo, esse feio céu pendente...

— Quem o iria pegar?

— Ora quem, sei lá, essas almas das serras. Ou os meganhas.

— Por que não voltamos para Cuiabá, gente, e nos entreguemos em paz, enfim, limpamos nossa consciência, purgamos nossos crimes, expiemos tudo o que devemos, é bem melhor aquela vida que esta... Façamos como o Caveira...

— O Caveira, as almas o pegaram, meganhas aqui não existem mais... Aqui só existem almas...

— Que almas?

— Todo mundo sabe o que são almas...

— Voltemos, nos entreguemos... Como gente ajuizada... E além disso voltamos para o seio de Jeová, nosso querido pai...

— Herege és tu que dizes santo... Tu estás louco, Babalão. Tem horas que tuas profecias são como maldições, coisas do Demo, tentações dos anjos do Mal... Daqui ninguém volta mais não.

— Nunca mais, nunca mais.

— E eu também — diz Chico —, eu assim, deste modo indigno de um homem... Também já nem mais pudera andar... Um homem com seu espírito... Estivera caindo aos pedaços, me distribuindo pelos caminhos... Morto-vivo de Deus, instrumento das maldições de Deus...

— Reze por ele, Babalão, e você também, que nos dá esse conselho de rezar, reze, a poi, irmão, que teu Jeová Sabbaoth dos Exércitos, Jeová Adonai te salve e te ilumine e te guie e a nós também a todos!

— Finalmente estão aprendendo o nome sagrado de Jeová, infiéis... Mas, oh homens de pouca fé!, Jeová Sabbaoth Adonai não quisera te curar a ti por exemplo, Chico, e o Demo estivera talvez em mim. Nossa Senhora da Abadia, te peço, como uma santa bendita, um bem maior, em nome da minha aliança com teu divino filho e investido dos teus altos poderes, que não me faça descrer de vós!

— Quem andara de amores com o Demo...

Babalão se lembrava do sonho mau, chifres crescendo em sua cabeça em chamas, e suspirou fundo, profundo, doeram-lhe vagamente os pulmões, dor que vinha da prolongação do cavalo, a longa viagem sem fim, em empuxões, queimante.

Blembelém, blembelém… Blembelém… blém… Claro, claro, eram cincerros de bois. Blém… Blembelém… Belém… Bois por ali, naquelas terras, naquelas bordas de matos sujos e carrascais brabos e selvagens, de quem, demônios e milagres, seriam, que coisa sobrenatural era esta, tudo renascia? Calaram-se estupefactos, sem saber se agradecendo intimamente, cada um para seu deus particular, que teriam comida para mais alguns dias, durariam mais um pouco, afastariam qualquer horizonte negro que apertava em redor deles, alguns que estavam ainda a cavalo se desapearam olhando com susto o arruído dos polacos tão reais, tão perto, receando intrusão de miragem ruim — mas eram mesmo bois. Perto de fazenda estavam? Ou estariam voltando? Mas, não, esta é a base da Serra dos Martírios. Canguçu quis desapear-se, pois subira ao seu cavalo disposto a ir-se sozinho procurar comida e caiu de mau jeito, o pé machucado do inchume da arraia, tombou com ruído seco num charco de água, aprumou-se devagar, José Gomes e Pedro Peba com a mão amarrada adiantaram-se, que estavam ao lado da moça, saltaram e ajudaram-no, trouxeram-no aos pés dumas raízes de um carvão-branco muito velho, de ramadas copadas que mourejavam ao vento do meio-dia. Pedro Peba acercou-se da borda do mato, a mão no 45, olhando: olhou por entre os ramos, descobriu cercas de arame farpado do outro lado que se estendiam, afastou galhos que escondiam, viu bois que pastavam para lá dos tapumes do mato, grandes pastos em verdes que se prolongavam para longe, a perder-se de vista, tudo tratado e limpo.

Boca em concha, chamou Chico que se acercou:

— Que acha que é? Partes da Figueira-Mãe?

— Que Figueira-Mãe — respondeu Chico —, uma fazenda, mas não conheço não, nunca passei por aqui, este lado é, me parece, uma sesmaria dos protestantes de que sempre ouvi falar que existiam, missionários entre os índios, que passam do bom e do melhor, Batovi chamada. Se for estamos bem longe ainda de tudo…

— A Figueira-Mãe, o Padre-Doutor... — murmurou num esgar Babalão, caminhando desamparado, os braços abertos, obnubilado ou cego, como se vacilasse em algum sonho entre bodes e cabras e demos, no escuro da noite anterior, entre as águas do Caos.

— E os tiros, será que não ouviram?

— Se ouvissem já teriam vindo ver... Acho que não deu para escutar... Foi há muito longe...

— Vamos... Silêncio... depressa... — disse Urutu —, foi milagre acharmos isto aqui nestes fundões arrombados do mundo. — E acercou-se de Pedro Peba, trazendo um rolo de cordas, e enquanto este levantava o arame chamou Bebiano e com ele passaram sob os fios da cerca. Os outros, que haviam montado, desciam dos cavalos e se acercaram do carvão-branco reunidos, falando baixinho, aos cochichos, uns se sentaram, outros se deitaram gemendo, sob a proteção do matagal. José Gomes preparou o fogão. Urutu lançou o laço, ninguém pensava muito em demasia, sobre uma novilha branca igual que já quase uma vaca, de gorda e alva, a corda se lhe trançou no pescoço, a bicha corcoveou, os dois puxaram, vieram trazendo-a devagar para a sombra da borda do mato, ela furta-negando-se e firmando-se nas patas, cabeça baixa, reunindo forças e raivas. Amarraram-na ao tronco de uma árvore, o animal embrabecera, em saltinhos encabritada, atropelando o chão, a corda estirada, seus chifres a um metro do tronco. Bebiano postou-se atrás dela, segurando-lhe e torcendo-lhe o rabo até que a vaquinha caiu com os costados no chão, Urutu tirou a peixeira que reluzia e enfiou-lhe no peito, sobre o coração, no pelo branco, imaculado. Um jorro vermelho borborejou e inundou e o negro agarrando-a com força de touro pelos cornos levou a boca na perfuração e bebeu sorvendo, em espumas, sôfrego, até fartar-se, quando saiu cambaleando como bêbado ou envenenado, tinha as roupas rubras, a deitar-se como embriagado, sobre as raízes, ao lado do animal que se debatia, urrando baixo, sem forças, entrando em agonia. Pedro Peba se havia aproximado, foi sua vez, bebeu também, com sede brutal, a mão sã sujicando o chifre da vaca, a boca na ferida que esguichava, e aos poucos o animal se aquietou, estava morto, e o homem continuava bebendo. Depois, trêmulo, sentou-se ao lado do negro enorme que parecia ter tomado ópio, a cara enxaguada de sangue, olhando com os olhos brancos o pasto verde. Estiveram assim longo tempo, Bebiano parado junto à vaca, sem beber, e quando iam se levantar, ouviram um rumor no mato e viram acercar-se um vulto montado a cavalo. Urutu se armou incorporado, revólver na mão.

— Quem vive? Quem vem lá?

Silêncio de nenhuma resposta.

— Lá vai fogo.

— Hei, calma, homem, que é o Caveira.

— Caveira? Mas, diacho de homem! Não pode responder?

Guardou a arma e apareceu o Caveira, sua cara magra e desconsolada. Vinha rente à borda do matagal, no oculto do arame farpado. Foi chegando no cavalo morto de cansaço, ambos fatigados até a alma.

— Já vejo que descobriram. Foi isso que descobri também.

— Fale baixo, desmonte e descanse. Não sabe o que é isto? Onde estava? Que foram esses tiros?

— Tiros fui eu que andei dando ao léu, estava com tanta raiva que comecei a atirar ao léu, para lembrar-me que estou vivo. Quanto a isto aqui só sei que são as terras dos protestantes do Batovi...

— Nome azarento... Nunca ouvi falar. Não parece boa coisa...

— Por aqui deve haver por perto lugares de gente morar, onde eles vivem.

— Viu gente?

— Uns vaqueiros lá do outro lado, gente boa, não viram ninguém passar por aqui todos estes dias. Esta rota está virgem. Podemos seguir...

— E a Figueira-Mãe?

— Sobre isto nada descobri, ninguém sabe, dizem que estamos há quinhentas léguas da Capital, mas acho que nem isso eles sabem. Penso mesmo que a Figueira-Mãe deve estar demais de longe. Estas cordilheiras nem sequer são ainda a Serra dos Martírios. Babalão e Chico estão mais que errados. Estão cegos. Que pretendem? Não sei como gente assim se mete a ser guia.

Desapeou. Levantaram os fios de arame e pelo buraco passaram arrastando a vitela morta até o resto do pessoal que falava baixo num aglomerado de vultos indecisos. Entre eles a moça sem nome olhava atentamente do lado da serra, alheada de tudo. José Gomes atiçava o fogo que havia feito.

— A fumaça não será perigosa?

— Azar para essa fumaça... Já agora nem há por que se esconder tanto... Que descubram ou não dá no mesmo. Não se precisa preocupar tanto por nada. Se vierem nós os receberemos à bala. Que ninguém fique vivo.

— A vida ou a morte!

— E sal e água?

— Água destas poças... É água de chuva, de pé de serra, limpa, água de serventia, mais limpa que das cidades dos brancos... água de Deus. Sal, vamos à fazenda, temos de achá-lo. Pedimos, roubamos, sei lá. Você vai, cabo José Gomes, e traz o que puder.

Foi. Começaram a carnear. Todos trabalhavam, trazendo lenha, lavando, indo e vindo. A fome minava, ardia, doía que era um fogo, ainda mais com a perspectiva iminente de comida fresca e farta. Alegre, Canguçu cantava em falsete, capengando com o pé ferrado de arraias enrolado em panos:

— Vovô Cucuru,
vovô Cucuru,
ei pé de arará,
ei pé de araticum,
lorum curiangu,
curu curiangu!

Bebiano Flor respondia prestamente em outra canção, em outro tom:

— "Ai canoa, minha canoa,
em cima da onda do mar,
eu vinha vindo de viagem,
encontrei com meu amor."

Urutu sacudia as carnes, brilhava em negros sua pele de fogo preto, belezas escondidas de homem bravo, se ria consigo mesmo, estava satisfeito, estômagos gozavam esperando, Urutu, pretume bonito, lustroso de formosura preto-roxa de berinjela sumarenta, os músculos correndo sob a pele como bandos de pássaros, como rebanhos de peixes. Pensava no Gangabuito, serra do Avoa-Anjo, perto do Buiuiu: andava por lá em grandes vagabundações a toas, na venda do seu Cantídio tomando bagaceira e comendo palmito com torresmos, pelo entardecer, quando se metia entre as árvores vermelhas — que raro, o que era que fazia vermelhas aquelas árvores àquela hora? O sol em fogo e sangue, morrendo em vascas no cume das serras, era a cor delas mesmas na sua natureza mais profunda que se pigmentavam tão esquisitas por ardência e essência próprias e mesmas da divindade em si, eram como deusas muito antigas aquelas árvores, de um culto inconsciente por parte dos homens, seria da terra que subia aquela cor, a terra sofria de amor, porque terra também sofre de amor, a terra que também era vermelha, terra de depois das chuvas, de poeira de fogo, fogos filhos do fogo pai, o Sol, onde apesar de tudo o fogo de verdade não tocara — e se metia sob aquele dossel balouçante de arcabouços em ramagens que arrastava um ruído pesado e denso de folhas como de aguaceiro que caísse eternamente, e o rumor do rio, e os raios do sol eram meio verdes, juraria que eram, ele vinha com um sentimento parecido de vergonha — por que seria? —, vinha à procura de Maria Carabina, que da cidade, de seu bordel concorridíssimo, vinha para cá, aquela pretona gorda do Gangabuito, mulher que ninguém queria, porque diziam que era meio atacada do diabo, mas era mentira, esse povo inventa que é um despropósito, uma desgraça também inventar tanto assim, ele vinha, ela era uma mestra consumada nas primeiras artes primitivas dos homens, e entre elas, o amor, e talvez fosse por isso mesmo que gostava tanto dela, a fama que tinha, vinha a sua casa sob os arvoredos sussurrantes, meio tonto de bebida e da natureza, que ali sob aquelas árvores subia da terra um húmus que embriagava como um afrodisíaco poderoso até a raiz dos cabelos, já nem vendo nada, e Maria o esperava toda solícita com seu suor de homem, e trazia junto a negrinha Leonia dos seus dezessete anos, dizia que era para aprender, filha dela, bunda grande e cintura fina, os seios como luas grandes aureoladas, e as duas se deitavam com ele e se revezavam e o amavam de completas maneiras, de todos os modos até altas madrugadas, ele bem que era homem de satisfazer mulheres e mulheres infinitamente, e elas também, vice-versa, apesar de que diziam de Maria Carabina que ela era entre as coxas igual que os homens e que comia mulheres e que fazia o diabo, que tinha três seios em lugar de dois, com aquelas suas carnes da cor da carne dele mesmo, escura meio vermelha, como casca de banana-de-são-tomé, toneladas pesavam suas banhas roxentas, ele amava as duas sem fadiga, ela e sua filha, a içazinha açucarada, os seios em pé como peras, redondas como luas, e lhes ensinava truques, as duas, e naqueles vertiginosos sabores de carne crua entre os exercícios amatórios, alturas imensas que eles subiam, gangorras do paraíso, sombras do céu incidindo e balançando, e as árvores vermelhas sussurrando lá fora como chuva a cair... E ele subitamente olhava para a mole e dizia de si para si, arrepiado, uma onda de calor como da terra vermelha lhe invadindo todos os recôncavos do coração:

— A moça sem nome...

Olhava para o lado dela, onde ela, sentada sob a árvore, silenciosa, olhando para as serras que se erguiam, azuis e marrons, com ramificações cinza se desenhando no horizonte, imaginava coisas, depois:

— Nenerenené... — cantarolava, carnes sangrentas nas mãos, retirando membranas, a peixeira reluzindo nas entranhas da novilha branca... — Gangabuito... — cantava — serra do Avoa-Anjo, perto do Buiuiu...

E ninguém sabia o que era, só ele, gozava essa lembrança só sua. Dava outra olhada rápida para a moça sem nome e prosseguia na faina com os olhos faiscantes.

— Jeová entre os serafins e querubins... — reza Babalão lavando tripas.

— Jeová não, seu besta, Jesus Cristo, sejamos modernos... — zomba o Caveira rindo com todos os dentes de cavalo.

— Jeová sim, Jeová Sabbaoth, eternamente, ó governado por Belial!

— Jeová nada, seu, Jesus Cristo, Jesus crucificado...

— Jeová Sabbaoth, Senhor dos Exércitos, Adonai Elohim, entre os povos respeitado para sempre, e os serafins, querubins, tronos, dominações, virtudes, legiões e potestades, principados, reinados, impérios, monarquias, arcanjos e anjos. Erat numerus corum millia millium...

Urutu escapa um sorriso irônico, dentes de ouro em brilhos na escuridão da boca. Dá outra olhada lúbrica à moça, sentada em silêncio, joelhos redondos aparecendo na dobra do vestido, pois ela trocou sua calça-pijama por vestido, um que lhe trouxeram de homenagem, roubado não se sabe de onde, presente de Urutu, que este ia levar para uma dama da vida muito bela, nos garimpos de Mutum, onde ele um dia pensava ir, não se imagina quando, ou então levá-lo para alguma prometida da Figueira-Mãe, onde segundo a lenda as mulheres mais belas florescem em pencas, ao alcance dos desejos, ou então é para ela mesma, guardado desde tempos imemoriais na arca das alianças, para os ritos do ajuntamento primordial entre o homem e a mulher, um vestido que lhe desenha melhor as formas esplêndidas do corpo em formosura, como se fosse feito sob encomenda, ao lado de Bebiano Flor que se cansou e repinica seu violão, e os homens se surpreendem grandemente interiormente com sua beleza cada vez maior e mais mutante e seus olhos a procuram, brandos e tatuados de sonhos, e a voz clara do poeta se abrindo no silêncio murmuroso da faina:

— O conde de não sei o quê,
dizem que manda a armada,
moço mal-intencionado,
e com casaca bordada.

Ceuzinho, céu que sim,
ceuzinho dos dragões,
já os verás, conde velho,
se te valem os dragões.

Com café os convidamos
na encruzilhada de Tuiuiu,
mas nesta me parece
que vão comer caracu.

Céu, ceuzinho dos dragões,
ensina-me a cantar melhor,
para que digam depois,
que ouviram cantar o Flor.

— Esses dois... — pensa Urutu — ou José Gomes, ou Canguçu, ou Pedro Peba, ou Garci é que não, talvez, quem sabe. Capaz que até o Babalão, esse santo hipócrita, o Chico Inglaterra... Os outros todos... O Cajabi... O Caveira... Quem será? Essa grã-fina não gosta de negros. Um desses dois tem de ser, Bebiano ou José Gomes. Será que ela já deu para algum deles, algum de nós, quem será, quem vai saber? Só ela o sabe, mas ela nunca o dirá... O Lopes... Hã. Esse já não pode nem dizer nem se lembrar de nada. Ainda vai amanhecer gente de pescoço degolado por aqui. Hã, hum. Quem será? Ela está muito calada, nesse silêncio boiam mistérios, a mulher é um bicho que o homem não entenderá nunca, se desconfia talvez seja fatal. Dentro desses silêncios finos nadam peixes grossos. O que pode nadar nessas águas? Essas casadinhas que logo viram viuvinhas... Moças bonitas demais, descasadas, fogo e fogo. Andam é com o rabo pegando fogo, que é um despropósito, em brasa sempre. É até uma caridade fazer-lhes a secreta vontade, que é dobrá-las no chão e meter-lhes sem palavras até a raiz. Nos agradecerão pelo resto da vida. Esse silêncio é só para tapear. O que elas não fazem para encobrir. É só encostar nelas e viram labaredas, como taquara-poca no maior verão... Sei bem que não podem aguentar com a falta do pinguelo durante muito tempo, não são monjas, são mulheres e das mais humanas... E depois existe a Natureza... A Natureza reclama seus direitos, ah se sim, se reclama e como... E mesmo as monjas, coitadas, ficam até loucas, às vezes fazem de tudo bem, estão com a mão na massa, os conventos, a paz dos mosteiros, para que são? Monjas? Elas têm seus padres, seus confessores... Ah, moça sem nome, eu com você e você comigo, só com você, naquelas madrugadas de noites tão compridas, lá nos sopés avermelhados da serra do Avoa-Anjo, na casa silenciosa de Maria Carabina, com sua filha Leonia, lá no Gangabuito, onde entravam com os raios de lua os perfumes espessos das mangas caindo dos mangueirais de tão maduras, sozinhas, só com os dedos do vento... O rumorejar das árvores como se algum sonho as acalentasse, as amparasse sobre o chão de poeira vermelha... Você lá comigo, minha pomba branca... Eu te vi, brancura tão bonita e perfeita, assim como a pureza da mulher, a praia do rio... Eu te vi... E quando eu, morto, seja lá onde for, ouvindo a noite e os dias, enterrado, só com meus ossos, se eu tiver pensamento, irei pensar em você... Se não tiver, subirei como flores azuis e brancas, daquelas que te cercavam na praia, à beira do rio, à torna da terra, para te ofertar meu corpo em polens e perfumes... Mas tuas mãos não estarão perto, estarás longe, onde estarás? Quando é que será a realidade de tudo? Hã, algum dia, sim, tu vais ver, minha flor tão doce, minha flor quieta, que nem sequer quer dizer seu nome, feita de resguardo e sossego, estás guardando-te para mim só, porque eu não te quero na outra vida, quero-te nesta, só nesta, porque só nesta é que acredito e em nada mais... Desculpe-me se te matei o pai e o marido, mas foi para que eu ficasse contido, sem ninguém de parentesco por perto, teu corpo é uma propriedade, não sabes? E agora ele é meu... Estás te conservando para mim só, e para ninguém mais, porque quem vai te amar até a loucura sou eu, eu tenho paixão para dez gerações, minha querida flor sem nome, e quem cai nas graças de Urutu cai nas graças de todos os homens que sou, reunidos dentro de mim...

— Acima do diabo, quem é mais? O que existe? — pergunta Bebiano Flor para Chico Inglaterra.

Este pensa, mas quem responde é Babalão:

— O homem.

— Por isso não acredito no Demo.

— Nós estamos nos limites, nos limites, gente... E quem passa os limites se condena... Já revoamos o tuaiá... Já vimos tudo.

— E quem é que pensa que vamos ficar aqui girando a vida inteira? Um dia a gente tem que chegar a algum lugar, quer queira quer não, seja onde seja, seja o que seja, o que for, de qualquer modo, bem ou mal...

— Jeová disse: "Não jogueis vossas pérolas aos porcos..." Quantas vezes ele não haverá andado entre gente perdida da salvação, entre porcos? Só um homem assim poderia dizer uma frase dessas, ninguém mais. Enfim, Jeová saberia distinguir entre porcos e vós. Sou como Jeová ou como Babalão, eu sou eu mesmo...

— És o próprio Babalão Nazareno...

— E muito mais...

— Muito mais... A língua de fogo do Espírito Santo, o Paráclito está sempre, unicamente sobre a minha cabeça, eu, o único Eleito, o Ungido.

— Cristo era um poeta... Cristo não comia pérolas...

— Pois eu vos digo, raça de víboras, Raca!

— Babalão está de verve hoje, gente, será a comida nova?

— Língua de fogo vivo, Deus Sabbaoth! Espírito Santo, o Espírito Santo, assentai-vos sobre a minha cabeça para que estes incrédulos vejam!

— Quem já viajou mais que eu? Conheço com estes olhos o Ti, Cansa-Cavalo, o Barouga, o Balambaia, Onofre, Lumã, Toé, Porto Calvo, Rio Tomé, Caacó, Pinchado, Serigoela, Bredo Trindade, Rio do Sono, Bom-Será, Resfriado, Suassujá, Melamela, Sajacagão, Birizbiriz, Luziola, Santa Inês, Santíssima, Corobobó, Olímpia, Piauí, Nova Estrela, Nova Ordenança, Borralho, Ijuí, Chitado, os Ais, Chepatuia, Os Andrajos...

— Oi morcegão papudo...

— Ai, eh, trombas do Denho!

— É pá bufo, japa, trombas! Dos Cavalos! Xô, xô, gente!

— Duas merdas!

— Oras, merda-de-vaca!

— Oh, Deus, tu és o meu Deus, de madrugada te buscarei...

— Se o encontras diga-lhe que procuro a liberdade... Conversar com gente que morrerá amanhã, sem falta...

— Ao diabo o rei David! Somos mais antigos que todas as religiões!

— Cuidado, Chico, te digo cuidado!

— E eu te dissera que lembre-se que somos mais antigos que tudo...

— A gente morre é hoje e não amanhã.

— Mentira que a gente morre hoje, morre-se é amanhã.

— Como que você sabe, já morreu para saber? Conversa que a gente morre amanhã. Morre-se hoje, nada mais. Todo dia é hoje, sempre hoje. Agora é que se vive e que se morre, para ser mais claro. De tarde, principalmente, quando cai a tarde a gente morre, dando os mais dolorosos adeuses e despedidas a tudo o que se ama, sempre, nunca de manhã, igual essas falenas, essas mariposinhas de um dia, a gente morre, sem um ai, silenciosamente, com um sorriso na boca, um suspiro no rosto, sem saber de nada, de nada, porque a gente passou a vida inteira sem saber de nada... E vira folha morta, relva, verme, parte do chão, silêncio, noite, dia, horas que vão e vêm dentro do tempo... Nas tardes a gente morre para sempre, quer queira ou não, nunca mais volta para viver, nem vai para lugar nenhum... A gente passa de carne para terra, vira chão...

— Concedo, Bebiano.

— Hoje, hoje, hoje. Só hoje, nada mais.

— Quem pode saber com certeza?

Urutu continua pensando: capaz que seja Melânio. Os dois são donos de grande e inviolável silêncio que os corrói como a água dos rios corroem os barrancos: ele e a moça sem nome. Ainda mato esse cabra que tanto se faz de mudo. Não gosto do seu silêncio, parece esconder segredos. E que segredos tão grandes se tem de esconder que não pode dizer a outros homens como ele?

— Que horas são?

— 3:33.

— De manhã ou de noite?

— Quem vai saber?

Melânio Cajabi coçou as gorobas do papo, a moça subiu mais mostrando seus encantadores joelhos e parte das coxas, e suas maravilhosas pernas, redondas e brancas, sob as botas, tirando-as, arrumando dobras de roupas.

— O céu é o mesmo que a terra. A outra vida é a mesma. O que é pequeno embaixo é grande em cima e o que é grande em cima é pequeno embaixo. Nada muda. A gente sonha igual e sempre. Como é que os grandes homens inventam suas filosofiazinhas se eles, como a gente, eu, você, todos, têm os mesmos olhos e nada sabem nem de cá nem de lá? Também, em todo caso, vou inventar a minha filosofia.

— Meu avô me contava histórias do rei Bungu, lá do Congo: era um velho de dois metros de altura, que nas festas das moças montava em pelo, todo nu, um touro negro, enorme, muito bravo, à noite, ao luar, e dançava a dança do touro negro e muita gente vinha de muito longe para olhar...

Bebiano Flor arranha uma polca paraguaia. O cheiro de carne assada enche as narinas, de água as bocas, ardem os estômagos. Chega José Gomes esbaforido: trouxe sal, arroz, abóboras, café, cebolas, alhos, açúcar, cigarros, fumo, fósforos, pinga em quantidade, muitas coisas mais num inteiro balaio que até verga a garupa. Conta como foi:

— Isto roubei lá na fazenda. Há, sim, logo ali atrás, entre uns mangueirais frondosos, uma construção de fazendas, que uns chamam o Batovi dos Protestantes e outros O Desolado. Os donos são pastores, ministros religiosos que vagueiam por aqui querendo ou fingindo catequizar e evangelizar os índios, ou fazendo coisas improváveis de que não se tem notícias. Gringos ricos com grandes permissões, e grandes monopólios, grandes direitos e grandes suseranias, que não têm o que fazer nas suas terras ou que têm interesses inconfessáveis muito fortes para aqui ficar isolados, vir meter-se aqui e fazer casas de tamanhos luxos nestas funduras onde nem os cupins querem arribar de boa gana, e eles aqui metidos até as orelhas nestas solidões. Dizem que são gente que manda para seus países os tais minérios preciosos às escondidas. Minérios e outras coisas mais, tudo o que podem. Quem é que sabe o que tem por aqui, eles com suas máquinas poderosas examinando e observando tudo pacientemente em santa paz? No entanto, não parece perigoso. Os homens daqui são de paz, os agregados. Alguns homens e mulheres a rezar, não se sabe por intenção de quem, mas ninguém me viu. Desmaiei a cozinheira e depois de roubar tudo o que quis, fugi. Bem, não sei se alguém me viu. Mas acho que não. Entanto, é bom a gente se cuidar, nunca se sabe. Estamos mexendo com ladrões, disso tenho certeza. Ladrão com ladrão, ladrão e meio.

José Gomes deposita a carga no chão, retirada do cavalo, abafa um grande suspiro de cansaço. Urutu chama-o para perto de si e põem-se os dois a confabular e a conversar baixo, José Gomes lhe narra em detalhes as coisas que viu lá e como se foi em tudo, discutem um tempo, andando ao largo da clareira, depois o cabo volta para o grupo:

— Aqui por perto tem um rio, seria bom a gente levar os cavalos. Há muito capim do bom mais adiante.

Urutu avisa: que se cuidem, deem atenção devida a tudo, ninguém sabe, que se precavenham, irão descansar um pouco e logo depois ir-se-á embora depois da surtida na fazenda. Enquanto isso muito cuidado e não se deixem ver. Não há condições para nada, por enquanto, só depois, quando se vir tudo com os próprios olhos.

Já comem a carne com arroz e abóbora, comida de rei, que nem viam há quantos séculos, que esperaram tanto. Comem para o que virá, o Deus-dará, comem com garras e ganas. O sol aparece, forte, enorme, fogoso, em vermelhos, cheio de cabelos de chamas na cara redonda. Nos brejos, nos capões pantanosos de por redor, no silêncio que reina, entrecortado por algum berro de boi que dá uma sensação saudosa e estranha de estarem perto de algum subúrbio de cidade, os sapos, inumeráveis, começam a cantar e a retumbar, os aquáticos e anfíbios espíritos da fertilidade.

— Esquisito — diz Bebiano, a boca cheia —, aqui os sapos começam a cantar com o sol, os sapos, filhos da noite, deuses da fecundidade.

— Maus prenúncios — diz Babalão persignando-se.

— Bons ou maus, aprontem-se, quando a noitinha chegar, tomaremos rota.

Calam-se. Comem. O sol já queima, de início. Vai subindo. Urutu, de longe, acocorado, estudando a moça sem nome, sentada, as carnes apertadas no vestido cor-de-rosa, sob o tecido o volume das coxas magníficas, dos seios erguidos pulsando, da cintura estreita, das ancas que se avolumam, os quadris como um vaso onde sazonam e esperam melhores tempos os mistérios da carne e da beleza, escultural, seu rosto de criança inocente e ingênua, belíssimo, guardando uma dor secreta. E ela parece que sabe muito bem e quer mostrar-se em sua animal formosura sensual de mulher entre as mulheres belas, de fêmea cobiçada nesse modo quase indecente de sentar-se e expor o corpo, os joelhos à mostra, as pernas de comovida curva suave, brancas, torneadas, grossas-lindas, parece querer enfeitiçá-los, como faz a serpente aos pássaros, sim, é isso o que ela quer, nada mais que encantá-los, tomá-los duma magia tão grande que se sintam entre nuvens de sonho, onde ninguém foi nem irá nunca a não ser ao seu lado, onde retumbam o paraíso e as perfeições.

Urutu olha devagar e obliquamente, disfarçando, em torno. Os homens fazem que não veem, mas bem que veem tudo, nem precisa fazer esforço, é natural, tudo aqui é muito natural, e fingem, fingem naturalmente. E ela, é para eles que se mostra, evidente, obviamente. Todos estão loucos da mais rubra loucura desse amor igual ao dele, só pode ser, e ninguém é sincero, todos mentem, todos estão silenciosos, comendo, como se não estivesse se passando nada, como se não sentissem nada, como se não fosse absolutamente nada, e essa loucura é por ela, claro. Urutu sente um desgarrar-se no peito ao espreitar a moça sem nome e reparar nos desenhos da calcinha, as formas exuberantes e sumarentas no vestido de seda, as carnes que transparecem no vestido, como que o corpo transcende a roupa, na mulher que é bela — logo de seda, meu Deus. Aqui neste mundo do diabo, essa moça exibindo tudo isso que Deus e o Demo lhe deram impunemente, essa coisa perigosa, proibida, pecaminosa, enigmática, assombrosa, monumental, que é a beleza do corpo feminino... Esse teu sexo que tão pouco te custou, moça... E a gente tem de aguentar. Por que fui escolher um vestido de seda para dar-lhe? Espere um pouco, mais um pouco, sua cadela, sua gata indecente, já verás como é bom mexer com os sentidos de um homem. Essas coisas não existem impunemente, assim só por existirem, existem para muito mais do que se pensa, muito mais, nem se pode imaginar tudo, neste mundo todas as necessidades têm uma finalidade, não sei qual, mas têm, lá isso têm sim, têm que ter, senão este mundo não teria a menor graça. Em alguns lugares a roupa de uso se gastou e rasgou e aparecem partes de imaculada pele branca. Eles a viram nua em toda a sua glória e inocência. Beleza, o que és? Verdade, nada mais. Isso é o que és, verdade, apenas, nada mais que verdade. Babalão, Pedro Peba, Bebiano Flor, Garci, Chico Inglaterra, Canguçu, José Gomes, Caveira, Melânio Cajabi, todos viram sua nudez maravilhosa brotar sobre a praia como um milagre. Eles estão fingindo, tudo isso apenas fingimento, sei o que estão pensando. Pensam apenas uma coisa: isso, nada mais que isso, a imagem dela nua, aflorando na florescência da praia, a moça sem nome, a rainha da Terra, a fada mais formosa que já existiu, a sibila silenciosa. Como agulhas em brasa no peito, na plena carne viva. Aquele roça-roça das voluminosas nádegas, bem-feitas, perfeitas, caindo da cintura como uma chuva de carne, de voluptuosidade pura, na sela sobre o cavalo, seu vaivém compassado, o cavalo que não parava, devia torturá-los, aborrecê-los, comunicar-lhes qualquer coisa de cio infinito que carcome a natureza e que não acaba nunca — pensa ela olhando-os sob as pestanas arqueadas e bem desenhadas e os grandes cílios —, isso é uma afronta para um homem, sentir a beleza de uma mulher tão perto e nunca poder se satisfazer — e um sorriso sutil, quase indeciso, como o de Mona Lisa boia-lhe no rosto. Urutu nota essa imitação de sorriso que vai se apagando e desce sobre ele uma recordação da Capital, o bordel da Aspásia, o mais luxuoso da cidade, quando foi uma vez, entre tantas outras, recheado de dinheiro, reclamando do melhor, e foi quando veio a mulher mais bonita que seus olhos jamais haviam visto antes, alguém como uma Cleópatra renascida das cinzas, Narcise, uma francesa, pois disse ser francesa e nada mais que francesa e ter dezoito anos e não saber falar nem sequer a língua dele, mas podia amá-lo por toda a eternidade e que isso era tudo o que ela sabia em português. Todo o mundo se foi do bordel quando soube que Urutu estava ali, pois já era bandido conhecido, de fama propalada, os boas-vidas, os fazendeiros, os meganhas, os burocratas, todos os que ganham dinheiro sem fazer nada. E a dona Aspásia o cercou de honras e mimos mais considerativos, lhe deu do melhor para escolher, o tratou como um rei estrangeiro, a mais cara mulher importada, o melhor quarto. No centro da casa ficaram homens seus, armados, montando guarda, patrulhando aquele amor do chefe. E ele no quarto sendo servido por moças elegidas a dedo, tomando champanha e se amando sem cansar com a francesa e com todas quanto escolhia e apetecia. Aquela moça seria em outras reencarnações reunidas nela, naquele corpo branco e perfumado, macio, terno e jovem, aromado todo com os perfumes mais ardentes de Paris, toda suave, todo macio ao tato, as mulheres mais belas do mundo, todas elas reunidas numa única mulher, por Deus: moça sem nome.

No céu o sol esse cu vermelho sobre o azul, que parece cagar fogo e ardência, se espraia em chamas sobre o horizonte. Ele olha a moça sem nome, Narcise ou seja lá quem for, vá-se saber os nomes das pessoas, os nomes de agora em diante parecem não ter mais importância nenhuma como antes, para quê, se esta moça sem nome não necessita em nada do seu, vestida em sedas em sua frente, porte de rainha, olhos que nem olham ninguém, e ela come preguiçosamente, cada gesto estudado, mostrando a risca que desce pelas costas, os contornos dos belos quadris, meio sentada, meio deitada de lado, propositalmente, os seios grandes e endurecidos aparecem através da blusa, sua boca grande e gulosa de vermelhos lábios úmidos e grossos mastigam lentamente e ela toda se move numa espécie de dança africana, voluptuosamente, como se estivesse nua ou se estivesse fazendo amor freneticamente com alguém invisível, mas pensando bem, olhando, reparando melhor, ela não está dançando, está mastigando calmamente, toda ela, onde a memória de todas as luxúrias represadas que os homens e as mulheres sonharam em conjunto se incrustam na pele, em cada pose, em cada movimento, em cada gesto, por mínimo que seja, entranhados na epiderme, na carne há séculos, antes das organizações das tribos e das hordas, ela faz que não vê nem sente ninguém, suas proximidades, Urutu se esquece perdidamente na sua contemplação, parece que já viveu este mesmo instante há milhares de vidas passadas, e se recorda de que era um rei africano e bárbaro, à frente de uma cativa raptada que vai iniciar nas cerimônias do amor, honra de hospitalidade às belas mulheres vencidas, ela finge nada ver nem desconfiar. Dá vontade de não pedir licença para ninguém, arrastá-la para o mato e completar o serviço, amá-la até que ela desmaie em seus braços murmurando coisas tênues de agradecimento para que veja que ele não brinca, que ele nasceu para fazer felizes as mulheres que escolhe. Mas não, por enquanto não. Lembra-se que todos estarão penando a mesma pena, pensando a mesma coisa e morde os lábios com fúria, disfarça com ira. Sabe-se lá? Agora ele vê Babalão cortando um naco de carne com a faca e comendo. Enquanto come as lembranças pousam nele como moscas no lixo. O sol arde, eles nunca acabam de comer seu longo quebra-torto. Estão se repimpando até não dar mais, tirando toda a longa barriga da fome. Saiba Deus o que os espera neste tuaiá infinito aos pés amaldiçoados destas serras, que não são ainda as dos Martírios, mas talvez — eles pensam, alguma serra perdida no extremo norte, ou mais longe, sem rumo, fora do mapa das rosas de todos os ventos, da rosa dos caminhos, do caminho dos ventos, já sem esperanças de nada, não podem explicar esta fazenda dos protestantes ianques neste meio do deserto, não há explicações para isto, nem esperanças de voltar, nunca mais, para a capital. Aliás, que capital, se isso nem não existe nem nunca existiu, se foi apenas uma ilusão brotada da exacerbação de algo que nem era recordação nem nada. Saiba Deus o que os aguarda ainda neste mundo sublevado de fogo e água, sol e chuva, inferno e céu! Depois da comida, bebem e deitam-se pelo chão, à sombra do arvoredo, nos capões refrescados de chuva sob a soalheira, em redor do grande carvão-branco que rumoreja seus folhedos nas ramagens. Desarrearam os animais e os soltaram para pastar. Apagaram o fogo, guardaram a carne já salgada, agora dormiam, descansavam, sem se importar muito com a proximidade da fazenda. Os cavalos pastavam ao longo da cerca. As casas do Batovi, ou O Desolado, como eles preferiam chamar, eram longe dali, eles podiam restar sem muitos sustos nem receios, nada aconteceria, José Gomes viu, Urutu imaginou, e à noite, antes de ir-se eles dariam um jeito de carnear mais algumas reses para levar bastante matula e roubar mais alguma coisa numa pequena sortida, que não despertasse muita rebulichação. Prepararam-se, pois. Repimpados, respirando forte, espalhados pelo chão, meio bêbados. Só a moça sem nome estava desperta ao lado de Melânio Cajabi que roncava como um gato enorme e empanzinado. Bebiano Flor dormia ao lado do seu violão, entre Babalão Nazareno e José Gomes. Urutu de papo para cima parecia um fole. Canguçu, o Caveira, Pedro Peba ressonavam exalando bebida. Se chegasse alguém escondido para armar um ardil, para vingar-se do desmaio da cozinheira e do roubo, até talvez que fosse fácil. Havia somente a moça sem nome acordada. Garci arrumava os trecos da cozinha. A moça sem nome pensava na fazenda dos pastores americanos, onde a palavra de Deus se misturava com ouro e dinheiro e tanto luxo. O céu azul e o sol em fogo dando em cima dos matos. Tanta chuva, diluvial, e mesmo assim, ao empós, o mesmo fogo de rachar gamela, de sempre. Seriam já dez horas ou meio-dia. Eles que há tempos nem dormiam, agora descontavam o sono velho, retrasado. Os cavalos pastavam, e longe, só o rumor sopesado do rio Glória, amarelo, gemendo entre as pedras, carregando solidões, passava lento e espumoso entre paredes estreitas, rio de serra, às vezes em vágados e quedas bruscas, por margens verdes de plantações de bananeiras espessas das terras do Desolado, e searas nas planuras sobrassando até onde o sol amanhecia e se punha. Vinha um arrastado, o braço do vento, em rumor de cachoeira, como um bramar, por sobre a ondulação das matas e de repente se quietava. Horas, nada mais bulia. Ninguém, ninguém vive naquela hora, sob aquele sol, a não ser os animais pastando, e se era impressão, era a verdade. Todo O Desolado dormia profundo no calor e no bochorno daquelas horas da manhã. Só o vento que subitamente se animava e dava nas árvores, só o rio boquejando longínquo, só os berros dos bois sob o bocejo imenso que vinha das serras azulosas. E a moça sem nome pensa na fazenda paterna, quando era noiva. Olhos perdidos, cismarentos, na barra do sol, que requeima. Quanto tempo faz? Um baile num clube distinto, antigamente, dançando vaporosa como uma sílfide prestes a prender voo, lentamente tocada pelo champanha, a dança, o fascínio da dança! A valsa "Rosas do Sul" que até agora ressoava em seus ouvidos... Recorda-se ainda do perfume parisiense que usava, das gazes do seu vestido de grande cauda, virgem, nos braços de Salústio, girando, girando... Olhava no relógio de pulso: era meia-noite... Seu coração pulsava numa estranha alegria ao pensar que talvez estaria no centro de um conto de fadas, desses em que as coisas magníficas começam a acontecer justamente à meia-noite... A noite é um imenso relógio negro e os ponteiros param nas doze horas... A valsa continua em grinaldas e grinaldas que vão à lua entre véus e caudas vaporosas até as estrelas...

Agora estes homens primitivos, rudes, malcheirosos, repelentes, mas tudo tão estranho, como são esquisitos, no fundo o homem e a mulher — o mesmo desejo, confessar-se-ia, ela se sentia às vezes com estranheza meio alucinada, bestificada, capaz acreditar que de repente convidará quase sem querer, a esse negrão imenso que atende por Urutu, que tem um bodum capaz de ressuscitar um cavalo, para simplesmente fazerem amor, nada mais que para isso apenas, para fazerem isso que qualquer homem e qualquer mulher em todos os tempos fazem, sempre fizeram, dependendo da vontade, sem delongas, não há religião que o impeça porque isso são os direitos da natureza, sem inúteis explicações, sem nada, em algum recanto silencioso destes capões, estendidos por aí, na paz de alguma solidão perdida, cobertos de capim macio e cheiroso, todo verde, em algum lugar onde nunca ninguém chegou, sombroso e distante de tudo... E depois quem saberá? Só se ela falasse... Mas importa isso de saber ou de falar? Tudo ficará sem memória, perdido do tempo da lembrança dos homens, nada mais, porque assim é com tudo... Só a Mãe-Natureza se recordará vagamente que se fizeram e se cumpriram seus ritos antigos e obrigatórios, ancestrais magias, rituais primevos, cerimônias necessárias, em sua honra... Convidar um a um e satisfazer todos eles em nome da Natureza... Estão sedentos de amor, vê-se por suas caras, o ritmo de suas respirações descompassadas, seus olhos, estão simplesmente morrendo à míngua... Quase como ela, que sente o hausto que aprofundiza tudo, que vai até a morada dos instintos, que soergue os desejos em pé, erectos, primiciais... Repele bruscamente o pensamento. Mas este volta insidioso: ou talvez Babalão Nazareno, só ele... Ou Chico Inglaterra, o mais infeliz... Deus que se cuide! Foi piedade. Dó desse homem. Olha para ele, estirado, uma bola nua de sol dança-lhe na cara de Lázaro maltratada, seus inchumes, em silêncio, num incêndio voraz e redondo. Ou Bebiano Flor, que virado de lado, a mão tocando as curvas do violão como se fossem as curvas de uma mulher, as cordas retesas, o rosto inocente de poucas barbas, parece-lhe um menino fugido de casa quando dorme, o peito no vaivém cadenciado de respiração circulando no sono. Todos estão abandonados no sono quando dormem, deixados à margem de alguma grande realidade que cresce e vinga do chão do mundo, meninos desamparados os homens são quando dormem, esquecidos de tudo, por tudo olvidados. Ou Melânio Cajabi, a estatura de gigante, o queixo enorme, o silêncio imóvel de sua mudez, que sobrepassa do sono, seu silêncio parece que cresce com seu papo, ele é como ela, discreto e amável, inteiramente mudo, nunca fala, dá a impressão de ser invisível, de acompanhar todos sem que ninguém o veja nem o sinta como uma presença ausente, carrega uma espécie de pesada sombra, que loucura será a dele?, um cavaleiro andante sempre silencioso, e apenas pensa e pensa, será um pensador?, mas se adivinha que é um homem bom, deve ser uma espécie de senhor secreto, dá a impressão de que paga alguma dívida muito grande, deve sofrer algo que o rói oculta e reconditamente, apesar de sua cara desafiante e corajosa, a coragem parece que mora nos seus olhos como os espíritos guardiães de uma caverna antiga, alguma mulher, seguro, me partirá em duas se me toma. Ou esse José Gomes que parece que a pajeia sempre rivalizando com esse cabrão de Urutu, eles devem se odiar intimamente de morte entre si. Ou esse Canguçu, este Pedro Peba, este Caveira, este Garci, este Chico... Todos lhe estão silenciosamente oferecendo algo vital deles, algo que ela sabe muito bem o que significa, dote mudo e silente, a seiva da vida, a promessa inviolável: Urutu dá-lhe esse investimento de contínua força de segurança brava e macha, Babalão dá-lhe as graças intérminas emanadas de suas profecias, as glórias de sua religião, as fontes do mito, Bebiano Flor, as nascentes da poesia, a flor dos seus rimances, Melânio Cajabi, esse culto do silêncio e da mudez, José Gomes, o ritual de uma certa elegância cavalheiresca, Canguçu, o anônimo das coisas que são tão comuns quanto ele, Pedro Peba, o que há de igual entre os homens que desejam uma mulher, mas ao mesmo tempo tudo duma vez desigual para sempre, o Caveira, as joias do tempo, a cabala das horas, os símbolos mudos, Chico, a desfé em nada, a revolta como ela é, a pátria do acaso, a corrupção, Garci, o ar da infância, da adolescência encontrada como um manancial que desce perpétua da montanha... Não, nenhum deles, verdade. Já até se acostumou com eles tanto nestes tempos de andanças, e como não se acostumar? Enquanto não for possível fugir tem de se acostumar cada vez mais até tornar-se um deles. Mas não. Quem substituiria seu amor pelo pai e pelo esposo que eles mesmos assassinaram sem consideração por nada, nem pela vida sagrada, tão selvagemente? Ninguém. Salústio, flor de barro, canção da terra, caniço decepado, fios de água clara no fundo do chão roçam por ele, em formas de argila se enlaçam, na jovem e antiga pureza da morte. O pai, entregue às eternidades da terra.

Despertou, estava sobre as raízes da árvore, os homens dormitando como mortos de uma batalha, olhos fechados, gargantas para o céu, bêbados de tanta comedoria e bebelança, as luzes do sol bailando entre eles, giraventoso, a hora da sesta, entregues aos poderes do sono. As raízes da árvore debaixo dela serpenteavam como serpentes, saíam da terra, essa terra que principiavam em todos os lugares, terra que acolhia tudo, terra imensa que retumbava de silêncio, raízes vivas que vinham do fundo da terra, raízes que subiam, perfuravam a sombra escura, remota, onde o coração das sementes bate, bate, bate... As raízes pareciam saudá-la, as grandes serpentes vivas que brotavam à luz e sombra do sol dançando no chão. Estaria dormindo ou simplesmente cochilando? Sonhava? Não o soube. Pensou na fazenda que eles chamavam O Desolado ou o Batovi dos Protestantes, pensou que alguém de entre eles a estaria vigiando, com certeza, olhos ardentes a que nada escapava de Argos ou Cérbero, mudou de ideia. Sentia-se fremindo, uma ânsia morna e quente, o corpo cansado, langoroso. Meio-dia. E com mais sono ainda do que antes. Não havia sono que dava para aquele cansaço que vinha do fundo do corpo, surdia de tudo: a cadência do cavalgar entre os homens, cavalaria de pedra avançando no escuro zebrado de raios na tempestade da noite, cascos, cascos, cascos, aquela fadiga imemorial vinha dessas noites entre serras em que os horizontes surdiam ante as pálpebras semicerradas, os solavancos entre as poças, a água caindo, caindo, sem nunca chegar a lugar nenhum, e sob os ponchos, os homens sonhando com seu corpo, seu corpo de Afrodite saindo das águas claras...

Levantou-se tonta, só aqueles como mortos no seu sono mais profundo que a vida, ah como a morte se parece com o sono!, não vem tudo da mesma fonte, por acaso?, o langor invencível subindo-lhe pelo corpo, erguendo-se da terra quente, cambaleando, bebeu água de uma lata com uma caneca, olhou em torno, os homens roncando, emitindo ruídos de sono pelo nariz e pela boca, como essas estátuas ou caras ou gárgulas marmóreas em frontões de tanques e chafarizes que derramam água das bocas eternidade afora, os sons da água na noite se derramando nos tanques, só que agora não era de noite, era a mais dura clareza do dia, ela estava entontecida pelo bochorno, pela morrinha feroz, invencível, que brindava esta terra bárbara e tórrida onde tudo carcome e corrói as figurações de luz, aqueles fugitivos que dormiam pesadamente, cheios de carne e de pinga. Estava langorosa, como que com vontades de carinhos e ternuras, necessitante, lembrou-se de quando era uma menina de três anos e a mãe dava-lhe banho e a enrolava numa grande toalha felpuda que a enrolava como num caos harmonioso de um fim e de um princípio de um mundo que evolava de sua infância perdida, afastou a lembrança pensando: isso são coisas que não voltam mais, nunca mais, e tinha a impressão sutil e escorregadia, deslizante, de que se alguém lhe pedisse, ela se deixaria deitar com ele sem cerimônias nenhumas, sem explicações inúteis, sem preconceições infundadas, sem nada, nada, absolutamente nada, como se fosse tudo precisamente uma concisa urgência natural, fosse onde fosse, fosse quem fosse, e fazia com ele tudo o que ele quisesse, e o auxiliaria em tudo docemente, macho e fêmea nasceram para isso, só para isso, nada mais, o rito imemorial que vinha entranhado no sangue, como a única iniciação necessária, não podia dominar-se quase, doíam-lhe as entranhas num clamor físico, nunca sentira tanta necessidade básica de um macho de verdade. Como se Salústio não fosse um macho de verdade. Talvez não. Por quê? E como ia ter certeza disso sabendo que havia homens de diversas maneiras, homens de todos os tipos? Tinha comichões no ventre, arrepios lhe corriam pela espinha, tinha vontade de uma boca de homens operando-lhe o cangote, ali onde nasciam os cabelos da nuca, de um beijo que se espraiasse naquele lugar como um sopro refrescante de brisa, uma boca de homem que torvelinhasse o poço quieto do seu corpo, que se desmanchasse em ventos frescos e mãos amarfanhantes e caóticas... Cobrisse tudo com um caos aquela paz demais permanecida... Sentia-se estranha, ausente, um turbilhão de pensamentos libidinosos e lúbricos em cavalgada dentro dela, como nunca sentira antes, ardendo em luxúria queimando-lhe a cabeça e percorrendo-lhe o corpo, como formigas com suas patinhas voluptuosas no veludo de sua brancura rósea. Aquela pele que pedia pele. Sede que pedia sede. Corpo que pedia corpo.

E dos homens a seus pés subia um fartum pesado e ácido, como se fosse da própria terra comburida, que a envolvia em ondas e a enlouquecia. Teve um vago medo. O sol chamejava, ardia. Voltou-se, fez um travesseiro com uma braçada de folhas secas, tirou de novo as botas. Os pés doíam, deitou-se, as vagas dos seus cabelos se espalharam pelo chão, assim era a posição própria para o amor, a horizontalidade para o sono e para os ritos primordiais, um estremecimento percorreu seu corpo, seus ouvidos zumbiam, longínquas cigarras e sapos saudavam a luz. Lembrou-se de algo no dia do seu casamento com Salústio, e de repente sentiu como que carícias que lhe subiam como chamas dos pés nus, uma coisa quente e indefinível, caracóis, borboletas, escamas, língua de cão, assustada encolheu-se e parou na ponta de um grito, no limiar de um susto, olhou, era Chico Inglaterra que se arrastara pelo chão e lhe acariciava e lhe beijava as plantas dos pequenos e delicados pés, as pernas nuas. Esperou, sem respirar, ofertando aqueles instantes como um presente aos homens, aos viventes que a amavam na sua solidão: uma rainha, os súditos aguardando uma migalha caída de sua mesa, a sede do deserto mais profundo, a negrura da noite mais ignota. Foi só, os minutos transcorreram, ela suspensa daquele contacto, e então, quando os instantes se esgotaram, o prazo de sua oferta aos homens que necessitavam tudo, gritou, mas a voz não saiu. Levantou-se espavorida, correu, escondeu-se atrás da árvore que estendia suas raízes vivas como serpentes, as serpentes da sabedoria, arrepiada, um tremor frio alimentando-lhe o corpo. O homem arrastou-se de volta ao seu lugar como um verme, silencioso, sem dizer uma palavra, cavalos com sede que galopavam na insolação do deserto inesgotável, e se imobilizou de costas para ela. Ninguém vira nada, todos dormiam. A paz enorme, transfundida, não se alterava. Ninguém se despertara com seu semigrito sufocado. Marés confluindo. Voltou tímida para o seu lugar de antes, dois crescidos olhos de espanto para aquela banda onde se deitara o vulto do homem, deitou-se de novo, as pernas dobradas como um feto, o medo caminhando-lhe por dentro, o corpo enrodilhado, encurtando-se, retornando aos abismos de onde surdira, pouco a pouco tudo foi se amortecendo, as marés refluindo, Salústio voltou a abraçá-la como antes e a beijá-la, agora eram carícias de verdade, sim, Salústio era um homem de verdade, um homem macho, mas morrera, e os homens machos, apesar de machos, quando morrem se acabam de uma vez para sempre, só fica deles a lembrança que vai minguando até desaparecer, como riacho que deságua no mar, olvido desaguando no esquecimento, os homens apenas morrem, desaparecem, e com eles desaparece tudo, a macheza e a vida. Um sonho, Salústio. Salústio e os homens, e tudo foi se apaziguando numa lenta espiral morna de figuras vagas, ela esqueceu Chico Inglaterra, devagar, cada vez mais devagar, e Salústio virou apenas lembrança na voragem do olvido, seus olhos foram se fechando, fechando, fechando, até que dormiu de todo, Babalão abriu um olho e depois o outro e olhando a curva estremecida de suas cadeiras, a brancura de suas pernas e de seus pezinhos com pupilas de fome e de sede, devorando a forma de bandolim barroco que desenhava seu corpo perfeito tão perto de si inclinado de um lado no chão, tão perto de si e tão distante, impossível, masturbou-se lentamente, longo, devagar, triste, morno naquela mornição. Um homem que se masturba é porque as mulheres são impossíveis. Só Chico, vagamente desperto, viu e fez que não viu e resmungou com a boca torcida de nojo, a voz gangosa, surda e rouca, os olhos gázeos:

— Tu que nos chamas de filhos de Belial, porco, grandíssimo porco de Belial!

As cigarras cigarravam acres, azucrinando sob o silêncio ardente. Tudo estava parado na modorra imensa. Tudo pesado sob a modorna sem fim que parecia vir da eternidade. Uma erosão ancestral corroía aquela hora, enferrujava-se sem dó, ferrugens que se apossavam da vida, ali onde nascem as sementes das sementes, onde se origina a árvore da existência. O cansaço e a fadiga corroíam homens e cavalos, árvores e terras, céus e nuvens, horas e horizontes. Mundo, dança mundo!

Cigarras, folhas, rio, bois, vento. O silêncio por debaixo de tudo, como as orelhas distensas do tempo. Estão dormindo e já o sol há muito passou pelo meio da tarde, dividindo-a imperceptivelmente. A tarde cai. A lembrança de Deus, a fadiga de Deus, a tarde boiando sobre as águas informes.

O primeiro a se despertar é Urutu e fica cismando encostado na capa lixenta de um tronco de árvore. Pouco a pouco vão se despertando letárgicos os homens. José Gomes leva os animais para o rio com Pedro Peba. Canguçu conversa com Bebiano, coisas de somenos. O Caveira discute com Babalão sobre os rumos ignorados e submersos da Figueira-Mãe. Brumas e brumas. Ainda sonolento com aquele ramerrão, Urutu olha com apreensão para as matas que se erguem à frente como uma grande muralha. E o silêncio das grandes selvas paradas, o silêncio pareceu crescer dos lados onde o meio-dia decai para o poente, lá onde o sol se põe todos os dias, para lá parece é o lugar onde as coisas e os pensamentos também se põem, um silêncio orgânico e enorme feito a casca do céu prestes a romper-se como um ovo desmesurado e desabar como uma montanha cheia de intestinos moles e fígados derramados dependurada daqueles cimos, pelos cumes, pelas alturas inacessíveis, entre as nuvens brancas e indiferentes daquele azul que nunca mudava, a não ser quando caía a noite ou chegavam as grandes chuvas tropicais como magotes e caravanas de bichos pré-históricos. Noite quando cai, o pensamento muda, de dia a ideia rói uma coisa misturada com luz, até certo ponto iluminada, de noite torna-se meditação, que se confunde com impalpáveis pressentimentos, contagiados pela escuridão e pelas trevas que se derramam das fontes da noite. E para o céu tudo vai, ilusões e sonhos, para que céu? Não se sabe, talvez isso que chamamos céu e que não é mais que a ilusão dos olhos que veem esse teto de cascas de ovos, esse zimbório silencioso, que reboa em tímpanos quando a chuva cai e enegrece quando cai a noite e fica a pingar estrelas que gotejam cintilando.

As árvores murmurejavam. Ninguém a não ser eles. E os bois, as vacas do outro lado do cercado, como abandonados, sem ninguém cuidar, era a impressão, será que esta fazenda tem mesmo morador? Os bichos tapados entre as matas e os animais que José Gomes trazia do rio. Entardece, logo seria a noite. Noite sobre noite, as noites vêm, as noites se perfilam enormes ao norte, ao sul, a oeste e a leste, de onde vem o futuro. Por uma grande fresta via-se o pasto verde que corria para a fazenda. Um garanhão negro e meio selvagem, louco de juventude e de liberdade, crinudo e esguio, passou correndo a relinchar e a galopar, golpeando o solo com as patas, perseguindo uma jovem égua baia, ecos dele ressoavam nas cabeças dos homens, e a moça suspirou e fechou os olhos.

Os homens, pensativos e infelizes, olham, assistem àquilo tudo como brinquedos proibidos para eles, suspiram, os suspiros vêm de um paraíso perdido, a moça abre os olhos, sonha, uma brisa vem do fundo das matas, e logo retornam-se a si mesmos, nos olhos de todos o sonho cintila como uma enorme pedra preciosa no fundo de um lago transparente, a estrela da Noite aparece ao Norte, há um vento frio que vem agora das savanas, depois que lentamente o sol se põe.

— Vou me banhar — diz Chico Inglaterra que se ergue e vai em direção ao rio.

— Lava-te bem — murmurou Babalão.

Chico faz que não ouve e desaparece no mato. Logo chega à beira do rio, rio Glória chamado, que nome bonito e sonante, parecem rumores de sino esta palavra, suas águas verde-pardas, de suas águas vêm como que rumores de glórias retumbando, serão as vidas dos homens que valeram alguma coisa, senão não haveria necessidade de glória para ninguém, os empedrados e as quedas, cá ele é meio largo, dizem que tem muito jacaré, são famintos e audazes esta hora, ninguém sabe ao certo, dizem de dizer, mas em tudo há verdade misturada com mentira. Chico atravessa um campo raso onde a queimada ainda arde fresca. Bem, há gente já que há fumo. Parece fumaça, mas ali no sub-baixo das cinzas, as brasas vivem e ardem em lume vivo. O fogo subterrâneo corre por debaixo das cinzas. De sapatos ele não sentiu nada, só o calorão que sobe, vaporiza, combure. Tira as roupas sobre as pedras e pula na água. Oh que faz tempo! Água para purificar o corpo, oh se purificassem a alma, nada há que purifique a alma, quando esta se sente suja. Mergulha, nada, vai até os lugares profundos e escuros para tirar-se os receios, acostumar-se à coragem, que é sempre preciso ter de sobra, o corpo lhe dói um pouco em diversos lugares, lavarento, mas é sempre bom um banho, necessário além de um rito e um cerimonial, a água está fria e ele respira fundo e forte, a pele arrepiante. Nisto chega o Caveira, que vem banhar-se também. Despe-se e salta na água. Conversam um com o outro, quando o Caveira lhe mostra um enorme jacaré que está abicado numa pedra, as grossas escamas lhe brilham como placas de alumínio, encaramujado na margem como um fruto numa árvore, Chico sobe a pedra e começa a provocar o jacaré jogando-lhe pedrinhas, e vem o Caveira por detrás e metendo-lhe a mão pelo traseiro empurra-o dentro da água de mau jeito e ainda lhe diz:

— Se quiser vir no braço, como homem, seu leproso, venha!

Chico Inglaterra nada, sobe de novo, transtornado, à pedra, apanha a faca junto à roupa, salta sobre o Caveira que se desvia do golpe. O pegasse... Agora, lutam aos golpes de faca, cada um com a sua, nus, carniceiros bravos, destabocados. Os braços driblam e se escorregam, se torcem e se trocam e se trançam, vibram e dançam no ar. Brilhantes e molhados, saltando e gritando como demônios, nem é mais brincadeira, já é jogo sério, as facas rebrilham nas mãos que seguram forte, bailam perigosamente. Sem saber vão-se para a queimada e sem sentir sequer, bailam seu bailado de morte sobre o campo abrasado. Às vezes as facas se batem num som seco e agudo, raspam às vezes as carnes, se cruzam metalicamente, já dois ou três lanhos na carne onde o sangue se desfia aparecem no branco dos corpos despidos. Silenciosos, concentrados, raivas nos olhos, determinados, cada um procura atingir o outro, lutam ao entardecer, os pés revirando fagulhas e chamas de fogo, algum deles dois terá que morrer, que diabo de tanto ódio esquecido que refaiscou de repente dentro deles, se acendeu no fundo das raízes crespas, e tropeçam e se revolvem e se engalfinham e se reviram, remelexando montes de poeira ardente, chispas de fogo que se enovelam pelo solo comburido escondendo as pernas e os torsos, nuvens de poros de brasa que os envolvem, duas onças em luta de extermínio. Saltam, as duas facas se encontram no ar e tinem num som de bronze como sino, num latido seco de metal, não veem nada, o torneio continua, continuará até a morte, nem Urutu, que chegou e se interpôs entre eles, braços abertos segurando-lhes os pulsos como manopla de ferro, os olhos refuzilando mando e grita ordenando:

— Parem, parem, seus loucos, se vê que são machos, não precisam demonstrar. Que querem, querem morrer?

Os dois se imobilizam, e só então é que veem que estão dançando sobre brasas vivas. Os peitos incham-se e se desincham, cansados, suados, arfantes, a agonia do ódio, olham-se através, por entre os braços de Urutu que os contém, um olhar apenas, de um segundo, irreconciliável, e logo correndo, atropelando-se largam e deixam as facas e o lugar, como se agora, tardiamente sentissem a realidade queimante do fogo, em largos pulos e caem ao rio, abraçando-se dentro dele em grandes efusões de paz:

— Seu cachorro, queria me matar, ô Caveira?

— E você, seu leprento, lazarento cão, queria me furar, hein, companheiro?

Urutu lá de cima do barranco, balança a cabeça, professoral, dono de todas as concórdias:

— Qual, são crianças ou loucos mesmo...

E despindo-se também pula de ponta-cabeça na água.

— Queriam morrer? Já somos poucos para a dura guerra, e ainda por cima querem morrer, gente nossa?

— Morrer nada, ora, era exercício de treinamento militar... para não se enferrujar...

— Ora, que morrer o quê, seu... Era somente treino...

— Treino? Exercício? Vi seus olhos... E os golpes... Parecia cruenta guerra de se exterminar... Vocês nem têm ideia de que são doidos completos.

O Caveira na água olhando o companheiro pensa: esta água me lava a mim, apenas, e a ele não, poderá lavar-se quanto quiser que nunca esta água o lavará de todo, purificações para ele não existem nem existirão nunca... Essas coisas, entretanto, não se pegam pelas águas? Pelos ares, pelo fogo, pela terra?

Meia hora depois, banhados e vestidos, voltavam. Nessa noite, só a moça sem-nome não se banhou. Todo mundo esperando sem saber que estava esperando, impaciente, inconsciente, como daquela vez que encontraram rio para tirar os cascões. Estava estranhamente calada, quieta demais, envolta no seu mistério de beleza e desejo profundos e tinha os olhos fixos num só lugar, muito calmos e imóveis, dons de um apaziguamento interior que não vacilava mais. Urutu acercou-se dela, notando-lhe a quietude:

— Que tem, moça, está doente?

— Não tenho nada, deixe-me em paz.

Ela falara. Ao menos isso. Com os ouvidos cantando com o som adocicado e aveludado de sua voz quente e doce, rouca e musical, ele desejava que ela falasse por muitas horas para abeberar-se naquelas águas que vinham dela, das suas fontes recônditas, ali onde moravam as harmonias das flautas e onde as abelhas dos seus sonhos fabricavam mel, olhou-a demoradamente, sob seus cílios os olhos quietos e azuis olhavam suavemente o mundo e deles manava uma espécie de sabedoria feminina secreta e intata, ele a deixou e José Gomes veio estar ao seu lado enquanto o pessoal se preparava para aquela noite, a sortida na fazenda O Desolado. A lua vinha cedo e eles guardavam silêncio, como um velho segredo. Ao lado dela sentado com o menino Garci de um lado, gozava de sua proximidade e pensava em quanto é raro ouvir a voz de uma mulher, os ouvidos de um homem. Não foram feitos para isso? Cordas e madeiras, a música guardada em suas nascentes, a revelação feminina. Lembrava coisas antigas. Aliás, de tudo o que havia nesta parte do mundo, o que se fazia mais ali era relembrar coisas do outro tempo, de quando eram gente e estavam livres, era o trabalho deles, lembrar, recordar, dar corda ao coração. Menino Garci estava também calado, não queria falar muito, estava nos rebordos e nos círculos da maleita que havia retornado e que não o deixava. Todos estavam meio assim, o que era de um era de todos, muito em comum, todas as ideias e todas as coisas, como se fossem com uma maleita estranha, ele podia bem reparar, uma macutena esquisita, uma dor de amor igual em todos, um silêncio em cada um e uma vontade de gritar maior que cada um, com vontades de atingir as estrelas que brilhavam caladas no céu tremeluzindo, estremecendo ardentes. O que seria? A paixão? Sentia saudades de não sabia bem o que e estava melancólico, e uma melancolia de quem tivesse saudades do sono e não quisesse dormir. Olhava e via a moça sem nome ao seu lado e estava com saudades já dela, de agora, como se ela lhe despertasse desde sempre todos os sonhos da adolescência, destes mesmos instantes que passavam e transcorriam e iam para o passado irremediavelmente, para não sabia aonde, dava-lhe pena vê-la como que abandonada e calada, triste, bonita porém na sua inteira boniteza completa de sempre a que já estava acostumado, mas que quando a via parecia ser sempre como pela primeira vez, que até dava um susto gostoso, o coração pegava a bater mais apressado, vinha uma ansiedade pelo corpo e tudo se afogava abruptamente, tinha saudades dela, não queria que ela envelhecesse, mas isso viria, uma vez na vida, como tudo o que vem na vida, sempre é pela primeira vez, tudo, e ela se tornaria velha e se curvaria para a morte, como uma flor que se murcha, que começa a vergar dentro do cerne de sua plenitude e de sua beleza, nem sabia de onde vinha tanto sentimento, toda em sua seda colante do vestido justo que a desenhava toda, o lenço vermelho ondeando ao vento no seu pescoço, os cabelos se mexendo como as folhas das árvores, aquela serenidade sossegada e um pouco tristonha, mas enfim, era natural, bem nem parecia que tinha perdido pai e marido, tanta beleza, tanta exuberância de carne, tanta exorbitância de formosura, quem diria estando em seu perfeito juízo. Afastava a ideia do seu pai e do seu marido mortos por eles, ele também tinha culpa. E olhava as caras dos homens: todos eles tinham uma expressão como que sabiam de alguma coisa, uma parte de todo o conhecimento, como que se despediam de alguma coisa que não sabiam, inclusive ele, o que seria? Eram adeuses que saíam deles, como pombas penumbrosas deixando o pombal ao entardecer, batendo as asas, para onde iam nos seus voos crepusculares? E com esses adeuses se lhe ia a juventude que só vinha uma vez. Suspirou e olhou para José Gomes. Este: seu pensamento tinha ido para a Candi, na cidade, que será que ela estava fazendo neste momento justo? Em todo caso nem adiantava mais nada pensar nela, não lhe tinha mais amor, todo o seu amor estava agora girando dentro de uma redoma onde se respirava apenas os perfumes naturais de uma só mulher perfeita, esta moça sem nome, se lembrava entretanto da viúva Joaninha, era tão bonita dentro do seu luto, toda branquinha, pequenina, o corpo mignon, o mexido, o secreto recheio, tudo tão bom de olhar e de sentir, mas já por Deus, nem era o mesmo com a mesma pureza de ideias, ele agora nem não podia deixar mais sossegar o pensamento, se diria que estava envenenado, se contaminara com grandes coisas sobrevindas do infinito de tudo, que tudo estava profundamente mudado dentro dele, não tinha paz, parecia, não podia se enganar, estava apaixonado, e isto lhe dava uma tristeza como se fosse morrer, uma sisudez estranha e fixa, não se lembrava nunca de ter estado assim, nem sabia que podiam existir tais estados de alma e sentia um ciúme doido e doentio de todos aqueles homens que respiravam o mesmo ar que ela, sentia uma dor funda, um prazer nessa dor, sentia um ar bom quando estava perto dela, quando sentia sua proximidade, quando a olhava, ele a ficava olhando esquecido de tudo sem que ela o notasse, ela parecia nem notar a ninguém horas seguidas. Estava apaixonado pela moça sem nome. E tinha raiva de Urutu, raiva de pelar e queimar, raiva silenciosa, pior que a ruidosa, raiva de todos que a olhassem, de quem quer que fosse que perpassasse ideia dela. E sabia que Urutu não gostava, que Urutu tinha pensamento oculto com ela, e guardava ódio como veneno no coração. Ela pairava no pensamento dele, pairava no pensamento de todos e todos ali tinham pensamento escondido com ela. Doía pensar certas coisas, mas serenava, buscava o frescor manso que dava a sombra dela, como de uma árvore benigna. Os homens se preparavam em silêncio, aguardavam só a hora de Urutu dar instruções para irem à fazenda. Longe, já tão longe da Figueira-Mãe, que eles nem sequer souberam ou adivinharam, o bando de Urutu vai. Deixaram para trás a Serra dos Martírios, que não sabiam se era mesmo a Serra dos Martírios, nem mesmo os guias Babalão e Chico, que apesar de tudo se consideravam guias, e se embrenharam nos contrafortes, nas bases da serra do Uaboi. Segundo José Gomes e Babalão, que citam diversas fontes, ali é que está erigido o santuário do Padre-Doutor, a Figueira-Mãe. Mas depois de tudo, quem é que tem certeza, quem vai saber a verdade? Urutu descrê de tudo, mas é obrigado a seguir as instruções de quem citando fontes parece saber um pouco mais, porque ele, dele mesmo, pouco sabe, ou quase nada. Melhor crer nos outros que em si mesmo em certos assuntos. Crê porque se não crê sofre mais e descrê porque não é bobo. O muito que sabe é que está perdido como o resto dos companheiros, e o melhor é rodear estas serras, até chegar sem que se saiba como, graças ao Sem-Sombra que é o melhor guia, o oculto guia, o que guia nas sombras, o que tem todos os nomes, que lê o coração dos homens sem que estes o saibam. Outro modo há? Que esta é a região, enfim, é o que todos sentem, equânimes, e os guias dizem. O Desolado ficou para trás faz dois dias. A estas horas os que eles encontraram ali devem estar fedendo como o inferno, no pasto dos mortos. Deus lhes guarde, afinal, e o Demo, que guarda mais, porque esta é a terra dele, Deus manda no céu. Trote leve, cavalos novos e descansados, matula farta e bastante, corações confortados, o magote segue, lançando desaforos e desafios:

— Mas que bode de tanta chanha, seu!

— E saiba que reprovo essas coisas que são de Belial e Astarot e Lusbel! Lúcifer gostaria de tudo isso...

— Imundo mundo imundo!

Eles atacaram a fazenda O Desolado foi de madrugadinha. A moça sem nome eles não puderam levar ou não quiseram, ou se distraíram dela, e quando voltaram já não a encontraram mais em lugar nenhum. Desaparecera. Sem deixar o mínimo vestígio. Procura e procura, coração na boca, desespero secreto dela doendo em cada sentimento, e nada, as caras ao céu, nem sombra da moça sem nome, sofrimento. Podia a alma suportar essa ausência, esse peso? Como uma ausência pode ser um peso? Como é possível? Ela já era todinha para bem dizer gente deles, entranhada nas vísceras deles, nos corações, nos sonhos, no amanhã, total, inteira, completa, já se tinha acostumado tanto com tudo...

Urutu chorou de raiva e não se sabe de que mais, até tiros deu ao azar, pelo ar, estrondejando, ecos em aboio retornando em grandes ondas confluentes bramindo como de grandes cavernas vazias. Nem rastros dos seus delicados pés. Acreditavam até que ela chegava a gostar deles... Feitiço dela. E quem, em sã consciência, podia glosar que não? Que fazer, porém? O mundo não pode parar, dizem, os homens do mundo. Rezaram por ela toscas preces, comovidas, exigiram de Deus soluções, mas como estas não vinham ou eram por demais difíceis, se foram, desconfortados, fazendo tripas do coração, talvez ela tenha morrido, mas morrido como, pensando bem, Deus do céu? — quem vai saber, agora que ela não está mais aqui? Pensaram tantas coisas desencontradas, mas ninguém sabia absolutamente nada, ninguém podia dizer nem aconselhar coisa nenhuma, os corações deles na verdade sufocavam, doíam, supuravam angústias, ela tinha deixado por dentro dos corações deles dor imensa como o céu, como o dia e a noite, como o crepúsculo infinito, seria o castigo, a pura vingança dela, inocente e indefesa criatura sozinha, mais forte que os leões e os tigres, deixar estas dores insolúveis no âmago do coração dos homens, em cada volúvel coração? Devagar cada qual ia imaginando. Mas nem não pensavam tanto nisso. Era sem remédio. Era quase natural. Aguentem se são homens. Isso pensavam, porque a verdade é que pensavam, sim, e muito, grande, forte, soluçante, sufocador como a dor intrínseca do mundo. Ah, juntarem-se todos os homens da terra, num grande congresso, para proclamar que a moça sem nome desaparecera da frente dos olhos deles que a amavam e que de agora em diante chorariam para sempre, sem possível consolo, isso talvez fosse o que seria necessário. Erguessem uma faixa daí por diante, que levassem aonde quer que fossem, levada na frente da cavalaria por dois cavaleiros, onde se lessem estas palavras: Somos a cavalaria que ama sem consolo a moça que se foi. E chorassem, chorassem, chorassem, em grande pranto, dias e noites inteiras, sem cessar, cabelos cheios de cinza, junto aos grandes e desolados muros de pedra de uma Jerusalém das redenções perdidas, até que ela os ouvisse, até que seus prantos subissem até ela e ela se arrependesse, e de onde estivesse, de onde fosse, a parte do mundo que a protegesse e a ocultasse, o sítio sagrado como um tabernáculo, o local da arca da aliança, ela viesse para os consolar, eles que mataram seu pai e seu marido como se matam porcos. Com tantos mistérios em volta, mistérios de não saber e não adivinhar, mistérios de perseguições apertando cercos em torno deles, eles não podiam, enfim, se abrandar. Não podiam mais humanamente ficar ali e lamentar-se, depois do que acontecera na fazenda dos protestantes do Batovi, por O Desolado nomeada, e não podiam procurar eternamente a moça desaparecida por mais que a amassem e ansiassem seus olhos por verem-na e seus corações apertassem e doessem do amor mais sensível e premente que existia. Mas foram-se embora. Foram-se com lágrimas, os olhos para trás, o coração apertado numa contração irremediável, pensando nela, sua imagem nascendo a cada momento na fonte de suas retinas, a origem dela a cada instante brotando e rebrotando como manancial de água da montanha, cada um por si apaixonado e Deus por todos dentro do cerne da paixão, com o pensamento incrustado nela, em todos um caranguejo do amor, enorme e sem fim, corroendo sem piedade. Vingança dela. Os infernos eram cá mesmo nesta terra. E onde ia ser por acaso? Tiveram de ir-se. Cada um sabia o que se passava no coração do outro? Difícil saber, que os corações são difíceis de aprender e diferentes um do outro. A arte mais rara e dificultosa, a do coração. Foram-se. Protestando e raivando e maldizendo e chorando e rangendo dentes, mas foram-se embora. Rumo às serras tantas, tantas serras, horizontes tantos, tantos horizontes, que o mundo é feito de horizontes. Qual de todas essas serras, qual de todos esses horizontes? Quem saberia se a terra ali é sempre tão grande e Babalão e Chico Inglaterra e José Gomes não nem atinavam mais de nada, eles que sabiam, perdidos como filhotes de corruíra fora do ninho, se dizia do sertão e o mesmo que eles perdidos estavam? Rumo da outra face do tuaiá, como se fosse o outro lado da lua. Foram-se embora para sempre, enxaguando lenços de lágrimas, Fugindo. Como que fugindo da lembrança da moça sem nome, sua ausência. Deixando-a para todo o sempre, cada vez mais longe, quanto mais longe, melhor. Quanto mais bruto o homem, tanto mais dói nele o sentimento profundo de tudo. O rosto, o corpo da bela moça, belíssima, belíssima, beleza refulgindo nos espelhos do coração, em esplendores, nunca mais vista, recobrindo-lhes os corações, as lembranças, a memória viva, inteira, como a água recobre os peixes que passeiam nos aquários e nos poços, transparência, como o crepúsculo vermelho recobre as montanhas e as matas e se impregna nas terras ao entardecer. Crendo que os batalhões de soldados estavam no calcanhar deles, pois que era e devia de ser apenas a máxima verdade essa suposição, cada vez mais estranha e mais natural, por que não ia ser?, nada mais que a verdade, pura e simples verdade desde sempre, que encontraram na fazenda uns três meganhas extraviados, ou perdidos de rota, ou atocaiados, não se discerniu bem de todo, mas que eles obrigaram a confessar e depois mataram por plena misericórdia, além de Onoro Fino, do João Padre e do Paco Guerra, gente que eles encontraram doentes, presos no fundo da fazenda, torturados, sem pontas de dedos e sem orelhas, à morte, pela fome e pela sede, à espera de algo que eles chamavam justiça. Foi assim à hora prazada, quase à uma, eles cercaram de manso a fazenda dos protestantes. Cada um entrou por um canto. Lá dentro deram com coisas nunca jamais vistas: primeiro Urutu e o Caveira, ao atravessar os quartos e corredores silenciosos, deram com um principal aposento todo em luxo total, que viram, era dos senhores que estavam em visita à capital. Urutu ordenara para ninguém levar nada que não fosse de comer, de beber e de se vestir, que lá na Figueira-Mãe havia de tudo e não se poderia sobrecarregar-se inutilmente na viagem longa e incerta. Não podiam viajar longe com muito peso, ademais que logo chegariam ao santuário do Sem-Sombra, não haveria necessidade de nada, eles acreditavam e punham nisso toda a sua inteira fé e a sua absoluta confiança. Rebentaram as grandes portas e lá de dentro veio o bafo de fedor enorme — na cama de casal toda em ouro, estirado nu e atrofiado, no centro, um gigante sem cabeça, um Golias anglo-saxônico, sangues secos e empretecidos por toda parte. Parece que nem se reparou bem no morto, tantas eram as coisas exóticas e raras e antigas e de maior valor nunca vistas em volta, para se olhar e admirar, mas que eles, meio supersticiosos, não queriam fixar os olhos, por medo dos estranhos amuletos com suas irradiações e eflúvios, a mode serem embruxados e enfeitiçados e contendo esquisitos poderes por encantos de brancos feiticeiros protestantes de outros países. E tudo eram brilhos e cintilações, como ouro em cada lugar, dentro do terrível ar confinado em amarelo que queimava pulmões. E ao lado das antiguidades e peças, muitas máquinas que não adivinharam para que serviam, só se fosse para descobrir minérios e adivinhar tesouros escondidos, espalhados pelo aposento em profusão. Era bem uma estação na Via-Sacra, digna da véspera da Figueira-Mãe, mas ainda não eram nem sequer os vestíbulos da Figueira-Mãe. Ninguém a não ser o Anteu decapitado, aquele que devia ser o senhor de O Desolado, seu dono absoluto, que ninguém conhecia, nem nunca tinha visto nem mencionado, nem sabia o nome. Devera ter havido peleja feia entre os moradores. Ou talvez fossem os do bando, Onoro Fino, João Padre e Paco Guerra, que ninguém adivinhava como vieram parar aqui. Saíram às pressas, sufocados daquele empestamento enfurnado. Uma piscina lá fora, e eles se esqueceram olhando, imaginando as grandes orgias dos puritanos crentes, no interior irreal daquela mansão que podia ser engano dos seus sentidos, através de visões imaginárias como miragens assombradas ou transfixações óticas, e em nada eles quiseram tocar, por crer que estavam impregnadas de algum encantamento desconhecido e contagioso, de todos os modos poderoso, só no fundo deploravam que cada um não pudesse ficar para ser o dono completo em companhia de uma moça senhora tão bela e chorada que ia até altos sonhos sem nome, cada um seu céu, seu paraíso. Mas deviam ser artes malignas daquele lugar maldito pensar tais coisas. Maldito porque, como que aparecia de repente no meio do deserto um castelo solitário desta magnitude, no meio das distâncias mais desmedidas, cheio de máquinas e bebibas? Salas inteiras cheias de máquinas, minérios e bebidas estrangeiras. Até o nome O Desolado, o Batovi dos Protestantes, era estranho e soava esquisito, como se fosse a pronunciação de lugar que nem existia e eles nem queriam pronunciá-lo com medo de tocar em alguma invocação demoníaca escondida atrás das palavras. Babalão veio dizer que lá dentro havia vastos salões cheios de quadros como um museu e outros abarrotados de livros em estantes infinitas, que produziam ilusões desenfreadas nos sentidos, mas

Urutu reiterou sua ordem de que não mexessem em nada que estavam todos os objetos embruxados naquela altura do sertão, tamanha construção de casa edificada que contivesse tanta coisa demasiada de valor impossível de calcular, que só podia ser uma miragem, algo assim como uma construção metafísica sumamente idealista, se prontificou a dizer Babalão glosando assuntos de repente pousados na sua cabeça sem nenhuma razão plausível. E só Babalão foi quem descobriu razões para sonhar excessos demais. Nem queria depois saber de mais nada, tiveram de carregá-lo à força, amaldiçoando e esperneando, dizendo que aquilo era melhor que a própria Figueira-Mãe, que já podiam dar-se por satisfeitos, que seguir dali para diante seria o suicídio, que agora eram os únicos senhores absolutos, já que moradores não havia e que ninguém se preocupasse, ninguém morava ali, aquilo tudo estava abandonado, acontecera alguma coisa que obrigara os antigos donos a um êxodo, e queria porque queria de toda alma e a todo custo ficar naquela companhia para sempre, aqueles luxos e luxúrias que nunca tinha visto antes e nem imaginado, que nunca mais veriam nada igual, que aquilo era uma ilusão que de repente crescera e virara realidade, queriam ficar pontificando, era uma grande asneira ir-se e abandonar aos poderes das ruínas e do vazio aquelas coisas de tão grande valor. Dizia que devia haver mulheres belíssimas que fizessem todo mundo se esquecer daquela feiticeira, a moça sem nome, que elas estavam ali, era só procurar melhor, deviam de estar em alguma sala daquele harém. E muito mais ela, a moça, devia de estar ali, só podia estar ali, que acedessem aos rogos do coração, ficassem ali para sempre, ela apareceria, ela viria de novo para eles, a moça sem nome, se lembrassem que estavam apaixonados, não se lembravam mais por acaso? Não a deixaram presa, segura? Ora, que ideia — bobagem! Os outros, prudentes, só olhavam de longe e achavam tudo muito esquisito. Não parecia deste mundo. Ponderavam que estavam, cada um dentro de si, amando, uma pedra quente no coração, sua figura em cada pensamento, mas tudo aquilo podia ser de repente muito perigoso, desconhecido, profundo demais. Aonde os levaria aquilo, que podia ser de repente uma armadilha, como dissera Babalão, talvez falasse verdade, que aquilo podia bem que fosse de repente uma ideia, apenas uma ideia metafísica, nada mais que isso, um espelhismo, uma ilusão, uma miragem que se esvaísse em nada pelo chão, como as espumas de uma água que caísse entre as pedras, se perdendo na areia... O Caveira até ponderou que talvez fossem habitantes de alguma estrela, que haviam edificado aquilo em pleno deserto. Pensaram em deixar Babalão à sua vontade, que vivesse ali naquela espécie de Santuário dúbio por demais, mas ele era dos que eles achavam que devia saber, de alguma maneira ou de outra, o caminho para a Figueira-Mãe, muito importante para eles, pois, como deixá-lo? Mesmo que não soubesse, ele tinha uma tradição de saber, e portanto era indispensável. Os soldados encontrados foram pilhados assando carne, satisfeitos e desprevenidos depois de torturarem os três fugitivos aportados lá, num pátio do fundo. E pensar que nada viram. Foi de súbito. Ouviram ruído de homens e foram ver o que se tratava, aquela irrupção de alegria estrugindo naquela solidão desmesurada de luxuosidades meio abandonadas. Juntaram-nos todos amarrados e a peso de tição queimando-lhes as plantas dos pés confessaram que havia nos rastros deles nada menos, nada mais que uns duzentos homens da capital em infantarias e cavalarias armadas comandadas por gente grada e importante, eles estavam por longe dali, enganados de rota, trançando pela serra de São Lourenço, eles, os fugitivos, nem precisavam temer nada, nunca os encontrariam, era a pura verdade, isso garantiram os soldados jurando enquanto se retorciam com as brasas nos pés, entre choros e convulsões. E eles mesmos, que faziam ali? Estavam ali por perigos, haviam se dispersado do resto do batalhão, que iam fazer? Encontraram aquela casa e entraram. Por mentirem ou não, só por serem meganhas, Urutu mandou fechá-los num galpão isolado, e quando ao abrirem encontraram lá dentro presos, tão torturados, pobrezinhos, que Urutu se enfureceu grandemente em trevosa ira, os três: Onoro Fino, João Padre e Paco Guerra. Dois estavam mortos: Requião e Galdino Gó. Mandou tirar os coitados de lá e botaram no seu lugar os três soldados, para ver o quanto era gostoso ser torturado, encheram o lugar com boa madeira, muita palha, os meganhas pressentindo, clamando por piedade e chorando que não foram eles, mas como não havia de ser eles, se só eles é que estavam aqui, lhes responderam, por piedade, gritavam, quando se faz mal aos outros, torturando e matando devagar, os fazedores não sentem nem imaginam o que seria se fossem eles que estivessem no lugar dos torturados, e tocaram fogo. No fogo que subia o cheiro daquelas carnes, ugh, dava nojo, carne de homem é a pior carne que existe para se queimar, a mais fedida, talvez seja porque o homem reconhece que é a sua mesma carne que está se queimando. E nem havia mais ninguém por mais que perguntassem onde deviam estar os restantes habitantes que por força havia de haver. Mandou Urutu que varejassem com cuidado a casa toda, toda a fazenda, para caso de descobrir mais gente. Só uns vaqueiros assustados que explicaram que os donos haviam viajado de repente e só aquele gigante, Mister Moore, o pastor, havia ficado e brigado com os soldados, tendo morrido daquela morte. Puseram fogo em cada canto, mais na ala onde se erguia solitária e dominante a torre-mirante de onde se via tudo a muitas léguas e que se unia aos grandes pavilhões, que a construção era enorme e com inúmeros compartimentos atulhados de exorbitâncias de valor e superfluidades. Deu até dó pôr fogo naquilo, a residência tão bonita dos ministros protestantes procuradores de minérios, Babalão rogando, que tudo eram igrejas de Jeová Sabbaoth, o Senhor dos Exércitos, e todos os homens filhos dele, as riquezas lá dentro e as abundâncias inconcebíveis, mas tudo contaminado. Urutu foi implacável e inamovível, aquilo tudo estava enfeitiçado, aquilo eram miragens de mau encantamento, segundo as magias mais entranhadas, uma abstração erguida contra o céu como uma torre de Babel. De que serviriam? Como carregariam? O que não pudesse ser levado tinha de ser queimado, era a sua lei. De nada serviriam, para quem demanda a Figueira-Mãe, o refúgio dos perseguidos. Quem chegava ao Sem-Sombra tinha de chegar puro, sem pesos inúteis e supérfluos, nada mais que as roupas, as montarias e as armas. De que servia uma abstração, mesmo que fosse feita de materiais? Estavam no centro do tuaiá. Ali era o rodopião, a espiral das ilusões mais profundas.

Ficaram de longe sentados, comendo da comida dos meganhas, que estava ótima, assistindo e observando o belo incêndio, como um espetáculo inesperado, maior que um bosque que arvorava e se avivava com o vento e subia como uma floresta de chamas, o rio de fogo dentro da noite. Viram as trabalhadas colunas de madeira de cedro de lei se dobrarem e ruírem em estrondos enormes e continuados, como cavernas vermelhas soprando ventos, e os estalidos e as térmitas de fogo percorrendo o cerne do edifício.

— Heresia... Heresia... A casa de Deus... — berrou grasnando Babalão.

— Que heresia, que casa de Deus... Eles bem que merecem, esses ladrões, roubando as riquezas do país, nada temos com isso, em todo caso, não gosto de ladrões ricos, quem de vocês gosta? — rosnou Urutu indagando dos homens, com um fio de riso, a cara iluminada pelas centelhas das mil fornalhas que se embaralhavam num tarô de fogo, no redemunho de labaredas.

— Não, não gostamos... — rosnaram os homens acompanhando-no no riso.

— Não queremos riquezas... Senão não poderemos entrar na casa do Sem-Sombra, na Figueira-Mãe, lá só se entra renunciando a tudo...

Apenas uma hora, um menos avisado, que averiguou-se ser soldado, que desceu esbaforido não se sabia de onde, de entre as ruínas que ruíam, a roupa pegando fogo, como um fátuo penado e apareceu à frente deles, gritando, aparição rubra e movente, retendo-se meio bestificado a olhá-los sem saber que direção tomar, mas o Melânio, tranquilamente, em sua completa mudez, sem dizer uma palavra, senhor de seu silêncio, acertou certeiro, com sua incomparável pontaria com uma bala bem entre os dois olhos arregalados e brilhantes de medo. Ficou no lugar. Sabe-se lá se havia mais pestes lá dentro? Morram-se, a poi, e boa viagem, que o mundo é de se morrer mesmo, só vem para aqui quem quer morrer, quem não quer morrer que não nasça. Os três companheiros, Onoro Fino, João Padre e Paco Guerra, que estavam tremendamente torturados e mutilados, morreram um após outro, nada se pôde fazer, não aguentaram os sofrimentos. Mas os de O Desolado morreram também. Sem remissão. Se alimpou um pouco o mundo. Levaram o que puderam de comidas e bebidas, cigarros, trocaram os animais, e não tendo mais por que ficar ou esperar mais tempo, pensando perdidamente na moça sem nome, arrependidos de tê-la deixado esperando numa estrada, numa tapera fechada à beira da porteira de O Desolado, esquecida, sem vigia, sem nada, cada qual e todos, os corações vazios duma grande e estranha vaziez, com pena e amargor, abatidos e tristes para sempre, como um bando de órfãos abandonados, de viúvos inconsoláveis, deixados no mais remoto páramo do deserto, depois de chegar e encontrar a choupana sem ninguém, vazia, com um buraco na parede de palha, por onde ela se escapara, como que não pensaram nisso, aquela afobação toda da hora de sitiarem a fazenda, se incriminando, rasgando as roupas, arrancando os cabelos, beijando os últimos rastros e vestígios dela no rancho, só acharam seu lenço vermelho, que Urutu amarrou em volta do pescoço prendendo com um anel, cada um querendo fuzilar de raiva e ódio ao outro, pela culpa sem igual, resolveram ir-se embora, pensando: quem lhe haverá cortado esses barrotes, ela será que teria força?, taqueras quebradas e ripas abertas no buraco na parede denotavam que ela se escapara por ali, após voltarem à fazenda e por lá dentro em todas as suas partes andarem entre as chamas altas e bravas estalando as suas cabeças e por entre as paredes que se soltavam e caíam derruídas, estrondando, com risco de vida, vaguearem por quartos e corredores solitários, constataram que ela desaparecera, sumira para sempre deste mundo, mas não acharam que morrera, fugira irremediavelmente, ninguém saberia explicar como, o certo é que se exalara como os perfumes das flores se exalam no ar e ninguém mais acha nunca mais uma vez exalados, evolados, e ninguém sabia de nada, e desaparecer assim é a morte, só pode ser. Afogueados, estontecidos e desesperados, montaram os cavalos novos com um desamparo crescendo no coração e puxando as mulas pingues de comida e bebida estrangeira, do melhor, de cigarros e condimentos, de dia já, vendo os rolos de fumaça e o cocuruto do fogo que se erguia no céu. Foram-se embora, sem saber direito para onde, apenas fugindo de alguém que sabiam amar e nunca mais poder esquecer, que talvez por culpa deles houvesse morrido no incêndio, pensando em chegar às casas-fortalezas da Figueira-Mãe.

Outra vez a noite caiu. E nessa noite, em cavalos descansados, como com força nova, os homens vão: Urutu, Babalão Nazareno, Chico Inglaterra, o

Caveira, Pedro Peba, Canguçu, José Gomes, Bebiano Flor, Melânio Cajabi, Garci, o fantasma de Lopes Mango de Fogo e a lembrança da moça.

Este rumor de pedras nos cascos, este ar frio que chega como se fosse de novo chover, esta remora de amanhecer, pondo os ouvidos à escuta mais em miudezas dispersas, eles podem ouvir até o choque diminuto das pedrinhas nos cascos dos cavalos, este silêncio que os acompanha como uma nuvem protetora, esta lua tíbia e agourenta que pouco ilumina entre estrelas orfandadas, brilhando como lágrimas neste céu nu e calvo, tristonho e escuro. Quanto tempo há que estarão cavalgando no desconhecido rumo das verdadeiras estradas, sem conversar um com o outro, engolfados nos próprios pensamentos meandrosos e lentos e pesados e nebulosos e labirínticos, remoendo as ideias cansadas de passar pelos mesmos dédalos, a ausência da moça sem nome como um fantasma se alongando, se alongando interminavelmente como uma grande sombra por entre as suas sombras que se encompridam no chão à sua frente, como uma grande ausência sem fim e sem começo, como uma grande tristeza incomensurável, perfurando a noite como um túnel, pensamento da moça sem nome como um abismo os guiando ou os perdendo cada vez mais de si e da rota, como um abismo caminhando com eles?

O silêncio se impregnava nas gargantas negras do chão que também caminha com eles, desígnios augurosos e borrosos vão passando. Urutu mastiga pensamentos e lembranças que não se vão, voltam sempre como essas mutucas teimosas que às vezes seguem os animais bichentos. Uma direção te leva para o Gangabuito, onde Maria Carabina e sua filha Leonia te esperam, há quanto tempo, mas não é bem a negra gorda que te olha com seus olhos de chinesa na obscuridade, nem sua filha de corpo esguio e seios pequenos, de menina, o rosto, seu negrume doce na penumbra, é uma visão branca e luminosa pairando nua numa praia entre flores que se balançam ao vento, flutuando as pétalas azuis e brancas. E a moça sem nome te envolve e te segue e é todo teu destino perdido e todo teu pensamento. Atravessando a noite como um areal os homens vão. Só o rumor dos cavalos, cascos, cascos,

cascos, e o pensamento de Babalão Nazareno vagueia relembrando coisas perdidas. Quando foi? Há tanto tempo àquelas eras, mas todo seu passado se misturava em sua cabeça com as feições da bela moça sem nome e ele pensava que talvez fosse Belial e Astarot e Lusbel e Bafomet e Lúcifer e Baal, toda a corte dos anjos decaídos e todos os diabos com suas inteiras legiões que o estavam tentando e rezava cada vez mais nas contas toscas e sebentas do seu rosário e mais e mais a moça sem nome se insinuava entre suas orações e sua carne, penetrava no seu coração, enchia de um humor rico o seu sangue, palpitava nas suas entranhas e ele sentia que em vez de rezar balbuciava frases de amor, e quanto mais rezava mais ardia-lhe a cabeça, o coração, o corpo todo da lembrança da moça sem nome.

Túnel da noite de estrelas poucas, os homens vão sob seus ponchos, o silêncio parece torturá-los sobre a andadura dos cavalos, cascos, cascos, cascos. A lua passando entre os galhos retorcidos vai nascendo como a pupila aumentada de uma bela mulher seguindo-os pela desolação da planura, e através de sua luz nascente quase que se podem ver as pedras do chão, e só o rumor dos cascos cavando um eco oco dentro do tempo, como pedras caindo num cavo poço sem águas, os cascos no silêncio, seus sons surdos batendo como um metal ensurdecido, caindo na noite como frutos de pura recordação, tombando no esquecimento que vai ficando para trás.

Pensamento de Chico Inglaterra lembrando, sonhando, como um tatu escavando na terra. E a noite abafava tudo em seu redor, a lua subia, amarela e grande, levemente azul, com contrações de um olho debaixo de uma pálpebra fria, sob cílios femininos e cruéis, crescendo vagarosamente, atrás dos ramos do arvoredo e no silêncio tudo parecia de repente estremecer para depois imobilizar-se secretamente, sobre seu coração caía como um rocio tremido, uma inefável e doce presença, a da moça sem nome. Cavalguem, cavaleiros de perseguida cavalaria dos foragidos desesperados, cavalguem, cavalguem na noite dos sonhos despertos, na noite dos dias e no dia das noites, dos sonhos que não se sonham e sim se vivem, sem fim, como uma iniludível realidade, as patas desses cavalos retinem e golpeando o chão se aprofundam para a distância, vão para as profundas da noite, profundezas e mais profundezas, os cavalos levando-vos para o desconhecido, para onde talvez não sabereis jamais! Só as patas soam no silêncio da noite, os ginetes que vão desaparecendo debaixo de suas próprias sombras no encalço de uma sombra enorme que tudo domina e que cai detrás da lua, azul, levemente azul no negror da noite onde tremem as estrelas gotejantes.

E tu, Caveira, teu relógio, 3:33, e o relógio toma a forma de uma imensa mulher cujos contornos abarcam o tempo, seus seios progridem sempre, sua boca suga o mundo, seus quadris se contorcem e se estorcem lubricamente e escondem os pontos cardeais e seu sexo abre-se como a abertura de uma flor infinita no tuaiá, no mar alto, seu clitóris palpita e lateja como o coração de um relógio tiquetaqueando loucamente onde as horas se perdem... A moça sem nome, seu rosto que ilumina a solidão e a imensidão da noite, suas nádegas se espadanam e se arquejam, seu bojo infinito nas brisas pandas como as velas e as bujarronas de uma caravela, arfantes e trêmulas, mas de tudo... só os homens de sempre sobre os cavalos, patas, patas, cascos, cascos, a marchar pacientemente, a lua como um espectro oval e azulado, agora entre as árvores, as distâncias embaciadas, como se chovesse de novo, um som de água que se infiltra tenuemente, lua, olho pluvial que mira familiar e eternamente por entre as frestas da alma, latem as trevas como uivos de cães negros, como as profundidades dos abismos aluviais, horizontes palustres, ecos dos horizontes que se destampam, poucas estrelas que vêm viajando de grandes distâncias, transmigrando na noite e o silêncio que ladra, onde as patas ecoam devagar, lentamente, de repente surdas. Aonde vão? Em silêncio e em silêncio, cada um pensando, e o seu pensamento se mistura com os horizontes, que a vida e o pensamento são de cada um em particular. Apenas sabem que cavalgam e isso talvez seja eterno, grudado em alguma coisa que vem lá detrás das estrelas, no avesso do poncho dos céus, como se caminhassem na curvatura do firmamento e o estivessem apenas sonhando, não mais que sonhando.

E tu, Pedro Peba, pensas nos teus mortos e assassinados, eles já te perseguiram tanto que te pertencem, e tu vives entre tuas recordações inexauríveis, mas não os temes, já te acostumastes aos seus espectros, só de vez em quando te lembras deles, fortuitamente, e não lhes dás importância, é como se fosse por acaso e os afastas com um mexer-se de ombros, como um cavalo velho enxotando moscas. Mas as moscas te seguem, de longe, obstinadas, sem perder-te de vista, e sabes disto, são eles, os mortos. Mas agora, neste momento, esses mortos que povoaram teus pensamentos se afastaram e se apagaram há muito para dar lugar à figura graciosa de uma mulher única e obsessiva que entra em todos os lugares das ideias dos homens, bem sabes. Disso não escapas, nem queres. Sabes que sem isso não vives. Viu-a nua, os seios pesados como luas com bicos e auréolas pigmentadas, sua cintura fina que os braços de uma criança poderiam abraçar e abarcar completamente, seus quadris redondos e fartos que poderiam fornecer sonhos a regimentos inteiros, onde repercutia a vida como uma fonte dentro de um jardim, suas coxas alvas e grossas, onde em cujos pelinhos brilhava cada poro e cada pólen do sol generoso, as pernas de contornos que enlouqueciam e alegravam de tal maneira a visão que a alma ficava extasiada e que só se podiam ver em reais delírios e alucinações, nunca em prosaísmos fortuitos e gratuidades ocasionais, instantes de privilégios em que o mistério descerrava as portas de suas iniciações, o rosto que vinha talvez da visão e da contemplação dos proféticos paraísos e dos edens, quando ela levantava os braços viam-se os pelos crescidos no cativeiro dos seus sobacos penugentos onde se aninhava o segredo da vida... Não pode, nunca mais esquecerá esse momento, morrerá seja onde for, com a cabeça queimando nessa recordação como os fogos do sol, como se essa recordação fosse algo quente como a proximidade de um forno ou de um fogão que arde, a cabeça exposta sob o braseiro vivo do sol, a face da moça sem nome invadindo-lhe a memória como um rio subterrâneo se derramando, num ruído de águas que subissem, jorrando num chão de secura e deserto, eternas, que não acabam nunca...

Cavalos que marcham, cascos, cascos, negros na escuridão sob as árvores que vão passando interminavelmente, seus ramos como dedos esgalhados, brisas frescas, quase frias, que acariciam as folhagens como um rio vegetal que vem das funduras da terra e deságua, lambendo-lhes e afagando-lhes as caras hirsutas e barbudas, talhadas a golpes de facão, que a noite vai xilografando com broquéis de sombra. Será que vai chover de novo? Mas quantas vezes haverá que chover? Até que se extingam as vontades do céu de verter todas as águas. As estrelas tiritando nas vastidões, sentimento de frio e de distância, e a lua tem a cor de futuro sangue pálido, redonda, imóvel, rosa no céu, indicações de chuva essas auréolas em torno dele e o silêncio das quebradas que se vão para os páramos dos horizontes. Só os cascos dos cavalos, suas sombras fundindo-se no chão escuro, cavaleiros da remota cavalaria mais solitária da noite, cavalgando. Onde a Figueira-Mãe, o homizio, as cidades de asilo, o exílio? E a moça sem nome, a madona? Ah, o ignoto das sombras que vêm das sombras e se afundam para sempre nas sombras do chão e se tornam ilusão e silêncio que não se acaba mais, jamais...

Canguçu recordando suas mulheres com quem privou, vêm as lembranças graciosas de Silviana, de Jovina, de Manuela... mas seus rostos vão se tornando um só, branca, grande, fortes ancas que poderiam conceber os guerreiros do mundo, fartos seios, que poderiam amamentar deuses, a face muito bela, trotando sobre um cavalo ao lado deles à luz do sol e à luz da lua, as carnes tremendo sobre a sela, seus quadris estremecendo ao menor solavanco, e ele adivinhando e sofrendo, tudo crescendo em desejo surdo e reprimido, sua cintura, seu perfil, seus cabelos soltos ao vento sob o lenço vermelho. A moça sem nome, a madona das solidões... Um abismo de amor e de desejo, todas as felicidades, todas as feitiçarias, todos os sonhos, todos os filtros do mundo são pouca coisa... Nada são. Uma paixão sem limites que vem de todas as partes, que sufoca, que contamina, que se dissemina, que impregna os pulmões, que embacia os olhos, que estremece o coração... E um sentimento profundo que vem das entranhas, que sobe do chão, que desce do céu, que carcome, que dói como dor verdadeira, que abarca, que ilumina como luz abissal, que rodeia como mão invisível...

Cavalos. Cavalos que vão com seus cavaleiros. A noite. Cavalaria da Figueira-Mãe. Bramam as solidões dos horizontes. Range o silêncio por cima, pelos lados. O virar lento dos quadrantes, vagaroso, com a noite. O silêncio subsiste sempre sob a casca e a pátina de tudo. Picumãs do céu. Noite pesada como feita de tecido grosso deste poncho, poncho sem fim, poncho de bronze, poncho estendido, poncho ao vento, poncho feito de horizontes. Nas pedras os cascos dos cavalos. Silêncio sobre os cavaleiros, súbito como a suspeita do Demo. E a lembrança de uma mulher, formosa como se nunca tivesse existido, a não ser nas ideias mais ideais, como uma abstração de ilusão, acompanhando-os, seguindo-os estrada afora. Por matas e campos, no grande Tuaiá, na grande solidão, planuras e serras, sob luas e sóis e estrelas e luzes e trevas...

E tu, José Gomes, que vais pensando dentro da noite? Em tua mulher abandonada, em seu amante morto por ti, em quem, José Gomes? Na tua amante passada que te esqueceu e que, parece, tu te esqueceste também? O destino de tudo parece ser apenas o esquecimento, notas? Nessa bela e misteriosa moça sem nome aparente que desapareceu, órfã e viúva, o corpo e a presença, a doce proximidade queimando em vivo fogo as raízes daqueles homens todos, crescidos em pestes, mortes, malfeitos, ruindades, prisões e guerras mais duras? Para isso a raptaram vocês: para que ela deixasse uma espinha cravada nos corações, uma ferida supurando... Teu cavalo te leva. Cascos, cascos, cascos. Dentro da noite vais. O que pensas: nisso: nesse homem que mataste. Por tua honra, ou o que apenas chamas de honra. Por isso é que viajeias sem rumo neste sem fim de terras e serras naufragadas dentro da maior treva, às vezes parece que caminham para trás ao invés de ir para a frente, arrostando o Norte, essas estrelas são loucas, bússolas extraviadas que se perderam, mas não, elas estão calmas, paradas no seu lugar no céu, fixas, doces, você é que está inquieto, e relanceias um olhar brusco de repente para trás e olhas, vês os homens que vêm em bloco nos seus ponchos sobre os cavalos, fantasmas, em silêncio como uma procissão era penitência da Semana Santa ou um enterro, dir-se-ia que são todos mortos, os esqueletos por cima dos esqueletos, olhos sem órbitas, o riso das caveiras, os ponchos arrastando-se ao vento, os cavalos os levam dentro da noite, para onde vão?, rosa dos ventos que se misturara, essas estrelas que perfuram o céu, essas estrelas em rebanhos, se embaralharam. O chão, parece que anda para trás. E tu pensas só na cara daquele homem, cabo Gerão. Ele não te esquecerá, mas tu não o esquecerás também. E mais uma vez te soergues na sela e olhas para trás: a cavalaria fantasma dos esqueletos, os homens que não se esquecem dos seus mortos, os assassinados que os seguem em tropel atrás deles, sempre atrás, sem trégua. A lua levemente azul estremece no céu entre as árvores que passam sempre, as árvores passam, mas a lua e as estrelas não. Mas a Candi e a Joaninha, a tua vítima agora tem o mesmo rosto que vai minguando-se, se misturando com a lua, entre as árvores, sentes um frio como a cercania da morte se adensando em ti, uma dor nas fontes da vida, e te lembras dela, e ela te invade como uma imersão num tanque, suas águas sobem e te alcançam, como um frescor dos páramos, seu corpo branco se estende dentro de ti, dentro de ti ela se oferece, se dá, e só dentro do teu corpo ela pode se dar e se oferecer como uma realidade, são essas coisas que levam a um possível paraíso, os solavancos do cavalo parecem o vaivém das águas quando a brisa da noite as toca e as move, o vaivém do amor quando os corpos se dão e se movem e se tocam, e é ela, a moça sem nome, a madona entre os paladinos, a dama da corte e dos torneios, a prometida dos cavaleiros na corte de amor, e a lua rosada te olha com os olhos azuis, sua beleza cresce e se expande, sentes uma saudade inesgotável e uma paixão impossível, insuportável, mas tudo isso suportarás, pendes a cabeça sobre o cavalo, cascos, cascos, cascos, a lua com o rosto dela inclinado te segue, agora só ouves seu trotar que vai te levando, e com ele o poderio da moça sem nome, o império, a força, a soberania que vem de todos os páramos...

Estas estrelas tristes se misturaram. Os caminhos são milhões de caminhos, de veredas, de atalhos, de estradas, de carreiros, de varadores, dos quais na verdade não se encontra um só, aqui neste inferno negro e denso espesso como o chão de pedras, os caminhos perdidos. Os caminhos mortos, porque ninguém passa por eles. Não são caminhos, porque nunca ninguém abriu nada, é a terra que continua fechada, virgem, como um hímen de donzela núbil. Por eles vão os cavalos. Os cavalos martelando o silêncio, o solo duro, lavado pelas águas passadas. E os cavaleiros impregnados de treva. Como mortos. Caveiras sob ponchos. Em pedras, só os olhos fixando os horizontes que os vão contornando. A lua os segue, olho das corujas, olho do enigma da Esfinge, olho da madona inomeada, olho do silêncio. Equestres, os cavaleiros de pedra, sobre cavalos de pedra, cascos. A cavalaria de sombras, sob ponchos de bronze. O Tempo tatala como bandeiras. Mariflor e Joana, Lucina, Bebiano Flor... Mas todas as mulheres de sua vida se juntavam numa só mulher e um único rosto o guiava na escuridão, a moça sem nome. De dentro das origens, a grande deusa, a mulher que governa desde todos os mananciais originários, a que esperava a nossa semente que não veio, a santa, a divina, aquela que é feita para trazer o fogo sagrado aos corações, e as grandes inquietações, as grandes tempestades, a deusa Tanit da Síria reproduzida no anel de José Gomes, que nasceu para produzir a grande dor sem remédio, aquela que surgiu para ser a rainha dos sonhos, para nunca ser esquecida na vida de ferro e na morte de bronze dos homens, aquela por quem se perde o esperma, aquela por quem se perde a vida, aquela por quem as ilusões se aninham nos corações sem proteções, a mãe de todas as mães das mães e das mães mais distantes e perdidas do tempo e na distância, a madona dos páramos, a moça sem nome, a desaparecida.

José Gomes pensou no anel de Tanit: as Górgonas, a Medusa: o jogaria num cerimonial humilde e íntimo para uma homenagem aos poderes da pedra? Não o sabia. Talvez a moça sem nome. Ele nunca o saberia.

Os cavalos que marcham, patas, patas, cascos, cascos, os cavalos fantasmas, seus focinhos de pedra e de musgo respirando a noite. Negrores, escuridões. Sem fim esta marcha? Quem pode saber se é tão grande o céu, tão grande a terra, tão grande o infinito? Negrores... O sol morreu, será que nasce amanhã de novo, como sempre? Apenas sabem que os cavalos vão na noite, os grandes olhos acesos, as grandes narinas abertas. As poucas estrelas que devagar vão se ampliando e se multiplicando, aparecendo à medida que transborda a madrugada. As brisas frias que embraseiam. A lua de ouro, azulada, entre clarões amarelos, halos de umidade. Vão-se. Cavalos e cavaleiros negros na noite negra. Pedras surdas no chão duro. Pedras e pedras. E os cavalos. Cavalaria na noite de bronze. Moeda da lua com o perfil da moça sem nome gravado, no verso e no anverso, onde as sombras se refletem, sem olhos. O silêncio retumbava agora, sem grilos, nem sapos nem pássaros noturnos, nem árvores. Parecia uma imensa igreja vazia, de onde se escoaram todos os fiéis. Só o áspero do respirar. Doíam as fontes daquele sonho, sonho fosse. Se falou em sonhos? Se falou nem se sabe, se falou, foi entrecortada a voz, cantando ou ganindo, como cão assombrado pelos fantasmas da lua, pelas solidões da noite, o mundo quebrado:

— Virgem Nossa Senhora Mãe do Céu, Guia dos Aflitos, Madona dos Páramos, Donzela Divina, Virgem Rainha…

O belo rosto de cigana de Umbelina. Quando se amavam, te ajoelhaste junto dela e olhando de pertinho seu belo rosto de cigana, rezavas, as mãos postas, até que ela te disse: vinga-me, e muito depois recolheste seu último suspiro no cântaro de tua memória e do teu sentimento. E tu desde essa vez selaste tua boca com selo de silêncio perpétuo, juraste, Melânio Cajabi, fez-se em ti o silêncio. Não faz muito tempo não. Contra toda a colônia cigana, contra quem estavas em guerra, a tomaste para si, a Umbelina e ela te quis, te aceitou. Eles, os velhos ciganos, não queriam por nada que ela se fosse contigo. Diziam: com raça calé ninguém se mistura, mas ela te queria e tu a querias. Afrontaste tudo e os desafiaste e com eles os seus costumes antigos do tempo do rei Salomão e do Faraó do Egito. Ela será minha — disseste. E ela foi tua. E eles fizeram correr a notícia de que te matariam a ti e a ela. Nunca ninguém cortaria os laços que os uniam à rainha de Sabá e ao Faraó. Os punhais de prata dos velhos ciganos tremiam nas bainhas. Mas não tinhas medo. A amavas. Umbelina era a tua descoberta do mundo, assim como quando se descobre o caminho para as Índias ou a América. E o rosto de Umbelina era belo, o mais belo rosto de mulher que já te foi dado contemplar em toda a tua vida. Porque os rostos belos das mulheres, e também os seus corpos, se conservam, não se perdem jamais, em alguma parte da memória e se juntam às reminiscências das transmigrações. E mais que tudo, ela te amava. E tu a amavas. Juraste silêncio. Mas agora ela e umas poucas outras se encontram e formam um único rosto que vem desde todas as origens da vida, como as vozes se congregam para formar um único coro, como os diversos instrumentos se reúnem para formar a voz de uma única orquestra harmônica e sonora: o da moça sem nome, que te assombra e te dói, te queima, e te arde, te consome como uma labareda sem fim, e se aprofunda em ti como uma enfermidade, para sempre, para sempre, sem fim... Os velhos ciganos, patriarcas da tribo, a mataram e juraram que te matariam também, mas nunca os levaste a sério, como levar a sério homens que eram homens como ele, só o sangue é que era diverso, nada mais? Levar os homens a sério? Ah, isso é que não... Eles a mataram e a enterraram nos seus cemitérios nômades, nunca soubeste onde. E um dia, dois deles te cercaram e lutaram por duas horas a fio: ao fim, estavam mortos, estendidos no chão. Prenderam-te, estavas condenado a trinta anos, Cajabi. Estavas marcado, jurado para sempre pelo sangue dos ciganos. Todos os dias eles invocavam o teu nome, ungindo-o ao seu Deus para que levassem a cabo essa vingança mais esperada de todas. E dentro de ti mesmo sorrias, rias, zombando, não tinhas medo nem de tudo e nem de nada... Umbelina era a mais bela das mulheres. Seu corpo esguio, seus seios pequenos, seus olhos verdes, seus cabelos que chegavam à cintura, sua boca vermelha como uma romã, suas mãos pequeninas... Por que te chamavam Cajabi? Porque eras sarará cafuz, filho de alemão com cafuza e dos remanescentes dos índios. das tribos dispersas dos cajabis, esses das serras dos Parecis e do Roncador, os últimos que iam se extinguindo, apenas isso sabias pelos teus pais... E um cajabi sabia temer e amar. Pensavas que seria tudo esse silêncio que guardas por Umbelina... Mas o teu silêncio tão avaramente guardado e cumprido se torna um uivo dentro de tua garganta: é que só agora viste que o seu rosto tão amado não é mais o seu rosto e sim um outro, uma face que se confunde com a lua e com os poderes da noite, as profundidades que sobem da terra, os mistérios das lembranças concentradas nos concentrismos da memória: é o rosto da moça sem nome, a madona dos páramos. E o bronze da noite retine, ecos que repercutem e tinem e rangem e carcomem como ferrugem adstringente e ecoam na moeda da lua com seus metais com que são feitas as facas e os punhais e as armas que vomitam balas e despejam fogo, a moeda da lua com perfil de uma mulher desenhada no seu verso e uma rainha no seu anverso de sombra tem um eco que assombra: a solidão que cai, abrupta como uma linha vertical, a prumo no abismo, ali onde os olhos mortais não chegam, ecos que repercutem tinindo em som de prata na moeda da lua com a efígie da moça cunhada e vão se quebrando nas quebradas em direção ao infinito...

Os cavalos na noite. Cascos, cascos, cascos. Pedras. A noite: esse céu em redor, que só pode ser o prolongamento do infinito, em negros e azuis, parece que vai chover de novo, é iminente, essas résteas verdes que se abrem transpassando nas espessuras, esses clarões amarelos repousando em torno da hóstia da lua. Os cavalos na noite, patas de bronze, cascos de ferro tirando fogo nas pedras. Os homens sonham e se lembram da vida. Os sonhos sobre eles como nuvem de pássaros, de morcegos. E tu, nem amaste muito a ninguém, Garci, a não ser quase aquela menina do Barrado, que até já te esqueceste seu nome, que devia ser lindo como ela própria, e os rostos que conservas como lembranças, de moças perdidas, de donzelas da vida, esse grande anonimato que te persegue entre os ressaibos da maleita, mas é impossível, agora parece que as dores do mundo se ajuntaram todas para agulhar-te mais, na tua adolescência que se foi, na tua adultez que chega, durezas de todos os lados, tudo dentro dessa maleita que rola dentro de ti como um grande chumaço surdo de algodões espessos, que pesado, e te esmolamba os ossos que se chocalham aos solavancos do cavalo, esse cavalo de bronze que não se acaba nunca, ecos do nunca, palavra nunca que te carcome e te corrói, palavra cavalo nitrindo palavra nunca, palavra nunca nitrindo como um cavalo, os relinchos da eternidade como um grande cavalo do infinito derramado em crepúsculos e auroras, essa maleita que te enregela e te faz tremer como um condenado, essa maleita que traz o grande hálito da morte dentro das febres sazonais, que se combinam de diversas maneiras com a ronda do frio e com a ronda do calor, dependendo da umidade da lua e do resquemor do sol, pobre menino, mas já não és um menino, és um rapaz, um homem é o que é um rapaz, logo agora que te estás tornando homem formado na escola de tudo, esta é a iniciação, és de agora para diante adulto, nada mais que adulto, esta é a verdade e a hora, apenas, o grande segredo de tudo, a humanidade, nada mais é importante, depois que sentiste isto, esta dor desgarrada e lancinante que te incha os nervos, e te arrepia os cabelos, e vês e lembras, parece que ela continua a marchar no seu cavalo, embuçada no seu poncho, sua forma feminina escondida pelas dobras da noite, entre os ventos e as estrelas, calada sobre seu cavalo ao lado dos homens na noite enorme, na noite que vinha como um cavalo, patas, patas, cascos, cascos, que vinha como se viesse cansada de caminhar de tão longe e a ir para tão longe, com seu respirar ofegoso, mas é só parecimento, mera semelhança, ela desapareceu de verdade, de toda a crueza da verdade, a moça sem nome, e sentes que se te perde o coração com um sentimento tão profundo e desconhecido de ti, como nunca imaginarias que pudesse se perder por alguém, um sentimento de paixão tão profundo que subitamente abres os olhos e descobres que estás no mundo e este mundo é o mundo dos homens, o mundo da vida, onde os homens sofrem, onde tudo o que tem de nascer tem de morrer, um sentimento de paixão tão profundo como um punhal te esfriando o sangue. Pensas naquela estampa que havia na parede do bordel de Tibória: uma virgem entre rochedos. Embaixo dizia: Madona dos Rochedos, de um artista de que não te lembras o nome e nem há necessidade de se lembrar. Mas era bela, comovidamente bela, quase tão bela quanto ela. Onde será que existem esses pintores antigos que pintam madonas tão lindas? Elas talvez já tenham morrido e com elas os pintores, tragados pelo mar do esquecimento, mas aquelas cores das suas vestes e dos cenários ficaram lá na parede do bordel de Tibória. E ele se recorda. Era a Virgem Maria dos renascentistas, não era? E pois, também agora ia com os cavaleiros no mundo, ele armado e feito como eles um cavaleiro, na cavalaria dos páramos...

Nem mais pensavas em nada, para dizer a verdade, para ser mais claro. Pensavas em coisas diferentes, em coisas distantes, que pareciam ser de somenos, pensamentos que nem eram pensamentos, mas todos impregnados dela, da moça sem nome, eles que esqueceram seu nome entre os segredos mais altos e sagrados, sem nome, sob o poncho da noite que as brisas agitavam as abas. De breu esta noite como quando caía a chuva sem fim e quando ela ia entre eles? Não, agora há lua e estrelas que iluminam o chão, mas ela não está. E tanto silêncio como se todos carregassem pedras na memória, como se a memória de cada um fosse uma pedra demasiado dura e espessa e densa e muda e quieta e parada, em que coisas demasiado profundas pensam e repensam e tornam a pensar estes homens calados em demasia? Silêncio enorme, dentro e fora deles, que sobre os cavalos vão, aos solavancos, os onze condenados fugitivos, mais um morto, doze, e uma mulher fugida, treze, atravessando a noite como grandes sombras deslizantes, as sombras que vão se encompridando no chão debaixo da grande lua emersa em si mesma, onze homens, mas ele garante que são doze, porque o Lopes Mango de Fogo não deixa de ir com eles, o Lopes segue atrás deles, seja lá para onde forem, vai com eles, e ninguém sabe, ou talvez saibam e não queiram dizê-lo, só o rumor das patas dos cavalos cortando o sossego tão grande e distanciado, ferido pelo socar dos cascos surdos, ecos ocos que vão caminhando como sozinhos, levados por uma presença enorme e familiar que não se imagina sequer quem possa ser, somente uma intuição fantástica de uma lembrança comum que os acompanha, uma mulher, sua memória que verte saudade como um cântaro se esvaziando no deserto por uma mão misteriosa, com essa lua de ouro envelhecido e azulado entre clarões amarelados e as estrelas do céu que cintilam como diamantes caindo das mãos de um garimpeiro infinito, e os ventos aumentam subitamente e dão rajadas e trazem um frio distante das regiões esquecidas e brisas como mortas que se avivam e vêm sussurrando como que de veredas extintas e encruzilhadas perdidas. Pensamentos que como nas grandes cavernas à beira-mar as ondas oceânicas vêm bater e orlar de espumas: a moça sem nome, a moça sem nome, a moça sem nome... Vagos bafos de vagos hálitos marinhos de algum mar das serenidades da face da lua virada para os segredos e para o desconhecido onde apenas dá a sombra e o mistério, grandes amplidões onde as extensões se orientam ... Beleza eterna, que de qualquer modo tem de ser eterna e oceânica, seu corpo cheio de graças e curvas, suas ancas anforáticas, suas pernas, suas coxas, seus joelhos, seus pés, seus quadris, suas mãos, sua cintura, seus seios, seus braços, sua boca, seu rosto, seus lábios, seu ventre, sua escultura, seu ser... Suas carnes, esse céu etéreo, a Terra-Mãe a nos esperar, o fogo que renasce sempre, as águas que banham tudo... Pura, profunda perseverança da memória, perseverança, perseverança que persevera e perseveradora sempre se perseverando...

Aonde vai a lembrança dela vai também um mar interior de ondas sempre batendo nas praias, vai um céu interior sempre soprando nuvens, vai um fogo sempre brotando dos fogos, vai uma terra anterior sempre aumentando em direção ao futuro... E como fantasmas a ladrar, suspeições enormemente suspeitosas da lepra que Chico Inglaterra foi deixando pelos caminhos como sinais de si, se espalhando, se propagando, inconsútil como um perfume, os acompanhando sempre, maldição das pestes do homem, que ela talvez esteja dentro deles com seus germes, a lepra horrenda viesse com eles, gravada na sua carne, pisando nos seus rastros e nos seus vestígios que iam ficando cada vez mais para trás, o cheiro nas suas narinas, as fístulas purulentas nos seus olhos que não se apagavam, como sombras negras incrustadas no negror das noites... E a noite negra é imensamente, toda ela, uma mulher desmesurada e sem nome, que vem desde o infinito, sobrepassando todo o terror ancestral da doença, um bater de asas debaixo dessa lua azulada e dessas estrelas porosas com som de água e som de vento, como de mil rebanhos de corujas, como um cerco da Esfinge, e que é a Esfinge?, a pergunta sem resposta de todo o saber e de toda a sabedoria, a certeza, a liberdade e a verdade da vida, a beleza, a morte, ou simplesmente o presente eterno, o Tempo?, e essa presença de mulher imensa que gravita as asas de querubim fantástico sobre eles, abrindo as pernas esplêndidas, onde eles, como uma estrada que se perde no horizonte sem estradas a esperá-los aí onde o céu se perde na terra e a terra no céu, entre as nuvens e os espelhismos e os contornos, vão entrando na sua vagina adentro como num túnel iniciático e os cavos cascos dos cavalos vão acompanhando o ciclo da noite densa e escura cheia de inchumes róseos, cor de carne, tumefacta, caindo em putrefações ao redor deles, e a gruta ancestral vai se abrindo, recebendo, se contraindo, apertando-se como a se fechar de novo, o medo da enfermidade vai se diluindo e se misturando aos medos naturais da noite e a sucção da vulva se faz mais poderosa e sua constricção lateja e cada passo que dão os aproxima cada vez mais do útero envolto em lãs e painas, cascos, cascos, cascos...

Bebiano, olhando a lua, diz para Urutu imaginando: essa moça sem nome devia de estar pensando às vezes: o que faço no campo só?, mas não disse nada, só haverá imaginado, mas tão baixo e reticente que Urutu nada ouviu e ele ergueu a voz para fazer-se ouvir:

— Lua em alemão é das Mond, talvez você bem que queira saber destas coisas, ninguém sabe do que precisa, sabia, Urutu? O dr. Werner, meu amigo arqueólogo lá da cidade, que é especialista em explorar restos de animais antigos e cavernas abandonadas, foi quem me disse uma vez, sem que eu lhe perguntasse nada, e era de noite, e havia uma lua igual a essa, e ele falou assim como eu estou falando agora para você: talvez você nem saiba que precise... Sei lá, às vezes tenho essas necessidades de lembrar coisas que já sabia e saber coisas que nunca soube antes. Acho, desconfio que com todo o mundo é meio assim deve ser, não é, Urutu? *Das Mond.* Guardei essa palavra até hoje. Hoje ela acorda dentro de mim, não sei por que necessidade. Guardo tudo, não esqueço nada. Sou como um diamante e guardo em mim a luz do infinito. Apenas as coisas e as palavras dormem dentro de mim. Como se já soubesse tudo. E vou até o fundo de tudo como um peixe que conhece suas águas e suas profundidades, seus abismos. E sabe como é mulher? Die Weib. Lembro-me disso como se fosse hoje. Essa mesma lua azulada com esses clarões amarelos em torno e essas pedrinhas que vão rolando pelo solo rochoso batidas pelos cascos dos cavalos. Nunca mais me esquecerei, graças a Deus, dessas duas palavras. O que é a necessidade?

— Salve, graças, Bebiano.

Lua que reflete e recorda os mistérios redondos das nádegas femininas, nádegas de mulher, pétalas ovais da mesma formosa presença, uma aba por sua vez à outra aba no mesmo balanço macio, vaivém, sobe-desce, grande ômega rosa e branco, como brincadeira de nuvem cor de rosa branca, lírio orvalhado e frio, nádega lua, lua nádega se movendo no céu ao andar para arrepiar a ideia dos homens, alfa das neblinas e das brumas alvas. Plúrida Babel o mundo. Necessidades e necessidades. Remansos da lua entre nuvens pardas e cinza, nuvens sombrias da noite que de dia são de outra cor, como búfalos pastando em tranquilos pastos às margens dos rios de Sião que se vão à beira dos salgueiros e chorões, Babilônia, Babilônia, dava vontade de inventar um berrante e soprá-lo, aboios da imensidão para congregar as saudades vivas, enclausuradas no sangue, as lembranças todas. Cerração de lírios a moça sem nome. Não há nome para ela, não pode haver, seu nome é anonimato. Para que um nome, para quê? Para nomeá-la e perdê-la inconsolavelmente para sempre como se perdem todas as coisas nomeadas? Enorme de grande essa lua, lembrança da moça sem nome. Das Mond. Die Weib. Um seio manando leite: a lua ao lado de cada um. Madona dos Páramos rodeada de todos os berrantes do tuaiá, aboio do infinito, vens surgindo na memória como uma névoa branca e rosa, como uma neblina de lírio e sonho quando na verdade foste realidade, moça sem nome. Na verdade ela bem que tinha nome, como deveria não ter se era batizada e cristã? Nós é que não o sabíamos. Por ela existia a cristandade. Para nós é como um enigma, beira das cacimbas onde soluçam as águas e sopra a brisa da manhã e se desenha em cada friso que seus pés pisam entre lírios como em relevo de frontões antigos, a água da fonte pura, chifre com chifre, os chifres recurvos dos touros se enredemoinham e se ajuntam em reunião de berrantes. E um aboio ancestral que vem desde a lua convocando as memórias. Refrão da lua, refrão da lua, refrão da moça sem nome, refrão da moça sem nome, estribilho, estribilho da noite e da mulher... Ábsides, ábsides da lua, ábsides da mulher, ábsides do infinito... Bruma de rosas brancas, a moça sem nome, Madona dos Páramos, Figueira-Mãe! Todas as belezas e as parcelas de beleza que o homem sente e pressente que a mente esquece, se se pudessem ser reunidas de novo, trazidas do centro do Caos, o que não se faria, fonte de lírios, manancial de sonhos, canção da vida?

Chico Inglaterra perguntando a José Gomes, remela na voz:

— Será o que acontecera com a moça, sabe?

— A moça? Sei não, e como vou saber? Acho, Chico, que deveras morreu-se. Por culpa nossa somente... — responde José Gomes olhando seu anel de estranhos signos com a deusa Tanit — moça sem nome.

— Não fora possível... Moça tão deveras... Ela só era todos os préstimos.

Os outros ouvem e restam silenciosos. Urutu sabe que é madrugada já, a noite escorreu como uma roupa que cai de um torso à beira do rio, que as espumas orlam, pernas de alguém pisando areias, peles frias e frescas, entre flores do mato, sabe o que o Caveira irá dizer, mas assim mesmo lhe pergunta com malícia:

— Ô Caveira, que horas serão agora?

— 3:33, Urutu.

— Oi, relógio do Demo... Joga essa merda fora — se zanga Pedro Peba.

— Como vai sua cabeça? — pergunta Urutu.

— Está sarando, vai melhorando, já nem dói tanto... — diz Pedro.

— Será que vai chover hoje?

— Está com todos os jeitos, mas parece que não... — responde Babalão.

— Aposto que sim — questiona o Caveira.

— Reza para que não... — murmura Canguçu — pede ao Babalão para que ajunte preces para Jeová.

— Rezo quando quero, filho de Caim... — responde Babalão irritado, dando uma cuspada cheia de fumo mascado — meus compromissos são com Deus e não com homem nenhum, que todos são imperfeitos.

— Está bom da gente se embebedar em grande estilo... — diz o Flor.

— E já não se embebedaram lá no O Desolado? — indaga Urutu.

— Sim, mas pouco, ligeirinho, às pressas, coisa sem gosto, sem as demoras necessárias, nem deu para nada, nem para purgar estas desgraças todas, coletivas, sucedentes que sucederam com a gente nestes últimos dias... Agora, aqui fora é outra coisa, é no alimpo de Deus, a gente está no largado de tudo, no aberto do Demo, na amplitude de Deus... É preciso a gente pensar dentro de uma bebida, para ver até onde e como se refletem certas dores difíceis de se avaliar...

— E mais agora, não é pinga qualquer. São bebidas finas, dignas de pastores e ministros protestantes, gente estrangeira que veio de longe, homens que sabiam viver, procuradores de minérios...

— Canta alguma coisa, ô Flor, estás muito triste ultimamente. Canta para este pesadelo desta noite passar ligeiro... Cada noite um pesadelo diferente... Cada dia um desgosto novo se funda na gente... Canta... — pede Urutu acendendo um cigarro de palha — estou com saudade de tuas canções.

— E quem não está triste esta noite até a morte? E quem não vai estar triste todas as outras noites que virão? — indaga o Flor.

— Oh, desgraça dolorida que estivera doendo... — geme Chico.

— Mas o que é que tem na verdade esse homem cor de varejeira? Que até hoje nem me deu por saber ao certo — pergunta Canguçu fingindo-se não saber, com ar ingênuo.

— Está com peste braba, peste de branco... — explica o Caveira.

— E ele vem vindo conosco desse jeito, por todo esse tempo, não tem vergonha nenhuma?

— E o que tem afinal? Ele é dono de suas coisas...

— O que é que tem? Não pega?

— Pega conforme tiver de se pegar, se não de outro jeito não se pega... Acho que só quem quiser...

— Devia é conceder misericórdia a ele, dar caridade nele duma vez por todas... Misericórdia não se dá, se concede... — fala rouco Canguçu.

— Dera misericórdia fora na mãe — se engamela Chico Inglaterra num frouxo fino e angustiado.

— Bom, estou só brincando, enfim... Que de repente, assim no mais, a gente pega a imaginar e a dizer coisas horríveis...

— Enfim o quê?

— Ei, cada um deve rezar, o mais que puder, para afastar os espíritos, esta escuridão, quando a lua se esconde atrás dessas nuvens escuras, os espíritos ruins gostam de se acercar e atentam... Vocês precisam rezar para Jeová Sabbaoth, gente sem fé, para afastar essa ruindade de pensamentos, essas ideias sem garantia nenhuma... Por isso, porque não rezam, querem, sonham, pensam porcarias...

— Como que se você não pensasse nas mesmas coisas que nós... — diz o Flor.

— Mas eu privo com a intimidade de Deus Pai... Eu sou da família, íntimo dele, sou de todos os privilégios...

— Tanto que rezara... — diz Chico num muxoxo, com náusea.

— Rezou o quê?

— O quê? Ora, o que se reza? Rezas, rezas, ora... Nada mais que rezas, as eternas rezas... As sabidas, as consabidas, as ressabidas, as decoradas, as memoradas, fora as que a gente inventa...

— Há que se rezar com o coração, não só com a boca.

— Como o Melânio Cajabi...

— Lá vem o blasfemo...

— Rezar é somente as velhas rezas, essas sim é que dão paz e sobem até o trono de Deus Pai, só as que ele conhece...

— Como se ele não soubesse falar a nossa língua, e entender nossas palavras, aqueles pensamentos que vamos inventando devagar em todos os meandros da vida, hora a hora, dia a dia, noite a noite, sempre, com nosso infatigável coração vazio e cheio não sei de quê...

— Como é, Babalão, chegamos à Figueira-Mãe tão decantada e tão anunciada, algum dia ou não, finalmente, aos finais de tudo o que existe, homem, por Deus, nos responde — pergunta Urutu, pondo impaciência longa na voz. — Como é, Chico, chegaremos, digam-me de uma vez, que isto já cansa...

— Soubera mais não, já lhe dissera com todas as palavras na frente de todos, sincero e grave, que achara que estivéramos completamente fora de total rumo. Entregues ao azar mais completo do acaso de tudo. Não fora isso mesmo, Babalão, diga você com sua voz própria.

— Já expliquei, expliquei, mas acho que não adianta. Ouvidos moucos ou maus entendedores. Além disso, sendo como são, todos sem remissão, homens de pouca fé, estou inclinado a crer que estão condenados a se perder e a não descobrir nunca a Figueira-Mãe, é a sina dos pecadores, o destino dos infiéis, como disse sempre, infiéis, nada mais que infiéis, filho de Belial, é de duvidar-se muito que se chegasse como se bem quisesse... Pelos meus cálculos, agora é que saímos da serra do Uaboi, ainda falta demais da conta, quase tudo, segundo calculo e penso, pode ser...

— Pode ser... Segundo penso... Como se quisesse... Ora... Estamos perdidos, é isso? Fala logo... Fale, Chico.

— Não dissera isso ainda, acharemos de novo o caminho, é só ter paciência, não se afobem, fora apenas questão de sorte, e de esperar, mas...

Chico cheira rapé de sua lata com brasão britânico.

— Será que achamos, ô Babalão?

— Por Sabbaoth, Deus dos Exércitos, que estava desconfiando...

— Que não?

— Que sim, ora, oras...

— Ih, que sim... Oh ah... (riem-se sem vontade)

— Filhos de Belial, homens de pouca fé...

— Já estão até rindo, que mais podemos esperar? Acho que a coisa está melhorando...

— Se dissera o que estivera sinceramente pensando... — murmura Chico triste, pendendo a cabeça sobre o cavalo.

— O que é? Diga.

— Que no profundo, pensara sim que fôramos morrendo todos pelo caminho, igual que o Lopes, desaparecendo sem deixar rastros igual que a moça, igual que eu mesmo, igual que todos por de cada um dentro de si, corroídos, insepultos, sem esperança, que já estivera perto, cada vez mais perto, o deus de Babalão me falara em sonhos, me persuadira, estou sentindo, morrendo aos pouquinhos, lentamente, devagarinho, cada hora que passa arranca sempre uma lasquinha, sem remédio... Morrêramos todos...

— Como pode dizer isso? Pois eu é que te digo que chegaremos. Você porque está chagoso, enfermoso, doentoso, imprestável, quer a morte, apesar dos sonhos mais belos que existem... Jeová Sabbaoth é grande e eu seu profeta. Até seu cavalo está lazarento... Quer a morte, nada mais...

— Quem quisera a morte? Eu?

— A poi, não quer?

— E se, pois, se eu te dissera que sim, que quisera com todas as veras de mim, que já estivera cansado de suportar tudo e perambular fugido como uma sombra leprenta, nem soubera para onde de uma vez por todas, já nem adiantara de nada... Vocês, se são homens... A moça, sem ela, já nem me valera de nada a vida... Que me matassem logo, me ultimassem, se são homens, que me cortassem pela raiz de tudo, sem uma hesitação, como se corta uma planta com um golpe de facão... Depois, nada mais...

— Como nada mais, e a outra vida?

— Que outra vida, Babalão? Tudo isso, fumaça... Depois da vida não existe mais nada. Tudo termina na terra.

— Você se quiser que se mate a si mesmo...

— Seria crime contra Jeová Sabbaoth, crime contra a natureza, mas em certos casos ele bem que justifica... No entanto, grande crime contra tudo... Porém, Jeová é meu amigo...

— Recrudesce, recrudesce, caos do mundo...

Bebiano Flor desamarra o violão da sela, afina as cordas, canta. Sua voz bem temperada enche o silêncio povoado pela mulher anônima e bela, sua presença, sua ausência, sua vida, seu mistério, sua carne que era a única alegria deles, e agora, nada. Silêncio povoado das palavras do profeta e da lepra de Chico, que os segue como grandes moscas tamanho de todos os pensamentos, almas penadas, vingadoras, filhas da Necessidade, sobre o cavalgar sonâmbulo, os cascos dos cavalos acendendo fagulhas na noite ao pinicar no corte agudo das pedras, lascas de fogo, garupas dos cavalos em solavancos, cascos, cascos, cascos, e canta no escuro com sua voz clara, a lua está se escondendo sobre as serras, a lua cor dos ovos e dos caramujos, e os homens friolentos, o frio chegando vagamente sob as roupas até ali onde as carnes se juntam com os ossos, tiritando, ouvem com concentração:

— A rainha estava prenhe,
grávida estava a cativa,
e quis Deus, quis a fortuna,
as duas pariram um dia.
A rainha pariu no trono,
a escrava em terra pariu,
uma filha a rainha pariu,

a escrava um filho paria,
mas as parteiras falsas são,
trocam menina e menino,
à rainha entregam o filho,
à escrava a filha entregam,
ambos crescem que cresciam,
a filha escrava se torna,
ao filho a coroa lhe dão.

Calam-se os morros, os horizontes. Silêncio grande sobre eles. Deviam ser doze, pois não são doze os apóstolos do Nazareno na Galileia, o filho de Jeová Sabbaoth, pensa Babalão, um deles é o Lopes, que falta. Ele talvez seja o mestre. Lopes passeia em terras estranhas e o mestre em terras estranhas passeia. Mas não é bom que se digam coisas que os homens não entendem. Em ouvidos fechados não entram as moscas corruptoras das palavras dos infiéis. Pensa no pobre Lopes, tão assassinado, infinitamente morto, matado, que morreu, enfim, só porque ele, Babalão, contara a Urutu umas coisinhas de nada, umas palavrinhas bobas de somenos que testemunhara este fazer, coisas que dissera à moça, palavras e convites indecorosos, e ele vendo tudo isso nas suas barbas não iria ficar em silêncio, tinha de contar a quem de direito justo, só por isso morreu o Lopes, coitado, é a pura verdade de tudo, e ele não tinha remorso nenhum de ter contado, nem arrependimento, e ninguém mais nem sabe nada destas coisas e nem é preciso que se saiba, senão o que irão pensar de mim, Babalão Nazareno, o eleito de Jeová? Sou o braço do Altíssimo, seus olhos na terra, sua justiça. Bem que o Lopes mereceu morrer pelas famas que tinha, desvirtuoso e sem castidade, filho legítimo de Belial. Assim merecem se acabar todos os protegidos de Astarot e Baal, pensa Babalão, menos eu, que privei da presença divina no monte Tabor e Jeová mesmo me deu licença em particular para mim apenas aproveitar-me das virtudes teologais da carne e da luxúria, que estão reservados para poucos eleitos, que por mim não são luxúrias propriamente ditas, mas bem merecimentos íntimos aos olhos de Deus. Agora pensa na moça, pobrezinha, onde andará? Ele a queria tanto, que esperava um dia reunir-se a ela e gozarem a vida juntinhos, somente os dois nesse mundo tão grande do dilúvio final... Ela, que pensara ir fazendo com que fosse, dentro do possível, é claro, ir diminuindo devagar, sem ninguém sentir nem notar, o número dos rivais, para que só os dois, ele, o profeta de Jeová Sabbaoth e a bela moça sem nome, restassem vivos no fim de tudo, livres para sempre, e sozinhos, como Simão e Helena, a bela, para refazerem o mundo. Tão linda que as estrelas se inclinavam de noite para vê-la, se aproximavam mais para dar-lhe luz, e a lua e o sol, e os pássaros e as flores, sua beleza que aumentava a natureza de tudo, que sossegava as forças vitais, e todos sonham com ela e a desejam, todos, oxalá morressem sem perdão por essa profanação, por esse sacrilégio, por essa blasfêmia, sonhar e desejar alguém que foi prometida pelo próprio Senhor dos Exércitos a ele, unicamente a ele, o profeta que carrega as Tábuas da Lei consigo, e os estandartes e as bandeiras, ele, o portador do facho e o adivinhador dos sonhos do Faraó, e ninguém mais... Unicamente a ele estava ela destinada, a ele, o filho do único deus, eu, seu profeta... Cada coração é um só, mas o nome da moça sem nome, seu nome habita com sua ausência todos eles no mais profundo do ser. Se sentiram foi essa noite desabada e seu ecoar de milênios e silêncios minerais germinando que ecoam palavras de amor perdidas no fundo dos sonhos, como pedras caídas da boca de um poço sem fundo. Estrelas que aumentam gradativamente no escuro céu sobre suas cabeças pesadas e pendentes. A lua desapareceu nas serras do Uaboi levando seus caramujos e seus caracóis. Só o rumor das patas batendo no chão. Chão noturno, céu noturno, pensamentos noturnos. Rumor de cavalos perseverando no silêncio. Uma grande suspeita maligna, o espectro da macutena se insinuando nos ventos que sopram das bocainas e das funduras e os acompanham. E o nome da moça sem nome, ululando, ouvindo-se nas quebradas, nos vórtices das serras, nas gargantas dos desfiladeiros, nas beiras dos precipícios, nas bordas dos ventos afiados como facas, nos horizontes desabados como abas de grandes chapéus. Urutu cabeceava sobre o cavalo e sonhava: este sonho continha vários outros sonhos, em compartimentos vários. Quem sabe quanto tempo levou, quanto tempo durou, ele sonhando, demorou tanto como se durasse no seu interior uma outra dilatação estranha do tempo real, e retornaria dele com cãs de trezentos anos e com a experiência dos primeiros filhos dos homens sobre a face da terra. Primeiro Urutu perpassou um por um, as fisionomias adormecidas daqueles a quem matou, cada um deles passou devagar, arrastando a sua carga de eternidade. Depois sonhou que viu a moça sem nome adormecida numa espécie de castelo ou igreja toda vazia, e de repente vinham entrando todos os homens perdidos no tuaiá, e um a um iam-na beijando: eu, que enegreci o interior do templo, Babalão que punha rosários e cruzes no seu peito, rezando e pedindo clemência, mas tudo falso porque Babalão mente como um advogado, Chico Inglaterra, que ao menos é sincero, que lhe dizia algo nos ouvidos que ninguém podia escutar, mas que todos, secretissimamente sabiam tratar-se de um segredo, e que parece que eram, entretanto: não creia em nada, em nada, moça sem nome, tudo é gratuito, profundamente gratuito, o Caveira pondo o relógio junto de sua face rosada, Pedro Peba, olhando-a de olhos fixos, sem compreender e sem coragem de dizer algo, como com suprema vergonha, vergonha do pecado, quando o pecado é uma coisa que não existe, cabo José Gomes que fez um pelo-sinal ao entrar, Bebiano Flor tocando violão e cantando para ela rimances antigos do rei Dom Sancho I e sua corte de cavalarias, Melânio Cajabi com um silêncio que parecia de pedra eterna, impenetrável com seu berrante dependurado do arção do cavalo, a moça sem nome fez um movimento inaudível com os lábios, Lopes Mango de Fogo, trazendo consigo o olor ancestral da morte e do barro nascente de onde nascem as flores e onde vêm ter as abelhas que fazem o mel, Canguçu se ajoelhando à sua frente, Garci beijando a fímbria de sua roupa, e dançavam congadas e moçambiques e jongos e ternos verdes e maracatus na igreja ao som de uma orquestra do sertão, entre incensos e brilhos dos altares e dos vitrais iluminados intensamente, desenhando o batismo de Cristo, depois veio uma sombra enorme tomando conta de tudo, que aparecia e desaparecia, que disseram chamar-se o Padre Ferro, o Sem-Sombra, que era o protetor de todos os foragidos e perseguidos e que, entretanto, não existia a não ser na fantasia dos últimos homens do mundo.

Depois tudo silenciou-se e devagar morreu. Só as brisas e os sons cavos das patas dos cavalos ferindo cadencialmente o tímpano do silêncio desabado. Cavaleiros e cavalos andantes. Cascos, cascos.

— Parece que já passamos por aqui mais de uma vez, não sei de onde estou me lembrando disto aqui, que diabo estará acontecendo, gente? — rosna Urutu, estacando o cavalo e olhando em torno, como com vertigem.

— É mesmo, parece que quantas vezes já não passei por este mesmo lugar...

Os outros param. Era uma curva em volta de um pedrouço imenso com seu capinzal verdíssimo agitado ao vento que se tornava frio de repente, que começava a soprar do norte, ladeado pelas serras que se agigantavam ao longe e barrancos cobertos de névoa cor de gelo e cinza, que se elevava à altura de meio céu. Relampagueava de vez em quando. Um silêncio côncavo englobava tudo no zimbório circular do horizonte.

— Impressão sua — disse Chico Inglaterra, com ranço na voz.

— Estamos perdidos, irremediavelmente perdidos — fala Babalão, relanceando os olhos para trás em toda a volta.

— Perdidos, estivéramos perdidos... — murmura Chico com cara de desânimo, queixumes borbulhando, achegando o cavalo para perto do pedrouço.

— Perdidos...

— Como crianças...

— É a terceira vez que passamos por aqui, por esta pedra...

— A poi, vamos ficar por aqui mesmo. Daqui do alto se vê tudo. Um bom lugar para estudar as vizinhanças. Nestes ocos de pedra dá para se esconder bem. Ninguém acha nem que se queira, quase impossível, estamos bem protegidos nestes ocos.

— Trezentas léguas... Mera aproximação... Devem ser mil, ou duas mil... E outras tantas nos afastam da Figueira-Mãe...

— Figueira-Mãe, à medida que nós andamos, se esconde cada vez mais, só pode ser isso... Recua sempre mais, não se deixa chegar...

— Lugares de reduto e de asilo são assim... Como lendas...

— Círculos de encanto, estas coisas serão? Figueira-Mãe é de não se chegar nunca? Para que existe então? Ou enfim, existe ou não existe? Eternidade? Transmigração?

— Sei lá, tudo aqui é igual, repetitivo, pode-se dizer o que bem se quiser, que tudo calha igualmente, nada tem ressonância nem transcendência...

Desapeiam, prospectam, preparam o acampamento, lenta, demoradamente. Limpam, sentam-se resmungando. Conversam vagamente, surdamente, baixo, sem vontade, como constrangidos, enferrujados por um enjoo ancestral.

— Somos onze apóstolos, parece — diz Canguçu coçando a cabeça, onde nuvens de mosquitos zumbidores se enovelam.

— E o mestre?

— Nem há nem ouve. O Sem-Sombra, salvo engano, perdeu-se de nós com sua Figueira-Mãe. Perdeu-se, perdeu-se... Ilusão. Não nos quer, senão nos teria guiado e conduzido para lá, suas cidades de homizio.

— Ele nos traiu. Nos perdemos. Nos recusa.

— Não blasfemeis, gente incrédula, túmulos caiados... Porcos que comem pérolas...

— E o décimo segundo discípulo?

— O Lopes... Vem conosco... Nos segue em silêncio de ausência. Nos segue como o fantasma de um cão...

— Mosquitos, mosquitos...

Calam-se. Urutu se sentou na entrada de uma loca, que por ali havia várias e boas, escuras cavernas, meio tapada de capinzais que sussurravam ao vento, à beira de precipícios medonhos que caíam a prumo e que se abriam para todos os lados e onde o vento silvava eternamente. Os morros, as serras tinham berrantes cores vermelhas, ocres e amarelas. De dia o lugar era purpuroso, pedras rubras como sangue e rochas de fogo e de noite um breu de negrores que flutuavam no ar, urubus coagulados. O vento cruzava as serras remexendo o capinzal que parecia flutuar docemente. Os homens, uns estavam nas cavernas, outros cuidavam dos animais. Estes pobres bichos estavam para deixar-se ficar pelas estradas, desacostumados de ingremias, imprestáveis para subidas e ascensões pelas montanhas e serras. Ao longe, horizontes afora, o deserto do tuaiá se perdia no negrume das matas, atrás das serras azuladas.

— Ainda tem pinga? — Urutu perguntava a José Gomes, encarregado dos dois burros com a matula, já que Garci estava doente demais de forte, carregado de maleita brava.

— Tem — respondeu —, isso tem bastante, além de muita espécie de bebida estrangeira, que sobra muita. O que está acabando de novo é comida. Temos conosco umas cinquenta garrafas de todos os tipos de bebida.

— Ah, isso é bom. Fugindo dos amaldiçoados meganhas e conseguindo por cima de tudo carregar carga tão preciosa.

— Era o que mais tinha de sobra no Batovi dos Protestantes, chamado também O Desolado.

— Pode abrir e servir o que quiser. Do jeito que estamos só isso nos serve. Vamos beber em honra do Desolado, dos protestantes que nos brindaram estes supérfluos. Hoje o Demo está solto, hoje é dia de festa para nós. Não sei por quê, nem me perguntem, só digo que é festa. Em honra, para dizer a verdade, do que se queira, cada um. Cada um tem sua opinião e sua querência e sua honra. Comemorar o que perdemos e agora só o Demo sabe onde está: algo que tem a ver só com o coração. Deus já nos ajudou no que pôde. Agora só o Demo pode nos ajudar. Beber pelo que perdemos, apoi, é o que podemos.

— O Demo solto? — indagou o Caveira.

— Sei lá se solto ou preso. O caso é que quero me esbornar. José Gomes trouxe duma caverna onde tinha depositado tudo, sacos com garrafas de rótulos estrangeiros e nacionais. Colocou no chão na frente deles em roda apreciando.

— Bom, vamos. Este inferno... Perdidos... Fugidos... Bêbados, tanto faz. A gente morre e não morre, vive e não vive... É assim... Sempre foi assim... Dorme e acorda, dorme e acorda, e assim vai...

Urutu pegou uma garrafa, quebrou o gargalo, emborcou na goela, chupando, bebendo com sofreguidão, com sede e com raiva, pensando em que dissera que iam beber porque estavam perdidos, quando na verdade, a única verdade entre todas as grandes verdades do mundo, era apenas por causa daquilo que ele dissera: algo do coração. E que poderia ser o coração? O coração dele e de todos, cada um em particular: a moça sem nome. Todos iam beber por ela, se esbornar, se esquecer. Essa plenitude tão grande que os enchia demasiado: ela. E bem que sabiam, ah sim, isso o sabiam todos. E como não o iam saber? A moça sem nome, fugida para sempre, perdida no centro do tuaiá, desaparecida na eternidade.

— Não é bom a gente deixar-se abandonar assim... — falou sério Babalão.

— É, não fora bom... — reiterou Chico.

— Calem essas bocas de santidade e macutena, não me venham com leros, com morais, sem religiões nem santarrices, com falsas histórias, com hipocrisias... Tudo gangrena, tudo rezas... Ah, juro que os meganhas também estão perdidos... E quem não se perde nestas ilusões reiterativas? — murmurou retirando a garrafa da boca, olhando os confins das serras nas neblinas das nuvens, olhos apertados, com o sumo da pinga no centro do goto, Urutu, fazendo sinal aos outros para chegar-se e servir-se sem cerimônias nem cortesias.

— Jeová-Babalão está vendo coisas — disse o Caveira.

— Mesmo que fosse o Jeová... Que vá para o diabo.

— E nós seus apóstolos...

— Você deve ser o Escariotes condenado.

— Podem pegar e beber, gente. Por hoje estamos definitivamente de folga e farra. Grande feriado para todos para tirar uma desforra de tudo.

— Não é perigoso, não? — perguntou Garci.

— Qual, menino! Aqui em cima eles não subirão nem chegarão. Em todo caso, deixem as armas bem à vista, para o que der e vier. Nunca se sabe. E acendam fogo lá dentro das cavernas. Ninguém é de ferro. A gente é de barro. E deve se divertir quando as coisas vão mal, para se libertar desta prisão de barro.

— A poi, somos de barro, sei bem... Barro mole ou barro duro?

Abriam as garrafas e destampavam bebendo em grandes goles. Lembrando-se de suas vidas, os prazeres maiores e as desgraças mais presentes, corrosão de uma grande sede que ninguém aplacava. A moça sem nome, agora imaginária e recordatória, a que seria em todas as encarnações possíveis e impossíveis, reunidas nela, naquele corpo branco, torneado e perfeito, que todos viram na praia e dele se lembravam, entre as mais belas mulheres do mundo, a soma de toda a beleza do mundo, pendoou como um broto de flor alva no capulho, como uma orquídea branca, no fundo da imaginação coletiva. Agora nem olham o céu que se ilumina parcamente pela despedida da luz dourada caindo sobre as abas das serras e as apás dos horizontes, já sabem que o céu se parece com as costas, o traseiro, as ancas, os quadris, o corpo todo, bonito e sem mácula de uma mulher, estremecida de gozos e delícias, explodindo em orgasmos na imaginação deles, corpo belíssimo, Narcise, Vanina, Lucina, Teodora, Rosa, Julita, Venância, Maria, Mariflor, Maria Carabina, Leonia, Solange, Cândida, Joaninha, Dourada, Joana e todas as outras que faltaram e continuam faltando para suprir tanta carga de ausência, sabe-se lá, é essa moça sem nome, apenas, vestida em sedas, primeiro em pijamas colantes de dormir, como quando com o seu marido, em sua inteira intimidade, e depois de vestido curto com decote largo de verão, sempre bela e desejável na frente deles, corpo azul, negro, amarelo, rosa, vermelho, corpo gigantesco que cobre todo o firmamento onde a tempestade se prenuncia, girando um corpo real, imperial, soberano, e o céu é o sol e a lua, é a luz e a treva, esse cu purpúreo que parece cagar fogo e ardência, essa bunda branca que caminha na praia, indiferente, calada, ardilosa, faceira, subindo e descendo as abas de carne que estremecem e repercutem em cada nervo dos homens, como uma pantera ou um leopardo branco, esse corpo, essa moça sem nome, que imita as bocas do vento ciciando em brisas junto aos ouvidos de cada um, palavras tênues e acariciantes, lábios úmidos murmurando, como os círculos do encantamento:

— És o meu prometido...

Melânio fazia fogo para assar uns restos de carne salgada no fundo em pedras de uma pequena gruta protegida do vento, e vez em quando saía e vinha enxaguar a boca cá fora com uma bochechada de bebida estrangeira. Depois aproveitava para experimentar uma pinga nacional:

— Ui, a poi, pinga boa! Quanto tempo, hein Cajabi! Não tem como uma pinga daqui mesmo, hein... — dizia Urutu.

Cajabi sempre quieto, bebia e voltava sem nada dizer.

— Que tem o chefe? — perguntou Garci a Bebiano que afinava o violão.

— Sei não. O Cão ou a Cã. A Grande Cã... Você não entende, você não sabe o que é Cã, Garci, você só sabe o que é a infância e a adolescência...

— Grande Cã... Alguma fêmea... A fêmea do Demo... Ah ah... Se te dissesse que estás muito enganado, homem...

— Talvez. Uma mulher sem nome nenhum... Belíssima... Até onde a palavra dá, até onde a palavra chega... Mulher de verdade...

— Sem nome, mas belíssima...

— A poi, demais de bela. Bela toda a vida. Bela, bela, bela, bela...

— Quem pode ser? Ela... Uma deusa que se dignou fazer-se mulher para gáudio dos homens e desceu do céu à terra para salvar os homens e entrou no meu coração como uma mosca entra pela boca adentro. Amor que se alastra deste reino. Depois fugiu para sempre, desapareceu, nunca mais. Ninguém sabe para onde... Salvação...

E o Flor se lembrava da moça sem nome. Moça, simplesmente moça. Dizer moça sem nome é dizer algo que ela não era. Era a Moça. E todos em silêncio, nas profundas de cada um, se recordavam, suspiravam, suspiravam e ninguém dizia nada. E Bebiano cantava antigas canções de amiga, canções de bem-querer, da corte do rei Dom João e do rei Dom Sancho I e do rei Dom Diniz e os que a conheceram, ante a descrição dos que sabiam, sob a influência da ausência da sua beleza que pairava sobre eles como grandes auréolas, se lembravam prontamente, e na poesia e na bebida, iam sentindo como que grandes asas que com eles se elevavam e com a emoção e com a solidão das mulheres que aproavam neles como navios nos portos e com as palavras, crescer ainda mais uma espécie de insuportável e desumano amor pela moça sem nome, que mais se lhe fincava e doía no peito, que aumentava, crescia por cima de tudo, que dava vertigem, como se estivessem às bordas de um precipício onde ventasse muito em dia de cerração. A moça sem nome morrera? Mas que ideia mais triste e sobrecarregada de sombras... Que lhe acontecera então? Só os deuses sabiam, mas os deuses tinham morrido, aquela solidão era a prova disso. Só haviam restado dois deuses: o Acaso e a Necessidade. E eles haviam descido dos grandes céus e murmurado junto ao coração dos homens:

— Ela não morreu... Ela não pode ter morrido... Não pode ser...

E Bebiano cantava um cantar de amigo, doce muito doce, sobre as ausências das amadas mortais.

— Está chuviscando, gente...

Entraram na gruta onde estava Melânio, expulsando nuvens de morcegos chiadores e pássaros cavernários que flechavam zunindo e silvando e assobiando espavoridos sobre suas cabeças, chilrando assustados e selvagens, levando as garrafas para dentro, deitando-se e estirando-se junto às paredes verde-marrons e amarelentas de musgo secular e mica e quartzo, onde manava uma água sempre transparente e fria, que o fogo punha cintilações de rubis vermelhos e ágatas e calcedônias e turmalinas púrpuras e violeta como vinhos renascentistas nos cristais que afloravam das cascas de pedra e das lapas de chão. Lá fora o chuvisco era apenas um murmúrio suave e perene que tomava conta do mundo devagar e um silêncio sussurrante enchia as vastidões das serras onde neblinavam brumas esparsas e onduladas. De repente se perguntava olhando para tudo aquilo: será que tudo tem distante sentido oculto? Os animais pastavam nos capinzais que subiam das fendas entre as pedras. Na gruta o fogo alumiava as caras dos homens pintando-lhes reflexos em relevos ora suaves, ora sinistros. Nos cantos se elevavam volumes de selas e arreagens e armas e mantimentos nas bruacas erguendo sombras douradas que brilhavam em ouros foscos ao vibrar das chamas que estalidavam bailando. Os homens bebiam das garrafas, em torno do fogo, falando baixo, como se estivessem com medo de que alguém, um ser uníssono e imenso que os cercasse com sua penumbra murmurante e arrulhadora, da qual tivessem receio, e que viesse envolto em ventos de seda roçagante das serras e dos horizontes. A moça sem nome dava medo?

Sua lembrança unívoca? Era o que de início se principiava a imaginar vendo tudo se alçando de repente como magia súbita: sons, penumbras, vagos sussurros, dedos de vento tateando. O Flor pinicava as cordas do violão, sem vontade de cantar e uma grande preguiça apática os invadia mansamente e se desmanchava dentro deles e a lembrança da moça sem nome que vinha com o roçar do vento de seda sussurrando e a suspeita da lepra se deitando maligna entre eles como um óleo adocicado e a tarde ia se fazendo cinzenta lá fora entre as serras e os vales e as planuras que se desenrolavam lentas sob a mansidão das brumas neblinando e a chuva que aumentava, batendo seus cascos líquidos no chão e a calentura que subia como maleita da bebida que chegava até o fundo dos estômagos a cada gole e a cada suspiro.

— Esse violão parecera uma preta com olhos de índia carajá... toda deitada nos seus braços — disse Pedro Peba fazendo com as mãos uma forma de amplas cadeiras de mulher.

— Mulher, parece a moça sem nome, isso sim... Ninguém mais...

— Moça sem nome com cordas ao invés de voz, toda de boca de voz tão suave: dó ré mi fá sol lá si... Oi música...

— Toda inteiramente bela, toda musical, ao natural...

— Como será que ela se chama de verdade, vocês já pensaram nisso?

— Quem poderá saber? Ela nunca quis dizer.

— Só seu pai e seu marido deviam saber.

— Ela nunca teve nome, eu chego a uma conclusão final: ela foi uma ilusão...

— Será que ela morreu? — indagou o Caveira escorrupichando um gole no gargalo da garrafa.

— Fugiu, isso sim, te garanto que fugiu, está viva e reviva, com todas as belas carnes, mais viva que nós, e agora deve estar se amando por aí à vontade, à grande... — disse Chico.

— A poi, onde desapareceu no ar, como cheiro bom?

— Tinha medo de nós, pavor, a menina... Aliás, o pai e o marido terminaram mal conosco... Quase que dou razão a ela...

— Passaram desta para a melhor...

Urutu cintilava os olhos, num canto deitado, sombra com sombra, sem camisa, braços cruzados sob a cabeça, todos os sobacos para fora, Urutu sacudindo as pestanas, curiangu descansando, ouvindo tudo, remexendo os lombos, como cavalo quando quer pasto ou companhia de fêmea, o peso do corpo descansando nas rochas frescas, perna cruzada, sem falar.

— Ei, que é isso? — levantou-se berrando Babalão e mostrando algo que Melânio estivera remexendo num canto atrás dos volumes amontoados. Todos se viraram. Silencioso, com seu silêncio ríspido e desafiante, Melânio Cajabi trazendo dali, puxada por um braço uma caveira inteira de gente, meio desarticulada, ainda com fragmentos de carne e tegumentos, pelos e roupas apodrecidas. A descoberta fora imprevista. A figura esquálida e alta de Melânio arrastando pela tíbia aquele esqueleto torcido pelo chão em pedras, com galões e farda — a surpresa produzira silêncio — seu rumor de castanholear de ossos os fizera erguerem-se, os olhos grandes e fixos, iluminados pelo fogo, como se nunca houvessem visto tal coisa tão de perto. Depois Melânio foi ao mesmo lugar, um canto escuro, e trouxe outra descoberta macabra, outra caveira se arrastando pelo chão, o ruído dos ossos dando na rocha, só que desta vez vinha vestido duma batina rasgada e podre. Largou-a por cima da outra num chocalhar de ossos escangalhados. Se misturaram as duas caveiras.

— Um militar e um padre...

— A segunda e a terceira que achamos...

— Não é nada, gente... Algum meganha, talvez um general... Algum padre, talvez um bispo... Todos se misturam depois da vida, viram esterco... — disse Urutu, assentando-se calmamente e retomando sua garrafa sem abandonar os olhos do montão de ossos. Os outros se sentaram também e assistiam àquela peça extática e muda. Um cheiro ruim de antiguidade viciada e remexida vinha do montão de ossos que Melânio deixara à entrada da gruta e voltara a preparar a comida, como se nem fosse com ele. Só o violão do Flor feria o silêncio ondulado das pedras vermelhas.

— Eis no que se tornam os homens... Uns ossos abandonados... E em vida, tantos salamaleques, tantas curvaturas e tantos respeitos... Agora não valem um peido, não valem um cachorro morto...

— Vaidade das vaidades... — murmurou Babalão rezando seu terço e bebendo duma garrafa.

— Talvez morreu de morfeia... — resmungou o Caveira.

Calaram-se. Chico fez que nem entendeu.

— Temos três caveiras agora.

— Três morféticos...

— Ei, gente, calem-se. Diabos de cão e gato. Sempre assim, isso pode acabar mal algum dia — apaziguou Urutu.

O fogo punha incrustações de púrpura e violeta no teclado das costelas brancas, escancaradas, como dedos pontiagudos, recurvos para o alto pedindo por alguma coisa. O que poderiam pedir os ossos? Um olor raro se evolara, de carne assada em conluio com cheiro de ossos velhos. Os homens bebiam, ia-se-lhes subindo nas cabeças o fogo da bebida. Nas paredes de pedras em incisões e iluminuras suas cabeças e figuras, as sombras se desenhavam refletidas bruxuleando. Melânio Cajabi de vez em quando parava de mexer na comida e olhava detidamente, interrogantemente, para as caras dos homens, sempre pensativo, bebendo de uma garrafa a tiracolo. A voz de Bebiano Flor, entre um e outro trago, cantando se erguia:

— Depois que o rei Dom Rodrigo
Espanha perdido havia,
se ia desesperado
por onde mais lhe aprazia.
Mete-se pelas montanhas,
as mais espessas que havia,
para que não o achem os mouros
que nos montes o seguiam.
Então topou com um pastor
que o seu gado tangia,

lhe disse: Diga-me, bom homem,
o que perguntar queria,
se há por aqui povoado
ou alguma casaria
onde se possa descansar,
que gran fadiga trazia...

O pastor respondeu logo
que debalde a buscaria,
que em todo aquele deserto
só uma ermidazinha havia
onde vivia um ermitão
que mui santa vida vivia...

Chico Inglaterra fumava tranquilamente olhando Babalão rezar e de vez em quando se coçava, febres doces rangendo, cara atrouxada em vermelhos roxos, lábios inchados, gorgolejando a garrafa:

— Muy bella canción había...

— Por que você não cria coragem, Chico Inglaterra?

— Coragem de quê?

— Você sabe muito bem...

Chico nada respondeu, continuava se coçando. Lá fora chovia manso e o seu rumor era tranquilo, de apaziguamento com o mundo, vinha um frio penetrante estremecendo as chamas que crepitavam na obscuridade. A bebida amortecia e devagar amolejava as cabeças. Dentro da gruta uma suindara deu uma risada. E outra suindara deu outra risada. E mais outra suindara deu outra risada.

— De que se riem elas? — perguntou Chico.

— Do mistério da vida, do mistério da morte — disse José Gomes.

Ficaram quietos esperando que as suindaras rissem quanto quisessem, mas elas haviam ficado caladas. Só o fogo e a chuva.

— Houvesse uma mulher para nós, umas mulheres... — gemeu o Peba, olhando fixamente o fogo e desatando os panos que atavam sua ferida.

— Estivera com saudades do Ruivão... — falou Chico suspirando, para José Gomes e Garci, do outro lado, meditativos, que pareceram nem ouvir, como se estivessem dormindo.

— Coitada da moça... Boa menina... Nunca mereceu...

— Moça sem nome, para onde que você foi, para nunca mais?

Melânio repartiu a comida. Comiam conversando agora sobre coisas da capital. Melânio se sentou entre eles com seu grande corpo curvado escutando sem nada dizer. Canguçu, que fora muito amigo de um Anes Dias, chefe de tropa, contava casos deles dois na cadeia. E a noite ia aumentando. À medida que a escuridão se espessava o fogo se tornava mais vivo. Fogo na noite, fagulha, carne do Sol, fagulha do Cosmos. Lá fora o vento uivava e guaiava, na chuva. Garrafas iam se esparramando. De vez em quando alguém atirava uma garrafa lá fora, que se partia em rumor de vidros quebrados. Alguns se aprontaram para dormir. A chuva crescia, já não era calma, senão tempestade de verdade, das brabas, com ventos do norte, que torciam os capinzais como roupas num varal, que agora assobiavam nas frestas das pedras, nas reentrâncias dos rochedos, nos pisos e pontiagumes dos barrancos e serranias fazendo tremer a terra surdamente. Os precipícios em volta se abismavam embalados em negror sem fundo e o rumor da chuva a desmoronar e a arrastar tudo, e as serras mergulhavam nos altos, altas sombras, altos ventos, altos cumes. Os relâmpagos iluminavam breves a boca da gruta refuzilando e os trovões ecoavam como trompas fechadas socavando os horizontes. Como cavalos os poderes do céu relinchavam, rebanhos e rebanhos fluindo, redemoinhando, se derramando nos pastos celestes. Perdida a rosa-das-direções, os homens penetravam nos homizios e desembocos da pinga-mãe, nos claustros emparedados da solidão, profundos e úmidos redutos de proteção, negrumes da noite, inchumes da redenção. Triste, cada vez mais triste, cada vez com menos vontade agora o violão de Bebiano Flor, que ele arranhava desganadamente, cada vez mais desolado, bêbado, irremediavelmente bêbado, deitado sobre o chão de pedra, cercado de pedra, o mundo de pedra, o instrumento no peito, olhos para o alto teto enegrecido da caverna, sentindo os próprios ossos, construção de ossos do infinito, seu corpo em ossos onde batia o coração disperso entre pinga e chuva e noite e fogo e música:

— Em frente a vejo vir
como um grãozinho de romã,
lhe perguntei à menina:
— Casada ou solteira?
— Casada por meus pecados
(doze maridos os tomou
e todos onze os matou),
e vós se sois meu marido,
me acendei uma candeia.
Arrumou-lhe a linda ceia
de alacrãs e cobras.
Preparou-lhe a linda cama
de punhais e de espadas.

No barro e nas pedras da caverna, homens caídos, gemendo, engatinhando, à luz mortiça do fogo. Pareciam restados sobreviventes de uma estranha batalha perdida, de entre os mortos, que os urubus iriam comer. Urutu encostado à parede, olhos brancos sem piscar, parecia um defunto, o pretume pétreo adensado na penumbra, alvos dentes e pupilas fixas, mãos pendentes, a murmurar palavras desconexas. Melânio desenhando com um toco de piçarra na parede de pedra musgosa uma cara de mulher, sua alta figura mexendo-se impressionada pelas línguas moventes do fogo, os meneios das chamas, dança ancestral, iam saindo os seios, a cintura, as ancas. As sombras se moviam lentas no chão, nas paredes, no teto. A gruta como um navio, os porões, o bojo, o ventre rodeado de águas, ou selas sobre a garupa dos cavalos, eles sentindo nos solavancos das pedras do chão rochoso o rolar das patas equestres, cascos, cascos, cascos, na tranquilidade imensa misturada com sonho, altas chamas da bebida, altas cumeeiras da paz, altas eminências do silêncio que singrava no mar da noite, cavalos fantasmas, olhos cegos iluminando como faróis, focinhos errando, cheirando o negror, as patas onde as pedrinhas batiam e refaiscavam tinindo arrancando estilhas. Babalão, o único que bebera pouco, porque asseverava que tinha úlceras, mas mesmo assim vagamente bêbado, sentado, pernas cruzadas como um estranho Buda barbado, rezando, rezando, rolando nos dedos seu rosário rústico de contas enormes de madeira preta, e no regaço uma garrafa pela metade, o tronco balançando, como se adernando, movendo os lábios rachados e toucinhentos, num murmúrio confuso e incoerente, orando por toda a humanidade. O Caveira, em pé, cambaleando, garrafa na mão, encostado à boca da gruta, sem poder consigo mesmo, falando coisas sozinho, que pretendiam ser confidências carinhosas como se falasse a uma mulher amada, longamente esperada que estivesse ao seu lado, olhando para fora, perto dos esqueletos amontoados em brancuras ósseas, estirados no chão, ora segurando uma tíbia dependurada, ora encostando a cabeça no seu frágil ombro de osso. Pedro Peba xingando mundos e fundos, meganhas filadaputas que nos puseram nesta situação, só por causa deles o mundo era este mundo horrível, só eles se preocupam com guerras e belicismos, só sabiam perseguir e prender, era como se mandassem no mundo, não havia profissão melhor para isso, cambada de vagabundos, por que não iam trabalhar de verdade, plantar e colher, dar forma aos metais, ensinar às crianças, isso não era trabalho, não chegava nem a ser profissão decente, era uma vergonha institucionalizada, matá-los-ia a todos eles, se apoderaria de uma bazuca, esfaquearia o juiz, todos os juízes, todos os doutores, o chefe de todos eles, que todos eram uns merdas, até quando a Lei contra o Crime?, sanear o mundo, ou pelo menos isto aqui, nem que fossem filhos de Deus, fosse esse Deus para as putas que os pariu, ele que fez o mundo à sua imagem, assim, vergonhoso para se viver, até quando seríamos contemporâneos desses que pretendem trazer justiça ao mundo?, quando o mundo não é senão uma grande e profunda injustiça constante?, fossem filhos da Natureza e mais ninguém, fossem todos ao inferno, roubaria uma metralhadora, subiria no centro do maior tribunal da cidade e de lá começaria a metralhar o mundo até terminar com todos os filadaputas, todos, todos, todos, o mundo precisava de limpeza, só descansaria quando tivesse limpado tudo, tudo, ah mundo porco, ah mundo imundo, ou mundo dos lobos, ah mundo repugnante onde o homem precisa viver no meio deles, depois caiu perto do fogo e ali ficou em silêncio.

— Um filho tem a condessa,
um filho que não mais.
Deu-se-lho ao senhor rei
por depender e por começar,
que se o rei o quer muito,
a rainha muito mais,
se o rei lhe compra os vestidos,
a rainha lhe dará os calçados.
Cavalheiros que o invejam,
junto ao rei o põe em mal,
que o viram junto à rainha
no seu castelo real.
E o rei com grande ciúme,
grande castigo mandou-lhe dar,
mandou-lhe arrancar os olhos,
para que perca o bom olhar.

Melânio Cajabi se assentou ao lado de Bebiano Flor, tirou uma pequena flauta do bolso, que achara na casa misteriosa do Batovi dos Protestantes, e se pôs a tocar, o outro acompanhando-o, a Toada do Esquecido, que era antiga e linda. Sabedoria, beleza, morte. Tocava pensando nas belezas e nas feiuras do mundo. Quando acabou de tocar, Bebiano Flor ainda dançando os dedos nas ordens das cordas, jogou a flauta no fogo.

Canguçu, perto de Bebiano, a dormir, roncando como uma grande mosca-varejeira a zumbir, o peito catarrento roncando grosso, sonhando com as mulheres de sua vida e mais a moça sem nome. José Gomes silencioso e com cara de poucos amigos, olhando o fogo, a cabeça inclinada, deitado de banda, sobre um cotovelo, olhos pensativos, pensando: essa chama que sempre existirá e que produz a Luz, fogo, fogo divino, de onde vens para os homens?

Babalão levantou-se a gemer, dizendo que estava com câimbras ou reumatismos, isso quer dizer mais chuva que virá, chuva enorme, sem fim, chuva e chuva sobre os tetos do mundo, novo dilúvio que da outra vez não veio, desta vez virá e afogará ao mundo com seus homens incrédulos e infiéis, de repente começou a tomar mais pinga, cada vez mais obcecado pela pinga, pinga e pinga, que também é água, água sobre o mundo, bebeu já talvez meia garrafa num minuto, vai para perto de Garci e aí se assenta a gemer e fica meio a dormir bufando, em estertores, murmurando coisas que ninguém entende, onde se ouve apenas a palavra: moça, moça, e sem se dar conta, encostado, meio dormindo sentado, garrafa entre as pernas, como a fazer uma criança dormir, rindo sozinho, se enchendo de quando em quando as bochechas e falando: moça, moça, levando e levando o gargalo quebrado à boca, ele que nunca gostou muito de beber, dizia que estas são fraquezas daqueles que não querem ver Jeová, vai não vai, se ergue de novo, como quem não encontra a paz que procura em lugar nenhum, a mosca da lembrança o persegue, a grande mosca, mutuca braba da recordação, intermediária de Deus, o segue e o persegue, rengueando das duas pernas e cambaleando, foi até o montão de selas e arreios, procurou sua capanga, voltou com algo nas mãos que tirou de um sapiquá dentro da capanga, muito bem guardado, um vidrinho como de Biotônico, se chegou à boca da caverna, curvando-se para olhar detidamente as caveiras redemoinhantes no chão, ossos brancos brilhando foscamente que parecem dançar uma dança de São Vito que não termina nunca, por que será, ou serão seus olhos que Deus deu? Bêbado, murmura: moça, moça, é você que está aí nesses ossos, moça, moça, é você mesmo?, e salta para trás. Houve um estampido de tiro no silêncio roufenho da gruta, eco rouquento de placas de basalto que parecem se mover e deslizar, que vai galopeando em voltas e voltas relampejando. Primeiro pensou que havia sido atingido, ecos turvos redemoinhando em torno das cabeças como auréolas de santos, depois torna-se rapidamente se lembrando e vê Chico de revólver na mão, os inchumes afogueados, o metal cintilando, sentado, o corpo bambejando de bêbado, cara má debaixo das dores e das falripas das barbas garranchentas que lhe empapuçam as bochechas, apontando a parede. Uma boipeba preta que coleava numa fenda de pedras e que, acertada, o tiro lhe decepou a cabeça, deixando-a pendente por um fio de couro apenas, dança em curvas espirais, se remexendo no chão aos seus pés. A bala repercutiu em desenhos de vã geometria de revérberos. Raivosa na morte, a cobra mexe os seus venenos.

— Mundo das cobras... O que é que tem menos que cobra aqui? — fala Garci.

— Olho bom, hein... — fala Urutu, voz grossa ressoando.

Chico se põe de pé, pega a serpente pelo rabo, ela se lhe enrola no seu braço em círculos negros, ele a desenrola com dificuldade, se lhe suja todo de seu sangue escuro que pinga e lança-a ao fogo. Os homens, meio despertos, abriram os olhos e assuntam, sem perceberem talvez do que se trata.

— Me fez lembrar Moisés quando mudou seu bastão em serpente — fala Babalão que se acercara dele para ver. Chico guarda a arma.

— Moisés pouco me importara.

— Mas mereceu.

— Pode parecer. Mas não me interessara. Não gostara de cobras. Nem de Moisés. De nada, para ser claro.

— Os soldados não terão ouvido, por acaso?

— Sei lá. E daí? Se eles aparecerem, encho eles de tanta bala que eles pensarão que se trata de Deus armado, pondo fogo no mundo, enchendo tudo de bala.

Babalão pensando: mistério das cobras. Porque há um mistério nas cobras. Desde os primeiros tempos das Bíblias. O que será? A cobra é um símbolo e só os homens necessitam de símbolos. Para que não sei, só sei que quando se vê uma cobra se pensa além da cobra em símbolos da cobra, também. Súbito se voltam a um gemido feio, veem pasmos: é Babalão Nazareno, nu, caído em cima dos esqueletos, se estrebuchando, se acabando, os grossos uivos guturais em estremeções, convulso, com uma faca nas mãos, esfaqueando os ossos, urrando, bramindo: moça, moça, moça... quebrando-os e desarticulando-os, misturado entre gorduras velhas e trapos muxibentos do encordoamento das cartilagens pelancosas. Após, que a faca se quebrou de encontro às pedras, ele puxou uma garrucha velha dependurada de um embornal ao lado de Garci e começou a ribombar tiros em cima dos esqueletos. Balas que uivam guinchando, assobiando, resvalando e rebatendo-se nas pedras, assoalhos e paredes rochosos, cruzando em ricochetes, ecos trovoando dentro do abafo da gruta, as corujas cantando de medo, morcegos tardios procurando o ar de fora, os ecos ressoando, estremecendo, rumorejando em concentrismos ocos e circulares que vão se abafando surdamente, como tambores. Aos berros:

— Te reconheço, Lopes Mango de Fogo, filho de Belial, o homem mais impuro da terra, que abusaste da moça sem nome, a única mulher pura do mundo, filha do Pai, do Filho e da Mãe, inimigo da castidade, você inventou o amor das carnes, filadaputa, Astarot, Baal, Dagon, inventou a luxúria das carnes, demônio dos pecados, e é por isso que eu, filho de Jeová, em nome da nossa santa aliança, quero te acabar, quero te aniquilar, quero te extinguir... Até depois de morto você precisa morrer. Morrer e morrer, sempre mais, até que desapareça infinitamente. Você precisa morrer depois da Morte, Lopes Mango de Fogo! Morre, morto! Morre, morte... Morre, que até o teu nome morra e desapareça e que não fique nem um grão de cinza da lembrança de tua carne... Só o Pecado é o Rei, o Senhor, o Dono de tudo! Nada que não seja Pecado. A única realidade: pecado, pecado, pecado... Acabe, maldito, acabe...

E atirava. As balas chovem de bater e retornar em todos os ângulos no âmbito da gruta. Até que as balas terminam e fica apenas uma zoada de ecos circulando no sono das pedras ecoantes e ele se roja ao chão, destruído, como um porco sucumbido à terra. Atônitos, que se deram pelo acontecido depois de acontecer, que alguns, entontecidos pela bebida e pensando haver guerra crua, se escafederam se escondendo acovardados pela subitez de tudo, se escondendo nas funduras da caverna, das balas perdidas que resvalavam da garrucha em poderio de matar, zumbindo e assobiando e reverberando nas pedras, em ângulos de ricocheteio e produzindo ecos que ficavam zoando ensurdecidos na casca das pedras, mudos outros olham arregalados o traseiro magro de Babalão que reboja, avermelhado ao fogo, dança abissal de um êxtase desconhecido, em zurros brabos e arquejantes, braços abertos abarcando as caveiras destroçadas, suas cabeças de olhos ocos, sorrindo nos dentes arreganhados e desmedidos, que riem sempre, riem-se ironicamente, apenas riem, ninguém sabe de que se riem tanto essas caveiras, talvez do mistério da vida, talvez do mistério da morte, e o profeta, as gengivas roxas e espumosas, rindo também decomposto em espasmos e movimentos sem nexo, como um boneco desgrenhado e desarticulado, um espantalho torcido e desparafusado. Ecos ainda perduram e se requebram nas zebras raias das serras onduladas debaixo da chuva neblinosa que amortece os revérberos de brumas. Agora só a monocórdica suavidade da chuva caindo sobre tudo, embaçando a noite.

— Louco está? — perguntam uns.

Chico abraça-se a ele, procura ajudá-lo, mas cai com ele sobre as caveiras, entre dobras de batinas esfarrapadas e fardas apodrecidas.

— Há-se que matá-lo. Matêmo-lo?

— Não, é injustiça contra um irmão nosso — grita José Gomes —, é velho companheiro, seguiu conosco todos nossos sofrimentos e alegrias. É nosso sangue, já. Deve estar apenas delirando com tudo isto, aqui, estas coisas, se vocês não o sabem, produzem alucinações, não sabiam?, estas situações provocam delírios, ainda por cima esta bebedeira, ele que nunca bebe segundo a sua lei e a sua religião...

— Mas está louco... Agora temos um louco e um leproso... Aproveitemos e matemos os dois... — diz Canguçu aproximando-se, arma na mão, com um sorriso nos lábios, balançando-se na sua bebedeira —, por que não aproveitarmos esta oportunidade para livrá-los de suas prisões de uma vez? Vamos a estar sempre com o nariz cheio de seu cheiro de lepra e com os ouvidos cheios de suas palavras de religião? Se ambas as duas coisas são a mesma: macutena e crença...

— Se os matar vai ter que me matar também.

Os homens se dispersam. O Caveira atrás, olha de vez em quando, tem um viso de nojo no rosto, puxou o relógio, balança-o pela correntinha, murmurando entre dentes, parado no meio da caverna, sua voz rouca, grossa, oca, com entonações funéreas:

— Três e trinta e três... Três e trinta e três...

— Que quer dizer esse três e trinta e três?

— O tempo, nada mais... O tempo e o amor... Mais a morte... Nada mais... Três e trinta e três... Três e trinta e três... Do mesmo jeito que a serpente quer dizer apenas: sabedoria, conhecimento...

— O canto do nambu... — diz Pedro Peba dando uma gargalhada.

— O canto do mundo... Dança mundo!

— Aqui todos estão loucos, todos deveriam morrer... — ergue a voz Urutu.

Babalão afinal resta-se imóvel. Os outros se sentam, se deitam, voltam as suas posições, deixam de olhá-lo, retomam as garrafas. Perdeu o interesse. Alguns que se despertaram, se moveram, arremedaram uma reação contra o ribombo dos tiros dentro do oco da caverna, voltam ao derreamento ensimesmado de antes. Aparecem vultos que haviam se escondido.

— Vá para o diabo, seu...

Uns ainda mastigam e resmungam palavrões e voltam a dormir. Rumor de roncos enche a gruta subitamente. Babalão se levanta, a cara sombria e azeda, a gemer, cheio de rugas, ajeitando calças e cinto, pega do vidro de Biotônico que deixara no chão, derrama seu conteúdo sobre as caveiras desmanchadas e desparramadas num bolo de ossos a um canto, depois acrescenta ajudando com a metade de uma garrafa de pinga que atira para fora e se espatifa quebrando-se em estilhaços contra uma parede. Pega um tição crepitando de chamas, joga-o por cima, as ossadas se acendem em fogo.

— Fogo do mundo, fogo bendito e transformador... Chamas do cosmo...

O branco dos ossos vai sendo devorado pelo vermelho em línguas das chamas que se alteiam, um cheiro esquisito se espraia e se infiltra nas porosidades da pedra e crocoa o nariz dos homens.

— A gasolina — explica Babalão —, um pouco que eu tinha e guardava para emergências. Para qualquer precisão...

— Para pôr fogo no Chico quando tudo se enjoar... — diz o Caveira.

— Não tivera jeito — diz Chico como para si mesmo —, também já pensei nisso, me ultimar, procurar algum modo, mas cadê coragem? Para que carregar comigo isto, este corpo doente? Para que serve a doença? Deus não dá coragem. Por isso não acredito nele. A vida é mais forte que ele. E esta infâmia doera, doera, doera... Lepra, amor, adoração, salvação, redenção... Use seu Jeová, Babalão, merda, merda, merda... Merda eterna...

— Acho que esse esqueleto seria mesmo é de alguma mulher muito bonita, essa caveira menor, talvez mesmo se soubesse se fosse ela ou do Lopes... Eu, o sacerdote de Jeová, primeiro e ungido como Melchisedec... Camelos de Madiah e Efa... A carne? Os poderes da carne? Querem mesmo saber? Ah, nem digo... Para quê? Pecados... Ah... Os pobres pecados... Ah... — Babalão fala titubeando e balbuciando como se viesse à tona de muito longe, de águas que o levaram em grandes enchentes, vastidões afora. — Querem mesmo saber? Esperem... Essa mulher... sem nome, como dizem vocês... essa moça que vocês dizem ou pensam que não tem nome, mas que eu sei que se chama Eva, assim como eu próprio não sou Babalão e sim Adão, essa mulher... se apossou de nós... Nossos espíritos, nossas carnes... Se apossou de tudo... Maldição... — chora, soluça, lágrimas se lhe descem pelo rosto.

Os homens ensaiam uma vontade patética e pungente de rir que não vem nem se adivinha neles. Ao contrário, por detrás de tudo, essas paredes da alma, parecem, sim, mais as paredes de um reservatório imenso de lágrimas marolando, marulhando em ondas, uma vontade de chorar que também não vem, para no limiar do sentimento, nem rir nem chorar. Apenas sabem que a moça sem nome, que eles sabem não ter nome conhecido deles, habita a memória deles, seus corações, profunda, profundamente, profundidades dos oceanos, onde vagueiam os peixes cegos na escuridão, camadas e camadas de noites e noites, dias e dias profundos como o Tempo, como a memória do mar habita todos os peixes e todos os homens, mar que pulsasse pairando sobre as eternidades, desde todo o sempre, desde quando no tempo pairavam apenas trevas sobre o abismo e o abismo de Deus flutuava sobre a memória de todas as coisas. Lágrimas baças parecem envolver todas as lembranças. Garci lhe grita:

— Está pegando fogo na roupa...

Babalão olha, a perna da calça está se incendiando, rola pelo chão, gritando, as chamas se alteiam esvoaçando, um pouco da gasolina que se lhe derramou na roupa. Os outros levantam-se tateando, Garci e José Gomes ajudam-no a apagar o fogo. Silencioso, Babalão Nazareno se senta cabisbaixo num canto, longe e arredio, fica bebendo de uma garrafa largada no chão, pensativo, autômato, assistindo o fogo comer vagarosamente o esqueleto, com a cruz do rosário balançando-lhe na mão. Vez em quando murmura surdamente:

— Vingança do fogo... Que me importa? Eu que nunca bebi... Um sacerdote de altas linhagens que bebe... Ao menos uma vez tem-se que experimentar de todas as coisas boas e más... Um sacerdote cuja estirpe vem desde os tempos do Egito, desde antes ainda dos faraós... A estirpe dos pítons e dos escorpiões, os reis-sacerdotes, os reis-escorpiões, os que vislumbraram a figura de Deus em todas as coisas... Os que mostraram Deus aos homens ... Um sacerdote que bebe... Posso beber, estou amaldiçoado ou abençoado por Jeová, Senhor dos Exércitos, nem sei, nem saberei. Ah, essa moça sem nome, Jeová Elohim Adonai, Letras sagradas que foram seu nome que não se podem pronunciar, que só eu posso dizer com a minha boca nomeadora, guarde-a em algum lugar, só para mim, só para o prazer do meu corpo... Não posso lembrar-me de nada mais... Estou amaldiçoado... Ela me lançou pragas sobre a cabeça... Minha cabeça que devia estar cheia de cinzas, eu que devia estar curvado em frente aos muros de Jerusalém a chorar e a se lamentar... Eu, o réprobo, eu, o profeta de Deus... — mete as unhas na cara, arranca limos e lodo das paredes e esfrega-os na cara e na cabeça, fecha com os dedos em pinça os olhos encovados como se os fosse arrancar, arranha-se, puxa as barbas e os cabelos, não se entende mais o que murmura.

— Doloridades, doloridades... — geme rançosamente, a voz em tremuras, com a cara leonina e rubra Chico Inglaterra curvado sobre si mesmo num canto, depois empunha uma garrafa pela metade e bebe também sem falar nada.

O Caveira à entrada da gruta olha a noite negra, após assistir ao fogo que consome as ossadas, balançando o relógio monotonamente:

— 3:33, 3:33, 3:33, 3:33...

— Que é isto, afinal, de 3:33? — indaga Canguçu burlando-se dele.

— É a hora em que o relógio marca o amor. É exatamente agora. Sempre agora. Nem passado nem futuro. Está passando. É a hora de se fazer o que se quer ou então de nem se fazer nada. Fazer o quê? O que existe de mais nobre. A guerra ou o amor? O amor é muito mais nobre do que a guerra. A guerra destrói e o amor constrói. Ela é a dona da hora do amor, a moça sem nome, a moça, a moça, a hora que está passando, a hora do amor, 3:33...

— Talvez, quem sabe? Pode bem ser... Mas há quanto tempo que você vem repetindo isso de 3:33?

— Sei lá, só sei que é isso que o relógio marca: 3:33. E essa é a hora do amor. A hora da moça. Nada mais sei, nada mais, não me perguntem, por favor. O homem sabe muitas coisas e outras não sabe. E é agora, esta hora que está passando irremediavelmente, implacavelmente, e é sempre agora, o instante presente, vem vindo e é sempre agora, vem vindo e é sempre presente. Mas depois não será mais. Quando a gente morrer. Nada mais sei. Babalão disse que é a hora de Jeová. Eu digo que é a hora da moça sem nome... A hora eterna do amor, a hora da moça...

Os homens emudecem-se devagar. Todo o ruído cessa. Silêncio agora e a chuva que ensurdece as serras lá fora. Ninguém mais fala, só roncos espaçados quase como gemidos que se escapam das gargantas dos bêbados a dormir sobre as lajes de pedra musgosa da gruta. O fogo que queima os esqueletos desenha clarões nas paredes, monstros que se movem, raros bichos noturnos, aparições saídas da madrugada, criados pelas chamas.

Há um ar de morna destruição no penumbroso, macio, pedroso, vagaroso, poroso, lento tempo que passa. A caverna uterosa silenciosa como um útero pulsando nos meandros e nas veias de pedra. Os últimos vestígios das ossadas se extinguem, um pequeno borbulhar de fogos diminutos estremece e depois cessa. E a moça sem nome, a madona dos páramos, habita todas as memórias. Nas serras a chuva cai.

— As mulheres desperdiçam suas vulvas, que tão pouco lhes custaram, e os homens desperdiçam seus membros, que tão pouco lhes custaram... — diz em voz alta Bebiano erguendo-se de um sonho cheio de bebida, mas ninguém o ouve no silêncio. Só a chuva cai.

Dia seguinte, sobre os cavalos, a tarde escurece, a noite negra, enorme, desemboca dos horizontes, se abrindo, se descortinando, como os olhos arregaçando-se de uma onça infinita, surdindo dos horizontes: seus olhos se abrindo para a noite, trazendo as trevas, companheiras do homem, como a luz do dia.

— Onde será que deixei meu guarda-chuva — pergunta o Caveira —, será que o perdi? Infernos, deve ter sido lá na serra do Mata-Homem, inferneira...

— Onde perdi o rádio de pilha? — se lembra Canguçu.

— Onde perdi minha paz? — pergunta Babalão. — Quem me pode valer?

— O Nazareno... Não és o profeta? Eleito de Deus? Valha-te...

— Ah, como doera, doera sem limites... Sentira sapos na língua, se arrastando... Como se essa ressaca da bebida me fizera enxergar o inferno...

— Só você mesmo pode se valer, Chico...

— Sim, só eu mesmo, ninguém mais... Sei muito bem disso.

— Ninguém pode valer a ninguém...

— O que você poderia fazer por mim, meu irmão, lembre-se que somos irmãos por parte de Adão e Eva, não se lembra? Ah, faz tanto tempo... Séculos e séculos... Não, não se lembra, ninguém se lembra mais, ninguém pode se lembrar... Tanto tempo passado e transcorrido... Jamais... Mas, apesar de tudo isso, meu irmão, em que você poderia valer-me, me diga com todas as veras de tua alma?

— Babalão vive gozando-se... Boa vida a dele, vida de profeta... Em conluio e em turras com Deus...

— Gastura dos demônios... Como uma faca no ventre eternamente ... Figueira-Mãe nunca existiu... Nunca existiu nada disso... Pura invenção... Nunca pode existir... Nunca jamais... Em lugar nenhum... Nem nos sonhos... Nem debaixo da terra nem debaixo do céu, nem debaixo do fogo, nem debaixo da água, nem debaixo do éter...

— Chico também vive a se gozar...

— Gozara a mãe, gozara...

— Babalão, conta-nos teus milagres, conta...

— Não falo com renegados, Peba, falo apenas com o Senhor Sabbaoth...

— Estamos no oitante da lua...

— Oi cavalo oveiro...

— Os cavalos estiveram é morrendo...

— Que morram! Continuaremos a pé...

— Que morram, continuaremos sobre eles, mortos, nós mortos, todos mortos, nós e os cavalos, todos fantasmas, mas chegaremos lá onde devemos chegar algum dia...

— Urinar é boa alegria... Ao menos isso... Ouve, gente, de cima do campolina, o barulho de minha mijada, diferente do barulho da chuva...

— Ó noite grande e negra, não se podia ficar e permanecer naquela gruta, sossegado, sem pensar em nada, a dormir apenas, largado, abandonado pelo mundo, a dormir apenas, entregue ao sono, o pai de todos, seria isso algum crime passível com a perseguição e a morte?

— Ora, Canguçu, é Urutu quem manda. Você sabe muito bem.

— Sim, mas eu sou sempre eu, e daí?

— Nada não, calma, só estava dizendo.

— Eu trancho a bala no filadaputa que...

— Infernos...

— Blasfêmias na noite negra ao Senhor Deus Sabbaoth...

— Enfie no cu esse fodido Deus Sabbaoth... Não quero mais ouvir mais nada sobre esse Deus Sabbaoth...

— Rezem, rezem, arrependam-se, o Juízo Final não tarda...

— Quem disser ai eu mato...

— Ai!

— Não te mato porque nem quero. Se quisesse...

— Estou à tua disposição. Quando me quiseres matar, te espero...

— Abstrata possibilidade de matar...

— Rezem, o Juízo Final vem chegando, é governo de Jeová, é a hora...

— 3:33, 3:33...

— Hora de Juízo Final foi quando vi a moça sem nome saindo nua das águas.

— Nem não mato ninguém só porque nem não quero...

— Puta que o pariu, então... Para que me matem, vai ser preciso que sintam também a força da minha força, quem quiser passar por cima do meu corpo vai ter que aguentar as consequências, vai também sentir o gosto das minhas balas e das minhas facas...

— Brechão dos diabos, brechão dos demos, neste escuro está perigoso viver.

— Neste escuro quem não for homem que nem venha, que fique para trás, se deixe permanecer, está é bom a gente se matar em vez de matar os outros, todos reunidos, em grande cerimônia de morte, para sempre, de uma vez, em homenagem a ela, a moça, por honra dos nossos membros e dos nossos testículos, por honra da nossa virilidade e por honra da vulva dela...

— Perigoso viver como bem se quer.

— É, ninguém se quer, todos nos odiamos uns aos outros, verdade, a poi, fígado contra fígado, figadal, tudo pela moça.

— Verdade. Então comece.

— Infernos abertos.

— Só Deus sabe e o Demo.

— Mas que Deus e o Demo? Nem existe é nada... Nem mera sombra. Nem alma. Nunca houve nem existiu. Tudo puras invenções de grande malícia...

— Senhor Sabbaoth, deus dos Exércitos, desce das alturas com tuas legiões e extermina e fulmina estes excomungados. Prova teu poder.

— Nem não há nada de nada. Nunca, jamais esses poderes…

— Caindo, errando, um passo daqui de cima destes pedreiros, nestes precipícios é morte certa.

— Logo estaremos no mato-grossão fechado, reboante, floresta de ecos, mato-grosso dos mato-grossos.

— Oi, a poi, Figueira-Mãe…

— Meu relógio parou, 3:33, garanto.

— Quisera pegar nas coxas da moça…

— Lembre-se do Lopes, cuidado… Lopes, Lopes, responde, onde estás?

— Oi, desgramado, nem na beira da morte, seu…

— Ah ah ah ahah, não soubera por que me rio… Ah ah ah ah ah… Ah ah ah ah ah ah ah… Deve ser do mistério da vida e do mistério da morte… Ah ah ah ah ahaah…

— Esta lembrança que todos nós temos, sabemos que temos, da moça, de que nos vai servir? Servira de quê, afinal?

— Para nada, Chico, pura fantasia gratuita da vida, para a gente se lembrar apenas quando ficar bêbado e comemorar e depois ficar macambúzio e triste no outro dia com o nada das coisas e que tudo continua igual e a ressaca e a náusea da vida é a mesma e sempre igual, nada muda, tudo é a eterna merda infinita. Perdidos dentro de si mesmos, sem saber por onde sair, como agora, fodidos nos mundos de Deus sem Deus e sem Nada, para sempre, os cavalos andando como agora, para sempre, para sempre, como cegos, para os confins, como agora…

— Não blasfemes de novo contra Deus Sabbaoth e contra a moça, filho de Belial…

— O Peba sarou da loucura, dizem…

— Nunca fui louco… Deveras… Apenas o pé me dói ainda e o braço…

— E eu com a minha maleita que me dá nós…

— E tu, Canguçu?

— Minha cabeça dói... Ressaca misturada com saudade permanente da arraia e da moça...

— Aquela puta belíssima, prostituta do templo sagrado, que veio para nos tentar e nos enlouquecer, se morrermos, se nos perdermos, se não irmos para o céu, nem para lugar nenhum, será só por ela...

— Quem era ela?

Calam-se. Cada um pensa, dando uma nomenclatura para a moça:

Bebiano imaginando que nome daria para ela:

— Hermana, Hermione, Grunevalda Daira Alida Fida Vitória leródula Jacinta.

Urutu sonhando que nome seria o dela:

— Jeronila Ofélia Fenela Flordoslírios Doralda Galenóia Despina Cíntia Gúndula.

Caveira pensando como as gentes a nomeariam:

— Eufrosina Maris Redegunda Jacinta Gilda Marusia Isamboura Dorina Dora Sandra.

Canguçu pensando qual a palavra que serviria para o seu nome:

— Melina Milena Maria Aleida Sulamita Eudóxia Inocência Lia Marília Nara.

Pedro Peba tendo intuições acerca do seu apelativo:

— Açucena Glória Nisha Gisa Jessamina Prasquita Branca Tisla Madalena Otília.

Babalão glosando os nomes que ela poderia ter:

— Janis Julieta Tanit Valina Rosa Drosena Hiera Caligênia Isa Marta Virgília.

Chico Inglaterra sobrepondo apelativos prováveis acerca dela:

— Isis Sofronisca Promessa Dritia Felícia Hina Aristéia Cálice Eva Nora.

José Gomes pensando que nomes dar-lhe-ia se pudesse:

— Ludovina Genoveva Roxana Aglae Argerona Taís Pelágia Sotera Petra Mara Fidélia.

Garci adivinhando por quais nomes poderia ela ter predileção para si:

— Josefina Gina Eveline Clorinda Manuela Prodocênia Margarida Godiva.

Melânio Cajabi imaginando em quantos nomes os homens puseram nas deusas:

— Ceres Afrodite Vênus Cipréia Hera Diana Perséfone Proserpina Asha Koré.

E a alma de Lopes Mango de Fogo murmurando palavras que se dissolvem:

— Domitila Ariciclia Cleodalise Zinaida Priscila Isabel Hierondina Silvana Cósima Cristina.

Calam-se, o tempo se arrasta como a poeira que se forma na cauda dos pensamentos que se esvaem na ilusão do passado e do presente e do futuro.

— Me roubaram o relógio. Quem foi? Acho que sei quem foi. Foi o Melânio. Devolva-me, Melânio, senão vai haver peleja entre nós seja onde for, sejas tu quem sejas, porque eu não tenho medo de homem.

Melânio se aproxima e devolve ao Caveira em silêncio e depois se afasta. Pedro Peba explica:

— Vi-o apanhando seu relógio quando caiu lá na gruta. Você estava tão bêbado...

— Por razões assim esse bandido é o único que se faz de mudo.

— É melhor na pontaria que todos nós. Ele e Chico. Cuidado com eles.

— Se uma ema engolisse este relógio eu lhe abriria a barriga, ia lá dentro apanhar o relógio andando, novinho, consertado, fiel maravilhosamente.

— Lopes de Fogo está no sexo da terra, está gozando...

— Estás me insultando, ó renegado, ismaelita, adorador de Baal e Belial e Belzebu...

— O Lopes era bom, agora que morreu é o patrono do amor, o padroeiro...

— Ahahaha... Doera, doera, doera, ahahaha... Doera, doera... Não existirá cura para mim?

— Cala a boca, ô lepra podre...

— Rezemos a Jeová Sabbaoth, protetor dos Exércitos...

— Por que dos exércitos e não dos pobres, do povo sem consolo?

— Nosso exército... O exército dos pobres... Nossa cavalaria, estes cavaleiros sem terra, sem lei, sem rumo, sem mais nada...

— Babalão, protetor dos hipócritas e dos fariseus, dos assassinos e dos lacaios e dos ladrões...

— Babalão não, o Sem-Sombra, o Padre Ferro, o Padre-Doutor...

— O Sem-Sombra protege todos os perseguidos, não falem mal dele...

— Oh Jeová, meu Deus, repara que falta de reconhecimento e de respeito do meu povo eleito...

— Jeová se vier caso venha, que venha acompanhado, cheio de balas e com um punhal correntino entre os dentes... E com toda a vontade de pelejar. Nós lhe protegeremos...

— Essa conversa já me enoja. Tive uma ilusão que era apenas ilusão: de uma mulher que tinha mel.

— A minha tinha os peitos de chupeta.

— Eu sou cabo, já disse, e estou apaixonado, confesso. Meçam suas palavras na frente de quem já foi autoridade.

— Não aceito autoridade nenhuma acima da minha cabeça. Eu sou um si mesmo. Todos os homens são um si mesmo, cada um em particular. Pois, então, digam-me, como pode um si mesmo igual a todos os outros si mesmos chamar-se de autoridade?

— Todos estamos apaixonados, ué, e pela mesma mulher, confesso...

— Que me respeitem, que haverá outros Lopes...

— Daqui para a frente não haverá mais submissão...

— Todos nós e a mesma moça... Ela se repartiu em doze imagens, como pode? Moça sem nome, ou com nome, tanto faz...

— A vaca sem nome...

— A puta sem nome...

— A sibila sem nome...

— A coruja sem nome...

— A ilusão sem nome...

— A cadela sem nome...

— A deusa sem nome...

— Devia ter trazido as caveiras.

— Babalão as devorou assadas.

— Hoje é hoje, ou quando será?

— 3:33.

— Nesta escuridão difícil saber. Ninguém sabe.

— Babalão diz que a liberdade é interior...

— A liberdade é exterior, é o mundo. Alma nem há, só o tuaiá aberto.

— A verdade habita no interior do coração do homem.

— O que manda é a alma e a liberdade.

— A liberdade...

Dão tiros para o alto comemorando a liberdade. Os ecos retumbam nas gargantas e brechas pedrosas das serras, repercutem nos despenhadeiros negros, confundindo-se com os rugidos dos trovões. Tudo por ela. Estrondos que ecoam sem fundo, que abalam e formam concentrismos nas distâncias. Tudo por ela. E tiros e tiros que abrem riscos de fogo na noite. Respondem os horizontes, bafo de caverna enorme, onde sacolejam brumas espessas e ladram cães de treva, torvelinhando e estrondejando. Remansos como aboios, as vastidões do mar de cansanças caracolando e estremecendo-se e ondulando, ondas de cigarras adormecendo. Vascas morrentes. Tudo por ela. Dobram-se e desdobram-se as roscas das distâncias. Protesta o silêncio nas lonjuras, os ecos se soerguendo, pesados como nuvens aquosas. Carnegões de inchumes o céu, os fumos azuis retrucam nas quebradas batucando, reajuntando os ecos. Tudo por ela, tudo pelo nome dela. Novos e novos tiros. Gastarão todas as balas? Os ecos se acendem, abrem rombos no silêncio que trepida, tropel de patas, os cascos, cascos, cascos, trepidando de espiralantes cavalos se apagando nos sumidouros, deglutindo o silêncio, retumbos que morrem nos combos do carrascal, caravanas de ecos perdidos mastigando a noite, espelhismo que cai como lençol. E tiros ao acaso. Como que um capinzal branco que se balança suavemente. Nasce e descresce nos ermos o discurso dos ecos, as amplidões dos termos, os abissados campos por onde corre o céu de Mato Grosso. E a cavalaria ouve um berrante cuja trompa sopra e eriça as corcovas dos homens e dos cavalos, como se eles viessem dos povos que nômades, há milhares e milhares de anos, vagassem pelos campos dos tempos pascentando seus rebanhos, a nostalgia dos povos pastores, a nostalgia dos eternos nômades, e um aboio que vem dos horizontes, ancestral e primevo, tangendo os tropéis da noite, rebanhos de mistério em estouro se explodindo em estrelas nas Vias Lácteas do céu se formando no centro do enigma. Cascos, cascos, cascos.

— De onde virão os meganhas?

— Venham de onde venham.

— Eu não tenho medo de homem.

— Todos querem sair com ele por causa do seu silêncio.

— Quem esse, o Melânio? Seu silêncio é a garantia, ouro, prata. Ele deve ser um sábio. Tanto silêncio se desparramando dele, contém bondades. É homem muito pensativo. Respeito aos homens silenciosos.

— Quem sabe se calar sabe escutar.

— Oi bombá, agora é que o Cão aprende a dançar.

— Não há mais bebida?

— Acabou-se tudo, extinguiu-se. Agora para a frente só água de chuva para quem quiser beber. Agora é aguentar.

— Mulher que tive tinha forma de violão e bandolim, violoncelo.

— A minha era toda em seda, corpo, carne colante, cabelos, pelos debaixo dos braços, joia de raridade.

— A minha tinha a voz de todas as flautas, harmonia pura que vinha de dentro, som puro do seu corpo, de sua carne onde a carne não chega. Ou talvez chega, quem vai saber com perfeição?

— Sedas, ilusões, a minha tinha a pele branca sem mácula como casca de ovo de beija-flor.

— Ovo gorado, a minha não tem nome.

— Nem a minha. Mas as mulheres têm todos os nomes.

— A minha era a madona do tuaiá.

— A minha tinha lenço vermelho.

— A minha era filha de um coronel Lereno.

— A minha era mulher de um doutor Salústio.

— A minha tinha olhos azuis, muito profundos, com reflexos verdes e cambiantes, como o céu da manhã quando se olha perto do sol.

— A minha tinha cabelos negros como o piche mais negro, onde não entra a luz do dia.

— A minha tinha covinhas nas faces quando ria.

— A minha tinha mãos tão suaves e brancas como rosas.

— De manhãzinha era de manhã,
no tempo que alvorava,
gran festa que faziam os mouros
na grande e bela Granada.
Arrevolvem seus cavalos
e vão-se dançando a dança.
Aquele que amiga tinha,
ali com ela se congraçava,
e aquele que não a tinha,
procurava encontrá-la.

— A minha era uma deusa, estou já fatigado de dizer isso. Até quando o direi? Até que todos saibam? Mas se todos já estão fatigados de sabê-lo. Mas ela era a mulher mais bela que já desceu ao mundo.

— Dama, rainha, nobre de alta nobreza, Senhora Nossa.

— Simples como as flores.

— Meto a bala!

— Canalhas!

— Arre, cães-cachorros!

— Filadaputas!

— Guás-cachorros!

— Repete se for macho!

— Guás-dos-cães!

— Figueira-Mãe é uma casa nas nuvens…

— Sem soleiras e sem portas…

— Amei uma mulher belíssima e sem nome nenhum aparente: todos os nomes lhe são atribuíveis...

— Nome dela se perdeu nos reflexos das águas...

— Eu também amei, a poi, que coincidência...

— Ela deve ter encontrado foi a Figueira-Mãe, sem dúvidas nenhumas...

— E se casado com o Sem-Sombra, senhor de todos os caminhos, se feito a rainha-dama dos seus mais preciosos haréns...

— Ela é muito pura e simples, por isso encontrou o verdadeiro caminho. Nós, de nossa parte, nunca o encontraremos, nos perderemos cada vez mais. Ficaremos aqui vadeando sempre os mesmos círculos do encantamento. Somos maus demais, somos demônios ruins feitos para a tortura e a morte pior. Para todo o mal. Só os puros de coração sem maldade encontram o caminho e vivem eternamente.

— Sem soleira e sem portas...

— Malditos!

— Deus Sabbaoth...

— Aprouvera a Deus acharmos a casa sem portas, entre as nuvens...

— Filhos de Baal, viventes de Babilônia, que vindes de Gomorra e ides para Sodoma, esperai que se cumprirá o Apocalipse de São João e o de Marcos e o de Mateus e o de Lucas e o de Marcion. Pelas sete igrejas da Ásia, Éfeso, Smirna, Tiatira, Sardo, Filadélfia e Laodiceia! Pelas sete estrelas, pelos sete castiçais de ouro, pelos sete selos, pelos sete anjos, pelas sete trombetas, pelas sete cítaras que eu virei nas grandes nuvens à direita de Deus Pai entre legiões de arcanjos vos exterminar! O leão, o bezerro, o macaco e a águia me viram descer do empíreo. Agora sou o Cordeiro que veio do monte de Sião. E vós, incrédulos, me vereis entre o Dragão e a Mulher, descer em rebanhos de glória. Oh, besta que subiu da terra, oh besta que subiu do mar! E tereis a visão da grande Prostituta sentada sobre a besta de sete cabeças e de dez chifres para toda a eternidade, nos páramos beatíficos! Belíssima, belíssima! Visão de alta ressonância! Glória, glória! E ela não tem nome... A não ser o nome que o pai lhe deu. O Pai, a Mãe e o Filho: esta a Trindade eterna: Jeová de muitos nomes, eu, seu filho e a Mulher: ela, a moça... Vereis Belial amarrado por mil anos e outros mil anos... Findos os quais, tudo terminará em cinza e sangue... Eis o Juízo Final... Considerai, homens de pouca fé... Eis que se ergue e se reconstrói a Nova Jerusalém... E tu ó Belíssima, vinde, vinde, moça sem nome, belíssima face, que Jeová não se dignou a dar nome porque era a Mãe, a Mulher, sendo ele o Pai, o Homem, e eu o Filho do Homem e da Mulher, que os filhos de Deus não nomearam, sentar-se à minha direita... Dizei-me teu nome, belíssima, dizei-me, ó pai, para que eu o bendiga e para que eu possa inscrevê-lo no Elíseo eternamente, minha amada... Estou enamorado por mil anos e depois por outros mil e mais mil e mais outros mil... Findos os quais, depois, virão os rios de mistérios inconclusos... Oh, moça sem nome, vinde, vinde, alta beleza, vinde serenidade, vinde harmonia, dizei-me o vosso nome só para os meus privilegiados ouvidos, ouvidos que ouvem não a vã desarmonia dos homens, mas a harmonia eterna que brota das sagradas esferas rolando nos empíreos e nos elísios... Pode dizer, que não o direi para ninguém, nunca... Só eu e o Pai sabê-lo-emos, o nome da Mãe, e ninguém mais... Belíssima, belíssima... Uma certeza testemunho dela: a Esfinge cercada de corujas nas matas, na tempestade, as Medusas e as Górgonas, as corujas de revoluteamentos em rendas de pedra, corujas-górgonas e corujas-medusas querendo revelar-me o seu nome, só a mim, e a ninguém mais, que ninguém dentre os homens é digno de tamanha sabedoria... Vinde, belíssima, vinde do fundo do mundo...

— Ensandeceu de vez...

— Ou então ficou demais de sábio de repente...

— Olhem que atiro e acerto até em olho de cobra no escuro, muito cuidado, seus cachorros...

— Meu cabelo e barba nunca cortei. Um dia que os meganhas quiseram me rapar foi um esparrama de pega-pra-capar dos diabos. Mas não conseguiram. Por isso me chamam de O Nazareno. Dia que me cortarem daqui para a frente me enforco numa árvore. Estou esperando dia do Juízo Final...

— Ela tinha tão grande amor inconfessado por mim...

— A prostituta da Babilônia tinha é apenas medo de mim, nada mais, de eu ser tão íntimo dos poderes de Deus... De eu ser o Filho...

— Ela tivera medo de mim, apenas, de minha lepra se alastrando…

— De boa, tão bonita… Ela estava cheia de deuses…

— Belíssima, belíssima. Ela era dos deuses…

— Dizem que os deuses levam aqueles a quem eles amam. Tiram do convívio dos homens. Lugar deles não é aqui neste vale de ignorância.

— Que deuses, idiota?

— Sei lá. O mundo não está cheio de deuses?

— Tão quieta, tão inocente, tão pura, tão sossegada, tão formosa, tão discreta, tão íntima, tão calada, tão chegada a si mesma…

— Como o Melânio…

— Plenitude, plenitude…

— Tinha é raivas imensas… Como tufos crespos de homem incendiado...

— De nós…

— Sim, de nós…

— Sabe lá em que ela pensava? Em tudo: desde as cópulas dos cavalos até o gotejar das estrelas… Mulher nenhuma é santa…

— Sabem quem nos segue? Espectro da lepra, espectro da grande lepra horrorosa e terrível, que carcome e corrói tudo o que toca, nos acompanhando por onde vamos, por todas as partes, até o fim do mundo, dentro dos nossos rastros, nas nossas sombras, até o fim do mundo, a todos nós…

— No tempo do meu avô homem era palavra macha, que não se achava em qualquer esquina ou em qualquer porta de venda, em boca de qualquer desbeiçado, não se assinava em cruz nem se arrancava fio de barba e se entregava em garantia e penhor de tudo quanto se quisera. Palavra era palavra, nada mais, uma vez só, e não se precisava repetir. E o macho desse nome, digno de ser homem, sabia amar uma mulher. Agora sei o que significam essas palavras antigas. Os testemunhos dos tabeliães, dos cartórios, dos homens das leis não significam nada ante usanças tais. Os homens hoje estão contaminados por uma doença que se chama: caráter. É isso o que falta, nada mais.

— Estou com saudades dos chunduns.

— Tivesse uma cangoeira, tocaria, Urutu.

— Eu dançaria as cabindas, as congas, pajelanças e folias do divino, ô Flor, até subir aos deuses da alegria, isso é o que falta: alegria.

— Caráter e alegria, o que faltam.

— Figueira-Mãe, Figueira-Mãe...

— Esta nunca foi a Serra dos Martírios...

— O Sem-Sombra é invenção, Urutu, casa nas nuvens sem soleira e sem portas, Padre-Doutor... O que nem existe em lugar nenhum...

— É não, não descreias, tenha fé, pura verdade. Quem não tem fé não chega lá.

— Como a moça sem nome, é grande invenção de lendas e lereias...

— Quando é que termina este confim?

— Ele fez promessa de ser mudo até ficar livre... Por isso é pensativo.

— E isto não é ser livre? O que é então? O que querem vocês além da realidade? Pode falar, Melânio, fale, fale, homem, queremos ouvir a tua voz... Estamos enjoados das nossas... Abre o teu coração...

— Ele deve estar cheio da plenitude da moça...

— Liberdade são outras coisas. É fato, não pensamento de ideia.

— Diabo sangue, náusea do Sol Diabo, da Lua Diabo, das estrelas-Diabo, náusea das cansanças... Eu Deus, eu Diabo!

— Onde se vê sol esta hora?

— Do nada que mata e come, no centro da liberdade e do mundo.

— Os mortos choram.

— E não dizem nada.

— Sei lá, liberdade na escuridão, liberdade, palavra, aço, eco, oco.

— Sei que são os vivos quem choram.

— Mas os mortos choram mais.

— Os mortos estão mortos. E enterrados. Nunca mais hão de voltar.

— Os mortos são flores, grama, caule, pétala, pólen, pó dos caminhos.

— Ninguém sabe o que é a morte: só isso sei e essa é a minha grande sabedoria.

— Eu soubera o que fora a morte.

— Soubera nada. Então diga.

— A morte é o silêncio que a gente ouve fora da gente.

Ouve-se o soar do violão do Flor, sobre o cavalo, cascos, cascos, cascos. Canta, sua voz se derrama na planura desolada bordejando as serras:

— Entrar desejava o mês de maio.
e o de abril entrar queria,
quando as rosas e as flores
mostram suas alegrias,
quando a senhora infanta
sem nome já se partia.
Dos seus olhos chorava,
de sua boca dizia:
— Adeus, adeus, águas claras,
adeus, adeus, águas frias...
Se meus pais perguntarem,
aqueles que a mim tanto queriam,
dizei-lhes que amor me leva,
que a culpa não é minha
e sim dos que me amaram.

— Parece que já passamos por aqui...

— De novo?

— Ah, não lembres dessas coisas...

— Círculos do encantamento.

— Novidade... Quantas vezes?

— Parecera que voltamos... Ao invés de ir...

— Sei não, sete e sete são catorze, catorze e catorze vinte e oito, vinte e oito e vinte e oito cinquenta e seis, e assim até o infinito...

—3:33...

— Seu relógio é o galo da cavalaria dos foragidos...

— Vejo o Cão das Solidões, sua cara tremida, sua cara tisnada, sua cara feroz. Onde esconder-se do seu poderio?

— Vejo a Virgem Imaculada sem Nome, Madona dos Páramos, virgem de azul e branco assentada nas nuvens, em glória e graça... A moça nua, despida de suas roupas, rainha da Natureza, entrando e saindo das grandes águas doces, a nossa mulher, donzela de todos, nossa paixão sempre-viva, nossa eternidade, flor do sentimento, que morreremos com ele, vendo seu rosto de perto...

— Ela era Nossa Senhora?

— E quem vai saber agora que ela se foi?

— Só temos de seu sua lembrança...

— Sua lembrança que permanece, que persevera...

— Quem vai saber das visões? Só pode ser...

— Sabendo desde sempre como grande verdade... As coisas que se veem apenas são as verdades. As que não se veem não são verdades...

— A Prostituta da Babilônia sentada sobre o dragão, suas nádegas puras e belas sobre as cascas e as escamas...

— Cavalgamos em círculos. Só pode ser isso. Passei por aqui, conheço. Vertigens. Passamos, passamos, tornaremos a passar. Eterno, eterno. Como o ovo do mundo. Transmigração.

— Castigo da maldição da moça...

— Não chegaremos nunca...

— Nunca...

— Quisera morrer entre lírios, entre chumbos e balas, entre facas e lâminas, na glória de Jeová dos martírios... Mas não morreremos nunca, nem isso, o supremo desejo da morte mais desejada... Estamos condenados aqui mesmo, estamos já na eternidade...

— Quisera ver a Moça nua nas glórias do Eterno...

— Castigo eterno, sem fim. Ai ai ai, doera, doera, desgraçado, amaldiçoado, maldito... Morrera desta vez para sempre... Eu iria ser quando morresse a merda enrolada de um cachorro sarnoso... Morrera e morrêramos e não ressuscitaríamos nunca, por mais que todos quiséramos, porque todos somos apenas filhos do Acaso e não da Probabilidade...

— Blasfemo, grande blasfemo... Somos filhos do Senhor, suas ovelhinhas, seus peixinhos, e vocês sem mim serão todos filhos sem pai, ovelhas sem aprisco e sem pastor, fiéis sem profetas divinos...

— Filhos da Moça...

— Mãe dos Homens...

— Aguente, homem...

— Meu relógio está andando, 3:33. Afinal está andando, verdade que verdade. 3:33. Andando. Será influência do magma do ímã das pedras?

— Somos pedras. Viemos das pedras, do fundo das pedras. Pedras, pedras, nossas irmãs, somos mães e nossos pais. Eternas pedras, pedras que vêm do começo do mundo e que verão o fim do mundo...

— Gira mundo, Babalão!

— Dança mundo!

— Quem me dera encontrar uma florzinha violetinha encostada nas pedras, da cor simples dos seus olhos, deixada pelas brancas mãozinhas suaves dela, flor da cor das veiazinhas da pele de suas mãos que nunca me tocaram como me deveriam tocar...

— Com esta escuridão?

— Uai, e por que não? Gente sem fé... Babalão disse, vocês não têm fé...

— É preciso apenas uma fé: para ver a poesia se derramando por dentro de todas as coisas: uma fé: a paixão da vida, a paixão do mundo.

— Muito bem, Bebiano...

— Rezemos, gente, ao Senhor Sabbaoth. Assim chegaremos. Santo, santo, santo é o seu nome, santo é o Senhor que nos guia à Terra Prometida onde corre o leite e o mel em rios de fartura.

— Maldito o Cão! Guia das Trevas! Vem, Cão das Almas! Sedento das águas do Espírito estou, sejam quem forem os gênios das águas que povoam os sonhos que pairam sobre as sombras da noite ou sobre a luminosidade do dia, amo o desconhecido, rezo ao deus que se chama Mistério... Deus Pai, Cão da Luz ou Demo das Trevas, não sei, eu vou para onde os rios do mistério me levam, em direção às fontes de onde manam as eternidades, as palavras e os sonhos, onde a Treva se mescla à Luz e infunde tudo de sabedoria...

— Não existe guia de espécie nenhuma, só a derrota, o fracasso mais abjeto e a morte sem recompensas. O que tem recompensa não presta em si.

— O Lopes era meu amigo. E era o único que sabia realmente o caminho seguro para a Figueira-Mãe. Por isso, morreu, porque sabia o segredo, mataram-no. Os que sabem o segredo vão mais cedo. Agora não há mais guias. Porque só os guias sabem o segredo.

— Vão-se à grande Puta paridora de vulvas e membros, cães!

— Vão-se ao grande Fodedor paridor de membros e vulvas, cães!

— Liberdade e mais nada, liberdade! Amplos espaços de liberdade para todos! Só os monstros cerram a liberdade, só os monstros, os monstros, os monstros, os monstros... Vocês sabem o que são os Monstros? Os monstros são aqueles dragões de São Jorge por dentro... Em vez de espíritos os demonstros têm aqueles dragões lá dentro, presos, encerrados, sem sair, os monstros, os monstros...

— Para que querem liberdade se já a têm?

José Gomes de tanto pensar tirou o anel do dedo com a efígie gravada da deusa Tanit ou da moça sem nome, não sabia mais de quem era aquele rosto que lhe lembrava tudo, tirou-o do dedo e jogou-o ao chão. Pensou: que me importa mais agora que a conservo guardada no coração? Ela é maior que Tanit e a Virgem Maria, maior que todas as deusas... Agora é só silêncio. Para que quero um metal surdo que me lembra sempre a imagem de alguém que também nunca sei nem saberei de quem era? Adeus! Os círculos vão-se e vão-se, Círculos que em círculos se fecham, círculos que em círculos se abrem e os prendem na treva de visgo, na noite de gosma. Círculos do encantamento, da ilusão. Chove e faz frio. O vento enregela os ossos e as carnes sob os grandes ponchos sob o grande poncho da noite. A noite: como um batráquio acocorado em todos os horizontes. Os cavalos tropeçam cansados e cegos na lama e nas pedras, costurando pontos vazios na escuridão. Pedrouços rolam nas ribanceiras e se despenham nos abismos em cavos baques. Pesos rolam nos vazios. Bramem coros de vozes desarticuladas nas profundidades. De onde vem este súbito desconhecimento de tudo, esta estranheza oceânica? Raios azuis e vermelhos escoiceiam nas funduras dos céus, iluminando brevemente o chão, sob negruras escarlates, caminhos onde não há caminhos. Somos filhos da Terra? Perdoe-nos, Mãe-Terra... Tudo tende para o esquecimento, até os crimes e os perdões, tudo, que maldição é esta? Os olhos rubros dentro das pálpebras boiam, como tições de fogo, braseiros redondos, vermelhidão das chamas, onde dança a mulher sem nome, a moça dos páramos, redemoinhos das chamas, redemoinhos das águas, redemoinhos dos ventos, redemoinhos de terra. Cascos, cascos, cascos. Amplidão de pélagos...

— Que tinha a moça a ver com o Lopes?

— E quem vai saber agora o que tinham eles entre si? Talvez nada, ou coisas graves, coisas secretas, talvez...

— Coisas graves, coisas secretas... O que são coisas graves e secretas? Todos temos coisas graves e secretas...

— Coisas secretas com a moça sem nome, todos nós...

— Secretíssimas...

— Oh, moça sem nome...

— Oh, moça...

— Moça que se foi sem dizer seu nome...

— Cativaram a Dom Francisco,
filho do rei Dom Julião,
não o cativaram mouros,
que ele se quis cativar,
meteram-no em fundos cárceres,
fundos e de escuridão,
com água na cintura,
para que se lhe apodreça a carne,
com quintais de ferro
do pescoço ao calcanhar.

Trovões troam e emudecem os ecos das montanhas abafadas. Voam no ar lentamente desenhos geométricos azuis e verdes. Soltam fagulhas de fogo os cascos ferrados dos cavalos excitados de focinhos erguidos. No silêncio imantado só o cavalgar insone dos onze homens bêbados e apaixonados até os limites últimos da morte pela mesma formosa mulher desaparecida, imensa na solidão da noite de cada um e unidos no mesmo destino, dando tiros para o ar, que acordam ecos nas profundidades gotejantes, grande noite profunda, ecos, ecos que retumbam como o guaiar cavernoso de um mar em pedras de praias perdidas, bocas de cavernas que se desmoronam. Rumor surdo e vagaroso das patas dos cavalos, embaixo de onde vem o chão. As assombrações se escondem deles ao passar. Ninguém vê nada. Nenhum vê ao companheiro, entre um e outro o mundo escuro e vertiginoso, o mundo em trevas de barro pegajoso que gastura e desespera, barro das olarias. Perdidos. O mundo se perdeu. Como os retumbos desses tiros. Bêbados sobre os cavalos semimortos e escorregantes, as memórias mais lúcidas que nunca, como luzes de vaga-lumes acesos dentro deles, sombras cambaleando, vultos intermitentes sobre as selas, bamboleantes aos solavancos que vão e vêm, molhados sob a água que cai sempre igual a todas as águas em todos os lugares do mundo, entretanto, água feroz que tomba sempre, sem fim e sem confim, sem piedade, pensamentos como águas tocando os abismos, mulher sem nome abismo, pensamento abismo. Onde a Ítaca dos sonhos de claridade? Urutu pensando, se amargando: nós homens tão feros e despojados, rudes, subidos na árvore do desespero, no galho mais alto, de onde se descortina o futuro da morte, vivendo do costume de tudo tão brabo e sem remédio como as plantinhas destes sertões, onde dá espinho venenoso de cansançã e a delicada flor azul da batatinha-do-mato: não: estes homens de rugas trançadas na cara, sem pejo e sem medo, sem vergonhas inúteis de nada, sem receio de coisa nenhuma, nós, estes homens do mais duro chão de poeira e de pedras e de lama, nós, se imagina, nós, estes homens, apaixonados como adolescentes, flores das idades, ai, amando uma mulher que nem conhecemos, uma criatura de cabelos longos, seios grandes, ancas largas, uma mulher, nós, os homens da terra, de bronze, uma mulher, nós sonhando os sonhos ondulados da alma de tudo. Os seus cabelos, negros, de tons dourados, enormes, lunares, que poderiam envolver o mundo, eu me perderia dentro deles… Aqui, no palustre país da Solidão: onde todas as origens voltam, onde quer que estejam escondidas, perdidas na maior profundidade aluvial. Sobacos peludos, cabeludos, que cresceram em cativeiro da moça sem nome, por causa da falta de gilete, que ele e os outros deviam ver: os homens ficavam inquietos vendo os tufos de pelos dourados e crespos surgindo nas comissuras dos entrebraços, negro debaixo de cada braço, assim devia de ser lá embaixo, no país dos mistérios que eles bem viram e guardaram, eles deviam de imaginar, onde dormia a alma do sexo, se conservando para as horas de amor sazonando no tempo. "Mulher tem força na língua que nem boi tem no cangote", como canta Mestre Chico de Ubatuba. Noites sobre noites como bojo de jongo repercutindo, eco, eco, oco, oco, soroco, retumbo em fundo, profundo que sobe como espumas da água, como soco do chão no martelar dos cascos.

— Chico, qual é o remédio quando não se tem remédio?

— Chorar apenas... Inundar o chão de lágrimas, lágrimas, lágrimas, lágrimas e lágrimas que vêm das profundas, como as chamas vêm dos infernos. Fora isso, a morte.

— Depois das lágrimas, tudo continua como está.

— Dizem que para tudo tem remédio.

— Enganam-se. Houvera coisas que não têm remédio nem aqui nem no outro mundo e o único remédio possível para isso são as lágrimas, não mais que as sacrossantas lágrimas que ao menos, se não conseguem lavar o rosto do homem, lavam a Eternidade que o homem carrega dentro como um fardo pesado demais.

Lágrimas que lavam tudo. As primaveras não nascem entre as lágrimas. A dor infinitamente perseverante existe. Só quem a sentiu é homem. Como o feto cagando dentro da mãe, assim Deus dentro da esperança do homem. Origem: ovo: ovários: óvulos: testículos: onde a morte fecha os olhos e pisca por um instante muito breve acendendo e apagando a sua órbita vazia. Estou vendo-te? Que faço vendo-te? Se não estivesses aqui ou se estivesse apenas tua fotografia ou estivesses ausente como estás, que faria eu? Que sei? Que faria contigo vendo-te, que não estás? Te ofertaria um prato fresco de bananas-da-terra com canela fritas pela minha mãe com açúcar e baunilha, à moda cuiabana.

— Para onde estão retornando os urubus, para qual origem?

De quem é a culpa de tanto sofrimento? Deus? Por que sofrem tanto? O que é o mundo? E o sofrimento e o mal? Nas brenhas a exorbitância do desamparo, sob o céu, onde as criaturas se arrastam. Onde cabe a nossa solidão e o nosso desejo, aí caberá toda a vingança dela. Feliz quem com seus olhos que viram o mundo viu sua beleza.

Comeram sobre os cavalos, antes de cair a tarde, sob chuva, o último feijão com toucinho, meio ruins. Beberam um café aguado feito sobre pedras debaixo dum poncho estendido. E ultimaram as derradeiras garrafas, que descobriram mais um pequeno lote na última das mulas. Alguns deles disputam a última garrafa.

— Quem me dera estar dançando um serra-baile, uma dança de São Gonçalo. Mas estes são outros tempos, os tempos das vacas mortas.

— Adeus, flores brancas,
adeus, flor de amor,
adeus, São Benedito,
e também Nosso Senhor.

— Gosto de números pares, mas, pensando bem, tenho comigo que isso é bobagem: dois números ímpares somados dá sempre par. E par com par dá sempre par. Tudo é par? Como pode? Em toda entrelinha: pares e ímpares são no fundo a mesma coisa.

Melânio Cajabi em seu silêncio rezava, mas era para o Demo: que este lhe aparecesse para ele. Mas o Demo não aparecia. Se aparecesse ia lhe pedir que lhe desse a moça. Pode o Demo dar a amada? O Demo demorava. Ele achava que o Demo meditava sobre as consequências de tudo: o que carrega recompensa é de ética? Mesmo o Demo devia ter a sua ética. Será que ele um dia apareceria? Cajabi não perdia as esperanças. Como ele entrara na vida do doutor Faustus, podia entrar na sua também, não havia por quê. E rezava: no fundo ele achava que o Demo era bom, dessa bondade que sobra dos filhos de Deus, porque o Bem e o Mal são criados por Deus. Seria até capaz de com ele fazer um verdadeiro pacto. Pacto de silêncio, ele que era o imperador do silêncio. Mas no fundo imaginava: será que o Demo existe?

— Que há de ser mais comovente que uma mulher cantando?

— Mas ela nunca cantou.

Pensavam vagamente numa coisa: a morte: um suspiro que é a última coisa derradeira e a porteira que separa este mundo do outro, apenas, só isso, nada mais que isso, apenas. Quando a pessoa morre, pensa: só eu que me vou, os outros ficam. E os que ficam, pensam: nós continuamos, esse tal já se foi. E se põem a lembrar os que se foram, um a um, os mais recentes, mais recordáveis, e à medida que o tempo correu, os que estão longe, longe, tão longe que ninguém nem se lembra mais, a não ser quando é parente próximo, então a gente pensa mais neles, e fica imaginando, uma tristeza fina que aguilhoa e vai fundo e tantas perguntas sem respostas e pensa muito até que se pare de pensar e se esquece e o esquecimento é como um rio onde as águas de cima tapam tudo o que não se vê no fundo profundo onde as águas se encontram no chão, pedras ou areias, subterrâneos dos redemoinhos escuros ali onde ninguém mais pode saber de nada de tanta profundeza. Fora isso é o homem vivo. Cheiro de homem é suor vivo. Quanto mais podre melhor. Não é como esses homens de hoje que se enlambuzam de porcarias para nem feder, tirar o natural. Pois se ainda há mulheres que até gostam mais de homens fedidos que esses sem cheiros, feitos de plástico, metidos a modernos. Isso não é homem, é boneco, manequim de loja. É de se acreditar no que dizem?

— Estou com saudades do radinho de pilha.

— O mundo não existe mais.

— Talvez lá tenha muitos rádios: na Figueira-Mãe.

— Talvez agora só exista a Figueira-Mãe.

O vento guincha e ruge, torvelinham os horizontes, chove em todas as cabeceiras. Nos ponchos cai em torrentes. Babalão puxa uma ladainha no escuro em homenagem à moça desaparecida. As palavras se perdem, há horas que ele vem puxando, bêbados os homens respondem, ninguém nem sabe que horas começou essa ladainha em honra à mulher que se perdeu no sertão, o certo é que fazem esforço para ouvir e para responder:

— Torre de ouro e prata... (pluvioso, metafísico, geodésico)
— Lembre-se de nós...
— Porta magnífica...
— Lembre-se de nós...
— Janela esplêndida...
— Lembre-se de nós...
— Estrela da manhã...
— Lembre-se de nós...
— Estrela da tarde...
— Lembre-se de nós...
— Estrela da noite...
— Lembre-se de nós...
— Luzeiro da aurora... (arcaizante, mitologizante)
— Lembre-se de nós...
— Anjo mulher...
— Lembre-se de nós...
— Cofre de plumas...
— Lembre-se de nós...
— Carne dos prazeres...
— Lembre-se de nós...
— Beleza no mundo...
— Lembre-se de nós...
— Ideia do homem...
— Lembre-se de nós...
— Único paraíso... (soluçante, choroso, cavernário)
— Lembre-se de nós...
— Doce realidade...
— Lembre-se de nós...
— Água fogo terra ar...
— Lembre-se de nós...
— Segredo de cada um... (desgarrante, desbordador)
— Lembre-se de nós...

— Macia suavidade...
— Lembre-se de nós...
— Mansa profundidade...
— Lembre-se de nós...
— Fonte dos desejos...
— Lembre-se de nós...
— Pecado lustral... (aflito, demencial)
— Lembre-se de nós...
— Pecado original...
— Lembre-se de nós...
— Presente passado futuro...
— Lembre-se de nós...
— Para toda a eternidade...
— Lembre-se de nós...
— Vida nossa...
— Lembre-se de nós...
— Jorro de paixão...
— Lembre-se de nós...
— Cântaro dos sonhos...
— Delírio, alucinação... (delirante, alucinado)
— Lembre-se de nós...
— Afastadora da morte...
— Lembre-se de nós...
— Persuadora das serpentes...
— Lembre-se de nós...
— Alegria da existência...
— Lembre-se de nós...
— Existência da Alegria... (alegre, fantasioso)
— Lembre-se de nós...
— Lenda dos sonhos...
— Lembre-se de nós...

— Tenda do despertar…
— Lembre-se de nós…
— Ânfora de gozo… (plangente, musical)
— Lembre-se de nós…
— Memória que não se acaba…
— Lembre-se de nós…
— Mel Mel Mel Mel Mel…
— Lembre-se de nós…
— Néctar ambrosia hidromel…
— Lembre-se de nós…
— Luz da música…
— Lembre-se de nós…
— Donzela Divina… (lacrimoso, pluvial)
— Lembre-se de nós…
— Moça sem nome…
— Lembre-se de nós…
— Todos os nomes das mulheres…
— Lembre-se de nós…
— Rainha do amor…
— Lembre-se de nós…
— Princesa dos corações…
— Lembre-se de nós…
— Deusa do amanhecer (profundo, imitando aboio, saudoso)
— Lembre-se de nós…
— Divindade nossa…
— Lembre-se de nós…
— Embriaguez de sono…
— Lembre-se de nós…
— Flor do mundo…
— Lembre-se de nós…
— Mãe da glória…

— Lembre-se de nós...
— Fonte fonte fonte...
— Lembre-se de nós...
— Filha do esplendor...
— Lembre-se de nós...
— Imperatriz das recordações...
— Lembre-se de nós...
— Vida da vida... (intangível, instrumental)
— Lembre-se de nós...
— Luz da aurora...
— Lembre-se de nós...
— Céu das profundidades...
— Lembre-se de nós...
— Poço das virtudes... (reptante, histérico, soluçante, tantalizante)
— Lembre-se de nós...
— Cisterna da felicidade...
— Lembre-se de nós...
— Panal de mel...
— Lembre-se de nós...
— Paraíso vivo... (fanático, apocalíptico)
— Lembre-se de nós...
— Paraíso de carne... (cardinalício, camerlengo, arcebiscopal)
— Lembre-se de nós...
— Guardiã dos gozos...
— Lembre-se de nós...
— Centro da maravilha...
— Lembre-se de nós...
— Reino de tudo... (hierático, piedoso)
— Lembre-se de nós...
— Síntese analítica...
— Lembre-se de nós...

— Ciência genesíaca…
— Lembre-se de nós…
— Imanência e transcendência… (filosófico, cartesiano)
— Lembre-se de nós…
— Segredo em voz alta…
— Lembre-se de nós…
— Pulcritude…
— Lembre-se de nós…
— Via do gozo… (vociferante, soluçante)
— Lembre-se de nós… (cada vez mais forte)
— Rua do prazer… (secreto, iniciático)
— Lembre-se de nós…
— Caminho do orgasmo…
— Lembre-se de nós…
— Rainha nua dos espasmos…
— Lembre-se de nós…
— Vulva entre os membros…
— Lembre-se de nós…
— Entrada do êxtase…
— Lembre-se de nós…
— Poço da Fertilidade…
— Lembre-se de nós…
— Clamor do abismo…
— Lembre-se de nós…
— Luz da fortuna…
— Lembre-se de nós…
— Lótus da meditação… (sacramental, abissal, búdico, inescrutável)
— Lembre-se de nós…
— Roda do Tempo…
— Lembre-se de nós…
— Lira e harpa e bandolim…

— Lembre-se de nós...

— Fêmea Originária Doadora... (terno, balsâmico, profetizante)

— Lembre-se de nós...

— Origem dos suspiros...

— Ponte da Esperança...

— Lembre-se de nós...

— Cidade do Refúgio... (expectante, profundo)

— Lembre-se de nós...

— Homizio, sítio, couto, asilo...

— Lembre-se de nós...

— Toda Esperança Nossa...

— Lembre-se de nós...

— Ave Moça, cheia de graça...

— Lembre-se de nós...

— Arca da Aliança...

— Lembre-se de nós...

— Arco-íris da Paz... (eclético, hibernoso, paradisíaco)

— Lembre-se de nós...

— Fonte da Juventude...

— Arco-íris do Silêncio...

— Fruta Madura...

— Lembre-se de nós...

— Moça sem nome Rainha e Imperatriz... (imperial, brasônico)

— Lembre-se de nós...

— Rainha nua dos pastos...

— Lembre-se de nós...

— Imperatriz dos verdores... (desconformado, simbólico, ontologizante)

— Lembre-se de nós...

— Donzela dos campos...

— Lembre-se de nós...

— Senhora do Sertão...

— Lembre-se de nós...

— Estrela da Eternidade...

— Lembre-se de nós...

— Presidenta de Mato Grosso...

— Lembre-se de nós...

— Donatária da Hungria...

— Lembre-se de nós...

— Suserana do mundo... (abstruso, hermético)

— Lembre-se de nós...

— Rainha das folias de Nossa Senhora...

— Lembre-se de nós...

— Cântaro de água...

— Lembre-se de nós...

— Árvore do Bem e do Mal...

— Lembre-se de nós...

— Tocha de fogo...

— Lembre-se de nós...

— Mitologia...

— Lembre-se de nós...

— Monte de terra... (fantasmagórico, iridescente, transcendentalizante, desolado, extremo)

— Lembre-se de nós...

— Sopro de ar...

— Lembre-se de nós...

— Semente...

— Lembre-se de nós...

— Louvada seja para sempre a moça sem nome. E quem quer que for, onde quer que esteja que olhe para a lua e se lembre dela, amém. Bendita, bendita. Anjos tocando trombetas, Belzebus grelhando almas, tudo na maior glória, assim espero morrer, vendo ela no meio, santa e nua, como a vi pela única vez na minha vida inteira, no meio da praia, sobre as areias, no rio, branco fazendo branco, rosa com rosa, até a eternidade...

— Lembre-se de nós...
— Mãe de todas as luas...
— Entre todas as corujas...
— Lembre-se de nós...
— Filha da Lua...
— Filha da luz da luz da luz da luz da luz da luz...
— Lembre-se de nós...
— Nunca imaginei que fôssemos tão bobos...
— Lembre-se de nós...

O vento desgarra e leva as palavras. Santo Antônio, São Pedro, São João e São Benedito que nos guiam de agora para a frente. Sargento Breoco tinha voz fina quando falava: sua boca mole: parecia um pé dentro de um chinelo frouxo cheio de água ao pisar: fló fló fló. Todo preto tem medo do Demo, fica mais preto na escuridão, e então vem um medo que pela, oxalá Urutu tenha medo, ande com o couro arrepiado imaginando a presença dele sempre por perto ou a minha, sou Deus e sou o Diabo, graças a Deus e graças ao Diabo, não sou mudo, nunca fui, sou assim mesmo, foi de promessa como é sabido, para meus papos diminuírem, e também junto com a promessa por minha amada, a cigana, quando ela morreu. Eu medo deles, os ciganos? Não tenho nenhum, assevero de viva voz. Acerto até em mosca se me dá a vontade e não sei enjeitar uma briga. Mas sou de boa paz. Não sei por que estou me lembrando dos gatos. É que sempre gostei deles: são como os bois, os melhores bichos que existem na criação. De noite, a gente ouve, deitado, na cidade, antes, quando se está sabendo que a lua está iluminando as funduras e os telhados, esses gatos roncam, miam e gritam que dá até medo. Feras bravas. É a natureza deles. Tudo por amor às gatas. Que diabos fazem eles, cantando de tão ferozes? Capazes de comer um homem. Como onça. Foi a noite em que matei o homem, essa noite dos gatos. Os gatos plangiam, gemiam, bramavam nos telhados. Era um escândalo de amor. O cigano morreu essa noite e seu companheiro também, porque mataram minha amada, por vingança: diziam que ela não podia amar outro de outra raça. Me digam por quê? Há algo que impede? Quem separou as raças, quem impediu o sangue de se unir ao sangue se todas as raças são iguais? Por Deus, que há leis secretas que não são leis, são maldições. Homem é coisa da terra. Esses anos todos que passei na cadeia me deram todas as ideias, me encheram de pensamentos: pareço um rio, desses muito crescidos, tumultuando, retumbando de um silêncio muito grave, cheio de todos os sons de todas as orquestras compondo todas as músicas como a dançar. Grande lição. Quem não aprende? Só quem não tem serventia. Não sei bem do que gosto, agora do que não gosto, sei bem demais: é minha sabedoria que não divido com ninguém, minha herança que deixo para mim mesmo. Pedi ao Demo que aparecesse. Como ao doutor Faustus. E ele não apareceu. Será que ele não existe? Outro dia, quando ele veio sem se anunciar, sem ninguém pedir, sei que ele veio, sei que sei, de onde não sei, com seu silêncio pegando fogo, dentro das negruras da noite, confesso que me deu medo. Quem não fica com medo? Minha teologia ignora o medo, mas essa noite tive medo. Sou incompleto. Mas agora não me dá mais. Quantas mais escuras as noites, menos ele me dá medo. Creio que a gente arranca coragem de si mesmo, como o minador puxa água do fundo do chão à força de ser minador mesmo, apenas, fonte das águas. Sei que ele é amigo dos homens, sonha devagar com a sua desventura, quanto mais desejos melhor, os budistas chamam ele de Mara. Aparece, Demo, aparece no meu silêncio, aparece, Demo, não tenhas vergonha, porque eu também não te tenho vergonha, aparece, dentro de mim, e me diga, me fale sobre a moça, essa que dizem ser sem nome. Nunca se sabe, quero saber muito sobre ela, ela é a única coisa que me interessa, nada mais neste mundo me chama, nem a minha noiva morta, já morreu, que vou fazer com sua lembrança e seu esquecimento a não ser lembrar e esquecer eternamente, agora ela, não, ela contém uma marca, talvez as marcas do Absoluto, as criptas de Deus, as cifras da vida, nunca se sabe, os mistérios, só se ouve, apenas, como os gatos, este silêncio dentro de mim, numeroso e discreto, unitário, congênito, aparece, Demo, ou então, me diga apenas as coisas que merecem ser conhecidas da moça, este silêncio dentro de mim, e a chuva que cai sobre os ponchos, sobre os cavalos. Sou assim quieto, mas nem não é nada não, nunca há de ser nada, sou assim mesmo, gosto de sossego e silêncio e cada um obedece à sua vertente, cada um se lembra e se inclina para sua nascente e sua necessidade, é fiel às suas cabeceiras, como todos os rios, não chega a ser nada, nem pecado nenhum sequer, esses homens nem desconfiam, nem precisam saber de nada, quem se guarda, sabe que é de si mesmo, quem não fala muito não sai de si, nem é preciso dizer tudo o que se sabe, é bom que os homens não saibam nada sobre a gente, quem a gente verdadeiramente é, para que afinal? pura vaidade mostrar-se, nunca é preciso dizer nada, o necessário é apenas um segredo consigo mesmo, um compromisso com sua solidão, agora prefiro falar sobre as mulheres, porque se tem uma coisa que gosto muito, aprecio, é ficar olhando disfarçadamente mulher bonita, também olho de frente quando quero, mas isso só quando é preciso, quando é bonita mesmo, o que sobrou delas fora das roupas e o que se contenha dentro delas, seu interior recoberto. Há mais do que se pensa quando se olha uma mulher, além do seu espírito, o repertório, o necessário e um pouco mais. Nunca se completa tudo. Sendo assim, ainda não sei por que elas, nas ruas, nas praças, nos parques, não se juntam todas, um montão de mulheres, as mais lindas, e se demoram, se demoram muito, o suficiente para se ver, se poder observar, por que será? Porque não ficam em exposição permanente feitas para olhar e se admirar deveras, que é o que realmente conta, se ver, se enxergar, que só isso é o bom, para os olhos que veem só coisas de somenos quase sempre de sua existência toda aí até a morte embaixo da terra ou por cima, do lado do nariz, sobre a cara da gente, piscando e piscando, o certo e o justo devia ser elas se permitirem mais, claro, tudo depende de sua permissão, deixar-se decorrer e não fugirem como fogem, sumirem como somem, nem bem aparecidas como favores e obséquios dos divinos poderes desconhecidos, desaparecerem como desaparecem, por aí, algumas para nunca mais se tornar de novo a ver, sem vestígios, como sobretudo algumas, as mais lindas, as mais privilegiadas de beleza, as mais dignas de se deixar ver, que mal se deixam ver, não são santas, nem beatas, nem canonizadas, desaparecem, somem-se para nunca mais. Só fica um acariciamento macio e lento brincando nas íris dos olhos, se deliciando, se divertindo, como a água bubuia, suas lembranças e saudades e recordações borbulhando as formas e as figuras delas regurgitando, como um sono já distante sobre as pupilas. Que importa que elas foram matriarcas, e que agora somos patriarcas, se elas também precisam ter sua hora de poder, claro, e tudo é poder no jogo da vida, tudo tem sua hora, a hora delas já passou ou ainda virá, ou então virá um matriarcado misturado com patriarcado para o futuro, não sei, o caso é que se nós as apreciamos, elas também nos apreciam, nós estamos aí, nas ruas, nas praças e nos parques deixando-se apreciar e examinar e observar: tudo se dá, se harmoniza, se completa pelo menos nessa forma. Porque o que há de mais difícil neste mundo é o que falta para se completar devidamente, esse é que é o problema. O que nós lhe tiramos nós lhe devolvemos. Não sei se essa é a lei, nem sei se existe lei. Agora, digam-me, não é isso o gosto da vida, o agrado, ver uma mulher bonita um homem bem formado, que sabe ver e vice-versa? Se minto me cortem os papos, que são, apesar de tudo, de não parecer muito, o que mais me orgulho, estes papos que carrego. Ninguém os têm, só eu e a minha condição. Meus papos, meus orgulhos. Carrego-os como carrego meus testículos e acessórios. Até terminar. Se esquecem. Quantas esquecidas dentro de mim, porque quantas nem vi direito, nem vi de todo, nunca passaram ao meu lado. Está faltando por isso algo? Claro, a vida sempre é incompleta. Porque um homem nasceu para todas as mulheres e uma mulher nasceu para todos os homens. Formigueiro, formigais por quê? Mas às vezes não se esquece. Surge alguma do passado, como uma formiga perdida, carregando todo o peso da beleza. Por que será, essas erupções? De tudo na vida se estuda, e ainda sobra coisa para se estudar. Há sempre mais. Por que não estudam a recordação? Há uma espécie de fogo esbraseante nos olhos. As sementes dos céus são estrelas. Quem planta estrelas? Adubo preto no negro solo, céu fofo, veludo, onde cosem os arvoredos se entrelaçando nos serpentários das constelações... Ali vai passando ao nosso lado um rio, que soterra o som dos cascos dos cavalos... A morte se deitando lisa na barriga chata desse rio, que não sei o nome. Para que nomes? Os nomes, acho, escondem as coisas, verdade? Outras noites há estrelas, Vias Lácteas pulsantes de Deus. Hoje não há. Quem saberá as razões? Som cavo, cascos de patas, cavalaria batendo os pés nas pedras negras e repinicando, brotoejando nas estrelas afundadas, perdidas de vista, mordidas de ricocheteio. Desejo de soltar os tiros dos mosquetes, livrá-los da vontade de estrondar, retumbos para ver até onde dá... Fogo-apagou, mãe-da-lua, mocho, urutau, acauã, suindara, murucututu, matitaperê, bacurau, empretece, noite sem gargalo, como um gole de café, borras, corujões do segredo, milonga das pitonisas da noite, musas do sertão, curiangus, filhas das mães-d'água, acompanhai-nos. Abram todas as gaiolas deste mundo e soltem todos os pássaros, é uma ordem de Deus em nome da liberdade! E todos os zoológicos, não veem que isso é uma porcaria, uma exorbitância de poderes, um porco abuso? Sou capaz de formar um exército e ir em todas as cidades livrando todos os passarinhos e todos os bichos presos em nome da Liberdade! Guerra santa pelos filhos de Deus! Vontade de tomar um guaraná ralado. Águas retumbando na noite, até onde retumbará, até onde retumbará? Será que existe a rosa-dos-ventos, as direções lá no meio do universo, entre as estrelas? Não deixes para hoje o que podes fazer amanhã. O rio: as águas pareciam dizer a cada casco que batia nas pedras: coio coio coio. Pedra-d'água. Será hoje domingo? Os domingos são tão compridos que parecem que não se acabam mais, até os galos parecem cantar diferente, com uma preguiça dos infernos. Será que os galos sabem que é um domingo burguês? Tenho um vaqueiro que dizia: sou pobre e nasci para ser pobre. Há os que nascem para ser ricos e nunca passam de pobres e há os que nascem para pobres e nunca passam de ricos. A casa de pedras, o sítio do meu pai, lá na Raizama, perto de Chapada dos Guimarães: os grandes bananais de noite ao luar de outubro, sob as estrelas veludosas como pálpebras de mulher. E o monjolo socando lembranças, soterrando as águas, saturando a noite. A Via Láctea tiritante e Sirius a cintilar para o norte. Meu pai me disse que aquela estrela se chamava Sirius, será de onde que ele aprendeu? Um vaqueiro amigo meu, João Bananeira era baiano e cantava o baiano-mestre, música de mamulengos. Queria que ele fizesse uma música sobre essa moça: seu corpo de fêmea gigante sobre os horizontes da terra. Cantador nenhum seria capaz de fazer uma música assim certa para ela: isso imagino, ninguém teria este sentimento. Eu sei essa música, mas não digo, perderia o encanto. Curiangu curiangu deblateravam os curiangus. Estou me lembrando de um caminhão velho desmantelado, lá na cidade, em sua porta desenhado o escudo de Mato Grosso: um morro no centro, sobre o morro um braço armado de armadura segurando um ramo que acho era de café, espadas, ramos de louros ou oliveiras, e um dístico: Virtute plusquam auro: mordo meus latins: a Virtude vale mais que o Ouro. Para que perguntar aos padres se eles só sabem deles e do seu dinheiro? Me fui desduvidando. Não acreditei. E eles iam ter a tamanha desfaçatez de pôr um palavrão desses no seu escudo d'armas? Desde quando que para eles a virtude vale mais que o ouro? Se para eles o Ouro vale muito mais que o Verbo. A beleza da moça: os abismos maiores de Deus. Oi verdade. O céu com suas centopeias e setestrelos no fundo de suas vértebras e cartilagens, como um peixe boiando no abismo... Ideia tão grande: deixe uma ideia correr, que eu vou atrás dela que nem cachorro perdigueiro, qualquer ideiazinha que corre mais que uma preá... E às vezes cortando vontade de dar tiro naquela besteira para parar de pensar: lá dentro ela, a moça, em branco e rosa... Onde era a ideia? Pois era lá, naquilo, aquele vulto redondo dentro da Ideia fermentando, formando a ideia: que eu queria empretejar de todos os tiros, ferro com ferro, bronze com bronze.

— Na Bahia tem tem
coco de vintém...

Pilão arcado surdo, água quadrada, flores brancas nas praias, a alma que não se sabe de onde vem. Descalço os pés, ponho-os na calçada: estão quentes. Aqui na cidade antigamente foi chão nu, natural, mas ninguém se lembra mais, pensam que o mundo nasceu assim, cimentado, asfaltado. Pensam também que os homens nasceram com sapatos e com gravatas. Como são inocentes. Inocência ou burrice? Desde a origem, entretanto, com todas as modas se mudando, o homem sempre foi assim, nunca mudou, nunca deixou de ser homem, continua o mesmo. Será que estão nascendo homens diferentes? Agora eles pensam que o homem já vem do útero da mãe com calçados e de terno, antigamente não era assim, o mundo era diferente, havia maior intimidade do homem com uma espécie de natureza secreta. Hoje para eles a vida não tem segredo: buscam apenas o lucro e o dinheiro. Antigamente havia um segredo: a natureza era respeitada. O que mudou? Os pés não sentem mais o calor do chão, chão nu, sem a vestimenta de cimento e asfalto, chão natural de que se fizeram as cidades. Agora sentem vergonha do seu suor e usam desodorante. Isso é homem? Que não tem calcanhar grosso e nem suor e nem calos nas mãos, rugas na cara e barbas por fazer? Sabes do sertão? E onde é o sertão? Por aqui tudo, que aqui não é São Paulo, nem Rio de Janeiro, nem mesmo Cuiabá, nem cidade grande nenhuma próxima, nem pequena sequer, ainda, e só aqui mesmo, em nenhum outro lugar, não senhor, por enquanto, aqui do sertão, aqui-d'el-rei, sim senhor, do que ficou e do que sobrou de tudo: sertão, sabes? São as geometrias e a música de antes, não sei se o senhor me compreende: o que permanece com perseverança conservando as memórias que o lucro e a ganância vão engolindo. O coração.

— Batatinha quando nasce
se esparrama pelo chão,
menininha quando dorme
põe a mão no coração.

Um homem fica louco é de si próprio, suas grandezas crescendo demasiadas, fora dos limites, seus venenos supurando, suas escamas, seu emigrar no cardume das noites como um peixe perdido no rio infinito, desguiado dos números dos outros peixes, até dar nas constelações mais suaves do infinito reino das estrelas e suseranias mais sutis, miragens e ilusões das mais verdadeiras e mais reais aparências maiores da razão, filho mais próximo ouvinte de Deus. Bêbado de luz e de razão retrasada, alto poeta, gênio entre idiota e louco... Só eu sonhando... E eu me reconheço muito bem... Venho de longe dentro de mim mesmo, e poucos podem me acompanhar e se acostumar comigo... A presença do Demo é suave e doce como a de um anjo vindo do céu, às vezes até imita mulher... Pressinta-o e sinta-o, ele está sempre a teu lado, como uma proximidade íntima, mas presença intangível, branca. Ele faz parte de ti, não está do lado de fora, assim como Deus é teu coração.

Pense na tua mãe, lágrimas na noite retumbando — o que é o inefável? —, rios de estrelas fluindo e transmigrando, para onde? Onde poderias viver outra vida a não ser ao seu lado? Todas as mães são as amadas de Deus, em multidão, abençoando o mundo. Suas lágrimas do sal do oceano mais genuíno são maiores que todos os túmulos lembrados na Solidão, granito e aço erguidos contra todos os esquecimentos. Felizes nós, filhos das nossas mães e dos deuses que com elas se deitaram. Deuses e deusas, nós, titãs filhos da Terra e do Caos, filhos do Acaso. Todas as probabilidades emergem no mar do Acaso. Zagreus. Negror.

Sutis águas da noite, quem não ouve as águas da noite, rios, tanques, lagos e lagoas, chuvas, poças, represas, regos, poços, mares, oceanos, fontes, córregos, cacimbas, nascentes, minadouros e mananciais, cabeceiras e riachos, aluviões, brejos, pantanais e ribanceiras, renitente, sempre nascendo nas serras sob as estrelas, onde bordam o grande manto azul da Virgem Imaculada, Donzela Divina? Cavaleiros da grande cavalaria, arcaica e sotomorta, para onde ides é o lugar onde tudo se perdeu no ermo abismo de névoa e bruma e neblina e cerração e pó de cachoeira de esquecimento e onde Deus vela e tudo se faz deserto sob as aparências do maior sertão imóvel e escondido nas xilografias de vossas almas nas maiores alturas. O pensamento do teu pai, a sagrada onda ressoando na memória — oh abismo poderoso e ondulante e trêmulo e nemoroso da morte —, a afagada lembrança de sua pesada mão sobre os cabelos — de onde tudo se nos embarga até o atroz sumo amargo? Voz do pai como uma pesada e terna promessa cumprida e recompensada do mais fundo do rio do sul e do norte da infância, lá onde ficou o tempo como uma canoa presa entre as pedras de um riacho, o pai, o grande cavaleiro alemão, vindo das brumas e das casas com agulhas góticas de Wechta, no Oldenburg, cidade de verdes e surdas maresias do mar do Norte e do mar Báltico, entre a Zeelândia e a Frísia e a Saxônia, o grande cavaleiro alemão, cortês e metafísico e maçom de todos os respeitos, sua bênção crepuscular enevoando todos os caminhos, bem casado com sua mulher cafuza descendente de índios e negros cuiabanos, os sangues perdidos desde os ancestrais dos ancestrais dessa grande árvore genealógica que vai até os pré-históricos olhando o fogo nas cavernas neolíticas e preparando as flechas de osso e os machados de pedra, os grandes antropoides balbuciando as primeiras palavras que borbulhavam de Verbo: se preparando para dançar a dança mágica da chuva, os touros pintados nas paredes: amo aquele que aspira ao Infinito: palavras de Goethe, me disse ele sonhando que seu filho seria um dia poeta e o pai indo da varanda de sua casa até os arco-íris, passeando entre os poentes entre sertão e cidade, sua biblioteca em todas as línguas, filósofo e arquiteto amador, de profissão caixeiro-viajante, com o coração grande como a ubíqua bondade de Deus, entre a penumbra matutina da pomba e a penumbra vesperal do tigre... E a mulher amada, gêmea das águas, flor sem nome, da origem vinda, qual é a origem? Ostra viva e pulsante, as raias douradas e negras do tigre, és uma raiz funda fincada no mais profundo mundo onde só a palavra existe: a palavra êxtase, e se fôssemos duas garças-brancas na praia, ou talvez duas onças negras vagando nas serras à meia-noite — a tua saudade dói como um aço de navalha —, diz a canção, e de onde vens que me inundas como uma plenitude? Minha respiração natural procura o teu cheiro, que faço tão só nos altos campos onde só o capim cresce chamando Deus, que fazes tão só no cume de tua solidão? O Absoluto vem de ti, porque a Natureza nos dividiu em homem e mulher e fendeu tua carne no lugar do gozo e acrescentou a minha carne com carne no lugar do gozo e disse: nesse lugar aprenderão o que é o gozo, assim a Natureza goza e sabe a intuição do infinito: esse êxtase. Toda a divina música vem de ti, minha irmã, e as louvações e os pássaros que cruzam o céu, faça a minha liberdade, abre o meu espírito e veja-me, aqui, imortal enquanto vivo, olhando as estrelas transmigrando e a noite sobe com um murmúrio de lírios molhados, arejados por um sopro, és o mar e eu sou o poeta sob a noite esperando a palavra, Orfeu e Édipo, és a mãe das ciências, a coruja Filosofia que ensina aos homens a divina compaixão e a última sabedoria digna deles, és a gota de água na moringa entre tantas gotas chamando o mar, és o mar, invocação gloriosa, Penélope e Ariadne, és o amor neste mundo, és a única vida eterna possível, és a gruta encantada onde o unicórnio dança ao som das guitarras e dos pandeiros dos últimos ciganos insones e as flautas dos pastores ressoam, és a Via Láctea, a escada de Jacob, lótus da sabedoria, pajelança, moçambique, jongo, congada, mãe--dos-homens, folia do divino, boi-bumbá do sertão, a estrela de Salomão e de David, és a mãe das corujas, a uiara, a mãe das águas, a sereia, a Boiuna boiando nos remansos, que trazeis a felicidade e a sorte, és pedra que ressoa no chão que boas mãos acharam, caída das estrelas, que descobriram no fim do mundo, as mãos boas da sorte, és as pedras de Deus, amada, e jorras do infinito como uma fonte que não cessa, és a efígie gravada para sempre na lua, és a *anima* e a *persona* do sol, vês o caduceu nas mãos de Hermes?, as duas serpentes em sete voltas que completam o Bem com o Mal e vice-versa: pois assim é a sabedoria, és o coração da noite e cintilas como um diamante cheio de lágrimas, és o país da origem e para onde vais e me levas contigo — para onde?, as constelações e as nebulosas passam ao nosso lado vertiginosas, como no cavalo Clavileño — és a lua, o mar de serenidade onde no chão dos amantes galopam os cavalos dos adeuses em turbilhões, és a vingança de Deus contra a maldade e o egoísmo, és a bondade, o fio de água que brota da serra e onde eu junto as mãos e bebo sob o sol quando o meio-dia cai de pé como um fio de prumo, de ti venho como um ovo vem de um ovo e a ti voltarei, para nos reunirmos um dia no útero platônico-aristotélico da saudade, catira que sobe das cachoeiras da noite turbilhonando e retumbando vinda de entre o pesadelo dos elmos e das lanças e dos clarins e dos tambores, és o enigma das pirâmides, a pirâmide dos enigmas, zigurate as adivinhações, aurora do princípio do mundo, quando das cinzas do universo o universo renascia, Fênix laboriosa, o que se vê e o que se pensa, para tudo há uma palavra, só em nossa boca não floresceu a palavra que designa o teu nome, mas também isto seria uma paixão inútil, de que adiantaria, nós sabemos os nossos nomes e esta sabedoria não nos leva a lugar nenhum além de nós mesmos, és o meu sentimento coincidente e obstinado, és a harmonia e a glória, chifres de touros que afloram as águas, quando o rio vai e vem, chifre com chifre, alfa e ômega, mãe das mandolinas, rainha das violas, eu venho num cavalo preto, de crinas enormes ao vento da madrugada, rei da Poesia, para trazer-te lírios, com que te fazer uma coroa e uma grinalda, lírios e rosas brancas, louros e oliveiras, e o jacinto e a papoula e o asfódelo, e te coroar e te dizer simplesmente: de tão longe venho, pai do Sonho, do país da Morte, onde dorme o meu pai e depois da vida, onde está desperta a minha mãe para trazer-te esta oferenda, esta homenagem, em honra de tua beleza escolhida e circundante, porque só é bela quem é escolhida por algum poder oculto e circundante quem espalha luz, viva sempre e que sejas sempre bela e sempre amada e sempre oculta. Quando se ouve um aboio, é como se o homem fosse meio boi, o homem de tarde sente uma tristeza que vem do infinito, uma saudade que parece subir de todas as origens comuns entre os bichos todos, por todas as partes, desde todos os caminhos e estradas do mundo: como se fosse a nostalgia de uma pátria: quem nos acende esta chama no coração? Uma noite sonhei que estava cego, e de uma esquina pedindo esmolas digo: esta é a Esfera, e sobre ela uma coruja, nada mais. É o brasão dos insones e dos filósofos. Em torno silêncio mineral. Nos lugares mais longos, mais restantes, lá onde Deus se recua, o mais longe possível do mar que sulcam os navios, lá é o Sertão.

Tenho a rara impressão de que o céu estava muito baixo ou eu que estava demais de alto e se não abaixasse a cabeça bateria com ela nas estrelas — as estrelas, miríades, rebanhos, cardumes, colmeias, Vias Lácteas — sairia com a cabeça branca do pó delas, seus fragmentos, filamentos de lã ou teias de aranhas, como se estivesse sob um sótão baixo e empoeirado de alguma casa muito antiga — floração de estrelas, picumãs de constelações como nunca vira na sua vida, era a hora da morte?, até estralavam como fogos de artifício de noite de São João, pulavam e pululavam em rastilhos e ramificações centelhantes, nascentes chinesas de chamas e fagulhas e labaredas vindas do oco das grutas telúricas do Oriente e do Ocidente, névoas incubadas nos zimbórios mais altos desde as origens de todos os ovos dos firmamentos. Música que eu me lembro, música da alegria, quando eu frequentava um certo bar na cidade, quando voltei do Rio de Janeiro depois de me formar: Ay Jalisco no te rajes, El Bandolero, La Cama de Piedra, Alma de Acero, Por el Mundo: mas cadê as estrelas que sempre houveram? Eram sonho ou ilusão ou impressão. Auroras com sombras pesadas floresciam. Penumbra da pomba, penumbra da coruja, horas das penumbras e das plumagens macias.

A gente é o resultado de seus dias, de cabal. Bem o diga, nem não se avexe ou se se torna de dizer, quando se olha com seus bons olhos, torno a dizer, uma mulher bela, seu retrato verdadeiro no jardim desta vida, ela aí ao mundo posta vivente com todas as suas cores naturais como eu, como você, em toda sua vida e beleza, até parece, desculpem, o modo avesso de tudo, de todo ser, de repente, como se estivesse de algum outro lado, poentes vermelhos e urubus cruzando, rumo de alguma diferença mal adivinhada, a gente muito leve desconfia se não foi nas suaves metempsicoses anteriores, em alguma transmigração esquecida, muito de repente, sem se dar conta nem tino, algum rei Manco Capac, ou Tupac Amaru, fosse alguma nossa antiquíssima irmã, ou nossa amada ou nossa mãe, olhando através da morte, como a superfície varrida de brisas calmas de um lago redondo de águas brancas, vista ao nível dos olhos, entre serras e horizontes, na hora de nossa morte amém, que Deus me sustenha, como se tudo já tivesse se passado e estivesse apenas boiando em primícias de alguma ilha, flutuando na borra dos dias, em alguma beirada de eternidade, alma misturada entre capins e lírios e agriões, a gente fosse, a tua alma e a minha, dois fios de capim ou dois lírios vizinhos, se recostando, ouvindo o ciciar do vento acariciar as nossas pétalas, trazido pela noite, irrisações dos adeuses mais últimos e das despedidas para sempre, os dias turbilhonando em turbilhões, em algum país estranho, em alguma vida passada em algum rolar encachoeirante de miragem que não volta mais, que de tão desacostumado, por essa fronteira de defuntagem ou de intermédio, a gente olhando, olhando, sem se cansar de olhar. Até que dentro do corpo os olhos agradecem. Depois, e afinal, para que servem os olhos, têm outra casual serventia secreta? Eu, de mim, filho de meu pai, um germânico cavalheiro maçom, e de minha mãe, uma cafuza, filha de negro com índios, eu, este sarará de dois metros de altura e papudo, que acerta até em mosca no escuro, pronto para a guerra e para a ação e para a meditação, para a paz, eu filósofo, jurisprudente e poeta, com as altas graças, eu digo que não desdenho de nada: nem filosofia, que são as exatas explicações das causas e dos efeitos, nem religião, que são as probabilidades mais dignas de fé, nem a ciência, que são as certezas válidas para a explicação de tudo, nem a magia, que são esses esplendores herdados através do esquecimento dentro das grandes luzes, dos fogos parietais, nem o senso comum, que às vezes ajudam as maiores almas a pensar e a perfazer seu mundo: tudo é frondoso tudo é fonte de se dessedentar que eu venho sedento de muito longe dos meus desertos, e a verdade está em tudo, e cada um com a sua verdade, e que Deus exista além de todos os limites. Até meio trocado, de tudo um pouco, o que serve é o que continua, o que tem sempre alguma continuação, porque somos incompletos e porque o Rei-Deus é grande, em nome de El-Rey Deus, quero paz para mim e para todos! Avestruz e centopeia! Matusalém! Azerbaidjan! Azerbaidjan! Azerbaidjan! Grande Jerusalém dos meus pecados! Horizonte horizonte horizonte de horizontalidade perfeita me permeia de inspiração como aboios de todos os berrantes que vêm vindo soando e ressoando das concavidades das grutas cheias de verão e luas de todos os sonhos, pajelança imemorial percutindo e repercutindo, manancial, minando nascentes como poesia de todas as águas retumbando... De mim mesmo eu venho com todos meus ossos e minhas carnes e minhas armas e minhas ideias como onças das onças através de todas as onças, por onde entra um século entra um milênio, manancial do abismo... Deviam, eu acho, eu, que fui estudante no Rio de Janeiro, onde rola e bate o grande mar que vem de todos os continentes, eu, Melânio Cajabi, assim me chamam, que me calei apenas porque não quis denotar minha modesta e provável sabedoria, e publicar assim minhas valias, para não passar por inútil, deviam dependurar retratos de um amigo meu que tive que conheci no Sertão dos Sertões, um grande amigo chamado O Absoluto, em vez de presidentes oficiais ou não, em todos os ministérios e salas de chefes de gabinetes e repartições plenipotenciárias deste Brasil de todas as cores, assim se fazia glória justa, porque o que me dói é a injustiça, não acham? O retrato do Absoluto! Oh o paraíso perdido de todos os chimpanzés... Aproa a barca para as ilhas Sptizbergen, senhor capitão... Ou vamos para o Egito, Alexandria, por exemplo, a cidade dos neoplatônicos? Aqui estão Artur da Távola Redonda e seus Cavaleiros, os Pares da França e toda a cavalaria de Saladino e de Gengis Khan, Ricardo Coração de Leão e João Sem Terra e Guilherme, o Conquistador e todos os seus valorosos amigos e fidalgos, Henrique VIII e suas mulheres, Excalibur, Carlos Magno com Santa Genoveva? O bafo de tudo vinha de muito longe. Vamos cantar canções de sereias da beira do mar, que assim o sertão se encontra algum dia com o mar... Sob todos os balaios do grande Deus. Se eu seja, porventura, íntimo de Deus? Não digo, que dessas coisas quem se diz não o é e sim o são, aqueles desconhecidos de tudo que ninguém sabe, secretos incumbidores de conhecimentos e virtudes. Oh araponga que eu já até me esqueci do seu canto, de tanto estar no fundo de uma cadeia, que eu nunca vi cantando no fundo do sertão com adagas cruzadas e transpassadas no peito da Virgem. Homero, sua figura augurando em oráculos eternos da Grécia na glória. Anhã-Anhangá em Nheengatu, este idioma que tenho e conservo dentro de mim, pele de couro de onça no centro dos Roncadores. Foi que ouvi um homem chamado Babalão, sentenciando, pois um poder desconhecido sopra de sua boca: mas segundo a História que sei a Esfinge aparecia no meio do deserto, às portas de uma cidade, Tebas Hecatompylos das Sete Portas, para propiciar aos viandantes e viajantes um enigma e a nós nenhum enigma foi proposto. Também sei essa história, mas para que vou me meter onde não sou chamado? Me sei calar embora saiba. Não por modéstia, mas por orgulho. Talvez o enigma seja apenas isso, sua falta de pergunta, o silêncio... Melchior, Gaspar e Baltasar talvez cheguem ainda, eles que sabiam o que era o silêncio. Silêncio, silêncio, silêncio, silêncio. No silêncio a iniciação. No silêncio a ética. Com meu silêncio e minha sabedoria. Silêncio: nada mais digo. Só que os homens deveriam aprender do silêncio. Silêncio: onde se formaram os mundos, reminiscência do Caos onde se formou o filho do pai e da mãe. Os três reis magos trazendo todos os desejados presentes esperados para cada um de nós, um dia, saibam aguardar. O silêncio é a alma de tudo. Continuo: por que gosto tanto do silêncio? Porque acho, de cá para mim, para o meu coração e o meu entendimento, e o meu interesse de sabedoria que o silêncio deve ser respeitado como deve. O silêncio é a pureza das coisas, é o que restou de tudo. A voz do vazio, do ilimitado, do *apeiron*, o que sobrou de quando ainda de Deus fazer o mundo em sete dias ou sete milênios. O silêncio é o avô de Deus. O meu silêncio é uma homenagem a todos os mortos e a todos os dias da história e da pré-história e de todos os meus dias até hoje que passaram para sempre, além da promessa à beleza do amor, e uma honra que presto àqueles dois ciganos que matei e à moça que morreu por vingança deles. Mas não tenho medo dos ciganos, nem dos meganhas, nem de homem nenhum que tenha membro e testículos.

— O mar enrola na areia
ninguém sabe o que ele diz,
bate na areia e desmaia,
porque se sente infeliz...

Ah bailarico de Póvoa de Varzim, vila-cidade de Portugal, de onde veio o pai de minha mãe, um Ferreira, descendente dos ajudantes de ordens de El-Rey Dom Henrique, o Infante da Independência de Portugal... Alguém rasqueou na guitarra, era Bebiano Flor, tocando um chamamé com ares de baguala de Corrientes, na Argentina, variava de línguas e idiomas:

— Lleguen de pinchas y chufes
y aminga y San Pedro y arauco y pomar...
Ay Navidad ay Mogasta ay Maria Loca
no habrán de faltar...

Artes de adivinhação e coincidência: eu estava pensando exatamente nisso: de quando antes de ser preso, fiz uma viagem por toda a Argentina, pelo Uruguai e pelo Paraguai e Bolívia: respirando outros ares, todo mundo de vez em quando precisa de ver como falam em outras línguas e como regulam outros costumes, porque afinal são todos homens. Como diz Babalão: dança mundo, dança mundo... Merda merdosa merda voluminosa. Fronteira: rio de potros na alvorada e o soar de esporas, chilenas de prata... De um embornal sem confim saem todas as estrelas, sonegação de Deus... E agora o Bebiano deu um rasgado um tremido, um trêmulo súbito sobre as cordas que até se me emocionou desgarrou o coração, que poder o da música, reparem bem, ninguém é maior, sabe, sinto a música como um universo, e isso demais de demasiado, até me dá medo, pois, ouça, qualquer dia eu te ensino mais coisas sobre a música, que eu acho, de minha ideia, trêmulo nessas cordas que se as cordas cordas não fossem, quase que chegavam a ser vozes de bocas femininas cantando nostalgias insuportáveis. Me lembro da moça, falando nisso... Não a cigana, que até já me esqueci, ante o despropósito de sentimento que se derrama da outra, você bem sabe, a moça sem nome...

Sua voz... Você ouviu sua voz? Ah, não teve essa graça, pobre de você... Ah, harpa natural... Oboé, violoncelo... Caranguejo ou lagartixa ou serpente ou escaravelho: vens de onde, moça sem nome? Esta vida não será uma simples ilusão reflexada numa miragem ao avesso no acaso da qual me lembrarei de alguma maneira, não sei como, nem quando, quando eu estiver morto e por cima de mim passarem as grandes camadas dos oceanos das eternidades com todas as suas vozes e todas as suas vertentes abrindo todos os segredos desejados, não me recordo de quando, nem onde, não me recordarei de ti, não saberei de ti? Como não haverei de saber de ti? Será que haverá depois da vida algum lugar, algum tempo, existência transmigrada como o remígio migratório dos peixes e das aves pelas correntes das águas dos rios e as correntes dos ventos no céu, em que te verei de novo, assim como te vi, fresca e nova como um fruto, como um ovo?, eu talvez nunca mais de nunca jamais para sempre amém te hei de ver, parede escura, muros, de Jerusalém, muralhas de Jericó de pesada escuridão, buraco negro, apenas terra, chão onde se caga e onde crescem as plantinhas de flores verdes e flores azuis e brancas? Fogo-apagou cantou, canta agora uma alma-de-gato, estão dizendo que todos os fogos do crepúsculo estão se apagando, que os gatos estão se tornando da cor da noite por fora, da cor do dia por dentro. Mas agora não há crepúsculo nem estrelas no céu. Regras? Nem Deus as tem. Os homens somos sem regras, para dizer a verdade, apesar da verdade ser de cada um em particular. Ou só Deus as tem. Ou a Natureza. Mãe-Natureza? Melhor, vida madrasta. Você no meio desses cabras fugidos, esses pestes que não sabem quem você é, quem sou eu, é apenas uma zebra acuada, cagando em verde e azul, fodendo uma quimera, fosforescente, rebojando no nada.

— Cangoma me chamou,
Disse levanta fogo...
Cativeiro já acabou...

O futuro com todas as serenidades e gravidades, sempre nascendo. Tudo o que a gente pensa... Afinal não é muito, é apenas uma vida, matéria para a morte. Eu pensava que meu pai, às vezes, pudesse ser como um deus variante dos crepúsculos, rubro deus fazendo balançar as ramagens que se recortavam contra o céu nos poentes vermelhos das tardes de minha terra. Agora olho graças a Deus e vejo essas folhas de Umbuia se balançando, recortadas contra o céu: imenso como um céu, amplidão, plenitude, estou todo cheio de mim mesmo, minhas ideias. Será que somos só parte, pó da morte? Nenhum deus se dignará vir de tão longe resgatar-nos do esquecimento milenar que nos espera profundamente? Todas as mulheres reais, belas ou feias, são passíveis de gozo maior, o êxtase profundo onde pulsa o ilimitado. Ah tenho saudades do Ilimitado... Oh sua face oval, seus cabelos que redemoinhavam o mundo e se entrançavam nas estrelas... Estrelas, digam o seu nome... Deus, fala, fala, Deus... Teu silêncio vem de outras vidas extintas há milhões de anos, profundas, impregnadas no tempo que respiramos agora como uma presença de sempre. Teu silêncio é muito grande — é tudo na existência, será irreversível? Abre a boca, o grande Deus, ou grande Demo, e emite alguma anversa, referente diversa sabedoria. Sei que sabes falar, ó Deus, guardião do silêncio... Mas teu idioma é diferente de tudo, as cifras estão aí, estão passando junto aos nossos olhos, junto aos nossos ouvidos e sentidos... E eu sei, mas faz de conta que vou me esquecendo... É muito bom se ajuntar, reunião das almas, mas também é bom a gente solto na grande Solidão das almas, só a gente e seus ossos, sua boca à disposição das palavras, para falar consigo mesmo palavra: Êxtase... Quando começará o papoco? Bem que estou com vontades de grande guerra, entrançar balas com os meganhas que se dizem gente da lei. Mas quem é que pode saber o que é uma lei quando as leis são feitas para uns e não para outros? Homens como nós, os que fazem as leis... Leais e valorosos...

Gêmea das águas, ave das almas, penumbra do espírito, luz da manhã, mulher amada simplesmente. Um desejo profundo de se desfazer no cosmos, uma ânsia de amor pelo universo, a união com o Inefável, oh Brahma, oh Shammah, oh Osíris, oh Ormuzd, oh Allah, oh Zeus, oh Odin, Oh Deus, Pians Pitar, seja quem fores, uma paixão milenar de que se desintegre o eu no seio de todos os mundos, de ser unidade com a totalidade e a realidade mais objetiva de tudo. E uma bonança, uma suave reconciliação que vem do começo e do fim dos tempos. Oh suave conciliação, és tudo. Tudo ilusão. A gente quando é sábio, acha tudo para o qual nasceu. O Roncador: lá uma chapada-planalto onde a terra ronca, como mil touros em cio procurando fêmeas, terra elegida pelo Sol, túrgidas terras do fogo entre as nascentes puras e serras azuis, onde neblina sempre por todos os confins e as corujas se congregam em reunião perene. É lá que estamos chegando, ninguém me perguntou ainda nada, nem eu vou dizer nada, eles se quiserem saber de mim que me descubram, para isso estão despertos no sono da vida, para isso trago o Berrante, e toquei-o quando apareceu a Esfinge anunciadora com sua corte de corujas hierofantes: não sabem ainda?, pois nem iam saber, pois eu digo: fui eu quem soltou a moça, sim, fui eu, a amava e a amo mais que os outros, então larguei tudo, fui lá e cortei-lhe as cordas, abri o buraco na parede entre os barrotes e lhe disse: Vai com Deus, minha filha, vai e lembre-se de mim se quiseres se não quiseres, não importa também, mas eu te amarei sempre, só isso saibas, e eu não toquei no teu pai nem no teu marido, mas isso também não importa nada. Vai com teu silêncio que eu me vou com o meu, adeus... Ela então sumiu entre as matas na direção do norte, dona de sua liberdade. Conheço tudo isso aqui como a palma de minha mão. Podia impor-lhe condições. Nada impus. Minha ética não condiz com recompensas ou sanções de espécie nenhuma. Não se faz nada esperando qualquer recompensa nem punição. Mas ela é a minha lembrança boa. Dançar reisados e congadas e pajelanças e moçambiques frente ao retábulo da Santa Moça, mulher tão sedutora e salutar. Salve, Proserpina Salu! Perséfone dos asfódelos! Querer ser Deus é uma merda: toda origem da má consciência está aí pura e simplesmente. Sei porque estudei, estou aqui no meio dos jagunços de querer apenas, é minha escolha, porque tudo é sem escolha, com todas as escolhas, afinal de contas. Só de desejar, mas sou estudado, modéstia à parte, somente para que vocês saibam, me olhando assim, e me vendo, com estas alpargatas, estes cabelos grenhos e vermelhos me saindo em tufos do chapéu velho, com estas roupas velhas e sujas e rasgadas, estes papos que ao invés de me dar vergonha me dão dignidade, meus quase dois metros de tamanho, meu nariz chato, meus olhos torcidos e meio míopes, eu tinha meus óculos, mas perdi-os, nem preciso afinal, acerto até em mosca no escuro, Deus me ajuda, um ombro maior que o outro, estas mãos que torcem ferraduras de cavalos, que matam um touro com um murro na nuca: eu Melânio Cajabi estudei, não julguem pelas aparências, que os sentidos enganam e só o intelecto está por cima dos sentidos falhos e incompletos: imaginem que sou até doutor formado no Rio de Janeiro, mas para que vou dizer isso? Bem, eu não queria dizer, mas agora que já disse está dito, estou bem com meu segredo, ficamos entre nós secretamente. Estes papos que carrego são de uma água doente que bebi, salobra demais, numa cacimba antigamente do sertão, berço de pedras mortas, mas um médico meu amigo me disse que tem cura e se volto algum dia para as cidades dos homens vou procurá-lo e vou me preparar para a operação. Mas não tenho pressa, aliás nunca tive pressa de nada, sei aonde vou, estes papos até que me distinguem dos outros homens, todos eles sem papos, mas muito apressadinhos sempre, não sei a razão de tanta pressa, acho que estão com pressa de chegar à morte, só pode ser: no fundo quem tem pressa de tudo, tem pressa mais de tudo também da morte. E eu como não tenho, desconfio que a morte também não tem lá muita pressa de mim. Assim vamos. Devagar, sem pressa, me curarei como tudo na vida. Quando eu a via, sei que ela reparou em mim, como não ia reparar? Mulher bonita quando se vê de repente dá até baque no coração e parada na respiração, como um choque com um carro. Estou é com vontades, para dizer a verdade, é de escutar na minha rede, numa varanda do meu sítio, que é sítio e fazenda, um bandoneon daqueles de Buenos Aires tocando na rádio a tarde infinita inteira. Porque se tem uma coisa danada de boa é você dedicar-se uma tarde inteira a escutar o mundo através de um rádio: músicas e tudo o mais. Só quando o locutor fala demais de política aí então enjoa. O principal de tudo é a música, disso não abro mão. Um Eduardo Falú ou José Larralde, um Pablo Milanés, uma Uña Paz, uma Mercedes Sosa. Uma lua azul-branca do céu da tarde: como o bocal de um berrante soando, e dele fluísse um rio de berrantes inundando tudo que deixasse ressoar rebanhos de aboios em homenagem a ela. Música profunda de berrante no silêncio azul: um berrante que tocasse: um aboio que viesse da alma das coisas. Por que gosto de berrantes? Fui fazendeiro, aprendi com os bois. Depois houve o caso dos ciganos, fui preso, me larguei na maldade do mundo. Nome meu nem não é esse não, é Anabil Florisbel Lemes Raposo von Kuntz e tive duas mulheres que morreram: Milena e Corina, viúvo duas vezes. Sou formado em Jurisprudência. Mas peço segredo. As serras: partes azuis esverdeadas com partes verde-amareladas, com sombras de estrias verdes e azuis e cartilagens foscas por onde desce a sombra em filetes: paisagem que eu olho quando estou na minha fazenda Imbuia Velha do Rio dos Couros. Lá sou poeta e pensador. Agora: insurreto. E eles, por acaso, nem não eram ajudantes de missa de frei Insurreição? É-se tão pouco contra o mundo, se pensa, mas eu acho que é-se muito. Os dias e as noites iluminam o palco onde representamos nosso teatro de todos os dias e de todas as noites sem cessar. As madrugadas são a hora de toque dos hospitais: onde numa cidade se luta contra a morte. Onde estão as amadas de madrugada, quando principia o dia e o sol nasce e os doentes ficam mais perto da morte? Ah, minhas estantes cheias de livros lá na minha fazenda... O fauno de Arthur Rimbaud continua rindo de nós entre as folhagens. Não disse eu que era poeta? Quando fazendeiro deixei de ser jurisprudente, e depois deixei de ser fazendeiro para ser poeta e filósofo: agora sou insurreto, bandoleiro. Pois me esqueci de tudo, assim é que eu gosto. Não é só o Bebiano Flor, poeta um pouco rústico. Por mim leio e estudo de tudo, nada desdenho, aprecio tudo, que tudo é a vida, até as coisas feias, acho beleza em tudo. Eu: belo belo sarará formoso de papos e melenas vermelhas, jurisprudente bacharelado, filósofo amador e poeta perspicaz de altas ramagens, sobre minha mula, nós, insurretos, brigando contra os balaios de Deus do mundo todo...

— Uiara boiô...

Uiara boiô...

Tudo o que nos cerca será apenas no futuro de ex-donos... Tem gente que escova os dentes, não os sapatos. No meio do caminho tinha uma pedra, no meio da pedra tinha um caminho. A lua celeste-azul sobre o rio em minha fazenda Imbuia Velha do Rio dos Couros: São Jorge cavaleiro sobre seu cavalo, guerreiro medieval a caminho de Trebizonda. Escrever no silêncio como num papel branco a palavra: mistério. Sou poeta. Ler no mapa do silêncio ou no mapa das palavras. Poeta.

— Abre a bruaca do mundo, Babalão...

— Vá pentear miolos, Melânio... Epa, foi o Melânio quem falou?

Lá onde deixei minhas coisas: tudo está como está. Voltarei se Deus quiser, senão nem conservo vontades de voltar, para quê?

Virei cigano. Herdei deles este vagar. O gado formigando nas planuras que se desenrolam verdes, indo beber água e o vaqueiro tocando berrante nas tardes que se vão, tardes que são sopros do Eterno. E ela, a Moça? Urna — mas és urna? És jardim vivo de flores que tremem, que ardem, és minha ideia.

— Estou pensando no Lopes.

— Podes pensar nele quanto quiseres: ele não voltará mais nunca.

— Dizem que quem o matou não foi Urutu.

— Mas todos nós vimos.

— Urutu matou, mas quem urdiu foi Babalão.

— Babalão, Babalão cheio de crimes... Como podes dormir?

— Não durmo. Os que me falam estão também cheios de crimes...

— Ninguém pode acusar ninguém...

— Maldição, maldição, filhos de Belial...

— Lopes, homem entre os homens, filho do amor, como todos nós...

— Moça, moça sem nome...

— Rei Dom Sancho, rei Dom Sancho,
não digas que não te aviso,
que de dentro de Zamora
um aleivoso saiu,
chama-se José de Calvo,
filho de Pedro de Laín,
quatro traições fez,
e com esta serão cinco.

Se grande traidor foi o pai
maior traidor é o filho.
Gritos dão em altas vozes:
— A Dom Sancho mal feriram!
Quem o matou foi José de Calvo,
grande traição cometeu!
Depois que o tinha matado,
meteu-se por um postigo,
pelas ruas de Zamora
e vai gritando em altas vozes:
— Tempo era, dona Urraca,
de cumprir o prometido.

— Sinto dores pelo corpo, demais, demasiadas, doera, doera... Como Babalão sinto coisas estranhas: desejos de religião e de consolo, como as beatas mulheres mais velhas e desamparadas... Serão somente impressões?

— Eu também sinto dores...

— Eu também...

— Nós também...

— Queira Jeová, queira Jeová, o Senhor dos Exércitos...

Negra noite, negra noite. Moça sem nome, abismos. E a dura e seca vingança dela, corroendo, corroendo sempre, como ferrugem no ferro cru, a paixão que os devora e o tédio e os sufoca e penetra nas vísceras e recobre os couros e os carcome como o limo as carcaças dos navios de ferro enterradas no mar, um oceano de esquecimento que se avizinha, se espraia, o ferro e o fogo, as lembranças, a dor e o infinito da visão do seu corpo branco e florescente e lactescente a andar na praia, seus seios, o tosão negro a persegui-los, sem paz, sem começo e sem fim, como o enigma da Esfinge com suas corujas, a moça sem nome em cada peito como um mistério, em cada boca, em cada memória, sua lembrança como que gravada a ferro e fogo nos quartos dos bois, a marca da moça, a sangue e aço nas profundezas escuras, ondulações dos dias e das noites sobre os cavalos, cascos, cascos,

cascos, ali onde as mãos se tocam às armas, sua implacável vingança: eles não podem dizer uma palavra sobre o mistério dela. Ou se o dizem não têm certeza. Pedras rolam em ecos surdos pelos despenhadeiros e bocainas que se abrem como goelas na escuridão. Eles e os abismos mergulhados sob o óleo baço do tempo, passando e passando sobre eles como um rio de azeite sobre as pedras, face de Deus sobre as águas. O silêncio dos abismos e os doze apóstolos, betumes de barro caminhante, grudados nos pretumes da noite, onde tudo perde sua cor e sua forma, o silêncio entranhado dos abismos se entranha neles, porosos, andando com eles, acompanhando-os, o silêncio dos abismos na sua porosidade perecível, na sua carne e em sua pele, a fragilidade e a contingência dos homens mais pobres que os insetos, os submergiu há muito. E a lepra negra, negra se impregna nelas, carnes e ossos, sem compaixão, suspeitas vorazes de contágios ferozes e ferrenhos, em carnes e ossos, em eternidades sotopostas sobre eternidades, a suspeita da suspeita, medonha. Dir-se-ia que não existe ninguém mais no mundo a não ser eles, os sobreviventes do Apocalipse, além destes espectros de ponchos esvoaçantes sobre os fantasmas dos cavalos fatigados e tropeçantes até a morte que vão batendo nas pedras, cascos, cascos, cascos, mas vão além da morte, a morte?: deixaram para trás, lá longe ficou ela, seu poncho batendo nos ventos, e se entreabrindo, mostrando a caveira dos ossos, rindo nos dentes nus, nas órbitas negras, com sua foice na mão esquerda, a direita acenando e mostrando os horizontes: e a risada dela chega até eles. Esses doze, que são onze, ou serão dez contando com ela?, que continuam sendo doze, seus cavalos, suas recordações. Silêncio. E o som das patas dos cavalos repinicando entre grave, surdo e agudo como um sino que a guerra faz soar ou apenas o vento das campinas abandonadas, tinindo nas rochas e arrancando faíscas e fagulhas azuis, e chafurdando na lama, águas e águas. E as pedras caem. O mundo é feito de pedras. Ah, pedras, pedras silenciosas e imensas até o céu, até se encostar no trono de Deus. Pedras, onde dorme e jaz sepultado o silêncio de Deus. Aqui nem nomes as terras têm mais. E os raios cortam como azougues de açoites o couro das trevas e os iluminam subitamente, a cavalaria sem sono, fantasmagórica, espectral, e os trovões ribombam como cavernas furiosas que se despenham. Cavalos que escorregam e deslizam. Fantasmas de si mesmos perdidos no fim dos horizontes, além da morte e das distâncias, em alguma existência estranha nunca vista antes, invisíveis na noite. Negro esse ar que parece esponja viva, como vermes no barro pegajoso. Cardumes de estrelas perfuram o céu em aparições súbitas e desaparecem e ouvem de novo a chuva a cair fria e sem confim em redor deles, como se fosse através dos seus corpos, as gotas a gotejar nas abas dos seus chapéus descidos sobre os olhos inchados e as caras barbudas, a marejar e a marulhar das voltas dos seus ponchos que vão pingando no chão sem dono, como lama branca de caracóis da lua. Só as paredes de pedra, parietais, e os abismos palustres que os acompanham onde forem ouvem suas respirações dificultosas, as respirações crespas dos seus cavalos sumamente cansados, tão cansados que caminham além da morte, cascos, cascos. Patas dos cavalos, única realidade, único existir. Cavalos que estropicam, que se escorregam, que vão e vêm e tornam a ir e tornam a voltar incansavelmente. Cavalos sob eles, debaixo de suas bundas que doem de ossos profundos, mastigados como carne sob as mandíbulas. Cavalos sob eles. Cavalos. Só os cavalos. Parece que rodearam não sete, mas sete mil vezes sete mil vezes o mesmo lugar que não acaba nunca de passar e sempre volta. Os passos dos cavalos sempre tornam. Cascos. O silêncio é algo vivo e úmido que respira dentro deles. As pessoas destes cavalos, como eles, pessoas. O silêncio é grosso como a treva de ferro e goteja e goteja. E eles vão mergulhando as patas dos cavalos na pedra barrosa, no barro de pedra, na lama dura e na água densa, mergulhando as patas dos cavalos fantasmas, cujos olhos se prolongam como faróis na escuridão e cujas narinas cheiram a morte que se espraia, as patas dos cavalos na pedra e na treva e no barro e os círculos do encantamento mais se abrem como grandes porteiras de uma fazenda perdida em outro sonho de outro mundo emigrado para os países da morte e os círculos se fecham. Noite que não termina, noite, noite, noite, noite, esta noite, sete noites, sete vezes mil noites, e sempre a mesma, noite sem fim, noite que carcome o infinito. Noite.

— Por que Babalão fez isso?

— Isso o quê?

— Livrar a moça sem nome?

— Babalão não ama o amor, nunca amou. Ele é santo. E os santos não amam o amor, amam-se a si mesmos, além de tudo, eles e os deuses.

— Diz que é santo.

— Mas sabemos: ela foi-se sozinha.

— Infiéis renegados, filhos de Belial, amaldiçoo-vos. Rogo uma praga sobre o mundo: amaldiçoado o mundo com tudo o que ele contém.

— Calem-se, senão ainda vai mais um para o país para onde se foi o Lopes sem ao menos se despedir. E agora não é brincadeira. Brincadeira tem hora. Babalão, saibam vocês, é um santo, sempre foi santo. Agora parem, não falem mais o nome da moça sem nome em vão, por favor, se têm alguma piedade nos corações. Ordem dita e não favor.

— Babalão, Babalão, pai santo. Santo, santo, santo.

— Moça, por que nos fizeste isso?

— Ela nunca nos amou, ela sempre nos odiou, com o mais profundo de todos os ódios da alma, a paixão do ódio, as chamas do ódio, isso sim que ela possuía no fundo da alma. Ela nos odiou desde a primeira vez que nos viu naquele momento maior que os outros.

— Agora a amamos e ela nos odeia.

— Foi-se, sumiu, desapareceu.

— Para sempre. Como estrela cadente.

— Moça sem nome.

— A Moça.

— Foi-se com medo da lepra.

— Apoi, sim, terror, pavor da enorme lepra.

— Tão bela, belíssima, saindo das águas. Toda a beleza. E foi-se no mundo sem se despedir.

— Foi-se no mundo…

— … mundo…

— Claro, medo da grande lepra…

— … lepra…

— Moça sem nome…

— … nome…

— Mulher tão formosa que nem nome precisava ter, que nem nome tinha para nos dizer com sua boca de lírios, ela que contemplava as coisas sem nada nos dizer, por quem demos toda nossa vida…

— … vida…

— Penso nos meganhas: e só de pensar minhas armas coçam de sopro…

— … sopro…

— Nosso amor, nossa paixão, nosso ser…

— … ser…

— As palavras não dizem nada…

— … nada…

— Que são as palavras?

— … palavras…

— À beira de uma fonte
uma formosa moça vi,
ao ruído da água,
acerquei-me até ali,
senti uma voz que dizia:
ai de ti, ai de ti, ai de ti…

Quando a morte plantar meu corpo no chão: nascerão muitos jatobazeiros e tamarindeiros, em floresta de árvores enormes, as maiores deste sertão. Meu corpo será distância dos horizontes, aroma de florestas na clara manhã dos dias e no escuro silêncio das noites se balançando, flutuação de bosques, húmus do céu. Raros são os caminhos da mente: aprendi Padre Ferro e os muitos nomes para o Sem-Sombra: era todos os nomes. Os infinitos são as possibilidades de Deus. E Deus não tem nome. Saudade do rádio: ouvir a tagarelice do mundo. Ouvi: uma confusa harmonia parecia nascer da noite, no silêncio da cidade adormecida: eram as almas, com sua incompletude, buscando a perfeição, a harmonia maior. Suas vozes eram ou débeis ou desarmônicas, mas mostravam em si um lato desejo de encontrar as harmonias: e isso era o que se ouvia na noite da cidade: o lamento das almas incompletas em busca de alguma coisa sem nome que tanto pode chamar-se sabedoria como perfeição, como harmonia, como infinitude, como completitude, como ilimitado. Meia-noite, meia morte. No fim tudo chega à religião. Essas estrelas tão sozinhas, esses mundos — será que como dizem os materialistas —, a alma se acaba e a gente nunca conhecerá a totalidade de tudo, o infinito que se esconde atrás de tudo, não chegará jamais ao conhecimento do enormoso enigma maior que tudo — será que tudo ficará para sempre sem decifrar-se, sem conhecer? Ah fracasso, como dóis fracasso! Ah, minha fazenda Imbuia Velha do Rio dos Couros! Dons dos trópicos: na noite tórrida ouvir Pablo Milanés e comer talhadas de abacaxi gelado em geladeira de querosene. Depois um copo de café e um cigarro!

> Meninas belas,
> belas meninas,
> eu sou um encantador de serpentes
> e vou da terra ao sonho
> e do sonho à terra...

Flor de jenipapo, flor guarani-tupi. Estou no âmago de Deus. Lembro-me de um sábado na minha fazenda: quatro horas da tarde: lia Aristóteles. As cigarras cantavam. Eu estava sozinho. Todas as minhas mulheres estavam ausentes, tinham morrido ou desaparecido, eu estava solteiro e viúvo. Calor excessivo. Rádio France Internationale: um som de acordeom. Vejo o Sena, Notre-Dame, l'Îsle de France, la Rive Droite, la Rive Gauche, barcaças, plenitudes. Deus em mim. Eu em Deus. Como eu pensava que aquilo era a vida... "Sê tu mesmo", Nietzsche. A consciência justifica possibilidades de outras vidas depois da morte? Ptah simboliza o pensamento cósmico e criou o universo pela palavra falada. Ptah pronunciou o nome de todas as coisas. "Eu busquei por mim mesmo", Heráclito de Éfeso. A sabedoria: doce como mel em boca de moça. Os mortos de minha felicidade: os vivos de minha infelicidade. Quem não sabe o valor do silêncio não sabe o valor da palavra. O pássaro não canta para nós. Tem valor de palavra, mas valor de silêncio é maior. Palavra é boa, mas silêncio é melhor. Palavra é de prata, silêncio é de ouro. Hermes-Toth: relação da miscigenação entre a raça branca e negra na Etiópia e no Alto Egito: dali saiu a Esfinge com as corujas, estou principiando a adivinhar. Princípio: Fogo, Verbo e Luz. Oh Agni! Eu estou em ti, Deus, emerso dentro de ti, mesmo que não existas, e quando estou em ti sou infinito, e me banhas profundamente, e te sinto em mim, em minhas profundidades: eu sou o Pai, a Mãe e o Filho. Ateu: aquele que diz que não há Deus. E quem não sabe nem diz que Deus não existe? Ateu puro? E aquele que sem saber acredita em Deus? Saber o que é? Encantar o encanto?

Nós não vamos em grandes migrações, nem em peregrinações, nem em romarias, nem em penitências, não somos agricultores, nem pastores, nem nômades, nem viajantes... O que somos além do que sempre somos? Há os dias de grande sol e os dias nublados sem sol, há as noites de grande lua e as noites negras sem lua... Lua das águas, dos fogos, do ar, da terra... Sol das águas, dos fogos, do ar, da terra... E todos se esquecem da terra, que estão caminhando por cima dela: às vezes de repente ela se faz lembrar. Oh Mãe das Sereias, Sereia-Mãe do Serapeum, entre os Hipogrifos do Norte Hiperbóreo, tropel das auroras boreais. Minha fazenda Imbuia Velha do Rio dos Couros: a lua, amarela, quase branca, completamente redonda, emergindo a Leste, sobre os horizontes, as matas, os sapos se erguendo, clangorando metais ocos, milhares de sapos iniciáticos nos tempos das grandes chuvas que represavam o rio, em grande reunião anônima, oh anonimato de cada um!, augurando sacramentalmente a lua cheia, túrgida cinza e prata: esfera de trigo e ouro, tempo das águas, depois das chuvas, na grande noite quando o silêncio tamborila intermitente. Anos que passaram, anos mortos. Como fulvos leões de ouro, lívidos hipogrifos azuis, o tropel de fogo dos cavaleiros da grande cavalaria no tuaiá hiperbóreo: o grande Norte, sempre mais ao Norte: Norte Norte Norte que apenas rima com Morte: a floresta de fogo e fogo. O Verbo é fogo e Agni, o Ilimitado, é fogo. Sou ateu? Sou religioso? Não digo nada. Pagão? Sábio? Consciente? Não digo nada. Creio e não creio. Sei só que nunca chegaremos à Figueira-Mãe nenhuma: sei que toda esperança de Deus é antropomórfica. E entretanto o Sem-Limites existe... Uma vez ateu-pagão-mista sempre ateu-pagão-mista. Sou mais que ateu, sou mais que pagão, entretanto sinto uma alegria, uma harmonia que vem das estrelas, sei que existem os limites. Os sopros da noite e os sopros do dia nos levam silenciosamente aos segredos de Deus. Justiniano fechou a Escola de Atenas em 625 d.C. Depois disso nunca mais houve alegria no mundo nem sexo são. Mas eu sinto alegria selvagem, alegria feroz. Sei que das Tod existe. Como se muitos hipogrifos alados sobrevoassem as estranhas auroras boreais que recobriam os céus pluviosos do extremo Norte hiperbóreo. Estamos na Trácia ou na Tessália? Hircânia ou Numídia? Gália ou Germânia? Etiópia ou Mongólia? Ah, aqui é simplesmente o tuaiá, o sertão. E o homem dança sem saber quando ouve música alegre. Mas a música precisa ser alegre. Só a alegria faz o homem dançar em pensamento ou em ato. E me lembro da minha fazenda Imbuia Velha do Rio dos Couros: quando eu estava nas longas tardes azuis dos sopés das serras a música da Grécia: nostalgia de algo perdido para sempre que não volta mais e uma profunda inquietude retornando sempre das entranhas do homem. Nenhum escritor sabe narrar todo o encanto e toda a graça e todo o esplendor dessa música: será que eu o saberei? Uma doce alegria tão pura, como se tivesse recobrado a infinitude da infância e ela fosse desembocar no grande oceano da vida onde tudo converge e consequentemente desemboca: tudo é santo, tudo é santo, eu sou deus, deus de mim mesmo, pois de onde vim só há estrelas dançando e brota alegria profunda das coisas eternas onde brilha a macega membrácea e vulvácea de todos os acontecimentos humanos, onde o homem se encontra com a loba que o amamentou e deve porventura chorar com o homem que voltou do fogo, da água, da terra e do ar onde tudo vibra e tudo restabelece a paz profunda que recobre as estrelas, quando o homem morre não dançam as estrelas em seu túmulo, mas as estrelas choram comovidas de tanta sabedoria inútil, pois elas a tudo sabem, pois mediram e pesaram o sofrimento do homem que sabe tudo sofrer sem morrer. Os fugitivos, companheiros desta cavalaria, devagar vão desacreditando de Deus, tudo dá lugar a uma austera descrença e estoico ateísmo meio pagão: o Bem é uma merda, mas o Mal é outra ainda maior. Cave canem: eis o mal. Cave hominem: eis o bem. O bem é a morte, o mal é a vida, tudo o que corrói a alma é o bem. A vida: é um sopro: um peido. Nada do que sonha em nós é a vida, é a Morte. Estas são as terras da Inocência. Lixívia, noite xilografada. Hoje eu sonho contigo, amanhã sonharei comigo. Nada do que sonho é seco, depois fugirei para um sonho onde a vida é mais seca: e nada. Minha morte hei de fazê-la breve, minha vida fá-la-ei longa, porque é preciso que o homem viva dentro da morte e morra dentro da vida. Se a vida é sonho, sonhei, não vivi: quando que eu pude viver desperto? em todas as coisas serei mais cuidadoso, principalmente nos limites, entretanto, apesar de tudo. Os perdões de tudo, quem dará, e as culpas sem culpa de onde vêm e para onde vão? Os que escutam música como os gatos se lembram: aparentemente naturais, mas analisando devagar as profundezas infinitas: tudo está aí: é o sono imemorial, primordial do começo do mundo, matemática e música, harmonia. Bramidos, rugidos, crocitar, mugidos, falar, barrir, ornejar, nitrir, relinchar, zurrar, grasnar: os sopros do mundo. Sou guiado pela Música. Os cavaleiros quando iam às Cruzadas, de que fala Bebiano Flor, se enchiam tremendamente de todas as vivas potências da coragem, igual nós agora: feridos, alquebrados, meio mortos, profundamente cansados, mortalmente fatigados, é assim que chegamos ao fim da viagem: se chegarmos. Alegro-me secretamente, ferozmente, dentro deste abominável sofrimento de tudo na vida. A Filosofia não é para os fracos. Estou alegre: tenho uma secreta certeza (ao menos isso achei na vida), uma só: é suficiente. Mas não a digo. Nada vos peço em troca, nenhuma recompensa, nenhum infinito, oh Infinito! O homem sabe quando está cheio de harmonia e de beleza: é a medida entre ele e tudo o que existe. Será que os outros entendem disso? Talvez poucos, os privilégios portadores do segredo. Minha alma parece que brama com a música. Toca, Bebiano, toca. — Quem fez você? — Deus. — E quem fez Deus? — Você.

— O que é o sonho? — Sou eu. — E quem és tu? — O sonho.

— O que é a vida? — Sou eu. — E quem és tu? — A vida. — Que é a morte? — Eu. — E quem és tu? — A morte. Tu morreste para que existisse a vida e viveste para que existisse a morte. Então adeus, até a morte, até a vida, adeus.

E acerca de eu ter aliviado alguns do peso da vida? Isso não conta nem desfavorece minha harmonia: o que sabe ler lê as caras pelas almas e conta até três: vem de muito longe a ordem: restabeleça o equilíbrio entre os vivos e os mortos, a gente sabe quando tem direito de matar. E quem. Além disso sou guerreiro. Guerreiros com guerreiros. Minha alma vem de todos os oceanos e de todos os continentes. E trago uma ordem: limpe o mundo daqueles que precisam morrer, que isto é uma guerra santa, uma santa limpeza. E eu sempre sei o que devo obedecer e eu só obedeço a mim mesmo, ali no fundo onde ouço uma voz que vem do Infinito, onde reina a suprema Justiça. Meu segredo: sou como os gregos pré-socráticos que matavam por amor e amavam por beleza e admiravam por justiça até onde deve ir a alma do homem. Bárbaros são os que matam por ódio, amam por ignorância e admiram por opróbrio.

Soltei a Moça e lhe perguntei o nome. — Meu nome é Solidão. E depois Silêncio. E depois Música. És silencioso por juramento e na música encontrarás minha essência. Sozinho dentro de ti saberás quem sou. Não te esqueço. Sou Música. Solidão. Silêncio. Não estavas entre os que mataram meu pai e meu esposo. Adeus.

Madona das Corujas, Madona das Esfinges. Madona dos Páramos. Minha fazenda Imbuia Velha do Rio dos Couros na solidão das serras: os tetos impedem de ver as estrelas. Hoje, um pouco velho, tenho apenas quarenta anos, ainda me lembro, nítidas, das minhas lágrimas, que me vinham do fundo da alma de quando era criança e tudo parecia infinitamente sem consolo. A vida não é como ela não é, a vida é como ela é. Lua nova dos fins de novembro para Oeste ao lado dessa estrela muito brilhante cujo nome não sei: quem sabe o nome dela? Talvez seja ela ou o nome dela, o da Moça, e uma coruja solitária que canta, canção e ave o contrário de uma pomba, noite funda, hora da penumbra das corujas e da penumbra das pombas e da penumbra das onças negras, música que vem de longe, com que sonhas? Um acordeão e um violão ao longe e um silêncio e dentro desse silêncio um berrante soando: o mundo se inicia: pedras: e sobre o chão das pedras a cavalaria de pedra, a lembrança: uma música que vem de longe: saudade: não peço consolação de ninguém: não há recompensa, mas sim, somente a dádiva: berro saudoso que sobe das serras abarcando o horizonte da noite: as nascentes cantam: vaga-lumes no centro da noite: que é a poesia? as crinas destes cavalos o fogo as patas cascos cascos as águas o Sol e a Lua e as estrelas a Terra e o Dia e a Noite o ar os dorsos as garupas destes cavalos suas barrigas seus quartos suas costelas seus olhos iluminando fosforescentes a noite as garupas destes cavalos distendidos até o cume da tempestade: a noiva e os doze noivos vivos e mortos: a morte no centro do maracatu, a vida no centro da pajelança, mas persevera, persevera, a eternidade virá, pedras, pedras, pedras: pedra, planta, coruja, homem, silêncio: um silêncio vem, surdo das distâncias, na noite o silêncio é mais percuciente, como os minerais: ouve: é a terra sob nossos pés, a Mãe-Terra entre as estrelas, e as estrelas até os limites: estamos dentro dele: ouro e prata: as estrelas porejantes que marulham como vaga-lumes nos capinzais do céu a que se inclinam vagamente: um silêncio como o peso de um punhal de prata: os dois berram nas cabeceiras dos pastos, nos brejos onde as águas se derramam: os espelhos: tu nos espelhos: essa caveira quem é? não te lembras mais? Ai como te esqueces fácil: a raiz dos cavalos vem da sola dos teus pés: Norte e Sul: ouve esse batuque? ali onde tudo é obscuro e crespo e se inicia aquilo que chamam alma: você nunca andou sozinho? que pena, não sabes o que é a Solidão, mas um dia saberás, qualquer dia a eternidade começa, de repente Deus no infinito onde terminam as nebulosas só uma coisa resta: o silêncio ou esta música este ovo boiando onde estamos flutuando sem nada debaixo nem por cima; mas tu sabes que tanto em cima como embaixo é a mesma coisa, ah não sabias? então saberás mais: por exemplo, que a noite vazia e o dia e com o dia e a noite o que nos vem nos grandes cavalos represados que trazem o Sol e a Lua e as Estrelas: suas esporas penetrando na aurora: quem falou em labirintos? apenas pedras e pedras e pedras e cascos e cascos e cascos e o sangue nas têmporas e nos pulsos e nas pedras e nos cascos: cada cavalo quatro ferraduras de ferro relinchando nas pedras: têmporas e pulsos de pedra, pedra onde relincha o sangue: somos cavalos e eles são homens, eles, os cavalos? sombras equestres mergulhando na noite, e o retinir dos metais, o silêncio, a noite das sombras: os idos de todos os meses, as calendas de todos os dias, por aqui voaram urubus em glória, por aqui passaram serpentes à procura do mar: onde o mar, diga-me, o mar que nos consome, o mar das águas de Netuno não ficou para trás? lá onde o Sol e a Lua nascem em maior visão e as estrelas em maior luz? sangue negro vinho negro o mar: *polyphoisbos thalasses:* o mar multissonante: as sereias, as Górgonas as Medusas as corujas aqui secou uma lembrança do mar: marca do peixe incrustado na rocha: em cada homem que nasce uma estrela brilha e no mar uma vaga rodeia a orelha de uma recordação: toda vaga é como uma orelha: ela te ouve: escuta, escuta a música que não volta mais: por favor, ouve, enquanto vives, plenitude: ondas, ondas, ondas: este chão, as pedras, os cascos na solidão da solidão: é o sertão: homens, despertem-se, abram os olhos, a noite é para dormir, o dia para andar e ver, mas abram os olhos, despertem-se, no despertar verdadeiro dos olhos está o mistério como um ramo de palavras, quem vê sabe e nomeia as coisas, quem dorme apenas sonha e percorre viagens sem nomes, anda entre as sombras das palavras: as coisas que não se dizem e as que se dizem, aglomeradas nos olhos dos que olham a luz e a escuridão: entre o céu e a terra os olhos pendentes como frutos, que veem: nem as andorinhas que fazem tantos verões sabem: olho de boi te olhando: estás no limiar imóvel no umbral: manhã tarde crepúsculo noite aurora inverno outono primavera verão lua nova crescente minguante cheia: e esta chuva de repente há milhões de séculos o Sol nasce sobe morre: ouve a música dessas ondas: roncam os trovões: quem sabe sabe se tudo não se trata apenas de uma questão de ovos-ovários: são as entranhas do homem e do infinito: amanhece de saudade: de onde venho? para onde vou embora? Deus é uma imensa onça negra sedosa pulando de serra em serra na solidão das noites no mais profundo das escuridões: o silêncio ou a música: as moradas de Deus: das trevas desta noite eu quero tirar uma claridade tão forte como o dia, da claridade deste dia eu quero tirar uma treva tão forte como a noite: nostalgia de ter sido sempre jovem, de onde e quando?: as harmonias, ouves? você tem seus ouvidos o bastante apurados para ouvi-las, as harmonias que nascem do fundo do silêncio das noites eternas e as que nascem do âmago do coração dos dias infinitos? se não tens esses ouvidos não te culpo, olhas os dias e as noites como dormindo sem arrancar deles nenhum som vindo da alma das coisas, mas se perscrutas com desejo de infinito, aguilhoado pelas perseveranças e permanências e persistências e necessidades desconhecidas de tua alma que sabe nascer a cada noite e a cada dia, e perseverar profundamente se tens os ouvidos afinados para o silêncio e a música unicamente, se sabes escutar o grave reino que vai nascendo com o silêncio e vai se aglomerando em torno da música e se aglutinando em torno de sua sabedoria, se não és uma pobre alma cansada e fraca, se sabes antever a surda combinação dos elementos que esperam na antessala do sonho e no saguão da realidade, os segredos do dia e os segredos da noite, ampla e profunda a enseada das esferas, então, para ti as portas das harmonias se te abrirão: não importa que, como eu, não sabes nada explicar, nem dizer e sejas um pouco mudo e um pouco demais silencioso, antes o silêncio que as palavras incompletas: ouvirás (mas ninguém é igual um ao outro) o zoar das cachoeiras, o passar dos rios, o murmurar do mar, o sussurro das florestas, o voo dos pássaros, a voz dos animais e a voz do homem e da mulher, e o silêncio e a música em tudo isso, no seu interior como um segredo, os horizontes, as estrelas, o céu, o infinito: de ti ouvirás uma voz que não é a do teu corpo, de tua boca, mas das profundidades da carne que sonha em ti, no limite do marulhar da alma, uma voz que sussurra: harmonia, mais harmonia, harmonia intérmina, harmonia infinita, palavra ou música ou silêncio, que só isso a alma aspira, e terás alegria, esquecerás as lágrimas pelo menos emerso na harmonia: mas, em guarda, desperta-te, as fontes originárias choram: é a eterna Necessidade que te pede a paga de dor inerente a toda criatura nascida dentro do Lótus do Acaso: por isso (sei que queres um conselho), pega este berrante dependurado do arção da sela do meu cavalo onde eu conheci todas as perseguições, pega esse berrante e toca: é um instrumento humilde de chamar bois, de chifre e de prata da lua, chifre de boi e lua do céu, prata e ouro de chifre incrustado e desenhado de corações flechados e signos de David e de Salomão, não te importes com isso, se és poeta ou não és, se és músico ou não és, tudo é secreta harmonia embriagante que rola e se derrama dos horizontes ali onde silencia a palavra de Deus, não te importes com isso, nem tudo o que reluz deixa de ser parecido pelo menos de longe com o ouro, aprenderás a sabedoria, leva-o aos lábios e sopra, é uma música também, uma música que vem de muito longe, da alma dos bois e da alma das tardes, é um instrumento onde trêmulas se conglomeram aparências de música e melodias familiares aos grandes e pacientes bois, nossos irmãos, três ou quatro notas apenas, mas que se podem variar à vontade, depende, cada vaqueiro sabe como tocar, cada um possui sua modulação, que pouco se podem na verdade fazer variar comparado com os outros instrumentos de música, uma harpa ou uma flauta ou um violino por exemplo, mas não tem importância, dirás que isso não é música, mas olha, é tudo o que eu posso te dar, que eu trouxe do mundo até este sertão: algo entre o silêncio e a música, sabe?, aqui é o sertão, ou não é, dirão que o sertão são outros lugares, e no sertão a música é misturada ao silêncio, ela tende a se desfazer nas tenuidades do silêncio, não tenha receio de coisas que não existem, levanta-o na mão direita e sopra-o variando os tons, com a doce e alegre selvagem intenção de criar, na intenção está tudo, e quem cria mistura o nada com o tudo, o ser com o não-ser, todo homem esclarecido de ouvidos, de ouvidos bons, sabe o que é a música, porque o mar dorme dentro dele, suas vastas lembranças, a mãe, o pai ou o oceano, as águas, basta ter os ouvidos afinados naturalmente, ter um sentido atento para a música, porque tudo é harmonia, já te disse, não te esqueças, se nunca tocaste berrante, aproveite a ocasião e toca, na primeira vez é que se aprende, essa é a lei: toca! em qualquer direção: se for de manhãzinha, lembra-te de para onde nasce o Sol, se for de tardezinha para onde o Sol morre, se for de noite olha a solitária estrela Boieira, é aquela que se chama também Vésper ou Dalva ou Vênus ou Afrodite, ou para a Lua, onde quer que esteja na curva do céu, toca como se fosse com esplendor, como se fosse fazer um bem sem recompensa para alguém: é a tua hora e tua harmonia que não se repetirá talvez: só isto sei: que um berrante se toca quem compreende os bois e só pode ser um homem bom e quem compreende os bois sabe como eles berram o seu berro mais harmonioso entre os cincerros: pois de onde aprenderam a tocar berrante se não foi com eles? só isso te posso dar, essa sabedoria se aprende ou se deixa: bem com bem se paga ou não se paga? se tens a alma curtida como couro de boi, suave de tanto rolar nas águas como seixos dos rios, e furte como esses minadores de água pura que nascem e que não morrem nunca que vêm em silêncio nas quebradas das serras, onde não vive ninguém, então é para ti esse berrante que foi do cego Pedro-Pedro, seu preferido que ele nunca quis vender, que conhecia os bois, uma só mulher, o silêncio das estradas e a música, teu é o conhecimento onde muitos passam e poucos sabem parar para ver: uma simplicidade muito justa: a serenidade que brota dessa sabedoria é uma alegria que como o azeite flutua sobre a água, paira sobre a tristeza: apenas, isso, toca: é teu o berrante e não te esqueças: suas três ou quatro notas são infinitas: de um instrumento carente de sons nascem todos os instrumentos. *Polyphoisbos thalasses,* disse Homero do mar, ó mar multissonante, ó mar de muitos sons, mas qualquer instrumento pode ser um mar, mas só o berrante é dos bois, não desdenhes dos pastores e dos vaqueiros, assim como não desdenhes das crianças que não sabem falar e erguem do chão um caramujo (porque aqui é o sertão e não é mar para ter e reverter consolos) e o põe no ouvido e escutam os muitos sons do mar, sabes? os geólogos dizem que aqui já foi mar, não desmereço que em se cavando se desenterrem aqui ossadas fósseis de peixes e conchas marinhas, é assim em todo lugar, assim como no fundo do mar existem galeras e caravelas ancoradas, enterradas nos limos e onde os peixes tocam harpas nas suas velas e onde as ondas produzem música que vem até aqui em certas noites como hoje: ouve: essa é a música do mar: a noite, o dia, as estrelas desaparecidas, o grande céu, a tempestade: toca o berrante: o mar, já disseram, semelha às vezes rebanhos de bois singrando para algum lugar, suas ondas apascíveis, suas vagas, chifres com chifres, orelhas com orelhas, conchas com conchas, ondas com ondas à lua cheia, no sertão, o homem de repente se esquece de tudo, cavalgando solitário sobre os solavancos do cavalo, cascos com cascos, nas noites de muita negra solidão, o homem pega a sonhar com o mar e ele se molha nas águas de sua solidão: o dia em que o sertão virar mar: ou em que o mar virar sertão: então, pega esse berrante e toca: saiba variar as três ou quatro notas como se varia um sistro ou uma sírinx, e terás como um mar de muitos sons, multissonante, e orquestrações inteiras, ou como queiras: só essa solidão, que é tua: toca: a solidão é uma cifra para decifrares, esse berrante é como um decifrador de cifras: toca e emprenha essa solidão como se fosse uma apetecível e jovem mulher: até que decifres a Esfinge ou a Esfinge te decifre: te garanto que te lembrarás também da moça sem nome que todos lembramos: mas de nada te adianta a tua solidão galopando sobre a tua garupa, nem a tua companhia, nada se decifra, afinal de contas, o berrante é apenas alegria de soprar e ouvir derramar-se pelos campos tua solidão feita em música dos bois: as coisas são assim: as lembranças são nossas e só nós vimos com nossos olhos que a solidão aumenta na noite enorme como cegos faróis, como os olhos dos cavalos flutuando na noite, vazando a escuridão, só nós vimos a moça sem nome, nua e vestida, vestida e nua, na nudez de sua elegância natural no sol daquela tarde e isso não podemos dizer nem que o queiramos, você se quiser que leve uma mulher para algum lugar de preferência, um rio com uma praia branca, e lhe digas para tirar os vestidos: que seja bela para que haja verossimilhança, capaz que vejas como são as mulheres, como as manhãs e as tardes e as noites, nua em sua nudez de verdade: mas isso são outras vivências, e outros olhos, nós não estamos fora de nós, nossos olhos são nossos olhos, a comunicação talvez não exista, seja apenas uma ilusão em que os homens se divertem, uma aparência, sei lá: ela me disse chamar-se Música, Solidão, Silêncio, por isso falei do silêncio e da solidão e da música, e onde eu ouvir uma música, e estiver só e silencioso me recordarei dela, por isso, às vezes de vez em quando me dá vontade de tocar este berrante, mas não toco, já sei sua música e estou guardando o silêncio e a solidão para quando tocar, para que se me esvaia a alma com a música, por enquanto ouço apenas para variar o violão e a voz de Bebiano Flor com seus romances medievais: só as estrelas que olham os homens desde os milênios sabem se estas palavras repercutem nelas, até onde elas vão, seus limites: porque não sei se tu sabes, és forte, lúcido, harmonioso, tudo ecoa em ti, repercute no teu coração, escuta minhas palavras: tudo tem limites ou não tem? nada é tão simples assim e mais em se tratando dos limites de tudo, te lembras de Heráclito de Éfeso, o Obscuro? pois é, acredito muito mais nos pré-socráticos que em todas as religiões e políticas e ideologias: o Obscuro disse que mesmo o Sol se ultrapassasse os seus limites as Eríneas vingadoras e justiceiras iriam no seu encalço e lhe dariam a justa paga por sua injustiça: vês bem?, sabes medir as coisas? pois ouça as minhas palavras: tudo isso tem um limite ou não tem? As estrelas têm um limite? Ou não têm? se têm tudo é finito, se não têm é infinito. Se têm ou não têm ao mesmo tempo é ao mesmo tempo finito e infinito, mas me diga sinceramente: nossa cabeça dá para compreender o infinito? esse é o máximo problema, quer queiras ou não, não me importa, mas não, estamos exorbitando, abusando de alguma coisa capital, perguntando assim sem mais nem menos: não se deve ir além mais de onde se deve ir apenas a força humana: estes são os limites do pensamento. Pensemos calmamente nos limites. Universo infinito, cabeça infinita. Limites das estrelas, limites dos pensamentos. E a justiça é o limite nesta terra: é ou não é, fale francamente. Por isso que isto às vezes é um ovo: um ovo que engendrou o Caos: do ovo ao ovo: do Caos até o presente: do presente até o Caos. Fiquemos no ovo, sejamos simples e complacentes, como as crianças, não compliquemos: tudo tem seus limites. Por isso que, para dizer a verdade, escuta aqui, te vou dizer em voz baixa, para que me ouças e me compreendas: tenho minhas desconfianças e meus receios e acho que todo mundo deve ter os seus: não sei o que nos espera, quando o pó dos nossos ossos se desprender de nós e se fizer terra, água, fogo, ar: sei apenas que se desprenderem de nós e se fizer terra, água, fogo, ar: sei apenas que penso em Deus, não como um consolo, mas apenas que ele deve ser o que vem depois desses limites. Só, nada mais, não espero recompensa nenhuma, essas éticas de trocas e retribuições não são do meu caráter. Agora toca esse berrante, mas, pensando bem, me desculpe, não te posso dar como te falei porque é uma lembrança muito afetiva, foi recordação do cego Pedro-Pedro, ele fez especialmente para mim, quando eu era fazendeiro em Imbuia Velha do Rio dos Couros, me desculpe, mas toca esse berrante e veja que som ele tem, sabe o que são os bois: esse chifre incrustado de prata cujos sons têm recordações da Lua, toca e ouve a sua música, é a música deste sertão, só assim ouvirás os bois e a lua e a terra e dentro de tudo um arremedo de infinito. Não sou sacerdote, sou um filósofo. E saiba onde parar porque essas são as cifras das coisas que têm limites. O que não tem limites não tem cifras e, além disso, disso só quem sabe é Deus e não sei se Deus tem nome, se os diversos nomes de Deus são mesmo Deus em todas as línguas: esse infinito que cerca tudo: estrelas e pensamentos: esse infinito tem uma palavra que ciência nenhuma sabe o que significa e que soa assim: Deus: sem ar se enfraquece e se morre, enterrando-se sob a terra se sepulta e se morre, aproximando-se demais do fogo se queima e se morre, mergulhando-se nas águas se afoga e se morre, no éter se intoxica e se morre: lá onde impera o Infinito, ou aqui mesmo, não sei: lá não te aproximes: é o Numinoso, são os Limites sagrados: saiba sonhar apenas com os olhos bem despertos ouvindo o simples silêncio e a simples música: é o que sobrou de antes do Caos magnífico, toca esse berrante, toca e aprende a alegria simples, toca, é o único que podes fazer nesta solidão e neste silêncio, neste sertão: toca, e se puderes conta-me um pouco de ti, sou homem e agrada-me ouvir as histórias dos homens, inventadas ou não, que tudo é realidade, que enquanto contas, eu acendo um cigarro dos últimos lá da fazenda O Desolado, chamada também o Batovi dos Protestantes, um cigarro americano, e fumo, uma alegria doce e serena me invade enquanto te ouço, as histórias dos homens sempre me agradaram, me encantaram e me comoveram, ouvir o homem é sempre como ouvir a si próprio, os seus mistérios diversos e unos, brotando, borbulhando, tudo ressoa como esse mesmo berrante, todas as ondas do mar se ouvem numa concha de criança, todas as vozes dos bois se ouvem num berrante, toda a harmonia do cosmos se repete e se sente numa guitarra e numa voz a soar, todos estamos dentro da mesma ressonância profunda da mesma concha, e do mesmo berrante, aqui não há galos, é de madrugada, fala-me de tua longa e paciente sabedoria, de tua experiência, que penso que todos os homens sábios, aqueles que distinguem as diversas harmonias combinadas, são dignos de se parar e se ouvir: conta-me, conta-me, estou ansioso de conhecer tua sabedoria, não deixe nada sem contar, que sou todo ressonância, fala longamente, não importa o dia e nem a noite, não importa nada, a tempestade, cascos, cascos, cascos, a madrugada, vamos sempre não sei para onde, sempre para algum lugar, mas isso não importa, se importasse não chegaríamos, o que importa é que me contes a tua vida, as histórias das tuas histórias, que tudo é música e silêncio, e as histórias são música e silêncio, talvez palavras, e depois quando estejas farto de contar, com o coração feliz, pega o meu berrante e toca mais uma vez, para que saibas que é importante a ida, mas mais importante é a volta, e mais importante ainda a reunião dos dois, uma terceira coisa, e tu foste e vais voltando comigo, não importa quem sejas, talvez sejas foragido ou um fantasma, como esse aí familiar, do Lopes Mango de Fogo, matado pelo Urutu, de quem não tenho medo nenhum, acerto até em mosca no escuro, e sou forte como um cavalo, tenho dois metros de altura, mas isso enfim não quer dizer nada, quanto mais alto maior é a queda, segundo acho, de mim para mim, toca e lembra-te do cego Pedro-Pedro que não conheceste mas que era a melhor criatura do mundo, que aprendeu com uma mulher como se toca melhor o berrante, cego como Homero e como Milton: o êxtase do silêncio, o êxtase da música: vê: as saudades voam como os rebanhos de bois se alastrando, vêm de todos os campos e de todos os tempos: é um voo. Já sabes como tocar um berrante? Simples, não?, como se bebe água de todas as fontes, basta que estejam limpas, a gente aprende de todas as coisas, simples ou não, pela primeira vez se aprendeste algo que não sei nas três ou quatro notas deste berrante me ensina que eu sou como você de todas as aprendizagens e de todas as sabedorias e viajo longe em busca de tudo o que está dentro dos limites: os horizontes que nos seguem. Sabes agora? Entre nós esta estranheza esta vizinhança esta amizade esta alegria esta beleza esta sabedoria: a verdade: cada um vai em busca de si mesmo, do que precisa, assim como os passarinhos: de longe, lá dos seus homizios, Deus nos olha: e eu acho que ele completa tudo, por isso somos incompletos, até nos encontrarmos com ele (talvez, não sei), apesar de eu não gostar da ideia de sistemas que fecham e completam tudo, penso que com ele somos a Unidade: beleza, unidade, verdade, que mais falta? Tudo talvez, porque tudo está para sempre incompleto: porque eu choro, as minhas lágrimas cobrem o meu rosto por compreender porque nada está completo, nem a Morte, e a Necessidade nos rói como o abutre a Prometeu e o Acaso nos ronda a cada instante, seus olhos nos horizontes nos seguem: e um dos muitos nomes incompletos de Deus talvez seja essa palavra Necessidade, e existe outra palavra: Acaso, e outra que rima com Deus: Adeus. Palavras: palavras que ficam murmurando dentro de nós. E outra: Esquecimento.

Mergulhando as patas dos cavalos na lama e no barro, no limo e nas pedras. Cavalos sob eles, suas costelas. As patas. Cascos, cascos, cascos. E o chão. Eco, oco. Eles e os cavalos. Eles e o chão. Cavalos. Chão. E eles, seus ponchos esvoaçantes ao vento frio. Gotas de água gelada que se esfarinham nos rostos. Os olhos nos rostos. Estarão no centro da terra? Mergulhando. O nome dessa Moça. Mulher sem nome. Como será seu nome? Ela dói como uma ferida a bala, a faca, aberta nas muralhas da carne. Dói e dói e goteja e goteja a cada gota que cai, lateja a cada suspiro que passa esvoaçando no vento. Silêncio debaixo desses cascos que sobem do chão, silêncio que fala nessa dor, silêncio que corta os ossos e a carne, silêncio obstinado. A terra não é silêncio, o fogo, o ar, a água, quando estão mudos? Silêncio de água que poreja. Uma foice corta o ar, relâmpago escarlate esboreando surdo numa agonia de rabanadas ferozes e furiosas, ficou foi uma impressão de que viram no céu foi uma caveira rindo desgrenhada e vermelha aureolada de halos verdes. Ou foi só impressão? Os círculos continuam, mas que círculos? A estas tantas, horizontes que se molham e se encharcam e se umedecem na chuva sem paz. E a escuridão continua, como se estivéssemos de olhos fechados, com trevas vermelhas lá dentro da noite das pálpebras, noites sobre noites, montanhas sobre montanhas, montanhas feitas noites, escuridões tarjadas de relâmpagos cortantes como foices. Noite longa, noite infinita, que não acabas, onde não chega Deus. Se ele vier que venha com todas as suas armas, ou então, como um vaqueiro de garrucha e punhal correntino, e um berrante a tiracolo, mas nunca desacompanhado. Noite. Como barro do chão que fecha os caminhos e os horizontes, barro das estradas, que se desce do cavalo, se abaixa ao chão e se pega com as mãos um punhado desse barro e se esfrega nos olhos, sobre as pálpebras: para nada, somente para se sentir sobre os olhos quentes o frio da terra: como esse barro é parecido com as noites que rolam cheias de silêncio e de escuridão... barro familiar ao descanso dos homens. Não é o vento nas serras, nas árvores, e o vento nos ouvidos. E a Moça. Seu corpo perfeito, seu rosto, sua voz caminhava dentro deles, sobre os cavalos, seus ponchos negros desabados sobre suas sombras, cascos, cascos, cascos, gravada nas suas memórias como uma efígie de uma rainha numa moeda bizantina ou copta ou suméria, como uma incrustação de ostra na profunda pedra onde não chega a mão humana, essa concha marinha, redonda de ressonâncias onde se escuta a voz da lua e o som do mar... Cabisbaixos vão. O peso da noite. Como a voz da lua e o som do mar... Cabisbaixos vão. O peso da noite. Como pesa... Pesam profundidades. Pedras, pedras, pedras. Espectros fosforescentes de ossuários ambulantes, os cavalos e os cavaleiros da cavalaria da Madona dos Páramos. Os cavalos já tinham morrido e eles andavam sobre fantasmas sem saber, esqueletos desarticulados e esvoaçantes, ossadas equinas, de focinhos de prata iluminados pela recordação da lua de ouro naquela treva? E eles, haviam já partido irremediavelmente para o país dos ex-vivos, há muito e nem se lembravam mais? Era essa a mais favorável impressão de tudo: a morte, somente a morte, de onde eles olhavam através de dois buracos abertos no crânio: os olhos. Estavam mortos? A morte, como a estrela guia, os guiava. E um rio de esquecimento grassava das regiões mais profundas sobre eles. Térmitas na madeira podre, verrumes, taladros a persistência da memória: a Moça dos páramos, a Madona. Um V no céu, gigantesca sombra caindo e incidindo sobre as trevas caminhantes que não se sabe se é raio ou aparição ou visão, iluminando tudo em grandes profundidades inauditas, vulva das deusas, jamais provada, fonte da ignorância mais douta, tosão das mulheres, velocino das dragoas, vingança das fêmeas esperando fecundação e fertilidade, vingança do amor contra o ódio, boiava, imensa, refletida nos relâmpagos como sobre as águas, entre os trovões que passavam, a face de Deus sobre o vazio dos abismos marulhando. Tudo não passava de tudo e nada não passava de nada. Tudo vinha devagar. Muito devagar. E sempre. Desde sempre. Como tudo. Como a noite, lentíssima noite que não passava. Moça sem nome. Moça. A desposada das ilusões dos homens, cerração de lírios. O nome da moça existe em algum lugar. Onde? E houve um silêncio de repente enorme repercutindo sob as abóbadas e os zimbórios dos horizontes e tudo parou e se imobilizou subitamente: e Melânio Cajabi tirou seu berrante e tocou longamente, os ecos se perderam na noite. E a imensa ausência da Moça vinha sob a forma de uma bruma ancestral que tomava tudo: uma belíssima mulher nua deitada no horizonte, que se erguia das águas, entre véus e nuvens escuras que se agitavam como asas de corujas e trevas, o negror, noite da penumbra das corujas, sobre as serras violetas, ocres, púrpuras, escarlates e vermelhas, cor de pórfiro lactescente e lavarento sobre a cerração fluvial da chuva. Este dia chegaria? Uma pérola imensa se desfazia na madrugada: assim pensavam os homens sobre os cavalos incansáveis, uma alma se banhando em todas as almas, em todos a morte latejando. Era a Moça, a madona dos páramos, banhando-se nas praias da memória dos homens. Memória de tudo o que sobra é esse rumor de céus que vão se desmoronando, se despenhando e se desenrolando, rumor de céus, esse som de cascos, cascos, cascos e cascos e no interior dos cascos esse silêncio e dentro das frestas desse silêncio esse violão soando.

Este livro foi composto na tipografia Arno Pro,
em corpo 11,5/16, e impresso em
papel off-white no Sistema Cameron da
Divisão Gráfica da Distribuidora Record.